LE PRINTEMPS VIENDRA DU CIEL

DU MÊME AUTEUR

aux éditions Robert Laffont

LE VRAI GOÛT DE LA VIE
UNE ODEUR D'HERBE FOLLE
LE SOIR DU VENT FOU
LA GRÂCE ET LE VENIN
LA SOURCE AU TRÉSOR
L'ANNÉE DU CERTIF

dans la collection « Ailleurs et Demain »

LE TEMPS INCERTAIN
LES SINGES DU TEMPS
SOLEIL CHAUD POISSON DES PROFONDEURS
UTOPIES 75
(en collaboration avec Ph. Curval, Ch. Renard et J.-P. Andrevon)
LE TERRITOIRE HUMAIN
LES YEUX GÉANTS
L'ORBE ET LA ROUE
LE JEU DU MONDE

dans la collection « L'âge des étoiles »

LE SABLIER VERT
LE MONDE DU LIGNUS

aux éditions Seghers

LE CRÊT DE FONBELLE
(coll. « Mémoire vive »)

MICHEL JEURY

LE PRINTEMPS VIENDRA DU CIEL

ROBERT LAFFONT

ISBN 2-221-07725-3

Je suis le Ténébreux, — le Veuf, — l'Inconsolé,
Le Prince d'Aquitaine à la Tour abolie :
Ma seule étoile est morte, — et mon luth constellé
Porte le Soleil noir de la Mélancolie.

Gérard de Nerval

Si tu brûles un cierge pour le bon Dieu, n'oublie pas d'en brûler un autre pour le diable.

Proverbe

À ma fille, Dany, pour ses dix-neuf ans.

Les héros de ce roman sont imaginaires, même s'ils ont souvent quelque ressemblance avec des personnages réels. Les événements et circonstances sont, le plus souvent, transposés de faits authentiques.

J'ai emprunté les traits de quelques personnages secondaires mais essentiels à des figures historiques. C'est ainsi qu'« oncle Edward » ressemble beaucoup à sir Claude Edward Marjoribanks Dansey, dit « oncle Claude » ; Filbert, le baron Philippe de Wassman, est proche de l'illustre Philibert, du S.O.E. ; enfin, Pagery est librement inspiré de Bergeret, qui fut le chef brillant, humain et modeste de la Résistance à Bergerac.

1.

Journal de Claudine Chamarand.

Réverac, Dordogne, samedi 12 février 1944. Sainte-Eulalie.

À la Compassion, le collège où j'ai passé le bac, nous lisions la Vie des saints avant de nous mettre à table. Je possède un exemplaire de ce livre, pris à la bibliothèque familiale. L'an dernier, à la Sainte-Eulalie, vient le tour de lecture d'une fille noble, Virginie de Fongalop. Soutenue par l'assurance que donnent une fortune solide et un grand nom, une demoiselle Fongalop peut tout oser. Elle ose tout. Elle lit d'une belle voix sensible, un peu grave pour une fille de son âge. C'est encore l'histoire d'un martyre, en Espagne, au IVe siècle. Je passe le début. Virginie en arrive au récit des tortures : « ... Voyant qu'elle résistait à ces affreux supplices, il la fit jeter dans une cuve de chaux bouillante, et l'on versa sur ses membres délicats de l'huile enflammée et du plomb fondu. Au milieu de tourments inouïs, la jeune martyre resta inébranlable : on eût dit que la douleur n'avait aucune prise sur son âme fortifiée par la grâce. Enfin, les bourreaux la clouèrent à une croix... » À ce point de sa lecture, Virginie promène un regard triomphal sur le réfectoire, s'arrête à la table des sœurs et termine d'une voix forte :

– Et sainte Eulalie mourut en criant vive de Gaulle !

Pourvu que les chefs de la Gestapo ne lisent pas la Vie des saints !

Aujourd'hui, à cause du calendrier sans doute, une autre

Le printemps viendra du ciel

Eulalie a eu les honneurs d'un message personnel à la radio anglaise : *Le châtelain a invité Eulalie deux fois.* À signaler aussi : *Le drapeau bleu est tombé... La soupe aux choux se fait dans la marmite... Les chevaux du 17e piaffent à l'écurie...*

À défaut de partir au maquis, on colle l'oreille aux récepteurs assourdis pour mieux entendre la voix brouillée des Français de Londres. *La rose rouge est fanée...* Les cœurs battent, surtout le cœur des filles qui ne peuvent que rêver devant le poste. *Le panier vert est plein de cerises...*

Les Anglais sont les Anglais, mais, sans Churchill, nous serions tous en passe d'être germanisés. Et puis il y a les sœurs Brontë. Gamine, je préférais *Jane Eyre.* Maintenant, je balance. *Les Hauts de Hurlevent,* quel livre ! Je suis influencée par les deux. On me dira : sois toi-même. Oui... Est-ce ma faute si je suis à la fois Charlotte et Emily ?

2.

Ce jeudi en fin de matinée, des cris et des hennissements éclatent dans le calme de la rue des Fossés, juste au-dessous de la « petite bibliothèque ». Claudine écarte les rideaux, force l'espagnolette et pousse la croisée. L'air froid lui gèle les yeux et les lèvres. Le givre décore les saules dans le jardin d'en face.

Elle tourne la tête et aperçoit une carriole arrêtée à l'endroit où la rue devient un chemin de terre. C'est une mauvaise charrette, tirée par un vieux cheval, maigre à lui compter les côtes, qui s'est enlisé dans la boue verglacée. Son maître lui tape sur le dos et la croupe à grands coups de manche de fouet. Il est devenu fou, ce type ?

Claudine rejoint souvent, à travers le jardin, l'aile de la maison où un escalier extérieur, muni d'une rampe de fer, donne accès à la petite bibliothèque du deuxième étage. C'est un local glacé l'hiver et étouffant l'été, qu'elle est à peu près seule à fréquenter : deux pièces en enfilade, aux murs couverts de rayonnages. L'une des fenêtres domine de cinq ou six mètres la rue des Fossés, une impasse étroite, qui s'allonge dans les faubourgs de Réverac entre des maisonnettes et des jardinets. Tout au bout, une ancienne grange offre son auvent à deux ou trois charrettes. Des paysans y attachent leur cheval ou leur mulet, devant une poignée de foin, et s'en vont au marché ou à l'église par un raccourci.

Claudine reconnaît l'homme en train de rosser son cheval, un nommé Éloi Cloud, âgé d'une cinquantaine d'années, toujours coiffé d'une casquette au lieu d'un béret comme la plupart des paysans. Encore un qui n'a jamais pardonné à papa, fils de métayers, d'avoir épousé la fille du notaire !

Le cheval glisse sur la pente pavée qui succède à la boue du chemin. Il est sans doute mal ferré, ou pas du tout. Il tombe à genoux. Claudine se penche, rabat les volets bruyamment.

– Vous allez arrêter de frapper cette pauvre bête !

Le bonhomme lève la tête et lui plante un regard mauvais dans les yeux. Il a sauté par terre, il est devant la carriole. Il rejette sa casquette en arrière, retourne son fouet et l'abat de toutes ses forces sur le poitrail du cheval, déjà à moitié effondré.

Puis à Claudine :

– Toi, ma pépée, serre bien ta dot, qu'a s'envole pas après la guerre ! Des millions volés aux pauvres, on sait jamais, hein ?

Claudine crie à pleine gorge, dans l'espoir, bien vain, d'ameuter le quartier.

– Arrêtez ou j'appelle les gendarmes. Il y a des lois !

– Les lois de Vichy !

– Non, monsieur, des lois ! Les lois de... de la république !

– Tu vas voir, la république ! En chausses et en bonnet, on vous foutra, ta mère et toi !

Claudine ôte son béret pour libérer ses cheveux, d'un geste de défi.

– Et vous croyez que d'avoir tué votre cheval devant notre porte vous vaudra une médaille ?

Éloi Cloud tourne sur lui-même, poings serrés.

– Ton père, j' pense qu'il a déjà eu son p'tit cercueil ? Au poteau, on l' mettra, l' notaire de Vichy !

Il esquisse, du tranchant de la main sur son cou, un geste qui est une promesse d'exécution sommaire.

Claudine suffoque à la fenêtre.

– Taisez-vous ! Partez !

– C'est pas toi, p'tite grue, qui va nous fermer not'gueule ! En plus, j' suis sur la voie publique !

Éloi Cloud roule des yeux furieux et balance son fouet vers

Claudine. La jeune fille a le cœur au bord des lèvres. Elle referme la fenêtre et va s'asseoir sur une banquette au tissu déchiré, dans un coin de la petite bibliothèque, pour respirer, retrouver son calme. Elle frissonne sous son manteau et tire son béret sur ses oreilles. Pas question d'allumer le poêle de la bibliothèque, il y en a déjà une demi-douzaine qui brûlent dans la grande maison. Elle soupire, se lève, va guetter sa mine à la petite glace ovale poussiéreuse pendue entre deux meubles.

« Tiens, tu t'es mordu la lèvre au sang, et tu es pâle à mourir ! »

Soudain, une motte noirâtre s'écrase sur la vitre, laissant des éclaboussures brunes et des traînées rougeâtres. Une poignée de crottin sanglant ! Claudine en a l'estomac levé.

Elle entend presque aussitôt un bruit de brancards brisés, en bas, dans la rue des Fossés. Elle revient à la fenêtre, glisse un coup d'œil de biais, à l'abri du rideau de guipure. Le pauvre cheval s'est écroulé sous sa charrette. Claudine se penche, essaie de voir sans être vue. Le fouet du bonhomme claque encore, deux fois. Claudine serre les poings pour se contenir.

« Ne sois pas naïve. Si tu te montres, tu ne feras qu'exciter ce type. » La pauvre rosse est à terre, il tape dessus comme si c'était son pire ennemi ! Et après il va le faire débiter pour vendre la viande au marché noir !

Des gens crient en patois, on tente de l'arrêter. En vain.

Claudine ressasse ces mots : le notaire de Vichy... le notaire de Vichy !

« Mon père pétainiste, ma mère au Secours national. Pour les gens, nous sommes des collabos, on nous déteste ! » Un désir lui traverse le cœur : « Si tu t'engageais dans la Résistance, ma douce, pour leur montrer à tous que les Chamarand ne sont pas des Boches ? »

3.

Un début d'après-midi, Robert Neuville pédale contre la bise, sous le ciel gris de février. Son imperméable mastic lui bat les jambes. Sa casquette de cuir à rabats protège ses oreilles, qu'il a sensibles, mais lui emballe complètement la tête et souligne la longueur de son visage osseux. Il a rendez-vous dans une maison ou un château des environs de Réverac-en-Périgord avec Filbert, agent régional du Special Operations Executive, le fameux S.O.E., et un officier du même réseau, le comte Jean de La Borde, dit Lambert.

À un carrefour, une femme attend, son vélo appuyé contre le parapet d'un pont. Silhouette jeune malgré les lourdes fringues qui l'accoutrent. Son manteau vert, assez court, commode pour pédaler, laisse dépasser une jupe de laine de la même couleur. Elle est coiffée d'un petit chapeau de velours gris qui ne lui protège guère la tête du vent ni du froid. Un long cache-nez, noué autour du cou, tombe sur le devant de son manteau. Ces vêtements utilitaires, à l'exception du chapeau, sont arrangés avec goût.

La route est déserte, mais on entend des bûcherons cogner dans la forêt, à droite. C'est un métier où on ne chôme plus. La demande de bois est énorme, tant pour le chauffage que pour les scieries et la fabrication du charbon de bois des gazogènes. La femme en vert s'approche, les mains dans les poches. Elle est moins jeune qu'il ne l'avait cru. La quarantaine, peut-être... Il porte la main à sa casquette. Elle le regarde sourcils froncés, esquisse un sourire à l'abri du cache-nez.

– Je suis sûr que vous êtes perdu !

Il répond d'un rire poli.

– Pas du tout. Je ne me perds jamais à la campagne !

Elle hoche la tête, sourit. Robert Neuville tend sa main dégantée.

– Je m'appelle Hortense. Et vous êtes Robert ? Je suis chargée de vous conduire à votre rendez-vous.

Elle ôte son cache-nez, le roule en boule et le fourre dans une sacoche de sa bicyclette. Ils échangent un regard. Avec sa chevelure vaporeuse, son nez droit, son menton allongé, ses traits un peu fades, son teint pâle, elle ressemble à l'actrice Suzy Prim. Elle profite d'une petite côte qui les oblige à descendre de bicyclette pour engager brusquement la conversation.

– Vous venez souvent en Dordogne ?

Il lâche son guidon, montre d'un geste la campagne rongée par l'hiver.

– Je connaissais un peu le Sud-Ouest avant la guerre. Et je suis revenu en Dordogne à la fin de l'été 1940, dans des circonstances pénibles. Bien sûr, j'étais mobilisé en 1939, j'ai été pris au mois de mai. Je me suis évadé une première fois avant d'être emmené en Allemagne. J'ai été repris. Je me suis évadé une seconde fois, d'Allemagne. Je savais que ma femme, mes beaux-parents et notre fils de six ans étaient partis vers le Sud-Ouest. Quand j'ai vu qu'il n'y avait aucun moyen de reprendre le combat, j'ai décidé de les rejoindre. Je me suis mis à leur recherche et...

Il s'interrompt un instant, pour enfourcher sa bicyclette, repart sur le plat et pédale très fort, trop fort. Hortense le suit et lui glisse, en biais, un bref coup d'œil de sympathie. Il reprend d'une voix assourdie, en retenant son souffle :

– J'ai fini par retrouver mes beaux-parents et j'ai appris la mort de ma femme et de mon fils, tués tous les deux par les stukas quelque part sur la Loire. Mon beau-père était parti pour essayer de se procurer un peu d'essence. Quand il est revenu, ma belle-mère serrait le gosse couvert de sang dans ses bras. Elle refusait de croire qu'il était mort. Ma femme était allongée à quelques pas, sur le ventre, elle avait peu saigné, elle avait l'air vivante. Et quatre mois après, quand je suis arrivé, ma belle-mère refusait toujours d'accepter la mort de sa fille et de son petit-fils.

« Maintenant, le gouvernement de Vichy appuie sa propagande sur les bombardements alliés. Des milliers de morts inutiles, surtout par la faute des pilotes américains, qui sont mal formés et lâchent leurs bombes à cinq ou six kilomètres d'altitude. Mais il ne faut pas oublier trop vite les réfugiés massacrés en juin 40, sur les routes de l'exode, par les avions allemands... Mes beaux-parents sont juifs. Je les ai empêchés de rentrer chez eux, dans l'Oise. Ils se cachent du côté de Périgueux.

Robert Neuville et Hortense suivent un moment une pente douce, entre prés et bois. Ils croisent une charrette, un jeune cycliste les dépasse, puis un camion à gazogène portant des rondins de châtaignier. Hortense tourne la tête. Ils s'engagent dans une vallée où s'enchevêtrent les haies, les chemins creux, les fossés et les talus. Le soleil a percé la brume. Le paysage est doux, gracieux, ombreux. Dominant la vallée, une collerette de mamelons boisés et piqués de castels cerne l'horizon de tous côtés. Les fermes sont dispersées, petites et basses, souvent cachées dans les combes. Les maquis de tout poil disputent les bois aux écureuils et aux hulottes.

– Vous êtes de Réverac ? demande Robert.

– Je suis la femme du notaire, maître Chamarand.

– Je n'ai pas besoin de le savoir.

– Je vous le dis.

Des aboiements lointains se croisent dans l'air, portés par des bouffées de vent froid. Robert Neuville lève soudain la tête.

– Écoutez. On dirait une voiture. Un moteur à essence !

Hortense secoue la tête en retenant son chapeau d'une main. Ils se regardent. La voiture apparaît au bout de la ligne droite qui s'étire devant eux. Elle roule très lentement, les chromes polis jettent des éclairs sous le soleil. Robert Neuville remarque la ligne plongeante du capot, le fameux « fuseau Sochaux ». Il était garagiste avant la guerre.

– Une Peugeot 402 à essence, ça ne court pas les rues !

– Il y a un autre bruit, plus loin.

– Un camion qui suit derrière, peut-être.

La voiture est en vue.

– Je ne transporte jamais rien de compromettant, dit Robert.

Hortense mouille ses lèvres séchées par le froid.

– J'ai ma carte du Secours national.

– Moi, toutes mes cartes et une lettre d'un bureau d'achat.

Ils ralentissent, se rangent sur le côté droit en continuant de rouler au ralenti. Les roues des vélos butent sur les pierres dénudées par le ruissellement et le gel, au bord du fossé. La Peugeot avance au pas, en face d'eux. Robert se rapproche de sa compagne.

– Nous avons fait connaissance au restaurant et échangé des tickets. Puis nous avons décidé de faire un bout de chemin ensemble. Entendu ?

La Peugeot arrive doucement, la vitre du conducteur se baisse, un bras sort, comme pour un salut. Mais ce n'est pas un salut. Hortense obéit au signe, s'arrête à hauteur du garde-boue avant. Robert l'imite, un peu en arrière. Il détache tranquillement les rabats de sa casquette pour mieux entendre. La voiture est immatriculée GB, elle vient de Bordeaux. À travers le pare-brise embué, il peut apercevoir deux civils à l'avant : le chauffeur, chapeau mou et lunettes, l'autre homme, plus jeune, coiffé d'un béret. Peut-être un indicateur, ou un transfuge. L'immatriculation française de la voiture ne signifie pas grand-chose. C'est, presque à coup sûr, la Gestapo ou, du moins, la Sipo S.D., le service de sécurité et de renseignement des SS. Ces hommes sont le fer de lance de la répression allemande en France, plus brutaux et souvent moins habiles que les gens de l'Abwehr, le service de renseignement militaire de l'amiral Canaris. Une exception, toutefois : à Bordeaux, justement, opère un officier SS redoutable, un simple lieutenant, l'*Obersturmführer* Friedrich Dohse, qui a démantelé le réseau régional de l'Organisation civile et militaire de la

Résistance et peut-être retourné son chef, André Granclément...

Les deux passagers assis à l'arrière de la Peugeot, l'un en civil, l'autre en uniforme, sortent en même temps, d'un mouvement un peu nonchalant. Le civil en chapeau mou avance jusqu'à Robert, les mains dans les poches de sa canadienne.

– Police allemande. Vos papiers !

Il a parlé sans accent. Robert Neuville porte la main à la poche intérieure de sa veste, sous l'imper. Les deux hommes restés dans la voiture ont sorti leur revolver. Le civil prend le portefeuille et le calepin que Robert Neuville lui tend. Il glisse le calepin dans sa poche, ouvre le portefeuille. Il vient se placer à l'avant de la voiture et utilise le dessus du garde-boue comme table. Il étale papiers et billets entre le feu de position et le capot du moteur. Il défroisse les billets un à un. Robert Neuville a trois mille francs, à peu près le salaire mensuel d'un employé. Une somme raisonnable, ni trop grosse ni trop petite.

L'homme examine la carte d'identité, la carte d'alimentation, s'assure que les tickets sont bien découpés. Il énumère les papiers au fur et à mesure.

– Attestation de domicile à Paris. Certificat de recensement, certificat de démobilisation... Exemption du travail obligatoire.

Le militaire a rejoint le civil devant la voiture, laissant Hortense appuyée contre sa bicyclette. C'est un adjudant des feldgendarmes, il ne porte pas de casquette, mais un calot. Hortense Chamarand recule vers les trois hommes, poussant son vélo en arrière. La chaîne saute, elle rit.

– Oh, messieurs, vous voudrez bien me la remettre ?

L'homme en civil relève le bord de son chapeau, dévisage longuement Robert puis baisse les yeux sur l'attestation d'employeur, signée d'un bureau d'achat allemand, qu'il a trouvée dans le portefeuille. La quarantaine fatiguée, il a le front dégarni, la figure ronde, un peu molle, mais un regard vif et malin. Haussant les épaules, il tend la feuille au feldgendarme. Celui-ci y jette un coup d'œil puis s'approche de Robert.

– Ce document date..., dit-il en cherchant ses mots. Décembre 1942... c'est un an plus. Et je crois le *Reichsmarschall* Göring... a fermé bureaux d'achat... en mars 1943.

Le chauffeur tend la main par la portière.

– Faites voir.

Celui-là, au volant, on le prend pour un comparse, on ne s'en méfie pas. L'adjudant lui donne la lettre. Robert fait un pas vers eux.

– Si vous permettez, messieurs, je veux dire que les bureaux d'achat n'ont pas été fermés, pas le Pimetex, en tout cas. Le Reichsmarschall a seulement interdit les achats au marché noir. Nous, les petits acheteurs...

– On sait tout ça, dit le chauffeur.

Il quitte ses lunettes, parcourt la lettre.

– C'est vrai, des bureaux d'achat continuent de fonctionner, au moins comme couverture de leurs autres activités. Mais il n'y a plus rien à acheter en France. De quoi faites-vous commerce, vous ?

– Je cherche surtout le cuir, les peaux de chamois, et aussi les sacs à main, les appareils photo, les bottes de caoutchouc.

Le chauffeur joue avec ses lunettes, mordille une branche.

– Vous voulez nous montrer ce qu'il y a dans votre valise ?

Robert ouvre sa mallette en appuyant le couvercle contre la selle de sa bicyclette. Au fur et à mesure que le feldgendarme prend un objet et le pose sur le capot de la Peugeot, Robert annonce :

– Sous-vêtements, une chemise, une paire de chaussures, deux chambres à air et une enveloppe de rechange, mon livret de caisse d'épargne, un livre, des gouttes pour les oreilles, de la poudre Dops pour l'estomac...

L'Allemand feuillette rapidement le livre, *Fontaine,* de Charles Morgan.

– Morgan ? Un Anglais ?

La notairesse renifle. L'homme au chapeau mou sent la brillantine. Une odeur de graisse animale provient du feldgendarme, qui a dû frotter ses bottes le jour même avec du saindoux ou quelque chose de pire. Un relent acide et chaud filtre du moteur de la voiture, qui tourne au ralenti. Continuant de fouiller sa valise, l'adjudant a mis la main sur une grande pochette pleine de morceaux de cuir et de peau.

– Et ça ?

Robert prend un carré de peau qu'il élève face au soleil.

– Ce sont des échantillons, pour montrer aux gens ce que je cherche, pour m'aider à m'y retrouver aussi. Ça, par exemple, c'est une peau de chamois, et ça une peau de lapin chamoisée. C'est moins bien, mais ça peut servir pour filtrer l'essence des avions. La Luftwaffe en a grand besoin.

Le civil a sorti un paquet d'une sacoche d'Hortense.

– Qu'est-ce qu'il y a là-dedans ?

– Un colis de prisonnier. Voyez l'étiquette. Je suis au Secours national.

Elle fouille dans son sac, brandit une carte à l'effigie du maréchal Pétain.

– J'aide les gens pour les colis. On l'ouvre, si vous voulez.

Le civil hausse les épaules, le feldgendarme rend à Robert Neuville sa valise ouverte, ses affaires en vrac, son calepin. Le chauffeur fait un signe pour rappeler ses compagnons. Ils s'en vont !

Hortense se retient de pouffer. Robert referme sa valise en forçant sur le couvercle puis la rattache sur son porte-bagages.

– Votre colis de prisonnier... C'est un vrai colis ?

La notairesse éclate d'un rire nerveux.

– Celui-ci, oui. Mais ce n'est pas toujours le cas !

– Bien joué.

Robert donne un coup de pompe à son pneu, remet la chaîne d'Hortense sur son pignon. La jeune femme se retourne dans la ligne droite, avant un virage.

– Et le camion ? Où est-il passé ?

Le camion est là, arrêté au bord d'un chemin : un vieux Berliet à la bâche relevée, repeint tant bien que mal en gris et brun. Ses occupants, vingt ou vingt-cinq hommes, fantassins et feldgendarmes, se sont égaillés à proximité, debout, assis, couchés, même, pour deux ou trois, sur l'herbe gelée du talus. Il y a quelques très jeunes gens et une majorité d'hommes plutôt âgés, engoncés dans leurs capotes froissées. Certains mal rasés, la plupart avec le calot de travers, trois ou quatre casqués et le fusil à l'épaule. Ceux qui vont et viennent ont l'air de porter un poids sur la nuque, les autres, avachis par terre ou les jambes pendantes à l'arrière du camion, ressemblent plutôt à des convalescents de sana qu'à des soldats en campagne. Le passage des deux cyclistes provoque un bref élan de curiosité. Un très jeune garçon lève son calot, brandit une tranche de pain beurrée, sans doute à la margarine.

– *Hallo, schöne Frau ! Kommen Sie mit uns vespern ?*

En riant, Robert Neuville traduit à l'intention d'Hortense.

– Il a dit à peu près : « Hé, ma belle dame, vous venez casser la croûte avec nous ? »

Hortense hausse les épaules. Un homme d'âge mûr, assis sur le talus, de grosses lunettes sur le nez, lit de près une lettre. Il regarde par-dessus ses verres et fait un signe à son jeune camarade.

– *Junge, ladt sie lieber zum Tanzen ein, Samstag Abend.*

Robert éclate de rire.

– Le plus vieux a dit : « Invite-la plutôt à danser au bal de samedi soir ! »

Un ordre rassemble la troupe, qui s'embarque sans hâte dans le camion. Robert et Hortense continuent leur chemin. Un carrefour apparaît. La route de droite file en direction d'un clocher qui pointe derrière un mamelon.

Hortense saute à terre, se retourne.

– On est tout près.

Robert Neuville pose la pointe du pied sur le talus.

– On ne va pas au rendez-vous, Hortense.

– Ils sont partis, et la maison est isolée, au milieu des bois...

– Les Allemands qui nous ont arrêtés patrouillent autour d'un centre, à proximité, où d'autres groupes sont en action. Ils ont peut-être décidé de nous laisser aller pour nous suivre et voir où nous les conduirons.

Hortense frissonne, retient son souffle, écarquille les yeux et promène son regard sur la campagne, à petits coups nerveux.

– Mais il n'y a personne. On ne nous suit pas !

– Où se trouve le lieu du rendez-vous ? Non, ne tendez pas le bras !

Robert voit les mains de sa compagne qui tremblent un peu. Il sourit, sa tranquillité l'agaçait. Elle baisse les yeux.

– Monlévrier, dit-elle. Une grande maison isolée, en face de vous, à gauche, à deux kilomètres environ.

– Très bien. Prenons à droite. Nous nous séparerons plus loin.

Hortense zigzague sur la route. Ils croisent un tombereau de fumier tiré par deux vaches maigres, qu'un jeune garçon conduit d'un pas nonchalant. La jeune femme s'arrête, son vélo entre les genoux, la main à la gorge.

– Je ne supporte pas l'odeur. Je crois que je vais vomir !

Elle claque des dents et flageole sur ses jambes.

– S'il vous plaît... J'ai un flacon d'alcool de menthe dans ma sacoche.

Soutenue par Robert, elle boit une gorgée au flacon, ferme les yeux puis se tamponne le front et les joues avec un mouchoir imbibé d'alcool.

– On se sépare et je ne vous reverrai peut-être jamais...

Robert abandonne aussi son vélo, qui vient cogner celui d'Hortense sur les pierres de la route. Les deux timbres sonnent en même temps. Robert est beaucoup plus grand que sa compagne, et, comme ils se font face, près de se toucher, elle doit lever la tête pour le regarder. Il ôte sa casquette d'un geste, se penche vers elle. Elle s'appuie à son bras.

– C'est vous qui nous avez envoyé la petite Julia !

– Vous connaissez la petite Julia ?

– Je suis la belle-sœur du comte Jean de La Borde...

– Lambert ?

– Si vous voulez. Vos noms de guerre me font rire. Lambert, le comte de La Borde ! Lambert, comme vous dites, cherchait à placer l'enfant dans une ferme de la région. Il m'en a parlé. J'ai cru qu'il s'agissait d'une petite Juive. J'ai proposé mes voisins, les Treguennec, qui ont été agréés. Je sais maintenant que Julia n'est pas juive. À mon avis, c'est la fille d'un officier de De Gaulle. Mais je n'ai pas besoin de le savoir, n'est-ce pas ?

– Vous en savez déjà beaucoup.

– Les filles Treguennec, Antoinette et Maryse, travaillent

toutes les deux chez nous, chacune une demi-journée. Un jour, Julia a dit à Maryse, la plus jeune : « Alors tu n'es qu'une demi-bonne ? Est-ce que tu as des tickets pour une personne entière ? » Cette gosse se donne souvent des airs de bébé, mais elle est malicieuse en diable. Elle intrigue un peu les gens. Nous habitons un bourg, un petit chef-lieu de canton. Tout le monde connaît les réfugiés, il n'y en a pas beaucoup. Julia est très bien acceptée, mais...

Robert se tait, réfléchit, le regard fixe, le front plissé. Hortense sourit.

– Quand mon beau-frère, le comte de La Borde, m'a parlé de votre venue chez nous, j'ai été presque sûre que c'était vous..., je veux dire l'homme qui s'occupait de Julia. Appelez ça une intuition, si vous voulez. J'ai voulu en avoir le cœur net et je me suis proposée comme guide.

Robert soupire, baisse les yeux.

– Je suis content de vous avoir connue, Hortense. Dites-moi, vous n'avez pas fini votre phrase. « Julia est très bien acceptée, mais... » Mais quoi ?

– Elle est bien acceptée parce qu'elle est catholique, elle fréquente l'école libre, elle sait ses prières sur le bout des doigts. Mais on jase, on jase. Je ne suis pas sûre qu'elle soit tout à fait en sécurité... si elle est ce que je crois.

– C'est très loyal de votre part de m'avertir. Il faudra que nous en parlions avec Lambert.

– Je voulais vous voir aussi pour une autre raison. Mon beau-frère m'a dit que vous cherchiez une jeune femme ou une jeune fille pour vous aider pendant quelques semaines et s'occuper en même temps de la petite Julia. Je vous propose ma fille Claudine. Elle a dix-neuf ans et son bachot depuis l'année dernière. Elle fait du droit et elle sait taper à la machine. Elle connaît la petite Julia et elle meurt d'envie d'entrer dans la Résistance. Il faut qu'elle sorte de son cocon, qu'elle vive un peu pour échapper à l'influence de son père, qui est une poule mouillée !

– Je vois, dit Robert. Je serai heureux de la rencontrer, à l'occasion.

– Je suis sûre que vous l'aimerez bien !

Robert tend la main à Hortense.

– Merci de votre aide. Mais nous avons beaucoup traîné, il faut nous séparer, maintenant. À bientôt.

Il saute sur sa bicyclette, roule une centaine de mètres avant de se retourner. Hortense n'a pas bougé. Appuyée sur sa selle, elle regarde Robert s'éloigner.

Elle lui adresse un signe de la main qu'il ne renvoie pas.

4.

À neuf heures moins dix, l'heure de partir au courrier, Pierrot, le clerc, se lève à moitié de sa chaise, fait mine d'ajuster ses lunettes de métal sur son nez pointu et scrute l'air du temps par la fenêtre. Claudine ramène d'un geste sec le chariot de sa machine à écrire, arrange ses cheveux, les coudes levés pour taquiner le clerc parce qu'elle sait que ce geste l'agace.

Pierrot ôte ses lunettes, les essuie du coin de sa pochette.

– Je me proposais de vous remplacer, à cause du froid.

– Votre temps est plus précieux que le mien, monsieur le clerc.

Les Grassac, notaires de père en fils, ou en gendre, habitent une maison opulente et vétuste, trois étages plus les combles, XVIIIe finissant, pierres jaunes devenues grises, un rang de portes-fenêtres, deux rangs de fenêtres à petits carreaux et un rang de lucarnes sous les toits. Un jardin à fleurs de trois mètres de large s'étend du côté des rues et se change à l'arrière en une cour et un parc où dominent les buis et les lauriers, le tout clos par des murs ébréchés et des grilles rouillées. L'étude occupe l'angle des deux rues qui se continuent en routes, l'une goudronnée, qu'on appelle la « vieille route de Bergerac », l'autre encore blanche, et pour longtemps, qui file en direction de Montferrand-du-Périgord. L'ensemble forme une espèce de E – majuscule, c'est la moindre des choses. Les grands-parents maternels, maître Paul Grassac, notaire en retraite, Solange Grassac née Leveau, ancienne marchande de corsets, habitent le corps de bâtiment principal.

Les ailes perpendiculaires sont occupées, côté rue, par l'étude, au milieu par l'ancien appentis du jardinier-concierge, côté jardin par les anciennes écuries, transformées en remises, au rez-de-chaussée et à l'étage par le logement que le maître des lieux concède à sa fille et à son gendre.

L'étude de maître Chamarand est principalement constituée de deux pièces contiguës, chauffées par le même poêle pour économiser le bois. La porte de communication est toujours ouverte, sauf lorsque le notaire accorde un entretien confidentiel à un client. L'une des pièces est tendue de toile verte, c'est le bureau de Denis Chamarand, après avoir été pendant quarante ans celui de son beau-père, Paul Grassac. L'autre est tendue de toile gris-blanc, c'est celui du clerc et de la secrétaire. Après son bachot, Claudine a remplacé à ce poste Lydia Rivière, épouse de prisonnier, qui se consacre maintenant à l'enseignement de l'anglais.

En réalité, Claudine ne cesse d'aller et venir entre les deux pièces. Son père l'appelle pour un oui ou pour un non, souvent pour le simple plaisir de la voir et de bavarder une minute. Elle ajuste la cravate du notaire, chasse de son col, du bout des doigts, les pellicules et les poussières de charbon de bois quand il a allumé son gazogène. Ils travaillent aussi. Elle a appris en six mois la sténo Prévost-Delaunay, et il lui dicte maintenant le courrier. Denis Chamarand joint les mains sous le menton, soupire.

– À quelque chose malheur est bon, ma chérie. C'est grâce à la guerre que tu es près de moi. Sans les événements, il y aurait une étrangère ici, et tu étudierais le droit à Bordeaux !

Le droit, Claudine le déteste. Elle a accepté de s'inscrire au cours de capacité de l'École universelle.

– Ça t'aidera toujours pour ta licence, après la guerre, dit-il.

Elle le regarde avec un sourire tendre et moqueur. Et ça m'aidera peut-être aussi à faire un bon mariage ?

– Tu pourrais même mener ta propre carrière. Après la

guerre, les femmes accéderont à tous les métiers réservés aux hommes.

Après la guerre, elle ira à Paris faire du journalisme. Elle suit en secret les cours de l'École A.B.C. de rédaction. « La maîtrise de votre style vous permettra de réussir là où beaucoup d'autres avant vous ont échoué... »

Elle dégage du rouleau de sa machine l'acte qu'elle a fini de taper depuis un moment, rafle un porte-monnaie sur sa table, le glisse dans une poche de sa serviette modèle « voyageur », en vache extra. Pierrot tire ses manches de lustrine sur ses poignets osseux tout en guettant Claudine.

– Vous savez que les terroristes ont tué deux prêtres en Lot-et-Garonne ?

Elle le fixe des yeux en pinçant les lèvres.

– *Ach, Terroristen !* dit-elle sur un ton moqueur. Puisque vous êtes bien renseigné, vous savez que les Boches ont tué cinquante maquis à Payzac ?

– C'est la guerre, et les maquisards sont des soldats.

– Vous avez toujours le dernier mot, hein ?

Au milieu de l'hiver 1944, la guerre redouble de violence sur tous les fronts, en Ukraine, en Italie, au mont Cassin, dans l'Atlantique et le Pacifique, dans le ciel d'Allemagne, en Savoie, où la Milice et les gardes mobiles assiègent quelques bataillons de maquisards, et même en Dordogne, où la répression a commencé dans le nord du département. Des milliers d'hommes, de femmes et d'enfants meurent chaque jour sous les bombes, les obus, les balles, dans l'eau glacée, la neige ou les flammes. La mort des prêtres n'est pas plus injuste que celle des petits enfants.

Le froid est vif, des plaques de verglas luisent au bord des caniveaux. Claudine court sur ses souliers à semelle de bois doublés de lapin. Elle finit de boutonner le col de son manteau dans la rue Malvine. Réverac est une ancienne bastide anglaise, aujourd'hui chef-lieu de canton de deux mille habitants, étalée sur un coteau qui domine bois et prairies, avec au centre une place carrée, cernée d'arcades. Une promenade, sinueuse et molle, plantée d'arbres variés, entortille le bourg comme un ruban de soie un paquet cadeau. Les snobs et les lettrés l'appellent le « mail », les simples gens le « grand tour ».

La poste, une grosse bâtisse blanche, cravatée d'un escalier pompeux, se dresse au bout d'une place en triangle. Tous les matins, employés et petits patrons s'y croisent à l'ouverture du bureau. Claudine a tout juste le temps d'apercevoir le commis de la perception, le dernier de la bande, qui descend la rue Fournier-Sarlovèze en faisant l'acrobate sur le verglas, sa sacoche de courrier ficelée sur son porte-bagages. Elle se débrouille pour aller à la poste quand elle attend un pli de l'École A.B.C. Ce n'est pas le cas aujourd'hui, elle espérait bavarder un instant, glaner quelques nouvelles ou l'un de ces bobards qui se glissent toujours au milieu des nouvelles comme des cailloux dans les lentilles.

Et, tout à coup, l'enveloppe : École A.B.C. de rédaction, 12, rue Lincoln. Une frayeur pince la peau de Claudine, entre les épaules. « Si Pierrot était tombé là-dessus ! Il t'aurait blaguée dix fois par jour et toute la ville aurait fini par savoir que tu prenais des cours de rédaction... » Elle glisse la lettre dans la poche de son manteau. En sortant, elle aperçoit Lydia Rivière qui file vers le centre-ville sur sa bicyclette noire à guidon haut. Elle l'appelle. Lydia fait demi-tour, gênée par sa jupe, envoie un petit signe à Claudine du bout des doigts et revient vers la poste, une main levée.

Lydia est la jeune femme que Claudine admire le plus, jusque dans ses airs romantiques. Lydia s'habille long, sourde à la mode et aveugle au temps qu'il fait. On la voit toujours avec une jupe à plis longue et ample qui ne remonte jamais au-dessus des genoux. Elle habitait avant la débâcle une grande ville, Arras. C'est une citadine, belle, instruite, qui parle couramment la langue de l'avenir... Et d'une souplesse, sous ses longs jupons ! Elle saute en marche, court, s'arrête pile devant Claudine, reprend son souffle à petits coups.

– Claudine...

Elles s'embrassent. Lydia ne fait qu'effleurer la joue de Claudine.

– Ils ont arrêté Mme Danvers avant-hier !

Mon Dieu, la prof de philo ! Pensionnaire à la Compassion,

Claudine suivait la classe de philo au lycée. Elle revoit Mme Danvers, petite femme très droite, au visage mince sous les bandeaux de cheveux gris, son regard brillant, ses gestes nerveux, son air à la fois inquiet et décidé.

– Qui ?

– Les Boches, la Milice... Ils torturent autant les uns que les autres !

Lydia a les traits figés. Elle enfonce frileusement les épaules dans le col de sa veste fourrée. Elle paraît soudain plus petite et plus frêle. Claudine se dégante pour lui prendre la main. Lydia serre sa paume entre les siennes, gainées de chevreau.

– Ne me pose pas de questions, je t'en prie. Je ne sais rien de plus.

Elle tourne la tête, scrute les environs déserts, et le vent joue avec une mèche blond-roux sortie de sous sa toque. Elle baisse un tout petit peu la voix, une lueur de défi s'allume dans ses yeux noirs.

– J'ignore ce que faisait au juste Irène Danvers. Elle était assez maligne pour n'en parler à personne. Elle vivait seule, on ne lui connaissait aucune famille... Oh, et puis il y a des milliers d'hommes et de femmes dans toute l'Europe, arrêtés, torturés, assassinés !

– Et tous ceux qui sont tués dans les bombardements, dit Claudine.

Réflexion machinale. Mais Lydia fronce les sourcils, se fige de nouveau, la tête à demi tournée, un poing serré, presque menaçante.

– Tu veux dire que tu mets dans le même sac les victimes de la répression allemande et celles des bombardements alliés ?

– Non, pas du tout, je vous..., je te...

Lydia lui a demandé de la tutoyer, mais elle se sent toujours incapable de cette audace. Il y a leur différence d'âge. Claudine était encore une gamine quand Lydia Rivière est arrivée en juin 1940, au volant de sa voiture, parmi les réfugiés du Pas-de-Calais. Claudine avale avec effort un peu de salive et baisse la tête.

– Je sais très bien que ce n'est pas la même chose, Lydia.

– Alors, fais attention. Il y a des gens qui pourraient croire que tu répètes ce qu'on pense chez toi. Ça serait mauvais pour la réputation de ton père !

Claudine rougit jusqu'aux oreilles. Lydia l'intimide. Lydia est femme. Cette façon qu'elle a de gonfler la poitrine, d'étirer ses jambes souples puis de secouer la tête d'un air indulgent, souverain, superbe et gourmand... Claudine refoule les larmes qui lui piquent le coin de l'œil.

– Pardonne-moi, Lydia. Tu as raison, je suis trop sotte !

– Je m'excuse de t'avoir parlé sur ce ton. J'aimais tant Irène Danvers !

Lydia enlève ses gants pour presser la main libre de Claudine entre les siennes et lui enfonce les ongles dans la paume.

– Oublie ce que j'ai dit de ton père, je t'en prie.

– Son idée fixe, c'est que Pétain est d'accord avec de Gaulle.

– Et toi, Clo, tu penses qu'il se trompe, hein ?

Claudine serre les mâchoires pour s'empêcher de claquer des dents. Il lui faut désavouer son père devant une étrangère qui le méprise.

Elles traversent la place. Claudine, perdue dans ses réflexions, trébuche sur une plaque de gel. Lydia la retient, la remet d'aplomb d'une secousse.

– En fin de compte, je ne te demande pas de me répondre.

– Mais je te réponds. Je pense que papa se trompe.

5.

Le rendez-vous de Monlévrier a été transféré par prudence. Filbert, Robert Neuville et le comte de La Borde, dit Lambert, se sont finalement retrouvés à l'auberge Peyré, route de Cadouin, à Réverac. La cuisine de cette ancienne ferme a conservé son agencement rustique, avec ses batteries de casseroles et de chaudrons de cuivre accrochés aux murs sombres, sa vaste cheminée munie d'un tourne-broche où l'on cuirait un veau. La patronne, une grosse femme aux joues rouges, au chignon massif, à la poitrine débordante, entretient dans sa maison une ambiance maternelle et bon enfant qui plaisait aux « congés payés » avant la guerre et qui attire maintenant les gars des chantiers de jeunesse en permission.

Il est presque midi. À travers les rideaux, on voit le soleil d'hiver tomber sur une colline brunie, où les tours d'un château percent entre les sapins. Les trois hommes sont assis au bout d'une longue table. Robert Neuville est le seul à porter un chapeau, légèrement rabattu sur le côté.

La patronne épluche des oignons à l'autre bout de la table.

– Nè, j'en vois qui ont déjà les larmes aux yeux. Si j'étais les Allemands, je sais bien ce que je ferais pour chasser les maquis !

Filbert reprend sa pipe dans sa poche, d'un geste lent et calme.

– Ne vous fatiguez pas à répondre. Notre amie est sourde.

Il est un des chefs du réseau « Wheel Horse », du S.O.E., le Special Operations Executive britannique. C'est un homme de haute taille, au buste fortement charpenté, au visage carré, au front large, au menton puissant. Deux ou trois mèches grises se mêlent à son épaisse crinière de cheveux bruns. Robert relève son chapeau sur son front, se masse les sourcils, regarde le ciel par la fenêtre.

– On garde Monlévrier, malgré tout ?

– Dommage d'abandonner cette base pour une fausse alerte, dit Lambert.

Lambert est grand, mince, le visage osseux, le front dégarni, le nez busqué, les pommettes saillantes. Ses poignets de chemise tombent sur ses mains fines, nerveuses, qu'il joint à plat au bord de la table. Il penche toujours la tête en avant au moment de parler.

– Monlévrier est une grande maison isolée, à proximité des bois, avec plusieurs chemins et une sortie par la cave. Elle appartient à des Parisiens qui n'y mettent jamais les pieds. Elle est à vendre par le notaire de Réverac, maître Chamarand...

Robert Neuville appuie trois doigts sur sa tempe d'un geste pensif.

– Le mari de votre agent de liaison ?

– Hortense est ma belle-sœur. Elle n'est pas agent de liaison, elle me rend quelques services par dévouement familial. Son père, l'ancien notaire, et son mari, le notaire actuel, sont tous les deux pétainistes bon teint. Les Chamarand ont trois enfants. La cadette, Claudine, va avoir vingt ans. C'est une gentille fille, un peu secrète. Sa mère voudrait la jeter dans nos bras pour la soustraire à l'influence de son père. Je pense qu'elle n'est pas mûre pour nous rejoindre.

Robert soupire, secoue la tête, caresse sa moustache châtain clair qui lui donne un air très anglais.

– C'est donc Hortense Chamarand que vous avez chargée du placement de la petite Julia ?

– J'avais étudié trois possibilités. J'ai finalement retenu les Treguennec, proposés par Hortense Chamarand. Ils sont bretons, c'était excellent puisque Julia arrivait de Nantes. Ils sont bons catholiques, propriétaires d'une ferme d'élevage. L'école libre, où les enfants vont à pied, est à un kilomètre de la ferme. Les bonnes sœurs s'occupent très bien des enfants abandonnés ou fugitifs.

La patronne pose une tasse de café devant chacun des invités.

– Du vrai, dit-elle, qui vient d'où vous savez. Et même sucré !

Robert joue avec sa cuiller, renverse le buste. Lambert boit une gorgée de café, repose sa tasse et poursuit :

– Les Treguennec ne voulaient pas d'un enfant déshérité, sans ressources. Ils espéraient que l'affaire leur rapporterait un peu plus que l'enfant ne leur coûterait à nourrir. Le montant de la pension, deux mille cents francs, vêtements et chaussures fournis, les a vite convaincus.

Robert approuve d'un signe de tête, l'air préoccupé.

– Et maintenant, votre belle-sœur nous propose l'aide de sa fille ?

Lambert fait face à la cheminée où chauffe un tas de braises. Il s'essuie le front avec un mouchoir. Filbert a suivi la discussion en buvant son café. Il se tient silencieux et pensif, une main refermée sur le fourneau de sa pipe, l'autre enfoncée dans la poche de sa veste. Il tire une bouffée, sourit. Lambert regarde son chef par-dessus sa tasse levée.

– Je souhaite engager ma famille le moins possible dans mes activités.

Il marque une courte pause, regarde ses compagnons d'un air de défi.

– Bien que je ne sache pas ce que vous attendez au juste de votre future assistante, je pense que vous avez besoin d'une femme, pas d'une gamine, encore J3 sur sa carte de rationnement. J'ai pensé pour vous à une femme de prisonnier, Lydia, vingt-sept ans. Son mari est dans un oflag, elle enseigne l'anglais dans un collège catholique, à Bergerac. Elle est mon agent de liaison et assure mon courrier avec Bergerac et d'autres villes, avec les cheminots, les maquis... Elle me traduit aussi des journaux et des documents anglais. Elle agit par patriotisme et, je dois ajouter, par anglophilie.

Il avale son café, repose la tasse. Robert regarde Filbert, toujours carré au coin de la table, la main dans la poche, impassible, olympien, très « grand patron ». Et le grand patron lève la tête, fixe un coin de ciel, vers le haut de la fenêtre, en signe d'impatience.

– Décidez entre vous, je vous donne carte blanche.

Robert repousse sa tasse, croise les bras sur la table.

– J'ai envie de me ranger à votre avis, Lambert. La jeune fille me paraît un peu tendre pour tenir le rôle. Dans le cas de la jeune femme, Lydia, si on lui demande de quitter son poste de professeur au milieu de l'année scolaire, on va peut-être attirer l'attention sur elle. Enfin, ça m'ennuie d'engager une femme de prisonnier, surtout jeune et jolie. Oui, mon cher, jolie : je le vois dans vos yeux quand vous parlez d'elle. J'aimerais rencontrer les deux candidates, en commençant par Lydia.

La mère Peyré ramasse les tasses.

– Ah nè, c'était-y bon, messieurs ?

Trois sourires et trois hochements de tête lui répondent. Lambert se lève et va s'adosser au feu, où une marmite de soupe est en train de bouillir.

– Rien de plus simple. Où vous voudrez, quand vous voudrez.

Filbert vérifie entre deux doigts le nœud de sa cravate. Robert s'incline.

– Du cousu main. Je ne saurais assez vous remercier.

Lambert fronce les sourcils puis se penche en avant.

– Pas de quoi, mon cher. Et que décidons-nous pour la maison de Monlévrier ? Nous n'y avons personne en ce moment, mais j'attends un aviateur anglais la semaine prochaine. N'importe, si vous vous y installez, je dévierai la ligne d'évasion sur une autre planque. Et pour la petite Julia...

Robert l'arrête d'un geste, net, impérieux.

– Monlévrier m'intéresse surtout à cause de cette issue par la cave. Si la maison du docteur Dugoujon, à Caluire, avait possédé une sortie discrète dans ce genre, Max [1], Aubry et les autres auraient pu échapper à la Gestapo. Je contrôle moi

1. Jean Moulin

aussi une filière d'évasion. La surveillance de cette ligne est un travail important que je ne peux abandonner pour le moment.

Lambert se tourne vers son chef de réseau.

– Vous êtes d'accord, Phil ?

Après avoir ôté sa pipe de sa bouche, Filbert ajoute d'une voix pensive :

– Il me semble que nous pouvons céder Monlévrier à notre ami Robert.

Lambert est parti dans son cabriolet, tiré par un jeune alezan un peu trop fringant pour avoir échappé aux réquisitions. Filbert a pris son vélo. Les voitures à essence attirent l'attention et consomment des litres précieux, qu'il vaut mieux garder pour les opérations militaires. Les gazogènes ne partent jamais à l'heure, s'arrêtent au milieu des côtes, s'étouffent quand on accélère brusquement ! Robert sourit en s'installant à une table de l'auberge. Lui, l'ancien garagiste, pense qu'on peut faire des merveilles avec un gazogène bien réglé. Il est persuadé que l'essence ne retrouvera pas après la guerre le quasi-monopole des carburants qu'elle avait dans les années vingt et trente. Mais, s'il s'en tire, il ne reprendra pas un garage. Il aimerait créer une grosse entreprise de transports de passagers, avec des cars à deux étages, comme en Angleterre, et peut-être aussi des avions-taxis.

Vers 1925, il a appris à piloter une espèce d'avionnette minuscule, il a peu volé mais garde la nostalgie du ciel. Il a beaucoup admiré les aviatrices célèbres, les deux Maryse : Bastié et Hilsz. Maryse Hilsz est née en 1903, comme lui. Il l'a rencontrée à un meeting, après son raid Paris-Tananarive-Paris. Il lui a offert un bouquet, elle l'a embrassé... Il aimerait avoir une compagnie d'avions-taxis pilotés par des femmes !

Il a posé devant lui son couteau de poche et sa carte d'alimentation. La mère Peyré apporte les couverts mais repousse la carte et crie à tue-tête :

– Pour vous, ça sera sans tickets, aujourd'hui, nè. J'espère qu'une bonne *mique* sarladaise vous fait pas peur ?

– Je compte bien manger pour huit jours. On ne sait jamais !

Il a sorti une photo de Lydia que Lambert lui a remise avant de partir. Il l'étudie dans le creux de sa main. Une très jolie femme au visage d'un ovale parfait, au front bombé et aux pommettes hautes. La photo, petite et d'une netteté médiocre, laisse deviner la fougue du tempérament, que traduit la fièvre d'un regard droit et sombre. Les yeux sont superbes. Elle doit être jalouse comme une tigresse. Une séductrice... Une femme dangereuse, en tout cas. Il a vraiment très envie de la rencontrer.

6.

Journal de Claudine.

Le 16 février 1944. Sainte-Julienne. Le poêle fume et ne tire pas, mais n'importe, j'ai connu la fumée et les courants d'air, dans cette grande maison, dès mes premiers vagissements. Sale hiver.

Ici, rien d'essentiel ne nous manque, le marché noir aidant. On a mis des cèpes en bocaux pour la Libération et des chapons pour le retour des chers prisonniers. On est douillets, proprets, grassouillets. On se gratte un peu, on a des furoncles, mais l'onguent Schutte est là pour ça. On écoute Radio-Paris, Radio-Alger et Ici Londres-les-Français-parlent-aux-Français, on mélange en écrasant les grumeaux. On échange un jambon contre deux chambres à air. On lave son linge sale à l'encre violette et on colle le maréchal en effigie sur les lettres à la Kommandantur... Non, ce n'est pas qu'on manque d'activités. Avec les colis aux prisonniers et le colportage des bobards, Hercule aurait à peine le temps de tuer un lapin et de nettoyer l'écurie du couvent. Comment passait-on le temps avant guerre ?

Hier soir, un message personnel tiré d'un poème de Francis Jammes : *Le vieux jardin a de vieilles tulipes.* Le vers suivant dit sans ambages : *Viens toute nue, ô Clara d'Ellébeuse !*

Un coup d'œil à ma glace de poche pour voir quel effet je ferais à un Français libre, amoureux de Clara d'Ellébeuse.

J'essaie d'effacer la moue qui rehausse d'un côté ma lèvre.

Hum... Bouche sinueuse, gonflée, plutôt moqueuse que sensuelle. Bien. De grands yeux d'un bleu presque noir. Pas mal, pas mal. Minois pointu et étroit, mais pas trop. Bah ! Deux mèches brun clair se croisent au-dessus de mon œil gauche, où s'allume de temps en temps une petite flamme. Ça, c'est très ciné.

Mais, ma biche, ton minois n'intéresse personne. Par contre, il y a dans cette baraque de notaire au moins dix pièces inoccupées et une demi-douzaine de réduits, dont deux ou trois, coincés entre les étages ou les ailes, quasi introuvables. Idéal pour cacher des clandestins, juifs, pilotes, agents secrets... Il faudra y songer !

Je lis la Vie des saints, à la date du jour. Les élèves des écoles catholiques sont bien mieux préparés à affronter la torture que les élèves de la laïque. Notre livre de raison est riche en scènes de supplices. Aujourd'hui, l'histoire « d'une des jeunes filles les plus nobles de Nicomédie, nommée Julienne ». « Par ordre du préfet, les bourreaux attachèrent Julienne à un poteau, ils la frappèrent avec des nerfs de bœuf et des verges d'osier vert, puis ils la suspendirent par les cheveux et lui brûlèrent les flancs avec des bottes de paille allumée ; enfin, ils lui percèrent les mains avec un fer chaud et la jetèrent à demi morte dans un cachot... »

À la pension, quand on lisait les récits de ces horreurs, la plupart des filles riaient sous cape ou se retenaient de pouffer. Et Dieu sait s'il y en a, des récits de supplices, dans ce sacré bouquin ! Sainte Reine, sainte Thècle, saint Léger, sainte Justine, saint Félicien, saint Victor, saint Laurent, sainte Philomène..., sainte Juliette. « ... On lui plongea les pieds dans la poix bouillante, on lui déchira le corps avec des ongles de fer. » Et saint Léger : « Par les ordres du féroce Ébroïn, on lui creva les yeux, on lui coupa les lèvres et une partie de la langue, on le força à marcher pieds nus sur des cailloux tranchants, on l'exposa sur la place publique aux regards de la foule indignée... » Un jour, une fille a demandé à une sœur si on déshabillait les martyrs pour les torturer. La sœur a rougi très fort. « Mais, petite sotte, qu'allez-vous penser ? Sûrement pas ! » Pour nos religieux, on peut brûler les gens, les découper en morceaux, pourvu qu'ils soient vêtus ! Les grandes n'en croyaient pas un mot. Mais comment savoir la vérité ?

Et puis nous avons découvert un aveu très clair dans la vie de sainte Philomène (fête le 14 août). Cette vie n'était jamais lue à la pension, car on est en vacances en août.

« L'empereur la condamna à une dure prison, qui dura quarante jours. Par ordre de Dioclétien, elle fut dépouillée de ses vêtements, attachée à une colonne et flagellée, puis précipitée dans le Tibre. »

Aux nouvelles, sabotage du dépôt de chemin de fer de Périgueux : quinze locomotives détruites.

7.

Un soir en sortant de l'étude, où elle a travaillé l'après-midi, Claudine retient son père dans le hall, au pied de l'escalier.

– Papa, sais-tu que Mme Danvers a été arrêtée ?

Il se dandine sur sa jambe valide, fredonne, clappe de la langue comme s'il cachait une bonne nouvelle dans sa manche.

– Tu penses que j'affiche un peu trop mes opinions, hein ? En attendant, on ne mourra pas de faim !

Il lance un rire qui sonne faux et déballe un chapelet de saucisses de sa serviette. Le clerc, qui vient de finir sa journée, demande en s'en allant si c'est du veau ou du cochon. Maître Chamarand éclate de rire.

– C'est toujours ça que les Fritz n'auront pas, Pierrot !

Le clerc ouvre la porte, une bouffée de vent froid balaie le hall, Claudine retient sa jupe d'une main et ses cheveux de l'autre.

– Des tas de gens nous traitent de collabos.

Denis Chamarand se dresse de toute sa hauteur. Il est presque grand, malgré sa jambe torse, presque beau, malgré son front trop large et son nez trop fort, presque jeune, malgré ses mèches blanches et ses poches sous les yeux. Et Claudine l'aime.

– Papa, il fallait bien que je te le dise.

Il lui tend les saucisses sans un mot et monte l'escalier du premier, sa serviette vide sous le bras, en boitant bas. Claudine éteint la lumière du couloir et le suit résolument. Il s'arrête sur le palier sombre, l'obscurité lui rend son assurance. Il se retourne.

– Tranchons dans le vif, Claudine. Au fond de toi, crois-tu que je sois un collabo ?

Il attend une protestation indignée qui apaiserait sa conscience : « Toi, un collabo, papa ? Jamais de la vie ! » Elle ne se laisse pas prendre au piège. Elle s'approche, baisse la voix.

– Les Alliés tuent beaucoup de Français avec leurs bombes. Mais je crois que les Allemands ont fait bien pire. Les Juifs, les Polonais, que sais-je !...

– Tu mélanges tout !

– Et puis je crois qu'il n'est plus temps de peser le pour et le contre. Au point où on en est, il faut choisir. Non ?

– J'ai toujours pensé que de Gaulle et Pétain étaient d'accord, en secret, et qu'ils se partageaient le travail. Ainsi, la France a deux fers au feu.

– Les Allemands seront vaincus et le Maréchal partira en exil.

– Allons droit au fait...

Son expression favorite, avec « le sort en est jeté », « à bon entendeur, salut ». Des formules qui trahissent l'indécis, le faible, enclin à se payer de mots. Il serre sa serviette vide contre sa poitrine, croise les bras par-dessus.

– Rien n'est joué, contrairement à ce que tu crois, ma douce. Hitler est très malade, les généraux allemands vont renverser son régime et signer une paix séparée avec les Anglais et les Américains. Le débarquement se fera sans bobos, par un accord entre la Wehrmacht et le gouvernement de Vichy. Les deux camps auront besoin d'un intermédiaire, ce sera le Maréchal, vu son prestige, aussi grand en Allemagne qu'en Amérique. Et les Anglais avaleront la couleuvre, trop contents d'échapper aux armes secrètes. Mais le Maréchal aura besoin de De Gaulle pour mobiliser les Français contre la Russie ! Il le prendra comme Premier ministre en sacrifiant Laval. Je ne pleurerai pas pour l'Auvergnat !

Claudine écoute en caressant les saucisses dans leur emballage de papier gras. Elle a les mains poissées et l'eau à la bouche. Son père se soûle de théories, refait le monde avec exultation. Il se croit pour de bon en train de manipuler le Maréchal, de Gaulle, Laval et les autres au bout de ses fils !

Mille répliques démangent la langue de Claudine. « Ça t'agace, ma vieille, mais, sans ses chimères et ses utopies, il ne serait plus ton papa ! » Elle écrase les saucisses dans leur papier journal.

– Mme Danvers, mon professeur de philo de l'an dernier, a été arrêtée. On croit que les Allemands l'ont emmenée à Limoges pour la torturer.

– Ah oui, hum. Ne te fais aucun souci, ma fille, tout s'arrangera quand on connaîtra l'accord Pétain-de Gaulle.

Ah oui, si un accord Pétain-de Gaulle est soudain révélé, les gens de la Gestapo, pris de remords, se précipiteront pour libérer Mme Danvers !

« Toutes nos excuses, chère madame, nous ne pouvions pas savoir. » Claudine serre les poings.

– Papa, cette histoire, tu ne crois pas que c'est un conte de nourrice ?

Denis Chamarand s'appuie le dos au mur du couloir.

– Les dés sont jetés, ma pauvre fille.

Sa voix se casse. Il se sent, en son for intérieur, désarmé, impuissant à protéger les siens, ce qui doit être cruel pour lui, si fier de sa réussite sociale. Mais combien d'hommes, combien de parents, en ce moment même, vivent cette épreuve ! Il pose sa serviette à ses pieds. Claudine devine dans l'obscurité sa main qui se tend vers elle. Il lui serre le poignet.

Au-dehors, la cloche du couvent sonne le glas, sans doute un vieux de l'hospice. Les notes tombent, lourdes et lentes, dans la paix du soir. En bas, les courants d'air se contrarient, au fond du couloir, avec des espèces de halètements. Le fourneau de la cuisine ronfle derrière la cloison, Antoinette l'a bourré avant de partir. Le chat de la grand-mère miaule aigrement. Le notaire se tait, le souffle court. Claudine hume l'odeur de la charcuterie, celle de l'encaustique que les bonnes ont passée sur le plancher et le relent de charbon de bois qui monte des remises.

Ah, qu'il est difficile de croire aux dangers du monde, à

l'abri d'une maison de notaire, à Réverac, en Dordogne. Claudine pose la tête sur l'épaule de son père. Il sent le bon tabac, l'essence de pin et le vinaigre de toilette. Elle l'embrasse sur ses deux joues mal rasées. « Mon papa... » Il est si intelligent et courageux, ce fils de pauvre paysan, né avec une jambe torse et un pied bot, et devenu licencié en droit et notaire du canton ! Comme elle voudrait l'admirer sans réserve ! Il se penche et lui souffle à l'oreille :

– Ma fille... Ma grande fille... Ma petite fille !

Elle protège la charcuterie pendant qu'il répète : « Ma fille, mon enfant... »

– J'estime qu'on ne doit prendre aucun risque quand on a une famille. Je n'ai jamais voulu m'engager dans... euh, l'action. Je pense à Annette et à toi. À la seule idée que vous pourriez tomber l'une ou l'autre entre les mains de la Gestapo, je..., je...

Il s'énerve, son souffle devient haletant. Claudine lui prend la main.

– Calme-toi. S'il te plaît, papa, calme-toi.

On entend soudain ronronner des avions dans le ciel, loin au-dessus de la terre, des gros. Denis Chamarand reprend sa respiration. Son sang bat dans sa paume, sous les doigts de Claudine. Ils écoutent ensemble, le regard au plafond. Le notaire parle d'une voix entrecoupée de soupirs.

– Des Américains qui viennent du Maroc, dit-il, et qui vont vers Clermont ou Lyon. Oui, sans doute, les Allemands ont perdu la guerre.

Claudine se penche pour ramasser la serviette qu'il a posée sur le plancher, un frisson lui parcourt le corps.

– Rentrons, j'ai froid.

Maître Chamarand serre les mains sur sa poitrine.

– Oui, oui. Je ne me sens pas très bien non plus.

La maison profile son cou blanc entre les chandelles des cyprès. Deux ou trois cheminées percent le toit rouge, encadrées par un paratonnerre et un épi de faîtage. Le nom s'inscrit sur une plaque de bronze rongée par le vert-de-gris : Villa Bois-Belleau. Robert Neuville pousse sa bicyclette dans l'allée envahie par les herbes sèches et mesure le volume de la bâtisse. Deux ailes plates enserrent les trois étages du corps principal, et l'on devine une écurie derrière des remises. Presque un petit château, à un kilomètre et demi de Réverac.

Robert appuie son vélo contre un arbre, ôte ses pinces de pantalon. Une porte de remise s'ouvre sur la gauche, la vieille demoiselle paraît, longue et sombre, encore grandie par un haut chignon. Il avance, son chapeau à la main.

– Mademoiselle Desjours ?

Elle répond d'un battement de paupières, serre d'une main baguée le col de son caraco et lui tend l'autre.

– Et vous, vous êtes le monsieur qui achète du cuir ? La jeune dame vous attend. Excusez-moi de vous faire passer par la remise. Je n'ouvre jamais la porte principale en hiver, à cause du froid.

Robert la suit dans une pièce glacée, encombrée de vieux meubles et d'outils de jardinage. Il respire une odeur de produits chimiques, se retient de tousser. La vieille demoiselle le précède dans un couloir étroit, à la peinture maculée et au lino troué, puis l'introduit dans une sorte de salon, bien éclairé par le soleil du matin. Les deux fenêtres à petits carreaux donnent au sud-est, la lumière passe entre les cyprès et se pose, très blanche, sur le tapis d'un pourpre fané assorti aux tommettes. Lydia Rivière, debout au coin d'une fenêtre, ne se retourne pas tout de suite, laissant à Mlle Desjours le temps de s'en aller.

Robert pose sa valise contre le mur et son chapeau sur un guéridon. Lydia pivote lentement, les bras à demi croisés. Les cheveux blond roux enveloppés d'une résille, les mains gantées, elle porte une longue veste à carreaux marron et beiges, larges revers, épaules carrées, deux rangées de gros boutons, sur une jupe noire, à plis, très longue elle aussi. Elle baisse les bras, fait un pas en avant.

– Monsieur, je suis heureuse à l'idée de travailler pour vous.

Elle s'appuie sur le dossier d'un petit fauteuil placé à côté du poêle ronronnant qui chauffe la pièce, ou plutôt un coin de la pièce.

– Donnez-moi votre trench-coat, s'il vous plaît !

Robert l'observe en silence, à quelques pas. Elle est belle, très belle, avec quelque chose de tendu, farouche, presque hagard dans ses traits, l'éclat de ses yeux sombres. Ses lèvres bougent doucement, esquissant un sourire inachevé. Elle s'anime soudain, s'approche à pas vifs, aide Robert à ôter son imperméable, qu'elle lui arrache presque. Plutôt petite, elle se grandit par son allure svelte, ferme et souple, l'aisance de ses gestes, l'autorité charmeuse qui émane de sa personne. Robert retrouve le sentiment d'un jeu de masques qu'il a eu en regardant sa photo.

Elle accroche l'imper, se retourne sur un pied, esquisse un pas de danse.

– Je suis si heureuse, si heureuse !

La demoiselle Desjours est venue servir le thé. Elle a humé le parfum qui montait de sa théière en argent et fermé les yeux.

– Du vrai thé anglais. Mon seul luxe, je ne vous dirai pas comment je me le procure !

Et Lydia, dans un demi éclat de rire :

– Vous pouvez le dire, Aurélie : nos amis du maquis nous en font cadeau.

La vieille demoiselle a rougi jusqu'au front, elle sort, très droite, l'air de glisser comme un fantôme, sans toucher le sol. De toute façon, elle n'a mis que deux tasses sur le plateau. Robert boit son thé à petites gorgées, repose sa tasse, noue les mains derrière sa nuque, allonge les jambes, fait mine de se perdre dans ses pensées tout en examinant la jeune femme.

Lydia rougit, baisse ses longs cils sur ses prunelles brûlantes. Elle se lève, cueille une bûche dans une caisse à bois, s'agenouille devant le poêle en guettant la lueur des flammes à travers le mica de la porte. Elle met une bûche dans le foyer, s'assoit sur le plancher, aux pieds de Robert, les bras noués autour des jambes, la jupe tirée jusqu'aux chevilles.

– Croyez-moi, cette maison serait parfaite pour vous installer. Aurélie Desjours acceptera, pour moi. Nous sommes très liées. Depuis trois ans, je viens souvent parler anglais avec elle. Elle a été institutrice à Londres, de 1911 à 1915, elle aime parler anglais. Vous pourriez avoir une chambre et un bureau ici. Il y aurait aussi une chambre pour la petite Julia, si vous voulez. Je viendrais vous rejoindre tous les jours, et, même si vous préférez que je sois ici en permanence, je pourrais me loger dans la maison, qui est grande et confortable..., en tout cas, plus confortable que celle de Monlévrier.

– Vous savez beaucoup de choses, Lydia. Trop pour votre sécurité, peut-être ?

Elle rougit et rejette une mèche échappée de sa résille. Le sombre éclat de ses iris dévore ses pupilles. Elle se tait. Robert l'invite d'un geste à continuer.

– Quant à moi, dit-elle, je suis à votre disposition, *complètement.*

On ne peut pas s'offrir avec plus de franchise. Elle prend sa chevelure à deux mains, la tire en arrière, découvre son cou et ses oreilles, où se balancent deux boucles en forme de poignards miniatures.

– Je quitterai mon travail de professeur avec joie. Je ne sais pas ce que vous comptez me demander, vous me le direz quand j'aurai besoin de le savoir... Vous voyez, je suis accommodante. Mon mari est dans un oflag, je n'ai pas d'enfants, pas de famille. Enfin, mes parents sont rentrés dans le Nord. Je suis libre et prête à prendre des risques, mais je me contenterai au besoin de m'occuper de la petite Julia et de tenir votre ménage !

Robert hoche la tête, frappe son genou du plat de la main.

– Je vais peut-être vous demander de tenir mon ménage !

Elle rougit très fort, très vite : une lampe qui s'allume. On dirait qu'elle le fait exprès, pour ajouter à son charme aguicheur. Elle en est capable, songe Robert, ainsi que de mille autres choses de même genre !

Elle fige au coin de sa bouche une moue moqueuse puis, dans l'instant, redevient sérieuse, les yeux agrandis, le souffle court.

– J'ai deviné que vous êtes ici pour la petite Julia. Je l'aime beaucoup, ce qui ne m'empêchera pas d'être sévère avec elle, s'il le faut. Je vois une certaine ressemblance avec vous. Julia pourrait être votre fille..., à condition, peut-être, que sa mère soit blonde.

Lydia fixe encore Robert longuement, pointe vers lui une main longue et fine, aux ongles à peine rosis.

– Beaucoup de gens pensent qu'elle a un parent juif, bien qu'elle soit baptisée et élevée dans la religion catholique. Et son père serait un homme important de la Résistance ou de la France libre.

« Une autre supposition revient souvent. Julia serait la fille d'un homme politique ou d'un officier connu, parti à Londres ou à Alger. Sa mère a pu rejoindre son père chez de Gaulle, mais l'enfant est restée en France à la suite d'un concours de circonstances. Les Allemands la recherchent activement pour exercer un chantage sur les parents ou l'échanger contre Dieu sait qui ou quoi..., peut-être des renseignements. La Résistance a décidé de l'évacuer. Il n'est guère commode de faire traverser les Pyrénées à une enfant de neuf ans. L'embarquement par mer est de plus en plus difficile... Reste l'avion. Le Lysander anglais se pose de temps en temps pas très loin d'ici. Il va venir la prendre un de ces jours...

Lydia lorgne Robert sous ses cils à demi baissés.

– Qu'y a-t-il de vrai dans ces histoires, Robert ?

Il songe : « Tu as de beaux yeux, un nez mutin, une bouche faite pour le baiser, de longues jambes, une petite cervelle qui tourne vite, la langue bien pendue, etc. Tu es encore plus dangereuse que je ne le pensais ! »

Il vient s'accroupir devant le poêle, près d'elle, et respire son parfum.

– Plausible, tout ça. Vous ne pouvez pas être bien loin de la vérité, hein ?

Lydia appuie son menton sur son poing fermé et regarde Robert Neuville d'un air faussement humble, soumission et défi mêlés. Elle baisse la main, renverse la tête en arrière en balançant ses cheveux.

Ankylosé par sa position, Robert étend les jambes, et son genou frôle celui de Lydia. Le geste n'était pas prémédité. Ils se regardent. Robert soupire, récupère sa tasse sur la table voisine, vide la dernière gorgée d'un thé un peu amer.

– Thé amer, dit-il à mi-voix.

L'expression lui plaît.

Lydia remonte frileusement le col de sa veste, se mordille la bouche à petits coups de dents. Elle replie ses membres, ses vêtements se froissent sur son corps menu. Une moue boudeuse gonfle sa bouche. Elle paraît soudain petite, fragile, innocente et vaincue.

– Vous apprendrez la vérité le moment venu, dit Robert. En attendant, vous ne devez rien changer à votre vie, ça se remarquerait tout de suite. Vous continuerez d'aller à Bergerac et d'enseigner l'anglais. Vous visiterez Mlle Desjours comme d'habitude, et tout le reste à l'avenant. Personne ne doit observer le moindre changement dans vos activités. Quand j'aurai besoin de vous, je vous appellerai. Ça ne tardera pas.

Lydia regarde le coin du ciel à la fenêtre, suit la course d'un nuage, le balancement d'une pointe de cyprès. Elle se retourne, pensive, adoucie.

– Une chose m'a intriguée. La petite Julia ne parle jamais de son père à ses camarades, à ses faux cousins, à personne, autant que je sache. D'abord, je me suis dit : « On lui a fait la leçon, elle est obéissante... » Quand même, une gosse de huit ans et demi... Si son père était un personnage important de la France libre, un héros de la Résistance, un milliardaire américain..., en six mois, elle s'en serait vantée au moins une fois.

Robert hoche la tête, intéressé, indulgent, un peu moqueur.

– Alors ?

– Alors, j'en conclus que mon histoire est plus jolie qu'exacte !

Lydia ôte sa résille en quelques gestes étudiés, se coule vers Robert, lui décoche un long regard, pose une main sur la sienne.

– Oh, Robert, c'est un mystère tellement excitant. Je vais y penser le jour et la nuit. Je penserai à vous en même temps. Donnez-moi un travail *important.*

Maintenant, Lydia dodeline de la tête comme si elle allait s'endormir. Elle est très blanche, ses lèvres tremblent un peu. Robert se rend compte soudain qu'elle est épuisée. En dehors de ses cours et de son travail dans la Résistance, elle doit jeter trop souvent son bonnet par-dessus les moulins. Et, pendant ce rendez-vous, elle a toujours été tendue à l'extrême par un désir farouche de plaire, d'être choisie, et peut-être aussi par la peur d'être percée à jour, si elle a quelque chose à cacher. Robert n'a guère dormi non plus ces deux derniers jours. Il a dû courir les routes à bicyclette, pour rencontrer Pagery, le chef des Mouvements unis de résistance, qui se déplace sans cesse, il n'a pour ainsi dire rien mangé depuis la veille au soir. Chez la vieille demoiselle, il s'est engourdi à la chaleur du poêle qui lui brûlait le front sans qu'il s'en aperçoive.

Il desserre son col, se passe la main sur le front. Quelque chose lui chatouille la joue..., une mèche de cheveux. Lydia a posé la tête sur son épaule. Il ferme les yeux.

8.

Journal de Claudine.

21 février, veille de mardi gras. Saint-Pépin de Landen. Je suis assise sur mon lit, mon manteau par-dessus ma chemise de nuit. La chair de poule me hérisse la peau des bras et des cuisses. J'aurai vingt ans le 3 mai, je suis Taureau, c'est un bon signe, n'est-ce pas ?

Radio-Alger recommande de faire des provisions pour le débarquement, parce que tous les transports seront arrêtés. « Les événements que vous attendez viendront avec la rapidité de l'éclair ! » À bon entendeur, salut ! Ça devrait se passer dans l'intervalle de deux pleines lunes, plutôt en lune nouvelle. Selon la rumeur, les Américains vont débarquer en Provence et les Anglais, un peu plus tard à cause du mauvais temps, dans le Pas-de-Calais. Le bombardement de Toulon serait un signe avant-coureur d'une vaste opération sur le littoral méditerranéen.

Mais je n'y crois pas trop.

Du côté du ravitaillement, il n'y a plus que les cochons d'Inde pour échapper à la réquisition !

Hier, j'ai manqué la messe. Papa était « en tournée », le dimanche est le seul jour où on puisse trouver les paysans à la maison. Les Allemands l'ont remarqué aussi, et ils choisissent souvent le dimanche pour leurs opérations de police dans les villages. Maman est toujours au château de Ferjac, où elle est censée soigner sa sœur Élisabeth, grippée. En réalité, elle aide les La Borde à préparer leur déménagement : ils vont prendre le maquis.

J'ai fait croire à ma grand-mère Leveau que j'étais allée à la première messe. En fait, je préfère la grand-messe, celle de onze heures. À la sortie, les gens tournent en rond un moment, sous les tilleuls, bavardent par petits groupes. On se serre les mains ou on s'embrasse. Les paysans se rassemblent autour de leurs chevaux ou de leurs vélos, ou à la terrasse des cafés. Les femmes et les vieux vont faire la queue à l'épicerie et à la boulangerie-pâtisserie de la rue Centrale. Mes grands-parents font des salamalecs à leurs anciens clients. Ma grand-mère se pavane au milieu des femmes de notables qui la méprisent. Tant pis pour elle.

Je ne suis allée ni à la première messe ni à la grand-messe. Ça me manque. Je me sens bizarre et pourtant heureuse.

Je me demande de temps en temps où j'en suis avec Dieu.

Je n'ai pas la foi du charbonnier. Si je l'avais jamais eue, la lecture quotidienne de la Vie des saints, cet étalage complaisant d'abominations et de prodiges, me l'aurait fait perdre depuis longtemps. Maintenant, il me faut, pour élever mon âme vers Dieu – ou le ciel, l'infini, je ne sais qui ou quoi –, la communion avec la foule, l'aide de la liturgie et du chant. La messe chantée m'émeut toujours, c'est une consolation.

Je prie pour ceux qui souffrent dans leur cœur ou dans leur chair, du fait de la guerre, avec une « pensée spéciale », selon le mot de l'abbé Beynac, pour les enfants juifs et les parents séparés de leurs enfants. C'est une douleur que je comprends et qui me ravage le cœur.

N'empêche que j'ai manqué la messe hier, et les vêpres aussi. J'ai passé un dimanche délicieux. Quelle bouffée d'air frais, avec le parfum piquant du péché !

Je cours les rues et les champs, les commerces du bourg, le mail, les fermes des environs, pour respirer l'air du temps, apprendre des nouvelles et profiter des arrivages de denrées.

Les Allemands, cantonnés à Bergerac et à Sarlat, ne font que passer à Réverac, de temps en temps, en vitesse et plutôt en force. On ne les a pas vus ici plus de cinq ou six fois depuis l'invasion de la zone libre. Par contre, on croise souvent des miliciens, noirs de la tête aux pieds, avec des insignes bizarres, et aussi, parfois, ces messieurs de la Gestapo, en imper et chapeau mou. Les uns et les autres me donnent la bouche sèche rien qu'à les voir !

Au cours de mes allées et venues, j'ai appris que le père Devinac, dit Sous-Marin, qui tient bistrot rue Traversière, avait reçu un lot de chaussures d'enfant. Par ces temps, on achète souvent des bas et des soutiens-gorge au crémier, des pneus de vélo à la charcutière, du jambon au cordonnier et même du tabac au cinéma où il est interdit de fumer !

Le père Sous-Marin – il a fait l'autre guerre à bord du *Gustave-Zédé,* d'où son sobriquet – servait une cliente, avec une discrétion ostensible, pendant qu'un quatuor d'habitués tapait la carte au fond de la petite salle du café. Les chaussures des gosses sont maintenant un casse-tête dans toutes les familles. J'ai pensé à la nièce des Treguennec, Julia. Elle ne manque de rien, mais une enfant de huit ans use autant de souliers que le curé en bénirait.

Finalement, j'ai lâché la moitié de mes économies, ou presque, pour une paire de sandalettes à semelle caoutchouc qui risquent d'être un peu justes. La honte me poussant aux reins, je suis sortie en vitesse, tête basse. Je me suis enfuie à grands pas, gelée jusqu'à mes deux dents de sagesse par la bise qui prenait en enfilade les longues rues de la ville. Le grésil crissait sous mes semelles de bois. Une chape de ciel gris coiffait les toits.

Dimanche 5 mars 1944. Saint-Adrien.

On ne voit toujours pas se dessiner la fin de la guerre, même en Russie où l'Armée rouge continue d'avancer sur un front de deux mille kilomètres et achève la reconquête de l'Ukraine, malgré de violentes contre-attaques allemandes ici et là. Même en Italie, où la Wehrmacht tient toujours le mont Cassin, fermant aux Alliés la route de Rome. Et encore moins en France, où l'aviation anglo-américaine écrase sous les bombes, nuit et jour, les villes industrielles, les grandes voies de communication, les nœuds ferroviaires. Ces bombardements de plus en plus massifs donnent à penser que le débarquement est proche, mais les Français l'attendent depuis si longtemps que la propagande allemande a beau jeu d'exploiter la déception et la lassitude. Même les gens les mieux informés finissent par douter.

Bergerac bombardé !

Il ne semble pas que l'objectif, la poudrerie nationale, ait été détruit. Des bombes sont tombées un peu partout. Certaines ont dû s'éparpiller dans la campagne. Il paraît que les vitres ont tremblé à dix kilomètres. Ce sont les Américains. Leurs jeunes pilotes sont à peine formés. De plus, ils font des raids en plein jour, à très haute altitude sans prendre aucun risque.

Du moins pour eux. Pour la population, c'est une autre histoire. Philippe Henriot [1] a beau jeu.

---

1. Ministre de l'information et chantre suprême de la Collaboration à la radio de Vichy.

9.

Maryse, la jeune bonne, appelle Claudine à l'étude.

– Il y a un type du Secours national qui demande à vous voir pour une affaire de colis. Il attend au jardin. Ouais, au jardin...

Maryse est la cadette des sœurs Treguennec : une fille de seize ans, plutôt maligne. Elle se balance d'une jambe sur l'autre, tord le coin de son tablier.

– Un type assez vieux, à mon avis. Au moins quarante ans !

Le visiteur se tient devant la tonnelle, en train d'examiner les bourgeons de lilas. Il se retourne et regarde gravement Claudine.

– Dites-moi, mademoiselle, qui arrive le premier en Périgord du coucou et des hirondelles ?

Claudine le regarde bouche bée, retenant un bonjour. L'homme est plutôt grand, bien bâti avec un profil romain. Son visage long, un peu osseux, son teint clair, ses cheveux auburn et ses yeux bleus, à l'éclat intense, ironique et doux en même temps, et la fine moustache qui lui barre la lèvre lui donnent un air un peu britannique. « Non, c'est toi qui vois des parachutistes anglais partout. Ce type n'a pas l'allure de quelqu'un qui vient de sauter en parachute ! »

– Le coucou, je crois, dit-elle. Tous les migrateurs reviennent entre le 15 avril et le 15 mai, parfois quelques jours plus tôt.

Un sourire naît sur le visage du visiteur, sans l'égayer. Il est songeur, doux, triste, absent. Claudine se sent charmée et agacée en même temps. Il relève son chapeau et lui tend la main.

– Robert Neuville. J'ai hâte d'entendre le coucou chanter dans les bois de la Dordogne. Je me sens un lien de famille avec ce vilain oiseau !

M. Neuville s'exprime avec l'aisance d'un homme habitué à parler. Il est vêtu d'un manteau à carreaux marron clair, trop long, aux revers trop larges, et porte un gros cache-nez de laine de même couleur autour du cou. Si ce type était un officier, mal à l'aise en civil, qui ne sait pas choisir ses vêtements ? Son chapeau mou beige est trop large et trop clair. Enfin, on n'a guère le choix, sauf au marché noir... Claudine serre la main tendue, forte et douce à la fois. Elle cherche un moyen de poursuivre la conversation sur les oiseaux, le printemps, la nouvelle lune... Elle proposerait bien à son visiteur de monter prendre un café, mais elle n'a que du succédané.

– Voulez-vous entrer ? dit-elle. Nous n'allons pas rester dans le jardin jusqu'à l'arrivée du coucou.

Il secoue la tête, enfonce les mains dans les poches de son pardessus.

– Nous sommes bien, ici. Plutôt à l'abri des regards, n'est-ce pas ?

Il lève les yeux vers les fenêtres de l'étage.

– Mademoiselle Chamarand, votre oncle Jean de La Borde affirme que vous seriez disposée à travailler pour le Secours national. Est-ce exact ?

– Mon oncle Jean ? Mais ma mère est déjà au Secours national...

Il l'observe, sourire aux lèvres. « Il se fout de toi, ma fille, ou il essaie de te faire deviner que son histoire de Secours national n'est qu'un paravent. Tu es peut-être en train de passer une épreuve. » Elle se décide, montre d'un signe de tête l'étage de la petite aile, avec son escalier extérieur.

– Au fait, je suis glacée. Voulez-vous entrer à la bibliothèque ? Ce n'est pas chauffé, mais ça sera mieux que dehors.

À mi-hauteur, elle se retourne, une main sur la rampe, pour voir s'il la suit. Il est en bas, un pied sur la première marche, la tête levée. « Comme s'il regardait tes jambes, ma petite. Mais tu te fais des illusions. Avec tes bas de coton gris et tes socquettes par-dessus, tu n'es pas aguichante le moins du monde. D'ailleurs, tu n'as aucune envie de l'être ! »

– Venez. Vous pourrez vous asseoir si vous êtes fatigué.

Elle décide de lui montrer le réduit derrière la bibliothèque, où il pourra se mettre à l'abri pour un jour ou deux, si par hasard il est en fuite. Il la rejoint, il est de nouveau grave, un peu moins absent. Elle croise soudain son regard, intense, scrutateur, en alerte. Le cœur de Claudine bat sauvagement. Ça y est, cette fois. Elle retient le geste de porter la main à sa poitrine. « Cet homme est un fugitif ou un clandestin, ton oncle Jean te l'envoie pour que tu le caches ! » Elle le pousse dans la bibliothèque, referme un peu brusquement la porte derrière eux.

Elle montre d'un geste une bergère poussiéreuse et défoncée.

– Le Secours national ?

Le sourire de Robert Neuville s'accentue et une lueur de gaieté s'allume dans ses yeux sombres. Tiens, il est presque beau, ce type, avec son front haut et sa mâchoire dure. Il saisit un fauteuil pour s'asseoir mais reste debout, fouille dans la poche de sa veste, sous son pardessus, en tire un volumineux portefeuille d'où il extrait une poignée de cartes. Tout le monde doit avoir une poignée de cartes sur soi, maintenant. Il tend à Claudine une feuille pliée en deux.

Elle reconnaît l'en-tête avant de l'avoir lue.

Comte Jean de La Borde
Château de Ferjac, Monpazier.

Ma chère nièce,

Je te demande de recevoir en confiance notre ami, M. Robert Neuville, dont les activités charitables sont au-dessus de tout éloge. Je serais heureux que tu puisses l'aider, sans quitter ton emploi à mi-temps à l'étude. Il s'agit d'un travail bénévole, exigeant beaucoup d'abnégation et de conviction. *J'espère que vous vous mettrez d'accord. Sentiments affectueux.*

L'écriture est précipitée, un peu couchée : on la dirait haletante. Claudine reconnaît la signature « Jean de La Borde », en toutes lettres, une énorme boucle à la fin. C'est bien ton oncle, ma douce. Ça doit être la première fois qu'il t'écrit et la deuxième ou la troisième qu'il se rappelle à ton existence !

Il a souligné « conviction » d'un trait à peine marqué, à moins que sa plume n'ait glissé. Robert Neuville marche de long en large autour de la pièce, les mains dans les poches de son manteau. Il a rabaissé son chapeau sur son front. Dans la pâle lumière du jour que diffuse la fenêtre aux vitres sales, Claudine distingue à peine ses traits.

Elle s'approche de la clarté, examine la lettre dans l'espoir de découvrir elle ne sait quoi au juste, un signe secret, un filigrane... Elle s'aperçoit que Robert Neuville la guette sous le rebord de son chapeau. Elle se tourne vers lui, en essayant de cacher le tremblement de ses mains.

– Le Secours national...

Il sort de sa poche un paquet de cigarettes, en prend une qu'il glisse entre ses lèvres. Le briquet claque, il tire une bouffée, souffle la fumée.

Claudine retient sa respiration. Maryse n'a-t-elle pas parlé de colis ?

– Vous voulez que je fasse des colis ? Je suis moins douée que ma mère !

Il s'arrête, la toise encore d'un air de doute, fume, reprend sa marche. Enfin, il se plante devant la fenêtre, observe la rue des Fossés, au-dessous.

– Non, je ne m'occupe pas de colis.

– Qu'est-ce que vous voulez ?

– Faire votre connaissance pour vous proposer un travail.

La tête penchée, appuyé des deux mains au cadre de la fenêtre, il paraît contempler un spectacle passionnant dans la rue. Claudine ne voit que son dos et ses épaules. Elle frissonne. « Il attend que tu te décides. À toi de jouer, Clo ! » Mais elle a la bouche sèche et la gorge serrée. Elle compte les battements de son cœur dans l'espoir de se calmer. Robert Neuville quitte la fenêtre, recommence à arpenter le plancher d'un pas de flânerie. Il passe le long des rayonnages, s'arrête, ôte son chapeau. Il a des cheveux drus, châtain clair tirant sur le roux, ondulés, un peu hérissés sur les bords. Le jour n'est pas assez clair pour distinguer les fils blancs, mais Claudine est presque sûre qu'il en a. Il regarde les livres, sa main avance, se pose. Il retire un livre, jette un coup d'œil à la couverture et remet le bouquin à sa place, très vite. Claudine a eu le temps de voir le titre : Stendhal, *De l'amour*, collection Écrivains Illustres. Elle fait un pas vers lui.

– Vous êtes de la Résistance, n'est-ce pas ?

Il tourne la tête, joue avec son chapeau.

– Ne soyez pas si nerveuse.

Claudine retient son souffle. Son cœur bat la chamade. Et si c'était un type de la Gestapo venu pour l'interroger sur Mme Danvers, sur son frère Maxime, sur Lydia Rivière ? Si une voiture bourrée de policiers attendait dans la rue, en bas ? Elle fait face.

– Vous êtes trop mal habillé pour un policier !

Robert Neuville tourne son chapeau entre ses doigts puis éclate d'un rire contenu, presque amical.

– Si mal que ça ? C'est mon pardessus qui est d'avant guerre. Chaud mais démodé. Attendez que je l'enlève !

Claudine marche vers la porte.

– Si vous n'avez rien d'autre à me dire, il vaut mieux que vous partiez.

Il se tient droit au milieu de la pièce, il a jeté son chapeau sur un meuble, posé sa cigarette dans un bougeoir et renfoncé les mains dans ses poches. Il toise de nouveau Claudine.

– Pas mal, pas mal, dit-il.

Elle sent la chaleur monter à ses joues. Robert Neuville lève la main.

– Je notais votre réaction devant un inconnu. Elle est plutôt bonne.

Claudine soupire. Un filet de sueur froide coule dans son dos.

Il reprend son chapeau et le garde à la main

– Mademoiselle Claudine Chamarand, ça va pour moi. De votre côté, si vous souhaitez poursuivre cette conversation, nous pouvons nous rencontrer demain..., demain matin, à l'église.

– À l'église ?

– Je suis un ancien séminariste. J'ai un faible pour les rendez-vous dans les églises. Disons juste après la première messe ?

Il tend la main à Claudine, lui presse légèrement les doigts.

– J'assisterai à la première messe, demain matin, puis je vous attendrai une heure. Si vous ne venez pas, je comprendrai vos raisons. Au revoir !

Claudine n'a pas eu le courage d'affronter les bigotes de la première messe. D'une façon ou d'une autre, elle aurait trahi sa nervosité. Elle hésite à prendre son parapluie. Non, il y a trop de vent et il ne pleut pas assez fort. Elle s'enveloppe dans une pèlerine en ciré noir, sans manches, avec un ample capuchon qui lui tombe jusqu'aux yeux. Elle a pris aussi, sans bien savoir pourquoi, un sac noir de sa mère complètement vide. Elle sort sous un ciel gris, laineux. Pour marcher sans bruit, elle a mis une vieille paire de chaussures à semelle de crêpe qui laissent passer l'eau sous ses doigts de pied.

Elle rentre par la petite porte, du côté de la place du marché, où les paysans attachent leurs chevaux le dimanche. Le relent du crottin remué par la pluie flotte autour de l'église. À l'intérieur, un résidu d'encens se mêle aux odeurs de pierre froide, de bois humide et de cierges gras. La lumière des vitraux répand sur le sol des taches rouge et bleu aux contours vagues. Claudine a les nerfs en charpie à cause du manque de sommeil. Elle ne voit rien ni personne. Presque à tâtons, elle va se réfugier dans la pénombre derrière le confessionnal. Elle s'agenouille sous la statue de saint Michel en luttant contre le mal de cœur. Elle a pris plusieurs comprimés de Vériane Buriat qui n'ont eu aucun effet et qui lui sont restés sur l'estomac. Elle est à jeun. Elle aimerait rire de son cas, mais elle n'en a pas la force. Et elle a honte. « Le moment que tu attendais en secret depuis des mois est peut-être arrivé. Tu ne te sens pas prête, mais tu ne le seras jamais davantage. »

Des semelles claquent sur les dalles. La porte capitonnée

se ferme avec un chuintement, le silence retombe. « Tu as peur d'échouer et tu as peur de t'engager. Tu as peur de ce qui pourrait t'arriver si tu étais prise un jour... Et, maintenant, tu as fini de te cacher dans ton coin ? »

Elle se lève et, presque tout de suite, aperçoit Robert Neuville, debout face à l'autel de la Sainte Vierge, l'air de prier ou de réfléchir. Puisqu'il est ancien séminariste, il doit savoir beaucoup de prières. Il passe devant elle d'un pas lourd, son chapeau à la main, et se dirige dans le coin obscur et glacé du baptistère, près de la porte. Elle le suit de loin, sur la pointe des pieds. Ses chaussures imprégnées d'eau font un horrible bruit de succion.

Soudain, elle ne sent plus le froid ni cette gêne qui la paralysait à demi : seulement la chaleur de l'aventure dans ses veines et un frémissement exquis le long de son dos. Elle rejoint Robert Neuville contre la grille des fonts baptismaux. Il croise les mains sur son chapeau devant lui et se penche vers Claudine.

– Merci d'être venue.

Elle s'aperçoit qu'elle a gardé son capuchon baissé. Elle le repousse en arrière. Tu dois ressembler à un personnage d'Alexandre Dumas, ma fille ! Elle sort le bras de sous sa cape, tend sa main gantée d'agneau, qu'il serre avec force. Elle retient un rire nerveux, essaie d'étouffer sa voix.

Lui déboutonne tranquillement son pardessus.

– J'ai changé de complet. Je vais devenir un modèle d'élégance.

Claudine détourne la tête.

– Ça, c'est une bonne nouvelle.

– Donc, vous êtes venue...

– Je travaille le matin. Je n'ai pas beaucoup de temps. Qui êtes-vous ?

– Exactement ce que vous pensez, et un camarade de réseau de votre oncle. Le Secours national n'est pas ma couverture habituelle, mais il nous sera très utile. Je vais installer mon..., disons, ma tête de pont, dans une maison de campagne choisie par votre oncle. J'ai besoin de quelqu'un pour m'aider sur place. Si vous voulez, ce sera vous.

Elle le regarde en face, dans la pénombre du baptistère.

– Vous aider à quoi ?

Il a perdu un peu de sa belle assurance. Il hésite.

– Je voudrais que vous habitiez cette maison, où je viendrai de temps en temps, mais sans doute pas tous les jours. Ça signifie que vous serez parfois toute seule, parfois seule avec des visiteurs que vous devrez accueillir. Je ne vous cache pas que j'avais prévu pour ce rôle une femme de la campagne, d'un certain âge. Mais il me semble que l'emploi vous convient, si vous n'avez pas peur de passer quelques nuits de solitude dans une grande baraque perdue au milieu des bois.

Dès que sa voix monte plus haut qu'un simple murmure, l'écho roule dans la nef jusqu'au transept. Claudine se réfugie à l'abri un pilier.

– Je n'ai pas peur.

– Je vous ai choisie pour les qualités que je crois avoir décelées en vous. Il y a encore trois points subsidiaires. Vous êtes capable de tenir un ménage, vous êtes libre environ une demi-journée chaque jour.

– Mon père...

– Votre père peut se passer de vous, avec les deux bonnes, n'est-ce pas ? Il a même les moyens de manger une fois par jour au restaurant. Troisième point : vous connaissez la petite Julia, la nièce des Treguennec. Je m'occupe de cette enfant pour des raisons que vous connaîtrez le moment venu. Je voudrais l'accueillir à... notre maison de campagne pendant les vacances de Pâques. Une paysanne des environs se chargera de la lessive, du nettoyage, de la cuisine, etc. La maison n'est pas habitable telle qu'elle est, il faudra des meubles. Vous les achèterez, vous les louerez, vous ajouterez quelques articles de ménage, linge, ustensiles et autres choses. Vous savez tout ça mieux que moi ! Vous aurez donc à gérer un budget important pendant un mois, ou peut-être deux. Je ne peux pas vous le dire d'avance. Ah, et si vous pouviez arranger aussi une location des lieux avec votre père, ce serait très bien. Votre oncle m'a assuré que les propriétaires ne venaient jamais en Dordogne. Toutefois, j'aimerais mieux être en règle. La maison serait louée par le Secours national, nous aurons besoin pour cela d'une double complicité, de votre père et de votre mère.

Il déambule à grands pas devant les fonts baptismaux en faisant claquer ses semelles sans discrétion. Les mains dans les poches, il joue avec les pans flottants de son grand pardessus. Il revient vers Claudine, baisse la voix.

– Vous aurez aussi quelques services à rendre, liés à notre activité dans la Résistance. Rassurez-vous, je ne vais pas vous demander d'aller assassiner Hitler. Enfin, pas tout de suite !

Il soupire, ramasse son chapeau qu'il a posé sur une chaise.

– Vous irez porter du courrier et des petits colis aux maquisards dans les sacoches de votre bicyclette. Si vous n'avez pas de sacoches, vous en ferez mettre. Il faudra que vous fassiez connaissance avec ces gens, nous aurons besoin d'eux. Vous irez accueillir nos visiteurs à un arrêt du car que nous choisirons ensemble. Vous les conduirez à... la maison, à pied ou en vélo. Mais vous aurez une autre tâche, bientôt, beaucoup plus importante.

Il prend soudain le bras de Claudine, l'attire contre lui.

– Je vous l'ai dit, j'ai l'intention de vous associer à *tout* ce que je ferai ici. Les réponses aux questions viendront en leur temps. Toutefois, je suis obligé de vous dire que je ne travaille pas avec Alger, mais avec Londres.

– Ça fait une différence ?

– Une certaine différence, oui. Vous l'apprendrez.

Il garde le silence quelques secondes puis se retourne vers le chœur, entraînant Claudine dans le mouvement.

– Je prie pour que vous acceptiez.

– Vous voulez ma réponse tout de suite ?

– Je vous donne jusqu'à ce soir. Si c'est non, nous ne nous reverrons pas. Si vous acceptez... J'habite pour le moment à la pension de famille des Glycines, chez Mme de Grandval.

– La pension de famille la plus chic de Réverac.

– La plus commode aussi. On peut entrer et sortir par les prés... Si vous êtes décidée, vous téléphonez à Mme de Grandval pour lui dire que *les colis sont emballés*. Nous nous retrouverons ici, demain, à la même heure. Si vous ne téléphonez pas, je chercherai quelqu'un d'autre.

– Vous êtes ici pour Julia, n'est-ce pas ? Le reste est secondaire ?

– Vous me mettez dans l'embarras, Claudine. Vous en savez déjà trop et vous n'êtes pas engagée avec moi.

– Je ne crois pas à cette histoire d'actrice célèbre.

– Dommage, mais ça n'a pas d'importance.

– Je suis prête tout de suite. Je peux commencer à m'occuper de notre installation à Monlévrier dès cet après-midi.

– Merci. La petite Julia n'est pas la fille d'une actrice célèbre.

Il fouille dans sa veste, sort son portefeuille.

– Je vous remets dix mille francs pour les premiers frais. Je reprendrai contact avec vous le plus tôt possible. Vous pouvez verser deux mille francs d'acompte de loyer au nom du Secours national. La clé de Monlévrier...

Claudine écoute ses explications, approuve d'un signe de tête. Ses efforts pour paraître tranquille et sûre d'elle ne trompent pas Robert Neuville, qui lui serre le coude très fort.

– Tout ira bien. Il n'y a que le premier pas qui coûte.

Elle fourre les billets dans le sac noir sans les regarder. La tête lui tourne. Elle a des crispations nerveuses aux tempes et aux joues. Elle s'appuie à la grille du baptistère, ferme les yeux. Un instant après, elle soulève les paupières, elle est seule, elle a très froid. Elle se traîne hors de l'église, se raidit sous la gifle de l'averse. Elle rabat son capuchon, s'appuie contre un mur, respire à pleine bouche. « Alors, ça y est ? *Tu en es* ? Est-ce écrit sur ta figure, gros comme le titre de *La Petite Gironde* ? Encore plus gros ? En lettres de feu d'un mètre de haut ?

« Attends que la pluie le lave ! »

10.

Le chauffeur, un jeune homme en béret basque et veste de cuir, prend Lydia par le bras.

– Vous v'sasseyez à côté de moi, m'selle, pour me guider, vu qu' j' connais pas bien l' coin d' Réverac.

Lydia s'installe à l'avant, ses jumelles à son cou, étire les jambes, sourit au chauffeur. Robert Neuville déboutonne le col de sa canadienne fourrée et prend place à l'arrière, près du deuxième maquisard, un gros garçon fagoté dans un semblant d'uniforme, avec un blouson vert des chantiers de jeunesse et un étui de revolver sur la hanche. La traction, qui s'était garée à deux cents mètres de la villa de Mlle Desjours, à l'abri d'un bosquet de genévriers, démarre lourdement, propulsée par un poussif gazogène.

Lydia se retourne, le coude appuyé sur le dossier de son siège, et s'adresse à Robert.

– Je suis désolée de vous enlever, Robert. Les gars du commandant Jeanne [1] vous cherchent partout depuis bientôt deux heures et ce qui les amène est très important. Ils ont essayé tous les contacts du maquis à Réverac, à commencer par le directeur de l'école des garçons, Béraudier, qui est parti on ne sait où. Ils me connaissent comme agent de liaison, mais ils ne savaient pas où me trouver, parce que je n'habite

1. En Dordogne, beaucoup de chefs de maquis portaient des prénoms féminins.

plus chez moi. Enfin, on les a envoyés chez Mlle Desjours où j'étais encore. Ils m'ont raconté leur histoire et nous nous sommes mis à votre recherche ensemble.

La traction se balance dans un virage, Lydia se retourne vers l'avant, écarte ses cheveux qui lui tombent sur la figure.

– Et voilà.

Le garçon au blouson vert, assis à droite de Robert Neuville, essuie la buée sur la vitre.

– On était sur le point de remonter au maquis.

Lydia tend la main, ou plutôt le bout des doigts, à Robert Neuville par-dessus l'épaule du chauffeur.

– À l'avenir, il faudra s'arranger pour qu'on puisse vous joindre plus facilement.

– C't aussi mon avis, dit le chauffeur en frappant son volant à coups de poing. Au fait, mon nom, c'est Nestor.

Robert Neuville éclate de rire.

– Toutes mes excuses. Je suis en train de m'organiser. D'ici à quelques jours, j'aurai pignon sur rue et sur bois !

La voiture quitte la ville par le mail qui domine la vallée. Vignes et vergers quadrillent les pentes, le soleil tire de fuyants éclairs des ruisseaux lovés au creux des combes vertes. Les boules neigeuses des prunelliers en fleur couvrent les pentes. Une lumière printanière cajole le mamelon de Réverac. À travers les vitres, l'espace paraît posé en équilibre sur le clocher trapu du XIIIe siècle. Le chauffeur se penche, absorbé par la conduite, puis désigne son camarade d'un geste du pouce.

– Y va vous dire, lui. Comme il est l'seul à bien faire l'café et que l'commandant l'en a chargé d's'occuper, on l'appelle La Cafetière. Y va vous dire, La Cafetière.

Robert approuve d'un signe de tête.

– Je vous écoute, La Cafetière.

L'homme au blouson vert, gêné, se trémousse sur le siège, s'écrase le nez contre la glace.

– J' peux pas dire grand-chose. Le commandant vous expliquera. Y a huit jours, on a attrapé un type qu'avait l'air d'un espion. Thomas, qu'est comme qui dirait l' garde de corps du commandant, l'a interrogé et il a raconté des tas de bobards. On l'a enfermé dans une cabane en attendant qu'il cause. Une semaine, on a attendu. Le commandant a dit : « Toi, mon vieux, si tu te mets pas à table, tu vas recevoir deux balles dans la peau, pas une de plus, vu qu'on économise les munitions ! » Le pauvre type a été obligé de manger le morceau. Il a dit qu'il était agent de liaison dans un réseau anglais. Le commandant y croyait pas trop. Le type a juré qu'il était venu pour rencontrer son chef, Robert Neuville. Le commandant a demandé à Thomas : « Qui c'est, Neuville ? » Par chance, Thomas vous connaissait. Alors, on est parti vous chercher dès qu'on a pu, pour que vous veniez voir si c'est bien un homme à vous. Je me rappelle pas le nom qu'il a dit, mais il a un œil de verre, je sais pas si ça vous rappelle quelque chose ?

Robert Neuville renverse la tête contre le dossier, siffle doucement.

– Un œil de verre ? Mais oui, c'est Jean Gaceluré !

– Je crois bien qu'il a dit un nom dans ce genre.

La voiture, lourdement chargée, son gazogène sur le toit, sa provision de charbon et ses quatre passagers, bringuebale sur la route caillouteuse et crevée par place. Les essieux grincent.

L'averse crève soudain dans le ciel couvert, crépite sur la carrosserie. L'unique essuie-glace, fixé en haut du pare-brise, balaie en toute hâte les gouttes écrasées. Le paysage se brouille. L'odeur du charbon pénètre dans la voiture. La Cafetière se tourne pour la première fois du côté de son voisin.

– Paraît, m'sieu, que vous allez vous installer à Monlévrier ?

– Même que l' commandant la trouve mauvaise, dit Nestor. Il visait la maison pour y installer son P.C. au débarquement. On savait que Lambert s'en servait pour héberger des amis à lui, surtout des aviateurs anglais. Sûr, on était pour. Mais voilà, c'est notre secteur. Et puis les aviateurs anglais n'auront plus besoin de se cacher, après le débarquement...

– Je m'installerai ailleurs sitôt le débarquement.

– Ça, c'est bath. Et vous le voyez pour quand, vous, le débarquement ?

Robert Neuville cherche une position confortable, bâille, la main devant la bouche.

– La date et le lieu – les lieux, car il y en aura sans doute plusieurs – sont nécessairement secrets, mes amis. Il faut que les Allemands se tiennent sur le pied de guerre partout, de la Provence au Pas-de-Calais, en passant par les Landes, la Bretagne et la Normandie.

– Et à l'intérieur ?

– Il faut se préparer. Et il faut que les Allemands le sachent.

– Vous dites qu'y faut le secret et puis qu'y faut qu' les Fritz soyent au courant qu'on se prépare. J' comprends pas.

– L'ennemi ne doit pas savoir où se portera l'effort principal des Alliés, sur la côte, au nord, au sud, à l'intérieur. Ainsi, on fixe des divisions à travers toute la France. On étend le front ouest au pays entier. C'est aussi important que le sabotage. Après le débarquement, on passera de la fixation passive des forces ennemies à la fixation active...

– La « fixation active », ça veut dire la bagarre ? demande La Cafetière.

– Oui.

– Moi, j'en suis ! s'écrie Nestor.

– Vous travaillez avec les Anglais, hein ? dit La Cafetière. Vous êtes là parce qu'il va se passer quelque chose chez nous, pas ?

– Ça se pourrait.

– On parle d'un atterrissage de planeurs du côté de Belvès.

– Ou alors d'l'autre côté de Bergerac, vers Le Fleix.

– Si l'ennemi était informé, il n'aurait qu'à concentrer ses forces au bon endroit, au lieu d'être en alerte partout.

– Puisque vous le dites.

La discussion se poursuit, animée, sérieuse et presque détendue, tandis que la voiture peine et ronfle dans une côte. Nestor annonce qu'il fait un détour « comme d'habitude ».

– J' tourne toujours un peu en rond quand j'vais au maquis. Oubliez pas si vous v'nez nous voir, on sait jamais.

La Cafetière demande à Robert Neuville s'il a déjà sauté en parachute.

– Je suis allé à Londres à bord d'un Lysander, et pour revenir il m'a fallu sauter. Le parcours traditionnel.

– Quel effet ça vous a fait, d' sauter ?

– À ce moment-là, on n'est pas dans son état normal. On pense à ce qu'on va trouver en bas. Peut-être des amis, peut-être la Gestapo ou la Milice... Moi, je n'ai pour ainsi dire pas vécu l'instant du saut. Je me revois suspendu au parachute, et puis au sol, avec des gens qui couraient en tous sens et ne s'occupaient pas de moi, tandis que les parachutes de containers jonchaient le pré. L'avion n'avait pas fait le voyage rien que pour moi ! Aux yeux de l'équipe de réception, les containers d'armes étaient bien plus importants que ma petite personne. Tout s'est bien passé, merci, mais je n'ai pas très envie de recommencer.

– Et Londres, comment est-ce ? demande Lydia.

Elle résiste à l'envie de se retourner encore. Elle a saisi un ton de gaieté forcée dans la voix de Robert. Il répond sur un ton rêveur :

– Londres ? Vivant, libre, agité, fraternel, dangereux, et j'en passe !

La voiture roule entre deux forêts de châtaigniers dénudés, gris pâle. Avec la pluie, l'épaisseur des bois voile la lumière, on se croirait au fond d'un bocal ou dans un sous-marin. La traction quitte la route, prend un chemin étroit, creusé de flaques boueuses et d'ornières profondes. À un croisement, une pancarte fixée à un gros orme annonce « La Guine-du-Bois 1 km », et une autre, « Ventoulou 1 km ». La voiture s'engage dans la direction de Ventoulou. Le chemin se tasse entre les talus, Nestor devient plus attentif à la conduite. La Cafetière ne décolle plus le front de la glace arrière.

Une masse confuse d'arbres et de bâtiments égaillés, l'air d'un troupeau sans berger, paraît au bout d'un virage. La voiture s'arrête dans une cour, saluée par les cris aigres d'un trio d'oies. Lydia connaît l'ancienne ferme où le commandant Jeanne a installé son P.C. Elle y est venue deux ou trois fois à bicyclette, par un sentier des bois, porter des messages de Lambert. Les trois hommes s'en vont vers les bâtiments au fond de la cour et la laissent seule en plein vent...

La pluie a cessé, des luisances d'huile colorent les flaques, une petite fumée monte au-dessus du toit. Un tourbillon ébouriffe les cheveux de Lydia et plaque son imperméable contre ses jambes. Le froid envahit son corps, de la nuque aux talons. Devant une porte de grange, une niche vide, faite pour un chien de la taille d'un veau, sert de placard à chaussures. Le décor est d'une tristesse ! Les gars qui vivent dans les bois ont dû trouver l'hiver un peu long... Le groupe Jeanne compte une cinquantaine d'hommes, dispersés çà et là, c'est encore plus moche ailleurs. Et la petite Chamarand, qui imagine le maquis comme un mélange de *Wuthering Heights* et de *Blanche-Neige* !

Lydia pointe sur l'horizon les jumelles qu'elle a achetées il y a longtemps pour guetter le monstre du loch Ness, en Écosse. Ventoulou se trouve au flanc d'une colline élevée. Lydia découvre, à un kilomètre dans la forêt, une cabane de planches et de branchages, au sommet d'un grand chêne encore dénudé. C'est une palombière qui sert de tour de guet au maquis. Lydia est presque sûre d'avoir vu une silhouette bouger à une lucarne. Et puis une sorte de drapeau – un torchon de cuisine à rayures rouges – est posé à plat sur le toit de la cabane. Il suffit de le hisser au bout d'un bâton pour donner l'alerte au P.C. et sans doute aux autres bases.

Robert Neuville, le commandant Jeanne et une demi-douzaine de maquisards surgissent d'une espèce de venelle entre l'étable et le hangar. Ils entourent un type aux cheveux rasés, drapé dans une couverture sale. Robert Neuville soutient le prisonnier, qui trébuche à chaque pas. Il a dû passer une semaine dans une cabane à cochons... Lydia a déjà remis des messages au commandant, mais elle ne l'a vu que dans l'ombre ou de loin. Elle le reconnaît à sa haute taille et à son calot, où brillent quatre galons mal cousus. Thomas, son homme à tout faire, marche deux pas en arrière. Lui, elle l'a déjà rencontré de près. C'est un solide garçon, mince d'apparence, bien planté, la tête un peu ronde, des cheveux frisés, des yeux vifs qui ne cessent de vous scruter derrière ses lunettes. Il paraît tout petit à côté de cette grande perche de commandant. Comme garde du corps, il ne paie pas de mine ! Il s'écarte de la troupe en voyant Lydia. Un sourire s'épanouit sur son visage grave. Il est soucieux, sur ses gardes, il ne lâche pas le commandant d'une semelle.

– Venez !

Il prend la jeune femme par le bras.

Le petit groupe entre dans la maison par une porte basse, à la file. Lydia suit. La pièce est formée d'une ancienne cuisine et d'une chambre contiguë. Ce qui reste du galandage de séparation est recouvert d'articles de journaux de la Résistance, *Combat, Franc-Tireur, Libération*... Une fenêtre aux vitres grasses et quelques tuiles de verre au toit jettent une pauvre lumière sur le sol de terre battue. Les poutres enfumées raient le plafond de traits noirs. Une faible flamme ronge deux bûches en croix dans le foyer de la cheminée. À côté, un lit de camp, sur lequel Robert et Nestor aident le prisonnier à s'étendre. Une longue table à tréteaux, couverte d'un fouillis de dossiers, de cartes et de papiers autour d'une machine à écrire occupe le milieu de la pièce. Quelques armes, suspendues aux murs, lancent des reflets métalliques. Lydia frôle un mousqueton et frissonne, moitié de répulsion, moitié d'attirance. Le commandant regarde ses jumelles avec envie.

– Vous avez une belle paire de binocles, mam'selle Lydia !

La Cafetière allume un réchaud qui répand une odeur de pétrole. Un maquisard, serré dans une vieille canadienne, confectionne une boisson pour le rescapé avec de la liqueur de cassis et du sucre en poudre. L'homme ne peut tenir le verre dans la main, il faut l'aider à boire. Le commandant et Robert se font face devant le lit. Robert enlève son chapeau, le commandant glisse son calot sous la patte d'épaule de sa veste.

– Bon Dieu de Dieu, je pouvais pas savoir !

Robert noue les mains derrière son dos.

– C'est un concours de circonstances. Je suis seul à blâmer.

Si on ne voyait pas ses doigts se tordre, ses phalanges blanchir, on le croirait paisible et insouciant. Le commandant tape du poing sur un bahut.

– Au moins, on l'a pas passé à tabac, je le jure, m'sieu !

Cette façon de dire « m'sieu » avec un accent populacier sonne si incongru que Lydia se retient de pouffer. Chasser le naturel, il revient au galop... Pauvre commandant ! Il est vraiment très grand, dégingandé, un peu voûté. Son front haut et dégarni, son épaisse couronne de cheveux bruns autour du crâne lui font une tête de prof. Mais ses gestes, sa façon de parler, ses fortes mains noueuses trahissent le faubourien mal dégrossi. Il piétine dans ses gros souliers, sort une poignée de tabac de sa poche de veste, roule une cigarette, laisse tomber son cahier de feuilles, l'écrase sous son pied.

– Merde, putain de sort !

Nestor dispose des verres sur la table, Lydia propose de l'aider, il refuse d'un signe de tête. Thomas arrache la page entamée sur sa vieille Japy, la froisse et la jette au feu. La Cafetière s'affaire à son jus. Robert Neuville fouille dans sa canadienne, tend au rescapé deux ou trois morceaux de sucre enveloppés dans du papier de soie.

– Je suis navré, Gace. Tu vas m'en vouloir jusqu'à la mort de Hitler !

Le type secoue la tête.

– La mort de Hitler ? Y vit encore, çui-là ?

Gace a les cheveux tondus ras. Une barbe de huit jours, couleur de paille moisie, lui mange le bas de la figure. Amaigri, tout en os, il a des yeux bleus, un vivant, l'autre mort, un regard fouineur, railleur. Quand Lydia s'approche, il se soulève sur les coudes.

– Asseyez-vous à côté de moi, belle dame, pour me réchauffer le cœur !

Thomas secoue la tête, avec une moue de blâme sur sa bouche sévère. Lydia déboutonne son imperméable, s'accroupit près du lit, bas sur pied et à demi effondré au milieu. Elle prend la main glacée de l'homme dans les siennes. Il respire son parfum, ferme les yeux.

– Je m'appelle Jean, mais ne leur dites pas !

– Ce sera un secret entre nous.

Robert comprendra-t-il qu'elle a fait ce geste pour lui ? Il se tient devant le grabat, les mains dans les poches, la tête enfoncée dans les épaules. Lorsque Jean Gaceluré ouvre les yeux, les regards des deux hommes se croisent, et Lydia croit voir une lueur d'intime complicité passer de l'un à l'autre.

Le commandant a fini de rouler sa cigarette, il se tourne vers Thomas, qui l'allume d'un coup de briquet.

– Je te tiens pour responsable de cette affaire, gars. Si le camarade a été maltraité, c'est ta faute. Qu'est-ce que tu as à dire ?

Thomas baisse la tête. Un gosse pris en faute. Il claque des talons.

– À vos ordres, commandant. Je présente mes excuses à tout le monde.

Robert pose la main sur l'épaule du secrétaire.

– Ne vous en faites pas, mon vieux. C'est ma faute aussi.

Puis au rescapé :

– Tu vas t'en tirer, Gace. Mais je ne comprends pas ce qui s'est passé.

– Écoutez, patron, vous aviez disparu. Il fallait que je vous joigne tout de suite pour vous mettre au courant d'une grosse affaire. Je pouvais pas attendre le rendez-vous qu'on avait à la fin du mois. Je savais que vous étiez par ici, mais je savais pas sous quel nom. Je vous ai décrit de mon mieux, mais ils ont mis du temps à vous reconnaître. Enfin, lui, là, Thomas, s'est décidé : « Ça doit être ce Robert Neuville, qui est dans le coin depuis quelques jours... » J'ai dit : « O.K., c'est bien lui. Allez vite le chercher. » Je ne savais pas que vous aviez remis ce nom en service !

Il roule la tête de droite à gauche sur la veste pliée qui lui sert d'oreiller.

– Ça fait un sacré bout de temps, hein ?

Lydia se relève, tire la couverture sur la poitrine maigre et broussailleuse du rescapé. Un relent de crasse et de moisi se répand dans la pièce, où flotte le parfum du café chaud. Robert marche de long en large devant le lit et la cheminée, jusqu'à la fenêtre où l'averse vient cogner aux vitres. Il repousse par ses allées et venues le commandant et ses hommes de l'autre côté de la table. Il écarte les bras, laisse retomber ses mains.

– Admettons que j'aie été négligent, mais on ne peut pas tout prévoir. Donc, il s'est produit quelque chose de si grave que tu as jugé nécessaire de me rejoindre sans délai ? C'est bien ça ? Peux-tu parler tout de suite ou as-tu besoin de repos ?

Il se retourne vers le commandant, Thomas et les autres.

– Tu peux t'expliquer. Je n'ai rien à cacher à mes amis du maquis.

La Cafetière sert du café noir dans des verres à tous les hommes. Lydia a droit à une tasse. Nestor a préparé un bol de café au lait avec du pain beurré pour Gaceluré. Le rescapé avale une gorgée et s'assoit sur son lit.

– La nouvelle que j'apportais doit être un peu défraîchie. Tant pis pour moi et tant pis pour vous.

Il fixe Robert dans les yeux.

– Je suis venu vous dire que les Fritz sont en train de liquider l'Abwehr. Je ne sais pas si c'est officiel ou pas, en tout cas, ça ne tardera plus. Tous les services vont être absorbés par la Gestapo, l'opération est déjà bien avancée. On s'y attendait, mais pas si tôt. Et voilà.

Personne ne dit mot. Le tintement des cuillers contre les verres trouble seul le silence. Puis le commandant s'en prend de nouveau à Thomas.

– Explique-nous, toi. C'est ton boulot de savoir ces trucs !

– L'Abwehr est le service de renseignement de la Wehrmacht, dit Thomas. Une sorte de deuxième bureau..., des gens capables et dangereux pour nous. Enfin, c'est ce qu'on disait au Parti. Il paraît que les chefs jouent double jeu avec les Anglais dans l'espoir de signer une paix séparée à l'Ouest.

– Peut-être, dit Robert. L'amiral Canaris et le général Oster, son adjoint, ont toujours gardé le contact avec les Anglais. Canaris est un personnage très mystérieux. Je doute que quelqu'un sache au juste ce qu'il pense et veut. En tout cas, quelques dissensions dans le camp ennemi ne pouvaient que nous aider. Sait-on si Canaris a été mis à la retraite ou arrêté, Gace ?

– On dit qu'il a été casé quelque part à l'état-major. Mais Schellenberg, le chef du S.D., est décidé à avoir sa peau.

– Ça va changer beaucoup de choses pour nous. Merci d'être venu, Gace.

Gaceluré a repris la main de Lydia et ne la lâche plus. Le

commandant menace une fois de plus Thomas, qu'il domine d'une tête. Il lui balance sa cigarette sous le nez, la lâche, l'écrase sur le sol d'un coup de pied.

– On le sait, que tu as été au Parti. Je t'ai seulement emprunté aux F.T.P., jusqu'à la fin de la guerre... Jusqu'à la fin de la guerre si je veux. Mais si j'en ai marre de toi, je te renvoie subito presto chez les camarades. Finie la belle vie, faudra rentrer dans le rang !

Gaceluré, assis et roulé dans sa couverture, observe la scène avec un sourire incrédule. Nestor fait des mimiques de réprobation en balançant les bras et la tête. La Cafetière, les yeux baissés, sert une deuxième tournée de jus. Robert Neuville, devant la fenêtre, tourne le dos à tout le monde. Lydia tente d'apporter au pauvre Thomas le soutien d'un regard amical. Elle se mord la lèvre pour ne pas crier : « Rebiffe-toi ! Dis-lui donc ses quatre vérités, une fois pour toutes, à ton commandant d'opérette ! »

En reculant, le secrétaire se cogne à la table, renverse son verre de café sur son pantalon. L'incident excite encore la gouaille du commandant.

– Regarde ce que tu as fait, bon Dieu de merde ! Tu penses jamais à la réputation du maquis ? Tu as laissé ce camarade enfermé une semaine dans une cabane à cochons sans me tenir au courant ! Moi, je peux pas être partout, hein ? C'est pas la peine d'avoir été à l'école du Parti pour pas être foutu de reconnaître un des nôtres... Parce que c'est un des nôtres, pas vrai, Gace ? Et même pour ainsi dire le bras droit de M. Neuville ! Pas besoin d'avoir été à l'école du Parti pour voir qu'il a pas la tête d'un voyou de la Milice, Gace ! L'envie me démange de te renvoyer chez les Francs-Tireurs et Partisans français, mon petit Thomas, et pas plus tard qu'illico !

Thomas hausse les épaules en signe d'impuissance et sirote, tête basse, le café que La Cafetière vient de lui verser. Le commandant lève le poing.

– Pose ton verre et regarde ton chef dans les yeux. Garde à vous, caporal Thomas ! On vous écoute !

Lydia serre les dents pour ne pas rire aux éclats. Ils sont trop drôles. Et, tout à coup, elle se sent pâlir. Ces deux-là ne sont-ils pas en train de jouer un numéro bien au point ? Ils en rajoutent, ils bluffent. Thomas n'est pas une lavette, s'il se tient le petit doigt sur la couture du pantalon, c'est qu'il a de bonnes raisons.

Il force même sur la contrition et l'accablement.

– Camarades, j'ai commis une faute, je m'excuse. Monsieur Neuville, dites-moi ce que je peux faire pour réparer le tort que je vous ai causé.

Robert se retourne et toise Thomas avec un sourire amusé.

– N'en jetez plus, mon vieux. Si nos amis Nestor et La Cafetière veulent bien nous ramener, mon agent de liaison prendra un bain chaud, avalera une soupe aux vermicelles et dormira jusqu'à demain matin. Nous accepterons un paquet de pâtes... Et n'oubliez pas de lui rendre ses vêtements !

Le commandant s'esclaffe et envoie une tape dans le dos du secrétaire.

– Tu t'en tires bien, Thomas. Dis merci à m'sieu Neuville !

Le commandant a surpris le regard de Lydia fixé sur lui, il se détourne aussitôt, mais la jeune femme a eu le temps de voir dans ses yeux un éclair de soupçon et de rancune. Elle sent la chair de poule courir sur ses bras et ses cuisses. Elle se rapproche instinctivement de Robert.

Lydia a suivi Aurélie Desjours dans ses « tournées de précaution » tout autour de la maison. Dès le crépuscule, la vieille demoiselle s'assure plutôt dix fois qu'une que toutes ses lumières sont bien voilées. Elle craint comme la peste une amende pour infraction aux règlements de la défense passive. Elle fait la chasse aux rideaux mal tirés et bourre les interstices des volets avec du papier journal. Lydia a renoncé à lui dire que personne n'appliquait le black-out à la campagne, sauf dans les zones visées par les bombardiers. Elle est si heureuse quand elle a fini sa tournée de précautions !

– On se sent chez soi, hein ?

Elle n'ose pas dire qu'elle se sent en sécurité, après avoir fermé dehors le monde mauvais. Femme courageuse, décidée, entreprenante à la lumière du jour, elle redevient la nuit tombée une enfant peureuse.

Elle prend soudain le bras de Lydia et le serre très fort.

– Tu me jures que cet homme va partir demain matin ?

Lydia sursaute, dérangée dans sa rêverie, hoche la tête.

– Oui, oui, je vous le promets. Il doit être à Paris demain soir..., s'il peut.

Aurélie fixe sa jeune amie, les yeux dans les yeux.

– Ce Gace ne me plaît pas !

Un peu sourde, elle a tendance à hausser la voix, même quand elle croit chuchoter. Lydia pose l'index sur ses lèvres.

– Dormez sur vos deux oreilles. Je veillerai avec *lui.*

Elle attend une minute, écoute le pas d'Aurélie dans l'escalier puis dans le couloir du premier étage. Alors, elle le rejoint, *lui,* dans le petit salon, où il s'est installé à côté du Mirus. La flamme danse derrière le mica. Robert, penché sur le bloc de papier à lettres qu'il a emprunté à Mlle Desjours, mordille de temps en temps la pointe de son crayon, tel un écolier en mal d'inspiration. Il a les traits tirés et le teint blême sous la lumière jaunâtre de l'abat-jour. Lydia referme la porte derrière elle, avance au milieu de la pièce. Elle pose la main sur sa poitrine en un geste de loyauté et d'humilité.

– Robert, j'aimerais tant vous aider.

Il lève la tête, la fixe sans la voir. Son regard est très froid. Il esquisse un geste, la main ouverte. C'est un congé.

– Allez dormir, Lydia. Bonne nuit !

Elle guette un signe qui ne vient pas et s'enfuit, les épaules basses. Plus tard, pelotonnée dans ses draps humides, poings serrés, elle retient ses larmes. Puis elle s'abandonne, le cœur mâché par la rage et le chagrin. Elle n'avait pas chialé depuis juin 40, eh bien, ça y est !

11.

Le jour des soins de Dago. Claudine s'acquitte de ce pensum dans une vieille blouse décorée de toutes les couleurs de la pharmacie vétérinaire, un foulard sur la tête, des sabots en caoutchouc aux pieds et, aux mains, de vieux gants de chevreau très doux. Mais Dago, sensuel en diable, veut qu'elle quitte ses gants pour lui caresser le museau les mains nues !

Elle s'attarde pour remonter le moral de son brave camarade. C'est un cheval de pays, gris pommelé, la croupe large et une triste et longue tête de rossinante. Trois fois réformé, il doit sa survie aux réquisitions qui ont pris les jeunots, les mâles dans la force de l'âge et même beaucoup de cavales rétives. En d'autres temps, il serait parti depuis longtemps pour la boucherie.

Après les soins, Claudine le réconforte d'une tape, en visant avec soin un endroit où il n'a pas de gros bobo.

– Tu es un brave type, Dagobert. Moi aussi, je suis une bonne fille. On va essayer de continuer, le Maréchal est fier de nous. Le Général pas encore, mais ça viendra peut-être !

Le cheval répond par une espèce de demi-hennissement, en soufflant un paquet de morve jaune sur la blouse de Claudine, et regarde longuement la jeune fille de ses gros yeux larmoyants. Mèches folles sous un foulard déchiré, coulées de crasse sur la figure, manches dégoulinantes de morve et de badigeon, un bout de jupon qui dépasse... la vraie souillon. Cendrillon, à côté de toi, ma douce, aurait l'air d'une petite poseuse !

Un coup d'œil à la glace avant de sauter dans la carriole. À tout hasard, Claudine a pris sa veste d'agneau, sur une jupe de velours vert. Elle flotte un peu dans la jupe, cadeau de sa tante, Élisabeth de La Borde. Elle a pourtant serré d'un cran la ceinture blanche, souvenir de son amie Virginie de Fongalop. Elle a maigri depuis la pension, quoi qu'en dise la bascule de l'étude (destinée à peser les paiements en nature des clients), mais cette vieille casserole est plus fausse que les comptes d'un apothicaire... La veste, un peu râpée, lui vient de Lydia Rivière. Sa toque de drap bleu marine, qui a l'air tirée d'un calot de chasseur alpin, écrase ses accroche-cœur à la Thérèse Dorny, et elle a oublié, comme un fait exprès, de se poudrer le nez. Ne parlons pas des escarpins à semelle compensée.

– Une heure et demie de retard, Dago. Il va falloir trotter sec, et pas question de pleurer sur notre sort !

Fouette cocher, les voilà partis dans la grisaille d'un après-midi de la fin mars. En réalité, Claudine fait claquer son fouet droit au-dessus de sa tête pour ne pas risquer de toucher Dago, qui s'est déjà mis en route d'un bon pas. Il faut descendre dans la vallée, remonter, et ainsi de suite, à travers ce pays de montagnes russes. Grosse affaire pour Dagobert. « Allez, ma grande, tu le mènes tout doux et tu le retiens même un peu, parce qu'il se prend pour un jeune à la descente et s'échine à la montée ! »

Dagobert tire vaillamment la carriole notariale, quoique souffrant de malandre au jarret, de farcin, de cerise, d'arthrite et de presque toutes les misères de son espèce. Claudine le ménage d'autant plus qu'elle l'a presque toujours connu et qu'elle l'adore.

– Mon bon ami, dit-elle en l'embrassant sur les naseaux. Mais ne te rengorge pas trop. Si je te préfère au vélo, c'est que tu n'as pas de chaîne qui saute et salit les doigts ! Et je préfère laver tes plaies à l'onguent mercuriel qu'allumer ce fichu gazo !

Pour ses allées et venues quotidiennes entre Réverac et Monlévrier, elle a choisi le cheval. Elle ne va guère plus vite à bicyclette, les sacoches pleines et le porte-bagages chargé. Et le cheval la pose quand même un peu plus que le vélo, en face de Robert et des maquis de Ventoulou... Mais combien de temps le bon Dago tiendra-t-il à ce régime digne de la Wehrmacht en retraite ? Pas plus de quelques jours, deux ou trois semaines au mieux.

En bas de la côte, la carriole croise la camionnette Berliet à gazogène du boulanger Mollignac, qui tient de la vieille loco et du sous-marin de poche. La guimbarde grimpe plan-plan, en lâchant fumée et mauvaises odeurs. Toi, songe Claudine, tu brûles du charbon mouillé ! Le brave homme secoue le volant à plein bras toutes les dix secondes, mais ça n'a pas l'air de pousser fort sa camionnette. Il crie en passant quelque chose que Claudine entend mal, à travers le boucan du moteur. « ... les Allemands ! » Pour qu'il ait dit les « Allemands » et pas les Boches ou les Fritz, il a dû avoir une peur bleue.

« N'a-t-il pas parlé de Besse ? Mon vieux Dago, ils sont à Besse ! »

Elle avale la boule qui roule dans sa gorge. Elle balance haut le fouet et commande à sa main de rester ferme. Démonstration peu probante.

– Pour tenir ta place dans la Résistance, Clo, tu dois t'habituer à croiser l'ennemi sans broncher...

Un frisson lui court le long du dos.

– Je vais quand même passer par la route de Rampieux, en évitant Besse.

Dago secoue la tête et renifle d'un air de mépris.

– Si tu veux, mais ça nous allonge.

Elle fait claquer son fouet.

– S'il faut parlementer avec une patrouille, ça ne nous avancera pas.

– Nous sommes en règle, dit le cheval. Tu as ta carte d'identité, ta carte du Secours national, ton attestation de domicile signée par tes parents et visée par la mairie. Tu n'es pas majeure, ça doit suffire.

– Et le chargement ?

– Grâce à Dieu, tu as pris tes précautions !

C'est vrai, le courrier est emballé dans des faux colis de prisonniers. Les effets d'homme sont mélangés à des vêtements de femme et de gosse. Rien de trop suspect. Dago pique un petit trot pépère sur le plat et Claudine le laisse aller. Elle a quand même le cœur sur les lèvres. Elle respirera mieux loin de la route départementale. Un silence mystérieux, menaçant, tombe sur la campagne. Il bourdonne aux oreilles de Claudine et couvre quasiment le bruit des sabots et des essieux. Dago secoue la tête avec énergie.

– C'est la venette, belle maîtresse.

– Quoi, la venette ?

– Tu veux m'obliger à être vulgaire ? La trouille, la pétoche !

– Toi, tu ne connais pas la trouille, mon héros ?

– J'ai les foies, mais je garde le cœur haut.

Claudine éclate d'un rire qui chasse le silence. Les oiseaux piaillent au bord de la route. Des aboiements lointains se croisent dans l'air, portés par des bouffées de vent. Les sabots de Dago claquent sur la chaussée dure, les essieux de la carriole chantent leur musique familière.

Le gris presque blanc du ciel se pose sur le vert encore pâle des jeunes blés et des prairies rases, cernées par les haies vert-blanc-brun. Les chatons des vergnes rougissent le bord des ruisseaux. C'est le paradis, supposons que le démon soit parti !

Elle retient Dago : po, po, po ! Le cheval se remet au pas puis hennit à la vue d'un tombereau, tiré par une paire de vaches, qui arrive en face. Le paysan marche devant l'attelage, son aiguillon sur l'épaule. Claudine arrête le cheval.

– Monsieur, vous savez si les Allemands sont à Besse ?

Oh, mon Dieu, tu aurais dû dire les Fritz ! Le bonhomme repousse son béret sur le haut de son crâne dégarni, toise la fille du notaire en faisant les petits yeux, et son regard s'allume dès qu'il la reconnaît. « Écoute-le penser. Ha, ha, la petite Chamarand, la fifille à son papa, de la graine de pétainiste ! »

Il balance son aiguillon d'arrière en avant, baisse son béret sur son front et crie en patois :

– Ils y sont, mais si vous les voyez pas, vous pouvez toujours leur écrire par la poste !

Voilà qui est bien envoyé. Il tourne le dos, Claudine lance un appel de guides à Dago qui part au trot. La bise s'est mise à souffler, elle a la chair de poule, elle rit, elle s'amuse, elle est heureuse. Elle fredonne à mi-voix *Mademoiselle Swing.*

C'est la joie, c'est le printemps ! / C'est le cri de tout Paris / Qui chante et qui sourit...

Une grosse heure plus tard, Dago s'arrête au bas d'une côte pour souffler et lâcher son crottin. Claudine distingue, entre les cimes grises et serrées des taillis, un toit de tuile et une façade aux volets clos. Courage, Dago, on approche. La maison est une espèce de caserne, deux étages et quelques mansardes, sans grâce, qui domine les alentours au milieu des arbres. Dago peine à la montée, Claudine le pousse de la voix, saute par terre et le rejoint. Elle lui caresse les naseaux, le tire par la bride.

Le sommet de la colline est en vue. Claudine remonte sur la charrette. La forêt de châtaigniers s'ouvre en plein ciel. Une ligne électrique passe au-dessus de la route. Les poteaux de ciment sont d'un gris presque blanc, percés de trous oblongs sur toute leur hauteur, et les tasses brunes qui portent les fils les font ressembler à de grands insectes droits, attelés pour Dieu sait quelle tâche herculéenne. Claudine se sent rassurée par cet attribut essentiel de la civilisation, l'électricité.

Un chemin étroit, avec des herbes sèches entre les pierres, quitte la route devant un petit pont. Une pancarte fixée à un gros orme annonce : « Monlévrier ». Dagobert, qui a déjà ses habitudes, s'engage sans hésiter dans le chemin. Une troupe de corbeaux s'envole d'un pré en battant des ailes et en poussant des cris aigres. À cent pas, la maison a l'air d'une grande caisse de couleur claire, avec un couvercle plus foncé, presque plat, et les petits rectangles gris-blanc des volets, qu'on dirait peints sur la pierre. Passé un dos-d'âne, on découvre une cour aux grilles ouvertes incrustées à la terre sous un semblant de porche, puis une longue façade et un double escalier coudé menant à une porte à imposte sur un perron.

Sous la terrasse s'ouvre une porte de cave basse et rongée. Le lierre et la vigne vierge ont envahi les rampes et le bas des murs. La peinture des volets s'écaille, le crépi tombe par plaques, laissant voir les moellons de la façade. Des grands arbres, chênes, pins, ormeaux, cernent le toit de leurs têtes penchées. À l'intérieur, la cour est entourée d'une haie de cognassiers. Il y a un puits et une pompe au milieu.

Claudine saute par terre, conduit Dago devant la terrasse, l'attache à un anneau, lui pose une couverture sur le dos et marche vers la maison d'un pas assuré. Alors, messieurs du maquis ? Personne ici ?

C'est la sixième fois qu'elle se retrouve à Monlévrier : elle a compté les jours. Elle n'a plus peur. Elle se met à fredonner doucement une chanson de Tino Rossi qu'elle se souvient d'avoir entendue le jour de la déclaration de guerre – il y a un siècle : *Vous n'êtes pas venu dimanche.* Une chanson toujours à la mode, une chanson éternelle. *Vous n'êtes pas venu dimanche Pourquoi ? J'avais mis une robe blanche À pois...*

Les gars du maquis de Ventoulou ont dû repartir depuis une heure, ne la voyant pas venir. Ils reviendront plus tard, cette nuit peut-être, ou demain. Thomas, le secrétaire du commandant, a une clé de la maison... Elle n'aime pas trop ça, mais on ne lui a pas demandé son avis.

Il lui faut se dépêcher, les ampoules manquent un peu partout, la lanterne tempête est presque à sec. La veille, elle n'a pas pu mettre la main sur la bouteille de pétrole... Elle s'imagine en temps de paix. « Tu crèverais de frousse, hein, ma fille, à la seule idée de passer une nuit toute seule dans cette grande maison au milieu des bois ? Mais c'est la guerre. Comment avoir peur du noir quand tu te dis que les SS peuvent débarquer et te coller au mur ? » Un volet décroché grince et cogne quelque part, sur une autre face de la maison. Le cœur de Claudine bat la chamade. Son destin l'attend dans cette maison, un jour ou l'autre, d'une façon ou d'une autre, elle en est sûre... Elle prend Dago par le cou, l'embrasse sur la joue.

– Il faut que je vérifie l'état des lieux. Tu m'attends ici tranquillement ? Tu n'as pas peur ?

Dagobert hausserait les épaules s'il pouvait. C'est un vieux cheval qui ne craint rien au monde.

– Même pas les Boches ?

– Ils vont me manger tout cru, tes Boches ? Bah, je sais bien que je finirai dans l'estomac des braves gens dès que l'essence sera en vente libre !

Un escalier aux marches usées et à la rampe poissée, conduit à l'étage. Claudine monte en fredonnant : *Jupon volant / Voici la Marjolaine / Au sourire bon enfant...* Elle s'arrête sur le palier, écoute une seconde, éteint sa lampe. Une petite tache de lumière tombe au fond du couloir. Une porte entrouverte. Les volets d'une chambre, mal accrochés, battent dans le vent. Un remugle de tabac froid tout à fait écœurant imprègne la pièce. Le relent de la sueur et de la crasse, en provenance du lit, se mêle à la puanteur du tabac. Le pensionnaire inconnu a écrasé ses mégots n'importe où. De plus, il est parti en laissant la fenêtre fermée et les volets ouverts.

L'homme qui a vécu là quelques jours est l'un des voyageurs de la filière d'oncle Jean, Lambert dans la Résistance, mais sûrement pas un aviateur anglais... Il n'y a qu'un Français pour transformer sa chambre en porcherie le temps d'entrer et de sortir ! Claudine prend un mouchoir parfumé dans son sac et le promène sous son nez. L'odeur du tabac... C'est du gris, du gros-cul, comme disaient les soldats.

« L'homme mourait peut-être d'angoisse, alors tu peux lui pardonner ! »

Un bruit de moteur, Dago hennit de toutes ses forces. Les voilà. Claudine retient son souffle une seconde et descend calmement l'escalier. Les voilà... Mais qui ? Les Boches ou les maquis ? Instant de vertige. « Ton cœur bat, tes mains tremblent, c'est normal, tu t'habitueras. »

On cogne à la porte. Elle crie d'entrer, allume l'électricité dans la grande salle. Elle se retourne lentement et reconnaît la casquette à carreaux et les lunettes à monture d'écaille de Thomas, le secrétaire du commandant.

Le commandant suit, serré dans une veste de cuir, le calot

sur l'oreille, dominant d'une tête son factotum. Il tend à Claudine une large main aux doigts noueux. Il garde un pouce à son ceinturon, un étui revolver pend sur sa cuisse. La crosse luit d'un éclat de serpent. Claudine se tient face aux deux hommes.

– Je vous attendais.

– Nous vous avons attendue aussi, dit Thomas. Nous étions inquiets, vous savez qu'une colonne allemande est passée par Besse ?

– Je l'ai entendu dire sur la route.

– On s'est tenus tranquilles, dit le commandant.

Et Thomas ajoute, en regardant Claudine dans les yeux :

– C'est ce qu'on avait de mieux à faire, vous ne croyez pas ?

Le commandant tire sur son ceinturon. Sa pomme d'Adam va et vient le long de son cou.

– On a dû calmer Stan, mon second. C'est un chaud lapin, lui ! Il avait pris une douzaine de types et il se préparait à attaquer une colonne blindée boche, avec trois mitraillettes, deux mousquetons et un revolver. Bon Dieu de Dieu, ça a bardé entre nous !

Claudine se demande si le commandant joue pour la galerie ou s'il essaie de lui glisser un genre d'avertissement. Elle approuve d'un sourire.

– Alors, vous l'avez maté ?

– Et comment ! Il a menacé de quitter le maquis, j'ai dit : « On te retient pas ! » Il a mis son revolver dans sa poche et il est parti. Je savais qu'il allait chez sa bonne amie. Je l'ai rattrapé et forcé à laisser son arme !

Le commandant frappe le pistolet qui lui bat la cuisse.

– J'ai pas de conseil à vous donner !

Thomas prend le relais, sur un signe de son chef.

– Stan, ou Désiré, comme il s'appelle de son vrai nom, est un homme dangereux. Il s'est débrouillé pour avoir une clé de Monlévrier. N'oubliez pas de vous barricader la nuit. S'il vous manque un verrou, dites-le, on enverra quelqu'un le poser. La nuit, attention. Il peut cogner à la porte, en disant qu'il est le commandant ou moi, n'ouvrez pas. Si nous sommes obligés de vous appeler ou si nous envoyons quelqu'un, le mot de passe sera Victor Hugo.

Le commandant s'assoit sur un banc, frappe la table du poing.

– Si on lui tient la dragée haute, il se dégonfle.

Claudine regarde tour à tour les deux hommes, froidement.

– Commandant, vous me parlez bien de votre second ?

– Le nommé Stan, ou Désiré, oui mam'selle.

– S'il est aussi mauvais, pourquoi le gardez-vous pour adjoint ?

Le commandant pose son calot sur la table, aplatit de la main les boucles brunes qui frisent autour de son crâne dégarni.

– V's avez bien raison, un de ces jours, je vais me fâcher !

Thomas croise les bras, lève les yeux au plafond.

– Vous savez, Claudine, la tâche du commandant est difficile. Stan est un homme précieux quand il n'a pas sa tête de cochon. Il parle l'allemand sinon comme Goethe, du moins aussi bien que n'importe quel Otto, Fritz ou Hans. Il s'y connaît en mécanique et en armes. C'est un spécialiste des explosifs... Il est beau parleur, il sait embobiner les gens. Et il vise à supplanter le commandant à la tête du maquis.

– Voilà de bonnes nouvelles !

Le commandant commence à rouler une cigarette.

– Vous faites pas de bile. Tant que je serai là, il se tiendra à carreau, le petit Stan. Vous savez pas l'allemand, des fois ? Si on avait un *interprètre* pour causer avec les prisonniers qu'on fera, on pourrait envoyer Stan au diable !

Claudine lâche son souffle.

– Et à Besse, les Allemands..., les Boches ?

– On s'en tire à bon compte, dit Thomas. Ils ont cravaté un agent de liaison F.T.P., ce qui a peut-être évité un coup dur. Comme vous savez, les F.T.P. sont toujours prêts à en découdre. S'ils avaient été prévenus à temps, ils auraient cherché la bagarre. C'est leur règle. La nôtre est différente... Et puis deux personnes ont été arrêtées sur dénonciation. C'était pas la peine de déplacer une colonne pour si peu !

Dago hennit d'impatience. Le commandant se lève.

– On va décharger. Y a pas d'heure pour les braves !

La pénombre gagne sous les grands arbres. Thomas a posé sa lampe pour tâter et soupeser les paquets que lui tend Claudine, et le commandant déchire un emballage à coups d'ongle.

– Mais bon Dieu, qu'est-ce qu'il y a là-dedans ?

Claudine pouffe en jouant avec le dernier colis.

– Le courrier, des tickets, des lames de rasoir, du savon, des piles, des petits outils, des pellicules photo, des nécessaires de couture, des nécessaires de réparation de chambres à air, etc. Le tout déguisé en colis de prisonnier au cas où. Et il faut que je récupère les étiquettes.

Le commandant hausse les épaules, prend une brassée de vêtements pour les transporter dans sa voiture, une grosse Primaquatre beige clair, coiffée de ses trois bouteilles de gazogène, qui brille au milieu de la cour sous les derniers feux du jour. Claudine le rattrape et le retient par le bras.

– Il y a des vêtements de femme qui m'ont servi de camouflage et que je dois rendre au Secours national !

Mais le commandant résiste, se dégage.

– On n'a pas le temps de trier !

En une seconde, Claudine redevient la petite fille combative qu'elle était il y a moins d'un lustre. Elle se laisse tomber sur le sol boueux et noue les bras autour de la jambe du commandant.

– On prendra le temps. Je veux qu'on porte tout à la maison !

Au rugby, ça s'appelle un plaquage. Le commandant sautille un pied en l'air sans lâcher sa charge. Thomas arrive en courant.

– Mon commandant, soyons fair-play avec cette jeune fille.

Il aide Claudine à se relever. Le commandant cède en maugréant. Dago hennit, piaffe, tire sur les guides. Claudine le caresse, rajuste sa couverture, lui parle doucement sous le regard soudain attendri des deux hommes. Un quart d'heure plus tard, tous les vêtements sont entassés sur les tommettes de la grande salle ou étalés sur la table. Claudine commence le tri, les vêtements de femme au coin de la table, les vêtements d'homme sur les tommettes. Le commandant tire une jolie robe en lainage bleu, au corsage de lingerie.

– Je garde celle-là, nom de Dieu !

Claudine agrippe aussitôt une manche de la robe, la ceinture, le corsage. « C'est le baptême du feu, Clo ! Tu es prête à te battre ? Demain, s'il manque un vêtement, tu auras l'air d'une pauvre idiote devant ta mère ! Et le jour où tu tomberas dans les griffes de la Gestapo, tu mangeras le morceau à la première beigne ? » Le commandant tient l'autre manche et le bas. Thomas surveille la scène, la main levée.

– Mon commandant !

Claudine se doute bien que céder cette fois, c'est se mettre à la merci du commandant. Elle joue l'avenir de sa mission, sa dignité d'adulte et presque sa destinée. Elle se cramponne au fin tissu. Le commandant imite son geste, un peu plus fort. Thomas pousse un cri, se jette entre eux.

– Vous allez la déchirer ! C'est un monde !

Le commandant fixe son secrétaire, puis Claudine. Sa pomme d'Adam monte et descend en signe de fureur.

– Je la réquisitionne. Un bon, Thomas, vite ! Tu as pigé, nom de Dieu. « Je soussigné, commandant Jeanne... »

Claudine lâche la robe, recule d'un pas, cache ses mains qui tremblent sous les manches longues et amples de la veste de Lydia. Thomas soupire, tire un carnet de sa poche intérieure, lève son crayon.

– Alors, je marque une robe ?

Le commandant tape du poing sur la table.

– Y a pas des femmes, dans la Résistance, des fois ? Marque une robe !

– On aura l'air fins quand le Secours national présentera ce papier !

– C'est pas tes oignons. Marque ! Et tant que tu y es, signe, subito presto.

Claudine hausse les épaules. C'est pas de jeu, mais elle est trop fatiguée pour ergoter. Elle sourit à Thomas puis se tourne vers le commandant.

– Commandant, permettez-moi de vous offrir cette robe !

Le printemps viendra du ciel

Elle déchire la page de carnet, d'un geste souverain, en quatre morceaux qui tombent à ses pieds.

Elle se retourne pour la centième fois dans son lit glacé. « Tu es sûre que tu as bien tiré tous les verrous, ma vieille ? » Elle souffre des écorchures de son genou et des courbatures de son échine. Les bribes d'une rengaine s'effilochent dans sa tête. *Vous dira combien le printemps était court... Avec lui la joie et l'amour...* Le cœur lui manque. Elle est à bout de nerfs. Elle est heureuse. Elle s'abandonne et pleure sur son oreiller de douces larmes de fatigue, de triomphe et d'effroi.

12.

Journal de Claudine.

Monlévrier, 24 mars 1944, dix heures moins dix. Ce soir, notre message était le plus beau au milieu d'une longue liste ! *L'amateur brûlera un cierge pour le diable...* Il est passé deux fois, à dix-neuf heures trente et à vingt et une heures trente. Un cierge pour le diable. Il y a eu aussi *Le chef de gare a un drapeau rouge, Les chevaux piaffent à l'écurie, J'ai la clé de ton cœur mais la serrure est brisée, Le chapelier a perdu son chapeau...*

Je piaffe à la maison en attendant Robert N. Il m'a promis de tout m'expliquer, pourquoi l'amateur, pourquoi un cierge, pourquoi le diable... Un proverbe paysan dit à peu près : « Si tu brûles un cierge au bon Dieu, n'oublie pas d'en allumer un autre pour le diable. » La règle d'or du double jeu, en somme !

Si Robert N. est l'amateur, qui est donc le diable ?

Depuis trois jours, le printemps. Deux mille kilomètres à l'est, l'hiver russe continue. On nous dit qu'il aura été aussi rude que les deux précédents et qu'il facilite de nouveau l'offensive générale de l'Armée rouge.

Les forces soviétiques avancent partout, du golfe de Finlande à la mer Noire, en passant par la frontière polonaise. Mais les Alliés piétinent en Italie. Les Français libres, commandés par le général Juin, prennent une part très importante à ces combats. Dans le Pacifique, les Américains sont en train de reconquérir une à une leurs îles perdues.

Les avions alliés bombardent la France, l'Allemagne, la Belgique et la Hollande, avec « une intensité jamais égalée », paraît-il. Londres d'un côté et Berlin de l'autre n'échappent pas aux raids. Pour la France, je cite de mémoire Le Mans, Toulon, Clermont-Ferrand, Calais, Saint-Quentin... et même la poudrerie de Bergerac ! Le débarquement est pour bientôt.

Je ne peux pas y croire ! Il me semble que je vais rester ici, dans mon *Wuthering Heights,* encore des mois et des mois... J'attends Robert N. qui devait arriver aujourd'hui, en fin d'après-midi. Je ne l'ai vu que deux fois depuis notre entrevue très romantique à l'église de Réverac, une heure et demie en tout, peut-être. Il m'a remis encore un peu d'argent et des consignes écrites à apprendre par cœur, puis à brûler. J'avais peur qu'il me traite comme une gamine, pas du tout, il en rajoute même sur l'estime et la courtoisie. Trop beau pour être vrai ? À Dieu vat.

J'ai obtenu de papa une location en règle, j'ai signé pour le Secours national, et mon père pour M. Parnaud, le propriétaire. Maman, bien sûr, a tout deviné. Elle m'aide à sa façon, supérieure et sourcilleuse, qui me fait grincer les dents, mais j'ai besoin de sa complicité. Robert N. ayant choisi le Secours national en guise de couverture dans la région, je dois m'accommoder des petits travers de ma mère. Heureusement, elle ne me demande aucune confidence, et je n'ai pas l'intention de lui en faire !

Il est dix heures vingt du soir. Je me sens seule. Au moindre bruit dehors, mon cœur souque et toque, d'émotion, de curiosité, d'impatience. Grâce à Dieu, je n'ai pas peur. Et je dors mieux que je n'ai jamais dormi... La fatigue est le meilleur calmant, je suis sur les genoux, sur le flanc, j'ai tout le corps moulu. Je continue mon travail à l'étude et j'ai même réussi à être en avance tous les matins. Une heure et demie pour descendre, sans trop forcer Dago, je me lève entre six heures et six heures et demie à l'heure allemande, quatre heures au soleil. L'après-midi, je m'occupe de Dago, je prends les paquets du maquis soit à la remise de l'étude, soit à la pension des Glycines, soit chez Mlle Desjours ou à l'école des filles, souvent les trois. S'il reste un peu de place, je reviens vite à la maison, je jette par-dessus le tout une chaise et une casserole ou n'importe quoi pour mon ménage. Deux heures pour le retour. Sitôt arrivée, je me mets à mes travaux d'installation.

J'ai juré que tout serait prêt d'ici aux vacances de Pâques, dans dix jours. Thomas, le secrétaire du commandant, m'a promis de venir avec une demi-douzaine d'hommes pour refaire le plâtre et les peintures, réparer les fenêtres et le plancher... La voisine qui s'occupe du ménage, Fernande Poudens, de la Gaillardie, amènera sa belle-sœur de la Guine-du-Bois et sa cousine de Grateloup pour un grand nettoyage : elles sont déjà venues ensemble fouiner dans la maison et me regarder sous le nez.

Un mot sur le décor de la grande salle, qu'on appelle aussi bien « cuisine » ou « salle commune ». Outre la table, quatre ou cinq chaises, un vieux buffet, une pendule comtoise sans aiguilles et un lit de fer tout rouillé meublent tant bien que mal ses deux cents mètres cubes, au bas mot. Mais il y a aussi d'immenses placards muraux, dont un, plâtré de neuf, à l'épreuve des rats, nous sert de réserve à provisions. Aujourd'hui, le lit a été bougé... On l'a rapproché du feu. En arrivant, j'ai soulevé la couverture grise étendue sur la literie et reniflé un parfum très populo genre « Doux sourire » ou « Fleur de France ». Le lit exhale encore une odeur de lotion masculine, et, mêlé aux deux, des effluves animaux pas très catholiques. Ces messieurs du maquis sont sans doute venus passer un bon moment chez moi avec une donzelle pour les distraire... *Marjolaine, Marjolaine / A connu le frisson / Dans les bras d'un garçon.* On ne peut rien contre le printemps !

Si Philippe Henriot apprenait par hasard cette aventure, quelle belle émission il en ferait !

Malgré tous mes efforts pour arriver à l'heure à mon travail et avoir l'air innocent, Pierrot, le clerc, sait lui aussi que mes nouvelles activités sont un camouflage. Il s'est approché de moi en retroussant ses manches de lustrine, pendant que je somnolais, la figure entre les mains.

– Ah, mademoiselle Claudine ! (Et à voix basse :) Mademoiselle Claudine, je préfère ignorer ce qui se passe à là-haut, au cas où je serais interrogé par la Gestapo !

– Interrogé, vous ? Pourquoi donc ?

– Parce que je connais des gens qui sont *peut-être* dans la Résistance. Je préfère tout ignorer pour ne pas risquer de parler sous la torture.

– Vous pensez que vos amis allemands iraient vous torturer ?

– Les Allemands ne sont pas mes amis. Les Anglais non plus. Je ne suis pas aussi naïf que vous croyez. La baignoire, je..., je sens que je n'aimerais pas ça. Je ne supporte pas l'eau froide, ni d'ailleurs l'eau très chaude. Avec mes poumons, si on me coupe la respiration pendant une minute, je peux en mourir. Il y a aussi les coups sur les testicules, ça doit être terrible !

Onze heures vingt-cinq. Toujours personne. Je tombe de sommeil, mais je ne veux pas que Robert N. me trouve au lit. J'aimerais parler de la petite Julia dans mon journal. Je mesure le risque. En cas de danger, j'arracherai les pages pour les jeter au feu et j'emporterai le cahier. Qui est Julia de Retz ? La fille d'un petit nobliau du sud de la Bretagne (le pays de Retz est situé près de Nantes, sous l'embouchure de la Loire, et Retz est le nom de Barbe-Bleue, Gilles de Rais pour l'état civil !) Je ne peux empêcher ma cervelle de bouillonner.

Mais il faudrait que Robert N. revienne vite, les Treguennec ont décidé de faire opérer la petite des amygdales. Dieu sait qui leur a mis cette idée en tête. Ils ont le sentiment qu'on ne leur a pas dit la vérité – ce qui est vrai – et qu'on s'est servi d'eux, dans une intrigue qui les dépasse. Ils sont effrayés et ils aimeraient bien se mettre à couvert. Ils ont demandé aux sœurs de Sainte-Marthe de payer les frais. La mère supérieure a refusé. Ils s'y attendaient. Les Treguennec ont dit qu'ils allaient s'adresser à la commune. La tuile ! Il ne peut y avoir d'aide de la commune sans une enquête en mairie. C'est ce qu'ils veulent, une enquête, pour être à l'abri. Mais nous devons l'éviter à tout prix. Les sœurs ont vu le danger. Elles ont dit qu'elles allaient essayer d'avertir les parents.

Il me vient maintenant deux désirs très fort : attaquer mon roman et écrire à Virginie de Fongalop, dont je suis sans nouvelles depuis six mois. Je veux faire de Virginie un de mes personnages. Bien sûr, je changerai les noms et les circonstances, mais elle saura se reconnaître. Virginie est plus merveilleusement folle que je n'ose l'être dans mes rêves les plus fous. Un jour, début 1943, elle avait juste dix-huit ans, elle s'est levée pendant la grand-messe, à l'église du village. Elle s'est mise à déclamer un poème de Pierre Emmanuel, *Soir de l'homme,* paru quelques mois plus tôt dans une revue de poésie. *Ô liberté, contemple la terre une dernière fois avant l'adieu...*

Vite, la marée grondante des fidèles lui a rivé son clou. Ses frères et ses tantes, aidés du sacristain, l'ont traînée à la fontaine communale pour lui plonger la tête sous l'eau. C'étaient les premiers jours du printemps, on a mis l'affaire au compte de la saison, qui rend les filles folles. Virginie a été punie de trois mois d'exil à la pension, sans remettre les pieds chez elle.

Est-ce le moment de commencer mon roman, alors que je suis accablée de tâches et de soucis ? Mais je vis des heures romanesques. Je me sens toutes les audaces. Oui, c'est maintenant ou jamais.

J'ai mes principaux personnages : Robert N., que j'appelle R. Dansard (le capitaine Dansard), Virginie et Lydia. Je n'ai pas choisi de noms pour elles... Toutes les deux aiment le capitaine, qui est attiré par l'une et l'autre. Dénouement : où Virginie triomphe sur toute la ligne, écrase sa rivale, disqualifiée par ses intrigues, et épouse notre héros. Quand même, c'est un peu banal... Ce qui fera la richesse et la beauté de mon roman, ce sera l'atmosphère, les personnages, leurs réflexions et tous les événements et les scènes de la vie que je saurai trouver. Sans parler du style ! L'action se situera dans un manoir du Périgord, Ventemont : un mélange de Ventoulou, de Monlévrier et de Hurlevent... Il me reste à choisir l'époque.

Bientôt minuit. Mon front penche vers la table, ma vue se brouille, je ne sens même plus le froid. J'aurais tant voulu accueillir Robert N. bien réveillée, l'œil vif et le pied léger ! Quand nous nous rencontrerons, ou bien s'il m'appelle au téléphone, il dira : « Je suis un pauvre homme mal habillé ! » Je répondrai : « Avez-vous votre baudet ? »

Je me laisse bercer par les bruits de la nuit. Une chouette, attirée par la lumière qui filtre d'un trou de pivert au volet, vient pleurer de temps en temps devant ma fenêtre. Les rats et les dames-de-grange se disputent le grenier, mais je suis habituée à leurs cavalcades bruyantes et brusques. L'armoire à provisions craque sèchement toutes les deux ou trois minutes. Sans doute un ver qui explore les profondeurs du bois. Le vent siffle dans un chéneau percé au bord du toit ou lance sa plainte dans les branches du grand tilleul. La girouette grince. Une bûche humide chuinte dans le foyer, la braise pétille. La marmite où chauffe l'eau de ma bouillotte lâche de temps en temps une bouffée de vapeur, et le couvercle claque comme un bec. Ah, je suis presque sûre d'entendre ronronner un moteur... Bon, c'est en l'air, un avion solitaire. Un avion à minuit dans le ciel du maquis, ça veut dire un parachutage !

13.

Claudine se rappelle juste à temps la phrase convenue.

– Avez-vous votre baudet, monsieur ?

– Vous allez l'entendre braire !

Ils sont deux. Claudine recule, effarouchée. Ils la suivent à la cuisine. Le compagnon de Robert Neuville est un petit homme au regard fuyant, sous la visière d'une casquette à carreaux trop grande pour sa tête. Il a le poil rare, gris-roux, la bouche pincée, avec un mégot au coin des lèvres. Robert le pousse devant Claudine.

– Mon agent de liaison.

L'homme lance son mégot dans le feu, prend la main de Claudine, lui serre le bout des doigts, la regarde en riant, d'un rire rauque, fêlé.

– J'espère que vous nous avez préparé un bon café.

Elle se sent rougir de honte. Elle a oublié le café, elle n'a rien à offrir à ces hommes qui arrivent du diable vauvert, épuisés, assoiffés, affamés.

Robert ôte son chapeau et son manteau, les jette sur une chaise.

– Bah, on a cassé la croûte dans le camion et on ne va pas s'amuser à boire du café à minuit alors qu'on part demain matin de bonne heure.

– Vous repartez demain matin ? Mais ce n'est pas possible !

– Il le faut, Claudine, je vous ai avertie. Je vous promets que je rentrerai dans trois jours, cette fois.

Il est vêtu d'un élégant complet prince-de-galles, avec un

gilet et une cravate à pois. N'empêche qu'il sent le charbon, la lotion bon marché et... et... la poudre ? « Oh, tu rêves, Clo, l'odeur de poudre est dans ta tête ! » Elle tourne autour de la table. Les deux hommes la suivent d'un regard intrigué. « Tu es tout à fait transparente, ma douce. Ils lisent tes pensées sur ta figure comme l'heure du train sur le panneau de la gare ! »

Elle s'arrête, scrute Robert en fronçant le nez.

– J'ai entendu votre message personnel ce soir !

Robert bondit sur place, lève ses bras écartés en signe de victoire.

– Et vous ne le disiez pas ?

Il envoie une bourrade à son complice, qui trébuche contre la table en grommelant. Le type se frotte les côtes avec un sourire mauvais.

– Et si vous ne l'aviez pas eu, qu'est-ce que vous auriez fait ?

Robert se retourne vers Claudine et pose les deux mains sur ses épaules.

– Merci, Claudine, excusez-moi. Voulez-vous me le répéter ?

Elle récite, les yeux baissés : « L'amateur brûlera un cierge pour le diable... » Elle lève la tête, le fixe entre les sourcils.

– Ici, nous avons une complication sérieuse. Il faut que je vous en parle.

L'agent de liaison s'est adossé à la cheminée. Elle remarque son œil gauche vitreux, mort. Il fait deux pas vers l'entrée où sa valise est posée.

– Qu'on me donne un verre de vin ou de cidre et qu'on me montre ma chambre !

Claudine et Robert sont assis autour de la table paysanne munie d'un large tiroir à chaque bout. Robert pose les coudes sur la table, joint les mains sous son menton.

– Je vous écoute. Que se passe-t-il ?

– Les Treguennec ont décidé de faire opérer Julia des amygdales pendant les vacances de Pâques. Je ne crois pas que ce soit urgent, ni peut-être même nécessaire. Mais ils ont peur. Ils ont trouvé ce moyen de faire faire une enquête de la commune sur elle pour se mettre à l'abri, sans avoir l'air de trahir ceux qui leur ont confié la petite.

– Nous avons mal choisi, finalement.

– Je ne crois pas qu'on puisse leur enlever l'enfant. Ils veulent s'en débarrasser, mais ils seraient trop contents de porter plainte pour se blanchir.

– Ce qui attirerait forcément l'attention sur Julia.

Robert hoche la tête, le front plissé par la réflexion.

– Il n'est pas question de laisser opérer Julia sans l'avis d'un spécialiste d'une grande ville, Bordeaux, par exemple. En tout cas, pas avant l'été. Et une enquête serait très dangereuse.

Claudine bâille, la main devant sa bouche.

– Vous avez besoin d'un peu de temps, n'est-ce pas ? Il faudrait convaincre les Treguennec d'attendre jusqu'au débarquement ?

– Supposons que la maman de Julia téléphone et qu'elle explique à Mme ou à M. Treguennec, n'importe, qu'elle souhaite consulter pour sa fille un spécialiste à Bordeaux, qu'elle paiera, bien sûr... Qu'en dites-vous ?

– On peut gagner quelques jours. Mais, s'ils ont vraiment peur, ils trouveront autre chose.

– Alors que faire ?

Claudine regarde Robert dans les yeux. « Vous voilà au pied du mur. Le moment est venu de sortir un lapin de votre chapeau ! » Elle lui décoche un sourire innocent.

– Je ne vois qu'une chose à faire, dit-elle. Envoyer deux hommes armés leur dire qu'ils répondent du secret sur leur vie. Et, un peu plus tard, enlever Julia en faisant courir le bruit qu'elle est rentrée dans sa famille. Si nécessaire, renouveler la menace.

Robert joint les mains devant son visage, les paupières à demi baissées. Après un moment, il ramène les deux mains sur la table et regarde Claudine dans les yeux.

– Vous m'épatez, jeune fille !

Claudine tourne sa cuiller dans sa tasse d'infusion. Elle se sent au-delà de toute fatigue. Elle se laisse porter par une jubilation qui lui fait pétiller le sang comme du champagne et rêve à haute voix.

– C'est possible ?

Robert serre dans sa main droite le verre où Claudine lui a versé un fond de bouteille de vin blanc, un gros verre paysan, côtelé et trapu. Il le serre si fort que ses jointures pâlissent.

– C'est possible.

– Vous m'avez promis de m'expliquer le message personnel... et tout le reste.

– Je tiendrai parole, mais accordez-moi un délai. Nous allons jouer gros jeu. Il vaut mieux que vous ne sachiez rien encore.

Claudine sent une vive chaleur lui monter au visage. En même temps, un désir frondeur l'aiguillonne.

– Parce que vous avez peur que je parle sous la torture, si je suis prise !

Le regard que Robert fixe sur elle est d'abord très froid. Il s'adoucit peu à peu, s'emplit de lumière, et le cœur de Claudine se dilate à l'étouffer.

– Je vous demande pardon, dit-elle.

Robert avance une main à plat sur la table.

– Je crois que vous avez besoin d'un peu de temps pour vous aguerrir. Si vous appreniez toute l'histoire aujourd'hui, vous en seriez troublée, dans votre travail, votre vie, votre conscience. Vous seriez peut-être gênée dans vos relations avec la petite Julia, et aussi avec nos amis du maquis... Eux ne savent rien, ils ne devront rien soupçonner, jamais, sous aucun prétexte.

« Je peux quand même vous dire le sens du message. Jusqu'à maintenant, mon action était dans une certaine mesure protégée par l'Abwehr, un service secret allemand, dont beaucoup de dirigeants sont opposés à Hitler. Un proverbe dit qu'il faut une longue cuiller pour souper avec le diable. Je suis un spécialiste de la longue cuiller ! Mais les SS ont liquidé l'Abwehr pour s'emparer de ses dépouilles. Les fins renards de l'Abwehr vont se changer en loups féroces du S.D. – de la Gestapo, pour simplifier !

« J'ai donc besoin d'une cuiller deux ou trois fois plus longue. Alors, j'ai demandé de nouvelles instructions à mon chef de Londres, qu'on appelle « oncle Edward ». En gros, ceci : « Dois-je oui ou non continuer à travailler avec les services allemands passés aux mains de la Gestapo ? » Je soupçonne un peu mes supérieurs d'être prêts à me lâcher si certaines choses tournent mal, ou si la guerre, la politique évoluaient d'une certaine façon. J'ai exigé qu'ils prennent nettement leurs responsabilités. J'ai essayé de me « couvrir », comme on dit, avec un message... aussi personnel que possible.

« Les messages n'ont, en général, d'autre sens que celui qu'on a convenu. Si je dois faire état des ordres reçus de Londres, une phrase du genre *les poules du couvent pondent la nuit, le jardinier de la mairie arrose les radis* ou *le charcutier de Mâchonville mange ses saucisses* ne prouvera pas grand-chose. Par contre, les gens de l'Intelligence Service ne pourront pas dire qu'ils ont passé *l'amateur brûlera un cierge pour le diable* sans intention ou par erreur. D'autant que le surnom d'« amateur » m'a été donné par les services anglais eux-mêmes à une certaine occasion. Ils m'ont dit : « Venez avec nous, vous avez l'étoffe d'un professionnel. » Et, comme je n'aimais pas trop leurs façons, j'ai répondu : « Non, merci, je préfère rester amateur ! » Je m'estime couvert autant qu'on puisse l'être quand on fait ce métier..., même en amateur. Oh, je n'ai pas la prétention d'être plus malin que l'oncle Edward. Mais, puisqu'il a accepté de passer le message, c'est qu'il a l'intention de me soutenir. Enfin, je crois.

Claudine est ravie d'avoir tout compris, ou presque. Mais ce n'est que la petite moitié du secret. Une question lui vient.

– Vos chefs de Londres vous donnent donc carte blanche ?

Robert, un coude sur la table, caresse sa moustache, appuie sa tempe contre sa paume. On voit qu'il lutte contre la fatigue. Il sourit.

– En étant optimiste, on peut dire que j'ai reçu carte blanche. J'attends deux autres messages personnels : le premier sera une sorte de *nihil obstat,* le « rien n'empêche » de l'Église...

– Je sais. Après, il y a l'imprimatur.

– En guise d'*imprimatur,* on m'annoncera l'arrivée d'un visiteur.

– Le père de Julia ?

– Non, mais le père de Julia viendra aussi Nous avons baptisé leur rencontre « opération Chat Murr ». Bon Dieu, je suis en train de tout vous raconter. Retenez les deux messages. Si possible, n'écrivez jamais. Premier message : *La bicyclette rouge a un timbre au guidon.* Deuxième message : *Le timbre de la bicyclette rouge a sonné.* Troisième : *La sonnerie du timbre est très musicale.* J'attends le premier dans le courant de la semaine prochaine. Le second peu après. Le troisième, pour l'atterrissage, devrait arriver vers Pâques, à la fin du premier quartier ou au début de la pleine lune.

– Monsieur...

Il avance un peu plus la main droite vers Claudine.

– Appelez-moi Robert.

Claudine pose à son tour la main gauche sur la table.

– Quand vous êtes entré, il m'a semblé que vous sentiez la poudre. Je me suis dit que je rêvais. Pourtant, je trouve que cette odeur est toujours sur vous. Peut-être n'est-ce pas de la poudre ?

Leurs deux mains se frôlent maintenant, celle de Robert tellement plus grande et plus large.

– Vous êtes redoutable, dit Robert. C'est bien de la poudre. Pagery, le chef des Mouvements unis de la région, m'a prié d'aider à l'instruction de ses jeunes recrues. Les maquis ont des armes anglaises et américaines. J'ai été formé en Angleterre au maniement et à l'utilisation de cet outillage. Après quelques explications, le démontage et remontage des armes, les maquisards nous ont conduits à un stand de tir dans une grotte. Ce système est assez dangereux, mais le son est étouffé et on ne risque pas d'ameuter tout le pays. Autre inconvénient, la fumée est mal évacuée et imprègne assez vite les vêtements. Voilà, Claudine...

Leurs doigts se joignent enfin sur la table et se nouent doucement.

14.

Elle rêve qu'elle a dix ans, et c'est le premier jour des grandes vacances : le meilleur moment de la vie. Tiens, on a frappé. Ça doit être papa, car maman ne frappe jamais à la porte de sa chambre. Papa qui vient lui dire :

« Réveille-toi, ma chérie, la vie t'attend, les vacances, la Résistance. » Elle crie d'entrer, elle soulève les paupières. La lumière du jour filtre sous ses cils. Elle referme aussitôt les yeux. Une main d'homme prend la sienne sur le drap. Elle serre plus fort les paupières. Je ne veux pas me réveiller. Mon Dieu, faites que ce soit la réalité. Mon Dieu, faites que ce soit un rêve !

Elle a oublié de fermer les volets, et la lumière du jour inonde la chambre. Mais alors, ma vieille, tu vas être en retard au bureau. Et Dago qui n'est pas soigné ! Elle se lève d'un bond et se trouve dans les bras de Robert Neuville. Il sent la brillantine et l'eau de Cologne.

– Excusez-moi, je me suis rendormie et...

Il rit et la repousse contre le lit.

– Couchez-vous et dormez. C'est un ordre.

– Mais je ne peux pas. Mon père... Le clerc... Le cheval...

– J'ai pansé votre cheval. Maintenant, je dois partir. Obéissez... Là, bien. En passant à Réverac, je chargerai Mme de Grandval d'avertir votre père que vous ne viendrez pas aujourd'hui. Je vous ai laissé mes instructions écrites. Vous les brûlerez aussitôt lues. Promis ?

Claudine s'enfonce sous les draps, la feuille, format papier ministre serrée dans ses doigts. Robert s'éloigne de quelques pas, se retourne.

– Puisque vous avez entendu notre message, je suppose que vous avez écouté aussi les informations ?

Claudine bâille, essaie de se rappeler.

– Je ne sais pas. Je crois que j'ai éteint le poste aussitôt après les messages personnels. C'était brouillé, j'étais très énervée...

Le plancher remue et grince, Robert se dandine au milieu de la chambre sans se décider à partir. Il se rapproche d'un pas ou deux.

– Alors, vous ne savez pas la nouvelle... La grande nouvelle ?

Claudine jaillit de sous le drap et cligne des yeux, aveuglée par le jour.

– Ils ont débarqué !

– Ah non, non. Mieux que ça.

– On a tué Hitler. La guerre est finie !

– Tué Hitler ? Ma foi, ça pourrait arriver. Non... L'Assemblée d'Alger a accordé le droit de vote aux femmes. Une injustice séculaire est réparée ! Bonne journée, dormez bien, au revoir !

Le sommeil la fauche sur l'instant.

Elle se réveille une heure ou deux plus tard. Elle se souvient des élections d'avant guerre... À la débâcle, l'opinion a accablé d'un mépris unanime les hommes politiques de la IIIe République : lâches, vendus, pourris et on en passe. Le vote des femmes, est-ce que ça signifie qu'elles seront un jour, grâce à leur rôle dans la guerre, les égales des hommes ?

– Mon Dieu, le papier de Robert !

Elle le retrouve froissé entre ses pieds, au fond du lit. Elle le déplie vite. Il a écrit sur toute la page, en très grosses lettres, au crayon encre : MES INSTRUCTIONS. REPOSEZ-VOUS TOUTE LA JOURNÉE. ROBERT.

« Vous les brûlerez aussitôt lues, hein ? Promis ? » Promis, Robert.

Elle se rendort pour la troisième fois. « Maintenant que te

voilà électrice en puissance, ma jolie, comment vas-tu t'habiller ? Tailleur, chapeau de feutre, bas de soie d'avant le déluge ? » Elle chantonne. À la guerre comme à la guerre... « Ta jupe de velours vert... à tout faire... fera une fois de plus l'affaire... Ta veste d'agneau est un peu trop chaude pour un beau samedi après-midi de la fin mars. Mais ton corsage rouille, assorti aux couleurs de l'automne, sera convenable pour le petit printemps, avec une veste légère par-dessus. »

Elle s'aperçoit qu'elle meurt de faim. Elle dévale l'escalier, se précipite à la cuisine. Elle aperçoit sur la table un paquet de sucre en morceaux qui n'y était pas la veille. À côté du paquet, un objet rectangulaire et plat, enveloppé dans une page du journal *La Petite Gironde,* avec une note au crayon sous le titre : *À Mlle Claudine. Merci pour la veste. Cdt Jeanne.*

Elle reconnaît l'écriture de maître d'école du secrétaire Thomas et déplie le journal. Une tablette de chocolat dans un papier gris, sans indication de provenance. Peut-être du chocolat anglais. Elle soulève le couvercle du paquet de sucre. Il est entier, plein !

Elle fredonne, le cœur en fête, la bouche maculée. Les bulles enchantées montent à ses lèvres. *Le bonheur ne passe qu'une fois. / Hâtez-vous d'aimer, Mad'moiselle, car demain...* une romance de Charles Trenet.

D'un côté de la feuille, Robert a écrit : « Reposez-vous toute la journée. » De l'autre, il a noté de vraies instructions, en petits caractères fins et nets, réguliers et serrés. L'écriture, à l'encre, est rapide, élégante, harmonieuse, avec des formes de lettres peu convenues mais toujours lisibles...

*1. En mon absence, voyez Mme de G. tous les jours, à la pension. Pour signifier que tout va bien, qu'*il n'y a rien d'anormal, *vous dites : « J'espère que je suis à l'heure ? » Elle vous répondra, si tout est dans l'ordre : « Oh, vous savez, je ne regarde pas la pendule toutes les cinq minutes. »*

Si quelque chose n'allait pas, elle dirait : « Il faut s'habituer, l'heure allemande *est l'heure légale. »*

Si vous étiez suivie ou menacée, si vous aviez peur, si vous ne pouviez pas parler librement, vous diriez : « Il y avait du vent sur la route, je me sens toute chiffonnée. » Ce serait à elle de prendre l'initiative.

Apprenez ces phrases par cœur puis brûlez la feuille. Promis, juré ?

2. Vous aurez, sans doute avant mon retour, à accueillir trois ou quatre hommes à l'arrêt de l'autocar, soit à Saint-Pierre, soit à Saint-Quirin.

Mme de G. vous fixera le rendez-vous et les phrases de reconnaissance. Vous conduirez les trois ou quatre « passagers » à Monlévrier, vous les logerez et les nourrirez de votre mieux. Je suppose que vous avez encore de l'argent. Donnez-leur pour consigne de ne pas sortir de la maison en votre absence. Dites-leur qu'on est sous la surveillance du maquis et que toute imprudence sera signalée et sanctionnée.

3. Poursuivez l'aménagement de la maison. Ne regardez pas à la dépense.

À bientôt. Je vous embrasse. Robert.

P.-S. : au feu !

Elle a lu trois fois la page, elle tremble d'émotion. « Eh bien, ma vieille, tu es pour de bon dans la Résistance. Ce papier le prouve... Quel dommage de le brûler ! Mais si les gens de la Gestapo te prennent avec, ils t'arracheront les ongles, ils te jetteront dans leur baignoire toute nue ! » Fernande Poudens, de la Gaillardie, arrive à ce moment en poussant sa bicyclette. Une autre bonne femme suit à quelques tours de roue. C'est la belle-sœur, de la Guine-du-Bois. Soulagée, Claudine se précipite pour les rejoindre.

Poursuivre l'aménagement de la maison fait partie des instructions de Robert. D'un commun accord, elles attaquent une pièce du premier étage. Sous le papier peint effiloché qu'elles arrachent facilement apparaît une peinture bleue délavée par l'humidité. Ce sera la « chambre bleue ». « La chambre de Julia, décide Claudine. Ou la tienne, ma douce ? »

La gorge irritée par la poussière et le salpêtre, Claudine s'échappe au milieu de l'après-midi pour respirer l'air de la campagne. En marchant à la lisière de la forêt, elle tombe sur un vrai tapis de pervenches et se met à en cueillir un bouquet.

Pour la chambre bleue ? Une autre inspiration lui vient. Pour papa. Pour qu'il se souvienne. Elle revoit une sortie dans les bois avec son père, « en amoureux ». Annette était peut-être trop petite. Quant à Maxime, il se fichait pas mal d'aller courir les bois pour chercher des fleurettes, avec ce père qui n'était même pas son père (il devait le savoir déjà). Claudine et papa ont cueilli plusieurs poignées de ces petites fleurs bleu violet, à cinq pétales très écartés, à tige courte, presque sans parfum. En arrivant à la maison, la petite fille a brandi son bouquet d'un geste joyeux. « Regarde, maman, les jolies fleurs bleues qu'on a trouvées. » Mais maman a grimacé de dégoût. « Des pervenches, quelle horreur, c'est une fleur de cimetière ! »

Demain, Claudine offrira à son père, en souvenir, un bouquet de pervenches. « Tu te rappelles, papa, nos pervenches, quand j'avais cinq ans, ou peut-être six ? »

Elle décide d'explorer le « chemin d'échappée ». La maison est bâtie sur un petit coteau qui domine une combe à l'arrière. Depuis la cave, une sortie discrète mène à la combe et au ruisseau. La maison encerclée, on pourrait s'enfuir par là sans être vu d'en haut. À condition qu'il n'y ait pas un bataillon de Fritz éparpillé dans les prés de la vallée !

Claudine rejoint le ruisseau qui forme une boucle adossée au coteau de Monlévrier et coule sans hâte vers le Dropt, une petite rivière, au nord-ouest. Les bords sont assez touffus. Elle lève les yeux et observe la maison, habillée par les chênes et les ormeaux branchus, chapeautée par trois grands pins. Le paysage est un peu nu. Dès que les arbres et les haies se seront couverts de feuilles, il sera possible de quitter Monlévrier par ce passage, en toute sécurité.

Claudine panse Dago puis s'enferme dans la maison. À l'heure d'« Ici Londres », elle est devant sa T.S.F. Après quatre ou cinq messages personnels des plus ordinaires, divine surprise, *un cierge pour le diable* explose dans la nuit douce.

Et *Janine préfère les dragées bleues. Le soleil se lève à l'ouest.* Très joli.

Puis les nouvelles. L'Armée rouge continue sa percée sur

tous les fronts. Joukov fonce vers Lvov, à la frontière polonaise, Koniev vers la Roumanie. Les Alliés piétinent toujours dans Rome mais écrasent le nord de la France sous un tapis de bombes. En Dordogne, la Milice attaque les maquis du côté de Terrasson. Une brigade de la Gestapo française, la *Hilfspolizei,* la police auxiliaire, s'est installée à Périgueux et commence à opérer dans la région.

Elle se lève de bon matin, remet une bûche dans le fourneau et allume la chaudière de la buanderie. Il reste un peu de braise dans la cheminée. Elle casse avec soin le petit bois entre les chenets, dispose deux bouts de branches en croix puis une bûche et une autre. Ces gestes familiers lui font du bien. Les feuilles sèches accrochées aux branches s'enflamment en crépitant. La chaleur commence à se répandre dans les pièces. Elle s'adosse à l'âtre, les flammes lui brûlent les mollets, la cuisson devient vive et délicieuse, une volupté sans nom monte dans tout son corps.

Elle finit son café national, qui est très mauvais, s'offre un Viandox et une tartine au beurre rance.

La salle de bains est devenue resserre à provisions. La baignoire, utilisée comme saloir pendant des années, est tellement souillée par la saumure qu'il faudra la jeter. Claudine décide de tenter ce matin l'expérience du bain à la buanderie. Elle a vraiment besoin de se tremper dans l'eau chaude, de se laver la peau et l'âme, de rincer les émotions qui lui collent au cœur. Et puis il lui faut s'assurer que cette salle de bains de fortune va fonctionner pour les pensionnaires attendus. La cuisine et la buanderie communiquent par une petite cour en forme de bonbonnière, trois mètres sur trois, avec une pompe au coin. La buanderie est munie d'une chaudière et d'un baquet de bois qui sert de baignoire. Il faut tirer l'eau à la pompe et la transporter avec un seau dans la chaudière, puis de la chaudière au baquet. Un exercice qui réveille !

Trois quarts d'heure plus tard, elle se love au creux de la cuve, trop petite pour qu'elle puisse s'allonger, mais n'importe. L'eau presque brûlante lui coupe le souffle. Bah, ça sera plus frais dans la baignoire de la Gestapo !

15.

Filbert examine le papier sur les murs, le portrait du Maréchal entre deux chromos, les meubles pimpants, la fenêtre ouverte sur le jardin.

– Vous vous sentez en sécurité dans cette pension de famille bon genre ?

– Non, je ne me sens en sécurité nulle part, dit Robert Neuville. Ici, toutefois, les sorties arrière sont excellentes.

Un quart d'heure plus tard, les deux hommes se retrouvent au bord du ruisseau, plutôt un gros fossé, qui serpente au flanc de la colline de Réverac.

– Vous vouliez me voir, Neuville ? demande Filbert. Tout va bien ?

– Londres m'a donné son agrément dans les termes que j'avais moi-même choisis. C'est là que le bât blesse.

– Mon vieux, vous avez pris le risque de jouer les hommes noirs.

– Oncle Edward tient à son opération Chat Murr, mais il veut pouvoir désavouer le responsable sur le terrain si l'un des Alliés se plaignait à son gouvernement, par exemple. Il veut pouvoir dire : « Je n'y suis pour rien. L'homme qui a mené toute l'affaire en France est un agent double, hélas, bien connu de nos services.... » J'ai des relations suivies avec l'Abwehr, donc, maintenant avec le S.D. Je suis un civil douteux. On pourra facilement me faire porter le chapeau.

– C'est vrai. Vous le saviez. Vous avez voulu faire le plus de mal possible à l'ennemi pour venger votre femme et votre fils. Pour être plus efficace, vous avez choisi de travailler avec un service anglais, ce qui n'est pas très bien vu par la Résistance française. Et vous avez accepté de jouer un jeu hasardeux et... salissant.

– J'aurai peut-être besoin de votre témoignage pour me dédouaner après la victoire. En attendant... Lambert m'a trouvé une collaboratrice, Claudine, en qui j'ai une grande confiance. Elle est jeune, fine, droite, un peu naïve. Son admiration me touche, d'autant que je ne suis pas sûr de la mériter. Si elle me soupçonnait de trahir la France, non seulement notre entente n'y survivrait pas, mais ce serait un coup terrible pour elle.

– En somme, elle perdrait son innocence ? Je suis très content que vous pensiez moins à votre femme et à votre fils et un peu plus à quelqu'un d'autre. Comment puis-je vous aider ?

– Je voudrais que nous ayons une réunion, vous, Lambert et moi, en présence de Claudine. Vous lui expliqueriez ce que je fais et pour qui. Vous présenteriez l'opération Chat Murr, vous mettriez Claudine en garde contre une interprétation injuste de notre action.

– Au fond, vous voudriez que je me porte garant de votre loyauté à la cause alliée devant votre belle.

– Claudine n'est pas ma belle.

– Mon Dieu, une amitié féminine vous rendrait plus compréhensif pour les faiblesses humaines.

– J'ai une bonne expérience des faiblesses humaines.

– Votre Claudine est la nièce de Lambert ? Bon, je veux bien essayer de vous présenter à cette jeune personne sous votre meilleur jour, mon cher. Nous choisirons Monlévrier, pour parfaire la démonstration.

– Je vous remercie.

Filbert s'arrête, allume sa pipe en protégeant l'allumette du vent dans sa paume puissante. Robert se retourne et l'observe.

Philippe-Bertrand de Wassman, dit Filbert, est un noble juif, originaire d'Europe centrale. Sa famille, chassée de Hongrie par Bela Kun en 1919, est rentrée deux ans plus tard, sous le régent Horty. Royalistes, les Wassman luttent pour la restauration de Charles Ier de Habsbourg et affrontent le régent. Ils doivent s'exiler une seconde fois. Philippe fait ses études en Angleterre. Il devient dès cette époque, sans doute, agent de l'Intelligence Service. Mais il rompt avec les Anglais sous Chamberlain, bêlant Premier ministre de 1931 à 1940. Il rejoint ses parents, qui possèdent un château en Lot-et-Garonne, et se lance dans les affaires. En 1939, il s'engage dans l'armée française comme simple soldat. La « drôle de guerre » l'ennuie, il entre au deuxième bureau. Il gagne Londres en juin 1940. Chamberlain a cédé la place à Churchill. Philippe de Wassman retrouve la sienne, puis est versé au Special Operations Executive, créé par Churchill lui-même en août 1940, avec mission de « mener le combat pour la liberté, par le sabotage et la subversion derrière les lignes de l'ennemi, et mettre le feu à l'Europe ». En 1943, il est envoyé dans le Sud-Ouest, qu'il connaît bien. Il coordonne les réseaux de Résistance, assure l'instruction des agents de renseignement et des saboteurs, la distribution des parachutages... Et il continue d'accomplir d'autres missions, plus secrètes, pour le célèbre oncle Edward.

– Je veux vous soumettre le cas de mon agent, Gaceluré, dit Robert.

– D'où sort-il, celui-là ?

– Il sort de l'Abwehr, pour rentrer au S.D. ! Jean Gaceluré, dit Gace, de son vrai nom Jean-Gaspard Luret, est né à Francfort, en 1907, d'un père français et d'une mère allemande. Son père était représentant d'une maison de vins. Sa mère était employée de commerce. Parfaitement bilingue, avec une très légère pointe d'accent en français, il est devenu agent de l'Abwehr autour de 1935 et, bien sûr, envoyé en France. Un agent de la Cinquième Colonne tout à fait typique mais, je dois dire, d'assez bas niveau. Le contre-espionnage français l'aurait retourné en 1936 ou 1937, ce qui est bien possible. Il a toujours un côté instable peu rassurant.

« J'ignore quels ont été ses rapports avec les services

français pendant les premiers mois de l'Occupation. Son rêve a toujours été de travailler pour les Anglais, qu'il admire sincèrement. Il a toutefois attendu le tournant décisif de la guerre, le débarquement allié en Afrique du Nord, pour nous proposer ses services. Il est très anticommuniste, je le crois aussi antinazi. Il a un compte en banque au Portugal, où Londres lui verse d'assez maigres subsides. Je pense qu'il préférerait aux livres sterling une promesse d'embauche pour l'après-guerre.

« Maintenant il a très peur du S.D., de la Gestapo, il essaie de ménager la chèvre et le chou, dans la mesure de ses moyens. Quand il est venu ici, la première fois – et qu'il s'est fait pincer par le maquis –, il ne savait que faire, il était prêt à déserter, ce qui ne m'arrangeait pas et n'aurait pas plu du tout à l'oncle Edward.

« Mon idée est de lui proposer un marché : il transmet au S.D. de faux renseignements pour nous mettre à l'abri quelque temps, et nous lui offrons son passage pour l'Angleterre, son plus son cher désir. Si possible, nous l'embarquons dans le Lysander qui aura amené notre visiteur !

Filbert s'arrête, retient un geste véhément.

– Il n'y a que deux places pour le retour et elles sont très demandées.

– Pourquoi pas trois places ?

– En Dordogne, le Lysander est à la limite de son rayon d'action, deux mille kilomètres. La distance d'ici au sud de l'Angleterre est de sept cents à sept cent cinquante kilomètres en ligne droite, mille cinq cents aller-retour. Mais il y a une marge de sécurité de vingt pour cent au moins. Au-delà d'une certaine ligne, le Lysander ne prend que deux passagers, sauf nécessité absolue, pour limiter le poids, donc la consommation. De toute façon, je n'ai pas à me prononcer. Cette nuit même, votre demande sera transmise par mon radio. Vous pensez que votre homme pourra se rendre utile en Angleterre ?

– Les spécialistes anglais trouveront peut-être un moyen de le faire rentrer en grâce auprès du S.D. : ça s'appelle le rattrapage. Ou bien ils l'utiliseront dans leurs *deception plans,* leurs plans pour tromper l'ennemi.

Filbert marche les mains derrière le dos, s'éloigne de quelques pas, revient, tête baissée, en tétant sa pipe. Robert Neuville allume une cigarette sans cesser de sourire du coin des lèvres.

– Si, par extraordinaire, votre proposition était acceptée, dit Filbert, je devrais refuser une place dans l'avion à quelqu'un de bien plus méritant et plus intéressant que votre Gace ! Dites-moi... Si vous lui proposiez le marché, il vous croirait sur parole ?

– Il me croirait sur parole.

– Il transmettrait des fausses informations tout de suite contre une simple promesse de départ ?

– Une promesse de départ quasi immédiat. Un décalage d'une semaine est le maximum que je puisse lui faire accepter.

– Et comme vous n'êtes pas un sentimental, vous n'auriez aucun scrupule à différer son départ jusqu'au prochain Lysander... ou au suivant ?

– Vous me demandez, en somme, de trahir ma parole ?

– C'est la guerre.

– Je veux pouvoir me regarder dans la glace tous les matins !

– Et aussi dans les yeux de la jeune Claudine, n'est-ce pas ?

– Filbert, je sais que vous ne parlez pas sérieusement.

Filbert soupire.

– Non, je réfléchissais à haute voix. Il y a des choses qui ne se font pas.

– Je suis content de vous l'entendre dire.

16.

Journal de Claudine.

Vendredi 31 mars. La lune au premier quartier, atterrissage possible dès le milieu de la semaine. Le message *nihil obstat* a été donné hier soir : *La bicyclette rouge a un timbre au guidon.*

J'écris sur des feuilles volantes, plus faciles à cacher ou à brûler en cas de besoin. Mon cahier est caché sous une vieille barrique, à la cave. Qui donc irait le chercher là ? Beaucoup d'événements, ces derniers jours. Je ne sais pas par où commencer.

Les Treguennec ont accepté de me confier Julia du mardi 4 au mercredi 12. Ils n'ont plus parlé d'opération, mais ils faisaient une drôle de tête. Robert a dû leur envoyer ses émissaires sans perdre de temps. Et c'est moi qui ai eu l'idée. Je suis très fière et, en même temps, j'ai peur d'avoir allumé les feux du diable !

Mon oncle Jean de La Borde, dit Lambert, a échappé de justesse à l'arrestation ou à la mort. Il est tombé dans une embuscade à Couze, au bord de la Dordogne. Ils étaient trois, le chauffeur et un homme de Pagery, qui a essayé de filer le long de la rivière mais a été pris. Le chauffeur a été tué. Lambert a pu revenir à sa voiture. C'est une Vivastella Renault de 1930 : une voiture assez luxueuse, mais pas très rapide. Seulement la sienne cache un moteur de Reinasport deux fois plus puissant et elle peut rouler à cent quarante ou cent cinquante kilomètres à l'heure. Il a démarré sous le nez des Allemands, mais il a eu beaucoup de peine à conduire jusqu'à un refuge sûr. Plus tard, il a été opéré à l'hôpital du maquis.

Maman est très inquiète pour sa sœur et les enfants.

– Les Allemands vont se fatiguer de courir après Jean, ils prendront sa famille en otage. Comme on dit, c'est la guerre. Et ils n'auront pas grand mal à trouver Élisabeth. Je pense qu'ils savent déjà où elle est. Il faut qu'elle parte avec ses enfants le plus vite possible et qu'ils aillent se cacher très loin. Nos amis Parnaud sont prêts à les accueillir à Paris pour quelques semaines, jusqu'au départ des Allemands. Mais la police allemande est maligne. Élisabeth doit s'en aller discrètement, toute seule. On lui amènera ses enfants un peu plus tard. J'ai trouvé quelqu'un pour garder la petite quelques jours. Trois ans, c'est un âge facile. J'emmènerai Vivi et Geoffroy-Jo à Paris, puis je reviendrai chercher la petite Éléonore quand ma sœur sera installée et qu'on sera sûrs qu'elle est en sécurité. Ils auront des faux papiers : de Florimont-Gaumier de La Borde se voit comme le nez au milieu de la figure. Les enfants auront besoin de temps pour s'habituer à leur nouveau nom. Pourrais-tu les prendre à Monlévrier aux vacances de Pâques ? Je sais que tu auras la petite Julia en pension une semaine ou deux, elle a à peu près le même âge que tes cousins...

Ma chère mère a pris, une fois de plus, la situation en main et réussi à convaincre oncle Jean de mettre sa famille à l'abri. Elle conduira les enfants à Paris par un itinéraire sûr. Elle a pensé aussi à ma sœur Annette.

– Quand la police allemande s'apercevra que Jean a fait partir sa femme et ses enfants, elle se rabattra sur les autres proches. C'est pour Annette que j'ai besoin de toi. Elle ne m'écoute jamais. Il faut la persuader de quitter l'école et de se cacher quelque part. Tout ce que je proposerai, elle le refusera, rien que pour m'ennuyer. Alors, je compte sur toi.

Elle est arrivée avant-hier à Réverac, gaie comme un chiot, belle comme une gravure de mode, vive comme une potée de souris.

Elle : ma camarade de pension Virginie de Fongalop. La

forte et folle Virginie, qui avait osé lancer en pleine réfectoire : « Et sainte Eulalie mourut en criant vive de Gaulle ! » Toujours la même. Elle a commencé à danser autour de moi, en faisant des effets de linge.

– Hein, que je suis un morceau de roi ?

– Virginie !

– Clo !

Nous nous sommes tombées dans les bras. Je lui ai avoué que je pensais beaucoup à elle, que j'avais failli lui écrire pour lui raconter ma vie. Mais ma vie, désormais, court plus vite que ma plume.

– Par quel miracle es-tu ici ?

Elle a éclaté de rire.

– Quelqu'un de ta famille m'a dit que tu avais besoin de renfort !

Et je me suis rappelé que mon oncle était un ami des Fongalop.

Elle a confirmé avec un fier mouvement du menton, qui a fait monter ses oranges au balcon.

– J'aurais pu arriver un jour plus tôt, mais ma jument Augusta avait besoin de changer deux fers. Elle est là, elle m'a amenée sans souffler. Ton Dago pourra soigner ses rhumatismes à l'écurie. Et puis mon cabriolet est plus rapide que ta vieille carriole de notaire.

– Mais il risque d'être trop petit...

– On peut y monter à trois en se serrant, et il a un coffre dessous. Oui, mam'selle, le comité régional de l'armée secrète m'a demandé de me mettre à vos ordres. Où sont vos bottes, que je les cire ?

Dago est donc resté à l'écurie, et pas content. Mais il était à bout, il allait me lâcher dans la côte de Saint-Pierre, un soir, ou rouler dans la descente, un beau matin. Et moi aussi, je suis sur les genoux, près de tomber dans les pommes au premier coup dur.

Et voyons un peu le revers de la médaille. Maintenant que Virginie de Fongalop est avec moi, plus personne ne me regardera. Robert Neuville me tient pour sa fée du logis. Il aura sous la main une vraie fée, et noble comme il n'est pas permis, en plus. Je sais bien de quel côté son cœur va pencher, s'il en a un !

Virginie m'a fixée d'un œil noir (c'est une blonde aux yeux noirs, ça lui va bien...).

– Et ton roman, où en es-tu ?

– Je l'ai commencé.

– Tu en es à la page deux ?

J'ai souri d'un air humble et contrit.

– Juste au plan.

Changement de plan : maman est partie pour Paris avec ses neveux, les enfants La Borde. J'ai parlé à Annette. Je l'ai prévenue avec mille précautions de langage du danger qu'elle courait. Elle n'avait pas l'air d'écouter. J'ai sorti quelques billets de mille de mon sac. Ses yeux se sont mis à briller, ma petite sœur est une idéaliste fascinée par les gros sous. Puis elle a songé à sa dignité et a regardé ailleurs.

– Et où j'irais ?

– On peut y réfléchir ensemble...

Elle a eu une moue de dégoût, comme si c'était une proposition malhonnête.

Elle louchait malgré elle sur les billets que je tenais pliés autour de mon index. Et, sur un ton si détaché qu'elle aurait fait sursauter un demi-sourd à vingt pas :

– Il y a combien ?

J'ai marmonné je ne sais quoi, en haussant les épaules. Elle s'est détournée avec un air de dédain forcé.

– Monsieur le comte de La Borde n'a qu'à venir me chercher pour m'emmener au maquis, s'il juge que je suis dangereuse pour lui. Je ne partirai pas !

J'ai recommencé à lui expliquer qu'elle était non seulement dangereuse, mais en danger. Elle a ricané.

– Je le sais bien que je suis en danger, dans cette famille de héros !

Seigneur, qu'elle peut être énervante et désespérante. J'ai baissé les bras.

– Très bien, tu es prévenue. Si tu es arrêtée, tu essaies de te taire vingt-quatre heures. Quarante-huit heures serait mieux, mais...

À mon tour ! Je l'ai regardée comme une petite chose chétive et douillette. Elle a pâli, et sa lèvre a rougi sous la morsure.

– Tu crois ?

Mais elle a du cran, elle s'est reprise en un clin d'œil, elle a tendu la main.

– Donne-moi toujours l'argent. Je verrai ce que je peux faire.

Elle s'est éclipsée discrètement, la directrice de la Compassion a téléphoné à papa, qui ne s'est pas du tout affolé.

– Oh, vous savez, mes filles ont des... activités. Vous savez ce qu'il se passe, n'est-ce pas ? Ne vous faites aucun souci.

31 mars, onze heures du soir. Dernières nouvelles.

Violente répression allemande sur la Dordogne. Il y a juste une semaine, l'« école du maquis », un centre de formation militaire des F.T.P., a été attaquée et anéantie, du côté de Sarlat. On a raconté que les Allemands lançaient des grenades sur les Francs-Tireurs réfugiés dans une grange, et les F.T.P. rattrapaient les grenades au vol pour les renvoyer, et elles attendaient à tous les coups d'être de retour pour éclater ! Thomas dit que c'est de la chanson de geste. Il ajoute qu'il a quitté les F.T.P. parce qu'il n'était d'accord « ni avec leur stratégie ni avec leur tactique » et qu'il ne pouvait plus supporter leur « forfanterie ». Mais Nestor prétend que le commandant Jeanne l'a « échangé » aux F.T.P.

À Brantôme, après un coup de main desdits F.T.P., qui ont attaqué une voiture de la Gestapo, la population subit de terribles représailles : la ville pillée, de nombreuses personnes fusillées. Une division boche, dite « division B », est arrivée en Dordogne pour intensifier la lutte contre les maquis. Il y a aussi des troupes géorgiennes, qu'on appelle « Mongols », et une brigade de voyous, commandée par un Français nommé Alex Villaplana, célèbre avant guerre comme footballeur. Ce sont les pires.

La division B. s'est abattue sur Ribérac et sa région comme

un vol de corbeaux sur un champ de mil. Des gens fusillés, des paysans abattus au milieu de leurs terres, des fermes et des châteaux incendiés. Saint-Sulpice, Vanxains, Saint-Vincent-de-Connezac, Saint-Michel-de-Double... On n'a pas encore tous les détails. À Mussidan, près de cinq cents personnes arrêtées, les reverra-t-on jamais ? Tout le nord de la Dordogne est livré au saccage : Excideuil, Sorges, Corgnac, Château-l'Évêque, Grange-d'Ans, Azerat... Il y en a trop, on ne saura jamais tout ce qui s'est passé. Hier, ils étaient à La Bachellerie. Ils auraient brûlé encore un château. Aujourd'hui, ils seraient à Terrasson. Partout, les mouchards s'en donnent à cœur joie.

Bon, les Anglais et les Américains, qui bombardent toujours nos villes, tuent autant de Français que les Allemands. Le Nord et le Pas-de-Calais, la Flandre belge sont particulièrement visés : c'est bien là, sans doute, que les Alliés vont débarquer.

Samedi 1er avril. Hier après-midi, Virginie et moi sommes allées chercher au car de Bergerac les invités que nous envoie la filière de Robert N. Virginie conduisait Gusta et je me récitais les instructions de Robert. Nous devions réceptionner le trio au lieu dit Saint-Quirin-Barbe-de-Chêne, un peu après Saint-Pierre-de-Réverac. Finalement, ils étaient quatre, qui traînaient de mauvaises valises en carton et des baluchons mal ficelés.

Nous n'avons pas eu besoin de les regarder plus de vingt secondes pour repérer un aviateur anglais (il est en fait canadien). Il parle un français presque courant, je voudrais parler l'anglais aussi bien. Mais son accent chantant est quand même révélateur. Impossible de monter à six, et même à cinq dans le cabriolet de Virginie. On a chargé les bagages puis on a proposé à l'aviateur, Fred, de monter avec Virginie. Il a refusé, Virginie l'a un peu prié, il a continué de jouer les grands seigneurs. Alors je me suis étonnée moi-même. D'un coup, je me suis sentie dans la peau d'un chef, j'ai crié, sur un ton que Virginie a jugé plus tard sans réplique : « Vite, *mon vieux,* c'est un ordre ! » Le « mon vieux » m'est venu d'instinct, il paraît que c'était bien, et notre homme a obéi sans moufter. J'ai fait signe à Virginie de filer en vitesse et j'ai entraîné les autres, Le Gros, Maurice et La Bécane, pour une randonnée à pied d'une heure, en évitant fermes et villages. J'avais établi mon itinéraire sur la carte d'état-major, avec l'aide de Thomas et du commandant, et je me sentais sûre de moi. C'était hier après-midi.

Ils ronflent tous les quatre à l'étage, sans soucis.

Ce matin, nous sommes allées à Réverac et nous sommes rentrées au début de l'après-midi. Nous roulions dans l'allée de Monlévrier au petit trot de la jument Augusta, si pimpante et si fringante que c'en est une injure pour le pauvre Dago. Nous avions dans le coffre du cabriolet un cosy-corner, un Mirus, une lessiveuse, un gril, un trépied, ce qui faisait un chargement plutôt lourd. Virginie rigolait.

« Ça te fait les reins, ma Gusta. Tu te la coulais un peu douce, au château de tes ancêtres ! » Elle a tiré sèchement sur les rênes. « Merde, il y a un type au bord du chemin. Tu vois qui c'est ? » J'ai repéré le fameux trench-coat et l'illustre chapeau mou, au rebord baissé. Je n'en croyais pas mes pauvres yeux. Enfin lui ! J'ai serré le bras de Virginie, elle a crié parce que mes ongles lui rentraient dans la peau à travers sa manche. « C'est lui, Virginie, c'est lui ! – Figure-toi que j'avais deviné. Et tu trembles dans ta culotte ? »

Elle a sauté du cabriolet, s'est avancée à la rencontre de Robert N. qui la regardait, immobile, droit, les mains dans les poches. Elle était vêtue d'une robe à fleurs très printanière, tête nue, chaussée de sandales, des bas peints sur ses longues jambes. Le temps de prendre les guides, elle me précédait d'une vingtaine de mètres. Elle a salué notre héros d'une révérence. Quel chic !

Je suis arrivée juste à temps pour surprendre la conversation. Robert N. :

– Alors, c'est vous, Virginie de Fongalop ? Oui, le Périgord est plein de châteaux et de nobliaux !

Nobliaux était méchant. Virginie a répondu avec aplomb :

– Je suis votre humble servante, monsieur. Je mets ma jument à la disposition de votre réseau.

Robert N. a pris le parti de rire.

– On va vous donner un nom de guerre ? Jeanne étant déjà pris, je propose Agnès, vierge et martyre !

Bien envoyé. Match nul.

La camionnette grise bâchée, avec le gros cylindre du gazogène à l'avant gauche, était arrêtée devant le perron. J'ai remarqué l'immatriculation de Paris, RF. République française, facile à retenir... Il avait entassé sous la bâche des tas de peaux brutes, du vieux cuir, des débris de caoutchouc et toutes sortes de saletés qu'il est censé acheter pour les bureaux allemands. Je ne sais pourquoi, cette guimbarde a quelque chose d'attachant. Elle fait sérieux et rigolo en même temps, elle ressemble à son maître.

Un quart d'heure après, on s'est retrouvés à la cuisine de Monlévrier, devant une bouteille de Monbazillac apportée par Robert et on a trinqué. Virginie s'est exclamée :

– Comment savez-vous que j'adore le vin blanc ? C'est de la divination !

Vrai, hélas. À la pension, elle cachait souvent une bouteille dans son placard. Robert, tout attendri, a baissé les yeux sur ses genoux découverts. Il a détourné le regard et soupiré.

– Racontez-moi donc une histoire qui fait rire les J3 en ce moment.

Elle l'a fixé en se léchant les lèvres.

– J3, vous savez, ça finit à dix-huit ans. Je suis A depuis pas mal de temps et j'espère passer T ou C bientôt ! Connaissez-vous celle-ci ? L'autre jour, à neuf heures trente du soir, place Francheville à Périgueux, un Juif a tué un SS, lui a ouvert la poitrine et mangé le cœur ! Croyez-vous que ce soit possible ? Non, non, c'est trois fois impossible. Un, les SS n'ont pas de cœur. Deux, les Juifs ne mangent pas de cochon. Et trois, à neuf heures et demie, tout le monde écoute « Ici Londres » !

Elle a jeté un coup d'œil à la montre attachée à son poignet par une chaîne en or, s'est levée en tapotant sa jupe, très grand dame. Robert est reparti presque aussitôt, après nous avoir laissé de nouvelles instructions.

La petite Julia arrive mardi. Un envoyé de Londres, connu sous le nom de Fox, se posera dans les environs à la fin du premier quartier ou au début de la pleine lune, soit entre vendredi et dimanche. Espérons que les Allemands fêteront Pâques à la maison.

Et puis nous attendons un certain Chat Murr...

Le chat et le renard, on se croirait chez La Fontaine ! En réalité, c'est du Hoffmann. Ernst Theodor Amadeus Hoffmann est un écrivain allemand du début du XIXe siècle (les sœurs Brontë étaient encore bébés à sa mort), surtout connu pour ses contes fantastiques : *Les Élixirs du diable, La Princesse Brambilla, Le Chat Murr*... Virginie s'est plongée dans une édition des contes que j'ai trouvée chez moi, à la petite bibliothèque.

– C'est un roman, en fait. *Le Chat Murr* est un roman...

Tout à coup, elle a ôté ses lunettes, qui lui donnent un air studieux, et m'a regardée en clignant des yeux.

– Il y a une Julia dans la vie d'Hoffmann. Julia Marc, ça te dit quelque chose ? C'est une jeune fille qu'Hoffmann a aimée. Une Juive.

2 avril 1944. Dimanche des Rameaux, premier quartier.

Hier matin, les gens de Réverac ont trouvé dans les boîtes aux lettres et un peu partout des tracts qui se présentent sous la forme d'une feuille d'éphéméride, avec la date du jour : *Samedi 1er avril 1944 – Ste Libération – Français, soyez prêts !... pour la délivrance* – FOI DE CHURCHILL...

Et puis au dos : *Mais c'est un poisson d'avril !*

Les gens chuchotent : « C'est un coup de la Gestapo ou de la Milice... et les collabos du pays ont sûrement mis la main à la distribution. » Parmi les suspects, Pierrot, le clerc, qui se défend comme un beau diable. Si j'avais à témoigner en sa faveur, je dirais : non, ce n'est pas son genre. Mais sait-on jamais ce qu'il y a dans la tête de quelqu'un, aujourd'hui ? Et puis, quoi, c'est assez drôle, ce n'est pas bien méchant. J'aimerais qu'on fasse tout le temps la guerre comme ça !

Hélas, elle se fait tout autrement, même en Dordogne. Les opérations de terreur, lancées par les Allemands et les miliciens dans la région de Terrasson et de La Bachellerie, auraient été provoquées par l'assassinat de Mme Denoix, l'épouse du chef départemental de la Milice. Il y a une quinzaine de jours, des Francs-Tireurs ont essayé d'enlever Denoix chez lui. Ils ne l'ont pas trouvé, car il était à Vichy, ils ont emmené sa femme et l'ont tuée.

Cette nuit, grande réunion Chat Murr à Monlévrier.

J'ai rapporté la Vie des saints. Nous avons cherché sainte Agnès, vierge et martyre. Fête le 21 janvier. Virginie a lu :

« Dans la fleur de l'adolescence, Agnès brillait, à Rome, de l'éclat de la naissance, de la beauté et de la vertu... » Elle a baissé les paupières sous les lunettes à monture d'or qu'elle est obligée de prendre pour lire, elle a gonflé la lèvre d'un air boudeur et un peu fat. Je me suis forcée à prendre un ton badin :

– Tu ne te mouches pas du coude, ma grande !

J'ai suivi par-dessus son épaule, pour être sûre qu'elle n'inventait pas. Non.

« Agnès avait à peine quatorze ans quand elle fut martyrisée comme chrétienne et comme vierge, pour avoir résisté à la passion ardente de Procophe, fils de Symphone, gouverneur... »

Virginie a ôté ses lunettes et les a balancées par la monture.

– Comme ces choses sont galamment dites. Tu te souviens, quand nous avions l'âge de la demoiselle, quatorze ans ? Nous comprenions ça tout de travers... Moi, j'entendais que la môme Agnès avait été martyrisée, c'est-à-dire punie parce qu'elle était vierge et que c'était mal ! Écoute la suite : « ... gouverneur de Rome. Par ordre de celui-ci, on l'expose dans un lieu infâme. » Pour les pisse-copie de l'épiscopat, il n'y a que deux sortes de lieux infâmes : les temples des faux dieux et les lupanars. Les bordels, quoi, si tu préfères. Le gouverneur l'a fait mettre dans un bordel pour la livrer à la soldatesque. N'est-ce pas que je suis forte dans le commentaire des livres saints ? On continue. « Mais Dieu protège son innocence... » On dirait qu'IL a coupé la chique aux braves guerriers ! Je passe sur les péripéties édifiantes. « Le supplice d'Agnès continue. Les bourreaux l'attachent sur un bûcher : les flammes la respectent et s'éteignent... Le lieutenant du préfet ordonne qu'on la frappe du glaive : le soldat chargé de l'exécution se trouble, hésite... » Je passe. Ah, quelque chose de pas très clair. « En recevant le coup mortel, dit saint Ambroise, elle s'enveloppe de son vêtement. Elle est morte, et la pudeur veille encore ; elle tombe sur ses genoux, et sa main inanimée cache son visage. » Son visage, tiens, c'est son entrejambe qu'elle cache. La pudeur, vous m'étonnez. Conclusion : si Robert Neuville connaît cette histoire, ce qui est bien possible, il s'est foutu de moi !

Ce matin, je suis allée à la messe des Rameaux à Réverac. J'ai réussi à voir Julia devant l'église, je lui ai remis les œufs au vrai chocolat que je lui avais faits hier. Je voulais les attacher à son rameau, elle m'a dit qu'elle était trop grande pour ça et les a mis dans la poche de son manteau. « Tu sais, j'ai huit ans et demi. C'est déjà vieux. Et je suis avancée pour mon âge, la sœur le dit tout le temps. »

Elle a des connaissances et quelquefois des réflexions d'adulte. En même temps, elle est très naïve. On lui a appris à parler d'elle le moins possible, et très peu de sa famille. Elle se rattrape en racontant toutes les songeries et amusettes qui lui passent par la tête. Dans un sens, elle est beaucoup moins maligne que les petits paysans qui l'entourent et qui la trouvent bécasse et mijaurée. Dans ses attitudes comme dans ses réflexions, elle n'a pas du tout le sens du ridicule. Se moque-t-elle de ce qu'on peut penser ?

Elle parle souvent toute seule, soit pour s'adresser à Emma, sa compagne imaginaire, soit pour penser à voix haute. Elle ne paraît pas du tout gênée quand on s'en aperçoit, juste un peu absente. Elle donne des explications... qui ne font qu'aggraver son cas. Je l'ai retrouvé à la sortie de la messe, sans son rameau, que Maryse Treguennec lui avait pris « pour pas qu'elle s'amuse avec et qu'elle se le fasse chiper par les garnements ! » Les garnements, filles et gars, étaient au rendez-vous. Julia faisait face à une petite bande qui trépignait autour d'elle en braillant. Le geste qu'ils avaient pour la narguer, la main sciant le cou, m'a paru d'abord tout à fait mystérieux. Je suis bien candide, mon Dieu, moi aussi. Et puis deux gamines se sont mises à crier : « Les amygdales, couic ! Couic, couic, les amygdales ! » Les sales bêtes. Julia était très pâle, ses yeux brillaient de larmes retenues. De temps en temps, elle levait la tête, la bouche ouverte, en cherchant son souffle.

Un instant, j'ai eu une envie folle de me jeter dans la mêlée et de chasser tous ces galopins à coups de sac. Puis j'ai croisé le regard de Julia. En même temps, elle a secoué un tout petit peu la tête. Des yeux, du geste, elle me disait : non, ne t'occupe pas de moi. Elle avait raison, ce n'était pas le moment de me faire remarquer.

2 avril, vingt-trois heures dix. Je suis seule dans la grande salle de Monlévrier, le dos au feu comme j'aime. Je viens de jeter une bûche dans le foyer, la braise crépite derrière moi. Je suis heureuse. Virginie a joué aux cartes avec nos pensionnaires, dans la chambre du piano, où deux d'entre eux sont installés. Elle est épatante, Virginie, elle sait tout faire. Elle leur a même joué du Bach sur ce piano tellement désaccordé qu'il fait crier les rats. Elle avait bu beaucoup, elle ne tenait plus sur ses jambes, elle est allée se coucher.

Je bous d'impatience, les yeux sur la pendule, et je désire que les minutes durent toujours. Que ma dernière demiheure d'attente se prolonge à l'infini, englobe mon existence entière. Ce qui ne m'empêche pas de trépigner en fixant la grande aiguille qui bouge trop lentement !

17.

Lydia, assise devant la cheminée, tend une main vers le feu et, de l'autre, relève sa longue jupe jusqu'aux genoux pour se chauffer les jambes. Elle gonfle la poitrine, secoue la tête d'un air impatient, indocile, dédaigneux.

– Je ne suis pas sûre que ce soit une si bonne idée de nous réunir ici en pleine nuit. Mais enfin, quand commence-t-on ?

Filbert s'assoit près d'elle, calme et puissant, tire sur sa pipe. Robert pose son chapeau sur le coin de la table, s'installe à gauche de Lydia après avoir un peu hésité. Il observe Claudine, debout au coin de la cheminée.

– Filbert, si vous permettez, je ne veux pas que nos amies aient la moindre arrière-pensée, le plus petit doute quant aux objectifs que je poursuis, à la cause que je sers.

Claudine lui rend son regard.

– Cette réunion a pour but de nous informer, Lydia et moi ?

Filbert prend le temps de téter sa pipe, les yeux au plafond. Il allonge un pied sur la pierre du foyer, se renverse légèrement en arrière en faisant grincer sa grosse chaise de bois.

– Vous devez savoir pour qui et avec qui vous risquez votre vie. Et vous avez maintenant le droit de connaître exactement la situation. Nous travaillons, certes, en liaison avec la Résistance française, mais nous dépendons directement des Anglais. Notre grand patron est le Premier ministre, sir Winston Churchill. Nous avons foi dans le vieux lion. On peut saluer les exploits de l'Armée rouge, admirer la puissance américaine, reconnaître le génie du général de Gaulle. La défaite des Nazis n'est qu'une question de mois, mais c'est Churchill qui a gagné la guerre entre juin et août 1940 ! Sir Winston est né en 1874. Il a exactement soixante-dix ans.

Le comte Jean applaudit du bout des doigts.

– Beau discours. Bon anniversaire, monsieur le Premier Britannique.

Filbert se tasse sur son siège, croise les bras, penche la tête en avant. Il paraît ainsi plus massif et plus puissant. Claudine songe au fameux chef indien Sitting Bull, Taureau assis. Filbert évoque physiquement un taureau, autant que Churchill un lion. Et on devine en lui, dans son regard, ses traits, ses gestes, la prudence du chef sioux sur le sentier de la guerre.

– Je voudrais rappeler ce qu'est le S.O.E. pour Claudine, qui nous a rejoints depuis peu, dit-il. Le Special Operations Executive est un service créé par Churchill lui-même, dès 1940, pour intervenir dans l'Europe occupée. Le S.O.E. se charge de ravitailler la Résistance en armes et en matériel, d'assurer les liaisons avec Londres par avion ou bateau. Il organise avec la Résistance le sabotage, la recherche des renseignements, la mise en place des filières d'évasion, en particulier pour les aviateurs alliés. En accord avec l'Intelligence Service, il joue un rôle dans les *deception plans* des Anglais : des projets, souvent complexes, pour tromper l'ennemi, en l'*aveuglant* par de fausses nouvelles. Churchill suit de près tout ce qui touche aux *deception plans.* Un de nos chefs, que nous appelons « oncle Edward », a la haute main sur quelques-unes de ces affaires, très spéciales.

« La femme et le fils de Robert Neuville, un jeune garçon de six ans, ont été tués par les stukas allemands sur la route de l'exode en juin 1940. Dès ce moment, Robert a choisi de continuer la lutte pour les venger. Il a tenu à se battre dans les services anglais, car il trouvait la Résistance française trop divisée et déchirée par des conflits politiques hors de saison. Fin 1942, les Alliés ont débarqué en Afrique du Nord et les Allemands ont envahi la zone non occupée. Une filière d'évasion britannique a été démasquée par les agents de l'Abwehr, le deuxième bureau de l'armée allemande. L'Abwehr était alors dirigée – et elle l'a été jusqu'à ces derniers mois – par l'amiral Canaris, officier antinazi et anglophile. Son adjoint, le général Oster, qui a dû démissionner l'an dernier, animait une conspiration contre Hitler ; les SS l'ont démasqué en avril 1943.

« Fin 1942, les chefs antihitlériens de l'Abwehr ont proposé aux chefs du S.O.E. et de l'Intelligence Service de maintenir cette filière d'évasion sous un contrôle conjoint. Ils acceptaient même de libérer l'agent anglais qui en était le principal responsable et de laisser partir un colonel d'aviation abattu et recueilli par le réseau. Que voulaient-ils en échange ? D'abord, se servir eux-mêmes de la filière pour faire partir des gens à eux vers le Portugal, l'Irlande, l'Amérique du Sud, à l'insu de la Gestapo. Ils voulaient garder le contact avec nos services au cas où la paix se dessinerait, après la mort de Hitler et la prise du pouvoir par la Wehrmacht, que souhaitaient Canaris, Oster et beaucoup de généraux.

« À Londres, on n'a pas hésité longtemps. Le jeu en valait la chandelle. La ligne d'évasion fonctionnait bien. Pour les Anglais, il était vital à l'époque – aujourd'hui, un peu moins – de récupérer les aviateurs abattus sur l'Europe ainsi que les prisonniers évadés et des agents en difficulté. Pour le reste, on verrait bien. Les hommes de l'Abwehr avaient, bien sûr, l'arrière-pensée d'infiltrer dans notre ligne un certain nombre de leurs agents. Si ces espions ne servaient pas pour la guerre, ils serviraient pour les négociations de paix ou l'après-guerre... Nos chefs, à Londres, ont accepté le risque, mais en prenant certaines précautions. Ils n'ont pas voulu que l'ancien responsable, repéré par l'Abwehr, reste à la tête de la filière. Ils ont cherché un Français qui accepterait de se salir les mains et qui *prêterait son dos* au cas où l'état-major refuserait de couvrir l'opération.

« Notre camarade Robert Neuville s'est vu proposer de reprendre la filière. Le jeu difficile et dangereux qu'on lui offrait avait tout pour combler son goût de l'aventure. Enfin, c'était une belle occasion de venger sa famille...

Filbert se tait, regarde Robert, qui s'est levé et adossé au manteau de la cheminée. Sur un coup de vent, la fumée a reflué dans la pièce, l'air est devenu plus âcre, la lumière plus grise. Le comte Jean s'est éloigné du feu, tourne autour de la table, se verse un petit verre d'eau-de-vie qu'il sirote avec un sourire pensif et un peu moqueur.

Lydia se lève aussi et marche à pas nerveux. Claudine jette une bûche au feu, rajoute une louche d'eau dans la bouilloire de la cuisinière.

Filbert croise les bras.

– Nous n'en avons pas fini avec les aventures de Robert Neuville. Mon cher, je vous donne la parole.

Claudine s'assoit au bout de la table. Lydia et Filbert ont pris place côte à côte, en face de l'âtre, les yeux rivés sur les flammes. Robert reste debout, appuyé contre le rebord de la cheminée. On entend le tic-tac de la pendule, le murmure de l'eau sur le feu, le sifflement aigre du vent dans les chéneaux. Une légère vapeur s'élève des vêtements de Filbert et du comte Jean et cache leur image, comme dans un film fantastique. L'odeur des étoffes, le parfum des femmes, un relent de graisse à chaussures et de fumée âcre se mêlent et se brouillent. Robert regarde la pendule dressée au fond de la pièce, il semble fasciné par le bruit du temps qui passe.

– Oui, dit-il enfin, j'ai accepté sans bien savoir à quoi je m'engageais et, dans un sens, je m'en fichais. C'était il y a environ dix-huit mois, je crois avoir rempli mon contrat. J'aurais aimé rentrer dans le rang, puisque l'Abwehr n'existe plus et que tous les services sont passés sous la coupe de Himmler, de Schellenberg et des autres chefs hitlériens. Mais on continue. Oncle Edward a prolongé ma mission dans les termes très clairs que j'avais moi-même choisis. Je brûlerai mon cierge, puisqu'il le veut, jusqu'à la dernière goutte de cire !

« Chaque camp va continuer à jouer au plus malin. Les Allemands se croient toujours supérieurs, c'est dans leur sang. Mais *nous* sommes les plus malins et nous gagnerons. Notre supériorité tient à trois causes. Un, la division des services secrets allemands. Jusqu'à présent, les antinazis de l'Abwehr jouaient une partie personnelle. Ils travaillaient à la fois contre Hitler et contre nous. Ça ne leur facilitait pas la tâche.

Maintenant, le S.D., les SS ont pris en main la totalité du renseignement. Mais il leur faudra plusieurs mois pour tirer le meilleur parti des réseaux de l'Abwehr, s'ils y arrivent jamais. Et certains officiers préparent toujours un attentat contre Hitler, alors que d'autres attendent en ménageant leur avenir. Nous, services anglais, sommes tous unis dans l'action, et unis derrière Churchill, que nous admirons pour son intelligence et son courage. La troisième raison de notre supériorité est peut-être la plus décisive.

« Les Allemands, acculés à la défensive, n'ont plus aucune stratégie, ni pour la guerre ni pour le renseignement. Les Anglais ont une méthode, qui est de tromper, d'aveugler l'ennemi toujours et partout. Ils appellent ça les *deception plans*. Les Français ont pratiqué cette méthode avec succès, sous le nom de contre-espionnage offensif. Mais les Anglais seuls ont toutes les cartes en main !

Lambert, un coude sur la table, le menton dans la paume, fixe Robert, les sourcils froncés, avec une extrême attention.

– Vous venez de nous faire une belle démonstration. Vous m'excuserez si je ne suis pas tout à fait convaincu. Mais bah ! Vive Churchill, vive le roi George et l'oncle Edward, vive l'Angleterre ! Et maintenant, dites-nous franchement où le bât blesse.

Robert a écouté en silence Lambert-de La Borde. Il vient se placer au bout de la table, derrière Claudine, écarte les bras, paumes en l'air.

– Je ne me bats pas pour l'Angleterre, je me bats contre l'Allemagne, et donc aussi pour la France. Mais nos amis anglais aiment bien donner à d'autres les emplois les plus salissants. Oui, il a fallu que je me salisse les mains pour travailler avec l'Abwehr. Je viens de prendre un risque terrible, à présent que l'Abwehr a été absorbée par le S.D. et que tout le renseignement allemand est entre les mains des SS. Un jour je serai peut-être accusé de trahison par les Français libres, et, qui sait, la raison d'État empêchera les Anglais de me défendre. Ce n'est pas une perspective agréable...

Le comte Jean esquisse une moue entre rire et sourire.

– La raison d'État ? Comme vous y allez !

– Je crois avoir été plus utile à ce poste que je l'aurais été comme sous-lieutenant d'infanterie ou comme mécanicien d'aviation... J'étais trop vieux pour devenir pilote de chasse. Je continue aujourd'hui parce que Londres me l'a expressément demandé.

Il se tait, les mâchoires serrées, les yeux dans le vide.

– L'amateur brûlera un cierge pour le diable ! murmure Lydia, et son regard s'enfièvre soudain.

Claudine tourne la tête pour scruter Robert. Il s'est adossé au mur, près de la pendule. Il allume une cigarette, elle jurerait que l'allumette tremble entre ses doigts. Elle ne reconnaît plus l'homme plein d'assurance qu'elle a rejoint un jour déjà lointain – bientôt deux mois – à l'église de Réverac, encore moins celui qui était venu, bouillant d'une joie furtive, lui annoncer la décision de l'Assemblée d'Alger sur le vote des femmes. Il a les traits tirés, le teint livide, des poches sous les yeux. Elle l'a fixé une seconde de trop, il croise son regard. Elle lit dans le sien une infinie tristesse. Elle ose à peine s'avouer que ce Robert inconnu la touche plus que l'autre, celui qui jouait au chef ou au héros. Elle pose le poing sur sa poitrine avec le fol espoir d'étouffer les battements de son cœur.

Robert se reprend d'un seul coup. Il se met à marcher entre la table et la cheminée, les bras ballants, les poings serrés. D'un geste brusque, il lance sa cigarette éteinte dans le feu, se retourne, passe la main sur son front.

Il décoche à Lydia son sourire le plus séducteur, et un autre plus secret à Claudine. Il s'assoit en face de Filbert, le dos au feu.

– Maintenant que j'ai déballé mes états d'âme, je vais vous parler de la mission Chat Murr. L'Abwehr m'a procuré une couverture, comme on dit, d'agent d'un bureau d'achat allemand, le Pimetex. Ce certificat, aujourd'hui périmé, m'a permis de circuler assez tranquillement dans toute la France. J'en ai profité pour me charger de missions qui n'avaient rien à voir avec la filière, tant pour le S.O.E. que pour la Résistance française : Combat, l'Organisation civile et militaire, Libération... Je suis devenu un homme précieux. Compromis mais précieux. Le S.O.E. m'a confié le cas Amadeus. Peu après, le nom de code Amadeus, jugé trop transparent, a été remplacé par Ernest. Nous y sommes. Ernest est bien l'homme de Chat Murr, qui doit rencontrer ici même Fox, le Renard, l'envoyé de Londres.

« Ernest est né en 1886, à Leipzig, d'un père marchand de lunettes. Il a fait de bonnes études dans un collège de la ville, puis dans une école spécialisée en optique, pour réaliser l'ambition de ses parents. Lui était passionné de littérature, il voulait devenir écrivain ou, à défaut, journaliste, un rêve qui lui échappera deux fois, à cause de la guerre. À vingt-cinq ans, en 1911, il devient opticien dans un laboratoire, à Leipzig, puis à Berlin. C'est à Berlin, en 1912, qu'il épouse une Française, Élisabeth, la fille d'un attaché d'ambassade. Mariage surprenant, mais il faut dire qu'Ernest était un garçon brillant, cultivé. Il avait voyagé en France et parlait bien notre langue. De plus, il était très séduisant. À une époque où la tension entre la France et l'Allemagne était à son comble, ce mariage a été fort mal vu des deux côtés, d'où une rupture presque totale des jeunes mariés avec leurs familles respectives. Ernest a même songé à s'expatrier. Une installation en France s'avérant impossible, il a commencé des démarches pour se fixer en Suisse, mais ce projet n'a pas abouti. La passion qui avait uni le couple n'a pas tardé à devenir orageuse. Des disputes ont éclaté, une brouille a séparé un temps Ernest et sa femme. En 1913, moins d'un an après son mariage, Élisabeth est morte dans un accident... qui pourrait bien ne pas être un accident. Elle est tombée d'un train en marche et s'est tuée sur le coup. A-t-elle été poussée par son mari à la suite d'une querelle plus violente que les autres ? Nous ne savons même pas s'il était avec elle. Quand je dis nous, c'est en quelque sorte une licence poétique : je veux parler de l'Intelligence Service.

« Voici ce que nous soupçonnons. Au moment où il envisageait d'aller vivre en France, Ernest a été contacté par les services secrets allemands qui voulaient le charger d'une mission d'espionnage. Il a refusé, et les services secrets auraient pu assassiner sa femme. Pour le punir ? Un meurtre par rancune, par vindicte ? C'est peu plausible. Si les gens des services secrets ont tué Élisabeth, c'était pour compromettre Ernest et avoir barre sur lui parce qu'ils voulaient le recruter. Ça peut paraître brutal et peu efficace, mais les Allemands ne travaillent pas dans la dentelle. Le mystère n'a pas été éclairci. Il est sûr que la police secrète possédait un dossier sur lui, que l'Abwehr a dû récupérer à sa création, en 1925.

« En 1913, Ernest a écrit un recueil de contes, inspiré d'Hoffmann, où il exprimait en même temps son désespoir, après la perte de l'aimée, et son besoin de fuir dans le rêve et l'aventure lointaine. Ce petit livre est paru à la veille de la guerre, il est passé inaperçu au milieu des événements qui bouleversaient l'Europe. Début 1914, Ernest a voulu s'engager dans l'armée coloniale pour partir en Afrique-Orientale. L'Allemagne possédait alors le territoire connu aujourd'hui sous le nom de Tanganyika et administré par la Grande-Bretagne.

« La guerre est survenue sans qu'il ait pu réaliser non plus ce projet-là. Il a été mobilisé comme maréchal des logis dans un régiment de 77, l'équivalent de notre 75. En 1916, il était sous-lieutenant dans un état-major divisionnaire, et il a fini la guerre comme capitaine à l'état-major d'un groupe d'armées. Il avait trente-deux ans, c'était une assez belle promotion, pas très bien justifiée par ses états de service. Peut-être doit-il sa réussite à son entregent et à sa très bonne connaissance du français. Les services de renseignement lui ont peut-être imposé une carrière à l'état-major pour mieux l'utiliser.

« La défaite allemande l'a ramené à la vie civile. Le voilà de nouveau technicien dans l'optique. Il ne s'est pas remarié. Vers 1929, il est devenu agent commercial en France d'une firme de matériel de photo et de cinéma. Était-il aussi un honorable correspondant du service de renseignement de l'état-major général ? C'est possible. C'est presque sûr à partir de 1935, date à laquelle l'amiral Wilhelm Canaris à pris la tête de l'Abwehr.

« Cette année-là, Ernest a publié une biographie de E.T.A. Hoffmann et il a eu une fille de sa maîtresse française, Paule Martin. Il l'a nommée Julia en l'honneur de Julia Marc, le grand amour d'Hoffmann. Il ne cachait pas son opposition au régime nazi. Il a vécu plus ou moins avec la mère de son enfant jusqu'au début de 1939 puis il a été rappelé en Allemagne.

« À la déclaration de guerre, il a repris sa place à l'état-major comme capitaine auprès du général Busch, commandant la XVIe armée. En mai 1940, il a été nommé à l'état-major du Panzergruppe von Kleist, qui a effectué la percée sur la Meuse. En 1941, après un bref séjour sur le front russe, il est revenu en France à l'état-major du général von Stülpnagel, qui est une sorte de gouverneur militaire de la France occupée. Or Stülpnagel fait partie des officiers antinazis qui souhaitent se débarrasser de Hitler, sans jamais y réussir, d'ailleurs, l'Orchestre noir, la *Schwarzekapelle.* Nous connaissons les principaux chefs de cet orchestre : le général Ludwig Beck, qui est à la retraite, le général von Tresckow, en Russie, l'amiral Canaris, ex-chef de l'Abwehr, son adjoint Oster, etc. Von Tresckow aurait tenté dès 1938 de faire sauter Hitler à la dynamite avec l'aide d'un certain colonel Heinz. Plusieurs autres ont essayé de tuer le Führer : le colonel Böselager, les généraux Stieff, von Gersdorff... Mais Hitler n'a toujours pas trouvé d'adversaire à sa mesure. La Gestapo surveille les comploteurs, cherche à démasquer les exécutants possibles et les complices, à établir des dossiers et à prévoir des moyens de pression sur eux.

« Les hommes de la *Schwarzekapelle* sont entrés plusieurs fois en contact avec les Anglais. Il faut avouer que la position de Londres a varié suivant l'évolution de la guerre. Jusqu'à la fin de 1940, Churchill aurait sans doute accepté de traiter avec un gouvernement des généraux. En 1941, Anthony Eden, ministre des Affaires étrangères de Grande-Bretagne, a répondu à Dietrich Bonhoeffer, envoyé des conjurés : « Tuez Hitler, on verra après. » Plus tard, les Anglais ont dit : « Que le peuple allemand se soulève contre Hitler, nous en tirerons les conséquences. » Aujourd'hui, Churchill veut poursuivre la guerre jusqu'à une capitulation sans condition du Reich, mais il y a encore, dans les deux camps, des gens qui rêvent d'une paix séparée. La mort de Hitler pourrait ouvrir une brèche dans la cohésion des Alliés et ne faciliterait pas la tâche de Churchill. La réussite d'un attentat n'est guère souhaitée à Londres.

« Les démarches *politiques* des conjurés allemands ont donc toujours été repoussées. Mais les services secrets britanniques entretiennent des relations avec les officiers antihitlériens, ne serait-ce que pour s'informer. Et puis il est toujours utile d'encourager la zizanie chez l'ennemi. Certains estiment qu'une partie de la Wehrmacht en France pourrait rester l'arme au pied lors du débarquement. Des milliers de vies alliées seraient épargnées et la fin de la guerre rapprochée de plusieurs jours, voire plusieurs semaines. Une simple hésitation de quelques généraux allemands, aux premières heures du débarquement, pourrait précipiter la victoire de nos forces.

« Enfin, le maréchal Rommel, chef de l'Afrikakorps, a été rappelé en Europe par Hitler. Il est sur le point de prendre le commandement d'un groupe d'armées chargé de s'opposer au débarquement. Et, selon certains bruits, il se serait rallié au complot des généraux, ce qui pourrait modifier la situation militaire, plus même que la mort de Hitler.

« Pour savoir où on en est, ce qui se trame au juste, les Anglais ont décidé d'envoyer un officier de renseignement rencontrer le délégué de l'O.K.W. et du général von Stülpnagel. Cet officier, connu sous le pseudonyme de Fox, nous ne savons bien entendu ni son nom ni son grade. Nous l'attendons à la fin de la semaine sainte. Le représentant de l'O.K.W. sera un colonel de l'état-major de von Stülpnagel, notre ami Ernest lui-même.

« Depuis son retour en France en 1942, Ernest est l'un de ces Allemands qui tentent de rester en liaison avec les services anglais. Londres se méfie comme de la peste de tout ce qui pourrait ressembler à une reconnaissance des conjurés. Toutefois, en échange de renseignements divers, les Anglais ont assuré la protection par le S.O.E. de Paule Martin, l'ex-maîtresse d'Ernest, et surtout de leur fille Julia. C'est ma mission depuis le début de 1943. Jugée déplaisante par la plupart des chefs de réseau, cette tâche devait fatalement revenir à un homme déjà compromis, comme je le suis.

« Jusqu'en 1941, Paule Martin habitait Paris. Julia est restée un certain temps chez les paysans qui l'avaient accueillie avec sa mère au moment de l'exode. Mais les gens du pays ont appris qu'elle était la fille d'un Boche. Sa mère a dû la reprendre. Quand nous sommes intervenus, elles étaient sous la surveillance de l'Abwehr, et la Gestapo n'était sans doute pas loin de les repérer. Avec l'accord d'Ernest, nous avons décidé de les éloigner de Paris. Nous leur avons trouvé un refuge en Bretagne, mais ensemble elles étaient trop faciles à repérer et nous avons été obligés de les séparer.

« Ernest est très attaché à sa fille et il a demandé à la voir depuis un certain temps. Nous avons voulu organiser une rencontre dans la région parisienne pour lui éviter un long voyage. Mais il ne se sent en sécurité que loin de Paris, et un voyage incognito dans le Sud-Ouest ne lui déplaît pas. Londres a alors décidé de faire d'une pierre deux coups (les Anglais disent *to kill two birds with one stone,* tuer deux oiseaux d'une seule pierre) et d'organiser au même endroit, et en même temps, les deux rendez-vous d'Ernest : avec sa fille et avec Fox.

« Il est très avantageux pour les deux camps de faire coïncider ainsi les rencontres. Si Ernest était pris par la Gestapo, il serait seulement allé rendre visite à sa fille en secret, il échapperait à l'accusation de trahison. Quant aux Anglais, ils ne tiennent pas du tout à ébruiter ces contacts, la visite d'Ernest à son enfant est aussi une couverture parfaite, de leur point de vue, à sa rencontre avec Fox. Elle pourrait se révéler encore plus utile si Ernest tombait par hasard entre les mains de la Résistance française ! Voilà qui arrange tout le monde. Un dernier point : pour nos amis, Ernest sera un savant juif évadé d'Allemagne. Je vous remercie.

Filbert a levé la main une seconde avant que Robert se taise. Il fourre sa pipe dans la poche de sa veste et enchaîne :

– Une précision. J'appartiens au réseau du S.O.E. *Wheel Horse,* « Cheval de labour », dirigé par le colonel Hubert. Il nous arrive de travailler avec l'Intelligence Service. Robert

Neuville appartient à une section spéciale, qui dépend de la Military Intelligence 6. Au sommet de la hiérarchie, nos chefs se rencontrent, ce sont parfois les mêmes. Les miens m'ont demandé de lui apporter l'aide maximale pour organiser l'opération Chat Murr. Une autre demande a été adressée à Pagery, chef des Mouvements unis de résistance en Dordogne sud, par l'intermédiaire du B.C.R.A., du colonel Passy. Je peux donc me porter garant de l'action de Robert Neuville au nom du colonel Hubert et de nos chefs de Londres.

« Deuxième point, il nous faut aussi une couverture pour Fox, aussi bien vis-à-vis des Allemands que de la Résistance française. Fox est censé atterrir en Dordogne pour rencontrer un chef régional important des Forces françaises de l'intérieur. Le mot F.F.I. impressionne tout le monde, même s'il ne correspond encore à rien du tout ici. C'est ce que nous raconterons à la Résistance locale, à nos amis le commandant et à Thomas, son alter ego.

« Il me reste à espérer qu'aucun accident ne viendra enrayer notre superbe mécanique !

Mille pensées dansent dans la tête de Claudine une sarabande folle. Elle est incapable d'en arrêter une seule. L'émotion lui donne le vertige. « Quelle mystification du destin t'a donc jetée au cœur d'une aventure foisonnante de délices et de périls ? Par quelle chance peux-tu être ici, toi, la fille du notaire de Réverac, avec ces hommes engagés dans une implacable partie de poker contre l'ennemi ? »

Elle attise le feu au soufflet, rajoute de l'eau à la marmite, tisonne le fourneau, met à chauffer une casserole de lait. Un courant d'air aspire la fumée dans le couloir, elle frotte la cendre qui a volé sur son nez, frotte, frotte sans y penser. Les hommes se lèvent, la séance est finie.

18.

Claudine s'éveille, tout engourdie, le corps pesant de courbatures et la gorge pincée. « Ah non, pas ça, tu n'as pas le droit d'être malade. Songe à tes pensionnaires, aux enfants, à Ernest, à Fox ! »

Par chance, il est très tôt. Elle n'a pas besoin de regarder sa montre pour savoir qu'elle a encore une heure ou deux de bon sommeil avant d'affronter le premier jour de la semaine sainte. Elle enfonce très fort la tête dans l'oreiller. Elle rêve. Des hommes en noir dansent autour d'elle en faisant claquer leurs fouets. En réalité, ce sont des martinets pour punir les gosses. Elle crie, furieuse : « Je ne suis plus une enfant ! » Et les hommes en noir rigolent. L'un d'entre eux feuillette la Vie des saints : « On va trouver quelque chose pour toi là-dedans ! »

Elle se réveille longtemps après, entortillée dans son drap de dessus, la chemise autour du cou, trempée de sueur. Le jour pointe par les fentes des volets. Elle se lève d'un bond, court se piquer devant sa glace pour voir si cette courte nuit pleine de cauchemars n'a pas laissé de méchantes traces sur son museau.

La semaine sainte 1944 commence aujourd'hui et s'achèvera dimanche, en apothéose, par l'atterrissage de Fox. Et il y a tant de choses à faire avant l'apothéose ! Ah, Robert a posé ses instructions écrites sur le guéridon. Il est donc entré dans la chambre ? *À brûler dès que vous les saurez par cœur, comme d'habitude...* Robert s'en va encore jusqu'à mercredi ou peut-être jeudi. Il va chercher à Paris l'ami Ernest. *Je déclare l'opération Chat Murr commencée.* Claudine conduira Fred et La Bécane à Réverac, chez Mme de Grandval, d'où quelqu'un les prendra en charge pour la suite de leur voyage. Virginie emmènera Maurice et Le Gros à Villefranche. Ces deux-là s'en iront vers la mer. Claudine informera le commandant et Thomas de l'arrivée prochaine de Fox, l'envoyé de Londres. Elle leur annoncera aussi la venue à Monlévrier d'un savant juif en partance pour l'Angleterre : un personnage important que la Résistance a fait évader d'Allemagne...

Une minute plus tard, Virginie frappe et entre.

– Je trouve ces résistants bien bavards, dit-elle sur un ton maussade. Pas étonnant que la Gestapo fasse ses choux gras !

La Bécane, assis derrière Claudine, a raconté sa vie et ses exploits. Fred s'est tu pendant toute la descente de Monlévrier à Réverac. Elle dépose les deux hommes devant le Café de Paris pour un quart d'heure. Il lui faut s'assurer que tout est normal à la pension des Glycines, échanger les phrases codes habituelles avec Mme de Grandval. « Tâche que ton cœur ne se casse pas quand ça se produira, Clo. Blinde, blinde-toi. »

En attendant, il bat comme un fou, son cœur. Elle a mal dormi, elle a les nerfs en pelote. « Tu dois avoir l'air d'une folle ! » Mais elle n'a pas le temps de passer chez elle pour s'arranger la tête. Elle s'arrête au foirail désert, jette les guides sur une barre d'attache. « On souffle un peu, mon vieux Dago ? » Le cheval pousse un hennissement d'approbation. Claudine s'assoit sur un banc, à deux pas. La semaine sainte sera longue, pas moins de sept jours, il faut qu'elle tienne jusqu'à dimanche.

Elle pêche dans son sac un morceau de sucre enveloppé dans du papier de soie, verse dessus trois gouttes d'alcool de menthe. Son flacon est presque vide, il faudra qu'elle en demande un autre à M. Girod-Lemas. « Camarade pharmacien, je ne peux pas accomplir d'importantes missions pour la Résistance sans ma réserve d'alcool de menthe ! » Ouf, elle se poudre le nez, arrange son béret sur ses boucles. Un quart d'heure plus tard, elle installe ses deux voyageurs dans le jardin des Glycines.

– On va vous conduire en voiture à cheval à une gare des environs. Les cheminots vous cacheront dans un wagon de marchandises pour Toulouse. Bonne chance !

Elle trouve Marie-Thérèse de Grandval assise dans son petit salon, très droite, l'air tendu, les mains jointes sur ses genoux, les chevilles croisées. La patronne des Glycines lève la tête vers Claudine, sourit et soupire.

– Claudine, je suis bien ennuyée. On raconte partout que les Anglais ont choisi Monlévrier comme P.C. après le débarquement. On dit même qu'un colonel ou un général est attendu ces jours-ci ! Oh, les gens déforment tout s'ils n'inventent pas n'importe quoi. Je crains quand même que quelqu'un de chez nous n'ait trop parlé.

– Quelqu'un de chez nous ?

– Ces ragots stupides ont bien une base.

– Et vous me soupçonnez d'avoir bavardé !

– Je n'ai pas dit ça, Claudine. Enfin, quelques mots imprudents ont pu vous échapper devant le clerc et...

Claudine a le feu aux joues. « Es-tu tout à fait sûre, ma douce, d'avoir tenu ta langue devant Pierrot ? » Marie-Thérèse de Grandval lui prend la main.

– Je vais être franche avec vous. Mais je vous demande le secret le plus absolu pour le moment, même avec Robert Neuville. Ce n'est pas vous que je soupçonne.

– Mais alors...

– À mon avis, notre amie Lydia se surmène. Ça fait des jours et des jours qu'elle se mange les sangs. Elle a son travail de professeur, le courrier qu'elle apporte de Bergerac, des liaisons et des traductions pour Lambert, elle recherche des renseignements sur l'armée allemande dans tout le secteur... et elle ne prend plus le temps de dormir. Voyez-vous, Claudine, Robert Neuville et Lambert sont des hommes qui demandent beaucoup aux femmes, sans même y penser. Sachez-le pour votre gouverne. Depuis quelque temps, je sens Lydia plus fragile. Je crains qu'elle n'ait un peu perdu le nord, mais je ne veux pas que Robert l'apprenne. Je vais parler à Filbert pour qu'il l'oblige à prendre du repos. En attendant...

L'écho d'une chanson à la mode s'élève du couloir. La bonne a dû mettre la radio ou le phonographe pour couvrir la conversation de Claudine et de la patronne. Marie-Thérèse de Grandval lâche la main de Claudine et la prend par l'épaule.

– Venez donc boire une petite liqueur.

Claudine sirote une prune, sourit bravement, assise sur une bergère de style dans une pièce minuscule, tendue de bleu, qui sert de bureau à Mme de Grandval. La tête lui tourne. « Tiens bon, les Fritz ne sont pas encore là ! » Mme de Grandval chausse ses lunettes à monture d'or et caresse d'un coup d'œil le courrier posé sur sa table puis lève les yeux.

– Que faisons-nous, ma chère Claudine ?

Claudine respire lentement. « L'heure est venue d'attraper le loup par les oreilles, ma douce. » Leurs regards se croisent. Marie-Thérèse de Grandval baisse les paupières, joint les mains sur sa table.

– Je suis au regret, Claudine. Ces rumeurs, ces bruits qui courent sont dangereux pour nous. Est-ce une raison suffisante pour changer nos plans ? Je ne sais pas.

Elle étire ses doigts bagués, se perd dans la contemplation de ses ongles.

– Je n'ai pas une vue entière de la situation. Je me fie à vous.

Claudine retient son souffle. « Et toi, ma fille, as-tu une vue entière de la situation ? Rien du tout ! » Elle sent la chair de poule hérisser la peau de ses cuisses et de ses bras et se raidit pour ne pas frissonner. Elle revoit sa rencontre avec Robert Neuville dans la petite bibliothèque, son geste quand il a pris un livre dans un rayonnage et l'a remis tout de suite en place. Stendhal, *De l'amour*. Pourquoi ce livre ? Simple hasard ?

Elle se crispe fort pour ne pas trembler. « Ta vie dépend peut-être du parti que tu vas prendre, et la vie de la petite Julia, celle de Virginie, et beaucoup d'autres, qui sait ? Suppose que les Allemands encerclent Monlévrier quand tout le monde sera là, Fox, Ernest, Robert, la petite Julia, et qu'ils tombent en même temps sur le maquis de Ventoulou. Combien de tués, de civils abattus ? Il est peut-être encore temps de tout changer. Bien des vies pourraient être sauvées en agissant tout de suite... » Elle se lève.

Le brouhaha des pensionnaires qui finissent de déjeuner lui parvient du couloir, par intermittence, mêlé à la musique et à la voix d'Andrex : *Ça descend... Puis ça remonte et puis ça redescend.* Une frontière invisible sépare Claudine de ces gens qui vivent leur petite vie, se racontent leurs petites affaires et écoutent des chansons ridicules. « Tu comptes jusqu'à dix et tu tranches. Que ton ange gardien te donne la main ! »

– Il est trop tard pour changer nos plans, dit-elle.

– Je l'admets, dit Mme de Grandval. Nous ne changeons rien à ce qui est prévu. Le pourrions-nous même ? Voulez-vous déjeuner avec moi ?

À l'idée d'avaler un morceau de nourriture, Claudine ne peut dissimuler tout à fait un haut-le-cœur.

– Je rentre chez mes parents. J'ai besoin de me reposer un peu avant de remonter à Monlévrier. Je vous appellerai tout à l'heure.

Il est midi moins cinq, le clerc est encore à l'étude. En voyant Claudine, il enfouit dans un tiroir le journal parisien qu'il lisait en cachette. Il fait mine d'ajuster ses lunettes sur son nez.

– Mais je ne rêve pas, c'est notre mademoiselle Claudine. Je vous croyais partie en Provence pour assister au débarquement !

– N'en jetez plus, mon vieux.

– Vous avez raison. D'autant que j'ai changé, mademoiselle. Je dis maintenant comme à Paris : Métropolitain.

– Il faut rire ?

– Pétain mollit trop !

– Oui, c'est malin.

Elle s'assoit et cherche une repartie fielleuse. Mais elle voit le pauvre Pierrot si piètre et si chétif, quasiment bossu, boutonneux comme une tranche de cake, blême à faire retourner une procession, qu'elle n'a plus le cœur de le chicaner. Elle allait dire : « Comment ça va, les amours ? » Elle lui demande des nouvelles de sa santé, qui est mauvaise, avec son asthme et son pneumothorax, et puis le printemps est une sale saison pour lui, les pollens l'étouffent. Elle sent une telle force de vie bouillonner en elle qu'elle se tient à quatre pour ne pas pouffer. Pierrot est-il toujours amoureux de Lydia ? Cette belle garce l'a allumé tant qu'elle pouvait, et il paraît que les femmes de prisonniers enflamment les hommes seuls. Mais on n'a pas le droit d'avoir un cœur d'amadou quand on est si mal foutu.

Elle le voit rougir sous son regard et demande en hâte :

– Quoi de neuf au communiqué ?

Il relève ses lunettes sur son front.

– Je ne l'écoute même plus.

– Vous n'attendez pas les armes secrètes de Hitler ?

Ses yeux brillent, on dirait qu'il a écrasé une larme sous chacune de ses paupières.

– Est-ce qu'il y a quelque chose de vrai dans ces histoires ?

Il scrute Claudine en fronçant le nez.

– Je n'y crois plus.

Il tire sur ses manches, se penche pour fouiller dans son tiroir.

– J'ai quelque chose pour vous.

Il lui tend une lettre de l'École A.B.C. de rédaction. Claudine prend l'enveloppe en rougissant, elle avait oublié l'école. Le clerc se lève.

– Claudine, si j'étais vous, je laisserais la politique, le maquis et tout ça. Je partirais avec mes cours de rédaction pour travailler tranquille, loin de Réverac !

Elle retrouve sa chambre de jeune fille, le papier peint qui reproduit à l'infini une scène de balançoire. Le plancher, ancien et bien réparé, chante tendrement sous ses pas. Une charge presque électrique de bien-être, de calme, de familiarité et de douceur imprègne cette pièce.

Elle jette son imperméable sur une chaise et s'allonge sous son édredon d'hiver. La décision qu'elle a dû prendre lui a coûté plus d'effort que dix veilles. Un bien-être inconnu envahit son corps par la tête, les épaules, se répand dans sa poitrine et son ventre, gagne ses jambes. Voilà, c'est arrivé, tu as joué avec la vie et la mort, tu es une femme !

Elle se rappelle les expressions favorites de son père. Elle a tranché dans le vif. Le sort en est jeté ! Elle ferme les yeux. Espérons que Robert sera fier de moi. S'il pense que je me suis trompée, que j'ai commis une faute, il me chassera de la Résistance et j'en mourrai ! « Mais non, idiote, tu n'en mourras pas. Tu retourneras tout bêtement taper à la machine, entre Pierrot et papa, à moins que la Gestapo ne te mette le grappin dessus, ça se pourrait aussi. » Elle se sent flotter, flasque et nue, sur une mer tiède, au soleil du sud. Le paradis, le bonheur. « Mon Dieu, qu'est-ce qui est arrivé à ton corps ? Si tu te trompes, ça sera terrible, mais tu n'y peux plus rien. Dors. »

Maître Chamarand conduit avec calme, une main sur le volant et l'autre sur le levier de changement de vitesse. La vieille Emyquatre 1935 peine fort dans les côtes. Un lapin déboule dans le faisceau des phares qu'estompe le barbouillage bleu des verres exigé par la défense passive. L'animal traverse sans hâte. Claudine somnole un moment. Sa longue sieste de l'après-midi l'a assommée plus que reposée. L'odeur de miel du charbon de bois lui monte à la tête. On vient de passer l'heure grise, entre chien et loup, la lune n'est pas encore levée. La lumière des phares réveille un paysage glauque, presque sous-marin. Des grottes immenses semblent s'ouvrir au fond des combes. Des reflets courent à travers prés et bois. Les rares feux des maisons isolées ou des hameaux s'éteignent les uns après les autres. Les gens ferment portes et volets au bruit de l'auto. Claudine bat des paupières.

– Quel calme, ce soir.

Elle se rend compte soudain que la nature lui paraît calme par contraste avec son agitation intérieure. Les causes de souci sont si nombreuses qu'elles se brouillent dans sa tête, des plus légères aux plus graves. Elle s'est aperçue que Dago avait un fer décloué. Son père a décidé d'allumer pour la ramener à Monlévrier.

– Tu as un permis de circuler la nuit, papa ?

– Certes pas. Mais que risquons-nous ? La nuit, les Fritz restent dans les villes. La Milice ne va pas se risquer sur des routes tenues par le maquis. Et à cette heure-ci les gendarmes s'enferment dans leurs gendarmeries pour écouter tranquillement « Ici Londres » !

– On devra être plus prudents, à l'avenir. Les Allemands pourraient bien se mettre à visiter le pays... de jour et de nuit.

Sur le conseil de Mme de Grandval, Claudine a téléphoné à la postière de Saint-Pierre, qui a promis de faire porter un message à Monlévrier par un gamin. *Pour Agnès. J'arriverai tard, pas de bobo. Clo.*

– Papa, est-ce que tu as réalisé certains de tes rêves, dans la vie ?

Il change de vitesse, ses doigts se crispent sur la pomme du levier. Claudine sourit pour elle seule.

– Quand tu étais le clerc de grand-père, avant d'épouser maman, dit-elle, ton rêve, c'était bien de devenir notaire ? Mais tu pensais que tu ne pourrais jamais te payer une étude ?

Denis Chamarand s'accroche des deux mains à son volant.

– Allons droit au fait. Tu veux dire que j'ai épousé ta mère pour réaliser mon rêve de devenir notaire ?

Claudine pose la main sur son bras.

– Je me fiche bien de la raison pour laquelle tu as épousé maman... Enfin, non, je ne m'en fiche pas. Mais ça n'a plus guère d'importance. Je voudrais savoir si tu penses que tu as réalisé un de tes rêves..., au moins un.

À son profil tendu, elle devine qu'il serre les dents.

– Oui, j'ai réalisé un de mes rêves, puisque tu es là. Et toi, ma grande, tu es la fille que je désirais, le seul rêve de ma vie que j'aie réalisé. Tais-toi, tu ne peux pas m'empêcher de le penser, de le ressentir au fond du cœur. Je ne supporte pas l'idée que tu pourrais tomber entre les mains de la Gestapo, je deviens fou rien que d'y penser. Mais je suis fier de toi, et je voudrais t'aider, je ne sais comment. Je ne sais même plus prier. Les Grassac, avec leur bigoterie, et les *de,* avec leur hypocrisie de libertins, m'ont pour ainsi dire dégoûté de la religion. D'un autre côté, le Maréchal...

Le notaire est de plus en plus nerveux à mesure que la voiture approche de Monlévrier. Sa conduite est heurtée, le moteur ahane, la boîte de vitesses se plaint avec un bruit lugubre. En croisant une carriole de paysan, il a un geste brusque, l'Emyquatre mord sur l'accotement, une roue s'enfonce, il se dégage d'un coup d'accélérateur. Il s'esclaffe sans raison, pose la main sur le genou de Claudine.

– Nous y voilà. Mieux vaut tard que jamais.

Monlévrier est là, devant l'auto, masse touffue, brute, plus sombre que la nuit. Un reflet de clarté tombé de l'horizon dessine l'arête d'un mur entre les arbres serrés. Le notaire gronde à mi-voix :

– Bon Dieu !

Claudine rit, la gorge pincée. Quelques mois plus tôt, elle aurait été terrifiée. Maintenant, la sauvagerie du lieu lui semble plutôt une protection.

– J'avais peur que Virginie n'allume toutes les lumières pour se rassurer. On a déjà brûlé bien trop d'électricité !

Maître Chamarand arrête l'auto au milieu de la cour, éteint les phares. La chaîne du puits grince doucement. Le moteur couvre les autres bruits, mais on devine, on sent pour ainsi dire un silence de mauvais augure. Claudine referme sa portière sans la claquer, saute sur les pavés herbus, son sac à l'épaule. Son père lui prend bras.

– C'est plutôt sinistre, dis-moi ?

La nuit est d'encre. Claudine hoche la tête.

– Il m'a semblé voir quelque chose d'anormal en entrant.

Elle sort sa lampe électrique de son sac, fait quelques pas vers l'aile des dépendances, la petite lumière abaissée devant les pieds. Son père la suit à trois pas. Elle se retourne.

– Le cabriolet de Virginie n'est pas là. Allons voir à l'écurie.

Le box de la jument est vide. Ils ressortent. Claudine éteint sa lampe pour ménager la pile. Le notaire renifle.

– Il y a une drôle d'odeur.

– Tu as de la chance si tu peux sentir autre chose que ce gazo qui pue !

Une idée folle lui traverse la tête. Ce relent âcre, lourd,

gras, on dirait presque l'odeur de la chair brûlée... Elle frissonne.

– Virginie n'est pas rentrée, ou alors... Allons voir.

Elle rallume sa lampe, avance vers l'entrée. Son père lui reprend le bras.

– Claudine, je ne suis pas tranquille. Si on repartait ?

– Ficher le camp comme des lapins ? Ah non !

Claudine reconnaît soudain l'odeur mystérieuse. Un fou rire la prend. Fernande Poudens a profité de ce que la maison était vide aujourd'hui pour faire du savon, avec du suif, de la mauvaise graisse, de la tripaille ou Dieu sait quoi.

Elle a eu la main lourde et a empoisonné l'air jusque dans la cour !

19.

Journal de Claudine.

Lundi 3 avril. Il est presque minuit, je suis seule et j'attends Virginie. Papa est reparti. Il a presque fallu que je le chasse. Il se proposait de veiller avec moi toute la nuit.

En entrant, nous avons trouvé sur la table, retenu sous un pichet, le mot de la postière de Saint-Pierre, mon télégramme traduit en bon langage. *De Mlle Clo à Mlle Agnès. J'arriverai en retard. Tout va bien.* Pourquoi la porte était-elle ouverte ? Virginie a dû oublier de la fermer en partant ce matin avec son passager. Mais elle n'est pas rentrée. Si elle a eu un contretemps ou un ennui, pourquoi n'a-t-elle rien fait dire ? Une *de* doit bien savoir se servir du téléphone, que diable ! J'ai laissé la porte ouverte, au cas où elle rentrerait dans la nuit.

J'ai allumé le feu, jeté ma réserve de bûches dans les flammes. Demain, il fera jour.

Mardi 4 avril. Vingt-deux heures.

Elle est rentrée, la petite *de* ! Ce matin, au grand jour, comme je me préparais à partir pour Réverac à bicyclette, le cabriolet a passé la porte de la cour au trot de la fringante Augusta. Virginie a lâché les rênes, elle a secoué ses cheveux dans le soleil et elle a pris son envol. Elle voulait sans doute se précipiter vers moi parce qu'elle ne se sentait pas tout à fait innocente et qu'elle avait hâte de se faire pardonner. Mais elle n'était pas trop réveillée, elle s'est étalée de tout son long, jupe par-dessus tête, sur le sol de la cour, moitié herbe, moitié pavés.

Je me suis avancée à petits pas, les poings serrés. Son retour m'ôtait un poids du cœur, j'avais envie de danser, de rire, de la gifler, de l'embrasser, et je marchais toute raide. Je me suis arrêtée à quatre pas d'elle, l'air sévère, en me retenant de rire. Elle m'a regardée de ses yeux noirs sous ses paupières rougies puis elle s'est remise à lécher son genou écorché. Je l'ai aidée à se lever.

– Viens, je vais te badigeonner à la teinture d'iode.

Elle m'a suivie en clopinant, tête basse. Elle a dit d'une drôle de petite voix de pécheresse mal repentie :

– Ben, voilà... Quand j'ai vu que tu ne revenais pas, je me suis sentie seule, j'ai eu envie d'aller au maquis. J'ai trouvé Ventoulou sans trop de mal. Ils avaient saisi de l'huile chez une épicière accusée de marché noir, et on a décidé de faire des frites. Ils étaient là, comme deux ronds de flan, entre leur huile et leurs patates. J'ai décidé de leur donner un coup de main. Après, ils sont allés chercher une bonbonne de vin à la Guine-du-Bois. Stan n'a pas voulu participer à la fête, je me suis moquée de lui, il m'a traitée de morue. Oui, ma vieille, de morue. Alors, le commandant Jeanne s'est jeté sur lui, ils se sont battus. Le commandant avait l'air plus fort, mais Stan s'est servi d'un truc japonais, le jiu-jitsu ou quelque chose comme ça. Les hommes les ont séparés, et Stan s'est fait la malle, je me demande s'il reviendra. On a arrosé les frites, on a bu du vin de la Guine et de l'eau-de-vie. Je me suis soûlée... et voilà !

Je l'ai conduite à la maison, je l'ai fait asseoir sur le lit de la grande salle. Elle avait les cheveux dans les yeux, la figure sale, les vêtements chiffonnés et ses dessous pires. J'ai remis de l'eau à chauffer pour lui donner un bain. Il a fallu que je la baigne comme un enfant !

Tout à coup, elle m'a dit tranquillement :

– Tu sais, j'ai couché avec le commandant !

Elle n'aurait pas été *de,* je crois que je l'aurais giflée. Mais la particule, ça en impose malgré soi. Je n'ai rien répondu. Je l'ai frottée plus fort. Elle ne s'était pas lavée depuis son arrivée à Monlévrier, elle avait ramassé une belle épaisseur de crasse. Elle a gémi.

– Je te jure : c'est un bon amant...

Je lui ai balancé l'éponge dans la figure.

– Comment peux-tu le savoir, puisque tu étais soûle ?

Elle a plissé le nez d'une drôle de façon.

– Tu as raison, j'ai dû rêver tout ça.

J'avais presque deux heures de retard chez les Treguennec. La petite Julia m'attendait à la porte, droite comme un saint de plâtre, tout endimanchée et coiffée d'une espèce de capeline qui lui cachait plus qu'à moitié la figure. En me voyant, elle s'est mise à courir vers moi puis s'est arrêtée aussitôt, elle s'est avancée à petits pas en se dandinant d'un air contraint.

– Tu as un nouveau cheval, dis ? Dago a mal à la patte ? C'est pour ça que tu es en retard ?

Elle a l'art de faire la demande et la réponse. C'est agaçant mais souvent bien commode. J'ai acquiescé d'un signe.

– Dago est déferré. Voici Augusta, la jument de Mlle de Fongalop.

– J'espère que maître Dago ne va pas mourir !

– Pourquoi veux-tu qu'il meure ?

– Je sais qu'il est très vieux. J'ai vu dans ses yeux qu'il...

Je l'ai coupée un peu brusquement.

– On va lui remettre son fer et il trottera comme avant.

Mme Treguennec est arrivée en s'essuyant les mains à son tablier.

– Je pensais que vous viendriez plus. Ç'aurait *été pas* un malheur, enfin, puisque vous êtes là, vous avez qu'à l'emmener.

J'ai tiré de la poche de ma jupe un billet de mille, je l'ai tendu à la bonne femme. Elle l'a pris du bout des doigts et me l'a remis dans les mains en le froissant exprès.

– On ne veut pas de sous, on aimerait plutôt du sentiment, de ces gens-là.

Les Treguennec ont eu très peur, mais ils ne le montreraient pour rien au monde.

Julia m'annonce qu'elle a la permission d'emmener le chien Ti-Miraut. Et la patronne, avec un geste à son chignon :

« Un bon à rien, si vous le ramenez pas, ça sera point un grand malheur ! » En route, mauvaise troupe. J'avais peine à retenir mes larmes. Julia a enlevé tout de suite la capeline de sur sa tête et le ruban de ses cheveux.

Nous sommes passées aux Glycines prendre le courrier. Il était près de deux heures. Julia est restée blottie sous la capote du cabriolet, serrant dans ses bras Ti-Miraut et sa poupée Cathie.

– As-tu mangé ?

– Non, j'ai pas faim, mais ça fait rien.

Tant pis, je n'ai pas insisté.

À la maison, un chargement important m'attendait : des vêtements du Secours national, des médicaments fournis par le pharmacien Girod-Lemas, des couverts et du petit matériel apporté par l'adjoint de Béraudier, dont un réchaud à pétrole.

Maryse est arrivée en tapant sur ses talons hauts. Elle s'est vantée d'avoir un ami dans les « affaires » – c'est-à-dire dans le marché noir. Maman ne permet pas aux filles Treguennec de faire le ménage en talons, mais elle est loin et mon grand-père adore ce genre de fantaisie. Maryse portait une robe courte et pas de tablier. Elle m'a toisée, les mains sur les hanches.

– Alors, mademoiselle, vous emmenez la petite chérie à sa maman ?

– Pourquoi la petite chérie à sa maman ?

– Elle se réveille toutes les nuits en appelant « maman chérie ». « Ma maman chérie, pourquoi tu m'as abandonnée ? »

J'étais outrée, j'ai fait un gros effort pour répondre calmement.

– Tu te rends compte que cette gosse a huit ans ?

– Huit ans et demi, mais c'est une enfant de la ville. Elle est bébé.

Papa n'était pas encore rentré du restaurant. J'ai demandé à Maryse de s'occuper de la jument et me suis allongée sur mon lit. Cinq minutes, pas plus, Julia t'attend, et il y a beaucoup de choses à charger. Mais je me suis réveillée une demi-heure plus tard. J'ai couru au cabriolet. Julia n'avait pas bougé, mais deux grosses larmes coulaient sur ses joues.

Nous avons bavardé pendant le voyage de retour. J'avais très peur qu'elle me parle de son opération. Elle avait l'air de ne plus y penser. Je calculais une entrée en matière, quand elle m'a dit tranquillement :

– Mon papa va venir, hein, à ta maison ?

J'en suis restée comme deux ronds de flan. Soyons franche, j'ai vu rouge pendant trois secondes. « Quelqu'un a eu la langue trop longue ! » Il allait de soi que nous ne lui dirions rien à propos de la visite de son père tant qu'elle serait chez les Treguennec. Nous la savions très capable de garder un secret, mais les risques étaient trop grands. Elle m'a regardée par en dessous avec un petit rire moqueur.

– Je peux en parler, maintenant ? Je peux en parler ?

Une larme, une seule, a glissé de sa joue sur son menton. J'ai pris un air innocent.

– Bien sûr, tu peux en parler. Oui, je pense que ton papa va venir te voir à Monlévrier. Je voulais te le dire... mais tant que je n'étais pas sûre...

J'ai bafouillé et rougi. Elle a commencé à chantonner entre ses lèvres.

– Oui, oui, je le savais.

J'ai demandé sur un ton détaché :

– Comment le savais-tu ?

– Je sais toujours les choses qui vont arriver.

– Ah bon ?

– Et puis Emma me le dit quelquefois.

Seulement Emma n'existe pas. Enfin, mettons qu'elle ait deviné. Elle m'a décoché son sourire provocant, à la fois doux et un peu fielleux, les coins de la bouche gentiment relevés, les lèvres pincées au milieu, avec une paupière à demi baissée, comme pour un clin d'œil complice.

– Je m'en fiche que mon papa vienne. Je veux pas le voir.

Seigneur, quelle poisse ! J'ai reçu cette déclaration tranquille comme un coup de poing dans l'estomac. J'ai pensé une minute ou deux que notre belle mécanique avait du plomb dans l'aile. Je m'étais préparée à de grands périls, à des événements dramatiques, mais pas à ces déboires qui arrivaient de tous les côtés. « Eh, ma vieille, tu es en train de devenir une grande personne ! » J'ai repris mon souffle, mon calme, et j'ai joué avec les guides de la jument.

– Pourquoi ne veux-tu pas voir ton papa, Julia ?

Elle a réfléchi, elle s'est remise à chantonner, puis d'un trait, d'une petite voix dure et souffrante :

– Il oblige ma maman à se cacher. Il ment et il croit pas à Emma !

Elle a baissé la tête, s'est recroquevillée en tirant sur une de ses tresses. Plus tard, elle a sorti le museau de sous son chapeau et risqué un œil.

– Tu me ramènes pas chez les Treguennec pour me punir ? Non ? Est-ce qu'on aura du gigot sauce menthe à Pâques ?

Un peu plus tard, nous avons vu le « mouchard » boche tourner au-dessus des bois. Ce petit avion bruyant est un Fieseler Storch (« Cigogne »), basé à Bergerac, qui guette les maquis. J'ai baissé les yeux. Julia m'a regardée, mais elle ne pouvait pas voir que j'avais la chair de poule. Le mouchard est parti vers l'ouest.

Mercredi 5 avril. Vingt-deux heures quinze. Julia dort, Virginie cuve. Je n'avais pas prévu que ce serait si difficile. Ou c'est moi qui ne suis pas à la hauteur ! Julia, je comptais lui offrir des vacances actives et joyeuses pour qu'elle oublie ses amygdales. Je me retrouve seule avec elle, je n'ai pas réussi à la distraire ni à l'égayer. Et Ti-Miraut a disparu...

Virginie, elle, est retombée dans son vice, son « péché mignon », comme elle dit, avec une charmante moue de sa bouche jolie. Nul n'est parfait. Elle s'est mise à boire comme un trou... Hier soir, je suis rentrée à cran, j'ai trouvé Virginie assise devant une bouteille de blanc, à moitié pompette. Elle a commencé à me poser toutes sortes de questions. Je lui ai dit qu'on pourrait parler quand elle aurait dessoûlé. Elle s'est levée, elle ne tenait pas trop sur ses quilles. Julia était là et nous regardait. J'ai eu honte. Virginie est partie s'enfermer dans sa chambre.

Julia m'a fixée d'un air si sévère que je me suis sentie noyée dans un océan d'indignité. Pendant que je rangeais les bouteilles, elle me suivait des yeux avec une moue pensive qui lui retournait la lèvre.

– C'est ton amie ? Elle se soûle ? Mon oncle Treguennec se soûle aussi, surtout le dimanche. Et Antoinette a commencé à boire. Je l'ai surprise deux ou trois fois. J'aime bien voir des soûls. Ils sont rigolos, ils tiennent pas debout, ils se cognent partout et ils savent pas ce qu'ils disent. On peut les faire causer pour s'amuser, surtout les femmes !

Quand elle parle sur ce ton de phonographe, d'une voix nette, posée, et très vite en même temps, il semble qu'elle ne s'arrêtera jamais. Je ne supportais plus son caquetage effronté, je l'ai coupée sur un ton sec.

– Arrête tes méchancetés !

Elle a saisi ses deux nattes comme pour s'y suspendre et m'a tourné le dos en esquissant un pas de danse.

– Ton amie, elle est quand même bien rigolote !

J'ai serré les dents pour ne pas répliquer vertement. J'ai ouvert les portes des placards, histoire de me calmer les nerfs, et je me suis aperçue que mon précieux bocal de prunes à l'eau-de-vie était vidé à moitié. Même chose pour le litre de Byrrh. J'ai décidé de laisser bouder Virginie dans sa chambre jusqu'à ce que le bon sens lui revienne.

Il me fallait préparer le repas tout en m'occupant de Julia. Ça m'a pris plus d'une heure. La nuit tombée, je me suis dit : « Maintenant, tu devrais aller voir si elle dort ou si elle chante ! » Je ne me sentais pas la conscience trop tranquille. Au fond, j'avais voulu la punir parce que j'étais jalouse. J'ai monté l'escalier quatre à quatre. Sa chambre était grande ouverte et vide. Elle avait filé. Au maquis, rejoindre son nouveau chéri ? Tant pis pour moi.

J'ai préparé pour Julia une purée à la citrouille et une saucisse bouillie, elle a mangé du bord des dents. Pas de milieu avec elle. Ou elle parle comme une machine, en lâchant tout ce qui lui passe par la tête, sans souci de choquer ou de blesser, ou bien elle se tait, le nez baissé.

Nous avons joué au jacquet en silence. Elle a fait de louables efforts pour perdre la partie puis elle a abandonné avant la fin. Son silence me glaçait, j'étais presque soulagée quand elle s'est lancée dans un de ces monologues qui me terrifient d'habitude. Ça commence par une question, mais elle n'attend jamais la réponse.

– Tu dis tes prières, toi ? Les Treguennec me cassent les oreilles pour que je les oublie pas. Parce que si je les oublie, je serai punie, j'aurai mal et l'opération réussira peut-être pas. Mais je m'en fiche pas mal, parce que j'ai des *rogations* pour les prières et puis je veux pas qu'on m'opère, j'irai même pas à la clinique. Si je veux, je dis mon Je vous salue bien comme il faut, parce que quelquefois la Sainte Vierge est bonne. À l'école où j'allais avant, il y a des filles qui disaient tout le temps : « Je vous salue Marie pleine de *graisse...* » Et elles se léchaient les lèvres, comme ça, en faisant miam, miam. C'est qu'elles avaient faim et qu'elles aimaient bien les tartines de graisse. Moi, j'aime pas la graisse. Ici, il y en a tant qu'on veut, même d'oie, mais je m'en fiche, je l'aime pas. Et puis c'est mal de dire « Marie pleine de graisse », c'est un péché, et la Vierge nous aime plus. Et il y avait des filles encore plus méchantes. Elles disaient même : « Le *bruit* de vos entrailles est béni... » Elles pétaient exprès. C'est vraiment sale.

Et patati, et patata ! Pauvre gosse. Elle a eu une drôle de vie, je la plains et je... Bon, oserai-je l'écrire ? Je l'aime. Je l'aime, mais j'ai peur de trop le montrer et qu'elle n'en profite pour être encore plus insupportable.

L'Armée rouge est entrée en Roumanie et approche d'Odessa. Pourtant, ce pays est si grand qu'on a l'impression que les Russes n'avancent pas. En Italie, les Alliés piétinent toujours, à se demander s'ils le font exprès. Mais pourquoi ? Est-ce que ça cacherait un plan mystérieux ?

Des bombardements toujours et partout. Nos villes, surtout dans le Nord et le Pas-de-Calais, continuent de se faire écrabouiller. Robert Neuville n'a pas pardonné aux Allemands la mort des siens. Les survivants qui ont perdu leurs familles, pourront-ils pardonner aux Anglais et aux Américains, après la guerre ? Je sais : on ne fait pas d'omelette sans casser les œufs.

La division allemande qui a mis à feu et à sang le nord de

la Dordogne aurait quitté la région. Mais les SS et leurs mercenaires mongols et nord-africains continuent de sévir dans la Double et du côté de Saint-Astier.

Le timbre de la bicyclette rouge a sonné... Le deuxième message vient de passer.

20.

Robert Neuville regarde tour à tour Claudine, Virginie et Julia, puis de nouveau Claudine.

– Quelle joie de penser à ceux qui vont encore arriver !

Virginie, qui vient de rentrer, s'est mise à table, l'air d'un fauve à jeun. Elle lève le nez de sa purée, secoue la tête pour rejeter les mèches sales qui lui tombent sur les yeux.

– Ces saucisses sont fameuses. Je n'ai jamais rien mangé d'aussi bon !

– Merci, dit Claudine. Dans le cochon, tout est bon.

Virginie recommence à se gaver. Robert l'examine d'un air d'indulgence paternelle, sourire aux lèvres. Mais Julia se détourne avec une grimace.

– Moi, j'ai déjà mangé ce matin et à midi, et puis j'ai rien à me faire pardonner. Alors, je dis que les saucisses sont pas terribles, mais c'est pas la faute de Claudine, c'est la faute du cochon. Et puis j'aime pas les saucisses bouillies, et puis y a des grumeaux dans la purée.

Robert Neuville menace la petite fille de sa fourchette.

– C'est la faute des patates, belle enfant.

– On dit « pommes de terre », beau monsieur, pour parler poliment.

Un peu mouché, Robert Neuville baisse le nez sur son assiette. Claudine propose une louche de purée à Virginie.

– Tiens, ma louve, farcis-toi le chou. C'est Fernande qui m'a apporté les saucisses à bouillir parce qu'elles viennent d'une truie âgée et que la chair est très dure. Julia a raison, tout est de la faute du cochon. Demain, je passe la marmite et les casseroles à qui les voudra.

Robert lève le doigt.

– Pourquoi pas moi ?

Julia le défie du regard en pointant un nez impertinent.

– Les hommes doivent pas faire la cuisine. Mon papa la fait jamais !

Robert la fixe froidement.

– Et tu penses que ton papa est un modèle ?

Touché. Elle bat des cils, une lueur furtive s'éclaire dans ses yeux. Les larmes ne sont pas si loin. Claudine la guette avec un sentiment secret de revanche. Ah, il croit, le beau monsieur, que j'ai eu la partie facile, que j'ai joué sur le velours ? Il va voir.

Julia l'a accueilli sans mauvaise humeur, sans enthousiasme non plus. Elle l'a étudié en tirant sur sa natte droite.

– Vous êtes venu voir ma maman quand j'étais plus jeune, l'an dernier, et une autre fois quand j'étais petite, il y a longtemps. Vous êtes un ami de mon papa. Vous êtes anglais ou allemand ?

Claudine s'est dit : « Elle a choisi son rôle d'oiseau savant. C'est plutôt bon signe. » Robert s'est incliné en mimant un baisemain cérémonieux.

– Perdu, princesse. Je suis français.

– Ah bon ? Ça m'aurait plu que vous soyez anglais. Vous mentez pas ?

Robert s'est à peine troublé.

– Seulement à mes ennemis, pour gagner la guerre !

Julia a haussé les épaules, tiré sur sa natte gauche et tourné les talons. Depuis le début du repas, elle affiche aigreur et caprice à tout vent.

Claudine en veut aussi à Robert de ne prêter qu'une oreille distraite à ses explications et à ses justifications. Certes, il ne lui a fait aucun reproche, mais il a l'air de prendre à la légère toutes les catastrophes qui se sont empilées comme des tuiles devant un toit soufflé par le vent. Il est arrivé à la fin de l'après-midi, vêtu en mylord, et il s'est pavané devant sa vierge et martyre !

– Tout va bien. Nous sommes là, réunis, en sécurité dans une maison agréable. Notre programme est à peu près respecté. Ernest est assis dans le Bordeaux-Paris, Fox en train de se faire briefer par l'Intelligence Service, nous allons nous la couler douce en les attendant.

« Ah, tout va bien ? Tout va bien alors que les les nerfs de Lydia l'ont lâchée et qu'elle souffle nos secrets à qui veut l'entendre ? Alors que Virginie s'est piffée avec le groupe Jeanne et qu'elle a couché avec le commandant ? Les confidences sur l'oreiller, vous y avez pensé ? Et, pour finir, notre Julia chérie a décidé d'être un monstre accompli !

« Sois juste, Clo. Si tu devais en moins de huit jours rencontrer un père que tu n'aimes pas et te faire charcuter le gosier, tu serais gaie, conciliante et sociable, toi ? » Robert se frotte les mains en riant.

– Après ces excellentes saucisses bouillies, de cette brave truie qui a fait tout celle qu'elle a pu, accompagnées de cette fameuse purée de pommes de terre de pays, qu'est-ce qu'il y a encore à manger ?

Claudine se lève pour aller chercher la suite.

– Du fromage blanc de la Guine-du-Bois.

Julia cisèle une grimace distinguée.

– Ça tombe mal, on en mange tout le temps en Bretagne et même chez les Treguennec. Moi, j'aime pas le fromage blanc.

Elle regarde Robert avec sa lippe dégoûtée.

– Ça m'étonne pas que vous aimiez le fromage blanc, les gens de la ville l'aiment tous, mais ils savent quand même pas traire les vaches.

Mon Dieu, songe Claudine, qu'elle fasse un discours, puisque bavarder l'adoucit toujours. Mais Julia se remet à étudier Robert avec une attention forcée, comme s'il était l'objet de la leçon de choses du jour.

– Emma dit que vous parlez allemand, c'est vrai ?

Robert hoche la tête à petits coups, mimant l'indécision.

– Je le comprends, mais je ne le parle pas aussi bien que j'aimerais.

– Moi, je veux pas parler allemand, ni le comprendre, ni

rien, dit Julia. Je veux parler anglais, et quand je serai plus grande, j'irai en Inde, je tirerai avec une Winchester et je porterai un casque colonial !

Robert s'esclaffe, Claudine sourit. Julia a une façon à elle de mêler réflexions adultes et gamineries, souvent en une seule phrase. On se demande si elle ne le fait pas exprès pour troubler les grandes personnes.

Virginie racle le plat de purée, l'essuie avec son dernier morceau de pain qu'elle s'enfourne dans le bec du bout de ses longs doigts blancs. Elle lève la tête, regarde Claudine d'un air suppliant.

– Je n'ai plus de pain pour le fromage blanc.

– Il n'y a plus de pain frais. Tu as mangé tes tickets de la semaine.

– Alors, chérie, donne-moi du sec.

– Relevez vos cheveux, Agnès, dit Robert. Laissez-nous voir vos beaux yeux noirs. Qu'est-ce qu'on vous a fait au maquis pour que vous soyez aussi affamée ?

Elle écarte une mèche, cligne des paupières et affronte bravement le regard trop suave de Robert Neuville.

– Je me suis vantée, j'ai dit que j'avais l'expérience de la vie dure, que je pouvais passer des jours presque sans manger ni dormir, ils se sont moqués de moi. Ils ont dit que les filles nobles vivaient d'amour et d'eau fraîche, que tout le monde le savait. Même le commandant s'est moqué de moi. Alors, je n'ai bu que de l'eau, j'ai dit que je n'avais pas sommeil, ils m'ont proposé d'être sentinelle et j'ai veillé toute la nuit sans rien manger. Je me suis conduite comme une péronnelle et une dinde, je me suis déshonorée et je ne retournerai jamais au maquis !

Elle renifle dignement. Robert hoche la tête d'un air de compassion.

– Faute avouée est à moitié pardonnée, et puis l'honneur, ça va, ça vient. Je suis sûr que nos amis du maquis vous demanderont pardon à genoux.

– Je peux entrer ? demande Robert.

Claudine presse la poire de la lumière.

– Vous êtes déjà dedans !

Robert a gardé le gilet de son costume, sa cravate à pois. Il pose sa veste sur une chaise, avec un si grand soin qu'elle manque pouffer de rire.

– Excusez-moi, dit-il, je ne pouvais pas crier dans le couloir.

– Venez, je n'ai pas sommeil.

Claudine a laissé échapper un acquiescement qui est presque une invite. Elle remonte les couvertures jusqu'à son menton. Elle a tant, tant de choses à lui dire. Il va être obligé de l'écouter, maintenant, à moins qu'il n'ait une autre idée en tête. Mais elle s'en fiche, elle va parler, il va l'écouter, il va décider, *décider*. Il est le chef, il est là pour ça. Il doit comprendre qu'elle est à bout... « Non, Clo, ne joue pas les faibles femmes, il y a assez de Lydia et de Virginie pour le rôle ! » Il s'installe comme il peut, une fesse au bord du matelas, le dos calé contre la tête du lit, un pied sur le panneau latéral, une jambe pendante, une main posée sur la couverture, et lâche son souffle.

– Eh bien, on a eu de dures journées, mais on respire.

– Ça ne vous ennuie pas que j'éteigne pour économiser l'électricité ?

Elle saisit la poire, hésite. « Miel, tu n'aurais pas dû dire ça, tant pis pour le courant. Est-ce qu'il ne va pas... Tant pis, mets ton vague à l'âme dans ta poche, tu ne peux plus reculer ! » Elle appuie sur le poussoir. La lune laisse filtrer sa clarté par les trous de pivert aux volets, ce n'est pas tout à fait l'obscurité. Claudine sent la main de Robert bouger sur la couverture à un millimètre de la sienne. Elle se tance résolument. Sergent Chamarand, au rapport !

– Commençons par la fin, c'est toujours la meilleure façon. Je suppose que vous avez trouvé notre Julia insupportable ?

– Je l'ai trouvée adorable, telle que je l'ai toujours connue.

– Adorable, mais insupportable. Voilà ce qui est arrivé...

Trois quarts d'heure plus tard, Claudine se tait, souffle court et cœur battant. Elle a tout raconté, de A à Z ou l'inverse. Elle a mis dans sa poche ses sentiments et ses ressentiments. Robert l'a écoutée avec cette attention qu'elle souhaitait tant et que la nuit semblait aviver. Elle devine plus qu'elle ne les voit les signes de tête, d'intérêt, d'interrogation ou d'approbation, qu'il lui adresse de temps à autre. Plus rarement, il laisse fuser un soupir, un murmure, une exclamation... Voilà, *ite missa est.* « Tu as tout dit, ma douce, qu'il s'en aille, maintenant, qu'il te laisse dormir ! »

Mais elle n'a pas plus sommeil que l'heure d'avant, elle n'a pas envie que Robert parte pour de bon. Elle s'aperçoit qu'il lui tient la main. Seigneur, depuis combien de temps ? Dans le feu du récit, elle n'a pas senti sa poigne se refermer en douceur, ou bien elle a oublié. Son cœur est secoué comme une branche dans le vent. Elle se force à une immobilité complète. « Au moins, qu'il ne devine pas ton agitation... » Il se redresse, cherche une bonne position, sans lâcher la main de Claudine.

– Je peux vous rassurer sur deux points. Vous vous êtes bien débrouillée en face de difficultés imprévues. Si, si, plutôt bien. Ensuite, je ne crois pas que nous soyons en danger pour le moment ni que l'opération Chat Murr soit menacée. Je suis à peu près sûr que les Allemands ne tenteront aucune action d'ensemble dans la région avant le 15 avril. Un de mes agents leur a transmis des renseignements juste assez faux pour que nous ayons la paix. Ça m'a coûté cher : une place dans le vol de retour pour Londres.

« J'ai pris quand même de sérieuses précautions pour le voyage d'Ernest. Aujourd'hui, il est allé de Paris à Bordeaux par le train en compagnie d'une secrétaire. Nous avons retenu leurs chambres à l'hôtel Terminus. Demain matin, ils reprendront le train chacun de son côté. La jeune femme rentrera à Paris. Ernest ira vers Toulouse avec une femme d'un certain âge qui le rejoindra à la gare. Il descendra à Marmande, tandis que la femme continuera vers Agen. À Marmande, Marie-Thérèse de Grandval rejoindra Ernest. Ils monteront ensemble dans le train de Bergerac. Il y aura ensuite trois ou quatre étapes, et Ernest changera chaque fois de guide et de moyen de transport. En fin de parcours, si tout va bien, le docteur Palavigne prendra Ernest dans sa Donnet à gazogène pour le conduire à Réverac, où vous l'attendrez avec le cabriolet. Ça va ?

Claudine respire très fort. « Cette fois, *tu en es.* Te voilà responsable de la dernière étape, sans doute pas la plus difficile ni la plus risquée, mais enfin tu auras ta part... » Elle essuie d'un revers de sa main gauche – Robert n'a toujours pas lâché la droite – les gouttes de sueur qui mouillent son front.

– Ça va, chef.

Robert hoche la tête.

– Encore une précision : pour le docteur Palavigne, qui n'appartient pas au S.O.E., mais qui nous aide à titre amical, Ernest est un savant juif évadé d'Allemagne. Je vous ai tout dit... Claudine, si je ne faisais pas confiance à ceux que j'aime, je ne pourrais pas continuer ce métier, je n'aurais qu'à retourner dans l'infanterie, avec l'espoir d'attraper le plus vite possible une balle ou un éclat d'obus !

Robert se racle la gorge, change encore de position, pour se rapprocher d'elle, dirait-on, dans la pénombre striée de deux ou trois rayons de lune. Il a pris le poignet de Claudine à deux mains. Il la caresse, sous la manche de la chemise de nuit remontée, d'un geste lent et distrait – mais peut-être pas si distrait que ça.

– Et Julia ? Qu'allons-nous faire avec elle ?

– Elle parle beaucoup quand elle veut, dit Claudine, mais elle est très secrète. Elle vit depuis des mois et des mois une épreuve assez cruelle et elle prend cette opération pour un châtiment immérité.

– C'est un châtiment immérité, n'est-ce pas, rien d'autre ?

– J'aurais tant voulu que la rencontre avec son père se passe bien.

– Quand vous connaîtrez Ernest, vous le souhaiterez encore plus.

– J'ai eu l'idée d'une sorte de marché à lui proposer. Elle doit être accessible à ce genre de chose. « Julia, si tu acceptes de voir ton papa et d'être gentille avec lui, nous les empêchons de t'opérer ! »

– Mais, naturellement, il faudrait que nous tenions parole.

– Oui, et je ne sais pas comment.

– Il faudrait que j'aille moi-même voir le médecin ou le

patron de la clinique, ou je ne sais qui, et que je trouve des arguments persuasifs.

– Les Treguennec devineront que nous nous sommes mêlés de l'affaire. Ils le prendront sans doute très mal.

– Après Chat Murr, nous ne pourrons plus leur laisser Julia longtemps.

– Vous comptez l'enlever d'ici..., du pays ?

Robert renverse la tête contre le bois du lit. La nuit s'assombrit, le clair de lune ne pénètre plus par les trous des volets. Claudine ferme les yeux, laisse les vaguelettes du sommeil frôler en douceur son cerveau. Elle devine les mouvements de Robert près d'elle, de plus en plus près. Et, quand il se remet à parler, elle sent son souffle dans les cheveux.

– J'attends les ordres. Je ne sais pas si Londres veut utiliser encore ma filière, l'arrêter ou la transformer en quelque chose d'autre. Je ne sais pas si mes chefs vont nous laisser Julia ou l'envoyer ailleurs. Connaissez-vous un endroit où vous pourriez vous réfugier avec elle quelques semaines, peut-être deux ou trois mois ? Ne me répondez pas tout de suite. On y réfléchira ensemble.

Claudine sent une onde froide courir sur sa peau, dans la tiédeur du lit. Elle tourne la tête et devine le regard de Robert fixé sur elle. Elle retire la main, se soulève sur un coude.

– Ils n'ont pas le droit de nous l'enlever !

– C'est la guerre, nous agissons tous sans autre droit que celui du plus fort ou du plus rusé. Les parents de Julia n'ont pas le choix. Ils sont bien obligés de faire confiance aux services secrets anglais. Qui d'autre pourrait les aider ? Pas la Résistance française, en tout cas.

– Et vous, que feriez-vous... si ça arrivait ?

C'est elle, cette fois, qui glisse sa main dans celle Robert.

– Je suis prêt à défendre la liberté et l'avenir de Julia, à condition que vous m'aidiez.

Claudine se laisse retomber au creux du lit. « Ma pauvre Clo, tu rêves. Tu n'es même pas majeure, comment pourrais-tu protéger une enfant guettée et convoitée à la fois par la Gestapo, la Résistance française et l'Intelligence Service ? »

21.

Claudine se réveille au petit matin avec une drôle de sensation dans la poitrine. Une sensation de vide, mais pas ordinaire. Ce n'est pas le creux de la faim ni celui de la peur. Ce n'est pas un manque... Elle se tâte le cœur et l'âme en faisant sa toilette. « Qu'est-ce qui t'arrive encore, ma douce ? C'est le vendredi saint, peut-être ? Quand tu étais gosse, tu te rappelles, tu avais ce jour en horreur, tu étais si impatiente qu'il finisse. Tu serviras des œufs et de la morue à Ernest, ce soir, à moins que tu ne trouves une friture de rivière... Qu'ils arrivent tous, qu'ils se voient, qu'ils se congratulent ou se volent dans les plumes, n'importe, qu'on en finisse ! »

Et, tout à coup, elle se souvient de son rêve. Elle a *volé,* cette nuit, ce qui ne lui était pas arrivé depuis sa petite enfance. Elle savait qu'elle rêvait, et en même temps tout était vrai. Le bonheur, c'était de savoir qu'elle pouvait s'envoler quand elle le voudrait. Elle se préparait longuement, les bras écartés, dressée comme une danseuse qui fait les pointes. « Laisse-toi aller, tu sais bien que tu peux, c'est si facile. » Et il y avait en elle ce vide de joie, de désir, d'impatience. Elle se sentait dériver, s'élever. Et elle volait. Elle était la reine du monde.

Soudain, un coup de poignard. « Ce n'était qu'un rêve, ma bonne. Tu ne voles pas mieux qu'un pâté national aux abats de bœuf ! Tu t'en vas sur tes semelles de bois ou tu te fais honteusement traîner par un pauvre vieux cheval plus mal foutu que toi. Tant pis. Le jour de gloire est arrivé, ça tombe un vendredi. Rappelle-toi, la Fernande Poudens t'a dit qu'elle ne viendrait pas le vendredi saint parce qu'elle fait le chemin de croix et Dieu sait quoi encore. Dépêche-toi de mettre à dessaler ta morue !

« Et le poulet pour demain, quand est-ce qu'on le tue ? »

Elle s'empourpre en entrant dans la cuisine-salle commune. « Tout le monde est là, tu arrives bonne dernière, voilà ce que c'est de trop rêver ! » Les feux sont allumés, l'eau chante sur le fourneau. Virginie, en robe de chambre de pilou sur un pyjama pas très bien boutonné, est en train de servir à Robert un petit déjeuner typiquement anglais : œufs au bacon et marmelade. Mademoiselle *de* sourit d'un air d'excuse.

– Je m'entraîne pour M. Fox. Si tu permets, je m'occuperai de lui.

Claudine soupçonne qu'elle a interrompu une grave discussion. Julia est assise dans l'unique fauteuil de la pièce, les talons contre les cuisses, les bras noués autour des jambes. Elle a déjà sa robe blanche et son chapeau blanc, sous le bord duquel, prudemment, elle glisse un regard comme un escargot sort ses cornes.

– Tu crois que ça ira pour les colonies ? J'ai envie de partir là-bas si les Anglais me paient le bateau.

Elle relève sa robe et se met à sucer son genou. Claudine se tourne vers Robert, occupé à déguster son bacon. Il porte son gilet de costume sur une chemise immaculée, avec des boutons de manchette aux poignets, il a remplacé sa cravate par un nœud papillon. Elle le regarde sévèrement.

– La serviette autour du cou, s'il vous plaît. Une tache d'œuf, c'est si vite arrivé.

Virginie saisit sur un fil, au-dessus de la cuisinière, un torchon pas très propre et entreprend de lui enfourner le coin sous son col de chemise.

– Mais, Virginie, s'écrie Claudine, ce n'est pas une serviette !

– Oh, pardon, chérie.

Elle prend un air si penaud que Claudine ne peut s'empêcher de pouffer. Robert l'imite.

– Claudine, nous avons un peu discuté, Julia et moi, mais nous n'avons pu nous mettre d'accord.

Julia saute du fauteuil, esquisse un pas de danse et chantonne sur un air endiablé :

– Je ne parlerai pas à mon papa, la, la, la, la ! Je n'irai pas me faire opérer, ohé, ohé !

Elle sort en sautillant, un courant d'air referme la porte derrière elle. Virginie se précipite à sa suite. Robert arrête la jeune fille d'un geste.

– Non, non, Agnès, laissez-la courir un peu... et réfléchir. Elle a très bien compris le marché que nous lui proposions, mais elle ne pouvait pas accepter d'emblée sans perdre la face.

– Mlle Chamarand, dit Virginie, veuillez vous asseoir et commander votre petit déjeuner. Excusez ma tenue, je n'ai pas de soutien-gorge !

Robert Neuville lève les yeux de son assiette.

– C'est ma foi vrai.

Claudine s'assoit, mi-agacée, mi-charmée. Tâche d'en profiter, ce beau zèle durera ce que durent les roses. Virginie pose les mains sur ses épaules.

– Je me charge de ramener Julia à de meilleurs sentiments. Juré !

Robert avale le gros morceau de pain bis avec lequel il vient d'essuyer son assiette et reluque sans vergogne le décolleté de Virginie.

– Je compte sur vous, c'est important.

Virginie va chercher la Vie des saints sur une étagère, revient en feuilletant le gros volume, les yeux brillant d'une espèce de fièvre.

– Il faut aussi un nom de guerre pour Claudine, j'hésite entre Ursule et Justine. Sainte Ursule est la meneuse des onze mille vierges tuées au combat par Attila, au ve siècle. Sainte Justine faisait partie des chrétiens que Néron a accusés d'avoir incendié Rome et qu'il a fait périr de façon imaginative. La plupart ont été enduits de poix et mis à feu pour éclairer les rues ou les jardins du palais... Ainsi fut démentie la rumeur selon laquelle les chrétiens de Rome n'étaient pas tous des lumières !

22.

Claudine est partie en début d'après-midi avec la jument Gusta. Robert a pris sa camionnette à gazogène pour se rendre à Castillonnès, où il doit retrouver à trois heures sonnantes le docteur Palavigne et Mme de Grandval.

Claudine a fait un assez long détour pour ne pas entrer à Réverac par la vallée. La vieille route de Villefranche, qui serpente sur le plateau, est plus rassurante. Elle roule maintenant entre les premières maisons de la ville, le cœur toujours battant. Les deux hommes sortent en même temps de la vieille Rosalie du toubib. Le docteur Palavigne est grand, maigre, dégingandé, avec des épaules de déménageur. Tête nue, un foulard de soie autour du cou, sanglé dans une veste trop étroite, sûrement d'avant guerre, il a son air d'éternelle jeunesse, qu'il gardera jusqu'à cinquante ans – il ne doit pas en être loin. Il empoigne sur la banquette arrière de l'auto les bagages de son passager, deux sacs en vache havane, cossus, lourds, cerclés par de grosses courroies de serrage. Claudine s'avance à leur rencontre, à la fois soulagée et déçue. De loin, le visiteur ne paie guère de mine. Plus petit et plus fluet que le médecin, il n'évoque pas pour elle, même compte tenu de son âge, le séducteur de la belle Française, fille d'un attaché d'ambassade. Il empoigne ses deux sacs puis en pose un aussitôt pour saluer Claudine d'un coup de chapeau. Le docteur Palavigne serre la main de Claudine.

– Tout va bien, juste un peu de retard... Bon, c'est pas la

peine qu'on fasse une réunion sur la voie publique. Au revoir, bonnes Pâques !

– Bonnes Pâques, docteur, dit Claudine.

Elle n'a pas osé regarder le visiteur en face, de peur de lui trouver une figure de vieux beau poudré pour effacer sa rougeur teutonne, le regard leste, la lèvre sensuelle et molle. Mais il faut. Elle doit. Elle se résigne.

– Le cheval et la voiture sont dans le petit chemin, monsieur.

Il incline la tête, sourit. Il n'est pas beau, ou peut-être l'est-il, Claudine s'avoue incapable d'en décider. Il rayonne de générosité et d'intelligence... Son visage est ouvert, affable, son regard éblouissant de richesse intérieure, de simplicité, de gentillesse confiante. Claudine ne s'étonne plus qu'il ait séduit les deux Françaises, la fille de l'attaché et la mère de Julia. Dommage que sa fille se prépare à le bouder. Quelle déception ce sera pour lui !

Il range ses deux sacs à l'arrière du cabriolet, s'assoit près de Claudine, pose son manteau entre eux, sur la banquette, ses gants et son chapeau par-dessus. Il a des mains de pianiste, le visage long et doux, le nez un peu osseux mais bien dessiné, la bouche fine, spirituelle et sensuelle à la fois, les yeux enfoncés, brillants, le front large, assez dégarni. Ses cheveux bruns sont peignés sur le côté. Claudine le guigne du coin de l'œil : il n'a rien de germanique, on lui donnerait plutôt un type latin. Son costume gris, sans gilet, sur une chemise bleu pâle, l'habille avec une élégance discrète, de bon aloi. Et il ne fait pas plus de cinquante ans.

Claudine essaie de réprimer le tremblement de ses mains, qui énerve la jument. Comment se persuader que cet homme, près d'elle, cet homme dont elle respire l'odeur nette, dont elle sentirait presque le souffle, est un officier allemand, un membre influent de la mystérieuse *Schwarzekapelle.* Un Allemand, un Boche, enfin ! Il tourne un peu la tête, si peu, l'air amical, complice. Un sourire vient aux lèvres de Claudine, presque malgré elle.

– Monsieur, j'ai oublié de vous souhaiter la bienvenue en Dordogne.

– Mais votre présence me suffit, chère mademoiselle, grand merci. De plus, il y a des pâquerettes dans les prés, je n'en ai jamais vu autant, et je crois bien que je viens d'entendre le coucou !

Un petit cri gai et moqueur accompagne le cabriolet au bord du bois. Oui, c'est lui, le coucou voleur de nids et gobeur d'œufs, heureux comme un SS en Pologne ! L'acidité du mois d'avril flotte dans l'air gris. Le ciel, enrobé de nuages tout autour de l'horizon, prend au zénith une couleur bleu à linge ou pervenche. Le paysage est un tableau en vert pomme, avec les traînées plus sombres des bois et les plaques brunes des terres labourées. La route dessine un ruban blanc... Les pâquerettes et les narcisses se disputent les prés. Les petits oiseaux piaillent avec fureur dans les haies.

Ernest extrait de la poche de son manteau une paire de jumelles qu'il braque sur la campagne. Claudine note la précision de ses gestes, malgré les cahots. De sa propre initiative, la jument pique un trot. Claudine s'excuse et propose de baisser la capote du cabriolet pour avoir une meilleure vue.

Ernest porte ses jumelles à ses yeux.

– Vous savez, je suis heureux d'être ici, dans cette région qui est, m'a-t-on dit, la plus belle de France. Je vous demanderai de vous arrêter deux minutes quand nous passerons à proximité d'un bois de châtaigniers.

– D'ici à une demi-heure, nous traverserons une forêt de châtaigniers. Les arbres n'ont pas encore toutes leurs feuilles, c'est quinze jours trop tôt.

– Oh, c'est bien... la plus jolie saison. Grand merci. On pourrait presque oublier la guerre.

Il parle un français appliqué, sans cet accent rauque et chuintant, qu'on n'a jamais perdu l'habitude de moquer depuis l'autre guerre. Sa diction est quand même un peu trop soignée et trop douce. Il y a en lui quelque chose d'étrange et d'étranger. Il tend les jumelles à Claudine.

– Elles ne me quittent jamais. Je suis opticien de métier, dit-il. En fait, ce sont des jumelles de théâtre, elles ne grossissent que trois fois, ce qui est un peu insuffisant pour l'observation militaire. Mais elles sont parfaites pour admirer la nature. Je ne sais pas si vous l'avez remarqué : le monde est différent, mystérieux, plus beau, peut-être, quand on le regarde à travers n'importe quelle lentille optique ou dans un simple miroir. Par exemple, un rétroviseur de voiture. J'ai fait installer un rétroviseur spécial au plafond de mon auto de service. Mon chauffeur se demande si je suis surveillé pour de bon par la Gestapo !

« Le 8 mai 1940, j'ai décidé d'abandonner la carrière militaire et de me consacrer à l'écriture d'histoires fantastiques dans la lignée d'Hoffmann – on a dû vous le dire ? Mais le monde actuel est fantastique, mademoiselle. Fantastique et horrifiant. Mon ambition n'est pas d'imiter Hoffmann, mais de porter une vision hoffmannienne sur notre époque. Donc, le 8 mai 1940, je commence sur un cahier, que j'ai toujours dans mes bagages, l'histoire d'une jeune paysanne illettrée..., ça se passe au siècle dernier..., qui trouve un jour une fenêtre magique. Il s'agit plutôt d'un carreau dans une fenêtre salie et désaffectée d'une vieille maison. Et, à travers ce carreau, elle voit un monde différent de la réalité. Elle observe des scènes étranges et toujours heureuses. Elle a découvert une fenêtre sur le bonheur... Cette histoire n'est pas de saison. Si je l'écris un jour, après la guerre, je vous l'enverrai. Mais je pense qu'il n'y aura pas d'après-guerre pour moi.

Claudine sursaute. Le temps d'un éclair, elle a vu une scène de bonheur dans la vitre sale d'une vieille fenêtre, et son cœur a battu la chamade.

– Pourquoi n'y aurait-il pas d'après-guerre pour *vous* ?

– Je suis promis au front russe, qui n'est pas un endroit où les poètes survivent longtemps. Vous me direz que des millions d'hommes se battent et meurent sur ce front, des deux côtés, que je suis un lâche, un *embusqué*... C'est bien votre mot ? Mon tour est venu. Mon temps est venu. Les poètes ont leur façon à eux d'être courageux ou lâches. Je fais de mon mieux. Ma seule chance de vivre – qui est aussi la seule chance de millions de soldats allemands ou alliés –, c'est que notre

« chevauchée de saint Georges [1] » réussisse, que le dragon soit terrassé et la paix signée.

La chevauchée de la jument Gusta se poursuit dans un calme fiévreux. Le temps se couvre, les oiseaux se taisent. Après-midi merveilleux et maudit du vendredi saint... Claudine se force au silence. « Ferme ton bec, cocotte. Si tu lâches un seul mot, maintenant, tu risques de le regretter longtemps. » Elle se mord la joue, pétrit les guides entre ses doigts. La route s'élève doucement. La jument Gusta balance la tête d'arrière en avant. Ses sabots frappent le sol avec un bruit régulier, presque musical. Les essieux bien huilés du cabriolet accompagnent d'une sorte de chant le bercement de la marche. Claudine s'oblige à laisser flotter les guides et libère la jument qui part au trot.

La voiture entre dans la forêt de châtaigniers où s'étagent les couleurs : le sol bruni par une épaisse couche de feuilles mortes, les troncs gris pâle qui dessinent une foule fantôme, puis les frondaisons verdissantes, pavoisées pour l'éternelle victoire de la nature. L'épaisseur du bois étouffe la lumière, une grande ombre s'abat sur le paysage. Claudine sent le froid lui courir le long des os et la chair de poule hérisser sa peau. Elle retient la jument.

– Monsieur, si vous voulez... Voilà les châtaigniers.

– Oh oui, oui, grand merci.

Ernest saute du cabriolet avec une jolie souplesse pour un homme de presque soixante ans. Il frôle le marchepied, enjambe le fossé, attaque le talus au plus raide, se retourne, porte les jumelles à ses yeux... « Il te regarde avec ses jumelles de théâtre, Clo. Il étudie les pores de ta peau et tes poches sous les yeux. Pas le moment de piquer ton fard. Et des poches, tu en as. Parions que tu ressembles à une femme de prisonnier ! »

Ernest baisse ses jumelles, sourit, fait un signe, la main devant le visage, doigts écartés. C'est un geste joueur, un peu

1. La « chevauchée de saint Georges » deviendra un peu plus tard l'opération Walkyrie : la prise du pouvoir à Berlin par la Wehrmacht après l'exécution de Hitler.

enfantin – le geste d'un enfant qui guette à travers ses doigts et se retient de rire. Un geste du Chat Murr ! Puis il tourne vivement les talons et s'enfonce dans le sous-bois.

La jument, énervée, piaffe, se mouche, remue les oreilles. Et si... « Tais-toi, arrête de t'inventer mille peurs. Il t'a peut-être joué la comédie du poète parce qu'il n'osait avouer qu'il avait envie de faire pipi ! Et il va se croire obligé de rester un quart d'heure pour ledit ! »

Les secondes coulent, lentement, si lentement. Un moment, Claudine les compte, dans l'espoir de les presser un peu, comme une bergère pousse ses bêtes flâneuses. Puis elle se souvient qu'on est vendredi saint et se met à prier. Mon Dieu, faites qu'il soit seulement allé faire pipi dans le bois et qu'il ne s'attarde pas trop. « Enfin, de quoi as-tu peur ? Qu'il t'échappe ? Qu'il passe de l'autre côté du miroir ? Non, non, mais il est capable de tout oublier, de se perdre et de se faire épingler par le maquis. Tu aurais dû attacher la jument et le suivre. S'il n'est pas là dans un quart d'heure, je... Mettons, une demi-heure. Quoi ? Qu'est-ce que tu décides ? Tu appelles au secours ? La Sainte Vierge ou les paysans du voisinage ? Tu sais bien que les messieurs d'un certain âge mettent beaucoup de temps pour changer l'eau du canari. Allons droit au mot : pour pisser. Les filles en rigolaient assez, à la pension... Enfin, pas si longtemps que ça, quand même. »

Les secondes s'agglutinent en minutes avec une langueur désespérante. Ce n'est pas de la chimie, mais de l'alchimie. Claudine descend du cabriolet, puise dans le coffre une poignée de foin de luzerne brisé que Gusta adore.

– Calme-toi, ma belle. Nous avons une mission, nous jouons un rôle dans une affaire sérieuse. Si tu savais, l'avenir de l'Europe dépend un peu de notre passager.

– Je suis une jument dans la fleur de l'âge, répond Gusta. Ne crois pas que je vais te débiter des tartines comme ce vieil imbécile de Dago.

Claudine soupire et va chercher une deuxième poignée de luzerne séchée.

– Je vois. C'est mal parti pour notre poulain de la Résistance !

Dix minutes. Maintenant, que feras-tu si Julia refuse toujours de voir son père ? Ma foi, à lui de se débrouiller. Il doit avoir plus d'un tour dans son sac, ton Rominagrobis poète, à condition qu'il sorte du bois ! Onze minutes. La lumière se voile et la fraîcheur du soir commence à tomber. Le mouchard passe dans le ciel avec un ronronnement plaintif. Est-ce qu'il te guette, celui-là ? « Seigneur Jésus, vous qui souffrez en ce moment même sur le Golgotha, dites-moi ce que le père de Julia peut bien foutre dans le bois, alors qu'on n'y voit presque plus rien ! » Douze minutes. Elle piétine à la tête de Gusta. Au lieu de calmer la jument, elle lui transmet son agitation. « S'il n'est pas de retour dans trois minutes, non, quatre, non, cinq, j'appelle, non, six, j'attache Gusta et je... »

Quinze minutes. Seize minutes. Le mouchard a filé. Un rayon de soleil s'allume et perce à travers bois. Le coucou chante. « Coucou de mon cœur, si tu le vois ramène-le-moi, c'est mon amour, mon seul amour ! Un coup de feu ? Tu es sûre que tu as bien entendu un coup de fusil ou de revolver ? Ça pourrait être un maquisard en train de braconner pour le rôti de Pâques. Mais supposons qu'Ernest croie tout perdu, pour une raison ou pour une autre. Il sait que la Gestapo a percé à jour le complot contre Hitler, il est peut-être venu se tirer une balle dans la tête en Dordogne... pour mourir près de sa fille ! »

Dix-sept minutes. Dix-sept minutes trente secondes, le loup sort du bois. Claudine ferme les yeux. La tête lui tourne. Le voilà, elle l'entend qui saute le talus. Merci, mon Dieu.

– Ai-je été trop long, mademoiselle ? Pardonnez-moi. J'avais besoin d'être seul un moment. C'est la première fois que je peux jouir de solitude dans la nature, depuis l'hiver 1940. J'ai besoin des bois pour être..., pour me retrouver.

Il sourit à Claudine et une tristesse indéfinissable flotte dans son regard. Une tristesse douce et, comment dire ? une tristesse gaie, si ça peut exister... C'est peut-être d'avoir vidé sa vessie !

Le cabriolet pénètre dans la cour de Monlévrier, Julia sort de la grange où elle guettait et se précipite au-devant de la jument. « Gusta, Gusta ! »

Claudine retient la jument d'un coup de rênes. Gusta se cabre un peu et hennit. Julia se dresse sur la pointe des pieds pour lui caresser les naseaux.

– Gusta, mon amie, je voulais te dire que les hirondelles étaient arrivées. Ma tante Treguennec dit que les hirondelles peuvent pas arriver le vendredi saint, elle se trompe. Il y en a deux qui sont arrivées aujourd'hui après-midi, je les ai vues. La Treguennec se trompe toujours, c'est bien fait !

La jument a eu l'air d'écouter cette harangue, de la comprendre et de se l'enfoncer dans la cervelle. Elle secoue même la tête de haut en bas, pour marquer sa bonne volonté. Ernest saute du cabriolet, s'avance vers sa fille.

– Et me voilà aussi, le jour des hirondelles.

Julia se jette dans ses bras sans hésiter.

– Tu es mon papa. Je suis si heureuse !

– Venez dans le petit salon, s'il vous plaît, dit Julia. Je me suis changée, je vais vous donner des cadeaux et vous faire des révélations.

Ernest hoche la tête, répond par un sourire au clin d'œil de Virginie.

– J'adore les révélations. Et j'ai apporté aussi des cadeaux...

Julia secoue l'index avec énergie.

– Pas maintenant. D'abord les miens !

Le « petit salon » est une pièce carrée, claire, repeinte par les maquisards et sommairement meublée. Située en face de la salle commune, de l'autre côté du couloir qui traverse le rez-de-chaussée, elle a deux grandes fenêtres donnant sur la cour. Mais les volets restent fermés par précaution. Virginie sert le thé et des biscuits. Elle fixe Ernest dans les yeux, puis Claudine avec un battement de paupières complice.

– Du thé anglais de la part du commandant.

Ernest hoche la tête, croque un biscuit.

– Ah, le commandant ? Et les biscuits sont de la part de qui ?

Julia a mis sa robe bleue à fleurs et à col blanc, attaché des rubans rouges à ses nattes. Virginie la toise d'un air sévère.

– Dis donc, tu t'es camouflée en drapeau !

Claudine, assise le dos au feu, ressent une délicieuse brûlure dans le dos. Elle reprend son souffle, les larmes aux yeux. Des larmes de fatigue et de soulagement. Elle a respiré toute la journée des petites goulées d'air sans jamais remplir ses poumons. Enfin, ça y est, il est ici. Et, par on ne sait quel miracle, la Julia farouche et intraitable de la veille et du matin s'est changée en une petite fille douce, pleine d'attentions pour son cher papa. Elle glisse tendrement sa menotte dans la paume blanche et soignée d'Ernest. Ils se sourient, elle esquisse une révérence. Est-ce Virginie qui a réussi ce tour de force ? Elle est dessalée, mademoiselle *de,* et aussi malicieuse qu'une vieille guenon. Claudine s'étire, bâille. « Ne te laisse pas aller, ma douce, tout ne fait que commencer. Et le gros morceau, c'est Fox, n'oublie pas ! »

Julia rejoint Virginie, se pend à son cou et lui chuchote des confidences à l'oreille. Virginie approuve d'un signe.

– Julia nous a promis des révélations. Les voici.

La petite fille se tient debout, très à l'aise, face aux trois adultes.

– Je voulais attendre Robert, mais il a envoyé un télégramme à Virginie pour dire qu'il ne rentrerait pas ce soir. On se passera de lui. Je demande pardon à Claudine et à Virginie, surtout à Claudine, d'avoir été méchante. Les saucisses étaient très bonnes hier soir, et c'est pas vrai que je les aime pas bouillies. C'est la faute à Emma, elle sera punie quand elle reviendra. D'abord, j'ai décidé de pas me faire opérer des amygdales, Virginie a dit : « D'accord, tu viendras te cacher dans mon château, et ils pourront pas t'opérer ! » Et maintenant, les cadeaux !

Tout le monde s'exclame, Virginie bat des mains, Ernest se renverse sur sa chaise, Claudine croise les bras.

– On attend les cadeaux ! On attend les cadeaux !

Julia promène sur l'assistance un regard de maîtresse d'école le jour de la distribution des prix.

– Claudine aura le plus beau. Elle a fait tout ce qu'elle a

pu pour moi, ce n'est pas de sa faute si elle sait pas s'y prendre avec les enfants. Mais je peux pas lui donner devant tout le monde, parce que c'est un secret absolu.

Elle s'approche de Claudine, lui prend la main.

– Je te le porterai ce soir dans ta chambre. Pour commencer, mon papa !

Elle court chercher son cartable derrière un meuble, en tire une fiole de sirop pleine d'un liquide transparent.

– Un flacon d'eau-de-vie de prune. Les Treguennec en font beaucoup, j'aurais pu prendre une grande bouteille, mais je savais pas comment la cacher. Une petite bouteille suffit, parce qu'il faut pas trop en boire.

Elle offre la bouteille à son père, qui s'incline, l'embrasse sur le front.

– J'aime beaucoup l'eau-de-vie de prune. Gouttons-la tout de suite.

Julia fixe Claudine avec une moue, la lèvre inférieure tremblante.

– Tous mes cadeaux sont volés, mais je suis un gentleman cambrioleur, comme Arsène Lupin, je vole juste les riches et les méchants. On a le droit. Quand je serai grande, je ferai attention de tuer personne !

Ernest verse quelques gouttes d'eau-de-vie dans chacune des trois tasses des grandes personnes.

– Pardon de n'être pas très généreux. Je dois ménager mon cadeau.

Julia se tourne vers Virginie.

– Si j'avais su que tu aimais boire, j'aurais pris une bouteille pour toi.

– T'en fais pas, ma Julia. Les métayers de mon père me connaissent bien et ils me ravitaillent en tord-boyaux !

Ernest éclate de rire pour la première fois depuis son arrivée à Réverac. Julia hoche la tête, la bouche plissée d'une moue entendue.

– Tant mieux, mais j'ai quand même un joli cadeau pour toi.

Elle déboutonne sa robe, sort une enveloppe pliée en quatre.

– C'est des points textiles pour t'acheter des vêtements. Les Treguennec en ont pas besoin, ils échangent tout contre de la volaille et du jambon !

Virginie, sans embarras, pose deux baisers sur les joues de la petite fille et un troisième sur le bout de son nez.

– Tu peux pas savoir comme ça tombe bien. J'avais justement très envie de m'acheter des jolis dessous !

Claudine ne peut s'empêcher de jouer les rabat-joie.

– Julia, les Treguennec vont s'apercevoir que tu leur as volé des tickets !

Julia se dandine, prend la pose, sort un bout de langue entre ses dents.

– Ils s'en sont déjà aperçus. Les grandes se sont disputées entre elles pour les points qui manquaient. J'ai bien rigolé.

Claudine guigne Ernest du coin de l'œil. Qu'en pense monsieur le poète ? Pas fâché que nous ayons fait de votre fille une voleuse, et fière de l'être ? Non, le poète paraît heureux et insouciant, comme tous les poètes... Il se verse un petit rabiot d'eau-de-vie de prune, porte la tasse à ses lèvres, sourit à Julia par-dessus le bord. La tendresse et la générosité éclairent son regard. Mais elle lui rend un coup d'œil inquiet et sévère.

– Si vous buvez tout maintenant, il vous en restera pas pour emporter. Ça serait dommage !

– Une visite, annonce Virginie.

Claudine relève une intonation moqueuse. Le commandant ? Elle devait l'attendre... Julia se précipite à la fenêtre, s'étire de toute sa hauteur pour ouvrir la croisée, colle un œil à un interstice du volet.

– Je vais vous dire qui est là. J'y vois comme un chat, même quand il fait à moitié nuit. Une auto à gazogène, un grand monsieur avec un calot, un autre plus petit, avec une casquette. C'est les maquis, ils ont des revolvers !

– Je les reçois, décide Virginie.

Claudine allume une seconde lampe et prend le bras d'Ernest.

– Je suppose qu'on vous a prévenu ? Pour la Résistance française, vous êtes un savant juif, évadé d'Allemagne.

– C'est ce dont nous sommes convenus à Paris, avec Robert Neuville.

Il incline le buste pour saluer.

– Les deux m'honorent. Je veux dire : juif et savant.

– Et vous êtes un spécialiste des armes secrètes.

– Ce détail n'a pas été prévu, mais il est plausible. J'ai un nom français, Charles Dupont de Lannes, et aussi un nom juif, qui est Mathias. Permettez que j'aille me changer. Ce costume ne convient pas à mon personnage.

Il s'enfuit vers l'étage où il a déposé ses deux sacs quelques minutes plus tôt. Julia l'attend dans l'escalier avec une lampe électrique pour le guider à sa chambre. Virginie conduit les inséparables.

– Victor Hugo ! annonce Thomas.

Le commandant s'avance à la rencontre de Claudine, le pouce gauche à son ceinturon, où pend son revolver.

– Mam'selle Claudine, comment ça va ? Bath aux pommes ?

Thomas le suit, la bouche sévère, le regard fureteur sous ses grosses lunettes. On dirait qu'il a maigri, le secrétaire. Il a les joues et la poitrine de plus en plus creuses. Il flotte dans sa veste de velours côtelé, et son pantalon tombe sur ses souliers. Claudine le laisse prendre sa paume, qu'il garde trop longtemps. Elle se dégage, il la retient par le bout des doigts.

– Claudine... Tout va bien ? Et à Réverac ? Votre savant juif est arrivé ?

Il est venu pour voir le savant juif. Ces deux mots, « savant » et « juif », ont quelque chose de magique, à cause d'Einstein. Robert a bien calculé.

– *Mon* savant juif est arrivé, il est ici et vous pourrez le voir.

Virginie joue encore la jeune fille de la maison, sert le vin blanc et les gâteaux. Thomas fait signe à Claudine, l'entraîne dans le couloir et la cour.

– Virginie et le commandant ont des choses à se dire. Claudine, le savant juif n'est qu'un prétexte à notre visite. Je voulais vous parler !

Elle le fixe, la pénombre cache ses yeux mais sa voix se fait pressante.

– Je me demande si vous mesurez bien le danger de l'aventure où Robert Neuville vous a embarquée. Êtes-vous sûre qu'il a toute la confiance des Anglais ?

Claudine se rebiffe.

– Robert Neuville est un de leurs meilleurs agents !

– Peut-être, dit-il en soupirant. J'espère...

Il la soutient, l'enlace à demi.

– Il y a autre chose, Claudine, qui est presque plus grave.

Elle sent une espèce d'avidité qui le cloue là, conscient d'être importun, mais incapable de renoncer. « Qu'est-ce qu'il veut ? Qu'est-ce qu'il veut donc ? » Il a maintenant un air presque suppliant de gamin pris en faute, le regard humble, la bouche entrouverte.

Claudine s'accroche d'une main à la tige de la glycine. Elle a si froid qu'elle laisse Thomas la serrer contre lui. Elle frissonne dans ses bras, mais ce n'est pas de plaisir.

– Qu'est-ce qui est *presque* plus grave, Thomas ?

– Le maquis Jeanne a décidé de partir pour se rapprocher de la région où on attend les planeurs anglais. Mais Stan veut se séparer du commandant. Il dit qu'il ne croit pas aux planeurs. Il veut rester à Ventoulou avec une dizaine d'hommes. Je le connais, il en aura bientôt trente ou quarante et il sera le maître du pays. Claudine, je ne veux pas que vous..., je ne veux pas que tu restes ici, à la merci de ce type, quand nous serons partis !

Claudine ferme les yeux. Elle a tant besoin d'une épaule pour s'appuyer un moment, et de deux bras pour la réchauffer. Elle se laisse conduire dans la maison et même porter plus qu'à moitié, sans s'en apercevoir. Thomas l'appelle, de très loin. « Claudine, Claudine, ça va ? » Elle ne répond pas. Bien sûr que ça va, il n'a qu'à s'approcher, il le verra. Pourquoi reste-t-il là-bas, au bout de ce couloir, ce si long couloir ? « Tiens, la nuit est tombée, tu as dû dormir. » Elle ne reconnaît pas les lieux. Elle doit être en visite quelque part. Chez qui ? Impossible de se souvenir.

Elle est couchée sur un lit ou une banquette, dans l'obscurité. Il y a une lampe à huile ou à pétrole, dont la lumière pâle brille au bout de ce couloir où se tenait Thomas tout à l'heure. Une idée étrange lui passe par la tête. Elle est en train de naître et se souvient encore, vaguement, d'une autre vie. « Mon Dieu, naître, avec la vie qui t'attend ! » Elle était si bien, en paix, dans un refuge merveilleux. Elle essaie d'arrêter l'affaire avant qu'il ne soit trop tard. « Je ne veux pas naître, moi, pas maintenant. Je ne veux pas naître avant le débarquement ! »

– Mam'selle Claudine ? V's êtes quasi tombée dans les pommes !

« Clo, tu connais cette voix. Et les autres aussi, toutes ces voix qui braillent autour de toi. – Respire ça, Claudine. – Bois ça, Claudine. – Une goutte d'alcool de menthe, chérie... Mais non, foutez-moi la paix. Je ne veux pas naître, je ne veux pas passer le bac, je ne veux pas taper à la machine, je ne veux pas conduire le cheval, je ne veux pas entrer dans la Résistance, je ne veux pas être dans tous vos complots... Je vous en prie, j'ai froid ! »

– Claudine, voilà une couverture. Ça va ? Tu veux qu'on t'aide à monter dans ta chambre ?

– Il faut la porter, dit un jeune homme à lunettes.

Claudine répond d'un signe. Puisqu'elle est née, elle veut bien retourner dans sa chambre d'enfant, avec la tapisserie de chiens et de chats. « Mon Dieu, faites que Fox vienne, qu'il rencontre Ernest et qu'on tue Hitler ! »

Elle reconnaît sa chambre de Monlévrier, son lit.

– C'est moi, Julia. Tu vas mieux ? Je peux entrer ?

Claudine s'assoit sur son lit, s'enveloppe dans ses couvertures.

– Virginie est partie avec les maquis, dit Julia. Figure-toi qu'elle croit avoir vu Ti-Miraut dans les bois. J'en profite pour t'apporter ton cadeau. Je voulais pas qu'elle le voie. C'est un secret absolu.

Claudine presse la poire, en vain. Julia allume une lampe de poche.

– Y a pas d'électricité. Je vais te montrer sans lampe, en touchant.

Le mystérieux cadeau s'étire, se sépare en deux, avec un

crissement très doux, sous les doigts de Claudine. Julia pose une main sur le sein de Claudine.

– Ton cœur tape, hein ? Ton cœur tape !

Incomparable au toucher, la soie, la vraie soie. Elle dégage son bras pour serrer la petite fille contre elle.

– Des bas d'avant-guerre ? Pour moi ? Merci, ma chérie. Je peux te demander comment tu les as eus ?

– Oh oui, je vais te raconter, mais tu le diras à personne. Je les ai volés à un sale vieux riche, c'était pour offrir à ma maman. Un sale vieux riche, on a le droit de le voler, hein ? Ça s'est passé l'an dernier quand j'étais en vacances à la campagne, en Bretagne. Il y avait une jeune fille, Lucie, qui s'est mariée. Les grandes disaient qu'elle était la bonne amie de monsieur le baron, un sale vieux riche. « Des fois, on va voir s'il lui fait un cadeau. » Mais il lui a seulement prêté une paire de bas, des bas de soie d'avant-guerre, c'est ceux-là. Lucie a essayé de faire croire qu'il les lui avait donnés, mais c'était pas vrai. Une grande savait qu'elle devait les rendre le jour même, parce que monsieur le baron avait peur que le mari les prenne pour les échanger contre du tabac. Alors, on a guetté, c'est moi qu'ai été la plus maligne. J'ai vu Lucie quitter ses bas et aller les jeter dans la boîte aux lettres d'une maison que monsieur le baron avait au village et où personne habitait à ce moment. Je me suis approchée et j'ai vu qu'elle en avait pas bien enfoncé un, vite je l'ai attrapé pour faire une farce. Je pensais que ça serait drôle si monsieur le baron trouvait juste qu'un bas. J'ai tiré, l'autre était collé, il est venu avec. Je suis partie en vitesse, j'avais la paire. Je voulais en faire cadeau à ma maman. Puis on m'a fait partir en Dordogne, j'ai caché les bas pour les emporter. J'ai décidé que je les donnerais à ma maman quand elle viendrait me voir. Ç'a été drôlement dur de les cacher tout le temps, mais je suis très forte pour cacher les choses. Et ma maman n'est pas venue, j'ai décidé de te les donner à toi. Je suis contente... T'en fais pas, hein, Claudine, ils t'appartiennent, maintenant !

Claudine renonce à discuter, elle est fatiguée, elle a froid, elle a mal à la gorge. Elle a presque envie de demander à la petite Julia de se coucher près d'elle tellement elle se sent seule et gelée. « Mais enfin, Clo, tu es folle ! Tu as la fièvre, tu couves Dieu sait quoi, tu vas lui charger ton mal ! Eh bien, ma douce, une bonne grippe qui durerait quinze jours, ça serait peut-être un moyen de reporter l'opération à l'été ? » Une question, quand même, lui trotte par la tête.

– Tu m'avais juré que tu ne voulais pas voir ton papa. Pourtant, tu avais apporté un cadeau pour lui dans ton cartable. Je ne comprends pas.

Julia rigole derrière ses doigts.

– J'ai dit que le flacon d'eau-de-vie de prune était pour mon papa. Mais c'était pas pour mon papa !

– Alors, c'était pour qui ?

– Pour personne. Enfin, pour ton amant s'il était gentil.

– Mais qui t'a dit que j'avais un amant ?

– Les grandes, à l'école, elles ont dit que toutes les filles, après seize ans, devaient avoir un amant. C'était surtout pour faire bisquer la sœur, mais c'est vrai quand même, je le sais.

– Et comment le sais-tu ?

– Emma me l'a dit. Moi aussi, j'en aurai un quand je serai grande, et il boira beaucoup d'eau-de-vie. Quand je suis arrivée à Monlévrier, j'ai vu Robert Neuville, j'ai pensé : c'est peut-être lui. Mais vous vous embrassez pas sur la bouche et il ressemble pas bien à un amant. J'ai décidé de donner le flacon à mon papa parce que Virginie m'avait engueulée. Elle m'a dit qu'elle m'aimait bien, mais qu'elle en avait rasibus d'une petite fille qui passait son temps à casser la dévotion du monde. « Et si tu continues, je te donne une baffe ! » Elle est terrible, Virginie !

Julia reprend son souffle. Claudine soupire. « Voilà qui est net et clair. Mais si tu te fâchais, toi, que tu menaçais de taper, la sale gosse te rirait au nez, parce que ce n'est pas ton genre ! » Julia s'est glissée dans le lit sans attendre d'y être invitée. Elle se love contre Claudine, lui souffle à l'oreille, sur un ton câlin :

– Dis, tu veux pas essayer les bas tout de suite, pour voir s'ils te vont ?

– Les bas vont à tout le monde, sauf les très grandes tailles.

– Je voudrais que tu les essaies quand même.

– On n'y voit rien, et j'ai trop froid.

– Mais dans le lit, à tâtons. Je t'aiderai à les enfiler.

Claudine soupire, ramène ses jambes. Elle s'aperçoit qu'elle est nue sous sa chemise de nuit. « Ils t'ont déshabillée évanouie. Ça t'apprendra à te donner en spectacle ! »

– Julia, je crois que j'ai perdu connaissance, il y a un moment. On m'a portée dans ma chambre, n'est-ce pas ?

– Virginie et un des *messieurs* du maquis t'ont portée ici. Moi, je les éclairais. Le monsieur était fort malgré qu'il avait des lunettes. Virginie a dit que tu étais toute mouillée de mauvaise sueur, qu'il fallait te changer à fond. J'ai dit au monsieur qu'il s'en aille, mais Virginie a dit qu'elle avait besoin qu'il l'aide. Moi, il fallait que j'éclaire...

« Ça, c'est une blague à la Virginie, mais tu ne l'as pas volée. Tomber dans les pommes devant tout le monde ! » Julia prend un ton grave et résolu.

– Je suis dispensée de la prière du soir par les *rogations* de monseigneur l'évêque de Nantes.

– Tu veux dire « dérogation » ?

– À la place, je dois réciter *le nom de mon père*. « Je m'appelle Julia Marie-Antoinette de Retz. Mon père s'appelait Pierre, Jean, Marie, Joseph de Retz. Il descendait des seigneurs de Retz. Il était enseigne de vaisseau de première classe à bord du cuirassé *Bretagne*, il a été tué à Mers el-Kébir le 3 juillet 1940. » Il y en a encore, je suis pas obligée de tout dire tous les soirs. Je suis contente de te le réciter, parce que tout le temps je le récite dans ma tête, des fois ça m'embête, mais j'ai pas le droit d'oublier !

Claudine s'est assoupie. Elle se sent vraiment malade. « Au moins, ça te fait une excuse pour avoir tourné de l'œil ! Pas de chance. Juste au moment où tout va se jouer, tu te retrouves au lit à claquer des dents. »

– Claudine ?

C'est Julia, qui tient un bol d'une main et sa lampe de l'autre.

– Claudine, je t'apporte la tisane que j'ai fait chauffer. Et y a mon papa qui veut te parler. Il dit que c'est important et très pressé. Il peut entrer ?

– Mais je suis...

« Tu es au lit, fagotée comme l'as de pique. Tu as sommeil, tu n'as envie de voir personne. Mais tu ne peux pas chasser Ernest, d'autant que Virginie, la chipie, nous a lâchés une fois de plus ! »

Elle essaie de s'arranger. On n'y voit goutte. Ernest et Julia ont chacun une lampe de poche. La petite fille s'amuse à faire danser le rayon de la sienne à travers la chambre. Ernest s'avance, une liasse de papiers à la main. Il s'est aspergé de lotion avant de venir. Elle respire un parfum discret et fort à la fois, pas du tout déplaisant. Elle serre le col de sa chemise et s'assoit sur son lit.

Ernest éclaire ses papiers d'un coup de lampe.

– Excusez-moi, ceci est grave et urgent. J'ai apporté ces documents pour M. Robert Neuville. Je comptais les lui remettre ici, ce soir, mais il n'est pas rentré. Voici : c'est un rapport du *Reichssicherheitshauptamt,* le Bureau central de sécurité du Reich. Le bilan d'activité de la Résistance française et de la répression allemande pendant le mois de mars, très récent, donc. Il faudrait le communiquer le plus vite possible à votre réseau. J'ai traduit quelques passages en français pour gagner du temps. Il se peut que certains événements ne soient pas connus de la Résistance. On pourrait peut-être sauver certains de vos amis.

Il hésite à s'asseoir, s'agenouille finalement sur la descente de lit.

– Julia, s'il te plaît, tiens-moi la lampe.

Il fait passer de la main gauche une page de cahier manuscrite par-dessus l'épaisse liasse de feuilles dactylographiées.

– Hum, voici. Action du contre-espionnage allemand. Je vous lis le plus intéressant. Paragraphe 1. À Bordeaux, le *Sicherheitsdienst,* S.D., a pénétré par agents doubles dans le service de renseignement de l'état-major général interallié d'Alger, et arrêté six personnes. Paragraphe 2. À la suite d'arrestations en Corrèze et à Marseille, le S.D. a réussi à pénétrer dans la *French Section* du S.O.E. de ces deux régions. Paragraphe 3. Le 21 mars, arrestation à Paris d'un officier anglais, délégué du War Office auprès du Mouvement de résistance.

Ernest lit posément, sans effort, d'une voix un peu chantante. Après quelques phrases, il précipite son débit, et son accent devient plus rauque.

– Je passe. Paragraphe 12. Il a été possible de pénétrer une organisation d'évasion de prisonniers de guerre, région militaire de Nancy. Elle est dirigée par un mouvement de Résistance dont le centre se trouve au ministère des Colonies à Paris. Enquête en cours, arrestations possibles d'ici peu...

« Paragraphe 22. En Maine-et-Loire, action en cours contre les Mouvements unis de résistance. On connaît les adresses des chefs départementaux de l'Orne et de la Mayenne, leur arrestation suivra sous peu...

Au loin, un chien hurle à la lune. Virginie et Thomas ont dû entrouvrir la fenêtre pour donner de l'air à Claudine, ils ont oublié de la refermer. Ce cri de bête s'élève, sauvage et désespéré, jailli de la nuit des temps. Ernest se racle la gorge.

– Je reprends. Paragraphe 29. Nous avons pu établir que parmi les passagers du bateau de pêche le *Jouet-des-Flots,* arrêtés le 3 février à Plogoff, dans le Finistère, se trouvait le citoyen français Émile Bollaert, né le 19 novembre 1890 à Dunkerque, qui était depuis quatre mois le représentant du général de Gaulle en France, et le citoyen français Brossolette Pierre, appartenant au comité de Gaulle.

« Paragraphe 31. À Torigni-sur-Vire (Manche), arrestation de seize membres de l'Organisation civile et militaire, dont le chef régional...

« Paragraphe 35. À Limoges, arrestation du chef du service de renseignement des Mouvements unis de résistance, le Juif Pigeon. En sa qualité d'ingénieur en chef des P.T.T., il a fait un plan précis de destruction des communications P.T.T. De nombreuses arrestations vont suivre.

« Paragraphe 44. À Toulouse, on a arrêté le chef régional du réseau Séraphin, le radio, quatre agents de liaison et une secrétaire. On a saisi des dossiers et un code. D'autres arrestations suivront à brève échéance.

« Paragraphe 53. L'activité des services de renseignement ennemis est très grande à Marseille, surtout celle des services de Giraud. Nous la contrôlons par l'introduction d'agents et la surveillance des émissions radio. L'arrestation des membres d'une organisation dépendant de Giraud et des Américains a permis de découvrir les liaisons avec la Corse, l'Afrique du Nord et la Suisse [1]... »

Ernest, agenouillé, compulse encore ses feuillets sous le faisceau presque mourant de la lampe que tient sa fille. On dirait qu'il prie. Julia s'appuie sur son épaule.

– Papa ?

Il se relève lentement, sans raideur.

– Merci, Julia, c'est fini, tu m'as beaucoup aidé. Mademoiselle Claudine, je pense que ces papiers devraient parvenir le plus vite possible aux chefs de la Résistance française. Je ne sais comment faire.

Claudine s'enfonce dans son lit, laisse glisser sa tête sur son oreiller. Elle se sent si faible, elle a tellement sommeil. « Je ne sais pas... » Les mots sont montés à ses lèvres, mais elle ne les a pas prononcés. « Secoue-toi, ma belle. Jusqu'à présent, tu n'as fait que le ménage et les courses. Tu as enfin une occasion de te rendre vraiment utile et tu vas la gâcher par flemme ? »

– Je peux alerter le chef de mon réseau, dit-elle.

Elle jette les jambes hors du lit. Ernest recule, Julia bat des mains.

– Tu es guérie ? Elle est guérie, papa !

Claudine s'appuie à la tête du lit pour ne pas tomber.

– Le téléphone ? Il faudrait que j'aille réveiller la postière du village pour qu'elle appelle quelqu'un. C'est trop long et trop risqué. Non, il n'y a qu'un moyen : je vais descendre à Réverac à bicyclette !

Pourquoi ne pas prendre Gusta ? Claudine ne se sent pas la force d'atteler la jument. De toute façon, elle ne la connaît pas assez pour tenter un aussi long voyage en pleine nuit. Elle ira plus vite en vélo, au moins pour l'aller.

Julia a posé sa lampe, la pile usée ne donne qu'un minus-

---

1. Ce document, d'un grand intérêt pour la Résistance, est parvenu très tôt au service de contre-espionnage français. Voir Pierre Nord, *Mes camarades sont morts, II. Contre-espionnage et intoxication,* éd. J'ai lu, 1965.

cule halo. La lune projette par un trou de pivert une tache ronde au milieu de la chambre. À cette clarté, Claudine distingue la silhouette d'Ernest, agrandie, alourdie, comme engluée. L'officier lie ses papiers avec un élastique, les fourre dans une grande enveloppe qu'il pose sur la table de chevet, après une hésitation.

– Je vous confie ces documents, mademoiselle. Les feuillets traduits sont dessus. Ce sont les plus urgents. Je me suis appliqué à l'écriture. Vous direz à vos amis de pardonner les fautes. C'est un *Allemand* qui a écrit !

Il est antihitlérien, mais il a trahi les siens. Il a franchi un premier pas en se mêlant au complot contre Hitler. Celui qu'il vient de faire, en livrant des documents secrets à la Résistance, n'est sans doute pas moins cruel. « Clo, c'est toi la Résistance. Mouche ton nez et tâche d'être à la hauteur ! » Elle a oublié qu'elle était en chemise. Au diable ! Le poète sourit, tend une main timide, lui souhaite bonne chance. Elle prend sa main dans les siennes.

– Nous vous sommes très reconnaissants. Je m'habille et je pars.

Il baisse la tête, gêné. Il cherche ses mots.

– Je voulais... aider ceux qui s'occupent de ma fille... et qui s'occuperont d'elle encore... quand je serai là-bas... sur le front russe... Et je sais que je n'en reviendrai pas. Ça sera mon cadeau d'adieu... aussi pour vous.

Il dégage sa main qu'elle serrait d'un geste convulsif. « Ma douce, il vient tout bonnement de te confier sa petite Julia pour la vie ! » Elle s'habille en hâte, glisse l'enveloppe dans un colis de prisonnier, gonfle les pneus de sa bicyclette, elle est prête. Mais Julia s'accroche à son bras.

– Il est formidable, hein, mon papa !

– Oui, oui, tu as de la chance.

– L'autre... qui a été tué sur un cuirassé... c'est pas mon père !

En arrivant à la route, Claudine s'arrête et se retourne. Une grosse lune, pas tout à fait ronde, emplit l'air de sa clarté poudreuse. Les silhouettes des grands arbres se détachent avec une vigueur d'eau-forte contre le ciel violet. La maison a l'air d'une bête géante, couchée la tête entre les pattes. Les toits inégaux dessinent une crête ployée, luisante. Une lampe à pétrole brûle dans la chambre de Julia. Cette infime lueur semble la guetter par un trou de pic. Encore heureux qu'il fasse beau. Claudine n'a plus peur, elle n'a plus froid, elle ne se sent plus seule. Une exaltation inconnue la porte au-dessus d'elle-même. Elle lève la tête, regarde le ciel en guise de prière. De petits nuages blancs et gais dansent tout autour de la lune. Les collines inscrivent une broderie bleue sur l'horizon baigné de lumière. Le chien fou continue de hurler. La nuit embaume le parfum musqué du printemps.

Elle enfourche son vélo et roule, le cœur battant comme un volet décroché dans le vent du soir. Les espaces nus, entre les haies ou les arbres, projettent devant sa roue de larges flaques d'argent. Spectacle féerique.

Elle se sent un cœur de fée. « Je vais sauver des gens, c'est merveilleux, merveilleux. Merci, mon Dieu, de m'avoir donné cette joie ! »

23.

Journal de Claudine.

Dimanche 9 avril 1944. Pâques. Milieu de l'après-midi.

Robert, Virginie, Ernest et Julia sont allés à la cueillette des morilles et des mousserons dans les prés. Virginie a passé un jour et demi au maquis, elle raconte qu'elle a fait beaucoup de cuisine. Je crois qu'elle aime ça, c'est son snobisme. Ce matin, elle m'a arraché des mains la queue des casseroles et l'anse des marmites.

Le message confirmant l'arrivée de Fox (*Le timbre de la bicyclette rouge a sonné*) est passé à douze heures trente. Il devrait normalement être rediffusé à dix-neuf heures et à vingt et une heures. Fox ne restera qu'une nuit à Monlévrier. Je n'irai pas l'accueillir ce soir à l'avion. Je n'assisterai pas à l'atterrissage du Lysander. Je ne pourrai jamais dire à mes petits-enfants, vers 1980 : « Je l'ai vu, moi qui vous cause, cet avion de légende, se poser presque à mes pieds. C'était à Pâques 1944. J'avais presque vingt ans... » Bon, j'espérais un peu, mais pas trop. Robert m'a douchée tout de suite.

– De toute façon, *tu* ne pouvais pas venir à l'atterrissage.

Il me tutoyait pour la première fois. J'ai blêmi comme une chandelle. Il a ri, m'a pris la main.

– Tu ne pouvais pas, tu le sais bien. Tu dois veiller sur nos deux invités. En cas de danger, il faut que tu sois là pour les aider à fuir.

– Oui, bien sûr.

J'avais oublié le danger, ma mission, tout ce qui n'était pas cet idiot d'avion, moche comme un pou, paraît-il. Robert m'a caressé la joue. J'ai eu envie de lui taper sur les doigts, je me suis retenue, car c'était quand même consolant et doux. Il a repris ses explications.

– J'ai décidé de me faire accompagner par Lydia pour trois raisons...

Les hommes se donnent toujours deux ou trois raisons pour faire ce qu'ils font. Aux femmes, une bonne suffit. Il a souri et débité son laïus.

– Lydia est, selon Lambert, son meilleur agent de liaison et de renseignement. Il l'a mise à ma disposition, elle est entrée dans l'équipe, elle en sait presque autant que toi mais je ne l'ai pas encore employée. Lambert est un peu vexé. J'ai donc décidé de profiter de l'occasion. Et puis cette jeune femme a besoin de se sentir utile pour son équilibre, je m'en suis rendu compte. Enfin, elle parle couramment l'anglais, c'était une politesse d'avoir quelqu'un pour accueillir Fox dans sa langue. Je parle mal l'anglais, j'ai un mauvais accent et guère de pratique. De plus, je dois m'occuper d'embarquer un de mes agents, que j'expédie en Angleterre.

Il a voulu faire une fleur à Lydia, la belle, ardente et attachante Lydia. J'ai retiré mes mains, qu'il avait prises toutes les deux dans les siennes. J'ai dit :

– Plus tard, quand ils seront partis, je voudrais assister à un parachutage.

Je suis sûre qu'il aime Lydia. Il se force à être gentil avec moi, il me donne des miettes de tendresse, il fait *tout* ce qu'il peut pour me consoler, mais c'est elle qu'il aime. Et alors ? Tu l'as toujours su, ma belle. C'était écrit dans les étoiles depuis le commencement du monde !

Hier soir, à la veillée, nous avons joué à raconter des histoires. Nous étions rassemblés autour du feu et nous éclairions à la bougie. Un courant d'air secouait la flamme et balançait des taches d'ombre et de lumière sur les visages.

– Bonne ambiance pour les contes, a dit Ernest. *Nur zu,* allons-y. Mais il faut que j'appelle le donneur d'histoires du Pays des histoires.

Julia s'est étonnée.

– Tu n'en sais pas par cœur ?

– J'attends qu'il m'en vienne une du Pays des histoires.

– Ah bon. Moi, j'en sais une, alors, je commence. Il y avait une fois un ours, nommé Bel-Ours, qui parlait et qui était très intelligent. Comme il parlait et qu'il était très intelligent, il élevait d'autres ours qui ne parlaient pas. Il s'occupait de tout à la maison des ours, le logement, le ravitaillement, les tickets, tout. Il envoyait les petits oursons à l'école, où ils apprenaient à être des ours convenables, à chercher du miel, à faire leur toilette... mais pas à parler, puisqu'ils étaient des ours qui ne parlaient pas.

« Tous les ours étaient très heureux, mais ils devaient obéir à Bel-Ours, l'ours qui parlait et qui les commandait. Ils ne pouvaient pas faire ce qu'ils voulaient. Ils ne pouvaient pas décider, par exemple, d'aller au miel dans les bois plutôt que de nettoyer leur chambre, ou s'amuser ou danser la danse des ours quand ils en avaient envie. Ils se sentaient un peu des esclaves.

« Un jour, un ours de la maison nommé Ti-Gros est venu trouver Bel-Ours, et il lui a raconté tout ça. “ C'est pas qu'on soit malheureux à la maison des ours, mais on ne peut jamais faire ce qu'on veut, on ne peut pas chercher du miel dans les bois plutôt que de nettoyer notre chambre ou faire toutes sortes de corvées que vous nous commandez. On ne peut pas s'amuser ou danser quand on en a envie, enfin quoi, on n'est pas des ours libres. On en a assez, on est tous d'accord que ça ne peut plus durer. On veut en finir avec l'esclavage ! ”

« Bel-Ours a dit : “ Hum, hum, hum... ” Il s'est tenu le menton dans la patte, comme ça, il a réfléchi longtemps. Et puis il a regardé Ti-Gros en fronçant les sourcils. “ Dis-moi, Ti-Gros, il y a quelque chose qui m'étonne. Tu viens de me raconter tout ça, c'est donc que tu parles ! ” Ti-Gros a ouvert une grande bouche, il s'est gratté la tête. “ Ça alors ! J'en reviens pas. Je suis donc un ours qui parle ! Bon, je vois où est mon devoir, Bel-Ours. Puisque je parle, je vais monter un élevage d'ours qui ne parlent pas. Je vous promets, Bel-Ours, qu'ils vont marcher droit, avec moi, les ours qui ne parlent pas ! ”

Tout le monde a applaudi, et Virginie plus fort que tout le monde. Julia s'est jetée dans les bras de son père, qui l'a serrée très fort contre lui.

– *Auf mein Wort,* ma parole ! Cette histoire, Julia, tu l'as inventée ?

Julia rougit jusqu'aux yeux et se cache la figure sous ses paumes.

– *Natürlich,* papa.

– Elle est, hum, magnifique.

Une larme a roulé doucement sur la joue mal rasée du colonel Ernest. J'ai souhaité de tout mon cœur que le complot réussisse et qu'on tue Hitler.

Julia s'est campée, les mains dans les poches de son tablier.

– Mais j'ai quelque chose d'autre à vous dire.

Nous nous sommes retournés pour la regarder. Elle s'est balancée en chantonnant, elle a tiré sur ses nattes.

– Quelqu'un sait que j'ai un message personnel, comme au poste ?

Virginie a mimé la radio anglaise.

– Ici, Londres. Veuillez écouter un message personnel pour mademoiselle Julia. *Le vélo rouge a perdu les pédales !*

La petite fille a regardé sévèrement sa copine.

– Tu dis que des blagues, mais c'est vrai. C'est quelque chose qu'on doit me dire, pas au poste, quelqu'un. Je dois suivre la dame ou le monsieur qui dira le message. Vous voulez le savoir ?

Robert est allé se placer dans l'embrasure de la fenêtre, le dos tourné.

– Julia, ta maman t'a dit que tu ne devais parler de la phrase à personne ?

Julia a mis les mains aux hanches, fixé le dos de Robert et tiré la langue.

– Ça m'est égal. Je ferai comme je voudrai !

– Ta maman ne pense qu'à ton bien. À ta sécurité !

– Ma maman n'est pas venue me voir.

J'ai ouvert la bouche pour lui répondre vertement. Virginie, plus vive, m'a coupé l'herbe sous les pieds.

– Julia, ton papa est venu te voir. Tu as pu lui raconter l'histoire de Bel-Ours et Ti-Gros. Tu as bien de la chance !

La petite a baissé les mains, soupiré, secoué la tête.

– Bon, ça m'est égal. Je te le dirai quand je voudrai !

Plus tard, avant d'aller se coucher, elle m'a poursuivie dans le couloir du premier étage, en soulevant le bas de sa chemise de nuit.

– Tu sais, je l'ai dit à Virginie. Tu veux le savoir ?

Je me suis sentie en faute. Julia m'a pris la main.

– Je t'aime aussi, c'est toi qui as eu le plus beau de mes cadeaux. Tu veux bien que je te le dise ?

Je ne pouvais pas la décevoir. J'ai accepté d'un signe de tête. Elle a fermé les yeux et prononcé d'une voix lente, joueuse, en détachant les syllabes et en appuyant sur la fin des mots :

– *Les chevaux ont chassé les loups.* Quand tu viendras me chercher, tu n'auras qu'à dire : *Les chevaux ont chassé les loups.* Je serai obligée de te suivre n'importe où. Mais attention, te trompe pas. Si tu dis que les loups ont chassé les chevaux, je pourrai pas venir !

Ce matin, je me suis réveillée une première fois très tôt. J'ai essayé de compter sur mes doigts les tâches qui m'attendaient ce jour de Pâques. Puis j'ai perdu mes mains sous le drap et j'ai plongé la tête la première dans un de ces rêves du petit matin qui sont ma spécialité. Je faisais face à un Fox écumant de rage, mes genoux tremblaient. Fox avait un superbe uniforme et des étoiles à sa casquette. Je me suis dit : « Tiens, il est général, que d'honneur pour moi ! » Nous étions à Monlévrier et en même temps au mont Cassin. Et Fox m'engueulait comme je ne l'avais jamais été de ma vie. « Ah, vous vous plaisez ici ! Vous voulez y rester jusqu'à la fin de la guerre ? Vous auriez dû prendre Rome il y a un mois ! » J'ai répondu que ce n'était pas ma faute, que les Allemands étaient bien retranchés et que le maquis de Ventemont refusait de se battre. Mais Fox serrait les poings, les yeux lui sortaient de la tête. « Ma fille, ce que vous avez fait cette nuit est impardonnable ! – Qu'est-ce que j'ai donc fait, sir ? – Comme si vous ne le saviez pas. Vous avez ouvert la porte de la cave, et toute votre infanterie s'est enfuie à l'arrière ! – Ce n'est pas moi, ce n'est pas moi ! » Je me suis réveillée pour de bon en criant : ce n'est pas moi !

– Calmez-vous, mon petit, personne ne vous accuse.

Robert était entré dans ma chambre, sans frapper. Quel culot !

– Si, j'ai frappé. Enfin, pas très fort, j'avais envie de vous voir dormir.

J'ai piqué mon fard. Mes draps étaient dans un désordre épouvantable. Au lieu de me voir dormir, il m'avait vue me débattre comme un chat dans un sac. Il s'est penché sur mon lit, en bras de chemise, son col de chemise ouvert jusqu'au troisième bouton. À la lueur pâle des trous de pivert, j'ai vu qu'il n'avait presque pas de poils sur la poitrine, mais beaucoup sur les bras. Est-ce que c'est un signe de virilité ou le contraire ? On n'apprend pas ces choses dans les collèges de bonnes sœurs. Il a posé la main sur mon front.

– Vous êtes de retour du pays des songes ? Vous pouvez m'écouter ? Je suis allé voir le docteur Deblanc, à Bergerac, et j'ai trouvé des arguments pour le convaincre. L'opération de Julia est remise à l'été prochain ou à la saint jamais. Ça vous va ? Enfin, je ne crois pas que nous puissions renvoyer la petite Julia chez les Treguennec. Il faudra lui trouver une autre pension. Je propose qu'on y réfléchisse ensemble. D'accord ?

– D'accord.

– Je peux vous embrasser ?

– Mais je ne suis pas habillée !

– Ça n'est pas gênant du tout.

Il s'est agenouillé sur la descente de lit, il a tiré mon drap du côté de mes pieds. Ma chemise de nuit était relevée. La tête m'a tourné. J'ai senti ses lèvres sur ma bouche, j'ai reconnu un goût mêlé de tabac, de dentifrice et de cerises à l'eau-de-vie. Il m'a pétrie à m'étouffer. J'ai eu le temps de me dire : « Tu fonds dans ses bras comme un bonbon d'avant-guerre dans la gueule d'un dragon ! » À ce moment, on a frappé à la porte. Robert s'est dépêtré de mon lit pour aller ouvrir. C'était Julia.

– Je voudrais dormir un peu avec Claudine.

– Mais Claudine va se lever.

– Juste un moment.

– Bon...

Robert m'a envoyé un clin d'œil et il a poussé la gosse vers mon lit. Elle s'est pelotonnée contre moi.

– Je veux dormir pour de vrai, tu sais.

Plus tard, Robert m'a aidée gentiment à allumer les feux, à préparer les petits déjeuners et mettre à chauffer l'eau pour les bains de ceux qui voudraient en prendre. J'étais candidate. Il a ri. « Moi aussi. On pourrait le prendre ensemble pour gagner du temps. » J'ai répondu du tac au tac :

– La cuve est bien trop petite.

– D'accord, quand on sera riches et qu'on aura une vraie baignoire.

Il s'était habillé en gentleman-farmer : chemise à carreaux, pantalon en côte de cheval, leggins. Il n'était pas rasé de deux jours et il avait un joli commencement de barbe qui piquait fort. J'ai vu une traînée de charbon de bois sur le bout de son nez, je l'ai essuyée d'un doigt. Il m'a dit qu'il avait allumé son gazo après avoir cédé à Julia sa place dans mon lit.

– Mais vous n'avez pas de place dans mon lit, monsieur.

– D'accord, mademoiselle. Mais considérez que j'ai fait ma demande. Je suis veuf, et je serai libre dès que j'aurai gagné la guerre.

– Moi, il faut d'abord que je prenne Rome. Et puis je n'épouserai jamais un homme qui boit de l'alcool le matin.

– Ce n'étaient que deux petites cerises. Je suis tombé par hasard sur le bocal et je n'ai pas pu résister. J'adore les cerises.

J'ai remarqué la petite croix d'or, qui se balance au bout d'une chaîne sur sa poitrine. J'aimerais bien qu'il soit anglais, ça me gêne en secret qu'il soit un Français au service des étrangers. Oui, c'est pour la bonne cause, la seule qui vaille :

battre les Allemands, gagner la guerre. N'empêche, il me semble que j'entends Philippe Henriot ricaner dans mon dos !

Je suis revenue sur la terre en vitesse.

– À midi, on a du poulet. Ça sera le plat de *résistance*... Mais le poulet court encore !

Robert a retroussé ses manches sur ses avant-bras velus.

– On l'attrape tous les deux ? Où est-il ?

Le héros du jour est un jeune coq rouge et noir qui s'égosille dans une ancienne épinette à chapons, sous le hangar aux voitures. Gusta lui répond en langue cheval. Ils font tout un concert. Robert se frotte les mains.

– Saignée, plumée, vidée, rôtie... Dans deux heures, la bête est bonne !

Il se précipite pour ouvrir l'épinette, le coq s'échappe dans la cour, je le fauche aux pattes et étouffe ses cris.

Julia arrive en chemise, réclame la « sanguette ». Robert sort son canif.

– Va chercher une assiette creuse. Je me charge de tout.

Je l'ai admiré en train de plumer le poulet, brutal et minutieux à la fois. Sa bonne volonté n'excluait pas une maladresse un peu attendrissante, mais la plupart des hommes s'en seraient moins bien tirés.

Comme il se sentait observé, il a levé la tête et m'a souri. Un sourire à la fois fraternel, amical, grave, tendre, qui sait ? Je n'en avais jamais eu de ce genre, aussi loin que je cherche dans ma mémoire. J'ai tourné autour de lui, j'ai commencé à chanter : *Vous n'êtes pas venu dimanche... / Pourquoi ? / J'avais mis une robe blanche / À pois...* Il a baissé la tête sur son poulet, arrachant au hasard plumes et duvet et, sans me regarder, a murmuré :

– Continuez, j'aime cette chanson. Tino Rossi la chantait au poste le jour où j'ai appris la mort de ma femme et de mon fils !

Vingt-deux heures trente, heure allemande. Virginie et Julia dorment dans les bras l'une de l'autre. Lydia est partie avec Robert à la rencontre de Fox. J'ai chauffé le petit salon, bien qu'il soit moins confortable et moins agréable que la grande salle-cuisine où nous étions hier soir. Le courant est coupé. Il l'est presque toutes les nuits depuis le sabotage de la centrale électrique. J'ai allumé deux lampes à pétrole, une pour Ernest, qui feuillette un livre, et une pour moi.

À défaut d'avoir vu le Lysander, je pourrai retrouver plus tard, dans mes notes, le souvenir de cette nuit. La lumière grasse de la lampe à pétrole donne à la scène une fantaisie tour à tour gaie et farouche. Nous veillons en silence, l'*homme du complot* et moi. Cet homme tellement civilisé, si bien mis et distingué, j'essaie de lui coller par la pensée l'uniforme boche sur le dos. Je suis assise dans un manoir, une nuit de printemps, quelques jours avant le débarquement, en compagnie d'un officier supérieur de la Wehrmacht. Je le vois, avec un grand manteau vert-de-gris et une casquette à visière, puis l'image s'efface. Qu'importe, cet homme compte parmi les pires ennemis de Hitler sur toute la planète. D'ici une heure ou deux, il sera face à face avec un officier britannique, de même rang, ils débattront de l'avenir du monde... Et je me tiendrai derrière la porte !

Virginie a retrouvé le chien Ti-Miraut, qui est au maquis. Julia veut l'offrir au commandant.

24.

– J'ai fait un accroc à ma bâche, dit Robert en guise de bonjour. Je la recoudrai demain matin. Ce genre de détail vous trahit sans coup férir. Les Allemands aiment les idées simples : un véhicule qui a un trou à la bâche est allé dans un chemin de bois. Qui est dans les bois ? Le maquis. C.Q.F.D. !

Il se met au volant, Lydia s'assoit près de lui, le cœur battant. La nuit du Lysander ! Il conduit avec un calme forcé, elle voit bien la tension qui donne à sa mâchoire un dessin carré et rend son regard plus fixe.

– Lydia, ma camionnette fait un bruit d'enfer : ça me vaut la confiance de toutes les polices, un vieux truc de garagiste. Mais j'aimerais qu'on bavarde un peu, malgré le boucan. Dommage de laisser passer l'occasion.

Robert se concentre un instant sur la conduite, qui est difficile, car la nuit est tombée, il roule, à la lumière des seules veilleuses, sur une route étroite et sombre. Il parle d'une voix forte pour couvrir le bruit du moteur. Dieu, qu'elle aime cette voix !

– Les Allemands pensent qu'il y aura un débarquement principal dans le Pas-de-Calais, et quelques autres, simultanés ou non, entre la Bretagne et la Picardie, le Languedoc et la Côte d'Azur, peut-être même sur l'Atlantique, vers les Landes, la Gironde, la Vendée. Ils ne savent trop que penser – nous non plus, d'ailleurs – des trois ou quatre « têtes de pont intérieures » qui se préparent dans le Vercors, le Massif central et chez nous, en Dordogne. Les trois points sont presque alignés. Il pourrait y en avoir un quatrième, plus à l'ouest et un peu au sud, dans les Landes. Ces « têtes de pont » pourraient permettre aux Alliés de couper la route du front nord à toutes les forces allemandes basées dans le Midi. Les gens du S.D. se doutent que les Anglais et les Américains ne vont pas corner leurs intentions les plus secrètes aux oreilles des résistants français, mais ils espèrent capter les informations données par Londres à ses agents et aux maquis et, en les recoupant, se faire une idée de l'ensemble des préparatifs alliés dans ces régions. Puisque nous sommes au centre d'un secteur sensible, ils nous surveillent de près.

« Pour l'heure, une intervention brutale risquerait plutôt de brouiller les pistes. Ils ne se pressent donc pas. Toutefois, la Dordogne vient d'être mise en état de siège, ou presque – et pour cette raison nous faisons entrer et sortir nos visiteurs et nous assurons nos liaisons, de préférence, par le Lot-et-Garonne. Réverac est un canton limitrophe du Lot-et-Garonne, ce qui a toujours compté dans mon choix.

« Eh bien, vous aurez à accueillir Fox et à vous occuper de lui. Moi, je surveillerai mon agent, Gace, qui s'embarque pour Londres. Je veux être près de lui au dernier moment, pour le cas où il aurait une révélation à me faire avant de partir. Il a parlé de me remettre le double du rapport qu'il emporte en Angleterre. Je me demande s'il tiendra parole.

Robert lance un rire amical et peut-être, songe Lydia, plus qu'amical.

– Vous aurez quelque chose de pas ordinaire à raconter à vos enfants !

Lydia pose la main sur le poignet de Robert.

– Je n'aurai pas d'enfants. Je suis décidée à divorcer dès le retour de mon mari ! Robert, tout m'est égal, mais je veux être à vous une fois avant que vous nous quittiez pour toujours. Je sais que vous allez partir et je ne peux pas supporter cette idée. Ou alors dites-moi de vous suivre !

Robert change de vitesse, accélère sèchement. Lydia cache sa figure dans ses mains puis guette son compagnon de biais, entre ses doigts écartés.

– Ne m'en veuillez pas, Robert. Ça m'a échappé.

– Lydia, nous menons tous une vie intense et dangereuse. Les obstacles que nous affrontons nous rapprochent au-delà d'une simple camaraderie et le danger nous exalte et nous tend les nerfs. Nous en venons à éprouver les uns pour les autres des sentiments très forts, souvent extrêmes...

Comme vous parlez bien, Robert Neuville, pour un ancien garagiste ! Robert achève sa démonstration.

– Mais nous sommes des soldats. Nous devons éviter de laisser se tisser entre nous des liens autres que ceux d'une fraternité de combat.

Soudain, le vent, le froid se ruent dans la cabine, Lydia frissonne et remonte le col de son manteau.

La route traverse un plateau boisé. Les châtaigniers, tout juste vêtus de leur clair feuillage, moutonnent et luisent au clair de lune. La camionnette s'arrête devant une ferme basse au bord d'un chemin. Un chien aboie. Robert passe derrière un tas de paille puis s'en écarte en grommelant.

– Attention au feu. Ces sacrés gazogènes profitent de la moindre pause pour cracher des étincelles. Le gazo est le dragon des temps modernes !

Il avance jusqu'au bord du bois. Un volet de la maison grince, un rai de lumière filtre une seconde puis s'éteint. Robert ferraille pour trouver son point mort et serre brutalement le frein à main.

– Nous avons rendez-vous ici avec l'ami Gace. Nous verrons s'il est un vrai professionnel, bien qu'il se soit fait pincer par le maquis !

– À quoi verrons-nous s'il est un vrai professionnel ?

– À la dimension de sa valise. Plus elle sera petite, meilleure sera sa note.

Lydia, serrée entre les deux hommes, se laisse aller contre Robert. Gace s'est aspergé d'une eau de Cologne à bon marché, cette copieuse exhalaison chasse complètement l'odeur émouvante de Robert. Lydia reconnaît le prisonnier du maquis, plutôt gringalet, vif, silencieux, furtif. Il a calé sa petite valise entre ses pieds. Sept et demi sur dix, décide Lydia.

Elle peut appuyer sa hanche sur celle de Robert, et leurs jambes se touchent. Comme elle ne sait que faire de sa main gauche, elle la pose sur la cuisse de Robert.

Une secousse, la camionnette repart, attaque la première côte en donnant une impression de force bovine. Robert appuie d'un rire complice.

– Nous pouvons grimper n'importe où à la vitesse d'une limace au trot !

Gace ricane, se tait. Il est si tendu qu'on dirait un ballot de ferraille. Meurtrie, Lydia essaie de se protéger de l'épaule et du coude. Elle baisse sa note d'un demi-point. Elle a hâte de comparer Gace à Fox.

– Lydia, dit Robert, prends la carte Michelin dans le vide-poches, s'il te plaît. Il y a aussi une lampe électrique.

Ils se penchent, leurs têtes se frôlent dans le halo pâle de la lampe. Une joie drue enfièvre le cœur de Lydia. Elle sent trembler Gace contre elle. Il parle d'une voix sifflante, sur un ton de rancune et de sarcasme.

– Charmante sortie au clair de lune. Vivement qu'on se pose de l'autre côté. Vous n'avez pas de commissions ?

– Si vous allez en Écosse, dit Lydia, et que vous voyiez le monstre du loch Ness, donnez-lui le bonjour de ma part.

– Si vous rencontrez le vieux lion, dit Robert, priez-le de m'excuser. Je n'ai pas le temps d'écrire.

– Le monstre avait une dent contre moi, autrefois. Mais Churchill, le vieux lion, m'aura à la bonne, avec les nouvelles que je lui apporte.

– Quelles nouvelles ?

– Hitler va se suicider, la Wehrmacht capituler et la Luftwaffe se soûler à mort !

Il grelotte, lâche son souffle à petits coups, bute sur les mots. Son haleine devient chaque minute plus aigre. Robert tourne la tête.

– Vous êtes bien nerveux, Gace.

Gace cogne le coude à la portière, serre sa valise entre ses jambes.

– Bon Dieu, vous le seriez à ma place. Je n'ai jamais mis les pieds dans un avion, moi. Un baptême de l'air dans ce cercueil volant, et la D.C.A. tout le long du chemin... J'ai le cœur qui me manque, merde !

Le clair de lune illumine une maison de garde-barrière. Un homme en béret surgit au milieu de la route, brandit un parapluie et l'ouvre : le signal « tout va bien ». L'homme saute sur le marchepied de la camionnette et se met à rire.

– Je suis sûr que vous êtes perdu !

Robert freine, baisse la vitre.

– Je ne me perds jamais à la campagne. Bonsoir, Lambert. Ce petit trou à l'épaule est tout à fait rebouché ?

La camionnette arrêtée, le groupe s'aligne dans l'ombre, au bord d'un talus. Jean de La Borde s'est déguisé en paysan, un béret, une vieille veste, de mauvaises bottes. Il serre Lydia dans ses bras.

– Tu ne peux pas savoir le plaisir que j'ai à te rencontrer ici, ma belle.

Il la libère en soupirant, presse la main de Robert, effleure celle de Gace du bout des doigts, montre le ciel.

– Tout va bien ou presque, hein ? En route !

La lune ronde roule parmi des nuages blanc-bleu qui la masquent de temps en temps. Le groupe, conduit par un jeune garçon muni d'une lampe à carbure au chuintement bruyant, patauge dans un chemin boueux. Il y a une dizaine d'hommes, tous armés. Lydia a reconnu les crosses creuses des mitraillettes Sten. Elle marche entre Lambert et un second faux paysan, l'allure et les traits plus anglais que nature. Presque sûrement un pilote abattu. Lambert montre, dans une coulée de lune, deux tourelles, au toit en poivrière, qui encadrent une cour de ferme, à trois cents mètres.

– Filbert nous attend là, après l'atterrissage, devant un café et un rhum.

Robert enfonce son chapeau d'un coup de poing.

– Pas question, mon vieux. Nous avons quarante kilomètres à faire en gazogène, et nos hommes ont seulement quelques heures pour se rencontrer.

Lambert balaie l'objection d'un geste.

– J'ai ressorti la Vivastella... avec moteur de Reinasport.

– Non !

Lambert se tait. Robert a mis dans son refus une force, une résolution, une autorité sans appel. Lydia ne se souvient pas d'avoir entendu un « non » prononcé sur un ton aussi dur. Lambert n'insiste pas. Robert se radoucit.

– Mon vieux, cette bagnole est beaucoup trop tape-à-l'œil… et même à l'oreille. En plus, les Allemands la connaissent bien, n'est-ce pas ? Foutez-la donc à la remise jusqu'au débarquement. Moi, je ne veux pas la voir en ce moment dans les parages de Réverac. Nous rentrons, Lydia, Fox et moi, avec le gazogène, tout de suite. Tant pis si Fox se mâche un peu sur mes ressorts. Je ne pense pas qu'il ait les fesses plus douces que Mme Rivière !

Le feu monte aux joues de Lydia. La réflexion n'est pas d'une grande délicatesse, mais elle s'en contentera en attendant mieux. Oui, Robert, j'ai la peau mille fois plus douce et plus brûlante que tu n'imagines !

Le remblai du chemin de fer domine le sentier de trois mètres. La voie franchit un ruisseau immobile, qui brille sous la lune. Le sentier bifurque, coupe une haie, débouche dans un pré, long, plat et dégagé. À droite, à deux cents mètres, on aperçoit la masse confuse d'une maison. À gauche, une rangée de peupliers marque la limite du terrain.

Le jeune homme à la lanterne s'approche de Lydia.

– L'avion va arriver à trois, quatre mètres au-dessus de la voie du chemin de fer, m'selle. Il touchera à cent mètres devant nous et décollera par-dessus la route. C'est juste, mais ça passe.

Les hommes s'en vont à travers le pré pour allumer les lampes fixées aux trois piquets qui servent de balises.

– Les balises dessinent toujours la lettre L, explique Lambert. Mais le signal « voie libre », en morse, est codé.

Il sort de sous sa veste une lampe torche, de forme plate, balance le faisceau lumineux du remblai de la voie à la cime d'un peuplier.

– Je me charge du signal, aujourd'hui.

Il apprécie la résistance du sol en portant le poids de son corps sur son talon droit.

– Ça devrait tenir...

Minuit passé. L'avion de Londres peut arriver d'une minute à l'autre. L'instinct de Lydia la pousse à s'éloigner, seule, vers le bord du pré. Elle a la gorge serrée. Elle tape du pied sur l'herbe pour raffermir ses genoux défaillants. Son cœur bat à grands coups dans sa poitrine trop étroite. Vite, qu'il arrive ! Elle se met à envier Gace. Se retrouver sur le sol anglais d'ici à trois ou quatre heures – l'aventure la plus folle du monde. Il ne mérite pas sa chance, ce bonhomme douteux et sournois. Elle se tient, pétrifiée, à trente pas du groupe. Ses pieds sont de glace. Sa tête bourdonne de fièvre, si fort qu'elle n'entend pas le premier bruit, lointain, de l'avion. Une ombre informe surgit de sous un nuage, plein ouest. C'est lui. Il a l'air d'un canard ébloui par la lune. Il se traîne dans le ciel, il bat des ailes. Dieu qu'il est lourd !

Il est passé au-dessus du pré, très haut, il a disparu, on l'entend tourner en changeant de bruit. Lydia avale son souffle. Les balises sont allumées. Le groupe court le long du pré, sauf deux hommes postés en sentinelles. Lydia se lance à la poursuite de Lambert, qui braque sa torche vers le ciel. Le Lysander revient plus bas, le moteur produit un grondement lent et puissant. Il a fait un tour complet, le voilà au-dessus de la route.

– Il prend le terrain à contresens pour estimer le vent ! crie Lambert.

Il est là, au-dessus du pré, à dix mètres au-dessus de Lydia, qui le guette, tête levée, bouche ouverte. Il passe. Un phare unique balaie la terre dix secondes. Lydia sent le souffle de l'hélice sur le visage. Elle recule, enfonce sa chaussure dans un trou d'eau, bascule en arrière. Elle se sent aussitôt soulevée par deux hommes à la fois. Ils la tirent ensemble vers le bord du pré.

– Qu'est-ce que vous foutez là ? crie Lambert. Juste sur la trajectoire !

L'autre homme est le jeune garçon à la lanterne, et il lui arrache le bras.

– L'*Isandère* va vous écrabouiller, m'selle !

Son manteau se déboutonne, sa jupe remonte, elle est sûre d'avoir filé un bas, sa dernière paire. Les hommes la lâchent, elle se relève vite. L'avion revient, jaillit, énorme, au ras du remblai. Il pique sur le pré en ronflant : un bruit poussif et rageur à la fois. Lydia le voit foncer vers elle, résiste à l'envie de se jeter à terre. Il touche le sol, roule en balançant la queue, tousse, ferraille. Lydia, Lambert, le jeune garçon courent au coude à coude. Le Lysander est arrêté au bout du pré, l'hélice à trois pales tourne avec des soubresauts. Il paraît maintenant presque petit. L'odeur des gaz brûlés se répand dans l'air. Mon Dieu, l'avion de Londres !

– À gauche !

Quelqu'un tire Lydia par le bras.

– L'échelle est à gauche.

Elle regarde de tous ses yeux pour se souvenir. Les ailes haubanées, légèrement ployées, aux bouts arrondis, le cockpit à petits carreaux, le nez, gros cylindre creux, d'où pointe l'hélice... Une espèce de torpille entre les pattes – le réservoir supplémentaire. Brillant sous le clair de lune intense, il a l'air d'un gros insecte gris en train de pondre. Un nuage passe, effaçant la clarté. L'appareil ressemble alors, dans l'ombre, à un pigeon pattu à cause des épaisses carènes qui couvrent ses roues.

Le Lysander ne doit pas rester plus de trois minutes au sol. Sept ou huit personnes sont rassemblées le long de la carlingue. Un grand bonhomme, tête nue, la pipe au bec, un paquet à la main, vient de se joindre au groupe : Filbert. Robert et Gace discutent encore à voix basse. Quelqu'un reçoit les bagages au pied de l'échelle. Le premier arrivant, un jeune type en casquette, saute sur l'herbe, rit, étire ses membres ankylosés, prononce quelques mots en français. Le second est un peu plus long à descendre. Il récupère sa valise et... un étui à violon en cuir. Il fait trois ou quatre pas dans le pré sans voir personne. Lydia s'avance à sa rencontre.

– Vous êtes Fox ? Je suis Lydia. *Did you have a good flight ?*

Il faut crier pour s'entendre. Filbert donne le courrier pour Londres à l'un des passagers, déjà en haut de l'échelle. Peut-être un Anglais. Gace s'accroche et suit tant bien que mal. Robert lui tend sa valise.

– Le rapport, maintenant, Gace !

– Il est dans votre poche, idiot !

Robert fouille précipitamment dans son paletot, sort une enveloppe de la poche intérieure. Bon Dieu, ce type est une espèce de prestidigitateur, en plus !

L'avion roule en cahotant le long du pré. Le moteur s'emballe, l'appareil quitte le sol à quelques mètres du talus de la route. Impossible, il ne passera pas... Il est passé ! Il a devant lui un grand pré dégagé de l'autre côté de la route, il amorce en grondant un large virage sur l'aile, vers le nord. Lydia se retourne une dernière fois puis le quitte des yeux, le cœur serré. C'est fini. Fox lui touche le bras. *Well...* Ils ont pris du retard sur les autres.

Ils se trouvent un instant face à face sous la clarté de la lune. L'officier anglais la détaille sans vergogne.

– Heureux de vous rencontrer au bout du voyage, miss.

Mince, pas très grand, tête nue, le front dégarni, Fox sourit sous sa moustache. Il ajoute en français, sur un ton sarcastique :

– Vous m'emmenez au quartier général du maquis ?

Lydia croit voir ses yeux briller d'un éclat presque cruel derrière ses lunettes rondes. Il est vêtu en civil, un peu trop chic, mais garde quelque chose de militaire dans l'allure. Il est chaussé de souliers à triple semelle, sans doute français : mille francs au marché noir. Elle respire son parfum, inconnu, exotique. Un parfum venu peut-être du fin fond de l'Empire britannique. Lydia a voulu prendre sa valise, un maquisard la devance. Fox garde son étui à violon. Que peut-il cacher là-dedans ? On se sépare en arrivant au sentier. Filbert serre la main de Robert.

– Un pli pour vous dans le courrier. Bonne chance, mon vieux.

Fox reprend le bras de Lydia, la tire contre lui pour qu'ils marchent de front dans le sentier.

– *Why is a horse like the letter O ?*

Affolée, elle cherche dans sa mémoire en déroute le sens

de cette blague. Fox est en train de jauger son anglais. Pourquoi un cheval ressemble-t-il à la lettre O ? Ça doit être un jeu de mots dans la langue de Shakespeare. Devant le silence de Lydia, il rit tranquillement.

– *Because gee makes it go !*

Prise en faute au premier essai. *Gee* représente le son de la lettre « g » : « g », « o », *go,* aller. Et *gee* signifie aussi « hue ». Fox lui donne autre chance.

– *What's the first thing you do when you fall into the sea ?*

Quelle est la première chose que vous faites quand vous tombez à l'eau ? Celle-là, elle la connaît.

– *Get wet !* Je me mouille !

Il lui serre plus fort le bras.

– *Well, well...*

Le jeune garçon à la lanterne revient vers eux.

– C'est pas pour vous couper la chique, m'sieu dames, mais ça paraît pas une très bonne idée de causer anglais à c't'heure !

– Qui peut nous entendre ?

Robert répond d'un rire. Le jeune garçon hausse les épaules en balançant sa lanterne. Fox continue comme si de rien n'était.

– *Long before the war, I was* turning *a honest penny as a banker. Then, I* turned *my mind to politics. It's enough to* turn *your stomach. And I'm not lucky, as I must* return *to the attack, just now !*

Est-il en train de faire un cours ? Ou essaie-t-il de dire qu'il s'est fourré dans de sales draps et n'apprécie pas du tout la mission *politique* qu'on lui a confiée ? Il conclut, avant de se taire pour un long moment :

– *Tonight, I have a blank. I can't speak French. It's a pity !*

Lydia trébuche à son bras. Elle ne comprend pas. Il dit qu'il a une espèce de trou de mémoire et qu'il ne peut parler français, ce qui est bien dommage. Mais il vient justement de s'exprimer en français... Et, soudain, la lumière se fait dans l'esprit de Lydia. Fox refuse de s'adresser à Ernest dans une langue étrangère. Il parlera anglais, rien qu'anglais.

Ernest est un individu à peine fréquentable pour un honnête sujet de Sa Majesté. Comment Shakespeare dirait-il « à prendre avec des pincettes » ?

« Et il veut s'assurer que je peux lui servir d'interprète. C'est la chance de ma vie si je me débrouille bien ! »

25.

Virginie bâille, le bout des doigts devant la bouche.

– Ils sont pas encore là ? Je vais me recoucher.

Elle s'étire, lève les bras en V. « Vive la victoire... » Sa chemise de nuit remonte bien plus haut que ses genoux. Ernest la considère avec intérêt. Elle va au placard mural, sort la bouteille de vin blanc, cueille un verre sale sur l'évier, se verse sans façon une bonne rasade.

– À la santé de Fox ! À la mort de Hitler !

Son verre vidé, elle se frotte les yeux, feint un sommeil invincible et annonce qu'elle va dormir.

– N'oubliez pas de m'appeler quand ils arriveront.

Ernest s'est habillé en gravure de mode. Il veut jouer au gentleman avec Fox. Claudine l'aimait mieux en bon savant juif mal fagoté. Il marche devant la pendule, soupire. Bientôt deux heures du matin. Claudine lève les yeux sur l'horloge, refait ses calculs pour la dixième fois.

– Jusqu'à deux heures, on ne peut pas dire qu'ils soient en retard. Mais une panne de gazogène est toujours possible.

Ernest noue les mains derrière son dos et se pique dans l'embrasure de la fenêtre fermée. Claudine a mal à la tête. Elle va à l'évier se mouiller la figure avec une serviette. Ernest la rejoint.

– Claudine, s'il y a un incident..., un accident plutôt, ne vous occupez pas de moi. Sauvez ma fille.

Elle le regarde en battant des paupières, le visage ruisselant. « Ma vieille, tu dois avoir l'air d'une chouette éblouie ! »

– Il n'y aura pas d'incident, dit-elle, mais, pour vous rassurer, je vais vous montrer notre porte secrète, la *porte d'échappée.*

Au retour, il pose la main sur son bras et prononce doucement son nom.

– Claudine, je pars demain. Je ne vous reverrai sans doute jamais. Quel que soit le résultat du complot et quel que soit le sort des armes...

Il cherche ses mots, pèse ses phrases.

– Quoi qu'il arrive, j'irai me battre sur le front russe où j'ai de fortes chances d'être tué. Je veux sortir pour toujours de la vie de ma petite fille. Après la guerre, mon existence pèserait sur la sienne. Mais je ne regrette pas d'être venu la voir une dernière fois. J'ai eu un grand bonheur, grâce à vous. Je vous confie Julia. Vous veillerez sur elle.

– Mais Julia a une maman !

– Oui, oui. Une femme que j'ai beaucoup aimée et que je voudrais encore sauver. Jusqu'ici, j'ai obtenu pour elle la protection du S.O.E. britannique. J'aurais voulu qu'elle soit évacuée dans un pays neutre, avec Julia. Robert Neuville les aurait fait passer au Portugal. Mais les Anglais n'ont pas voulu, sans doute de peur de la perdre de vue. Et Paule ne voulait pas s'en aller sans sa fille. Aujourd'hui, Paule est sous la surveillance de la Gestapo et de la Résistance française. Elle n'a pas une chance sur dix de survivre jusqu'à la paix. La Gestapo essaie de trouver Julia en se servant de Paule. Quand elle s'apercevra que cette surveillance ne sert plus à rien, elle tuera Paule ou l'enverra mourir dans un camp. Si, par miracle, Paule échappait aux nazis, la Résistance française l'exécuterait sans doute pour espionnage et trahison.

– Je..., je ne suis pas sûre d'être à la hauteur de cette situation.

– J'ai confiance en vous. Les Anglais se désintéresseront vite de Julia, et Robert Neuville aura, comment dites-vous ? d'autres chats à fouetter ! Je vous demande de chercher une famille pour adopter ma petite fille. Votre père, qui est notaire, pourrait vous aider. Je garde une somme pour elle, dans un coffre de banque, environ sept cent mille francs en pièces d'or et lingots. Cela devrait pourvoir à ses besoins jusqu'à sa majorité et payer ses études. J'ai songé à remettre cet or en dépôt à votre père. Mais ce serait sans doute dangereux pour lui.

« Après la guerre, quelqu'un entrera en relation avec vous à ce sujet. La somme vous sera remise, vous prélèverez ce qu'il faut pour vos frais, le reste sera gardé par votre père qui versera une pension à la famille adoptive de Julia. Dès mon retour à Paris, je prendrai toutes les dispositions utiles et j'écrirai..., je rédigerai mon testament.

– Mais vous ne me connaissez que depuis deux jours.

– Mademoiselle, je sais juger les personnes, ce qui m'a permis jusqu'ici de survivre dans un monde qui est une cage de fauves. J'ai aussi une très grande estime pour Robert Neuville, mais il est un agent secret, il exécute les ordres. Je ne veux pas confier ma fille à l'Intelligence Service. Et puis, voyez-vous, j'ai demandé à Julia. Virginie est de noble famille, et ma fille l'aime beaucoup. Je lui ai dit : « Qui préfères-tu pour s'occuper de toi si ta maman n'était plus là, mademoiselle Claudine ou mademoiselle Virginie ? » Julia a réfléchi un moment. Vous la connaissez, elle met beaucoup de sérieux dans tout ce qu'elle fait. Elle m'a répondu : « Je crois que je serai très *copine* avec Virginie (c'est son mot), mais Claudine est ma grande sœur. Si elle était un peu plus vieille, je crois qu'elle pourrait être ma maman. »

« Voilà. Je vous prie de considérer que c'est un mort en sursis qui vous parle. Merci d'avance de tout ce que vous ferez.

On a cogné à la porte. Claudine et Ernest se regardent. Claudine se précipite dans le couloir.

– C'est le commandant ! crie Thomas. Mot de passe Victor Hugo !

– C'est le commandant et Thomas ! crie le commandant.

Les deux inséparables sont là, tellement fidèles à leur image que c'en est une caricature. Le commandant avec son calot domine d'une tête Thomas et sa casquette, la visière rasant les lunettes. Tous les deux mi-civils, mi-guerriers, parabellum à la ceinture. Thomas fait un pas dans le couloir, le commandant reste sur le seuil, appuyé au chambranle.

– On rentre pas, mam'selle Claudine. On voulait juste savoir si l'Anglais était arrivé sans qu'on le voie.

– Et vérifier que tout va bien, ajoute Thomas.

– J'attends le major Fox d'une minute à l'autre, dit Claudine.

Elle vient d'inventer ce grade, elle est assez contente. Le commandant recule d'un pas et crie de la terrasse :

– On s' fait un peu de souci, vu que le mouchard des Fritz a tourné tout le jour au-dessus du coin !

Thomas s'approche de Claudine.

– Le commandant croit de son devoir de protéger Fox et la maison...

Une rafale de vent glacé s'engouffre par la porte ouverte, Claudine serre son col. Thomas se retourne, pousse aux trois quarts la porte.

– Une minute, commandant, j'arrive. Claudine, nous sommes là, près de vous, soyez tranquille.

Elle fait un pas vers la porte.

– Merci.

Thomas se rapproche encore et lui prend les poignets. Elle lit dans ses yeux une tendresse de chien fidèle, intelligent et doux, mais capable de férocité à l'occasion... Puis le courant est coupé. L'obscurité écrase le couloir, un rayon de lune filtre par l'entrebâillement de la porte. Thomas pousse un soupir rauque.

– Bon Dieu, c'est peut-être une coupure normale, il est deux heures du matin. Mais ça ne m'étonnerait pas que Stan ait abattu un poteau !

Il se serre contre elle, il sent l'eau de Cologne, le dentifrice et le linge propre. « Il s'est rincé et pomponné pour t'embrasser, ma vieille ! »

– Claudine, quoi qu'il arrive, maintenant ou plus tard, je serai là. Je penserai à vous !

Claudine ferme les yeux. En l'espace d'un quart d'heure, un homme lui a demandé son aide, un autre lui offre la sienne. Elle se laisse prendre aux épaules. Il l'embrasse très vite, sur la joue et le coin de la bouche. Elle le repousse en douceur.

– Allez, Thomas, le commandant vous attend.

– Claudine, je vous...

Grâce au clair de lune, elle a pu poser deux doigts sur ses lèvres, juste à temps pour arrêter l'aveu qu'elle ne voulait pas entendre. « Pas le moment, camarade, on en reparlera quand on aura gagné la guerre, tous les deux ! »

Il sort les épaules basses, se retourne une dernière fois. Elle rejoint Ernest, assis devant le foyer. Il lève la tête à son entrée.

– Tout va bien ?

– Tout va bien, mais le manque de lumière va nous compliquer un peu la vie. Dites, je voudrais vous poser une question personnelle. Vous nous avez accompagné à la messe de Pâques, ce matin, mais j'ai eu l'impression...

– Que je n'avais pas l'habitude des cérémonies catholiques ? C'est juste. Je suis protestant. Mon nom est...

– Ne le dites pas.

– Je n'aimerais pas que vous vous souveniez de moi sous un nom..., un nom d'emprunt. Mes ancêtres étaient des huguenots des Cévennes, les Falque. Au XVIIIe siècle, un de leurs descendants, soucieux de s'intégrer à la société prussienne, a germanisé le nom français, qui est devenu Falk. Je me nomme Henri Falk. Vous apprendrez ce nom à ma fille, plus tard. Vous lui direz que j'ai fait de mon mieux pour ne pas le déshonorer.

Claudine allume les lampes et ses mains tremblent.

Elle a ranimé une fois de plus les feux, poêles et cheminée, car cette nuit d'avril est très froide. Elle s'assoit en face de Henri Falk, qui lit à la lueur de la lampe. Il a demandé une bible. Elle a dû avouer, à sa grande honte, qu'elle n'en avait aucune, pas même un Nouveau Testament. La piètre clarté de la lampe a dissimulé sa rougeur. Il a pris *Colomba*, de Mérimée, sur une étagère. Elle essaie de se concentrer sur une rubrique de l'almanach : « Les conserves à faire au mois d'avril ». « Au printemps, les œufs abondent, profitez-en pour préparer vos réserves... » Mais elle se fiche des conserves. Elle se lève. Le roulement du gazogène se fait entendre quelque part sur la route de Saint-Pierre.

– Les voilà !

L'officier allemand la dévisage, ils se sourient. Elle a tant espéré la venue de Fox, maintenant elle est presque déçue qu'il soit là. Sa tâche est quasiment finie. Les larmes lui montent aux yeux.

– Nous nous reverrons, c'est moi qui vous emmène demain.

– Très bien, je vais attendre dans la grande salle. Ne vous dérangez pas. J'ai ma lanterne et je connais le chemin.

Cinq minutes plus tard, Fox est en face d'elle, sur l'escalier du perron. Il tient un étui à violon à la main et marche derrière Robert, qui porte sa grosse valise, et devant Lydia, qui l'éclaire pas à pas avec sa lampe de poche. Il est plus petit que Robert, tiré à quatre épingles, l'air insignifiant et froid. Lydia présente Claudine.

– *This is miss Claudine, a friend of ours.*

Il grogne un vague :

– *How do you do ?* et réclame sa chambre en anglais.

Claudine se précipite pour éclairer l'escalier du premier étage. Lydia braque aussi sa lampe. Les deux faisceaux se croisent sur les Balmoral en box-calf noir du visiteur. Robert hisse la valise sur son épaule. Fox grommelle entre ses dents à l'entrée de sa chambre :

– *What's that ? A fire ?*

Non, ce n'est pas un incendie, juste le poêle qui a fumé. Fox baragouine à toute vitesse, Lydia s'évertue à traduire sans perdre le fil.

– Il demande pourquoi il n'y a pas d'électricité. Il veut une autre lampe. Il demande... quelque chose... Je ne comprends pas le mot. Attendez !

Fox pose son étui à violon sur le lit, en sort l'objet le plus incongru du monde : un violon. Tous l'observent bouche bée. Claudine s'attend à le voir changer l'instrument, par un geste magique, en une mitrailleuse lourde ou un poste émetteur. Mais ce n'est qu'un violon. Lydia se frappe le front.

– *Music stand*... Il veut un pupitre pour sa partition. Claudine !

– Sans électricité, comment veux-tu que je fouille la maison ? Demande-lui s'il veut quelque chose à boire ou à manger ou s'il a envie de faire un brin de toilette.

La réponse fuse.

– Il dit qu'il se passera de pupitre. Il dit qu'il va jouer du violon pour se reposer du vol qui a été mouvementé et angoissant. Et le voyage en camion l'a beaucoup fatigué. Il dit que tu fasses couler son bain...

– J'ai mis de l'eau à chauffer. J'espère que ma cuve lui plaira.

– Ah ! s'écrie Robert. Nous n'avons pas de baignoire pour M. Fox ?

– Il dit, poursuit Lydia, qu'il prendra du thé et du cake après son bain.

Virginie, en chemise, se mêle à la conversation.

– Demandez-lui s'il veut que je lui tienne sa partition.

– Pas en chemise, quand même ! dit Claudine.

– J'ai déjà une bonne expérience de pupitre vivant, en chemise ou pas.

– Il dit qu'on le laisse, traduit Lydia.

Fox prend son violon, la caisse sous le menton, balance son archet puis commence à jouer, de mémoire. Robert et les jeunes femmes retrouvent dans la grande salle Henri Falk, toujours penché sur *Colomba*. L'Allemand lève les yeux, referme son livre en marquant la page d'un doigt.

– Ce M. Fox n'a pas l'air très pressé de me rencontrer.

Puis, tendant l'oreille vers la porte du couloir :

– Notre ami est un excellent musicien. Je pense que vous avez reconnu le concerto pour violon de Tchaïkovski ?

Robert grogne un acquiescement, il n'a rien reconnu du tout. Les filles se sourient dans le halo de la lampe. Le colonel Falk écoute, tête levée, l'air à la fois rêveur et attentif.

– Il n'a pas choisi par hasard un musicien russe !

Pendant que Virginie, un manteau sur les épaules pardessus sa chemise, tient compagnie à l'Allemand, Robert, Lydia et Claudine s'affairent à la buanderie. Claudine rince la cuve, Robert transporte l'eau chaude, Lydia attise le feu. Ils s'arrêtent de temps en temps pour écouter.

– Il ne joue pas n'importe quoi, dit Robert. Il joue du Tchaïkovski.

– Et il refuse de parler français.

Robert frappe du poing dans sa main.

– Il s'est passé quelque chose à Londres au dernier moment. Ils n'ont pas pu ou pas voulu annuler la rencontre. Mais Fox veut nous montrer...

Il tourne la tête vers l'escalier, baisse la voix.

– ... qu'il garde ses distances, qu'il accomplit à contrecœur une mission déplaisante. Bien entendu, il parlera anglais pour bien affirmer qu'il refuse de dialoguer avec Ernest d'égal à égal !

Claudine a l'estomac serré. Tant d'efforts, d'émotions, de soucis pour en arriver là ! Lydia enfonce les mains dans les poches de son manteau et fixe Robert, qui laisse refroidir un seau d'eau à ses pieds.

– Qu'est-ce qui a pu se passer ?

– En tout cas, les Anglais ont maintenu la rencontre. Nous avons fait ce que nous avons pu. À la grâce de Dieu !

Trois heures vingt-cinq. Fox sort de la buanderie où les jeunes femmes l'ont aidé à prendre son bain dans la cuve, arrosé, savonné, séché à la lueur des lampes de poche et de la lanterne tempête. Il siffle un air guilleret, paraît de bonne humeur et disposé à coopérer. Dix minutes plus tard, il prend place à la table du petit salon et pose devant lui une chemise en carton qui contient deux feuilles : une dactylographiée, l'autre blanche. Le colonel Falk, qui l'attendait depuis un moment, debout devant la cheminée, s'assoit en face de lui. Lydia, blême, s'accroche à Robert resté sur le seuil. Naturellement, Fox lui a demandé d'être son interprète.

– Robert, j'ai peur de ne pas m'en sortir.

Robert la prend aux épaules, la pousse vers sa chaise.

– Personne ne peut vous remplacer. Vous serez très bien. Bonne chance !

Elle s'assoit en réprimant le tremblement de ses mains. Claudine a posé sur la table son sous-main et une demi-douzaine de feuilles. Lydia prend son stylo dans son sac, trace une ligne de zigzag pour l'essayer. Fox la scrute avec impatience.

– Prête, miss ? Très bien, nous commençons. Je voudrais aller dormir à quatre heures, ce qui ne nous laisse pas beaucoup plus de vingt minutes...

– Je vous demande pardon, sir ? Vous avez dit vingt minutes ?

– Mais je crois que ce sera suffisant, si nous ne perdons pas de temps en vaines palabres. Inutile de traduire ça. Allons-y, maintenant !

Il se tourne vers Henri Falk sans vraiment le regarder.

– J'ai sous les yeux un document que nous appelons en code le « protocole Pickwick ». Il s'agit d'une liste de dix points qui nous a été transmise par l'Abwehr et qui représente les exigences de l'état-major de l'armée de l'intérieur... ou quelque chose de ce genre. Avez-vous aussi ce document ?

L'Allemand hoche la tête, prend une feuille dans un dossier.

– Très bien, dit Fox. J'aimerais que vous me lisiez les points un et dix, simplement pour voir si nous avons bien la même liste.

– Le point un est l'arrêt immédiat de la guerre aérienne, dit Henri Falk.

Fox sourit avant même que Lydia ait ouvert la bouche pour traduire. Elle songe : « Il comprend très bien le français. Je ne sers à rien, à rien du tout ! » Falk les fixe tour à tour, grave et tendu.

– Le dixième point est le châtiment des criminels nazis par le peuple allemand lui-même.

– C'est bon, dit Fox.

Un instant de silence. Il se lève, va arranger une bûche dans la cheminée.

– Monsieur, vous pourrez dire à vos amis de l'Abwehr, de l'armée de l'intérieur, de la *Schwarzekapelle* que leurs offres ne nous intéressent pas.

– Ce protocole n'est pas intangible. Je suis venu pour en discuter. Je puis vous répondre ceci : l'amiral Canaris souhaite une paix séparée à l'ouest. L'état-major de l'armée de l'intérieur souhaite simplement *la paix*. Nous voulons traiter en même temps avec tous les Alliés. Nous avons pris contact en Suède avec des représentants du pouvoir soviétique.

– Les Alliés exigent une capitulation sans condition de l'Allemagne.

– La Wehrmacht n'acceptera jamais.

– Faites-nous toujours des propositions plus réalistes. Je vois ici votre deuxième point : « Renonciation aux plans d'invasion. » C'est ridicule. Non seulement nous n'avons pas l'intention de renoncer à nos plans d'invasion de l'Europe occupée, mais nous envisageons de les précipiter, vous le savez bien. De nouvelles propositions, même très positives, ne nous suffisent pas. Nous voulons des gestes sur le terrain. Que vos amis officiers généraux, qui ont des commandements sur le front, montrent par des signes objectifs à la fois leur bonne volonté et leur influence !

De temps en temps, Lydia doit prier Fox de parler moins vite, de répéter une phrase, de s'arrêter à la fin d'une autre pour lui donner le temps de traduire. Elle sent son cœur frapper à grands coups. La sueur ruisselle sur son front et dans son dos. Elle suffoque. Fox la considère avec sympathie.

– Une petite pause nous fera du bien à tous. Allez voir s'il reste du thé...

– Cinquante-cinq minutes en comptant la pause, dit Lydia.

– C'est mieux que les vingt minutes annoncées par Fox, dit Robert. Lydia, pouvez-vous nous raconter ?

Virginie éponge le visage et le cou de Lydia avec une serviette.

– Laissez-la tranquille cinq minutes. Elle n'en peut plus, la pauvre petite Mme Rivière ! Là, ça va mieux ? Après ça, au lit. Et en se levant, un bon gros bain chaud, puis un mois de vacances !

Lydia se prend le front dans les paumes un instant puis écarte les mains, sort une feuille de papier de son corsage.

– J'ai recopié tant bien que mal ce qu'il appelle le « protocole Pickwick ». Ce sont dix points fixés par les Allemands.

Robert tire une bouffée de sa cigarette. Lydia fait la grimace, chasse la fumée d'un revers de main. Il jette la cigarette dans le feu.

– Votre impression générale ?

– Pas d'entente possible entre les Alliés et les généraux allemands. Les Allemands posent leurs conditions comme s'ils étaient vainqueurs.

– Le « protocole Pickwick », ce sont ces conditions ?

– Oui. Voilà pourquoi Fox a tenu à garder ses distances. D'abord, j'ai pensé qu'il ne se conduisait pas en gentleman. Puis je me suis rendu compte qu'il ne pouvait pas négocier sur ces bases.

– Fox avait donc ce protocole en arrivant ?

– Oui, l'Abwehr l'a transmis aux services secrets anglais.

Robert a tendu plusieurs fois la main vers la feuille de cahier pliée en quatre que Lydia tient devant elle sur la table de la cuisine. Mais la jeune femme n'a pas paru voir son geste. Il a retiré sa main. Il fixe la lampe.

– Je crois que les conjurés de la *Schwarzekapelle* sont obligés d'être très exigeants avant de prendre le pouvoir. Pour amener la Wehrmacht à leurs vues, il ont besoin de faire miroiter à ses chefs une paix honorable et même avantageuse. Mais, si le complot réussissait, le nouveau gouvernement serait sans doute plus accommodant.

– Fox a dit que les Alliés exigeaient des actes.

– Il y a eu un début de négociation. Le dialogue est engagé. Est-ce qu'ils ont prononcé des noms ? Il n'a pas parlé de Rommel ?

– Non.

– Les officiers antihitlériens sont gênés aux entournures. S'ils favorisent le débarquement, la position allemande sera gravement affaiblie et leurs chances d'obtenir une paix avantageuse diminuées d'autant.

– Mais qu'ils tuent donc Hitler, s'ils en sont capables !

– Ils ont essayé plusieurs fois. Je suppose que ce n'est pas facile.

Lydia déplie lentement la feuille de cahier, l'approche de la lumière.

– Je vais vous lire ce que j'ai noté.

Une fois encore, Robert tend la main, nerveusement, presque malgré lui, et la retire en soupirant. Lydia se penche pour déchiffrer son brouillon.

– Premièrement : arrêt immédiat de la guerre aérienne.

Elle lève les yeux pour juger les réactions. Virginie se claque la cuisse.

– Non mais ! Ils vont fort, les Fritz !

– Si le gouvernement militaire obtenait l'arrêt des bombardements, le peuple basculerait de son côté, dit Robert.

Lydia hausse les épaules et poursuit.

– Deuxième point : renonciation aux plans d'invasion. Là, Fox s'est fâché tout rouge. Ernest a dit que cette renonciation s'entendait en échange d'un repli de la Wehrmacht sur les frontières de l'Allemagne. Fox a crié : « On en reparlera quand vos armées se seront repliées de Trieste à Strasbourg ! » Ernest n'a rien dit. Moi, je me tenais à quatre pour ne pas hurler : « Tuez Hitler ! Tuez Hitler ! Vous chipoterez après ! »

Robert se mord la lèvre, secoue la tête.

– Il ne leur suffit pas de tuer Hitler. Il leur faut prendre le pouvoir en même temps, et donc convaincre les chefs de la Wehrmacht.

Lydia le guette avec un sourire railleur par-dessus la page de cahier. Le reflet de la lampe, multiplié, danse dans ses yeux.

– On dirait que vous êtes pour eux !

– Non, dit Robert. J'essaie d'expliquer pourquoi leurs conditions peuvent nous paraître tellement irréalistes.

– Ils sont plus qu'à moitié écrabouillés, dit Virginie. Dans trois mois, ils seront à genoux, et ils sont presque aussi arrogants qu'en juin 40 !

Lydia reprend sa lecture.

– Je ne suis pas sûre d'avoir bien compris le troisième point. Je crois qu'ils demandent le maintien de leur capacité de défense à l'est, contre l'évacuation des territoires occupés à l'ouest et au sud. Le quatrième point a fait bondir Fox. Les Allemands demandent qu'il n'y ait pas d'occupation de leur territoire ni du territoire de leurs alliés !

– Mettez-vous à leur place, dit Robert. S'ils commencent

d'admettre l'occupation de leur pays, personne ne les suivra.

Lydia réprime un mouvement de mauvaise humeur, se racle la gorge et poursuit, un ton plus haut.

– Cinquième point : une Constitution de l'Allemagne votée par le peuple. Gouvernement libre.

– Ils prêchent pour leur paroisse, dit Robert.

– Sixième point : frontières de 1914 à l'est.

Virginie lance un grand rire triomphal.

– Pour ça, mes amis, faut demander aux Russes !

Son rire ne trouve pas d'écho et Lydia siffle doucement.

– Attendez la suite, ils n'y vont pas de main morte. Maintien dans le Reich de l'Autriche et des Sudètes. Bon, pourquoi pas ? Mais il y a plus fort. Autonomie de l'Alsace-Lorraine ! Rien de moins !

Robert frappe du poing sur la table.

– Nom de Dieu !

– L'Alsace et la Lorraine... Ils doivent nous la rendre !

Claudine a presque crié. Lydia la toise et jette, sur un ton de pitié :

– Ah tu te réveilles, toi ? Et comment, ils doivent nous la rendre !

– J'ai peur qu'ils aient derrière la tête l'idée de l'autonomie pour pouvoir remettre la main sur l'Alsace-Lorraine à la première occasion, dit Robert.

Virginie esquisse une pirouette, fait voler sa chemise sur ses jambes nues et se met à fredonner : *Non, vous ne boirez pas le vin de la Moselle / Mon vin est comme moi, tous deux sommes français.* Lydia lui lance à la figure le premier objet qu'elle peut attraper, un lourd tire-bouchon à manche de bois. Virginie évite d'un bond le projectile.

– Mais tu es folle !

– Arrête tes mômeries, toi. Tu me portes sur les nerfs. Va te coucher ou va t'habiller. On a assez vu tes cuisses !

Virginie s'échappe, mi-riant, mi-pleurant. D'un geste machinal, Claudine ramasse le tire-bouchon qui a roulé dans l'ombre et le range sur l'évier. Robert se met à marcher de long en large.

– Cette affaire-là est extrêmement grave.

Lydia se lève, sa feuille à la main, fixe Robert d'un regard étincelant.

– Je vous l'avais bien dit !

– Cette condition prouve que les généraux allemands n'ont pas changé. Rendre carrément l'Alsace-Lorraine les étoufferait !

– Alors, on ne peut pas traiter avec ces gens-là, hein ?

– De toute façon, on n'en est pas à traiter.

– Même s'ils tuent Hitler, on ne traitera pas avec eux ?

– S'ils tuent Hitler...

Robert s'approche de Lydia, tend de nouveau la main.

– Bon Dieu, si ces propositions tombent sous les yeux de gens de De Gaulle ! La France libre a un excellent contre-espionnage..., celui de Vichy, d'ailleurs. Un jour ou l'autre, ils dénicheront une copie de ce protocole. Et tous les Français qui ont été en relation, de près ou de loin, avec l'Orchestre noir pourraient bien être poursuivis pour haute trahison !

Lydia plie sa feuille avec soin, la glisse dans la poche de sa jupe.

– Nous, par exemple ?

Robert s'avance tout contre elle.

– Donnez-moi ce papier.

Lydia recule d'un bond, se cogne au coin de la table.

– Non !

Il la rattrape, la prend par le bras.

– Lydia, ne faites pas l'enfant. Cette feuille de cahier, c'est une bombe en l'air. Et nous risquons de sauter avec quand elle touchera terre !

Lydia plaque la main sur sa poche, essaie de se dégager.

– C'est à moi, dit-elle d'une voix aiguë. Je veux le garder !

Robert la lâche. Ils se font face, chacun d'un côté de la lampe à pétrole. Lydia part d'un rire nerveux, tendu. Claudine surprend dans son regard une lueur de provocation et de peur mêlées. Ce brouillon qu'elle a griffonné en se cachant de Fox et d'Ernest, elle y tient comme à la vie. Claudine voudrait crier à Robert : « Ne la touchez pas ! » Elle n'ose pas, il insiste.

– Très bien. S'il vous plaît, jetez ce papier au feu. C'est un ordre.

– Vous n'avez pas d'ordre à me donner.

– On va voir.

Il marche vers elle, poings serrés. Elle a reculé jusqu'à la cheminée. Elle saisit le tisonnier accroché à un clou du mur. C'est une longue tige de fer à poignée isolante et bout pointu. Elle le brandit. Claudine s'avance entre eux.

Lydia éclate d'un rire fiévreux.

– À quoi ça servira de brûler ce papier, puisque les Anglais l'ont déjà ? Il y en a sûrement des tas d'exemplaires partout, pourquoi brûler le mien ?

Robert enfonce les mains dans ses poches, baisse la tête.

– Celui-ci est beaucoup plus dangereux que les autres, parce qu'il est écrit de votre main. Il révèle que nous avons été mêlés à l'affaire. Difficile de prouver que nous n'y sommes pour rien, qu'il n'y a même pas eu un semblant de négociation.

– Je croyais que vous n'aviez pas peur de vous salir les mains ?

Ils s'affrontent du regard. Claudine les guette, le cœur serré. Querelle d'amoureux ? Claudine connaît Lydia, son caractère fougueux et entier. Une fille qui ne transige pas sur ses principes patriotiques, sauf si l'amour l'aveugle, et encore. Robert lui tourne le dos. Lydia baisse son pique-feu.

– Je vais te dire de quoi tu as peur, Robert. Tu as peur que je donne cette feuille de papier à la Résistance. Tu as peur que je leur dise : « Robert Neuville est prêt à brader l'Alsace-Lorraine aux généraux allemands ! » Ha ! ha ! ha ! Avoue ! Tu me prends pour une... pour une...

Le mot, décidément, ne passe pas. Robert l'arrête d'un geste. « Je t'en prie ! » Ils se tutoient, maintenant. Elle est amoureuse de lui et elle s'est sentie d'autant plus blessée quand il a voulu lui arracher la feuille de cahier. Ou elle a voulu le provoquer parce qu'elle souhaitait en secret qu'il se jette sur elle... Robert se place devant la lampe et fixe longuement la flamme.

– D'ici à quelques semaines, tes précieuses notes, Lydia, ne seront plus qu'un chiffon de papier. Mais si la *Schwarzekapelle* réussissait à tuer Hitler et à prendre le pouvoir avant le débarquement, il y aurait au moins une amorce de négociation. Et des milliers de vies seraient épargnées...

Il se tourne graduellement vers Lydia.

– Le « protocole Pickwick » ressortirait, même pour être rejeté, et ta feuille deviendrait un brûlot dangereux, d'abord pour toi. Tu crois que tes chefs du S.O.E. aimeraient te savoir en possession de documents secrets ?

Lydia semble pâle et troublée à la lueur de la lampe. Elle se mord la lèvre en silence mais soutient le regard de Robert.

– Et tu me menaces d'aller leur dire ? Ce n'est pas d'un bon camarade !

Robert lève les mains en un geste d'impuissance et se tait. Peut-on être aussi maladroit ! Lydia serait prête à se jeter au feu pour lui s'il savait la flatter. Mais il s'énerve, il s'affole. Il est donc capable de perdre ce flegme qui le rend si désespérément supérieur ? Tant mieux !

Claudine cherche sa lampe de poche, s'éclipse discrètement. À la porte, elle regarde par-dessus son épaule pour voir comment va tourner la scène. Elle s'attarde une seconde. Tu paries que ça va finir par un long baiser de cinéma ? « Robert... » Le ton de Lydia a changé, rauque et tendre à la fois. Elle a cette voix qui envoûte les hommes, ses gestes se sont alanguis. Elle se coule vers Robert, ses pieds glissent sans bruit. Elle est près de lui, tête levée, et tient au bout des doigts la feuille de cahier pliée en quatre.

« Tu as deviné ? Elle va lui offrir son précieux papier contre un baiser. Voilà, ma douce, une bonne scène pour ton roman ! »

Lydia se dresse sur la pointe des pieds, Robert se penche. Claudine ne voit plus que le dos de Lydia. La chevelure de la jeune femme se défait, roule sur ses épaules. Calculé ou non, c'est très beau. Claudine recule lentement vers le couloir, ramène le battant de la porte sur elle.

Soudain, un cri, un bruit de chaise renversée... Lydia traverse la grande salle en courant. Claudine a tout juste le temps de s'écarter de la porte. Lydia hésite dans le couloir seulement éclairé par un rayon de lune tombant d'une fente à un volet. Claudine allume sa lampe de poche. Lydia serre dans sa main droite la feuille de cahier, entière mais déchirée.

Elle touche le bras de Claudine de la main gauche.

– Clo, s'il te plaît, conduis-moi dehors. J'ai besoin de respirer.

– Je t'ai préparé une chambre, Lydia.

– Tu me la montreras tout à l'heure. Maintenant, je veux aller dehors.

Claudine la guide jusqu'à la porte, dans l'ombre. Elle sort en courant. Claudine rejoint Robert près de la cheminée, où se consument les dernières braises d'un feu de bûches. Il est assis la tête dans les épaules, le front penché, les mains nouées entre les genoux.

– Claudine ? Viens me dire que je me suis conduit comme un imbécile. Non ? Je vous entends penser, mademoiselle. Chacun son tour, hein ? Lydia a pris le maquis ? Si on la poursuivait pour lui chiper son papier, qu'en dis-tu ? Une poursuite au clair de lune, avec une scène très érotique quand on l'aurait rattrapée ? Tu te demandes si je suis devenu fou ou si j'ai bu ! C'est bien la question que tu te poses ?

Claudine avance, se tient un instant debout près de lui. Le reflet du feu jette une lueur cuivrée sur son visage. Elle s'assoit sur la pierre du foyer.

– Non, dit-elle, vous ne lisez pas mes pensées si bien que vous l'imaginez. Je ne crois pas que vous lisiez les pensées d'aucune femme.

Robert se tait longtemps. Un chien hurle à la lune. Toujours le même chien qui hurle toutes les nuits du côté de la plaine, sa voix geignarde perce les fenêtres et les volets clos. Robert lève la tête comme s'il écoutait.

– La pleine lune, c'est elle, peut-être, qui nous rend fous.

26.

D'habitude, Julia ne traîne jamais au lit. Elle a raconté à Claudine qu'elle aimait le moment où le soleil passe le nez au-dessus du mur pour voir s'il peut venir. « Tout est gris, on cligne des yeux, on marche doucement, on croirait qu'on joue à colin-maillard. J'aime bien le matin. » N'empêche que ce lundi de Pâques, à presque huit heures, elle est encore roulée en boule au fond de son lit, grogne et feint de retomber dans un sommeil profond chaque fois que Claudine la secoue par l'épaule pour la réveiller.

– Julia, il fait grand jour, ton papa voudrait t'embrasser avant de partir.

Elle répond d'une toute petite voix :

– C'est fini.

Claudine n'est pas sûre d'avoir compris et lui demande de répéter.

– C'est fini, dit Julia un peu plus haut. Fini, fini, fini...

Elle se soulève à demi, entortillée dans ses draps, l'air d'une momie.

– J'ai été gentille, hein ? J'ai fait comme si, hein ? Mais j'ai pas de papa, hein ? Emma a dit que le Boche était pas mon papa. Mon vrai papa viendra un jour me chercher de très loin, il dira : « Les chevaux ont chassé les loups. » Il fera très attention de pas se tromper et de pas dire que les loups ont chassé les chevaux. Et je le suivrai partout !

Elle s'enfonce sous les couvertures et disparaît.

Claudine appelle Henri Falk et le fait rentrer sur la pointe des pieds dans la chambre de sa fille. Le colonel aperçoit une tignasse blonde, ébouriffée, et une oreille qui dépasse. Il caresse du bout des doigts, d'un geste timide, les cheveux de Julia. Puis il se raidit et recule très vite jusqu'à la porte. C'est fini, fini... Sur la route, Claudine cherche une excuse à la petite fille.

– Elle a dû veiller cette nuit en nous guettant. Elle est très fatiguée.

– J'ai pensé lui écrire une lettre de Russie, dit Ernest, à mon arrivée. Mais je ne crois pas que ce serait très malin. Le facteur doit remarquer ce genre de courrier. Vous attendrez qu'elle soit grande pour lui parler un peu de moi. Vous attendrez qu'il n'y ait plus de haine entre les Français et les Allemands. Ce temps viendra, j'en suis sûr.

Il se tait. Claudine frissonne. La jument Gusta s'en va au petit trot dans le jour pimpant. Les oiseaux chantent gaiement, une vache meugle pour appeler son veau. Pâques sonnées, le printemps est là, comme dans la chanson. *Un coin de ciel tout bleu... Un peu de folie au cœur... Oubliez tous vos soucis, Mad'moiselle Swing !*

– Je vous demande pardon pour l'Alsace-Lorraine, dit Henri Falk.

Claudine tire sur les guides. Ce souci-là, elle l'avait chassé pour de bon. L'Allemand baisse les yeux.

– J'ai bien vu à quel point cela pouvait vous blesser. Je ne voulais pas mentionner ce protocole très irréaliste. C'est une erreur de von Stauf..., du chef d'état-major. Cet officier et ceux qui l'entourent veulent d'abord séduire les chefs de la Wehrmacht en leur promettant la lune. Ils essaient de jouer les Russes contre les Anglo-Américains et refusent de considérer la France comme partie prenante d'une négociation. Ils ont tort, et je ne suis pas le seul à le penser. C'est aussi l'avis de nos chefs civils, en particulier de celui que nous appelons Herr Doktor Carl, qui pourrait être le chef du prochain gouvernement du Reich.

« Les officiers allemands, qu'ils soient pour ou contre Hitler, ne croient pas à la réussite d'un débarquement à l'ouest. Ils avalent leur propagande comme un alcool qui les grise. Moi, je crois à la réussite du débarquement et... À travers les réflexions de sire Renard, cette nuit, j'ai cru percer les desseins des Alliés. Je les appuierai, dans la mesure de mes moyens, qui ne sont pas si moindres... Je veux dire, petits, faibles. Vous vous dites : « Il va trahir les siens ! » Mais je ne crois pas. Mon camp est maintenant celui de la paix, celui de Julia. Et je me battrai pour que mes amis enlèvent de leur projet ce ridicule huitième point sur l'Alsace-Lorraine. Herr Doktor Carl [1] sera d'accord et nous réussirons. N'ayez aucune crainte.

Claudine a le cœur pincé, une crampe à l'estomac, envie de vomir. Henri Falk regarde entre les oreilles de Gusta, loin en avant. Claudine détourne les yeux sur l'horizon, laisse flotter les guides. Ils sont déjà à deux mille kilomètres l'un de l'autre, et chaque pas de la jument les éloigne davantage. L'Allemand lui touche délicatement la main.

– Un grand merci. Je n'oublierai jamais.

Lundi de Pâques, l'étude est fermée, pas de bonne ni de clerc. Claudine s'est précipitée devant la glace de sa chambre. Elle examine ses traits tirés, ses joues creuses, ses yeux gonflés, ses cheveux poissés par la fumée.

« Tu as changé, mûri peut-être. Mûri ? bah ! Tu es fatiguée, tu manques de sommeil... Enfin, ça y est. Ernest est venu, Fox est venu. Ils sont repartis et on a failli perdre l'Alsace-Lorraine. Te voilà responsable d'une future orpheline de huit ans et demi – toi qui n'en as pas vingt – aussi attachante que difficile à gouverner. Tu dois penser à elle, ne pas te faire prendre ou tuer bêtement. Le mieux serait peut-être de partir te cacher avec elle n'importe où... Et abandonner Robert Neuville ? Oh, lui peut se passer de toi, maintenant que son opération Chat Murr est terminée. File avec Julia ! »

---

1. Il s'agit de Carl Friedrich Goerdeler, ancien bourgmestre de Leipzig, dont les conjurés de l'Orchestre noir voulaient faire leur chancelier. Après l'attentat manqué de von Stauffenberg contre Hitler, le 20 juillet 1944, il est arrêté et exécuté.

On frappe à la porte. Denis Chamarand entre en s'essuyant la figure d'un revers de manche.

– Claudine ? Il m'avait bien semblé te voir. Alors, comment va ma grande chérie ? Ta mère a téléphoné. Les enfants sont en sécurité, elle a trouvé une chambre et me demande de lui envoyer de l'argent pour qu'elle puisse payer un vrai logement. Je lui posterai un mandat dès demain. Ta sœur est ici, je ne sais où, elle a dû aller se promener en ville. Elle veut te voir. Il faudra peut-être la sermonner un peu, il est trop tôt pour qu'elle revienne. Les Treguennec sont furieux. Il paraît que le chirurgien ne veut plus opérer Julia. La mère Treguennec est venue dire que dans ces conditions ils ne reprendraient pas la petite. Et puis tu as reçu cette lettre...

Il prend une enveloppe dans la poche de sa veste et la tend à Claudine.

– Elle est arrivée ouverte. Elles arrivent *toutes* comme ça.

Claudine arrache la feuille collée dans l'enveloppe. Une lettre anonyme, la première qu'elle reçoit, il faut un commencement à tout. Deux courtes phrases écrites en caractères découpés dans le journal. ÇA VA PÉTER, FOUS LE CAMP. L'avertissement coïncide bien avec sa propre intuition. Ça va péter un de ces jours à Réverac, pars avec Julia tant qu'il est temps ! Elle lève les yeux sur son père.

– Tu veux dire qu'il y en a d'autres ?

– Oui. Mme Girod, la femme du pharmacien, en a eu une, un instituteur adjoint, le père Sous-Marin, le bistrotier. Ceux-là du côté gaulliste et, de l'autre, Parisot, le buraliste. Toutes pareilles : « Ça va péter, fous le camp. » Ouvertes, la feuille collée à l'intérieur. Tu sais, il y a pire, les petits cercueils, tant de choses...

Annette rejoint Claudine à la cuisine une demi-heure plus tard.

– Ah, tu es là. On m'a raconté en ville que tu étais pour de bon dans la Résistance, avec les Anglais ou je ne sais qui. C'est vrai ?

Claudine ôte son béret, libère ses cheveux : un geste qui remonte à son enfance. Elle se libère en même temps.

– On raconte n'importe quoi, en ville.

– Ça, c'est bien vrai. Il paraît aussi que tu as reçu une lettre anonyme. Je suis allée acheter du savon au bistrot du père Sous-Marin, et il m'a montré la sienne. Le savon au marché noir devient hors de prix. Toi, tu en as tant que tu veux. Tu te laves pas avec du savon de ménage, ça se sentirait !

Claudine observe sa petite sœur en essayant d'ôter toute malice de son sourire. Annette accompagne toujours ses phrases d'une espèce de moue de dédain et d'incrédulité, un air de dire : « Je n'en crois rien et, de toute façon, je m'en fiche. » Elle prépare de loin ses demandes, en croyant agir avec diplomatie. Mais elle a des gestes nouveaux, plus coulés, un port moins raide du buste et des épaules. Elle ne détourne pas les yeux, ne cache pas ses mains... sans parler de ses cheveux raccourcis plus qu'à moitié.

– Je te trouve en beauté, dit Claudine.

– J'en ai pas autant pour toi, ma vieille. Dis, il faut que tu comprennes. Je veux que la Résistance prenne mes frais en charge, j'ai raison, hein ? Je suis obligée de me cacher parce que mon oncle s'est fait repérer par les Boches et que toute la famille est menacée. Alors, c'est à la Résistance de payer. Les Anglais te rembourseront, hein ? Dis, qu'est-ce que tu peux me donner pour tenir jusqu'au débarquement ? Cinq mille francs ?

– Cinq mille francs, ça me paraît beaucoup. Il y a des gens qui gagnent mille francs par mois.

– Si tu crois que c'est facile pour une fille de se cacher tout le temps !

On transige à trois mille. Claudine sourit gravement à sa petite sœur.

– Tu restes déjeuner ? J'avais un peu de temps, j'ai eu envie de préparer un bon repas. Je trouve que papa a maigri. Il y a une soupe aux vermicelles, des mousserons, un reste de veau, des œufs de cane pour l'omelette.

– Oh ! s'écrie Annette, je ne veux pas me taper la cloche pendant que des millions de gens bouffent des briques !

– La bonté te perdra. Il y a aussi des millions de gens qui n'ont pas un sou pour acheter des savonnettes au marché noir.

Le mouchard tourne sur les collines avec une obstination inlassable. Le bruit de son moteur devient vite obsédant, tour à tour miaulement rageur puis longue plainte mourante suivant ses manœuvres. Sa présence presque quotidienne dans le ciel du Périgord est la griffe et presque le symbole de l'Occupation allemande. Claudine est tentée d'arrêter la jument pour mieux l'observer. « Méfie-toi, ma belle, il peut te voir, de là-haut, pas la peine d'attirer l'attention. »

Il s'en va soudain, disparaît vers Monpazier. Claudine arrive une heure plus tard à Monlévrier. Virginie est là, par miracle, tout habillée et toute sage, le corsage boutonné jusqu'au cou, l'ourlet au-dessous du genou et les cheveux tressés. Elle est très fière de son exploit du jour. Elle a retrouvé Ti-Miraut et l'a ramené avec l'aide de Julia. Et maintenant la petite fille joue dans la cour avec Emma, sa camarade imaginaire, et son chien.

– Une affaire réglée, dit Virginie.

Claudine hoche la tête.

– Une de plus.

Robert éclate de rire.

– Bravo, mesdemoiselles. Grâce à vous, l'opération Chat Murr est un succès. Et je ne compte pas pour rien le retour de Ti-Miraut !

– Moquez-vous, cher monsieur.

– Je suis sérieux, Agnès. Nous vous devons la réussite des retrouvailles entre Ernest et sa fille. Nous devons à Lydia la réussite de la rencontre – un peu discordante – Fox-Ernest. Rien n'aurait été possible sans les talents de notre intendante, Claudine. Oublions l'incident d'hier soir. Nous avions tous les nerfs tendus. Nous avons mené cette affaire au-delà de mes espérances. Avez-vous des questions ?

– J'en ai une, dit Virginie. Pourquoi Fox est-il venu en avion spécial pour une rencontre d'une demi-heure ? Si les Anglais voulaient faire savoir aux conjurés allemands que la négociation n'était pas possible, le plus simple était de rester chez eux. Et à quoi bon humilier ainsi ce pauvre Ernest ?

Robert joint les doigts sur son front et réfléchit, les yeux plissés.

– Les Anglais voulaient faire passer à la *Schwarzekapelle* un message clair et net : « Assez de discours. Le “protocole Pickwick”, comme son nom l'indique, est ridicule. Nous voulons des actes, *sur le terrain*... » Ils ne pouvaient pas l'exprimer par les voies officielles, ç'aurait été reconnaître les conjurés, ce qui est exclu. Alors ils ont monté l'opération Chat Murr. La brièveté de la rencontre, la mauvaise humeur de Fox, le coup du violon, tout ça était calculé pour emballer le message et le rendre plus dur, plus intransigeant. C'est réussi. Toute l'affaire porte la marque du génie personnel d'oncle Edward !

« Les conjurés n'ont plus qu'à tuer Hitler en vitesse, si possible avant le débarquement. Nous avons peut-être assisté à un tournant de la guerre et de l'histoire. Et nous y avons même joué notre petit rôle. J'espère que Lydia ne perdra pas sa feuille de notes, qu'elle ne se la fera pas voler et encore moins prendre avec !

Virginie s'extasie.

– Quelle histoire ! Quelle histoire !

– Fini de se congratuler, dit Robert. Notre refuge va devenir de moins en moins sûr. Je pensais mettre notre filière d'évasion en sommeil, fermer la maison ou la céder au commandant Jeanne, s'il la veut encore. Mais des ordres contraires sont arrivés. Il y avait un message pour moi dans le courrier de Londres apporté par le Lysander. Eh bien, la filière continue, tant pis si la Gestapo en tient un bout. Tant pis ou tant mieux. Nous restons à Monlévrier pour le moment. Je dois vous avertir : ça devient beaucoup plus dangereux. Lambert a utilisé cette maison comme planque pendant plusieurs mois. Nous y sommes depuis environ un mois et demi. À Réverac, tout le monde le sait. Mais nos chefs demandent que nous ne changions rien à notre organisation avant d'en avoir reçu l'autorisation formelle. Ainsi, mesdemoiselles, je vous rends votre liberté. J'estime que vous n'êtes plus engagées envers moi, le risque est trop grand. Si toutefois vous souhaitez rempiler, j'accepterai avec joie, et nous tâcherons quand même de nous en tirer tous ensemble !

Claudine retient son souffle, enfonce les ongles dans sa paume. Virginie, au contraire, respire très fort, si fort qu'elle a dû déboutonner le col de son corsage. Elle pianote de ses dix doigts sur le bord de la table.

– Voici ce que je propose, dit-elle. Je conduis Julia chez moi, à Rafaillac. Il y a déjà une demi-douzaine d'enfants, ceux de mon frère aîné, plus des cousins qu'on nous a envoyés de Bordeaux, sans parler des gosses de métayers, tout autour. Un de plus, un de moins... Ma mère ne manque pas de personnel ni de nourriture. Julia pourra aller à l'école du village ou travailler au château, avec l'aide d'une jeune Juive que nous cachons aussi, Nathalie. Nathalie n'a pas inventé les armes secrètes, mais elle a failli avoir son bachot et elle est très drôle et très gentille. Je crois que personne ne viendra chercher Julia à Rafaillac si nous savons tenir nos langues. Pour les tickets, on se débrouillera. Je propose qu'on n'en parle pas à Lydia ni même à ton père, Clo. J'emmène Julia dès demain. Je dirai à mes parents qu'elle est juive. D'accord ? Moi, je me partagerai entre Monlévrier et le maquis Jeanne tant qu'il sera à proximité. Je rends des services à la cuisine et au bureau, mais je ne fais pas de confidences...

Claudine hausse les sourcils.

– Le commandant a aussi un bureau ? Tu vas donc remplacer Thomas ?

Virginie tire la langue. Claudine guigne le coin du ciel par la fenêtre.

– Va voir tes maquis tant que tu voudras. Tu n'es pas engagée au S.O.E., toi. Et je peux très bien me débrouiller seule ici.

– Je sais que tu te débrouilles bien. Le bruit de tes exploits est parvenu jusqu'à moi. Je te laisserai la jument. Tu continueras comment avant ou... Voilà ce qui serait bien : tu travailles l'après-midi chez ton père. Tu rentres à Monlévrier le soir, tu y passes la nuit et le début de la matinée. Je rentre du maquis, tu files à Réverac. Pas mal, dis donc ? Une fois par semaine, on va voir Julia ensemble ! Suis-je un génie de l'organisation, mademoiselle ?

– Tu es un génie. Qui en a jamais douté ? Robert ?

Robert approuve d'un signe de tête distrait. Virginie avance une main, frôle son poignet, pianote sur sa manche.

– Qu'est-ce qui vous tracasse, Robert ?

– Londres veut que nous brûlions notre cierge jusqu'au bout, Agnès, même si la mèche ne fume plus que pour le diable. Nous pouvons peut-être évacuer quelques pilotes alliés de plus, mais je pense qu'oncle Edward a d'autres ambitions. Et les trois quarts des hommes qui transitent maintenant par notre ligne sont des agents de la Gestapo !

Virginie pousse un cri et se cache la figure dans les mains.

– Oh, Robert, c'est affreux.

– C'est le jeu, et je m'estime couvert par les messages personnels de la B.B.C. et par mon dernier courrier. De plus, en lisant entre les lignes des instructions de Londres, j'ai cru comprendre ce que mes chefs préparaient, et c'est assez excitant. Voyez-vous, mesdemoiselles, depuis que l'Abwehr a mis la main sur cette filière, oncle Edward a laissé les Fritz faire joujou tout tranquillement avec. Autant que je sache, il se contentait de repérer la plupart des agents que l'ennemi lui envoyait pour les abreuver de fausses informations. Certes, nous avons acheminé beaucoup d'aviateurs, mais ce n'est pas une priorité pour l'Intelligence Service. Je suis sûr qu'ils vont utiliser la filière *à l'envers* dans les jours qui viennent. À mon avis, ils en ont l'intention depuis le début, mais ils attendaient une occasion.

Claudine sent grandir la nervosité et l'exaltation de Robert. Ses gestes se tendent, sa voix et son regard trahissent une fièvre toute neuve. Elle lui décoche un sourire innocent.

– Qu'est-ce que ça veut dire « utiliser la filière à l'envers » ?

Robert écrase sa cigarette dans une assiette.

– Se servir de la filière pour introduire un agent anglais au S.D. Je pense qu'oncle Edward a eu ce projet dès le moment où il m'a embauché dans sa filière. Tout le reste est peut-être subordonné à cette opération. Mais je ne vois pas comment l'Intelligence Service pourra s'y prendre pour réussir cet exploit !

Les coudes sur la table, il serre sa tête entre ses mains, les paumes sur les tempes, les yeux baissés.

– À l'approche du débarquement, qui met tous les services allemands sur les dents et décuple leur méfiance, ça me paraît une prouesse quasi impossible. Les Anglais adorent ce genre de défi – de *challenge,* comme ils disent. Et l'ingéniosité d'oncle Edward est sans limites. Enfin, si je ne connais pas la méthode, je pressens le résultat. Il ne va pas hésiter à nous *griller,* à nous brûler tous dans un grand feu de joie !

Virginie applaudit, relève la mèche qui lui tombe sur la figure.

– Robert, on vous aime, on continue !

Robert se tourne lentement vers Claudine, qui lui rend un sourire grave.

– Si je partais, je ne saurais jamais ce qu'oncle Edward a inventé pour berner les Boches. J'en deviendrais folle !

27.

Journal de Claudine. Dimanche 16 avril 1944, le soir.

Je m'entraîne à écrire mon journal comme un vrai roman !

De nouveau seule à Monlévrier. Virginie passe ses nuits au maquis. Elle assiste Thomas au bureau, le cuisinier à la cuisine, le commandant au lit. Le déménagement se prépare au maquis de Ventoulou. Virginie a promis au commandant de l'accompagner au bout du monde. Mais elle a promis aussi à Robert de rester à Monlévrier... En attendant, elle a décidé d'aller passer une journée chez elle, avec Julia. Elle a téléphoné à sa mère, qui veut bien accueillir la petite fille. Je me suis inquiétée de l'avis de son père.

– Il compte pour du beurre ?

– Papa ne s'apercevra même pas qu'il y a un enfant de plus à la maison. À quoi bon lui compliquer la vie ?

Au moment de partir, Julia m'a regardée longuement.

– Ils vont pas m'opérer. Jamais, hein ?

Puis elle a baissé la voix.

– Tu te rappelles *de* mon message ? *Les chevaux ont chassé les loups.* Tu n'auras qu'à le dire et je te suivrai partout, même en Amérique.

J'ai approuvé d'un signe de tête.

– Un jour, après la guerre, nous irons en Amérique, toutes les deux.

Elle a chargé son sac dans le cabriolet, pris dans ses bras le chien Ti-Miraut pour les adieux.

– Tu le rapporteras aux Treguennec, Claudine ? Tu leur diras pas qu'il s'est échappé et qu'il est allé au maquis ? Tu iras le voir quelquefois ? Tu veilleras qu'ils le traitent pas mal ?

J'ai juré que je le ferais. Elle a regardé la jument qui piaffait en attendant sa maîtresse.

– J'ai pris une grave décision. J'appellerai la jument Augusta, c'est un joli nom, Gusta ne me plaît pas du tout. Et puis j'arrêterai de réciter *le nom de mon père,* ça sert plus à rien, je dirai mes prières à la place.

Ayant mis la dernière main à son maquillage et à sa toilette, effacé de son visage les marques d'une semaine de frasques, Virginie est arrivée, fraîche et rose dans sa robe rose, et a lancé la jument d'un claquement de langue. Puis elles m'ont envoyé des baisers. À la porte de la cour, Julia a tiré la manche de Virginie, a sauté du cabriolet et a couru me rejoindre.

– Claudine, si maman téléphone ou si elle vient, tu seras gentille avec elle, mais tu lui diras pas où j'habite. Elle sait le message, si elle le disait, je serais obligée de la suivre, même chez les Boches !

À l'est, l'Armée rouge a libéré Odessa et atteint Sébastopol. La Crimée est pratiquement libérée. Les Allemands ont perdu des centaines de milliers d'hommes, tués ou prisonniers, sur le front d'Ukraine.

En France, le bombardement de Lille par la Royal Air Force a fait de nombreuses victimes. Les chiffres sont très divers selon les sources. Les sabotages se multiplient aussi. Il y a quelques jours, à Ascq, les Allemands ont tué quatre-vingt-six personnes et brûlé de nombreuses maisons, à la suite d'un déraillement de train causé par un sabotage. Il se confirme que le débarquement aura bien lieu sur ces côtes... ou que les Anglais essaient d'en persuader les Allemands ! Consignes du commandement allié aux Français : « Éloignez-vous des objectifs ferroviaires. » Ah oui, facile à dire. Paris et la région parisienne sont bombardés aussi, de même que Toulouse et, en Belgique, Bruxelles et Gand.

Au gouvernement d'Alger : il paraît que Giraud est tout à fait évincé par de Gaulle. Front d'Italie : les Allemands tiennent toujours au mont Cassin. Je me demande où est mon frère Maxime. Une nomination d'importance, à Vichy : Marcel Déat devient président du Secours national. Dire que nous abritons nos complots judéo-bolcheviques sous l'aile protectrice du plus farouche collabo !

Le lundi soir, Robert nous a annoncé l'arrivée de deux pensionnaires pour jeudi. « Si tout va bien... »

– Ils ne resteront qu'un jour, un jour et demi. L'un doit rejoindre un maquis dans la région et l'autre descendre à la côte et gagner l'Algérie.

Il a souri, caressé sa moustache

– Jouez le jeu, mais soyez discrètes. Ces pèlerins ne sont pas forcément très catholiques ! Ils... L'un...

Il s'est tu, sous le regard inquisiteur et suppliant de Virginie.

– Nous voudrions en savoir plus, Robert. Nous sommes des filles !

Il nous a regardées tour à tour, sa petite flamme dans l'œil.

– Je n'ai jamais douté que vous soyez des filles.

– Et si un de ces types était l'envoyé d'oncle Edward ?

Robert a sursauté, renversé la tête en arrière et scruté le fond du ciel où le mouchard avait fait trois petits tours, puis s'en était allé. Nous étions assis tous les trois sur le banc de jardin que j'ai sorti d'un débarras et repeint en blanc. Virginie s'était mise au milieu, un bras sur les épaules de Robert, l'autre autour de mon cou. Quand il a renversé la tête, elle a fourragé dans ses cheveux du bout des doigts. J'ai surpris son geste, mais lui n'a pas eu l'air de remarquer cette privauté. Les yeux plissés, il se tarabustait la cervelle de toutes ses forces.

– D'après ce que je sais, l'un de nos deux invités est un spécialiste des explosifs, il va donner des cours de sabotage aux commandos en Afrique du Nord. L'autre parle allemand avec une pointe d'accent berlinois, il est réclamé par le contre-espionnage français. Des recrues de choix. Voilà.

Je suis allée cueillir sur le mur trois brins de giroflée, j'ai accroché les fleurs dorées à mon corsage bleu. J'ai trouvé l'effet joli, alors je me suis retournée vers les autres. Robert a déboutonné le col de sa chemise d'un geste crispé comme s'il étouffait sous les enlacements de Virginie.

– Je sais, il y a des façons plus propres de faire la guerre : avec un fusil, par exemple. Mais est-ce bien pire que de lâcher des bombes de plusieurs tonnes sur les femmes et les enfants ?

Virginie a ramené les mains sur ses genoux.

– Claudine jouera son rôle de maîtresse de maison comme d'habitude, à la perfection. Moi je serai sa petite sœur un peu folle, mi-dévergondée, mi-innocente. Je supporterai sans gronder les agaceries des pensionnaires, je prêterai l'oreille à leurs confidences, je ferai très attention de ne pas lâcher un seul secret d'État. Robert, il vous faudra me traiter en amante et avoir des gestes osés devant eux. Toi, Clo, tu me fusilleras du regard. Ou bien l'inverse, mais je crois que ça ne prendrait pas. Tout ça devrait leur délier la langue et je suis sûre que nous saurons tout sur leur pedigree !

Elle a bâillé en montrant sa bouche jusqu'aux amygdales, elle s'est étirée, a allongé les jambes, la jupe à mi-cuisses.

– Soyez chou, Robert, laissez-nous jouer un peu les espionnes !

Marie-Thérèse de Grandval m'a informée que les visiteurs avaient des bicyclettes. Nous sommes allées les chercher au car avec les nôtres. André et Charles, un blond et un brun. Charles était le plus jeune. Il a grimpé sur le toit de l'autobus et descendu les vélos avec l'aide du chauffeur. Nos deux recrues ne payaient pas de mine dans leurs bleus rapiécés et tachés de cambouis.

André guignait Virginie en soulevant la lèvre supérieure, moitié sourire, moitié grimace. C'était un type de quarante ans, plutôt fort, blond, le front dégarni, le visage et les mains carrés. Sans doute celui qui parlait allemand avec l'accent de Berlin. Charles s'intéressait à moi et m'a gratifiée d'une œillade peu discrète. De taille moyenne, tout en os et en muscles, l'allure d'un coureur cycliste ou d'un boxeur poids coq. Brun, frisé, rieur, il faisait avec son camarade un contraste très cinéma. À coup sûr, le spécialiste des explosifs... Aucun des deux ne m'a semblé digne d'être l'envoyé d'oncle Edward. D'un autre côté, il est essentiel que les services secrets allemands aient la même pensée. L'envoyé d'oncle Edward aura si peu l'air d'un espion que les spécialistes du contre-espionnage s'y tromperont forcément !

Nous avons aidé les deux gars à attacher leurs valises sur les porte-bagages déglingués de leurs bicyclettes. Charles a enjambé sa machine en souplesse, puis, en me regardant avec un sourire effronté :

– On y va, m'selle ?

Oui, celui-là en rajoutait peut-être un peu sur l'accent titi. André s'est mis en selle avec un sérieux et une maladresse révélateurs d'un certain manque de pratique. Virginie m'a glissé à l'oreille :

– Il prend plus souvent la voiture que la bicyclette, le beau blond !

Beau ? Non, ce type n'est pas beau. Ou elle se moquait ou bien elle a des goûts un peu étranges. J'ai surpris dans le regard d'André un éclair intelligent et froid. J'ai eu un petit frisson dans le dos. Une idée épouvantable m'a traversé la tête. « Je n'aimerais pas être torturée par ce type ! » Charles se déhanchait déjà à côté de moi, l'œil sur ma jupe que je retenais d'une main.

– Montrez-moi la direction de la maison, siouplaît.

Je suis tombée dans le piège comme une gamine, j'ai tendu le bras et ma jupe s'est envolée. Charles a éclaté d'un gros rire.

– Vous avez de bien jolies jambes, m'selle !

Spécialiste des explosifs, peut-être, mais peu doué pour faire la cour aux jeunes filles. J'ai posé les mains sur le guidon et laissé le vent s'engouffrer sous la corolle bleue de ma robe d'été. Charles a pris quelques tours de roue d'avance puis s'est retourné acrobatiquement.

– Encore mieux vu de face, m'selle.

J'ai trouvé un ton de reproche à demi consentant pour m'exclamer :

– Oh, monsieur Charles, qu'allez-vous regarder ?

Les deux lascars devaient passer à Monlévrier l'après-midi,

la nuit et la matinée du lendemain. J'étais un peu ennuyée de partir à mon travail en laissant Virginie seule avec eux. Elle, au contraire, appréciait la situation.

– T'en fais pas, on va s'entendre tous les trois comme larrons en foire.

Je l'ai retrouvée le soir plus qu'à moitié soûle. Puis Robert est arrivé, elle a demandé la permission d'aller passer la soirée au maquis. Robert l'a toisée en silence. Elle l'a poussé d'un geste taquin, mais elle ne tenait pas sur ses quilles, elle a trébuché et elle s'est affaissée dans ses bras en balbutiant.

– N'ayez pas... peur... que je parle... trop. C'est pas... pas mon genre !

– Tu vas aller au lit tout de suite. Oh, tu n'es même pas bonne à te coucher toute seule. On va te porter. Claudine !

Pendant qu'on la trimbalait, elle a demandé pardon, en larmes.

– Le blanc, ça va, mais je tiens pas le rouge !

Robert m'a aidée à la déposer sur son lit et il a eu le tact de sortir. Virginie se cramponnait à moi.

– Clo, je voulais soûler ces deux types pour les faire parler. J'ai bu pour les encourager. Et puis je... Et puis j'ai...

À mon tour. J'ai écouté pendant deux heures poids coq raconter des histoires de bordel avec une bonne humeur salace. Beau blond riait de temps en temps, à contretemps, perdu dans la fumée et dans ses pensées.

J'ai été sauvée par le gong. Pom ! pom ! pom ! pom ! L'heure du dernier bulletin de la radio anglaise. Charles et André ont échangé un clin d'œil qui n'aurait pas trompé un gosse de six ans. Poids coq a bougonné :

– Faut se tenir au courant, hein, les gars ? Oh, pardon, miss !

Après le bulletin, poids coq s'est levé, il a troussé ma jupe au passage. Il a éteint le poste d'un geste nonchalant puis s'est retourné en rigolant.

– Qui est-ce qui vient dormir avec moi ?

Le vendredi, en rentrant de Réverac, j'ai trouvé le commandant et Thomas attablés avec Virginie devant une bouteille de blanc. Virginie m'a envoyé un baiser, elle a pris le litre par le col pour le brandir vers moi.

– Sois tranquille, chérie, c'est du sec, il m'arrivera rien.

Thomas évitait de me regarder. Le commandant n'avait d'yeux que pour sa dulcinée. Il avait posé son calot et faisait plutôt déplumé.

Il porte un parabellum à la ceinture, cinquante maquisards lui obéissent, à commencer par ce pauvre Thomas, qu'il malmène pour un rien. Il a le droit de vie et de mort sur les collabos du pays et, au fond, sur la presque totalité du canton. Aucun doute, ça enflamme, attise et fouette ma Virginie !

Moi, je trouverais Thomas presque mieux, avec sa tête puissante sur son corps maigre, sa figure carrée, sa bouche sévère et ses grosses lunettes de prof. Mais peut-être suis-je piquée en secret par son côté commissaire du peuple. J'ai parfois le sentiment qu'il est le seul vrai chef, le commandant n'ayant que les signes extérieurs du pouvoir. Thomas ne serait-il pas un haut dirigeant communiste camouflé en secrétaire, dans ce maquis mal fagoté ? Mais pour quoi faire, mon Dieu, pour quoi faire ?

Virginie a pris le père Jeanne par le bras pour lui montrer la maison. Ils ont sans doute commencé par la chambre de la demoiselle et fini par son lit. Je suis restée seule avec Thomas. Nous nous sommes affrontés du regard. Il m'a posé la main sur l'épaule. J'ai sursauté.

– Vous voulez visiter, aussi ?

– Je veux te parler. Viens dehors.

Nous nous sommes arrêtés devant le puits de la cour. Il a saisi la chaîne et l'a serrée très fort.

– Claudine, j'ai de l'affection pour toi, tu le sais.

– J'en suis touchée, Thomas.

J'étais sincère. Sa présence me rassure et, s'il part, je me sentirai un peu plus seule. Ses sentiments pour moi sont quand même un peu encombrants. Il m'a pris le poignet.

– Je t'aime, Claudine. Non, écoute-moi, je t'en prie. Je ne pense qu'à ta sécurité. Tu es en danger avec ton Neuville. On a eu des renseignements. Ce type est un agent double, Dieu sait ce qu'il fricote. Tu dois te planquer, te mettre à l'abri, dans ta famille, à la campagne ou dans une grande ville... À un endroit où il ne pourra pas te retrouver, et la Gestapo non plus.

J'ai souri. « Il a raison, Thomas, et tu penses comme lui, ma vieille. Il y a quelques jours, tu étais prête à partir. Maintenant, tu ne peux plus. »

Il a frappé sa paume de son poing fermé.

– Tu ne m'*entends* pas. *Il* te tient.

– J'ai décidé de rester, de mon plein gré.

– N'empêche, il te *tient.*

« Et c'est vrai, Clo. Il te tient. » Thomas a encore insisté.

– Quand le maquis aura une preuve contre lui – ça ne va pas tarder – on le descendra, avec ou sans jugement.

J'ai accusé le coup.

– Mais il est protégé par Filbert.

– Filbert ne pourra rien si on a des preuves. D'ailleurs, les Anglais le lâcheront pour ne pas avoir d'histoires avec de Gaulle !

J'ai avalé ma salive en silence. Qui sait ? Nous sommes peut-être sacrifiés au grand dessein d'oncle Edward. J'ai tourné le dos et je suis rentrée.

Le samedi, nous avons mis la clé sous la porte et nous sommes allées au cinéma. Virginie voulait voir Gilbert Gil, elle l'a déjà vu dans *Monsieur la Souris* et *La Loi du printemps,* elle est emballée. Ça m'amusait de voir en film un roman de Maupassant, que j'ai même relu il y a quelques mois, *Pierre et Jean.* Quant à ce Gilbert Gil, je le trouve...

– Comment dire, Virginie ? Je ne voudrais pas que tu le prennes mal. Un peu gommeux.

Elle m'a pincé l'oreille.

– Dis-moi, si ce gommeux-là s'égarait dans ton lit, tu le chasserais avec la pelle du feu ?

Je n'ai pas répondu. Elle a mis une main dans la poche de sa jupe, levé les yeux au ciel. Son sac a glissé de son épaule, elle l'a rattrapé au vol.

– Gilbert Gil est très beau et un peu moins futé. Y a pas de mal à ça. Les hommes adorent les jolies filles un peu gourdes, qui leur tiennent pas tête et qui font *tout* ce qu'ils veulent.

Moi, mettre un beau type dans mon lit – ou sur la paille de l'écurie, c'est une façon de parler... – ne me suffit pas. Je veux le mettre aussi dans ma poche, comme ça.

Elle a mimé le geste et éclaté de rire.

– Je suis quand même lucide. Je sais qu'un jour la passion m'emportera et que je bâillerai après un sale type, comme une carpe sur une table de cuisine. Excuse l'image, elle est de Flaubert.

Après un moment de réflexion, elle a ajouté à voix basse :

– Un que je dominerais complètement, si je voulais, c'est le commandant. J'y viendrai peut-être, pas pour l'humilier... Tu me trouves un peu carne, mais je vais te surprendre : je n'aime pas humilier les *bonhommes*. Avec le commandant, je pense à l'équipe formidable qu'on pourrait faire...

Elle a continué, plus bas encore.

– Le commandant Jeanne, Jean Alfred, de son vrai nom, est un enfant de l'Assistance, il a passé sa jeunesse à s'échapper des maisons de correction. Il ne sait ni lire ni écrire. Il a besoin de quelqu'un qui lui colle aux fesses à toutes les minutes pour le tirer d'embarras au cas où. Il sait prendre un air dégagé quand il a un truc à déchiffrer ou à signer. « Allez, secrétaire, rends-toi utile ! » Jusqu'ici, personne n'y a vu que du feu. Mais que Thomas ne le lâche pas d'une semelle, ça commence à faire jaser. Si je remplace Thomas, ç'aura l'air plus naturel, tu penses pas ?

Elle m'en bouchait un coin. Le commandant... Thomas... Moi non plus, je n'avais rien soupçonné. Je suis restée coite, muette et sidérée. Virginie me regardait, les yeux pleins de rire.

– Tu tais ton bec, hein, ma jolie ? Il nous tuerait toutes les deux, s'il savait que j'ai trahi son secret !

Après le cinéma, j'ai proposé à Virginie de prendre un verre aux frais du roi George VI, puisque j'ai de l'argent. Nous sommes rentrées au café du père Sous-Marin en nous poussant du coude et en retenant des fous rires. Virginie a commandé un verre de blanc, j'ai pris une limonade saccharinée, c'est à peine moins mauvais que le café national. Virginie a envoyé une œillade au patron, croisé haut les jambes, puis elle a soupiré très fort.

– Comment crois-tu que tonton Edward va se tirer de ce mauvais pas ?

Elle a pouffé derrière sa main et demandé à haute voix, tranquillement :

– Comment ferais-tu, toi, pour introduire un agent double au S.D. en te servant d'une filière pourrie ?

J'ai jeté autour de moi des regards affolés. Il y a toujours des clients chez le père Sous-Marin à la sortie du cinéma. Nous étions dix personnes de tous âges, surtout des garçons, dans la grande salle du bistrot.

– Réponds-moi à haute voix, sans chuchoter, a dit Virginie en riant.

J'aurais voulu rentrer dans un trou de souris. Elle m'a pris la main. Je me suis sentie obligée de répondre :

– Je sais que notre *oncle* trouvera la solution. D'après tout ce que j'ai entendu dire, cet homme est un génie !

En réalité, je n'ai guère entendu parler d'oncle Edward. Mais Robert Neuville, quand il prononce ce nom, a une petite flamme dans l'œil qui ne trompe pas. J'ai ajouté, pour faire bonne mesure :

– Il vaut à lui seul vingt divisions !

J'avais pensé dix divisions, mais j'ai doublé la mise, pour éviter la dissonance « di-di ». Virginie a hoché la tête puis, les coudes sur la table, elle a posé le menton sur ses mains jointes.

– Ah, être aimée d'un génie...

Je ne l'avais jamais vue si pensive et si grave. J'ai dit perfidement :

– Et il ne doit plus être très jeune, l'oncle Edward.

Elle a haussé les sourcils, siffloté, fait la moue.

– Ça, je m'en fous complètement !

Son front s'est creusé de rides profondes.

– Je me demande toujours pourquoi on est comme on est, toi, moi, tout le monde. Une vieille paysanne un peu sorcière m'a lancée sur une drôle de piste, il y a quelque temps : les envies. Ta mère ne t'a jamais parlé des siennes, quand elle t'attendait ? D'après la paysanne, il paraît que le caractère de l'enfant à naître est très marqué par les envies de la mère durant la grossesse. La mienne m'a avoué qu'elle avait des envies de condiments terribles en m'attendant : sel, poivre, vinaigre, ail, oignon, échalote, clous de girofle, je ne sais quoi... À une époque, il lui fallait de la tête de veau vinaigrette tous les jours. D'autres fois, elle se faisait une salade d'oignons et d'échalotes, arrosée de vinaigre fort, pour toute la journée. Je sais maintenant pourquoi je suis une fille piquante !

– Tu racontes ça comme si tu y croyais.

– Figure-toi que j'y crois. Je ne sais pas comment ça marche, mais c'est très rationnel, en fait. Dans ton cas... tu ne sais vraiment rien ? À ton avis ?

Cette idée biscornue me troublait. Je le prenais comme un jeu : si ma mère avait eu des envies, qu'est-ce qu'elle aurait donc mangé pour faire une petite Claudine Chamarand ? Es-tu à l'huile ou au vinaigre, Clo ? Au sel ou au sucre ? À la viande blanche ou à la confiture de cerises ? Au poisson de mer ou à la tête de veau ?

Virginie s'est mordu la jointure de l'index en riant.

– Je vais te dire comment je te vois, ma jolie. Tiens-toi tranquille, ne bouge pas ton âme, ça donne du flou ! Hum, hum.

Elle a assuré l'appui de ses coudes, posé de nouveau le menton sur ses mains jointes, fermé aux trois quarts les yeux.

– Ta petite maman chérie avait des envies, c'est sûr. Beaucoup d'envies, mais souvent contraires. Elle voulait du salé et du sucré, du doux et du piquant, et elle avait beaucoup de peine à se décider. Et puis, tout à coup, il lui est venu une envie plus forte, qui a emporté toutes les autres : une envie d'œuf. La nature n'a rien inventé de mieux que l'œuf. Mais ta mère ne les voulait pas n'importe comment, ses œufs. Elle avait des envies d'omelette, vraiment très fortes. Des omelettes avec rien que les œufs, d'autres aux oignons, au fromage, aux herbes, aux champignons, des baveuses, des sèches presque brûlées...

– On ne croirait pas que tu es en train d'inventer tout ça !

– Je n'invente pas. Je vois. Tu es une fille omelette : franche, fidèle, sûre, honnête, loyale, sincère et vraie...

Elle pouffe derrière ses doigts.

– Les filles omelettes sont les meilleures. Sérieuses au possible, un tantinet ennuyeuses, même, ça s'est vu. Naïves, innocentes, candides, confiantes, que c'est un plaisir pour les beaux messieurs de leur monter le bobéchon et de les rouler dans la farine. Adorables, en somme. Les filles omelettes sont le sel de la terre et son pain blanc, l'huile dans les rouages. Et, en général, elles ont au moins quatre enfants : une fille vinaigre, une fille vanille, un garçon confiture et un garçon gros rouge !

28.

Déjà l'aube ? Claudine se sent encore si lasse. Une odeur de pluie et de nuit, de tabac anglais et de graisse minérale, d'eau de Cologne et d'étoffe mouillée se répand dans la chambre : le mélange le plus agréable qu'elle ait jamais respiré. *Il* est rentré. « Heureusement, tu n'avais pas mis le verrou. Il est venu s'assurer que tu étais là et te voir dormir. S'il est très fatigué, il va peut-être s'étendre près de toi, tout habillé, en camarade, il l'a fait plusieurs fois. Il prendra peut-être ta main, que tu lui laisseras en feignant un demi-sommeil. Et tu te rendormiras, confiante, presque heureuse... »

Robert lui donne un sentiment de sécurité, le sentiment qu'il tient entre ses mains la puissance libératrice de l'Angleterre. Elle sait, au fond d'elle-même, qu'il apporte le danger et non la sécurité. Mais elle s'accroche à son rêve. Elle étouffe la peur enfouie.

La silhouette floue qui va et vient dans la pénombre de la pièce lui paraît familière et paisible. Robert dispose un matelas sur le plancher. Il a dû enlever ses chaussures à la porte. Il souffle un peu fort, et Claudine perçoit un léger bruit métallique. Il se relève et pose quelque chose. Une arme, peut-être ? Elle frémit de la nuque aux talons, délicieusement. Elle retrouve en s'éveillant une sensation de bonheur fragile et secret qui a accompagné ses dernières heures de sommeil. Elle prend conscience d'une masse pesante sur le lit, tout près d'elle. Sortant la main de sous le drap, elle touche la toile rugueuse et froide d'une veste d'homme. Elle risque un geste d'exploration et sa paume s'appuie contre le dos massif de son compagnon de fin de nuit.

Robert n'a sans doute pas pu s'endormir sur son matelas mince et usé, presque aussi dur que le plancher lui-même, et il s'est allongé près d'elle. Elle guette son souffle régulier et lent. Puis elle se détend et, en glissant dans le lit, elle se rapproche un peu de lui. Le sentiment de s'abandonner au destin, à la volonté de Dieu ou à sa bonne fée la pétrifie dans une indicible béatitude. Elle se réveille, demande à haute voix :

– Pourquoi ce nom, Pickwick ? Le « protocole Pickwick » ?

Elle n'est pas surprise d'entendre Robert lui répondre presque aussitôt.

– J'ai quitté l'école à quatorze ans et j'ai découvert Dickens l'année du certificat. Autant que je me souvienne, *Les Aventures de M. Pickwick* sont une histoire pleine de vilains cocos, charlatans, bonimenteurs et filous. Une façon pour les Anglais de faire savoir aux conjurés de la *Schwarzekapelle* tout le mal qu'ils pensent d'eux [1]. Voilà mon idée, mais je ne suis qu'un simple garagiste !

Claudine répète en gloussant de rire : « Un garagiste... Vous n'êtes qu'un pauvre garagiste. » Elle se rendort sur le plaisir de cette réflexion. Un mot la réveille. C'est un mot à réveiller les morts : « parachutage ».

– Tu as toujours envie de voir un parachutage ?

Elle s'assoit en ramenant vivement ses genoux sous son menton.

– J'ai bien entendu ?

La tête de Robert vient s'appuyer contre sa hanche.

– Oui. Je dois être présent à un parachutage qui aura lieu cette semaine près de Monpazier. Je recevrai un message et un colis. Je me demande ce que les gens de Londres peuvent bien m'envoyer. La date sera confirmée par les messages personnels. Pas avant deux ou trois jours... Tu t'habilleras chau-

1. Après l'attentat manqué contre Hitler, le 20 juillet 1944, les conjurés ont payé de leur vie leur courage et leur légèreté, et avec eux leurs familles, leurs complices et beaucoup d'innocents.

dement. L'attente risque d'être longue et on a le plus souvent très froid.

Elle se lève, ouvre la fenêtre. Le soleil du matin, blanc et bas, étincelle sur les feuillages vert tendre. La fraîcheur entre avec une bouffée d'air au parfum sauvage. Un petit oiseau, perché sur un ormeau, chante d'une voix stridente. Robert est parti, mais elle l'entend aller et venir dans la maison.

Elle frissonne sous sa mince chemise de nuit, de froid et de plaisir mêlés. La sensation l'intrigue. On dirait que le froid est la cause de son plaisir.

« Non, ma douce, ton plaisir vient de te sentir presque nue ! » Elle se lave en hâte dans la cuvette qu'elle a remplie la veille d'une eau parfumée avec des brindilles de reine-des-bois. Elle s'habille, se poudre le nez, coche ses lèvres de rouge, se parfume derrière les oreilles, donne trois coups de brosse à ses cheveux couleur de miel et de matin... Pardon ? « Juste une image, une image pour Virginie ou pour Julia. Si tu veux rester dans le même registre, les tiens seraient plutôt couleur de réglisse et de soir sans lune ! »

Réglisse, vanille, tabac brun. Elle ne se résigne pas à les nouer. Elle bâcle sa toilette. Elle est prête, elle tourne en rond et ne se décide pas à descendre. « Tu as peur de le rejoindre ? Tu as peur qu'il ne te trouve plus à son goût ? Tu serais plus sûre de ton charme s'il s'était jeté sur toi cette nuit, hein ? Tu ne lui aurais jamais pardonné, mais enfin tu as un regret. »

29.

Le restaurant de La Boule d'or occupe l'aile d'une maison bourgeoise, avec une galerie à deux étages, dans le vieux quartier, au centre de Réverac. Les arcades, fermées en maçonnerie, restent apparentes à l'intérieur. Maître Chamarand entre le premier, à la tête de sa petite troupe : Lydia, le clerc, Claudine et Annette, qui suit de loin.

Le notaire se tient droit comme un I, les épaules tendues en arrière, le chapeau relevé, la main gauche dans la poche, le bras écartant le pan de sa veste pour découvrir son gilet, avec sa chaîne de montre en argent qu'il porte à la place de la Légion d'honneur. Claudine adore son père quand il a ses airs conquérants tant elle souffre de le voir, trop souvent, l'air accablé et vaincu... Dans le couloir, Lydia prend le bras de maître Chamarand d'un geste décidé. Il se raidit un peu, tourne la tête, regarde sa fille aînée et son clerc avec un sourire de défi. Annette suit toujours très en arrière, les mains dans les poches de son manteau. C'est son anniversaire qu'on fête ce soir à La Boule d'or, et un peu celui de Claudine qui suit dans quinze jours. Annette est en beauté, sa chevelure blonde écume sur ses épaules et noie son visage, encore un peu enfantin, sous les boucles et les accroche-cœurs. Mais elle fait la tête : l'invitation de son père, que Claudine désapprouvait, l'a obligée de sortir de son maquis doré pour rencontrer des gens qu'elle n'aime guère, Lydia et le clerc.

Maître Chamarand installe Lydia avec des attentions exagérées. La patronne finit de mettre le couvert, les assiettes à soupe et les cuillers. Pierrot hume en gonflant sa poitrine creuse, clappe la langue.

– La soupe à l'oignon, je la sens d'ici, honni soit qui mal y pense !

La petite salle forme un appentis carré dans le jardin, avec une cheminée en boiserie ornée, des étagères taillées dans la pierre des murs et garnies d'assiettes. La patronne, soixante ans, menue et vive, retrousse ses manches et secoue son chignon.

– Faut ce qu'y faut, monsieur le clerc !

– C'est toujours ça que les Allemands n'auront pas.

Il se retourne, tire la langue à Lydia puis adresse du bout des doigts un signe de complicité à Claudine. Claudine répond d'une grimace. Le patron, qui mesure trois fois le volume de sa femme et pèse six fois son poids, apporte en chaloupant l'apéritif au vin de noix. Claudine pose les cartes d'alimentation de la famille sur le coin de la table. Elle sait que la patronne ne lui prendra pas un seul ticket, mais on peut toujours avoir un contrôle ou une descente de la Milice. Mieux vaut dîner cartes sur table ! Lydia rit ou bâille, la main devant sa bouche.

– La mienne est restée dans le fouillis de mes tiroirs vidés. Vous savez que j'ai été cambriolée ?

– Vous auriez dû l'avoir dans votre sac, dit le clerc, avec votre certificat de travail et votre carte d'identité !

Elle s'esclaffe. Il tire sa propre carte de son portefeuille et l'ajoute au tas. Lydia lève son verre.

– Aux seize ans de mademoiselle Annette ! Aux vingt ans de mademoiselle Claudine !

Annette s'assoit du côté du mur, les mains dans les poches de son manteau. Maître Chamarand s'approche, la veste de Lydia sur le bras.

– Donne-moi ton manteau, tu vas étouffer.

Elle le regarde, elle est à cent lieues de là et n'esquisse pas un geste. Il rougit et recule en marmonnant. Pauvre papa. Claudine sent son estomac se nouer. « Ton estomac refuse les bonnes choses, ma vieille, rien que pour te punir de manger à ta faim tous les jours, de ne pas vivre dans une ville bombardée ou un camp de concentration, de n'être ni juive ni réfugiée ! »

La serveuse apporte une soupe à l'oignon. Des tranches de pain bis, bien gonflées, flottent dans une large soupière de campagne. Chacun retient son souffle une seconde. La patronne pointe le nez sur le pas de la porte.

– Il y a une omelette à la crème fraîche et aux jambes de cèpe séchées.

Annette tire sa main droite de sa poche et, les yeux baissés, saisit sa cuiller avec de grandes précautions. « Est-ce qu'elle va réussir à manger sa soupe en regardant ses genoux, sous la table, pour ne pas nous voir ? » Claudine voudrait dire à sa sœur qu'elle la comprend, qu'elle éprouve la même gêne, la même honte. Elle a honte de tous ces privilèges qu'elle n'a pas mérités. Et les malheureux, errant dans les décombres de leurs maisons ou derrière les barbelés des camps, n'ont pas mérité leur sort. « Mais moi, petite, je tâche de faire bonne figure pour papa qui nous aime et qui n'a pas mérité non plus deux filles aussi gracieuses que des fagots d'épines ! »

Plus tard, maître Chamarand pérore sur les dernières nouvelles du poste et du journal. Il voudrait laisser entendre, sans le dire, qu'il écoute Ici Londres et qu'il est ouvert à l'évolution des événements. La discussion s'engage sur les bombardements et le nombre de civils français tués par les Alliés. Lydia et le clerc s'envoient des piques. Annette, qui a pris deux doigts de vin rouge, vide le fond de son verre sur la nappe, saupoudre la tache d'une pincée de sel avec des gestes de somnambule. Lydia et le clerc se taisent et la regardent. Elle renfonce les mains dans ses poches et baisse le front. Claudine détourne en hâte la conversation.

– Lydia, est-ce que tu sais maintenant ce qu'on t'a volé ?

Lydia joue avec sa fourchette, elle lève les yeux, son regard devient noir.

– Je sais ce qu'on m'a brisé : mes flacons de toilette, mes glaces, ma pendulette... Et ce qu'ils m'ont déchiré ! Même mes culottes. Je vais être obligée de m'en tailler dans les vieux jupons de Mlle Desjours ou de quêter des points textiles !

Elle tend la main.

– À vot' bon cœur, m'sieu dames...

Annette pouffe, le nez dans son assiette, sans lever les yeux.

– Je suis formel, dit Pierrot. Ils ont voulu donner le change.

Lydia le regarde avec une moue, entre curiosité et mépris.

– Grands dieux, qu'est-ce que tu racontes !

Le clerc saisit son verre d'une main un peu tremblante.

– Vos culottes déchirées, c'est cousu de fil blanc... sans jeu de mots. En réalité, ils sont venus voler quelque chose d'utile. Vous faisiez de la photo, n'est-ce pas ?

– J'ai arrêté. On ne trouve plus rien.

– Mais vous avez encore votre matériel ou des réserves de pellicules et de produits. Les agents de la Résistance prennent des quantités de photos pour renseigner Londres ou Alger, guider les bombardements, les sabotages...

Lydia pâlit, porte les deux mains à ses tempes.

– Mes jumelles à prismes ! Je les ai achetées en 1938, quand je suis allée en Écosse, pour guetter le monstre du loch Ness !

Le clerc se rengorge.

– Vous voyez ? Les jumelles, c'est recherché pour la guérilla.

– Les miennes ne grossissent que vingt fois, je crois.

– Ça peut permettre de surveiller l'ennemi à trois ou quatre kilomètres.

Lydia frappe la table avec son verre.

– Alors, j'accuse la Milice ! Ces types ont tout à fait le genre à s'amuser avec mes culottes ! Ils sont passés à Réverac plusieurs soirs de suite.

La patronne vient, à point, annoncer la sauce d'abats de volaille. Maître Chamarand se rengorge.

– Ah, ah, on s'en souviendra, des seize ans de ma petite Annette !

Annette se tient l'estomac. Elle se lève, court vers la cuisine pour vomir. Le notaire regarde Claudine et Lydia, les yeux pleins de détresse. « Pauvre papa, on va lui gâcher tous ensemble sa gentille fête. »

Claudine se lève aussi et traverse la petite salle sous les feux croisés de trois regards : celui de son père, chien mouillé et battu (Seigneur, pauvre papa, il n'a pas gardé longtemps son sourire conquérant !) ; celui de Lydia, à la fois diamant, velours et feu sous la cendre ; et celui du clerc, Tintin et Bibi Fricotin. Elle entend une espèce de zonzon de sirène coincée, quelque part dans la maison, elle pousse une porte entrouverte au fond du couloir, puis une autre. Alors, elle voit sa sœur et le patron, assis devant le poste, front contre front, tous les deux l'oreille collée au boîtier.

Hi-hu ! hi-hu ! hi-hu ! siffle la bête. Un brouillage à vous faire grincer les os du crâne. C'est d'un discret, on doit l'entendre jusque dans la rue.

Lydia et Pierrot continuent de se chamailler. Leurs querelles pourraient bien tourner au drame, un jour ou l'autre. Annette se tient maintenant à la porte, considérant avec une moue de dédain les grandes personnes réunies autour de la table – si on peut appeler ça des grandes personnes. Elle a quitté son manteau, elle est très belle dans sa robe rayée bleu pâle, assortie à ses yeux. Deux ou trois mèches fauves se cachent parmi ses cheveux blonds comme des serpents sous les blés mûrs. Son nez, très légèrement relevé, lui donne un air de gravité enfantine. Elle avance vers sa place à petits pas, fixe Claudine une seconde en passant à côté d'elle. Sous l'effet de la colère, des petits points d'or s'allument dans ses prunelles.

Elle s'assoit les yeux baissés, glisse les mains sous la nappe.

– Je vais vous raconter une blague, dit-elle tout de go. C'est une fille de notaire, encore une gamine. Elle ne comprend rien aux affaires des adultes. Un jour, quelqu'un lui demande ce qu'elle fera quand elle sera grande. Elle répond : « Quand je serai grande, je tirerai les choses au clair ! »

Claudine enfourne sa dernière portion de tarte. « Tu aurais compris, si tu ne la connaissais pas ? Pauvre papa, quelle mauvaise inspiration il a eue de nous réunir ce soir ! » Claudine mâche la pâte sucrée au vrai sucre, qui lui paraît fade tant elle est habituée à l'âcreté de la saccharine. Lydia éclate d'un grand rire d'homme, tête levée. Pierrot recule sa chaise mais il est coincé entre le mur et le notaire. Il prend finalement le parti de l'humour.

– Le clerc est à votre disposition, mademoiselle Annette !

La patronne arrive en s'essuyant les mains à son tablier.

– Siouplaît, messieurs dames, je suis bien ennuyée. On nous fait dire qu'y a la Milice en ville, pour les Juifs et le marché noir. Ça s' pourrait qu'on soye dénoncés. Vaudrait mieux que vous partiez, tant que vous êtes !

Lydia fixe maître Chamarand d'un air hautain.

– Eh bien, cher maître, votre truc n'a pas marché. Vous avez invité le clerc à vos agapes pour qu'il ne vous dénonce pas. Il a osé quand même... Dis donc, le clerc, tu as osé ? Tu n'aurais pas aussi conduit tes copains de la Milice chez moi, par hasard ?

Pierrot suffoque, la main sur la poitrine, blême, la bouche tordue.

– Taisez-vous, taisez-vous !

– C'est point personne de vous, dit la patronne. Y a toujours eu des gens à Réverac pour dénoncer. Treize à la douzaine, qu'y en a, allez donc !

Elle fixe le vide, les sourcils froncés, le sourire fâché.

– Vaudrait peut-être mieux qu'y vous trouvent pas là.

Les Chamarand se taisent, pétrifiés. Claudine se lève la première.

– Nous allons sortir et nous disperser. Papa, emmène Annette. Avant de rentrer, assurez-vous que vous n'êtes pas suivis.

Lydia ricane derrière sa main.

– Oui, chef !

Claudine rafle au coin de la table les quatre cartes d'alimentation inutilisées. Elle cherche le clerc pour lui rendre la sienne. Il est déjà loin. Claudine sort la dernière et recule sous la gifle fraîche du vent. Elle se regarde une seconde dans la glace du couloir en enfilant son manteau. Sa chevelure gonflée encadre son visage d'une parure luxuriante qui rehausse la simplicité de sa robe grise unie, à plis serrés et manches étroites.

Une paire de phares bleutés balaient les vitres de La Boule d'or. La voiture traverse le carrefour proche, ralentit sur la place des Arcades puis s'éloigne dans un halo rouge. Du côté des jardins, une chouette hue les lumières mal camouflées du restaurant.

Claudine s'engage dans une ruelle en se forçant à marcher au pas. Le froid de la nuit s'engouffre à l'intérieur de son corps comme si elle n'avait pas de peau. Le sentiment lui vient qu'elle n'est plus cette jeune fille de vingt ans, qui piaffe au seuil de l'âge adulte, mais une très vieille femme qui se souvient de sa jeunesse.

Un entrelacs de rues sinueuses, étranglées, creuses, ruisselantes d'eaux grasses et fermées au ciel par des auvents presque joints, constitue le vieux quartier de Réverac. Les cafés sont fermés, même Le Café de Paris, où les zazous du pays passent leurs soirées à jouer aux cartes et au billard ou à écouter le poste. Pas un rai de lumière ne filtre à travers les volets clos. Les lampadaires sont éteints pour cause de restrictions.

Claudine s'arrête enfin, le cœur battant, le souffle court. L'obscurité et la peur changent en décor d'horreur le riant village des étés de son enfance. L'auto qu'elle a aperçue près de La Boule d'or, un moment plus tôt, tourne toujours autour du centre de Réverac avec un ronronnement doux et puissant. Claudine se trouve maintenant sur une place ronde, à l'entrée d'une impasse qui donne sur des jardins. Une écharpe de brume, révélée par le faisceau des phares, s'étale au ras du sol et monte la rue Pigou-de-Sorbes, comme poussée par le mufle de la voiture. Peut-être une grosse Delahaye ou une Hispano-Suiza volée à des Juifs. Claudine guette, une main sur sa gorge. Elle repart au hasard. La voiture a disparu au bout de la rue.

Le couvre-feu n'existe pas pour de bon dans les bourgs où les Allemands n'entretiennent aucune garnison. « Quand même, si tu te fais prendre par la police allemande ou la Milice, il te faudra trouver une bonne explication à leur donner ! » Le minuscule croissant de lune ressemble à une bougie perdue dans le brouillard. Impossible de distinguer autre chose qu'une paire de phares camouflés, assez haut au-dessus du sol, une masse allongée et des éclats de chrome.

Claudine, piquée à l'angle de la place d'Orliac, essuie ses cils mouillés. Dans la clarté des phares renvoyée par une vitrine, elle croit distinguer deux silhouettes à l'avant de la voiture et deux autres à l'arrière. Elle a vu jouer des reflets sur une longue chevelure, à la place du passager. Il paraît que les chefs de la Milice ont souvent des femmes avec eux... L'auto fait un tour par une autre rue, revient encore. Claudine marche à petits pas, ses semelles de bois glissent sur le pavé humide. La voiture avance, la noie dans l'incandescence bleutée des phares. « Cette fois, ils t'ont repérée, tu t'es jetée dans la gueule du loup. Espérons que les autres ont pu filer. »

Elle regarde par-dessus son épaule. L'auto manœuvre à l'angle de la rue du Temple. Les phares découpent la façade du Café bleu, barricadé dans un sommeil de mort. Une portière s'ouvre et se referme aussitôt en claquant. Quelqu'un crie, d'une voix claire, bien française :

– Arrêtez-vous !

Claudine hésite une seconde et s'enfuit. Ses jambes ont décidé pour elle mais la portent mal. Elle trébuche et s'étale au beau milieu de la ruelle où déborde le caniveau. Elle ne ressent pas la douleur, mais la peur, soudain, engourdit ses membres et lui serre le ventre. Elle se relève vite et court vers le bout de la ruelle. Elle s'est blessée au genou et continue en boitant. Elle surprend un murmure, un pas lourd, deux, trois peut-être. Derrière elle, un rond de lumière se balance dans le brouillard. Elle reprend son souffle en serrant la courroie de son sac. Un pâle rayon de lune lui suffit pour distinguer la volière grillagée, derrière la pharmacie Girod-Lemas. Mme Girod y élevait autrefois des oiseaux exotiques, qu'elle a remplacés par des poules et des canards depuis les restrictions. Les chiens grondent dans la cour.

L'auto tourne autour du pâté de maisons, les poursuivants se sont partagés en deux groupes pour mieux cerner leur gibier. « Hé, c'est toi, le gibier, dis donc ! » Un trait de lumière tombe au pied des maisons. M. Girod-Lemas, réveillé par les glapissements de ses cabots, a entrouvert les volets de deux petits centimètres. Claudine songe à l'appeler. Non... « Si tes chasseurs sont des miliciens, que pourrait-il pour toi ? Et tu n'as pas le droit de mettre en danger un gaulliste connu. »

Le pharmacien referme ses volets, le trait de lumière s'efface, et Claudine se sent très seule.

Elle se rappelle tout à coup une étroite ruelle en impasse, qui donne sur le jardin de la pharmacie. De là, on peut gagner la rue Chantournac. Elle s'y engage en clopinant, s'arrête, frotte son genou douloureux par-dessus son manteau. Mille pensées traversent son esprit à une vitesse folle. « Mais pourquoi fuis-tu puisque tu n'as rien de compromettant sur toi ? Ah si, tes cartes d'alimentation. Les miliciens trouveraient sans doute suspect que tu aies *quatre* cartes. Oh, tu leur expliquerais. N'empêche qu'ils pourraient en profiter pour les mettre dans leur poche ! »

Mais Claudine sait bien qu'elle n'a pas fui à cause des cartes. Comment les miliciens ne liraient-ils pas dans ses yeux, sur son front qu'*elle en est* ? Elle avance jusqu'au bout de la ruelle. Dans ce recoin humide, le brouillard est si épais qu'on a l'impression de se cogner contre. Claudine touche avec précaution la porte à claire-voie qui donne sur le jardin de la pharmacie. On la ferme avec un simple verrou, facile à tirer en passant la main par-dessus ou entre deux planches. Une autre porte, en fer celle-là, s'ouvre sur la rue Chantournac. « Une fois rue Chantournac, je jure que pas un milicien au monde ne t'attrapera ! »

Les chiens ont-ils accès à ce côté du jardin ? Ils la connaissent, elle peut tenter le coup ! Elle a trois secondes pour se décider, les plus courtes et les plus longues de sa vie. M. Girod-Lemas est un résistant actif du canton, sans doute un homme de Pagery. Il ravitaille le maquis en médicaments et pansements, elle est passée plusieurs fois prendre des colis dans son arrière-boutique. Si elle se fait pincer à côté de chez lui, elle le compromet. Si elle s'échappe par son jardin, les poursuivants seront tentés de forcer sa porte. Dieu sait ce qu'ils pourraient trouver chez lui !

« Il faut avancer à la rencontre des miliciens et te rendre, ma douce. »

Elle revient d'un pas tranquille vers l'entrée de la ruelle. Elle lutte de toutes ses forces contre la peur. Elle prie à mi-voix, et c'est en latin que les mots de la prière viennent sur ses lèvres. « Tu as la pétoche, comme dit Dago, tu rentrerais dans un trou de souris ! »

Il lui faut près d'une minute pour s'apercevoir qu'elle est toute seule au bord de la petite place. Les miliciens sont passés, ils ont manqué la ruelle, merci mon Dieu ! « Allez, marche... Non, pas trop vite. Suis ton instinct. » Elle prend par les ruelles du centre. Elle s'arrête, repart, se cogne la tête contre la saillie d'une poutre d'encorbellement à l'angle d'une maison basse, elle continue, la tête dans ses mains. Elle court, son sac lui bat les reins.

Elle a fait le tour du couvent. Elle guette pour s'assurer qu'elle n'est pas suivie. Elle n'a aucune envie de conduire les miliciens chez elle. Le gris du brouillard gagne sur le noir de la nuit, le froid est de plus en plus pénétrant. Claudine s'essuie les yeux, ôte son bonnet pour dégager ses oreilles. Pas une lueur, pas un bruit, sauf les battements fous de son cœur.

Elle décide quand même de gagner la rue des Fossés par un petit chemin herbu qui passe entre les jardins. Tant pis si on te prend pour une voleuse de salades ! Elle tâte les barrières, accroche son manteau à un fil barbelé, revient sur ses pas. Elle étouffe, s'arrête pour reprendre son souffle. Elle ne peut même pas lire l'heure à sa montre. « Mon Dieu, envoyez-moi un bout de lune, si petit qu'il soit ! »

Vite, le bon Dieu envoie son bout de lune. Elle s'aperçoit qu'elle est presque arrivée à l'extrémité du chemin qui passe entre les jardins, à deux pas de la rivière. Elle écoute siffler sa respiration. Sauvée !

Journal de Claudine. 23 avril.

Bilan de la descente des miliciens, l'autre soir : une demi-douzaine de commerçants, dont plusieurs cafés-restaurants, épinglés et rançonnés (les patrons de La Boule d'or s'en tirent sans bobo), une demi-douzaine de jeunes gens arrêtés, dont trois envoyés au S.T.O. Et encore : un couple de Juifs âgés pris dans leur cache au-dessus du Café de Bordeaux. Les propriétaires du café ont dû payer le prix fort pour échapper à l'arrestation... Pour finir, deux ou trois personnes surprises à écouter Londres, aussitôt embarquées, puis libérées le lendemain. La Milice a certainement opéré sur dénonciation.

Papa, Annette, Lydia et le clerc sont rentrés sans encombre. Un miracle. Mais les miracles n'arrivent qu'une fois.

30.

La camionnette de Robert Neuville s'engage dans une côte assez raide et se met tout de suite à ahaner.

– Ne t'inquiète pas, dit Robert avec un geste rassurant. Elle souffle fort mais ne cale jamais. Tu as déjà conduit ? Non ? Oui ? J'ai monté un truc spécial sur ce tacot : une deuxième boîte de vitesses.

– Qui sert à quoi ?

– C'est avec la marche arrière qu'on a la plus forte démultiplication. Tu verras comment on s'en sert. Tu ne rigoleras plus quand je dirai que je suis garagiste !

– J'attendrai que l'essence soit en vente libre pour apprendre à conduire. Et une seule boîte de vitesses suffira à mon bonheur !

– À mon avis, il est plus facile de débuter avec un gazogène. Tu montes moins vite, mais tu vas aussi moins vite au fossé !

Il parle avec des gestes vifs, nombreux. La camionnette s'enfonce dans une nuit grasse. Robert allume un instant ses feux de croisement. Un éclair danse sur les troncs gris des châtaigniers qui enserrent la route. Deux yeux brillent sur le talus. Claudine retient son souffle. L'animal disparaît. Un renard, sans doute... Le croissant de lune agrafe le coin du ciel. On est le 2 mai, fête d'Athanase le proscrit. Demain, Claudine aura vingt ans.

Le parachutage est, en somme, son cadeau d'anniversaire.

La voiture peine de plus en plus. Robert touche successivement les deux leviers de vitesse pour vérifier leur position ou passer ses nerfs.

– Je vais tâcher d'opérer sans secousse ni grincement. Avec deux boîtes, j'ai deux marches arrière. La première inverse le mouvement des pignons, la seconde inverse l'inversion. Et ça donne une marche avant extrêmement démultipliée !

Sa main vole d'un levier à l'autre. « Cric ! Crac ! » dit-il, et la machine répond sur le même ton, en mieux huilé. La double secousse chatouille la colonne vertébrale de Claudine, elle se sent vibrer de la tête aux pieds. La camionnette repart à l'assaut de la rampe. Robert lance un rire satisfait.

– Et voilà, mon enfant. Avec nos deux boîtes, nous escaladons n'importe quelle montagne à la vitesse des forces alliées marchant sur Rome !

Claudine somnole un moment, bercée par le grondement du moteur, dans la nuit paisible, si paisible. Le temps recule, la guerre est un mauvais rêve.

Une sentinelle les arrête sur la pente d'un sentier bordé de cytises. Les grappes d'or luisent sous la lune. Ils retiennent leurs bicyclettes le long de la descente. Ils ont laissé la camionnette, par précaution, à un bon kilomètre. Claudine a les nerfs à fleur de peau et frémit au ricanement d'une chouette. Elle s'aperçoit qu'elle est trempée de sueur malgré la fraîcheur de l'air. Elle déboutonne son imper de haut en bas. Robert lui presse l'épaule.

– Attention, des gens se sont fait prendre à cause d'un imper ou d'un manteau déboutonné qui s'est accroché à une porte ou à une branche.

Elle rattache tous ses boutons sauf celui du col. Quelqu'un leur braque sur la figure, de biais, la lumière d'une grosse lampe électrique.

– Halte !

Le garçon baisse sa lampe.

– Vous vous trompez de chemin.

Au ton pompeux, on devine la phrase convenue.

– Nous voulons acheter des pommes de terre, dit Robert.

Ils arrivent à une grosse ferme dont les bâtiments forment

un carré, avec une large cour au milieu. Claudine reconnaît un séchoir à tabac, sa toiture et ses pans de bois noirci. Une voix mâle tombe d'un toit.

– Hé là, vous deux ?

– À cette heure-ci, la prudence est de rigueur, dit Robert.

Deux hommes armés les encadrent. Claudine voit briller les armes. Elle sent ses mains devenir moites et ses genoux flageoler. « Tu ne dois pas être douée pour la petite guerre, ma douce ! » Ils posent leurs bicyclettes contre une meule de paille. Robert sort une pipe, menace les garçons avec le tuyau.

– Est-ce que Pagery est là ?

Un des maquisards hausse les épaules.

– Pagery, connais pas.

L'autre hoche la tête.

– Je crois qu'il veut dire François.

– Ouais, ça va, tu peux les conduire.

Le garçon marche quelques pas devant les visiteurs. Un chien flaire les jambes nues de Claudine. Robert garde sa pipe à la main. Claudine s'étonne.

– Vous fumez la pipe, maintenant ?

Il fait sauter l'objet dans sa main.

– Je me prépare à changer de signalement. On ne sait jamais.

– Vous allez vous laisser pousser la barbe ?

– C'est une idée.

Leur guide les conduit dans une cuisine de ferme, où deux ampoules pendent au plafond, rayé de noir par les poutres enfumées. Aux murs, les chaudrons de cuivre reflètent la lumière. Une bonne douzaine d'hommes se tiennent autour d'une longue table, couverte de papiers, de plans, de cartes. Une lampe à carbure grésille dans un coin et fournit un éclairage de secours. Un feu de braise rougeoie dans l'âtre. Pipes et cigarettes remplissent la pièce d'un brouillard gris, où surnage l'odeur douceâtre, mielleuse et entêtante du tabac anglais. Claudine pousse Robert du coude.

– Si j'étais la Gestapo, je me baladerais le nez au vent dans la campagne française et je me guiderais à l'odeur des cigarettes !

Elle a remarqué deux femmes, une en pantalon, cheveux courts, qu'elle avait d'abord prise pour un homme. Elle cherche des yeux une glace, en découvre une au fond de la cuisine, sur un buffet, mais n'ose se frayer un passage à travers l'assistance. « Tu voudrais savoir si tu ressembles à Michèle Morgan dans *Mademoiselle Mozart* ou à Charlie Chaplin dans *Mam'selle Charlot,* hein ? Sans doute un mélange des deux. » Elle a l'impression d'être couverte de poussière de gazogène, elle aimerait se brosser les cheveux et se laver la figure. Elle quitte son béret, secoue ses boucles.

Elle guette une occasion de parler à la maîtresse de maison, une mince paysanne aux manches retroussées, très occupée à déballer des provisions pour ses visiteurs du soir. Robert échange une poignée de main avec un homme d'une quarantaine d'années, taille et corpulence moyennes, engoncé dans un vieil imper et coiffé d'une casquette grise. Un de ces hommes qui passent inaperçus n'importe où, comme les espions et les saints...

Un beau gars en blouson de cuir et ceinturon bien astiqué les rejoint près du feu. Celui-là est plutôt du genre à occuper le devant de la scène, il pense à coup sûr qu'une ceinture dorée aide à la bonne renommée, du moins au maquis. Claudine entend le nom de Pagery. Pagery, le chef de la Résistance française en Dordogne sud. « Essaie de deviner si c'est l'imper ou le blouson, et si, dans l'armée secrète, les œuvres pèsent plus ou moins que les pompes ! »

Elle observe, réunit ses trésors de flair et d'instinct, tranche pour le blouson. Alors, qui est le vieil imper coiffé d'une casquette grise ? Blouson-ceinturon passe au fond de la salle pour donner des consignes aux hommes. Elle surprend une discussion technique. « ... Trois feux rouges alignés sur deux cents mètres et un feu blanc pour les signaux, à dix mètres du premier feu rouge, sur une ligne perpendiculaire... »

Robert et l'imperméable continuent leur conciliabule. L'homme a un peu chaud près du feu et se déboutonne puis ôte son vêtement. Claudine arrive juste à point pour tendre le bras et se saisir de l'imper. Robert se retourne, ôte son chapeau pour les présentations.

– Claudine Chamarand, François Pagery.

C'était donc l'imper.

– Bonsoir, dit froidement Pagery.

Il ne tend pas la main et poursuit sa conversation avec Robert Neuville comme si Claudine Chamarand était encore à naître.

– On peut tirer au clair cette histoire de bœuf limousin ?

Claudine suppose qu'il s'agit d'une affaire d'abattage clandestin. Pagery jette son mégot dans l'âtre. Robert se recoiffe et brandit sa pipe.

– Le patron du Bœuf limousin n'est pas des nôtres. Il se contente de fermer les yeux.

– Ou de les ouvrir.

– Ce bistrot a été choisi par quelqu'un qui connaît bien la maison et le quartier. La disposition des lieux est intéressante et on n'y voit guère que des habitués. Il est facile de repérer une tête nouvelle.

– Oui, je prends note.

– Mais la filière est peu sûre et à réserver aux cas d'urgence.

Pagery grogne une approbation maussade.

– Je *sais* ce que vous faites et pourquoi vous le faites. Et sur ordre de qui. Mais je ne le ferais pas !

Il découvre alors l'existence de Claudine, avance d'un pas vers elle.

– Vous êtes la fille de maître Chamarand, le notaire de Réverac ?

Claudine répond oui d'un signe. Pagery hoche la tête.

– Vous direz à votre père que nous lui enverrons quelqu'un.

Claudine le regarde, bouche bée. Comment connaît-il son père ? Pagery esquisse un petit geste de la main, rassurant, amical.

– Une contribution financière est un bon moyen d'apporter sa pierre.

Il sourit.

– Et d'affirmer son choix !

Claudine se sent rougir. Il connaît ton père comme il connaît tous les notaires du pays et les gens susceptibles de financer la Résistance. Le message est clair. Si maître Chamarand veut faire oublier sa réputation de pétainiste bon teint, il lui faudra casquer en conséquence. Et, au fond, ce n'est que justice ! Pagery l'observe, un sourire paternel, un peu moqueur, sur sa bouche épaisse aux coins tombants. Son visage long est creusé de rides profondes. Il a un air attentif, désabusé, mais son regard est pénétrant. Claudine a le sentiment qu'il a suivi ses pensées une par une. Elle incline la tête.

– Mon père sera très heureux de recevoir votre envoyé.

– Il se présentera à l'étude sous le nom de M. Achille. Il dira à votre père que le temps des cerises est revenu. C'est de saison.

Pagery change de sujet, sort une main de la poche de son manteau pour montrer le terrain.

– Le pré de Tourliac est notre *terrain de repêchage.* Les avions qui n'ont pas pu se délester de leur cargaison au lieu fixé, pour une raison ou pour une autre, viennent larguer leur marchandise ici. Nos hommes sont obligés de rester toute la nuit sur le terrain, avec les risques que ça comporte.

– Mais celui de cette nuit, dit Robert, n'est pas un repêchage.

Pagery tend la main à Claudine.

– Vous vous souviendrez ? le temps des cerises. Un détail. Dites à votre père que nous sollicitons un prêt, qui sera remboursé par le gouvernement de la République après la Libération.

Claudine a suivi par curiosité la fermière, une grande jeune femme aux cheveux bruns serrés sous un foulard rouge, qui guide les hommes à travers les prés et les chemins, une mitraillette à crosse creuse en bandoulière. Un maquisard la charrie.

– Hé, Mireille, j'espère qu'elle est pas chargée, ta sulfateuse !

La nommée Mireille ne rit pas à ce genre de plaisanterie.

– Ferme ta gueule, gars. Tu pourrais avaler un papillon de nuit !

Claudine ne doute pas que la sulfateuse en question soit en de bonnes mains : des mains plus sûres que celles de certains hommes. Elle est fascinée par cette femme, elle a très envie de l'approcher, de lui parler.

Mireille l'a remarquée, ralentit son pas et tourne la tête.

– Vous venez pour le cimetière ?

Persuadée d'avoir mal entendu, Claudine répète :

– Pour le cimetière ?

– Vous avez un caveau ou plusieurs ?

– Un caveau ?

Mireille n'entend pas les points d'interrogation.

– On verra ce qu'on peut vous donner, décide Mireille.

Elle est déjà occupée plus loin. Le cimetière... Un caveau... Mon Dieu, qu'est-ce que c'est que cette histoire ? La lumière se fait soudain dans l'esprit de Claudine. La Résistance cache des armes dans les cimetières. Mireille te prend pour quelqu'un qui met son caveau à la disposition du maquis. Elle a dû te confondre avec une femme du pays.

Déjà minuit passé. Le croissant de lune se pavane tout en haut du ciel. Un filet de vent piquant siffle au creux des haies, fait grelotter les feuillages et transporte au loin des éclats de voix. Le moindre chuchotis s'envole dans le silence de la nuit. La ferme et le terrain de parachutage occupent un plateau festonné de collines douces, où frisent taillis et vergers. Le chat-huant qui veille dans la chênaie voisine lance de temps en temps son rire moqueur, ardent et sauvage. Claudine respire l'odeur de la terre humide et de l'herbe nouvelle, qui lui gonfle le cœur d'une bouffée d'enfance.

Elle se met à chercher Robert parmi les ombres furtives et pressées qui vont et viennent tout autour, comme dans un autre monde. Une dure poigne glisse sur son bras et lui serre le coude avec force. Elle retient son souffle pour ne pas gémir. Robert se penche.

– Où étais-tu ?

Elle se sent fouettée par ce ton brutal, elle dégage son bras, lui envoie un coup de coude.

– Qu'est-ce que le Bœuf limousin ?

– Tu nous as écoutés ?

– Tu ne m'avais pas dit que je devais me bourrer les oreilles de coton !

Elle vient de le tutoyer. Elle a enfin réussi à placer leurs relations sur un pied d'égalité. Tout est possible, maintenant. Elle en a le vertige. Robert l'entraîne à l'abri du vent, contre un talus. Elle a moins froid. Au vrai, elle a même très chaud. Robert explique sur un ton presque affable :

– Le Bœuf limousin est un bistrot parisien, un des points de départ de ma filière d'évasion. On y fixe souvent le premier rendez-vous aux fugitifs.

Claudine le regarde mais l'écoute à peine. *Premier rendez-vous,* un film où Georges Marchal donne la réplique à Danielle Darrieux. Le clair de lune rajeunit Robert Neuville. Pour un peu, c'est vrai, il ressemblerait à Georges Marchal, avec quatre ou cinq ans de plus. Il continue sur un ton agacé.

– J'ai donné l'adresse du Bœuf limousin à Pagery, en cas d'urgence. Je l'ai prévenu que la Gestapo connaît le rendez-vous.

Une silhouette les rejoint, s'adosse au talus. Claudine reconnaît Pagery à sa casquette et à son manteau informe. Il tourne la tête, et elle distingue un instant son visage dans le clair de lune. Ce type ne paie pas de mine et, à cause de ça peut-être, il lui inspire un sentiment de solidité, de sécurité. Aucun doute, elle serait plus tranquille dans son sillage que dans celui de Robert. Il se met à fouiller dans ses poches. Elle se demande s'il va sortir une arme. Son cœur saute dans sa poitrine. Un cauchemar éveillé l'emporte une seconde. Robert est un traître et Pagery va l'exécuter, là, tout de suite, avec un revolver muni d'un silencieux. Après, ce sera son tour à elle, parce que le chef la croit complice. Et les maquisards jetteront leurs corps dans les bois... Un bruit de papier froissé, Pagery sort de sa poche un paquet de gâteaux entamé et le tend à Claudine.

– Un biscuit sucré ? Ça aide à tenir.

Ils prennent chacun un gâteau sec. Robert fourre le sien dans sa poche. Pagery mâche en remuant les joues.

Claudine a entendu l'avion avant les deux hommes. « Tu as vingt ans, ma belle, et ces vieux messieurs n'ont pas l'oreille aussi fine que toi ! »

– Écoutez.

Pagery élève sa montre dans le clair de lune. Un ronronnement indistinct tombe du nord, ou du nord-ouest. Claudine repère la Grande Ourse pour situer le bruit du moteur. L'appareil semble venir de l'ouest, vers Bergerac, comme s'il remontait le cours de la Dordogne. Pagery jette sa cigarette et l'écrase sous son talon. Robert serre la ceinture de sa canadienne. Claudine s'assure que son imper est boutonné. Pagery lui touche l'épaule.

– Regardez les feux de balisage. Les feux rouges indiquent la longueur du terrain. À droite, à dix mètres environ du dernier feu rouge, il y a un feu blanc que vous ne voyez pas en ce moment. C'est une lampe à carbure qui est couverte et qui servira tout à l'heure à donner le signal morse. Le feu blanc est placé en principe sous le vent.

L'appareil, un bimoteur lourd et lent, crève enfin le ciel au-dessus des collines. Il paraît immense et se dessine avec une telle netteté que Claudine s'étonne presque de ne pas voir la Luftwaffe tout entière à ses trousses. Un oiseau dérangé s'envole en piaillant d'une touffe de buissons. Les trois feux rouges jalonnent la plaine. La puissante machine brune a des reflets luisants sous la lune. Partout, les hommes se dressent, éperdus d'attente.

– Mon Dieu, qu'il est bas ! s'écrie Claudine.

– Oui, très bas, convient Pagery.

– C'est un bimoteur...

– Londres ayant exigé ce terrain, je m'attendais à un quadrimoteur !

L'appareil pique vers le sol, perd encore de la hauteur. On entend battre ses hélices et cliqueter ses moteurs tournant au ralenti. Il se relance avec un râle farouche, vire très lentement, on dirait qu'il se traîne avec effort dans l'air épaissi. Il reprend enfin un peu d'altitude et s'éloigne vers le sud-ouest. Claudine pousse un soupir de déception.

– Simple passage de reconnaissance, dit Robert. Il vérifie sa position et il va revenir. Regarde le feu blanc.

– Ils le font clignoter. C'est le signal ?

Robert approuve d'un signe de tête.

– Écoute, il retourne.

Claudine voudrait étouffer le bruit de son cœur, qui cogne plus fort que les moteurs. Robert lui prend le bras.

– Avançons. Ils auront peut-être besoin d'un coup de main.

– D'autant que l'équipe doit se tenir prête pour un repêchage, dit Pagery. Et puis votre colis sera peut-être encombrant.

– C'est un vieux bimoteur, dit Robert, étonné. Un Wellington ou un Manchester. Il ne lâchera pas plus de dix ou douze tubes.

– Et ces tubes sont lourds ? demande Claudine.

– Environ deux cents kilos. Mais ils ont quatre poignées pour les porter.

Pagery toise Claudine.

– Vous aiderez à plier les parachutes.

– Quand nous aurons déballé mon colis, dit Robert.

À la façon dont il lui serre le bras, elle mesure combien il est tendu. Il a le souffle court et mord sauvagement le tuyau de sa pipe. Pagery les quitte soudain et s'en va vers le milieu du terrain. Claudine se demande s'il n'était pas resté un moment près de Robert avec l'intention de lui parler seul à seul. Sa présence à elle l'en aurait dissuadé. Elle se sent de trop.

L'avion jaillit au ras des arbres et sa masse allongée et sombre écrase un instant le terrain où les balises rouges semblent arrêter le temps. La cabine de pilotage ressemble à celle d'un très gros camion. Un canon pointe d'une sorte de bulle, à l'avant. Deux moteurs ventrus, l'antenne et la tourelle sur le toit, l'empennage massif... À terre, le feu blanc clignote de nouveau. Un feu écarlate s'allume sous le ventre de l'appareil.

– Le signal O.K., commente Robert à mi-voix.

Un tube noir bascule dans l'air, puis un autre, trois, quatre, cinq, tombant d'un seul bloc. Un tourbillon argenté par la lune : les parachutes de toutes les couleurs s'ouvrent presque ensemble. Ils descendent en oscillant régulièrement comme des balanciers de pendule. Claudine en compte huit, neuf... Elle veut se précipiter vers le milieu du terrain.

– Il faut que j'aille aider au pliage !

La main de Robert se referme de nouveau sur son bras, en un geste crispé. Il martèle, d'une voix presque tremblante :

– At-tends !

– Oh, j'oubliais ton colis. Il faut essayer de le récupérer. Mais comment allons-nous le trouver ?

– Je n'en sais rien, dit-il entre ses dents.

Les parachutes s'épanouissent au-dessus du pré. Les immenses toiles de soie aux bords festonnés flottent avec grâce, se posent en douceur. Le vent gonfle celles qui ont touché terre, et on dirait un énorme bouquet renversé et éparpillé. Puis les corolles s'affaissent paresseusement. L'appareil entame un second passage sur le terrain. Claudine observe derrière l'empennage une espèce de verrue vitrée, qui doit être un poste de tir avec un canon ou une mitrailleuse. Sur le côté, elle distingue des hublots grillagés [1]. Elle réussit enfin à dégager son bras. Robert empoigne aussitôt son autre poignet et la tire en arrière.

– Ne bouge pas. Il se passe quelque chose d'anormal !

– Quoi ? Quoi ?

Des silhouettes gesticulent en halant les cordelières, d'autres, courbées, s'affairent autour des containers de tôle. L'avion vire une fois de plus, et le grondement des moteurs couvre la réponse de Robert. Un cheval hennit de frayeur et secoue la charrette sur laquelle les maquisards chargent les tubes. L'avion tournoie en balançant les ailes, à vingt ou trente mètres au-dessus du terrain. Une odeur de gaz brûlés se répand dans l'air. Le pilote fait hurler ses moteurs sans réussir à s'élever. Claudine s'accroche au bras de Robert.

– Mais pourquoi tourne-t-il comme ça ?

Robert crie, les mains en porte-voix :

– Il cherche à se poser, mais il n'a pas assez de place !

Un jeune maquisard dévale le talus, sa mitraillette Sten sur le ventre, et lance avec un fort accent parisien :

– Il va s'écrabouiller, hein, quoi ?

---

1. La construction « en treillage » était typique du Vickers Wellington Mk.-III, déjà un appareil ancien et à faible capacité de charge en 1944, mais simple et robuste.

– Je ne comprends pas ce qu'il fait, dit Robert.

Claudine sent une boule de peur durcir au fond de sa gorge et descendre dans sa poitrine. « Oh non ! » Les feux de position de l'appareil semblent clignoter pour un appel désespéré. Le cheval est chassé à grands coups de fouet hors du champ. Un nuage recouvre la lune, l'oiseau de fer tourne au-dessus des hommes tête levée, dans la douce campagne du Périgord.

Claudine, assourdie, paralysée de stupeur, entend à peine les cris et les appels qui montent de tous côtés. Robert la prend par les épaules et la force à se coucher au bas du talus. Il lui tient la main, murmure assez bas, dans le tumulte, des mots qu'elle ne comprend pas. Elle lui rend la pression de sa main. Elle s'étonne de n'avoir pas peur. L'avion plonge et se balance deux ou trois dixièmes de seconde au-dessus du pré, comme suspendu en l'air par un fil. Aux yeux de Claudine, couchée sur le côté, le sol paraît sauter à sa rencontre. « Mon Dieu, c'est arrivé ! » Le train d'atterrissage se brise dans un craquement d'arbre foudroyé. L'aile gauche se détache et éclate, lâchant un moteur qui émet une toux puissante et un concert de sifflements. La face ventrale de la carlingue laboure le pré dans un fracas de chaudière emballée. L'aile droite puis la queue se détachent avec des explosions pareilles à des coups de mine. Encore deux ou trois pétarades, le claquement des morceaux de tôle arrachés qui s'envolent en ronflant et s'abattent de-ci, de-là, en provoquant des bruits variés, secs ou mous, suivant le lieu de la chute. Enfin, un immense soupir de l'écho... Le silence retombe.

On entend le vent battre les branches et le chat-huant ricaner.

Et aussitôt après, toutes à la fois, quinze ou vingt voix humaines, quinze ou vingt personnes qui libèrent leur souffle trop longtemps retenu.

Claudine se relève, le cœur battant. Elle a l'impression que ses pieds ne touchent pas le sol, mais elle tient sur ses jambes, fait deux ou trois pas sans trébucher. Elle s'élance, et Robert, après une hésitation, la suit. Ils courent vers l'épave avec les maquisards et les paysans. Claudine cherche Pagery du regard, mais un nuage vient de cacher la lune, on ne voit que des formes indistinctes dans la nuit.

– Ils sont tous morts, là-dedans ! crie quelqu'un.

– Attention, ça va flamber comme une meule de paille !

Un paysan d'un certain âge trotte d'un pas lourd à côté de Claudine et gémit en patois :

– *Bè, à queï co ! Bè, à queï co !*

Ah, ce coup-ci... La clarté d'une lampe à carbure efface les feux follets des piles de poche. Un homme s'extrait de l'avion comme un poussin sortant de sa coquille brisée.

D'autres suivent. L'équipage tout entier, sain et sauf, se rassemble autour d'un officier. Claudine compte quatre silhouettes, puis cinq. Les nuages s'en vont. La lune est suspendue au-dessus de l'appareil, tout aplati sur la terre. Le commandant s'explique par gestes. Il a relevé ses lunettes sur son serre-tête, baissé son masque. Il se penche et commence à quitter ses bottes, les autres l'imitent. Ils baragouinent tous à la fois dans une langue inconnue... Pourquoi ne parlent-ils pas anglais ?

Pagery est là, Robert s'avance à son tour, à pas prudents, et Claudine le suit. Par chance, l'avion n'a pas pris feu. Le commandant répond en anglais aux questions de Pagery. Il s'exprime avec une certaine lenteur, il n'est pas britannique. On oublie toujours qu'il y a une bonne demi-douzaine de pays européens parmi les Alliés. Les Pays-Bas, la Norvège, la Tchécoslovaquie, la Yougoslavie, la Pologne...

Robert explique à Claudine que les aviateurs anglais portent des bottes de vol à tiges démontables. Abattus au-dessus des pays occupés, ils enlèvent ces tiges et ne sont plus chaussés que de brodequins anonymes. On les entraîne à un geste que les insouciants négligent parfois. L'équipage du Wellington, formé peut-être de fraîche date, a eu le réflexe de défaire ses bottes tout de suite. On se presse autour des rescapés, on les interpelle en mauvais anglais. Le leur n'est pas meilleur.

– *Polish ?* dit Robert. Ce sont des Polonais !

Pagery renseigne les maquisards, qui affichent une stupeur incrédule.

– Des Polonais libres, comme il y a des Français libres !

Claudine surprend Robert en train d'écouter avec une grande attention les Polonais qui parlent dans leur langue. Il a l'air de les comprendre. Un soupçon lui vient, qu'elle oublie aussitôt dans l'excitation des événements. Puis l'officier explique en français, non sans chercher ses mots, qu'il n'a pas pu repartir à cause des trappes de largage qui ne se sont pas refermées et ont faussé les commandes de direction.

– L'avion tournait sur lui-même, comme... une barque avec une... rame qui trempe dans l'eau.

Une agitation extrême règne maintenant sur le terrain. Outre les armes et le matériel à camoufler, Pagery et ses maquisards héritent de cinq aviateurs polonais, dont deux seulement parlent un peu français, et d'une épave qu'il va falloir brûler ou démolir...

Dans la cuisine de la ferme, l'officier, habillé d'une veste et d'un pantalon civils récupérés en hâte et pas très bien assortis, se tient devant Claudine avec un sourire d'espoir.

– Claudine, dit Robert. Le lieutenant Benedykt.

Le lieutenant regarde Claudine, salue militairement.

– Heureux de vous connaître, mademoiselle.

Et il éclate de rire. Robert prend la main de Claudine, la met dans celle de l'officier, comme pour des fiançailles.

– Tu vas t'occuper de notre invité. Je vais rester cette nuit pour aider les fermiers à déménager vite. Dans quelques heures, les Boches et la Milice seront ici, ils brûleront la ferme et fusilleront les gens !

Le lieutenant Benedykt hoche la tête d'un air approbateur.

– Vous me cacherez bien..., je suis sûr, mademoiselle Claudine.

Robert ajoute une phrase ou deux dans une langue rugueuse et chantante. Claudine s'exclame :

– Tu parles polonais !

– Un peu. Ma femme était une Juive polonaise. Nous voulions que notre fils apprenne le polonais. Te sens-tu capable de ramener le lieutenant à Monlévrier à bicyclette ? Tu retrouveras le chemin, en pleine nuit ?

– Ce n'est pas le bout du monde, et je connais mon pays.

– Je vous rejoindrai avant le jour. Au jour, peut-être.

Mireille, la fermière, sert de l'eau-de-vie ou du vin blanc, au choix. Elle est très pâle, mais sa main reste ferme. Pas une goutte d'alcool ou de vin ne coule sur la table. Robert entraîne Claudine dans la cour de la ferme où règne une activité frénétique. Les chiens grondent, et les vaches, poussées sans ménagement vers les prés, meuglent d'effroi. Les maquisards chargent des tubes sur un camion gazo. À côté, des paysans entassent des barriques et des sacs de grain sur une charrette. Un cheval hennit, un enfant pleure. Robert et Claudine s'abritent entre le séchoir à tabac et une meule de paille.

– Il faut que j'aide ces pauvres gens, dit Robert. Je crains qu'on n'ait pas beaucoup de temps. Et ma camionnette ne sera pas de trop.

Il prend Claudine par les épaules pour la troisième ou quatrième fois, la fixe d'un regard immobile, le visage tout près du sien. Puis il l'embrasse au coin de la bouche.

– Je compte sur toi. Il n'y a aucun danger si tu pars tout de suite.

– Et ton colis ?

– Je n'y pensais plus. J'espère qu'on le trouvera au milieu du reste.

Il lui caresse la main d'un geste vif et doux.

– Claudine...

Pagery les appelle. Ils se retrouvent tous les trois dans la salle commune. Le fermier s'occupe d'emmener ses bêtes, la fermière de charger ses biens précieux. On entend un fracas de vaisselle à côté. Pagery marche de long en large, le front baissé, les mains derrière le dos, puis s'arrête devant Robert.

– À votre avis, Neuville, faut-il faire sauter cette carcasse d'avion ?

Robert enfonce la main gauche dans la poche de sa canadienne, prend sa pipe de l'autre, se la fourre au coin du bec, la tête longuement. Il se tient face à Pagery, le front plissé par la réflexion, les paupières à demi baissées.

– C'est un vieil avion que les Allemands connaissent depuis longtemps, dit-il, un avion démodé.

Pagery se frotte les mains d'un geste tendu.

– Si nous le détruisons, d'une façon ou d'une autre, il y

aura du bruit, des flammes, de la fumée. Les Boches gagneront ainsi une heure ou deux pour repérer le lieu de l'accident et nous tomber dessus. Je ne parle pas de la gendarmerie que nous pouvons tenir à l'écart. Mettons une heure... Une heure qui nous serait très précieuse pour évacuer les fermiers. D'autant que les voisins, à cinq cents mètres, ont choisi de partir aussi avec leurs bêtes et quelques affaires. Les hommes sont en train de récupérer l'essence d'un réservoir intact. Je ne donnerai l'ordre de détruire complètement l'avion que si ça paraît tout à fait nécessaire.

Claudine observe les deux hommes avec attention. Pagery s'en remet à Robert, il reconnaît sa supériorité sur la question, il a toute confiance en lui. Claudine est heureuse, sans bien savoir pourquoi. Tandis que Robert allume sa pipe avec le plus grand calme, elle le couve des yeux, cherche avidement son regard. La pipe allumée, il en tire une bouffée, prend le fourneau au creux de la main, braque le tuyau sur Pagery.

– Les Allemands vont chercher à savoir pourquoi l'avion a dû se poser en catastrophe. Ils verront que c'est un vieux clou. Quelle importance ?

Le lieutenant Benedykt paraît sur le pas de la porte. Robert se retourne, une brève discussion s'engage en polonais. Robert revient vers Pagery.

– Informez Londres que *j'ai* pris la décision de ne pas détruire l'appareil.

31.

Claudine a dû ralentir plusieurs fois pour attendre son compagnon. Le lieutenant est peut-être un excellent pilote, si on veut bien lui pardonner l'accident de cette nuit, mais il tient à peine sur un vélo. Et, lorsque Claudine se laisse rejoindre, il use son souffle à parler français, la bouche grande ouverte et les yeux ronds. Claudine, surexcitée, ne sent pas la fatigue.

Elle ne cesse de calculer fiévreusement. Partis du terrain vers deux heures trente, ils ont près de quarante kilomètres à abattre avant le jour. Du dix à l'heure : pas besoin d'être Paul Maye ou Émile Idée pour réussir ce genre d'exploit. Mais le lieutenant vient d'avouer qu'il était monté pour la première fois sur une bicyclette en Angleterre en 1942, et il n'a pas eu l'occasion de s'entraîner. Son expérience du cheval l'a beaucoup aidé, mais il se croit encore sur son pur-sang et il en oublie de pédaler !

Il lui faut prendre les chemins vicinaux, qui tissent dans la nuit, à travers ce pays de collines et de combes boisées, une toile d'araignée labyrinthique. Et prier pour que le bon Dieu écarte de la route les clous et les cailloux pointus. À chaque carrefour, elle s'attend à trouver un barrage de la gendarmerie, de la Milice ou des Allemands, son cœur bat comme une volée de cloches. En même temps, elle vit des minutes de bonheur. Elle se sent responsable de l'homme qu'on lui a confié beaucoup plus qu'elle ne l'a jamais été du colonel Falk.

Elle s'est juré de l'amener à bon port et de le sauver. Elle tremble pour lui et pour elle-même – délicieusement.

Chaque kilomètre est une victoire, et pourtant elle ne peut s'empêcher de souhaiter un incident grave qui lui permettrait de montrer sa résolution et son sang-froid. Elle se force à pédaler avec calme, au rythme lourd de son compagnon. Elle rêve à ses prochaines missions, encore plus exaltantes et plus périlleuses. Les jours prochains, elle risquera sa vie, elle accomplira des tâches admirables et partagera l'existence fiévreuse des combattants de l'ombre, avec ou sans Robert Neuville... La victoire alliée marquera la triomphale conclusion de l'aventure, au plus tard à la fin de l'été.

Comme le lieutenant Benedykt se laisse distancer dès qu'elle veut rouler normalement, elle décrète une pause. Ils appuient les bicyclettes contre un talus, et Claudine sort d'une sacoche les provisions prises à Tourliac au dernier moment : deux œufs durs, un morceau de gâteau à la citrouille, ou *milla,* six morceaux de sucre et une Thermos de vrai café. Le lieutenant se frotte les genoux avec ses mains gantées en grimaçant.

– J'ai jambes... anko... anky... nouées.

Claudine se cambre pour se masser les reins à travers son manteau.

– Moi, c'est le dos. On a encore deux heures de route si tout va bien. Vous tiendrez le coup ?

Le lieutenant porte les mains à sa mâchoire puis à sa nuque. Claudine croque un morceau de sucre en riant. Non... Elle essaie d'expliquer le sens du mot *coup.* Le lieutenant Benedykt vide la moitié de la Thermos de café.

– Vous... de Résistance patriotique... je crois ?

Claudine essaie de ne pas se rengorger. Un désir fou lui vient de jouer avec les mots et de danser avec la vie. Elle prend le lieutenant par le bras et l'entraîne au milieu de la route.

– Vous avez deviné, camarade !

Elle montre le ciel d'un geste possesseur.

– Je suis toujours émue de penser que tous les hommes de l'hémisphère Nord qui lèvent la tête au même moment voient les mêmes étoiles. Je me bats pour que...

Elle ne s'est pas battue très fort, ni depuis très longtemps. Mais elle se sait prête, maintenant, à affronter les balles ennemies et même la Gestapo et sa baignoire. Les étoiles seront toujours avec elle.

Le lieutenant Benedykt ne la laisse pas finir sa phrase.

– Camarade ? dit-il sur un ton interrogateur et inquiet. Communiste ?

Et Claudine se demande si elle n'a pas commis une gaffe à la hauteur de son incorrigible naïveté.

Elle évite les routes départementales et nationales et, quand elle peut, les villes et les villages. Pas de barrage aux carrefours. Elle se perd deux ou trois fois mais retrouve le droit chemin sans mal. Le temps est beau, l'air de la nuit piquant. Les gants de Claudine, en laine fine, la protègent mal. Le lieutenant Benedykt a de gros gants de cuir fourré, qu'il finit par ôter pour tenir son guidon plus à l'aise. N'importe. Le cœur et le corps de Claudine se réchauffent à la flamme de l'enthousiasme. Émotion, plaisir... Un peu de peur aussi. Le ciel se couvre, la lune disparaît. Le lieutenant s'habitue vite au vélo. Claudine n'a plus besoin de l'attendre. Ils roulent côte à côte, en silence. Elle n'a pas envie de parler et ce n'est pas le moment de gaspiller son souffle. Une exquise jubilation lui court dans les veines à l'idée que le lieutenant la prend pour une militante communiste. Elle racontera tout à Robert. Ils riront ensemble ! Les bicyclettes ont tenu bon. Soudain, la première crevaison : la roue arrière du lieutenant.

– Percé !

Claudine ne peut s'empêcher de sourire à la mine déconfite de l'officier polonais. Il réagit aussitôt.

– Avez-vous de quoi réparer ?

L'émotion lui délie la langue. Il a parlé français sans hésitation ni accent.

– Oui, mais est-ce que vous savez ?

– On m'a appris, en Angleterre. J'espère me *souviendre.*

– Espérons que vous allez vous souviendre, on ne sera pas trop de deux !

Ils s'arrêtent à l'angle d'un chemin, Claudine sort d'une sacoche sa lampe électrique, sa trousse de réparation, la bouteille d'eau et l'écuelle à chat qui lui servent à repérer le trou et à éprouver la chambre après avoir collé la rustine. Le lieutenant s'affaire en sifflotant, adroit et vif.

Deuxième incident, peu après : la roue avant de Claudine ramasse un clou. Pas besoin d'eau pour trouver le trou, qui est très gros. Le lieutenant, de nouveau, fait merveille. Il fredonne : *It's a long way to Tipperary.* Oui, mon vieux, le chemin est long pour rentrer chez toi. Tu devras te dépêcher si tu veux arriver de l'autre côté de la Manche avant le débarquement ! Il a de belles mains et il chante juste. Il se tient bien, pour un homme qui vient de perdre son avion en pays ennemi !

Claudine a mal aux reins, des crampes dans les cuisses, et le col de son manteau lui râpe le cou. Son allant est tombé. Le jour commence à poindre. Ils vident leur Thermos de vin chaud et avalent le reste de leurs provisions. Ils ont dépassé Réverac, ils arriveront à Monlévrier un peu après l'aube. Leur première rencontre est un camion de maquisards avec un chargement de charbon de bois. Ils croisent ensuite un troupeau de vaches qu'une jeune bergère mène aux champs. Claudine se surprend une seconde à envier la bergère insouciante. « Non, ma fille, il n'y a plus d'insouciants à la surface de la terre. Et toi, tu vis une aventure exaltante, en compagnie d'un aviateur allié, qui est aussi un très beau garçon. De quoi te plains-tu ? »

Elle distingue enfin, face au soleil levant, un gros bouquet de pins qui surplombe une petite colline en bosse de chameau, entre Ventoulou et Saint-Pierre-de-Réverac.

– Lieutenant, dit-elle, nous arrivons.

Elle sent les muscles de ses jambes devenir mous et cent aiguilles rouges lui piquer le dos. Elle saute de bicyclette et lâche le guidon. La machine s'écroule contre le talus. Elle reste là, debout, raidie de la nuque aux talons, les paupières à demi baissées pour filtrer le lumière du jour. Le lieutenant Benedykt, frais et alerte, se précipite pour la soutenir.

– C'est la fatigue que vous êtes et l'émotion, tout ce qui était passé cette nuit, pauvre jeune fille !

Elle chavire dans ses bras.

– Oui, oui, je crois que je vais dormir six mois ou un an !

Il rit gentiment.

– Six mois ou un an, ça valait beaucoup.

Elle se laisse voler un baiser sur la tempe, sourit, ferme les yeux. Il lui glisse une barre de chocolat dans la bouche.

– De votre famille, est-ce la maison ? Papa, maman ?

Claudine suce le chocolat et répond la bouche pleine :

– Pas du tout. Maman est à Paris... dans la Résistance, papa est notaire au village, à quinze kilomètres. Je vous conduis au château de Robert Neuville.

Le lieutenant Benedykt hoche gravement la tête.

– Ami de vous est-il, Robert Neuville ?

Claudine acquiesce d'un signe. Le lieutenant fronce les sourcils.

– Est-il grand ami ? Très grand ami ?

Ils font quelques pas en poussant les bicyclettes avant de les enfourcher de nouveau pour le dernier kilomètre.

– Robert Neuville est mon chef dans la Résistance.

– Oui, oui, Robert Neuville est chef, j'ai vu.

Elle a l'impression qu'il se fiche un peu d'elle et qu'il pourrait parler un français quasi impeccable, mais ça n'aurait aucun charme. Il s'amuse, et ses phrases ne manquent pas de poésie. Il insiste, cherche les mots.

– Vous et votre chef, êtes aussi, je peux dire peut-être sans indignité... offense... outrage ?

« S'il le fait exprès, il doit s'amuser comme un fou, le lieutenant polonais. Il est en train, tout simplement, de te demander si vous êtes amants ! »

Elle essaie de prendre un air indigné, offensé, outragé et éclate de rire.

– Je suis une jeune fille !

– Jeune fille, très bien. Belle jeune fille !

Elle finit par décider qu'il ne joue pas la comédie. Même si elle ne voit pas très bien pourquoi son langage redevient de temps en temps simple et clair. Pas de camionnette dans la cour de Monlévrier. Robert n'est pas rentré. Claudine s'aperçoit qu'elle ne tient plus debout. Elle a le cœur qui danse dans la poitrine et les jambes fauchées. L'émotion longtemps contenue éclate dans son corps et dans sa tête. Elle trébuche au bras du lieutenant. Puis tout devient noir, elle a l'impression de s'envoler. « Ça fait combien de fois que tu t'évanouis depuis le début de ta nouvelle carrière ? »

Le lieutenant la soulève sans façon, une main sous ses épaules, l'autre sous ses cuisses, et il la porte allègrement jusque sur le perron.

– La porte fermée ? La clé... mademoiselle camarade ?

Claudine est si loin de là qu'elle ne peut se rappeler où elle a caché la clé.

– La porte est ouverte, dit-elle dans un souffle.

– Le château de Robert Neuville est château de belle endormie au bois !

Le lieutenant s'arrête au pied de l'escalier.

– Chambre de Claudine jeune fille en haut ?

Elle n'a pas conscience d'avoir répondu, même d'un signe, ni indiqué sa chambre avant de se trouver mal. Elle ouvre les yeux quand il la dépose sur son lit, mi-honteuse, mi-heureuse. Comment est-elle arrivée là ? Il l'a portée, bien sûr, mais comment a-t-il trouvé sa chambre ? Ce type est très, très malin... « Si Robert savait que tu tombes dans les pommes pour un rien, ma grande, il ne te garderait pas une minute de plus ! »

Mon Dieu, mais il est là ! Comment est-ce possible ? Et elle lui a tout avoué ! Il la regarde les sourcils froncés, l'air sévère, puis se met à marcher, les mains derrière le dos.

– S'évanouir facilement peut être un avantage dans un interrogatoire. Ils sont obligés de ranimer sans arrêt, en te vidant des seaux d'eau sur la tête. Ils en ont vite assez. Le risque, c'est que tu te noies dans la baignoire... Écoute, j'en ai fait apporter une. Vite, déshabille-toi !

Elle tourne la tête, la baignoire est au fond de la chambre, immense, pleine d'eau sale. Robert lui prend le poignet.

– Si tu t'évanouis, je ne te laisserai pas te noyer.

Elle hésite, la main sur le col de sa chemise de nuit.

– Je me mets toute nue ?

– Enlève ta chemise.

– Mais je n'ai rien dessous !

Elle se réveille sous le soleil de midi inondant la chambre par la fenêtre aux volets grands ouverts. « Je te le disais bien que c'était un rêve... » Elle bâille, se frotte les paupières. Elle a dormi tout habillée sous une couverture. Le lieutenant lui a seulement ôté son imperméable ou bien c'est elle, mais elle a oublié. On frappe à la porte, le lieutenant apparaît, la figure blanchie de savon à barbe. Ses cheveux blond foncé, peignés avec soin, bouclent sur son front. Ses yeux bleus brillent de malice.

– Bien dormi, mademoiselle camarade ?

– Oui, mon Dieu, quelle heure est-il ?

Elle se lève d'un bond. Le lieutenant Benedykt rit aux éclats.

– Vous venez vite, mademoiselle Claudine. J'ai trouvé le ouvre-boîte et fait cuisine de repas, mais pas tout.

Il la salue avec son rasoir coupe-chou et sort. Elle se précipite vers la glace. « Tu dois être affreuse... Et Robert ? S'il n'est pas arrivé, c'est qu'il... » Non, elle n'ose pas imaginer. Elle cherche sa robe blanche à coquelicots et bleuets, sa robe patriotique, et se change en hâte. La journée est superbe, saluée comme une fête par les oiseaux. Elle a envie de jeter son manteau d'hiver sur le prunier fleuri de la cour en guise d'épouvantail.

À table, le lieutenant lui avoue son prénom, Andrzej. À la façon dont il le prononce, ça rime avec la ventrèche qu'il a cuisinée habilement. Il ouvre d'un joli coup de poignet le pécharmant 1939 que Robert avait apporté pour Fox – mais Fox n'a pas bu une goutte de vin.

– Bonne année pour vin français, 1939, mais très mauvaise année pour la pauvre Pologne !

Les petits pois sont tendres, et Claudine a improvisé une omelette avec cinq ou six morilles trouvées la veille sous les ormeaux du pré. Andrzej croque le fromage italien qui a un peu trop durci mais garde un goût exquis.

En français comme à vélo, il fait des progrès rapides. Oh, il en rajoute de temps en temps dans le baragouin pour fleurir son langage. Il se met soudain à parler de son pays sur un ton volubile. De l'extrême malheur où la Pologne est tombée après la défaite. Est-ce qu'il n'exagère pas ? En 1944, la plupart des Français ne peuvent imaginer le martyre de la Pologne occupée. Le lieutenant Benedykt regarde Claudine, poings serrés sur la table.

– N'importe quel Polonais ou Polonaise, même enfant, peut être fusillé sur-le-champ s'il se fait prendre sans laissez-passer dans le train ou dans la rue. Pour circuler à bicyclette, il faut un permis spécial qui indique quelles sont les rues autorisées pour aller au travail et revenir. Un Polonais, quand il croise un Allemand sur le trottoir, doit descendre en saluant poliment !

Claudine pousse des « Oh ! » de stupeur. « Il te monte le coup, ces choses-là sont impossibles. On sait bien ce qu'est l'Occupation. Mais ces Polonais ont la manie de la persécution. » Le lieutenant voit que la jeune Française ne le croit pas. Il soupire, se fige, les coudes sur la table, la tête baissée, et se réfugie dans une rêverie sombre et muette. Il regarde parfois Claudine d'un air suppliant, du moins elle a cette impression. Elle est prête, dans un élan de chaleur et de pitié, à lui accorder tout ce qu'il demandera. Mais il ne lui demande rien, si ce n'est la permission d'aller se coucher un moment.

Peut-être espère-t-il qu'elle le rejoindra ? Il n'a qu'à le dire et... Mais il se tait. Elle l'écoute monter l'escalier, avec une pause au milieu. Comme s'il t'attendait, ma bonne ! Elle esquisse un mouvement pour le rejoindre. Mais c'est fou, tu es folle ! Et Robert qui peut arriver d'une minute à l'autre !

Elle se demande si elle a le droit de s'échapper une demi-heure pour téléphoner à l'étude. Elle ne viendra pas travailler cet après-midi, son père va s'inquiéter et le clerc ricaner. Non... Elle ne peut prendre le risque de laisser le lieutenant Benedykt seul à Monlévrier tant qu'elle ne sait pas ce qui est arrivé à Robert. Aucune nouvelle du maquis. Les Boches ont peut-être encerclé toute la région... Elle va ouvrir une fenêtre, écoute. Le mouchard ronronne dans le ciel, très loin. Elle doit se tenir prête à faire sortir le lieutenant par la cave au moindre signe de danger.

Elle prend un livre mais ne réussit pas à se concentrer sur sa lecture. Est-ce à cause des horreurs que le lieutenant Benedykt a racontées sur la Pologne ? Elle n'y croit pas à moitié, ni au quart, et pourtant elle se sent coupable. L'officier polonais arrive en bâillant et en se frottant les yeux. Il lui fait à peine un signe de tête, sort sur le perron. Elle le guette depuis le seuil. Il visite les dépendances, avance à l'entrée de la cour, mains dans les poches, tête levée. Il a toujours l'air d'attendre quelqu'un ou quelque chose.

Elle l'appelle, de peur qu'il ne s'éloigne.

– Lieu... Andrzej, venez vite boire le café !

Il rentre docilement. Elle s'excuse en rougissant.

– On pourrait vous voir depuis la route, la police allemande doit être sur le pied de guerre dans toute la région, et il y a un avion qui nous survole.

– Vous me cachez combien avant de partir pour retour Angleterre ?

Combien de temps ? Les Allemands vont étendre leurs recherches à tout l'arrondissement. Ils pourraient être très vite à Réverac, demain, ce soir...

– Un jour au plus, dit-elle.

Le lieutenant paraît très étonné.

– Maison de Robert Neuville, pas tranquille... pas sûre, peut-être ? Fritz allemands savent Robert Neuville habite ici *avec vous* ?

Il a posé la question en riant. Avec vous ! « Il s'amuse. Il ne se rend pas compte qu'on est occupés, ici aussi, et qu'il est en danger. »

– Non, les Allemands ne savent pas.

Elle voudrait bien en être persuadée. Comment fouetter la vigilance du lieutenant sans trop l'affoler ?

– Il faut quand même vous tenir prêt à fuir dans les bois à la moindre alerte. Nous allons repérer les lieux. À Ventoulou, il y a le maquis...

Le maquis Jeanne est en train de déménager, il reste les hommes de Stan. Le lieutenant hoche la tête, un sourire mélancolique aux lèvres. Elle sent qu'il l'écoute à moitié. Il a fait ce matin une balade tranquille dans la campagne. Il se croit en sécurité parce qu'il n'a pas vu un seul Allemand !

Il la regarde avec un petit sourire indulgent et moqueur.

Elle le giflerait. « Il te croit folle, ma vieille, tu n'y peux rien. Tu ne vas pas souhaiter quand même que les événements lui donnent une leçon ! »

Pendant la descente à la cave, il lui prend le poignet d'un geste brusque.

– Ils ont supprimé l'école, vous savez !

Claudine fait un bond et manque de lâcher sa lampe.

– Quoi ? Quelle école ?

– En Pologne... Les enfants n'apprennent plus la langue nôtre... ni rien. Interdit enseigner sous peine de mort !

32.

Robert arrive enfin à la tombée de la nuit. Claudine s'est morfondue tout l'après-midi en guettant le moteur de la camionnette.

– Robert, j'étais affreusement inquiète.

– Mais en galante compagnie.

– Vous êtes odieux !

– On ne se tutoie plus ? D'accord, je te dois des excuses. J'ai eu des contretemps et... Bon, j'ai décidé de surveiller les lieux de l'accident, de me mêler à la foule des curieux qui est arrivée à l'aube, puis aux Allemands qui n'ont pas tardé à chasser tout le monde. Finalement, j'ai joué au témoin. J'ai raconté que j'avais vu des aviateurs anglais s'enfuir dans les bois pour que les gardes mobiles et les Fritz perdent du temps à chercher.

Claudine a soudain très froid, elle serre sa veste de laine sur ses épaules.

– Tu as pris de grands risques.

– J'ai évité que les Allemands ne brûlent les fermes voisines. Ce n'est sans doute que partie remise, mais on ne sait jamais.

– Ils ne t'ont pas demandé ce que tu faisais là ?

– J'ai dit que les punaises m'avaient chassé de mon lit à l'hôtel et que j'avais commencé ma tournée de prospection avant le jour. J'ai toujours ma carte d'acheteur de Pimetex. Elle est périmée, je m'en sers quand même à l'occasion. Les Boches battent les bois dans le canton de Monpazier et ils ont installé une souricière à la ferme de Mireille. Pendant ce temps, Pagery a dispersé les Polonais. Le lieutenant Benedykt est en sécurité ici jusqu'à ce que nous puissions le faire filer, demain ou après-demain.

– Et les Boches t'ont laissé partir sans histoire ?

– Je parle un peu l'allemand, ce qui m'a facilité les explications. Je leur ai donné rendez-vous à la Gestapo de Bergerac !

– Tu n'as quand même pas l'intention d'y aller !

– Il le faudra peut-être, quand le lieutenant Benedykt sera loin.

– Mais tu joues avec le feu.

– Je joue avec le feu. Les ordres de Londres sont clairs. Ne t'inquiète pas, tout ira bien. Nous sommes plus malins que les Allemands.

– Et ton colis, tu l'as trouvé, pour finir ?

– Oui, un colis de provisions, du chocolat, du thé, du café, ce genre de choses. J'en ai fait cadeau à la fermière. Où est le lieutenant ?

Après avoir tenu compagnie à Claudine deux bonnes heures, le lieutenant Benedykt s'est mis à bâiller et a demandé la permission de retourner se coucher.

– Je suis épatée qu'il puisse dormir comme un loir après ce qui lui est arrivé. Je suppose qu'il avait un gros retard de sommeil.

– Les aviateurs, les combattants aguerris, les hommes d'action dorment dès qu'ils le peuvent, pas pour rattraper un retard, mais pour prendre une avance. Le lieutenant Benedykt prend de l'avance parce qu'il s'attend à vivre des nuits blanches. Et il n'a pas tort.

– Mais il n'a aucune conscience du danger. Sous prétexte qu'il n'a pas vu d'Allemands, il se croit tranquille.

– Et toi, tu as vu des Allemands ? Non ? Je vais te dire un secret. Il n'y a plus d'Allemands, ils sont partis. Ce n'était qu'un mauvais rêve.

Claudine sourit. « Qu'est-ce qu'il ne va pas inventer, Clo, pour te sortir tes idées noires ! Tu as tort de prendre la situation au tragique, ça montre ton manque d'expérience. Tu n'as même pas eu ton baptême du feu ! »

Elle regarde Robert dans les yeux.

– Et qui rêve, toi ou moi ?

– Tous les deux.

– Alors, s'il n'y pas de guerre, qu'est-ce que tu fais dans mon rêve ?

– La guerre est finie. Nous rêvons à nos exploits, au temps lointain de la Résistance. Hier soir, nous avons raconté l'accident du Wellington à nos enfants, Édouard et Julie, qui nous écoutaient bouche bée. Notre petite Julie te considérait les yeux brillants d'admiration, d'un air de dire : « Tu as vu ça, toi ? Toi, ma maman ! » Puis nous nous sommes endormis dans les bras l'un de l'autre... Nous sommes restés proches depuis les graves événements que nous avons vécus ensemble pendant la guerre, et nous nous retrouvons souvent dans nos rêves.

Claudine se détend, sourit de nouveau sans regarder Robert, enfouit sa tête dans l'oreiller. Quand elle rouvre les yeux, la lumière est éteinte, elle sent la main de Robert remonter le long de son bras, sous la large manche de sa chemise de nuit. Elle est si bien. Elle voudrait dormir pour se perdre dans un rêve de paix et de bonheur et, en même temps, rester bien éveillée pour capter toutes les délices d'un moment magique.

« Tu joues à tes fiançailles, ma belle, c'est un jeu de petite fille. Tu vis le dernier jour de ton enfance. » Elle referme les yeux. Les doigts de Robert jouent avec la fine cordelière de son col. Il est venu plusieurs fois déjà la rejoindre dans sa chambre... « Et même dans ton lit, si tu te souviens ! Nos enfants, Édouard et Julie... Julie est trop près de Julia. Et Édouard... Tu ne voudrais pas un prénom d'oncle pour ton fils, ton enfant ! »

Robert est vêtu de pied en cap, comme d'habitude, à peine s'il a ôté sa canadienne. « Il a raison. Tu n'aurais pas dû te déshabiller, songe au temps perdu en cas d'alerte. Pourtant, c'est si bon d'être toute nue sous la soie douce de ta chemise de nuit, et... c'est si bon d'être ainsi près de lui, encore fringué et cravaté, le revolver à la ceinture. Non, là, tu inventes. Il n'est presque jamais armé. Et maintenant, es-tu prête pour la suite ? »

Elle s'entend dire alors, d'une voix lointaine, incertaine :

– Je ne suis pas prête, Robert. Pas maintenant...

Elle se mord les lèvres. Elle voudrait reprendre ces mots. « Tu mens, ma fille, tu es prête, tu attendais ce moment depuis si longtemps, avoue. Qu'est-ce qui te retient ? Le lieutenant Benedykt, qui dort dans la chambre à côté ? » Robert suspend ses chatteries. Sa main reste posée entre la gorge et l'épaule de Claudine. La pression de sa paume s'alourdit soudain.

– J'ai envie de te parler de moi.

– Oh oui, dit-elle avec élan. Raconte-moi tout de ta vie.

Leurs doigts se joignent.

– Raconte-moi ton enfance.

– J'aimerais que tu saches comment je suis devenu ce que je suis. Mon père était juge de paix. Son métier l'obsédait, il jugeait du matin au soir, en commençant par sa famille. Je n'ai jamais plus rencontré une déformation professionnelle aussi acharnée et maniaque. Ma mère était une dévote qui s'efforçait d'appliquer les commandements de l'Église et les sentences de son mari. J'avais – j'ai toujours, pour autant que je sache – deux sœurs plus âgées et un frère plus jeune. J'ai cessé toutes relations avec ma famille depuis vingt ans. J'ai parfois des nouvelles de ma sœur aînée, qui a été bonne avec moi, et j'ai envie de la revoir après la guerre. Mon petit frère aussi, pour d'autres raisons, et je me renseigne sur son compte, à l'occasion.

« Edmond a trois ans de moins que moi. Quand il avait sept ans, et moi dix, nous avions une chambre commune dans la villa que mes parents louaient à Senlis. Il ne m'aimait pas. Il n'a jamais aimé personne. Il détestait nos sœurs, et il leur a fait beaucoup de mal plus tard. À l'époque, elles étaient âgées de quinze et dix-sept ans, et il n'avait guère prise sur elles. Il a commencé par dénoncer à nos parents toutes mes fautes et mes peccadilles. J'ai appris à me méfier, je me tenais sur mes gardes devant lui. Alors, il s'est mis à inventer. Jusqu'à sept ans, il n'a rien trouvé de bien méchant. Puis – Dieu sait comment l'idée lui est venue – il s'est mis à raconter que j'étais somnambule, que je me levais la nuit, marchais dans la chambre, ouvrais la fenêtre, etc. D'abord, nos parents, qui le savaient menteur, n'ont pas prêté attention à ses cafardages. Mais il a insisté. Il a eu l'intelligence de graduer ses accusations. Un jour, il a dit que j'avais essayé de l'étrangler pendant une crise. Il s'est frotté le cou avec une cordelière pour avoir des marques, c'est du moins ce qu'il m'a avoué beaucoup plus tard.

« Il jouait au magnanime avec moi : “ Mon pauvre Robert, tu le fais pas exprès, je sais bien. C'est le diable qui te prend quand tu dors et tu t'aperçois de rien ! ” Et moi, qui étais naïf, je l'ai cru. J'ai cru que le diable venait m'habiter pendant mon sommeil et me forçait à accomplir des actes que je réprouvais. Ma mère m'a confectionné une espèce de camisole de force, avec une chemise de nuit en grosse toile qui boutonnait dans le dos et avait les poignets réunis. Ce n'était pas facile pour dormir, mais je me suis habitué. Un peu plus tard, Edmond a raconté que j'avais eu une nouvelle crise et que j'avais essayé de l'assommer. On m'a attaché dans mon lit. Je dormais très mal, je mourais de honte, j'avais des cauchemars affreux. J'ai supplié qu'on aménage la mansarde, sous les combles, et qu'on m'y laisse seul. Mon père a consenti, mais il a fait murer la fenêtre, et j'ai couché pendant plusieurs mois dans une pièce minuscule, sans autre ouverture sur l'extérieur qu'une lucarne pas plus grande que la main. Mon père fermait la porte à clé chaque soir et il laissait la clé dans la serrure.

« Une nuit, mon frère a ouvert ma porte sans bruit, a ôté la clé et l'a jetée dans le jardin. Le lendemain, il a raconté que j'étais venu en dormant et que j'avais essayé de l'étouffer sous son oreiller. Mon père a dit : “ Ah, j'avais oublié de fermer sa porte, hier soir. ” Puis il a réfléchi : “ Robert n'est pas si innocent qu'on le dit. S'il persiste à faire du mal à son frère en dormant, c'est qu'il le déteste, au fond de lui, et qu'il veut sa mort. ” On m'a infligé prières, pénitences, punitions... Et moi, je croyais tout. Voilà le pire : je me croyais somnambule et prêt à devenir criminel malgré moi. Il m'a fallu quinze ans pour me débarrasser de cette hantise.

« Mon père ne me voulait plus à la maison. Il m'a mis en pension au petit séminaire de Compiègne, après avoir prévenu de mon infirmité le supérieur, qui a cru bon d'avertir maîtres et élèves. Mes camarades m'ont prêté toutes sortes d'extravagances. On était en 1914, la guerre a été déclarée sur ces entrefaites. Un de mes bons camarades a raconté que je criais en dormant : “ Vive le Kaiser ! Vive les Prussiens ! ” Plus personne ne m'adressait la parole. On me criait : “ Graine d'espion ! ” Dans le courant de l'année, j'ai été transféré au séminaire de Beauvais, où le directeur a tenu sa langue. Les choses sont allées mieux pendant deux ans.

« Puis j'ai eu la mauvaise idée d'amener un de mes camarades de pension à la maison. Mon frère lui a demandé si je faisais toujours le somnambule. La rumeur s'est répandue et tout a recommencé. Ma réputation de dormeur debout, voire d'infirme pervers m'a suivi au grand séminaire, que j'ai dû quitter au bout de trois ans. Après avoir beaucoup tergiversé, mes supérieurs m'ont avoué gentiment qu'un garçon qui parlait en dormant risquait de violer le secret de la confession, sinon les belles paroissiennes, et ne pourrait donc jamais être prêtre. Ma famille n'a pas voulu de moi, à l'exception de mon aimable petit frère, qui m'a dit : “ Ça m'est égal que tu reviennes habiter à la maison, mais je t'attacherai moi-même dans ton lit chaque soir... ” Alors, je me suis engagé dans l'armée.

« Au début, j'avais une obsession : je craignais de me lever la nuit, de prendre une arme et de tirer sur mes camarades. Avant de me coucher, je vérifiais soigneusement que mon fusil n'était pas chargé, mais ça ne suffisait pas à me rassurer. J'ai fini par raconter mon histoire à un médecin-major. Mes parents n'avaient jamais eu l'idée de me faire soigner. Je recourais pour la première fois à un médecin. Il m'a mis sous surveillance, d'abord à l'infirmerie, puis à l'hôpital. Je n'ai donné aucun signe de somnambulisme. Mais, là encore, un infirmier, a eu la langue trop longue. La rumeur m'a rejoint. Elle était moins gênante qu'au séminaire. Toutefois, elle suffisait à paralyser la plupart de mes élans, de mes initiatives. Je me suis vite rendu compte qu'elle m'interdirait toujours une carrière militaire. Je n'ai pas pu dépasser le grade de caporal.

« Après la campagne du Maroc, où je me trouvais à la capitulation d'Abd el-Krim, en 1926, j'ai demandé à quitter l'armée pour raison de santé. De retour à la vie civile, je suis devenu ouvrier mécanicien. J'étais logé par mon patron au-dessus du garage et j'avais une hantise, toujours la même : me lever dans mon sommeil, prendre une voiture et aller m'écraser contre le premier mur de la rue. J'ai revu ma sœur aînée, elle m'a donné de l'argent et m'a conseillé de voir un grand médecin que ses beaux-parents connaissaient, à Paris, le docteur Blumvidal, un psychiatre juif..., et c'est sans doute parce qu'il était juif que j'ai accepté d'aller le voir. J'avais un très mauvais souvenir de mon passage au séminaire, je gardais un fort ressentiment contre les prêtres et j'avais cessé toute pratique religieuse. J'avais entendu dire que les Juifs étaient les ennemis jurés du catholicisme, et ça me convenait tout à fait. Le docteur Blumvidal a été merveilleux.

« Je peux dire qu'il m'a guéri, au sens fort du mot. Il m'a transformé, il a fait de moi un adulte combatif, généreux, je crois, et peut-être un peu casse-cou, mais j'avais besoin de prendre des risques après avoir étouffé si longtemps. Il m'a soigné pendant un an et demi et n'a même pas accepté mon argent. C'est aussi par son intermédiaire que j'ai fréquenté les milieux juifs et que j'ai rencontré Maria en 1931. Je l'ai épousée en 1933. J'étais très inquiet pour le docteur Blumvidal et sa famille en 1942. À partir de 1943, grâce à ma filière, j'ai disposé d'importants moyens de recherche. J'ai retrouvé le couple Blumvidal et leur fille cadette réfugiés dans le Midi, en situation difficile. J'ai réussi à les évacuer tous les trois vers l'Afrique du Nord. Si ma filière n'avait servi qu'à ça, ce serait déjà pas si mal !

« En me retournant sur ma vie, je m'aperçois que cette expérience, qui a duré entre douze et quinze ans, a été une bonne école, et je ne regrette rien. Mais il m'arrive encore de retomber dans des cauchemars où je me vois en train de marcher au sommet d'un toit ou bien de conduire une auto de sport à cent cinquante kilomètres à l'heure tout en dormant. Je peux en rire, maintenant. Plus important : j'ai été forcé d'aller voir de près ce que j'avais dans la tête et dans le cœur. Je me connais bien, ce qui me donne une très grande force dans l'action. Enfin, je crois. Si j'ai pu accepter et effectuer tant bien que mal le sale boulot d'oncle Edward, c'est parce que j'ai connu l'enfer et que je suis prêt à l'affronter de nouveau.

« Voilà, Claudine, je voulais que tu me connaisses mieux, pour ne pas trop t'attacher au vieux bonhomme un peu détraqué que je suis !

Claudine se dresse vivement sur son lit et s'écarte de Robert.

– Alors, c'était ça ? Seulement ça ? Vous ne voulez pas que je m'attache à vous ! Mais j'avais cru comprendre...

– Excuse-moi, dit-il d'une voix très douce. Je souhaite de tout mon cœur que tu t'attaches à moi. Mais je sais que je n'ai pas le droit de te retenir, j'ai peur pour toi et je me sens en faute.

Elle se laisse couler sous les draps en soupirant.

– Je ne crois pas que tu sois un vieux bonhomme détraqué. Mais j'ai peur aussi de ce qui nous attend. Lydia est folle de passion pour toi. Est-ce à cause de moi que tu n'en as pas profité ?

– Oui. Je ne sais pas me partager.

Claudine ferme les yeux. « Voilà qui change tout ton roman, ma bonne... Tu voudrais le prendre à la blague, mais tu ne peux pas. » Elle se tait, cloue le bec au mauvais génie qui essaie de gouailler dans sa tête. Et elle guette le bonheur à vif, lancinant comme une blessure, qui se déchire en elle.

– À moi, maintenant, de me sentir en faute, dit-elle très bas.

– Tu ne dois pas. Je respecte Lydia Rivière comme femme de prisonnier. Pour ceux qui se battent au front ou au maquis, c'est peut-être moins important. Mais moi qui suis obligé d'accepter tant de compromissions, de manœuvres, de duplicité, j'ai deux ou trois règles absolues. La défense de toucher aux femmes de prisonniers en est une. Quatre ans de solitude dans un monde sens dessus dessous, c'est long pour toutes ces jeunes femmes, surtout les rêveuses et les passionnées, et celles qui n'ont pas d'enfants à élever, de maison à tenir.

Il respire très fort, puis prononce doucement son nom :

– Claudine...

– Robert, pardonne-moi. Je...

« Je t'aime ? » Les mots sont restés collés à ses lèvres. Elle n'a pas pu les prononcer. Elle voudrait s'accrocher à lui, elle se raidit, retient son geste. Elle détourne la tête pour qu'il ne voie pas ses larmes. Il doit se sentir libre. Elle baisse ses mains qui tremblent, les cache derrière son dos.

– Je dois partir, dit-il.

– C'est parce que je... parce que je n'ai pas...

– Il le faut. J'ai tellement à faire.

– Tu ne vas pas me laisser seule avec le lieutenant ?

– Justement. Je vais te laisser seule avec le lieutenant !

Elle plante les incisives dans sa lèvre. Ne pas crier, ne pas le rappeler. Elle s'appuie au bois du lit. Elle écoute son pas dans le couloir. Il va dans sa chambre mais ne referme pas la porte. Les jambes fauchées, elle s'étend, noue les doigts sur sa poitrine pour comprimer les battements de son cœur. Ses oreilles bourdonnent, les larmes brouillent son regard.

Elle n'ose pas prier. Elle a trop peur que le bon Dieu rie d'elle. Et ne parlons pas de la Sainte Vierge !

Elle écoute. Il sort de sa chambre, referme la porte, traverse le couloir, descend l'escalier. Elle serre les poings, mord son traversin. Avant qu'il ait chauffé son gazo, tu as bien le temps d'aller te jeter à ses pieds pour le supplier. « Robert, je te demande pardon, je suis *prête*... »

Au lieu de bondir de son lit pour s'habiller, elle s'enfonce un peu plus sous les couvertures. La chair de poule lui frise la peau, elle a les pieds et les mains glacés, elle sent le froid gagner tout son corps. « Non, ne te rends pas ridicule. Laisse-le partir. »

Elle guette les bruits, elle épie le silence. Le moteur de la camionnette tourne enfin. Elle se tient raidie dans son lit, les sens aux aguets. Elle espère que Robert va venir pour un au revoir avant de se hâter à ses affaires. Il ne va pas s'en aller sans un mot, il ne va pas t'abandonner sans la moindre consigne ! Mais le moteur ronfle, la camionnette sort lentement de la cour, roule sur le chemin. Le bruit s'estompe vers la route. Il est parti.

Elle est sûre qu'elle ne dormira pas. Elle se prépare à passer la pire nuit de toute sa vie. Et puis, terrassée par la fatigue, l'émotion et le chagrin, elle tombe aussitôt dans un sommeil lourd et sans rêves.

33.

On cogne à la porte de sa chambre, mais c'est si loin. Elle ne veut pas se réveiller. Elle veut dormir jusqu'à la victoire, jusqu'à la vieillesse, jusqu'à la fin du monde. Le lieutenant Benedykt lui secoue gentiment l'épaule.

– Debout, jeune belle dormant au bois ! Soleil de printemps est déjà dans le ciel haut !

Elle devine qu'il joue avec la langue. Elle est presque sûre qu'il parlerait un français sans faute s'il voulait. Il trouve plus amusant de déclamer son charabia poétique. Et il a raison : il est *beaucoup* plus amusant. Il est aussi très beau. Elle le lorgne à la lumière du petit jour. Ses pommettes hautes, son front large sous les courtes boucles blondes, ses yeux bleus très doux ou très durs, selon l'humeur..., son nez droit, sa mâchoire puissante et, entre les deux, sa bouche large, sensuelle, tendre. Il est plus beau, plus jeune que Robert Neuville. Pas tellement plus jeune, peut-être. Elle lui donnait entre vingt-cinq et trente ans, hier. Elle dirait aujourd'hui : plutôt trente-cinq, l'âge d'Errol Flynn. Vivement qu'on puisse revoir *La Charge de la brigade légère* ! Le bel Andrzej a sûrement grande allure, en cavalier.

Il s'incline à trois pas du lit, la main sur le cœur.

– Je suppose que Robert Neuville est parti chercher le ravitaillement ? Difficile en France, ravitaillementation ?

Elle écarte drap et couverture, se lève d'un bond, pas du tout gênée d'être à moitié nue devant le lieutenant polonais. Il est vêtu d'une chemise blanche à rayures, sans col, ouverte sur sa poitrine musclée et bronzée. « S'il te prend dans ses bras, que fais-tu ? Tu ne le repousseras pas, dis ? » Il est si séduisant, si charmeur... Elle lui envoie un baiser du bout des doigts.

– Merci, lieutenant. Robert Neuville ne s'occupe pas du ravitaillement. Je vous rejoins d'ici un quart d'heure !

Sa toilette mérite bien une demi-heure... Elle retrouve le lieutenant attablé devant une énorme soupe au lait dans laquelle il a taillé d'épaisses tranches de pain et écrasé des pommes de terre bouillies. Il déguste ce petit déjeuner géant avec cuiller et fourchette.

– La dame Fernande est passée avec lait. J'ai fait mon potage en vous attendant. J'ai aussi donné le foin au vieux cheval et un peu d'avoine. Ah, la dame a laissé petit papier bleu !

Un télégramme ! Claudine le déchire d'une main tremblante. Son cœur mène une folle sarabande dans sa poitrine. *Le cousin André est attendu à midi à la pension de famille. Merci de le conduire. Robert.*

– J'emmène vous tout à l'heure, dit-elle, avec vieux cheval et carriole.

– Vous moquez de moi, jeune Claudine, à cause mon mauvais français.

Claudine hausse les épaules. Elle tourne et retourne le télégramme dans ses doigts. Robert aurait pu ajouter un mot pour elle. À bientôt ou n'importe quoi. Rien ! Il sera peut-être chez Mme de Grandval à midi. Elle s'aperçoit qu'elle a faim. « Quelle honte. Tu devrais avoir l'estomac noué de chagrin, mais comment résister à l'entrain du lieutenant ? »

– Qu'est-ce que je préparais pour vous, jeune fille, en breakfast ?

Elle se décide à puiser dans ses réserves secrètes et s'offre un chocolat au lait. Elle écoute le lieutenant Benedykt parler de la Pologne.

– Je vais te dire, mademoiselle camarade, pourquoi je pense mon pays va être grande, puissante nation après la victoire.

Il abandonne soudain son français fleuri et joueur.

– Il est déjà arrivé plusieurs fois que la Pologne soit tout écrasée par ses ennemis. Mais le pire, je crois, c'était l'invasion par les Suédois, en 1655. Tout est parti d'une imbécile querelle dynastique entre les rois. Le roi de Suède avait une forte armée. Mon pays était comme souvent désuni et mal gouverné. Les voisins sont venus à la curée : les princes allemands, les Transylvaniens, les Cosaques, les Lituaniens et j'en passe. La Pologne a été dévastée, dépecée, sauvagement. En 1658, il n'en restait rien à peu près. Tout le pays était occupé, partagé. Quatre millions de personnes sur dix millions avaient été tuées à la guerre ou massacrées par les ennemis ou bien mortes de famine. Le roi de Suède avait dit, comme Hitler : « Plus de Pologne, jamais ! » Et pourtant, vingt-cinq ans juste plus tard, toutes les puissances de l'Europe, l'Autriche, la France et les princes allemands suppliaient la Pologne d'entrer en guerre contre les Turcs pour sauver la chrétienté. Car la Pologne, sous le roi Jean III Sobieski, avait la meilleure armée d'Europe. Et Jean III a vaincu les Turcs en 1683 et libéré Vienne assiégée. Après, bien sûr, il s'est fait coucher dans la farine...

Claudine rectifie en souriant :

– Rouler dans la farine.

– Oui, oui, c'est cela juste exact. Il s'est fait rouler dans la farine par les Russes au traité de Moscou, il a cédé la Biélorussie et une bonne partie de l'Ukraine. Mais n'importe pas ! Le plus compte c'est grand redressement de la Pologne. Je parie pour la même chose à notre siècle. Je dis dans vingt-cinq ans, les nations unies occidentales appellent au secours puissante Pologne ressuscitée pour arrêter les Russes à Vienne ou Budapest ou Belgrade ! Voilà ce que je pense et pourquoi je fais toute la guerre !

Il parle avec tant de foi et d'enthousiasme que Claudine se surprend à l'écouter passionnément. Plus tard, elle se précipite dans la chambre de Robert. Presque tous les vêtements qu'elle lui connaît sont là, à commencer par son costume prince-de-galles. Elle soupire de soulagement. Il n'a pas fait ses valises. Peut-être n'est-il même pas parti rejoindre Lydia... Elle trouve aussi, en vrac, des chemises et des sous-vêtements sales. « Est-ce que tu as le temps de lui faire un peu de lessive avant de partir ? Tant pis, tu le prends, Dago n'aura qu'à trotter un peu ! » À la buanderie, elle trouve le lieutenant s'affairant à la chaudière allumée et déjà à moitié remplie d'eau. Il pose son seau, écarte les bras en un geste d'excuse.

– Je préparais le bain. J'ai très bien débrouillé avec l'ustensile. Je connais lessive aussi et peux aider laver les chemises de seigneur et maître. Peut-être jeune fille patriote voudra bien frotter le dos d'un aviateur de la Royal Air Force ?

En descendant à Réverac au pas de sénateur du vieux Dago, il lui raconte encore la Pologne et son cher Jean III Sobieski.

– Savez-vous que roi Jean III avait première arme secrète des temps modernes ? Les hussards ailés, c'était, avec leurs plumes dans son dos. Oui, les plumes, c'était arme secrète excellente pour l'époque. Les hussards attachaient aux épaules la pièce de cuir et de métal avec les plumes de dindon au-dessus de la tête. Quand ils approchaient l'ennemi, les plumes faisaient étrange bruit de sorcière, mélopée infernale, plainte du démon. Les chevaux polonais avaient l'habitude entendre, mais chevaux de l'ennemi très affolés, ils se levaient tout droits, hennissant de terreur. Panique, la fuite, victoire s'ensuit pour hussards polonais. Dommage qu'on n'ait pas essayé les plumes de dindon contre chars nazis en 1939 !

Claudine rit aux larmes, longtemps. Le lieutenant sort de sa poche un mouchoir brodé qu'elle lui a donné.

– Je peux essuyer larmes jeune fille qui rit et pleure en même temps ?

C'est bon de rire et de pleurer en même temps, quand la joie et le chagrin se nouent dans ton cœur. Le chagrin, n'en parlons pas, il y a la joie d'avoir vingt ans, le doux souvenir du bain avec Andrzej, une brève intimité, des caresses échangées un instant.

– J'ai eu vingt ans hier. Dites-moi quelque chose en polonais.

– Hier ? Ah, ah. C'était la fête nationale de Pologne. Jolie coïncidence. Quelque chose en polonais ? *Otrzyj tzy, Klaoudia, nigdy cie nie zapomne. Powodzena na cale zycie*[1] *!*

Peu avant d'arriver à Réverac, elle ose enfin l'interroger sur l'accident.

– Je suppose que ç'a été terrible pour vous ? Comment est-ce possible ? Avez-vous eu très peur ?

– Ce n'était pas aussi terrible. Pas eu le temps de grande peur, seulement après, tout le monde était sauvé. Sans accident, je n'aurais pas eu le chance de connaître si belle jeune fille patriote, avec son grain de beauté derrière l'épaule... Comment possible ? Rien que dire une chose : cercueil volant bien assez bon pour aviateurs polonais. Merci, messieurs les Anglais !

Elle regarde sa montre, accorde une pause au cheval au pied d'une côte. Elle respire un parfum enivrant, s'emplit les yeux de lumière, d'un paysage si doux, si paisible qu'il est presque une insulte au malheur du monde. Les feuilles des peupliers frissonnent dans le vent, c'est beau, ton cœur bat comme un fou, tu as vingt ans.

Un quart d'heure plus tard, le brave Dago s'arrête devant la pension des Glycines. Claudine et le lieutenant s'embrassent un peu longuement. Ou plutôt chacun embrasse l'autre à sa façon, tour à tour. Marie-Thérèse de Grandval est là, mains sur les hanches, accueillante et moqueuse.

– Hâtez ces effusions que je ne saurais voir !

Plus tard, Claudine est presque étonnée de retrouver la maison Grassac, son jardin fleuri, bourdonnant d'insectes. Mais l'étude est toujours grise, humide et froide, maître Chamarand est en train de rallumer le Mirus de son bureau. Il la serre dans ses bras, frileux, transi, fichu comme un paquet de linge sale et tremblant sur ses courtes jambes.

– Ma chérie... Rien que de te voir, je me sens déjà mieux !

Il se redresse, reprend plus qu'à moitié son air de coq aux ergots.

---

1. « Sèche tes larmes, Claudine, je ne t'oublierai jamais. Et bonne chance pour toute la vie. »

– Je me suis fait du souci pour toi. On raconte tellement d'histoires. On parle d'un avion anglais abattu par les Allemands...

– Il y a du vrai. J'y étais.

– Bon Dieu, c'est ce que je craignais. Tu es mêlée à tout ça, ma petite fille. Et les Allemands sont partout. Enfin, pas ici. Pas encore. Ils sont à cinq kilomètres. Ils barrent les routes, Réverac est pour ainsi dire encerclé.

Claudine frissonne. Si tu étais tombée sur un barrage, avec le lieutenant Benedykt... Elle parle de sa rencontre avec Pagery, de la visite prochaine de son envoyé, Achille. Le notaire hoche la tête à petits coups.

– Le chef de la Résistance ? Il t'a parlé de moi ? Le sort en est jeté !

– Tu te rappelleras la phrase convenue : « Le temps des cerises » ?

– Oui, je me rappellerai la phrase. Seulement, voilà : je n'ai pas d'argent. Allons, rassure-toi, je m'arrangerai. Je vendrai les titres de ton grand-père. Je m'en occupe aujourd'hui même. L'ordre de vente partira par le prochain courrier. Voilà comment je suis, voilà ton père, ma Claudine.

– Mais... grand-père, tu vas lui dire ?

– Tranchons dans le vif, je ne lui dirai rien. On verra à la Libération. Tu ne me demandes pas des nouvelles de ta mère ?

Claudine sait que sa mère n'est jamais malade, se débrouille au mieux dans tous les cas, passe à travers les barrages et les épidémies, connaît par cœur tous les tickets et ne manque jamais le train. Elle aurait préféré que son père lui souhaite bon anniversaire. Bah, il a oublié, sois belle joueuse !

– Ta mère va très bien, dit-il. Elle a tout arrangé pour tes cousins et, tiens-toi bien, elle a revu Maxime ! À Paris ! Tu ne sautes pas au plafond ?

– Je n'ai jamais cru qu'il était en Italie.

– Tu penses qu'il est dans la Résistance à Paris ?

– Plutôt dans..., disons dans les affaires. C'est parfait, il pourra rendre de grands services à maman.

Une idée lui passe par la tête. Son frère est un sale type, mais il a des excuses. Il s'est toujours senti le bâtard, le vilain canard. De toute façon, elle l'adore. Si elle partait le rejoindre, avec Julia ?

À deux heures, elle retrouve le clerc, plus déjeté que jamais, soufflant et ahanant. Il tripote ses lunettes, lui décoche un pauvre sourire.

– Comme ça, vous voilà de retour, mademoiselle Claudine.

– Comme ça, me voilà de retour.

Maintenant, tout son dépit, tout son cafard lui monte aux lèvres. Elle essuie longuement sa chaise avant de s'asseoir, son sous-main, le bois du bureau. L'endroit lui paraît sinistre, le travail ennuyeux à mourir. « Oh, tu sais qu'il y a des façons plus pénibles de mourir ! » Peut-être, mais l'avenir s'annonce aussi gris que l'étude de maître Chamarand.

Pierrot la boit des yeux.

– Vous êtes au courant pour l'avion écrasé ? Les Allemands cherchent l'équipage qui a pu sauter en parachute.

– Je suis au courant, je... j'y étais.

« Tiens ta langue, Claudine. Tais-toi ! » Il est déjà trop tard, elle l'a dit. Le clerc lève les bras, secoue sa grosse tête.

– Félicitations. Il est donc vrai que les Allemands cherchent l'équipage ?

– L'avion a pu se poser en catastrophe, l'équipage était sain et sauf, mais je suis furieuse contre les gens de Londres. Ils ont envoyé un équipage polonais sur un appareil qui était un véritable cercueil volant. Les avions modernes sont réservés aux Anglais. Voilà, j'ai du mal à avaler ça !

34.

Monlévrier, en fin d'après-midi. Le lieutenant Benedykt, vêtu d'un complet à carreaux, une casquette de voyou sur l'œil, la salue d'un grand geste et avance à sa rencontre du fond de la cour. Non !

– Je suis revenu pour vous !

Il s'incline, presse la main de Claudine entre les siennes, longuement.

– Petit contretemps, pour moi. Camarades Fritz ont barré la route. Les gens patriotes qui devaient emmener au sud le pauvre lieutenant polonais partis ou arrêtés, je crains très. Pas possible aller aujourd'hui plus loin. Le comte de Neuville – ha, ha, ha ! – m'a ramené dans son carrosse à charbon, et je suis ici.

– Et lui... Robert Neuville ?

– Il cherche autre château pour... pour me planquer, c'est le juste mot ? Il m'emmènera loin dès les Allemands repartis. Je suis aiguille dans la botte du foin, ils ne poseront pas la main sur le chevalier de Pologne immortelle !

Il bouffonne, lève les bras, jette sa casquette en l'air et la rattrape. Elle croise son regard et lit dans ses yeux bleus une résolution implacable qui lui donne froid dans le dos. « Mets-toi cette image dans la tête. Tu n'as pas vu souvent un homme de cette trempe, tu n'en verras peut-être jamais plus. »

La flamme dure de ses prunelles se change en feu follet et il rit très haut.

– Tout va bien, jolie demoiselle. Avez-vous apporté du pain ?

– Oui, bien sûr. Un peu rassis..., mais je pensais être toute seule ce soir.

– Je me occupe de la cuisine tout de suite. J'ai pensé déjà à une idée de plat avec les provisions trouvées. Pendant que vous irez dormir la petite heure, je cuirai bonnes choses pour nous seuls deux !

– Me reposer ? Je n'ai pas besoin de me reposer. Je...

« Si, ma belle, tu en as besoin. » Ce soir, elle a fait la route de Monlévrier à vélo, pour étouffer son chagrin sous l'effort. Elle flageole sur ses jambes. Elle n'a pas récupéré depuis la nuit folle d'avant-hier. « Dormir la petite heure, comme dit ton gentil lieutenant, te ferait le plus grand bien, ma douce... » Ses paupières se ferment rien qu'à l'idée d'un somme avant de dîner. Elle bâille derrière sa main. Le lieutenant sourit.

– Le marchand de sable passe, jeune demoiselle. Vite dodo !

Claudine éclate de rire. Elle laisse Andrezj Benedykt la prendre par la taille pour la conduire à sa chambre. Elle s'appuie sur son bras plus que nécessaire. « Tu vas voir qu'il t'offrira de te déshabiller ! Bon, tu espères trouver mieux comme valet de chambre ? » Il se contente de caler l'oreiller et d'étendre le couvre-lit sur les jambes de Claudine. Il promène ses paumes ouvertes et jointes sur son front, ses yeux, dans un geste de magnétiseur.

– Dormez la petite heure. Je vous appelle quand c'est fini, tout de suite.

Elle sombre aussitôt dans un demi-sommeil nauséeux. Elle voit battre une branche au coin de la fenêtre, par l'entrebâillement des volets. La branche devient un bras, une main armée d'un nerf de bœuf, et qui frappe, et qui frappe. « Arrêtez, je vais vomir ! » Elle se réveille et n'éprouve aucun soulagement à se retrouver dans son lit. *Ils sont là.* « Non, non, tu as encore rêvé... Où est le lieutenant ? » Elle saute du lit, enfile ses chaussures. Il ne fait pas nuit, elle a dormi très peu de temps.

Elle écoute. « Tu n'as pas rêvé, il y a un moteur qui tourne dans le chemin, une rumeur dans la cour. Ça doit être le maquis... » Mais le groupe Jeanne est parti. Ah, il reste Désiré-Stan et sa petite bande. Elle sort dans le couloir du premier étage. Elle observe la cour par les trous de pivert. Le soleil couchant l'éblouit, elle ne voit rien. Elle surprend des mots, un bout de phrase, un cri. Elle ne peut plus douter... Les Allemands !

Elle croise les mains sur sa poitrine, retient son souffle. Elle descend machinalement l'escalier, trébuche sur une marche, se retient à la rampe. « Tu te croyais forte, hein ? Tu as pourtant eu tout le temps de te préparer. Mais tu avais fini par croire qu'ils n'existaient pas ! »

Le lieutenant... Où est le lieutenant ? Une casserole d'eau chauffe sur la cuisinière avec un chuintement doux. Il a allumé dans la cheminée un feu de sarments qui achève de se consumer. Il a dû fuir en toute hâte lorsqu'il a entendu les véhicules approcher. Pourvu qu'il ait trouvé la sortie de la cave. Bien sûr, il n'est pas idiot, il doit être en sécurité dans les bois ! Elle a peut-être encore le temps de filer aussi par la cave avant que les Boches ne fassent irruption dans la maison. Cette fuite lui semblait si excitante quand elle l'imaginait, au début : une espèce de grand jeu scout.

Elle hésite maintenant, figée, raidie, le cœur battant. Elle sait qu'elle n'a pas une minute à perdre, pas une seconde. Mais elle n'ose bouger. « Tu as été dénoncée, les Allemands sont en train d'encercler la maison, ils savent que tu es là. S'ils ne te trouvent pas, ils iront cogner à la porte de ton père, tout à l'heure, cette nuit. Ils l'arrêteront à ta place... » Elle se décide soudain, sans savoir comment, elle dévale l'escalier de la cave, s'arrête la main sur la gorge. « Ton sac ! Ils vont le trouver dans ta chambre, avec tous tes papiers, ils seront à l'étude dans une heure ! » Elle remonte au rez-de-chaussée, s'arrête au bord du couloir. Elle va à la porte du perron, pousse le verrou sans bruit, respire. Il leur faudra une minute pour forcer la porte. Oui, mais il y a des volets ouverts aux fenêtres d'en bas... Tant pis.

Elle bondit dans l'escalier du premier étage. Le sac, une

lampe de poche. Le soir tombe, l'obscurité s'épaissit. « N'allume pas, ils pourraient apercevoir une lueur. Mieux vaut qu'ils croient la maison vide... La maison vide, avec une casserole sur la cuisinière ? » Elle s'arrête sur le palier du rez-de-chaussée. « Non, tu ne peux pas effacer les traces. Dépêche-toi. » La première cave, la deuxième... Elle s'appuie au mur, les jambes fauchées.

« Vite ! Ils ne vont pas tarder à fouiller la cave, tu as peu d'avance. Et il faut que tu arrives à Réverac avant eux, pour qu'ils n'arrêtent pas ton père... » Elle calcule. Tâcher d'atteindre la Gaillardie ou la Guine-du-Bois à travers champs, emprunter une bicyclette. « Mais si les Allemands barrent les routes, tu ne passeras pas en vélo. Et combien de temps te faudra-t-il pour descendre à Réverac à pied, avec tes semelles de bois ? »

Elle fait un pas, la tête lui tourne. Elle s'adosse de nouveau au mur, se meurtrit les épaules aux rugosités de la pierre. Elle respire lentement, boit son souffle. « Eh bien, c'est arrivé. Tu savais que ça arriverait. Le lieutenant Benedykt est sauvé, voilà l'essentiel. Sauvé ? Il est peut-être sorti tranquillement par la cour pour se faire ramasser aussitôt ! »

Son cœur se calme, elle marche vers la sortie. Elle aperçoit la lumière du soleil couchant à travers les interstices des planches. L'idée qu'elle va jouer des flûtes à la barbe des Allemands la réjouit une seconde. Elle pose la main sur le verrou. Un chien aboie au-dehors. Il y a souvent des chiens qui traînent aux alentours de Monlévrier. Elle commence à tirer le verrou, suspend son geste, écoute. Un cri rauque, comme si quelqu'un avait rappelé le chien. Son cœur fait un saut. Ils sont là.

Ils ont encerclé la maison jusqu'à la combe. Quelqu'un qui connaît bien Monlévrier leur a donné des indications précises. Peut-être un maquisard qui a parlé sous la torture... ou qui a trahi ? La Fernande Poudens, qui ne se montre presque plus ? Sa cousine de la Guine-du-Bois, à la réputation de clabaudeuse impénitente ?

« Et ils ont des chiens. Si tu sors, ils vont te tirer comme un lapin. S'ils te surprennent à la cave, ils vont profiter de l'obscurité pour te malmener sauvagement. Tu n'as plus qu'à remonter et faire face ! »

On cogne à la porte d'entrée, trois fois trois coups. Claudine se précipite pour ouvrir puis attend quelques secondes avant de tirer le verrou, se trouve en face d'un canon de revolver pointé sur elle, immobile. Un reflet de lumière se fixe sur l'acier. Une gueule de vipère prête à cracher son venin. Claudine distingue mal le visage de l'homme, entre le bord du chapeau et le col du trench-coat relevé. Elle avale un paquet de salive dur comme un noyau. Une douleur froide lui serre le ventre, son cœur saute un coup. Son bras gauche se paralyse, elle ne le sent plus.

Deux ou trois paires de phares illuminent la cour. Elle aperçoit des camions sur le chemin. Ils sont venus en force pour défier le maquis.

Quatre hommes se tiennent devant elle, deux en uniforme, casquette et calot, deux en civil, imper et complet veston. Cette scène, elle l'a vécue si souvent dans ses cauchemars qu'elle se demande encore si elle rêve. Ce sont les odeurs, rêches et âcres, des uniformes, du cuir, des armes, qui lui rendent le sentiment de la réalité. « Police allemande police allemande police... » Qui a prononcé le premier ces mots que l'écho répète à l'infini dans la cour, dans la maison, jusqu'au ciel ? Un des deux civils, le complet veston, peut-être, qui a l'air du chef. Un type trapu, au visage rond, un peu gras, coiffé d'un chapeau mou, haut perché sur ses cheveux épais. Une bosse carrée et plate gonfle sa poche de veste. Il a une voix pointue et il sent l'eau de Cologne. Un bourgeois tranquille qui détonnerait peu dans une assemblée de notaires. L'autre, grand et élégant dans son imperméable à reflets de soie, feutre à bord roulé, pantalon large tombant sur des souliers fins, mains baguées, cigarette au bec, a plutôt le genre apache de luxe. En retrait, il lorgne Claudine d'un air goguenard.

– Beau manoir périgourdin, dit le bourgeois. Monlévrier, n'est-ce pas ? Vous êtes bien Claudine Chamarand ? La fille du notaire de Réverac ? Cette maison appartient à votre père ?

Il parle un excellent français, mais son accent est un peu

rugueux, on dirait qu'il mâche une pomme de terre chaude. Claudine a la bouche trop sèche pour prononcer un seul mot, elle répond d'un signe de tête. Mais, à la troisième question de l'Allemand, elle retrouve un peu de salive.

– Les propriétaires sont à Paris. Le Secours national leur loue la maison.

– Ah, le Secours national, Vichy, Marcel Déat, très bien. Oui, très bien. Un bon Français. Je suis M. Bernard et je vous présente M. Fred, mon adjoint. Et voici... *Herr Hauptmann*...

Un nom allemand, elle s'en moque. Il appuie d'un rire cordial. « Est-ce qu'on peut entrer ? » Elle conduit les visiteurs au salon. Quatre soldats leur ont emboîté le pas. Elle fait mine de se rebiffer. « Tout ce monde ? » L'officier se retourne, lance un ordre bref. Les soldats s'arrêtent dans le couloir. Les crosses des fusils cognent le plancher. Sous la lumière pâle de l'ampoule, les uniformes semblent plutôt gris-bleu que verts.

Elle respire lentement, dans l'espoir de maîtriser les palpitations de son cœur. Cette gymnastique lui réussit. Elle a toujours l'impression de flotter au bord d'un vide vertigineux, mais la peur ne pince plus si fort sa gorge et son ventre. Pourtant, elle ne peut toujours pas remuer son bras gauche, engourdi de l'épaule à la main. Elle se répète, comme un disque rayé : « C'est arrivé, c'est arrivé, c'est arrivé... » Puis la stupeur des premiers instants se dissipe. En sourdine, deux pensées se relaient, consolantes : « Le lieutenant est sauvé. Puisqu'ils me tiennent, ils laisseront papa tranquille ! » Elle allume l'électricité. Les quatre hommes pénètrent dans le salon. Seul, M. Bernard observe avec intérêt les meubles et les tableaux, des natures mortes et des scènes de chasse, sans valeur, mais que la pénombre rend touffues et mystérieuses. Il hoche la tête, revient vers Claudine.

– Aimez-vous la peinture, mademoiselle Chamarand ? J'ai une passion pour vos impressionnistes.

Il touche du doigt le bord de son chapeau : un geste de voyou, pas de bourgeois. « Ou il se fiche de toi, ou il essaie de t'amadouer. »

– J'aime aussi les impressionnistes, dit-elle sur un ton sec.

Le capitaine s'avance et claque des talons.

– Nous foulons tout fisiter !

M. Bernard fait mine de s'interposer.

– Si vous permettez, mademoiselle. Vous avez un invité, n'est-ce pas ?

À quoi bon nier ? Le lieutenant Benedykt a eu le temps de fuir, il doit être loin. Elle va pour lever la main gauche, son bras retombe.

– Excusez-moi. Je travaille à l'étude de mon père, à Réverac, j'ai eu une journée fatigante. Je suis allée me coucher en arrivant, je ne sais pas où est mon pensionnaire. Vous pouvez visiter la maison.

Elle se sent pâlir. « Ton journal... Mon Dieu, s'ils fouillent pour de bon et s'ils mettent la main dessus, ça sera une catastrophe sans nom ! » Trop tard pour les regrets. Elle n'a pas peur. Elle ne ressent plus aucune peur physique, rien que l'horreur d'avoir peut-être, par sa légèreté, compromis l'action de Robert Neuville et de son réseau. Ses lèvres bougent, mais les mots ne viennent pas. Elle se tait. M. Fred tire de la poche de son imper un paquet de cigarettes anglaises, de couleur jaune, en pêche une qu'il allume avec un briquet en or. Claudine remarque une énorme chevalière à sa main droite. Il tire une bouffée en regardant Claudine avec son sourire narquois.

– Votre pensionnaire ne serait-il pas par hasard un aviateur polonais ? Une espèce de Polack, quoi ?

Claudine cherche une fraction de seconde une réponse qui n'engage pas trop sans être tout à fait un mensonge. Elle noue les mains sur sa poitrine.

– Peut-être. Je ne sais pas.

La sueur commence à couler dans son dos. Elle sent battre les veines de ses tempes. Les soldats se répandent dans la maison. Des ordres, des cris, des appels. Claudine comprend deux ou trois mots : *schnell, jawohl...*

– Eh bien, nous allons voir ça, dit M. Bernard.

– Où est Robert Neuville ? demande M. Fred.

Claudine a le souffle coupé une seconde. Ils savent tout. « On a été dénoncés, tu t'en doutais. » Elle veut hausser les épaules, la gauche est comme morte.

– À son travail, je suppose. Il achète du cuir pour un bureau allemand.

– C'est exact, dit M. Bernard. Nous le connaissons.

Quelque chose dans le ton de cette réflexion serre le cœur de Claudine.

Juste à ce moment, une silhouette se montre à la seconde porte du salon donnant sur le petit couloir qui dessert les chambres du bas, inoccupées. Le lieutenant Benedykt, tête nue, secoue ses boucles blondes, bâille devant sa main, s'exclame en polonais, puis, dans son français spécial :

– On m'appelle quelqu'un ? Oh, c'était la grande visite. Je dormais très, s'il vous plaît pardonner !

Le monde chavire sous les yeux de Claudine. Elle se mord les lèvres de toutes ses forces. Le lieutenant s'avance. Leurs regards se croisent. Elle lit dans les yeux du lieutenant une infinie tristesse, une tendresse impérieuse, une résolution sans faille. Elle ne peut s'empêcher de lui adresser un sourire de reproche. « Andrzej, vous avez eu cent fois le temps de fuir. Pourquoi ? Pourquoi ? » Il rejoint les hommes de la Gestapo et le *Hauptmann,* il leur tend ses poignets. M. Fred se retourne et vient vers elle, en riant.

– Alors, mademoiselle Chamarand, on cache des aviateurs ennemis !

Elle n'a plus qu'à se taire, aussi longtemps que possible. M. Fred vient promener sa cigarette devant les cils de Claudine et recule d'un bond.

– Oh, j'ai failli vous brûler !

Les soldats allemands entraînent le lieutenant Benedykt hors de la pièce. M. Bernard les accompagne. Le capitaine rappelle ses hommes. La troupe dévale l'escalier dans un vacarme infernal. M. Fred prend Claudine par les épaules, la pousse à reculons jusqu'au mur. Elle ferme les yeux. « Tiens-toi bien, ma douce, ça va commencer... » Il l'enlève, une main autour de sa taille, l'autre sous ses cuisses, et la jette sur la banquette mal rembourrée qui occupe le fond du salon. Un ressort lui rentre dans les côtes. Elle a très mal, elle ouvre les yeux, essaie de se relever. M. Fred la frappe en travers du visage, de son poing à demi fermé. Une fois, deux fois. Puis il lui force le menton avec la paume. Elle sent ses incisives inférieures couper sa lèvre et le sang couler sur langue. Elle enfouit par réflexe sa tête entre ses bras.

– Je regrette, ma jolie. Il faut le faire !

Qu'est-ce qu'il veut dire ? Dans un brouillard, elle aperçoit M. Bernard à la porte, qui approuve d'un signe de tête. Il s'approche, lui tord le poignet pour l'obliger à sortir sa figure de sous ses bras. Elle crie non, non. Elle a honte et se tait. M. Fred la gifle à la volée et M. Bernard lui bourre les épaules à petits coups, pas très appuyés mais blessants, comme s'il tenait un objet dur dans le poing. Il lui cogne la tête contre l'accoudoir de la banquette. Une douleur fulgurante traverse la tête de Claudine, de la nuque aux yeux. M. Fred déchire le corsage de sa robe. Elle porte la main à sa poitrine. Elle ressent une brûlure aux phalanges, elle a du sang entre les doigts. Elle perd connaissance quelques secondes.

Elle se rend compte que les soldats l'emportent. Elle se réveille à moitié, se raidit. « Mon sac ! » L'idée d'être conduite en prison sans son sac ni sa trousse de toilette l'affole autant que la crainte de la torture. Elle a une nausée, serre les dents pour ne pas vomir. Ses oreilles bourdonnent, elle a mal dans tous les os. On dirait que sa tête va éclater, qu'elle a le visage d'une seule plaie. « Ils ne t'ont pas posé de questions, mais ils t'ont battue pour te préparer à l'interrogatoire qui va suivre... Tu vas essayer de tenir un jour, deux si tu peux. » Elle croit entendre le mot Périgueux. « Ils t'emmènent à la Gestapo du chef-lieu. Et Robert ? Il doit filer le parfait amour avec la belle Lydia. Qu'ils soient heureux, tous les deux ! » Oui, elle le pense en toute sincérité. Elle se sent détachée, lucide, généreuse. La vie ordinaire lui paraît lointaine et minuscule. La honte d'avoir laissé prendre le lieutenant Benedykt s'évanouit de son cœur. C'était écrit. Et ce type ne sait que dormir... Un peu plus, les Boches nous trouvaient au lit tous les deux, et même pas ensemble ! Un sanglot de rire lui déchire la poitrine, lui arrache les côtes. Elle s'entend râler. « Ils ont commencé à bien t'amocher, qu'est-ce que ça va être à Périgueux ! » Elle somnole une minute.

« Mon Dieu, faites-moi dormir et oublier. Je me réveillerai

peut-être dans mon lit. » Mais elle ne pourra pas dormir, elle a trop besoin de faire pipi. La voiture est toujours arrêtée au milieu de la cour. Une traction avant, une 15 CV Citroën. Demander aux gens de la Gestapo de la laisser sortir pour se soulager sous leurs yeux ? Jamais. Elle tiendra. Les moteurs ronflent, dans la cour, sur le chemin. Ils s'en vont. Oui, ils s'en vont ! Ils ont eu ce qu'ils voulaient, ils n'ont pas pris le temps de fouiller la maison. Et, le soir, ils ont peur du maquis. « Ton journal est sauvé, pour le moment... mais ils reviendront en plein jour, demain ou plus tard. »

Les portières s'ouvrent, M. Bernard et M. Fred entrent en même temps, la repoussent au milieu de la banquette. Ils l'écrasent de leur corpulence. Elle se retient de crier : je vous en prie, j'ai très mal. Ils ne lui ont pas mis les menottes, mais elle est sans forces, impuissante. S'ils la lâchaient, elle ne tiendrait même pas sur ses jambes ! La voiture démarre avec une secousse. Elle retient son souffle. Une douleur lui écrase la poitrine. « Mon sac... » Mais son sac n'est rien que l'image du bonheur perdu. Elle s'étouffe quand la voiture franchit la porte de la cour. Adieu, cher Monlévrier !

La traction de la Gestapo se trouve en queue de colonne, suivant de loin les autres véhicules. Claudine ne réagit pas aux premiers coups de feu. Le chauffeur freine à fond, crie quelque chose en allemand. La voiture bute contre le talus. Claudine se réveille au tac-tac-tac d'une rafale. La fusillade éclate de tous côtés. Ses voisins se jettent contre les portières. M. Bernard saute sur la route. M. Fred la traîne hors de la voiture. Elle se débat un peu.

– Laissez-moi, je vous en prie.

Il la pousse dans le fossé, lui donne un coup de pied dans la cuisse. Elle s'affale lourdement, avale une grosse gorgée d'eau boueuse. Elle s'étouffe et crie. M. Fred se penche sur elle.

– Fiche le camp ! Échappe-toi ! Debout, vite, tu as une chance !

Il remonte dans la voiture, claque la portière. Claudine tente de se lever, elle retombe les mains et les genoux dans l'eau. On tiraille encore, de-ci, de-là, dans la campagne, vers les bois. La traction démarre en rejetant une volée de terre sèche et de cailloux. Claudine s'accroche à une touffe de buissons, à un piquet de clôture. Elle s'aperçoit qu'elle a retrouvé l'usage de son bras gauche. Elle serre le poing avec plaisir. Elle regarde la route puis le ciel. Une lueur rougeâtre tombe du couchant. Monlévrier se dresse dans le crépuscule à cinq cents mètres. Claudine essaie de chasser en clignant des yeux le brouillard qui l'aveugle. Elle touche son œil gauche fermé, ses cils poissés de sang et de boue. Enfin, elle lâche son piquet, se hisse avec peine sur la route. La tête lui tourne. Elle se penche pour vomir mais contient les soubresauts de son estomac. À travers la fièvre qui bourdonne dans sa tête, elle écoute gronder au loin les voitures et les camions boches.

Ils s'en vont... Où sont donc passés les maquisards qui ont tiré sur l'auto de la Gestapo ? Elle essaie d'appeler. Ses lèvres lui font trop mal. Fuir à travers champs, demander du secours dans une ferme ? Ou bien rentrer à Monlévrier ? Elle est trop faible et trop malade pour fuir.

Elle s'allonge en retenant son souffle, tire sa jupe sur ses jambes. Elle est seule, elle a mal dans tout le corps, mais elle a trouvé le courage de se laver un peu et de monter l'escalier. Elle pourrait mourir d'une hémorragie interne, alors elle veut être dans son lit. Dès qu'elle essaie de bouger ou de tenir les yeux ouverts, la chambre se met à tourner. Sa bouche saigne. Le sang coule goutte à goutte dans sa gorge, aggravant sa nausée.

S'ils reviennent demain matin... Chaque fois qu'elle tente de réfléchir, le sang se met à battre à grands coups dans sa tête, la douleur devient atroce. Tiens-toi tranquille, ô ma douleur... Elle a entendu crier son nom, comme dans un rêve. « Mais c'est un rêve, Clo, un rêve. Non, écoute. Quelqu'un, en bas, t'appelle : Claudine, oh ! oh ! » Elle lâche entre ses dents une espèce de hurlement guttural. Une galopade dans l'escalier, elle hurle encore puis essaie d'articuler : « Je suis malade ! » La porte de sa chambre s'ouvre, un homme, deux hommes s'avancent vers son lit. « Victor Hugo ! » Victor

Hugo, ha, ha, c'est trop d'honneur. La lumière électrique jaillit. Elle porte la main à ses yeux.

– Non, non !

– Claudine, bon Dieu, qu'est-ce qu'ils vous ont fait ?

Elle a reconnu la voix de Thomas. Mais l'autre n'est pas le commandant Jeanne. Elle entend des chuchotements, des cliquetis d'armes, ils sont toute une bande dans le couloir.

– Comment ça va, mademoiselle Claudine ?

Cette pointe d'accent parisien... Thomas fait donc équipe avec le lieutenant Stan, qu'il tenait pour dangereux et irresponsable ?

– Mal à la tête, dit-elle. À la bouche... Partout.

– Vous êtes pas tombée dans les pommes, mam'selle Claudine, s'écrie Nestor. C'est brave !

– Merci, Nestor. Mais si, je suis tombée dans les pommes.

Elle se demande si les mots que chuinte sa langue meurtrie sont autre chose que de vilains bruits. Elle tire sur ses lèvres, tant pis si ça saigne.

– Merci d'avoir attaqué les Allemands. Grâce à vous, j'ai pu m'évader.

Thomas pose les deux mains sur le bord du lit, penche la tête. Elle se soulève sur un coude, répète sa phrase avec un effort douloureux.

– Non, dit Thomas, ce n'est pas nous qui avons attaqué les Fritz. Nous étions en embuscade sur la route de Beaumont, à quinze kilomètres d'ici. La postière de Saint-Pierre nous a fait savoir par une collègue qu'il y avait au moins cent Boches à Monlévrier. Nous avons décroché et nous sommes venus aussi vite que possible, mais en prenant les petites routes. Nous ne sommes que douze... Quand nous sommes arrivés à Saint-Pierre, les Fritz venaient de partir. Ils n'ont pas dû rester beaucoup plus d'une demi-heure.

– Peut-être une demi-heure, dit Claudine. Ils sont venus...

Elle renonce à s'expliquer, elle a trop mal. Thomas continue.

– Nous ne savons pas qui les a attaqués. Des gens ont vu une patrouille F.T.P. dans le secteur. Nous pensons qu'un isolé a tiré sur la dernière voiture du convoi, celle où vous étiez.

Notre guetteur n'a entendu qu'une Sten, et les Fritz ont riposté avec un fusil-mitrailleur et une dizaine de fusils avant de décrocher. Tu nous raconteras quand tu pourras parler. On va te descendre à Réverac, le docteur Palavigne te soignera, puis on te cachera.

Claudine se tait. Elle vient de comprendre que les Allemands n'ont pas été attaqués par un maquisard isolé.

La Gestapo a simulé une attaque et mis en scène son évasion !

35.

Journal de Claudine.

6 mai. Saint-Jean martyr. « ... Jean fut traîné devant la porte qui conduisait au Latium et plongé dans une cuve d'huile bouillante, il en sortit plus vivant et plus vigoureux qu'auparavant. » J'ai échappé à l'huile bouillante et même à l'eau froide de la baignoire. Je me tâte pour savoir si je suis encore bien vivante !

Après midi, je vais faire un feu dans le jardin de la maison Grassac et je brûlerai la Vie des saints. Je ne veux plus voir cet affreux bouquin ! Je ne suis plus catholique, je n'irai pas à la messe dimanche, ni jamais. J'en ai ma claque de la façon dont le bon Dieu mène le monde. On dit : c'est la faute des hommes, c'est le péché, il y a le mal, Satan, etc. Je crois que les hommes ne peuvent pas grand-chose face au malheur, et Satan a bon dos. Qui a permis le mal ? Qui accepte sans sourciller toutes les horreurs de la guerre et des persécutions nazies ? Le lieutenant Benedykt m'a raconté ce qui se passait en Pologne et Thomas m'a parlé des Juifs, entassés dans des camps de concentration effroyables, assassinés en masse, hommes, femmes, enfants...

« Comme tout s'enchaîne admirablement dans les desseins de Dieu ! L'Esprit-Saint révèle les vérités qui doivent guider le genre humain dans les voies du progrès terrestre et du salut éternel ; ensuite les prophètes, les évangélistes, les apôtres, les écrivent en quelque sorte sous la dictée divine ; l'Église est la gardienne et l'interprète autorisée de ces Saintes Écritures ; les moines du Moyen Âge les transcrivirent avec les chefs-d'œuvre de l'Antiquité ; puis, au temps marqué par la providence, l'imprimerie les publie avec les commentaires approuvés, répandant ainsi dans le monde moral une lumière pure et vivifiante. »

Ah, la belle lumière pure que répand la Vie des saints ! Dieu a voulu l'imprimerie, voilà qui est consolant. Il a voulu tous les livres, même *Mein Kampf*, tous les journaux, même *Je suis partout*, cette feuille de haine et de mouchardage. Et Il regarde du même œil impartial les deux *Combat(s) : Combat*, au singulier, le journal de la Résistance ; au pluriel, celui de la Milice... Mais puisqu'Il a tiré saint Jean de sa cuve d'huile bouillante, bien vivant et fringant comme un jeune abbé, pourquoi ne fait-Il rien pour les enfants juifs ? Il a peut-être épuisé sa provision de miracles ? Nom d'un chien, qu'est-ce que je vais raconter à la petite Julia, si je dois l'élever !

Je me sens trop mal fichue pour aller au jardin brûler ce livre stupide. Mais j'ai prévenu papa que j'allais le faire. Et, pour expliquer mes raisons, je lui ai lu à haute voix la vie de saint Jean martyr, puis celle de sainte Julienne, de sainte Reine, de sainte Justine, de saint Félicien, de sainte Philomène... Il a fait la moue, s'est gratté la tête.

– J'ai entendu ça, à l'école, autrefois, mais je n'écoutais que d'une oreille. Tes grands-parents vont être outrés s'ils apprennent.

– Je leur dirai, à l'occasion.

– Inutile de les asticoter. J'ai vendu un bon quart de leurs rentes !

Je récapitule une fois de plus les événements d'avant-hier. Les Allemands sont venus tout droit à Monlévrier. Ils étaient si bien renseignés qu'ils ont encerclé la maison jusqu'à la combe, sans perdre une minute. Il n'est même pas sûr que le lieutenant Benedykt, s'il n'avait pas dormi – comme moi – aurait pu sortir par la cave et s'échapper à temps. De plus, ils savaient qui j'étais et qui ils cherchaient. Quand ils ont tenu le lieutenant, ils ont arrêté leurs fouilles. Bien sûr, ils voulaient partir avant la nuit, par crainte des embuscades du maquis sur les routes. Tout de même, ils auraient dû brûler la maison, c'est ce qu'ils font d'habitude...

Ils ne m'ont pas interrogée. Ils n'avaient rien à me demander parce qu'ils savaient tout. Et, en commençant à me tabasser, le beau M. Fred a ajouté ce commentaire que je n'ai pas compris sur le moment : « Je regrette, *il faut* le faire ! » Ils avaient donc prévu d'organiser mon évasion et *il fallait* que je sois marquée par les coups pour ne pas attirer les soupçons. Ils ont simulé une attaque du maquis, à proximité de Monlévrier. Alors, M. Fred m'a jetée dehors en me disant de m'évader. Cette mise en scène devait aussi expliquer, à condition de ne pas y regarder de trop près, leur départ en toute hâte. Ils considèrent Monlévrier comme une maison amie et la petite Claudine Chamarand comme l'auxiliaire dévouée de leur agent !

Tout est clair maintenant : Robert Neuville a livré le lieutenant Benedykt pour préserver sa sacro-sainte filière ! Ces deux dernières nuits, je me suis réveillée en sueur, les yeux du lieutenant fixés sur moi, comme à l'instant où je l'ai vu pour la dernière fois. J'ai mordu ma lèvre blessée, j'ai eu le goût du sang dans la bouche.

Robert a-t-il agi sur l'ordre de Londres ? Non, je ne peux pas le croire. Tout s'est passé si vite, les chefs de Londres n'auraient pas eu le temps d'intervenir. Robert a mis le doigt dans un engrenage terrible et il a eu le bras happé. Il est obligé de donner aux Allemands des gages de loyauté sans cesse plus importants. Comme les gens de Vichy, en somme. Mais en livrant le lieutenant Benedykt il est allé trop loin. Thomas m'a dit que les Polonais de Londres n'étaient pas traités par les Allemands en prisonniers de guerre, mais en « terroristes », et fusillés ou pendus. Je ne pardonnerai pas ce forfait à Robert. Oui, je maintiens le mot : forfait.

En renseignant ses amis de la Gestapo, il leur a dit de cerner la maison par la combe. Et comme il tient à moi pour toutes sortes de raisons, il leur a demandé de faire ce qu'il fallait pour que la Résistance ne me soupçonne pas d'être complice. Tout en me ménageant, merci quand même... Les spécialistes de la Gestapo connaissent leur métier, y a pas à dire. Ils m'ont rossée avec une grande habileté. Ils m'ont rendue malade, marqué la figure et collé des bleus sur tout le corps. Mais leurs coups étaient superficiels et ils m'ont surtout frappée quand j'étais évanouie. Ils ont veillé à ne pas trop m'amocher. Vraiment, je suis confuse de tant de générosité !

Maintenant, je suis prise au piège. Je n'ai rien dit à Thomas ni à Stan, moins encore au comte Jean, qui est venu me voir hier soir. Rien au docteur Palavigne ni au pharmacien Girod-Lemas, que j'ai vu chacun deux ou trois fois. Rien non plus au gentil jeune homme, pas très futé, que Pagery a envoyé pour m'interroger ce matin. Pour le moment, j'ai une excuse : ma bouche et mes lèvres abîmées m'empêchent de parler. Je peux m'accorder un répit supplémentaire d'un jour ou deux. Et puis il me faudra choisir. Ou je prétends m'être évadée pour de bon, je ne dis rien des manigances de ces messieurs et je deviens leur complice. Ou je raconte ce qui c'est passé, je confesse mes soupçons, et j'accuse Robert devant la Résistance française...

Moi qui ai toujours préféré Racine à Corneille !

Maintenant, je bondis à chaque coup de sonnette, je me retourne sur mon lit, la figure dans l'oreiller. Ou bien je cours à la fenêtre, je soulève les rideaux pour guetter la rue. Qui va venir ? Les Boches ou la Résistance ?

La guerre est-elle gagnée ? On se prend quelquefois à douter. Les forces alliées piétinent partout, même sur le front de l'Est, où les Russes n'en finissent pas de libérer la Crimée et l'Ukraine. Les bombardements sont de plus en plus violents sur toute la France. Principaux objectifs : les usines militaires et les gares. Beaucoup, beaucoup de morts civils. Région la plus touchée : le Nord-Pas-de-Calais. Autre cible favorite de l'aviation alliée : Toulon. Ce sont donc le Nord et la Provence qui pourraient accueillir les premiers débarquements. En attendant, les Alliés sont toujours cloués au mont Cassin, encore bien loin de Rome !

Dimanche 7 mai. Pas de saint du jour. Pas de messe non plus, je suis désormais une pure païenne ! La Vie des saints est en cendres. Ç'a été une rude tâche, j'ai dû pour ainsi dire déchirer ce gros livre page à page. C'était ma première sortie au jardin. J'ai été très surprise de trouver le printemps avancé et flamboyant, comme si j'avais dormi un mois. En fait, j'étais si préoccupée depuis plusieurs semaines que j'oubliais de regarder la nature.

Pas de saint, pas de messe. Quelle liberté ! Antoinette et Maryse sont aux petits soins pour moi, mais elles n'arrêtent pas de m'épier et de me questionner. J'en ai assez de les avoir sur le dos. Je vais remonter à Monlévrier dès que je pourrai mener Dago ! Papa, lui, est d'une discrétion irréprochable. Il a tout de suite deviné que j'avais besoin d'être seule. Qu'a-t-il deviné encore ?

Où est Robert Neuville ? Je le croyais en lune de miel avec Lydia, sur la Côte d'Azur. Mais Lydia est ici, elle a même repris son train-train de prof à la Compassion le matin. Elle se montre en ville. « On ne voit qu'elle ! » m'a dit Maryse. Il paraît qu'elle a maigri, qu'elle a l'air absent, qu'elle se flatte de partir pour Londres bientôt et qu'elle parle toute seule dans la rue.

Robert n'a pas pu ou pas voulu s'occuper d'elle. Il a bien d'autres chats à fouetter. Qui sait ? Ses amis de la Gestapo et ceux de l'Intelligence Service se sont peut-être mis d'accord pour lui confier une mission commune. Par exemple, mettre au point une rencontre de réconciliation entre Churchill, Roosevelt et Hitler !

Mme de Grandval, elle, a filé dès qu'elle a connu mon aventure. Sa belle-sœur, Mme de Jugeville, la remplace à la pension. Marie-Thérèse de Grandval est pourtant la seule personne que j'aimerais voir. À elle, il me semble que je pourrais me confier, parler à cœur ouvert...

Visite d'Annette. Enfin quelqu'un qui n'a pas poussé les hauts cris en me voyant. Elle s'est retenue de rire.

– Dis donc, ils ont failli t'amocher. Et tu t'es évadée, comme ça ?

Toujours primesautière, les cheveux flottants, les jambes

peintes, avec une jupe si courte que le moindre courant d'air en fait un spectacle. Elle m'a montré la fausse couture du bas dessinée, par jeu, jusqu'à sa culotte.

– Ne me dis pas que je suis toute nue, hein !

– Mais je ne dis rien, ma chérie.

– Je n'ai pas les moyens de me payer des bas de soie, moi. Et, au fait, la Gestapo a dû te prendre tout ton argent ?

– Ils n'ont pas eu le temps.

Quelqu'un finira par trouver suspecte la négligence de mes visiteurs. Mais Annette s'en fiche. Elle a battu des mains, s'est exclamée :

– Alors, tu vas pouvoir me sauver la mise ? Je n'ai plus le sou !

J'ai soupiré et marmonné, en léchant les croûtes de mes lèvres.

– Fais-moi passer mon sac, sur la commode.

L'argent de Robert Neuville me brûle les doigts. Devant Annette, un geste m'a trahie. J'ai plongé la main dans mon sac, sans regarder, j'ai sorti une poignée de fafiots que j'ai tendus à ma petite sœur. Peut-être y avait-il plus d'argent que je ne pensais. Annette a hésité une seconde puis m'a tout arraché, avec une exclamation de son cru.

– Un rien bath ! Au poil !

Elle a transféré le pactole dans sa gibecière en gloussant de plaisir. Je lui ai pris le poignet au vol.

– Tu me promets de te cacher ? Je serai peut-être obligée de partir. Il ne faut pas que les Boches puissent te prendre à ma place !

Elle m'a regardée dans les yeux, d'un air compatissant et sceptique.

– Mais alors, tu t'es évadée pour de vrai ?

Je me suis sentie rougir jusqu'aux cheveux, j'ai feint l'indignation.

– Comment, pour de vrai ? Tu crois qu'on peut s'évader à moitié ?

Elle a souri, mi-gênée, mi-effrontée.

– Je pensais qu'ils t'avaient laissée partir, finalement.

Thomas et Nestor sont venus m'apporter du café et du chocolat. J'avais peur d'un interrogatoire en règle. L'ex-secrétaire du commandant n'était pas d'humeur policière, il broyait du noir, poussait des soupirs de pneu crevé. Il doit regretter sa place auprès du commandant Jeanne et ne pardonne pas sa disgrâce à la petite *de*. Je lui ai pris la main, gentiment.

– Consolez-vous, Thomas. Virginie a des atouts que vous n'avez pas !

Il en est convenu et, profitant que Nestor était allé se restaurer à la cuisine, il s'est approché de mon lit, s'est penché vers moi.

– Je suis inquiet, Claudine. J'espère que la Gestapo n'a pas eu le temps de vous identifier...

J'ai pensé : « Tu les prends pour des bleus, mon pauvre Thomas ! » Mais je n'ai rien dit. Même en me taisant, je m'enfonce dans mes mensonges. Il a ruminé cette idée.

– D'ailleurs, s'ils savaient, ils seraient déjà venus te chercher ici. Mais tu peux être dénoncée, et ils sont capables d'additionner deux et deux. On ne doit pas les sous-estimer.

Il s'est levé, il a claqué du pouce, il s'est mis à marcher devant mon lit.

– Ton Neuville m'inspire de moins en moins confiance. Il pourrait bien te donner pour se tirer d'un mauvais pas ! Et moi, je ne peux pas rester ici pour veiller sur toi. D'abord, je ne m'entends pas avec Stan. (Il a baissé la voix.) Ce type est fou, il veut gagner la guerre à lui tout seul. Je vais recevoir une nouvelle affectation, très loin peut-être. Promets-moi...

Je me suis mise à dodeliner de la tête, l'air d'une pauvre fille qui meurt de sommeil. J'ai promis tout ce qu'il voulait puis j'ai fermé les yeux. Au lieu de gribouiller mon journal, j'aurais dû écrire une confession en règle et l'envoyer à Filbert et à Pagery. Est-il trop tard ? Chaque heure qui passe me rend un peu plus complice des troubles manœuvres de Robert Neuville. L'idéal serait que papa consente à fermer l'étude jusqu'au débarquement. Nous prendrions Julia et nous irions nous cacher n'importe où.

Mais, j'y songe, mon père ne peut pas s'en aller tant que le délégué de Pagery, Achille, n'est pas venu chercher l'argent. Pagery n'est pas homme à mettre le couteau sous la gorge des gens. Il nous laisse le temps de réunir les fonds. Huit jours est un minimum. Il viendra la semaine prochaine. Je pourrai en profiter pour lui confier mes aveux, avec l'argent de papa. Quoique... attention, ma belle. Tu as été recrutée par le S.O.E., si tu vas tout raconter à la Résistance française, les Anglais n'apprécieront pas. Ça serait malin de te mettre à dos l'oncle Edward, le fameux génie de Londres. C'est à Filbert que je dois faire passer le récit de mes mésaventures. Je commence cette nuit. Des aveux succincts, francs, loyaux... Mais comment toucher Filbert ou Lambert maintenant que Mme de Grandval est partie ?

Il est presque minuit. Je viens de rédiger deux pages, mouillées de larmes. Je ne peux pas condamner Robert Neuville sans l'entendre. Je veux lui donner une chance de se disculper. Qu'il vienne, qu'il parle !

Une heure du matin. J'ai rédigé trois pages puis je les ai déchirées et brûlées dans le Mirus. Si Robert Neuville a vraiment livré à la Gestapo le lieutenant Benedykt, je ne lui pardonnerai jamais. Du moins, s'il l'a fait de son plein gré. Mais s'il a parlé sous la torture ? Est-ce possible qu'ils l'aient arrêté et interrogé, qu'ils aient découvert son rôle dans l'opération Chat Murr ? Dans ce cas, m'auraient-ils libérée en simulant une évasion ? Peut-être, pour transformer Monlévrier en souricière... Je crois Robert capable de tout pour plaire à ses maîtres de Londres, mais il n'est pas un lâche. S'il le peut, il reviendra s'expliquer, quels que soient les risques pour lui.

Pas de messe, pas de saint. Mais, bizarrement, je me sens plus proche de Dieu, et je suis sûre que mon ange gardien va m'aider à me tirer de ce mauvais, très mauvais pas.

Mardi 9 mai. vingt-deux heures.

Virginie a téléphoné hier et elle est venue me chercher tôt ce matin. Elle a ses défauts, mais c'est une chic fille. Elle m'a examinée de la tête aux pieds, sans avoir peur d'appuyer le doigt sur mes bleus ni de gratter mes plaies du bout de l'ongle.

Elle m'a fait si mal que j'ai eu envie de la gifler. Alors, je l'ai serrée très fort dans mes bras.

– Tu as peur qu'ils aient fait semblant ?

Et, en prononçant ces mots, j'ai senti la honte me brûler les joues. Elle m'a regardée, les yeux dans les yeux, d'un air si amical que j'ai eu envie de pleurer. Elle a léché mes larmes d'un coup de langue à sa façon.

– Tu aurais pu te maquiller pour te donner un genre.

– Merci d'être venue, d'être toi-même, de me...

Vite nous sommes parties pour Rafaillac, le château des Fongalop, elle pour rendre visite à ses parents et moi pour voir la petite Julia.

– Et ton commandant ?

– Je lui apprends à se débrouiller tout seul. Il ne m'aura pas toute la vie dans ses chausses. Après la Libération, j'irai vivre en Amérique ! Tu me vois épouser un petit noble du pays et élever ses drôles ?

– Si c'était un ancien de la France libre ?

– Qui me raconterait ses campagnes, du Tchad à Berlin, à la veillée, tous les soirs pendant quarante ans ? Paris est trop près. Je préfère couper les ponts une fois pour toutes avec le Périgord, et la France tant que j'y suis !

Une pensée de désespoir m'a coupé le souffle. Clo, tu ne verras pas la fin de la guerre : tu seras pendue par les Allemands ou fusillée par la Résistance ! J'avais envie de tout lui raconter. Elle est assez intelligente pour comprendre ce qui m'échappe et assez détachée pour voir la situation avec le recul qui me manque. Assez généreuse aussi pour pardonner ma lâcheté et mes fautes... Mais j'ai eu peur de gâcher les heures délicieuses que nous allions passer ensemble, les dernières de ma vie, qui sait ?

Le château des Fongalop est un nid de tourelles pointues, pimpantes et grises, dans un océan de verdure, et un essaim de dépendances, grouillantes d'animaux de toutes tailles, des poussins piaillants aux vaches paisibles.

La jument a senti son écurie natale, elle a pris un trot allègre presque un quart d'heure à l'avance. Nous sommes arrivées au début de l'après-midi, car nous nous étions arrêtées pour pique-niquer dans les bois. Beau temps, un peu frais pour la saison. Nous avons oublié les Boches et le maquis, les communiqués de la radio, nous avons fait comme si la guerre n'existait pas. Pendant un quart de jour, je n'ai pas gémi une seule fois sur mes malheurs. Pas une seule fois, je n'ai pensé : « Mon Dieu, qu'est-ce qu'il va t'arriver ? »

Salamalecs aux parents que je n'avais pas vus depuis un an et que j'ai trouvés plus paysans et moins aristos que dans mon souvenir. Le baron de Fongalop est parti après cinq minutes vaquer aux riens qui l'occupent. Nous avons bavardé avec la baronne devant une tasse de café national. La bonne dame nous couvait des yeux d'un air attendri, au bord des larmes.

– Il est si réconfortant qu'après avoir été amies de pension vous soyez maintenant camarades dans la Résistance !

Virginie et moi avons opiné en échangeant un coup d'œil. Nous nous tenions en face de la baronne, les mains sagement posées sur les genoux. Elle a hoché sa longue tête osseuse couronnée d'un chignon majestueux.

– Ainsi, mes très chères filles, vous voilà lancées dans des aventures qui ne sont ni de votre âge ni de votre sexe.

Virginie se trémoussait dans son fauteuil. Elle a éclaté de rire et croisé haut les jambes, d'un geste impatient.

– Maman, je ne vous apprendrai pas que, dans notre famille, les femmes doivent apprendre très tôt à porter la culotte !

La baronne a regardé le ciel.

– Tes frères ravitaillent le maquis et fabriquent du charbon de bois.

– Bravo, on n'osait pas leur en demander tant. Je suis fière d'eux !

Julia est rentrée de l'école à la tête d'une bande de dix gosses : Fongalop, cousins de la ville, pensionnaires, enfants des métayers, tous bruyants et sales. Julia nous a toisées, Virginie et moi, en fronçant le nez. Elle a posé son cartable à ses pieds et croisé les bras, statue vivante du reproche.

– Vous en avez mis du temps à venir me voir, les filles.

Franchement, j'ai cru que les Boches vous avaient passées à la casserole !

Virginie s'est tapé sur les cuisses.

– À la casserole, hein ? Mais c'est ce qui nous pend au nez à toutes les deux, crois-tu. J'espère qu'ils mettront assez de gras !

Julia s'est jetée dans les bras de Virginie puis pendue à mon cou.

– Oh, je sais bien que vous êtes très occupées dans la Résistance...

Et, soudain, perplexe, les yeux plissés, le regard inquisiteur :

– Vous faites la même que les hommes ou une autre à vous ?

J'ai demandé quoi.

– La Résistance, bien sûr !

Virginie, toujours en verve, s'est lancée dans une leçon de morale à sa façon.

– Un peu les deux, tu vois. D'abord on se bat aux côtés des hommes, parce que c'est la guerre. Et, en même temps, on se bat contre eux, on tâche de les dresser pour l'après-guerre. Ils doivent comprendre qu'on est leurs égales et arrêter de nous traiter en quantité négligeable... sauf quand ils ont envie d'aller au lit avec nous !

Je crois que jamais un homme, serait-il général ou ministre, ne pourra se permettre de traiter Mlle de Fongalop en quantité négligeable. Bien sûr, Julia a relevé tout de suite.

– Est-ce que tous les hommes ont envie d'aller au lit avec vous ?

Virginie m'a donné un coup de coude.

– Avec Claudine, oui. Sais pas ce qu'ils lui trouvent !

Après le goûter, Virginie a rejoint ses neveux, petits-cousins et toute la bande des gosses. Julia m'a prise par le bras, d'un geste décidé.

– Viens te promener dans le parc. J'ai des choses graves à te dire.

Nous avons marché à l'ombre des cèdres et des ormeaux centenaires. Les paons nous ont saluées de leurs cris d'indignation, léon ! léon ! Comme la guerre semblait loin. Julia s'est retournée pour me regarder dans les yeux.

– Je me plais bien ici, mais je n'y habiterai pas longtemps. Il faudra que tu viennes me chercher. Ou alors quelqu'un d'autre m'emmènera !

Je suis restée bouche bée, sans voix. Elle a glissé sa main dans la mienne.

– Oh, je peux attendre encore quinze jours et même le mois prochain.

J'ai essayé d'argumenter, comme si je ne la connaissais pas.

– Tu m'as dis que tu te plaisais bien ici.

– Oh oui, et même j'apprends des choses importantes. Je te raconterai. Tu me diras ce que tu en penses. C'est des gros riches, des gentils riches, je crois, mais tant pis. J'aime pas les riches ! Quand ils se disputent, je suis du côté des métayers. Et alors, je suis obligée de les voler !

– Enfin, Julia, ce sont les parents de Virginie.

– Ça fait rien, elle les vole aussi. Et les enfants des métayers pareil. Les grands disent que c'est la justice spéciale.

– La justice sociale ? Pas du tout, le vol c'est du vol, pas la justice.

– Oh, la, la. J'ai volé un cadeau pour toi.

– Non, Julia. Tu vas le rendre.

– Tu ne veux pas savoir ce que c'est ?

J'ai dit non et non. Puis j'ai détourné la conversation, sans me douter que nous allions tomber sur un sujet tout aussi brûlant.

– Tu m'as dit que tu avais appris des choses importantes ?

Elle s'est accrochée à mon bras, elle a levé les yeux d'un air pressant.

– Oui, oui, plus que de toute ma vie. Les enfants des métayers parlent moitié patois, je comprends pas tout, mais les cousins m'expliquent mieux après. Ils ont dit que les enfants venaient en dormant ! Mais tu devrais le savoir mieux que moi, à ton âge. Tu as déjà dormi avec quelqu'un ?

– Ma belle, je ne suis pas obligée de répondre à des questions sur ma vie.

– Oui, je suis une vraie peste, hein ? Tu as le droit de pas le dire. Mais les enfants des métayers ne sont pas bien instruits et les cousins sont tout niais, même les cousines. Ils savent pas ce que c'est un amant. Dis, quand on dort avec quelqu'un et qu'on n'est pas mariés, c'est un amant ?

– Julia, ce sont des affaires de grandes personnes.

– Mais j'en ai appris beaucoup sur les grandes personnes. Si je te le disais, même en patois, tu rougirais !

Bien sûr, j'ai piqué un fard et elle l'a vu. Elle est devenue toute câline.

– Quand viens-tu me chercher pour aller dans les hautes montagnes ? Avant les grandes vacances ? Aussitôt que tu auras fini la Résistance ?

Je lui ai caressé la tête en regardant le soleil descendre au-dessous de l'horizon. J'avais l'impression de me tenir au bord d'un vide immense.

– Oui, je viendrai quand j'aurai fini la Résistance.

– Dans pas longtemps ?

– Dans pas longtemps. Tu veux vraiment aller à la montagne ? Tu n'as pas envie d'aller à Paris ?

– Oh, si ça te fait plaisir, je veux bien y aller. Je pourrai voler, à Paris ?

– Et si tu te fais pincer ?

– Personne est assez malin pour m'attraper ! Dis, pour les bébés, j'ai réfléchi. Il faut dormir avec un garçon, hein ? Ou un monsieur si on est une dame !

Nous avons couché à Rafaillac et nous sommes reparties le lendemain à l'aube. Virginie riait en imaginant les affres du malheureux commandant.

– Pauvre vieux, il se fait une bile noire à l'idée d'être pris en flagrant délit d'ignorance crasse. Et Stan a créé son petit maquis dans l'espoir de lui piquer le gros !

– Tu crois que Pagery laisserait faire ?

– Pagery a d'autres chats à fouetter. Le groupe Jeanne a toujours été un peu marginal, et Pagery ne peut pas faire la police dans tous les maquis du pays. Il faut que je me dépêche de rentrer.

– Et Thomas ?

– Thomas déambule d'un maquis à l'autre, tu dirais une âme en peine. Il a dit qu'il allait rejoindre l'état-major des Francs-Tireurs et Partisans, du côté de Périgueux. Mais il ne se décide pas à partir, et tu sais pourquoi ? Il est amoureux de toi, comme Robert. Et qui encore, dis-moi ?

– Que sais-je ? Le clerc en pince pour Lydia. Et le...

J'avais failli dire : « Le lieutenant Benedykt a une petite Anglaise qui l'attend à Londres. » La petite Anglaise ne reverra sans doute jamais son bel Andrzej ! J'ai ravalé mon chagrin. Il y a eu un long moment de silence. Les vacances étaient finies. J'ai pris la décision de ne rien dire à Virginie de mes tribulations et de mes doutes. Si je lui avouais la vérité, elle voudrait partager mon fardeau, ma responsabilité, donc les risques. Elle le ferait de tout cœur, bravement et gaiement. Je n'avais pas le droit... Elle m'a regardée au fond des yeux en m'embrassant.

– Si tu as besoin de moi, téléphone, je viendrai tout de suite.

Elle m'a donné le nom du village où la postière se chargeait des liaisons avec le groupe Jeanne. J'ai eu encore une fois la tentation des aveux. Mais il était trop tard. Elle m'a donné une petite tape d'affection sur la joue.

– Si j'étais toi, j'irais prendre un mois de vacances loin de Réverac !

J'ai souri, elle est partie, j'ai sorti mon mouchoir et l'ai agité en l'air, par jeu. Et aussi parce que je n'étais pas très sûre de la revoir un jour...

Alors, une évidence m'est venue à l'esprit. J'ai conduit le lieutenant Benedykt à Réverac jeudi matin. Robert l'a ramené à Monlévrier au milieu de l'après-midi. Nos amis de la Gestapo ont débarqué en force quelques heures plus tard, renseignés et préparés. Ils n'ont pas eu le temps d'arrêter Robert, de l'interroger et d'utiliser ses aveux pour monter leur opération.

Tout s'est passé beaucoup plus tôt, sans doute le mercredi matin. Il m'a dit : « J'ai décidé de surveiller les lieux de l'accident, de me mêler à la foule... et aux Allemands. J'ai raconté que j'avais vu les aviateurs anglais s'enfuir dans les bois... J'ai évité ainsi que les Allemands brûlent les fermes voisines... » Mensonges ou demi-mensonges !

Il a livré le lieutenant Benedykt à ce moment.

Mon ange gardien va avoir du travail pour me sortir de cette purée !

36.

Dimanche 7 mai, sept heures quarante-cinq. Le Fieseler Storch, le mouchard des Boches, vole vers Réverac en rasant les toits. Une automobile surgit derrière le cabriolet de Claudine, le moteur à essence gronde, puissant et clair. Deux coups de klaxon, Dago fait un écart. Claudine tire les rênes, le cheval se range, l'auto passe, s'arrête cinquante mètres plus loin. Une grosse Renault noire, luisante de chromes, avec la roue de secours sur le marchepied. On dirait la Vivastella du comte de La Borde. Oui ! Le comte Jean descend en hâte, laisse la portière ouverte, fait un signe à Claudine. Il est vêtu d'un costume clair et ample, coiffé d'une casquette de cuir. Il s'avance à grands pas, Claudine attache ses guides, saute sur la route.

– Oncle Jean !

Il est presque huit heures du matin, le soleil est déjà haut dans dans le ciel. Claudine est descendue à Réverac par la vieille route de Villefranche. Une minute plus tard, elle est dans les bras de son oncle. Il lui pince la joue, la repousse loin de lui pour mieux la scruter, en lui relevant son béret.

– Allons, ces salopards n'ont pas trop abîmé ta jolie frimousse. Ne leur donne pas l'occasion de recommencer. Tu as passé la nuit à Monlévrier ? Encore heureux que tu aies pris la petite route pour revenir.

– Et vous, avec votre espèce de cuirassé, vous vous croyez prudent ?

– J'ai besoin d'aller vite. Tu vas laisser ton cheval et ta carriole dans un chemin ou au bord d'un pré, n'importe où. Les Fritz sont à Réverac !

– Quoi ?

Pas ça, pas aujourd'hui. Claudine, le cœur fauché, s'appuie au bras de son oncle, qui la prend aux épaules, la soutient doucement. Elle trébuche contre son pied, il la rattrape. Elle se laisse aller, honteuse de sa faiblesse, heureuse de s'abandonner. « Les Allemands, mon Dieu ! » Il lui caresse les cheveux, lui donne des petites tapes dans le dos.

– Oui, depuis ce matin. J'ai été prévenu à temps, j'ai réussi à les prendre de vitesse. Je suis passé chez toi, ton père m'a dit que tu étais à Monlévrier. Marie-Thérèse de Grandval est en Lot-et-Garonne et Lydia à Bergerac. J'ai embarqué Mlle Desjours et Mme de Jugeville, la belle-sœur de Mme de Grandval. Elles sont dans la Renault, il y a encore de la place. Je te cherchais. Va les rejoindre, vite.

– Non !

Le comte Jean respire lentement, les narines pincées, repousse une mèche sous sa casquette, regarde autour de lui comme s'il se réveillait.

– Claudine, nous n'avons pas de temps à perdre. Il faut que je prévienne Lydia de ne pas rentrer à midi à Réverac. J'ai peur pour elle.

– Partez, mon oncle, emmenez vos deux protégées. Merci d'avoir pensé à moi. Sans vous, je me jetais dans la gueule du loup. Mais je ne veux pas m'éloigner de Réverac. Je vais me mettre à l'abri aux environs.

– Tu n'es en sûreté nulle part.

– Vous non plus, filez.

– Tu me promets...

– Je vous promets. Allez vite.

Elle se force à rire, rajuste coquettement son béret, avance un pied pour s'assurer qu'elle tient sur ses jambes. Lambert l'embrasse sur les deux joues.

– Ne t'approche pas à moins d'un kilomètre de Réverac.

Il baisse la tête, penaud et suppliant.

– Bon Dieu ! S'il t'arrive quelque chose, je ne me le pardonnerai jamais !

Elle se hisse sur sa voiture et lui envoie un baiser du bout des doigts. Elle regarde la grosse Renault faire demi-tour en pataugeant dans un chemin de terre. Le comte Jean s'arrête à sa hauteur, le coude sur la portière.

– Pas de remords ?

– Pas de remords. Bonne chance !

Elle attend que l'auto ait disparu au premier tournant, derrière elle, et respire un bon coup. Elle sent la transpiration inonder sa nuque et couler dans son dos. Est-ce que tu pourras cacher ta peur quand tu seras en face d'eux ? Juste en face ? Elle n'a pas l'intention de tenir la promesse qu'elle vient de faire à son oncle. Elle s'est promis à elle-même de ne pas laisser son père seul devant la Gestapo. Et puis elle n'en peut plus de douter. En affrontant les Boches, elle a une chance de savoir la vérité... Elle écoute le ronflement doux et puissant de la Vivastella s'éloigner et s'éteindre puis lâche Dago sur la route de Réverac.

– J'espère que tu sais ce que tu fais, dit le cheval.

– Pourquoi ? Tu as envie de déguerpir ?

– Tu me prends pour qui ? J'y tiens autant que toi, à notre poulain de la Résistance. Et même plus, puisque c'est moi qui le ferai !

– Réfléchis, Dago. Suppose que nous soyons, toi et moi, à notre corps défendant, mais quand même, des agents de la Gestapo : quel drôle de poulain nous allons avoir !

Dago renifle avec mépris. Claudine le laisse aller au petit pas. Elle fait l'inventaire du chargement dans sa tête. Rien de compromettant, à première vue... Elle a pris pour la première fois de la saison le cabriolet de maître Grassac, très léger et de contenance réduite. Elle rapporte un panier de provisions et des vêtements du Secours national. N'oublie pas ton journal, tu es allée là-haut pour le ramener... Elle a sorti les poignées de feuilles de leurs diverses cachettes, les a liées avec un élastique et glissées dans la poche d'une veste, au milieu du ballot de vêtements.

Elle retient le cheval, en vue du bourg sur sa colline, et dit à haute voix :

– J'ai peur, Dago. Je ne peux pas y aller...

Dago se tait, c'est mauvais signe. Elle a envie de prier, mais elle a renoncé à la religion. Tant pis, ça n'a rien à voir. « Appelle ton ange gardien, c'est le moment ou jamais ! »

Huit heures dix.

La Cafetière sort une fiole de sa musette et la donne au docteur Palavigne, assis près de lui, à l'arrière de la Juvaquatre de service du groupe Jeanne.

– Buvez, monsieur le docteur, c'est pas du national, façon de parler.

Le médecin prend une gorgée de café, tend la bouteille à Thomas, devant.

– Qu'est-ce qu'il a, au juste, votre blessé ?

Nestor freine pour tourner dans un chemin, répond en rigolant :

– Des tas d' balles un peu partout. V's aurez du boulot, toubib !

La fiole revient à La Cafetière, qui la tète longuement.

– Je vais vous dire, moi, on a fait une connerie, sauf votre respect, de suivre le lieutenant Stan, juste pour se battre n'importe comment.

– C't aussi mon avis, dit Nestor. Mais l' commandant y voulait toujours attendre le « jour J », comme on dit, l' débarquement, quoi, et nous on avait envie de dérouiller un peu. V'là pourquoi !

– Pour en revenir au blessé, dit Thomas, je pense qu'il a reçu trois balles, mais aucune dans un organe vital : une à la cuisse, une au bras gauche, une entre les côtes, à droite... Il a quand même perdu beaucoup de sang.

Nestor donne un coup sur le volant.

– Mais sûr qu'on a eu quat' frisés, au moins !

Thomas hausse les épaules, se retourne vers le médecin.

– Nestor a tendance à exagérer nos succès, comme font les F.T.P.

– Ouais. Disons deux, alors là sûr d' sûr.

– Je crois, en effet, que nous avons plus ou moins touché deux hommes.

– Je ne suis pas chirurgien, dit le docteur Palavigne. Il faudra sans doute hospitaliser votre gars.

La Cafetière prend une gorgée de plus à sa fiole.

– Ça va pas être facile, hein ? Vu qu'on est coupés de l'état-major, la faute au lieutenant.

– Et que les frisés soyent à Réverac juste ce jour-là, c'est pas d' chance, dit Nestor. Sans parler d' vot' voiture qu'est en panne !

– Et c'est pas de justice que le lieutenant nous aye donné la Juvaquatre pour aller vous chercher, en se gardant pour lui la traction à essence.

– On a trop peu d'essence, dit Thomas. Et la traction sera indispensable pour emmener le blessé. De plus, le lieutenant ne pouvait pas prévoir que les Allemands seraient à Réverac ce matin. Merci, docteur, d'être venu si vite.

– Oui, y a pas, ça c'est bath, docteur, dit Nestor.

– Ma foi, vous m'avez peut-être évité une entrevue désagréable avec la Gestapo. J'espère que ces salopards ne s'en prendront pas à ma famille !

On aperçoit la route départementale au bout du chemin. La Juva grimpe un raidillon herbu en gémissant et en ferraillant puis débouche sur une ligne droite, entre les bois. Nestor tourne à gauche, accélère. La route est semée de nids-de-poule qu'il essaie d'éviter en zigzaguant. Thomas lève la main.

– Ralentis. Non, arrête !

– Quoi ? Qu'est-ce que t'as encore, l'instituteur ?

– J'aimerais que tu recules jusqu'au chemin et que tu prennes à droite.

– Eh, dis donc, j' suis l' chauffeur et j' décide où on va.

Nestor roule encore une vingtaine de mètres, freine, s'arrête.

– Alors, t'as vu en rêve qu' les frisés y nous attendaient au coin du bois ?

Thomas se retourne, le coude sur son siège.

– Appelez ça une intuition. Quand on montait le chemin, j'ai vu quelque chose briller sous les arbres, à hauteur de la route, devant nous.

– Une queue de pie, ou p't-êt' un rossignol, voilà ce que t'as vu !

Thomas pousse le loquet de la portière.

– Je voudrais aller jeter un coup d'œil au virage, en vitesse. Dix minutes aller-retour, si tout va bien.

– T'oublies l' copain qui nous attend à Ventoulou, avec trois balles dans l' corps. P't-êt' qu'y s'impatiente.

Le docteur Palavigne tape sur l'épaule de Thomas.

– Allez-y si vous croyez. Je pense qu'il faut se fier à ses intuitions.

Thomas bondit sur la route défoncée bordée de talus broussailleux. À sa gauche, un taillis de charmes et de châtaigniers qui descend vers une combe, et à sa droite une futaie de chênes qui s'élève vers le sommet de la colline. Comme la route tourne à droite à deux cents mètres, il avance sur la gauche pour avoir une meilleure vue. Il rase le talus, se courbe en deux.

Il imagine Nestor et La Cafetière qui le suivent des yeux en se tapant sur les cuisses et en s'esclaffant. « Quel âne, c' pauv' Thomas ! » Il se fiche de leurs moqueries. Il s'arrête pour reprendre son souffle et écouter. Il a cru entendre un bruit de voix, un appel ou un ordre... Un moteur ronfle, un véhicule lourd manœuvre comme pour un demi-tour. Thomas se jette dans le fossé et sort son Mauser de la poche intérieure de son blouson, cousue par sa mère pour contenir une arme. « Cette fois, maman, je crois que ça y est. La peau de ton petit Toto ne tient plus qu'à un fil. Je ne t'en ai jamais parlé, je suis tombé amoureux d'une fille qui en aime un autre. Ça me ressemble bien, n'est-ce pas ? Dis, qu'est-ce que je fais, maman ? Je suis presque sûr que les Boches sont là, à cent cinquante ou deux cents mètres, de l'autre côté du tournant. Si j'étais seul, je ficherais le camp à toutes jambes, tu sais que je courais vite quand j'étais gosse... Mais les deux autres me tiennent pour un lâche, je dois être tout à fait sûr si je veux les convaincre. Il faut que j'aie vu les Boches, de mes yeux vus, maman ! – Prie ton ange gardien, Toto ! – Mais je suis communiste, maman... »

Thomas rampe dans le fossé. « Imbécile, si je trempe mon

pantalon, ça me gênera pour fuir. Et j'en ai pour une heure, à cette allure ! » Il se dresse à demi, reprend sa marche de Sioux, revolver au poing. Le sang gronde fort dans sa tête, et il n'entend plus les voix. Mais des talons de botte frappent le sol, une crosse cogne une surface métallique. Ce sont des bruits allemands !

Le virage se déploie devant ses yeux. À droite, après le bois de chênes, il découvre un pré bordé d'une haie. Quelqu'un marche dans le pré et sort tout de suite de son champ de vision. Il est presque sûr d'avoir vu un casque et un canon de fusil. Il respire, serre les dents. Il n'en est plus à son baptême du feu. Il a connu la « drôle de guerre », puis mai et juin 1940. Il a pris part à quatre ou cinq engagements, avec les F.T.P., avant de rejoindre le groupe Jeanne. Il s'aplatit contre le talus, de biais, et avance ainsi, mi-marchant, mi-rampant. Encore un mètre, deux, trois. Il n'en peut plus de pester jour après jour contre l'insouciance et l'imprudence des soldats amateurs. C'est trop bête. Il a maintenant bien assez d'indices pour être sûr que les Boches ont placé un barrage sur la route, à la sortie du virage. Mais pas assez pour convaincre ce fier-à-bras de Nestor. Sans Nestor, il aurait peut-être le temps de commander un demi-tour et de sauver tout le monde. Il risque sa vie et celle du docteur Palavigne en essayant de gagner encore quatre ou cinq mètres, pour être *tout à fait* sûr.

Il a remis son revolver dans la poche de son blouson. Il avance sur les coudes et les genoux. Il s'aplatit complètement. Il distingue alors tout l'avant d'une voiture, une auto allemande découverte et sans portières, au museau pointu et bas, avec la roue de secours dessus. Le chauffeur casqué se tient au volant, un officier ou un sous-officier en casquette assis près de lui. Un peu en avant, un soldat va et vient au bord de la route, le fusil à l'épaule.

Ça doit être suffisant pour contenter Nestor !

Thomas commence à reculer, toujours sur les coudes et les genoux, sans perdre les Boches de vue. À dix ou quinze mètres en arrière, il se relèvera pour courir vers la voiture. Il remarque alors une certaine agitation parmi les soldats. Ils ont entendu ronfler le moteur de la Juva. En fait, ils ont dû l'entendre depuis un moment. Ce n'est qu'un gazogène, pas de quoi s'affoler. Mais ils s'aperçoivent qu'elle est arrêtée, ça les intrigue...

Thomas continue de se replier. Le barrage allemand disparaît de sa vue.

C'est alors que se produit la catastrophe.

Huit heures quinze.

Joséphine Maugeat se tord les mains.

– Madame, madame, pourquoi êtes-vous revenue ?

Marie-Thérèse de Grandval étire ses longs doigts bagués, fait glisser ses bracelets sur son poignet et fixe la servante des Glycines en appuyant son regard d'un fort battement de paupières.

– Je suis venue vous chercher, ma belle-sœur, vous, Joséphine et deux ou trois pensionnaires pas trop en règle. Puisque M. Lambert a déjà emmené Mme de Jugeville, c'est très bien. Faites vite un petit bagage et nous partons !

– Mais madame...

La bonne se calme, guette par la fenêtre, renifle pour retenir ses larmes.

– Les pensionnaires pas en règle sont partis à la campagne à bicyclette, j'espère qu'ils ont pu passer. Sauf M. Belmont, qui n'a rien voulu savoir. Et moi, je reste à la pension pour m'occuper des autres.

– Non, Joséphine. S'ils vous trouvent, les Allemands vont vous emmener pour vous poser des questions. Ça pourrait se passer vilainement. Allez vous préparer, je vous prie, vite. Pendant ce temps, je vais tâcher de persuader ce cher M. Belmont de nous suivre !

– Madame, il paraît qu'on ne peut plus sortir de Réverac, à cette heure.

– Nous ne sortirons pas. Je connais au moins dix endroits dans la ville où nous pourrons nous cacher un jour ou deux.

Joséphine Maugeat se décide à regret, secoue la tête, dénoue son tablier. Marie-Thérèse de Grandval prend son sac, vérifie que son corsage est bien boutonné, tire sur sa jupe, lisse ses cheveux rassemblés en un chignon élégant.

– Je suis au regret de vous presser, mais la Gestapo peut être ici dans cinq minutes ou même avant !

Joséphine lâche son tablier, se met à courir. Marie-Thérèse de Grandval grimpe calmement l'escalier. Antoine Belmont vit à la pension depuis six mois : la cinquantaine jeune, tiré à quatre épingles, un caractère de chien. Il incline sa tête ronde, un peu frisée, esquisse un semblant de baisemain.

– Je n'ai qu'à me louer de votre hospitalité, chère madame. Mes papiers sont en règle et je me trouve très bien ici. Je n'en bougerai pas.

Marie-Thérèse marche vers la fenêtre, jette un regard, revient au milieu de la chambre, pose la main sur le bras de M. Belmont.

– Il se peut que nous ayons été dénoncés. Auquel cas, mon ami, la Gestapo obligera tous les pensionnaires hommes à baisser leurs pantalons !

M. Belmont éclate de rire.

– Ils en seront pour leurs frais. Chère Marie-Thérèse, je suis juif et pas peu fier de l'être, mais, par une suite de circonstances qu'il serait trop long de vous raconter, je ne suis pas circoncis. Je peux vous le prouver !

Il porte la main à sa ceinture. Marie-Thérèse de Grandval recule d'un pas.

– Non, non, pas maintenant !

– Vous n'êtes pas curieuse. Me laisserez-vous pourtant un petit espoir ?

Marie-Thérèse sourit, caresse son chignon.

– Mon cher, si vous restez ici, vous n'aurez plus jamais d'espoir d'aucune sorte. Alors, venez avec moi !

Marie-Thérèse et sa servante s'engagent dans le chemin des saules, suivies d'Antoine Belmont. Tous trois longent le ruisseau, derrière la pension. Mme de Grandval compte prendre un sentier qui se change en ruelle jusqu'au centre du bourg. Joséphine trimballe un énorme cabas. Marie-Thérèse n'a que son sac en croco sous le bras. Antoine Belmont la serre de près, les mains aux poches, en sifflotant. Deux soldats sortent de l'abri d'une maison, fusil à la bretelle. Le plus jeune empoigne son arme, l'autre tire la jugulaire de son casque sous son menton. Ils barrent ensemble l'étroit chemin.

– *Halt !* Pas passer ici, dit le plus vieux.

Marie-Thérèse de Grandval s'approche tout près des deux hommes, qui peuvent respirer son parfum.

– *Bitte sehr,* s'il vous plaît. *Wir wohnen im Dorf, wir möchten Heim...* Nous habitons dans le village, nous voulons rentrer chez nous.

Le jeune claque des talons, le vieux se redresse, le pouce à son ceinturon. Ils échangent un clin d'œil complice. Mme de Grandval avoue quarante ans. C'est une très jolie femme, épanouie, bien habillée, élégante et distinguée. La vraie Française dans sa splendeur... Et elle parle allemand. Les soldats n'ont d'yeux que pour elle. L'un d'eux montre M. Belmont d'un signe de tête.

– *Ist er ihr Mann ?* Est-ce votre mari ?

L'autre désigne Joséphine Maugeat.

– *Ist sie ihre Magd ?*

Marie-Thérèse se garde de répondre tant pour son mari que pour sa servante...

– *Bitte sehr, lassen sie uns durchgehen. Oder aber, kommen sie mit uns, falls sie es uns nicht glauben.*

– *Wo wohnen Sie ?*

– *Mitten im Dorf, zweihundert Meter entfernt*[1].

Le vieux explique qu'il est obligé de vérifier les papiers. C'est une simple formalité, mais obligatoire. Marie-Thérèse ouvre son sac.

– Je ne suis pas sûre de les avoir sur moi. Nous habitons si près.

– Votre mari, peut-être.

Elle sort sa carte d'identité avec un grand sourire. « Vous avez de la chance... » Pendant ce temps, Antoine Belmont se donne l'air de flâner le long du ruisseau, toujours la tête levée, les mains dans les poches. Il s'est éloigné de dix ou quinze

1. « S'il vous plaît, laissez-nous passer. Ou alors, si vous ne nous croyez pas, venez avec nous. – Où habitez-vous ? – Au centre du village, à deux cents mètres. »

mètres. Mme de Grandval a surpris son manège du coin de l'œil. « Mon Dieu, qu'il n'essaie pas de fuir ! » Elle se retourne, l'appelle sur un ton sec et impératif : Antoine ! Il sursaute, jette un regard de biais vers Marie-Thérèse et les soldats. Il baisse les yeux et tord un peu la bouche. Bien moins faraud qu'il y a cinq minutes... Marie-Thérèse le sent près de céder à la panique. Elle lui fait un signe affectueux.

– Ces messieurs voudraient voir nos papiers, dit-elle d'une voix douce.

Il hésite une seconde. Marie-Thérèse retient son souffle. « Mon Dieu, faites qu'il ne détale pas ! » Quelle peur, quel affreux souvenir traversent alors la mémoire d'Antoine Belmont ? Il prend ses jambes à son cou. Il galope de toutes ses forces, coudes au corps, le long des saules, puis revient au milieu du chemin pour aller plus vite. Sa veste déboutonnée lui bat les flancs, flotte derrière lui en gênant sa course. Un sourire désespéré frémit sur les lèvres de Marie-Thérèse. Robert Neuville aurait pu dire au pauvre Antoine qu'un clandestin doit toujours garder sa veste boutonnée...

Pendant quelques secondes, les soldats chleuhs restent plantés comme deux boutures. Puis le jeune regarde son camarade et lève son fusil.

– *Halt ! halt ! Stehenbleiben oder ich schiesse. Verdammt !* Arrêtez ou je tire. Bon Dieu !

Et il tire, une fois, une seule. Antoine Belmont fait un grand saut en avant pour retomber à plat ventre sur le chemin.

Huit heures vingt-cinq. Thomas se relève, poings serrés.

Nestor en a eu assez d'attendre. Nestor s'est impatienté. Nestor a démarré, il roule vers le virage, il balance la main par la portière, glace baissée, il accélère, il crie quelque chose que Thomas ne comprend pas. Thomas saute sur la route et écarte les bras au-dessus de sa tête. Nestor ignore le signal, fonce sur Thomas, l'évite au dernier moment. C'est une blague, bien sûr, il s'attend à voir Thomas courir derrière l'auto. Et Thomas reste sur la route, pétrifié par le désespoir, et regarde ses amis se jeter sur le barrage boche.

Des cris en allemand, d'abord. Nestor freine, essaie de reculer, amorce un demi-tour. Il n'a aucune chance avec son gazogène poussif. Thomas court vers le bois, s'arrête au fossé, oblique vers la Juva, son revolver à la main, revient au talus. L'idée de couvrir la manœuvre de Nestor, seul contre dix Boches, ou vingt, ou trente, est si folle qu'il renonce aussitôt. Il ne peut pas sauver le docteur, les autres il s'en fout, il n'aime pas Nestor qui l'a bien cherché. Il se demande une seconde s'il doit se faire tuer en même temps qu'eux. Qui restera pour protéger Claudine contre le monde entier ? Un moteur démarre sèchement au barrage. Un coup de fusil claque, puis une rafale, une autre. La Cafetière riposte avec sa mitraillette Sten.

Le docteur Palavigne, assis à gauche, saute sur la route, court vers le bois de châtaigniers. Thomas lui fait signe. Le médecin tombe au bord du fossé et ne se relève pas. Les Boches mitraillent la Juvaquatre. Nestor et La Cafetière sont toujours à l'intérieur, morts sans doute. Thomas s'enfonce dans le bois, qui descend en pente douce vers une petite combe. Sur la route, la fusillade continue, dominée par le feulement félin d'un fusil-mitrailleur allemand. La pente devient plus raide, Thomas la dévale. Un ruisseau doit couler au fond, entre des fourrés où il pourra peut-être se cacher. Il tient son arme d'une main ferme, ses jambes ne tremblent pas. Pour un peu, il serait heureux. Il est seul, seul dans l'action, maître de ses gestes.

Les Allemands tiraillent sur le bois. Ils ont repéré Thomas ou bien croient que la Juvaquatre est l'avant-garde d'un commando du maquis. Autour de Thomas, les balles miaulent puis s'enfoncent dans les troncs. Bruit net, un peu assourdi, presque doux, comme un pic-vert qui frappe une écorce ou un gros insecte qui se cogne à la vitre... Il arrive au ruisseau, si étroit qu'on peut le franchir d'une seule enjambée. Les herbes et les broussailles des bords ne sont pas assez hautes pour le cacher. Il saute dans l'eau, si les Boches ont des chiens, il pourra peut-être les dérouter. Une rafale couvre le flac de sa chute. Il se retourne, regarde la forêt derrière lui. S'il meurt d'ici à quelques secondes, ces arbres seront les derniers qu'il verra en ce monde. Quelques fûts de châtaigniers, gros, ronds, pâles, entre les taillis de charmes d'un vert vif, un alisier dans la pente, aulnes et érables au bord du ruisseau... Au sol, fougères, bruyères, pervenches et lierre. Le plus beau sous-bois qu'il ait vu de sa vie. La vie... Il ferme les yeux une seconde. Le visage de Claudine surgit sous ses paupières, au milieu de la végétation. Sa gorge se serre. Il tient son arme levée à hauteur de l'épaule.

Il gardera une balle pour lui, plutôt deux. Le ruisseau est plus profond qu'il ne l'aurait cru. Il a de l'eau jusqu'au ventre. Il patauge dans le courant, entre les berges drues. Il devine un fourré, au fond de la combe, ça pourrait être une bonne cache, mais aussi un cul-de-sac et un piège. Les Allemands se rapprochent, tirent de temps en temps, au hasard. Ils ont l'air nombreux. Une patrouille bat les taillis, dans la pente, une suit la rive, une autre a sauté le ruisseau et fouille la colline en face.

Thomas arrive au fourré en pataugeant. Le ruisseau forme une mare, plus profonde que son lit. Il a maintenant de l'eau jusqu'à la poitrine. Il trouve un abri sous une touffe d'aulnes, *Alnus glutinosa,* aulne glutineux, c'est-à-dire gluant. Cours moyen 2, notez. Le cours moyen 1, écrivez seulement *aulne* ou *vergne*... L'aulne appartient à la même famille que le bouleau et le noisetier. Oui, oui, pour les deux cours. Claudine, je vais mourir dans un endroit magnifique. J'espère que tu t'en sortiras et que tu auras des enfants qui te ressembleront. Tu leur liras *Le Roi des aulnes* de Goethe... Il entend brailler boche tout autour, c'est bien le moment de penser à Goethe. Fermez vos gueules, les mâcheurs de paille, laissez-moi mourir en silence !

L'eau est glacée, mais il sent à peine le froid. Il n'arrive pas à trouver un appui ferme. Ses pieds glissent tour à tour sur la vase, s'enfoncent. Il a peur maintenant que les Allemands ne le blessent et ne le désarment pour le prendre vivant. S'il se sert de son arme contre eux, il n'est pas sûr de pouvoir la retourner à temps contre lui-même. Il a peut-être une chance de tuer un ennemi, mais à quoi bon ? Ses camarades sont morts, personne ne connaîtra jamais son exploit. Et puis sa victime a peut-être une femme et des enfants... Des enfants. Il ne veut pas être maudit par ces gosses inconnus.

Non, il n'essaiera pas de se battre contre toute une section. Si les Boches le trouvent, il se tuera. Il lève le bras, les feuillages le gênent. Il retourne son poignet, appuie le canon du pistolet sur ses lèvres. L'odeur de la graisse, un goût amer, le froid de l'acier, une sensation atroce. Il se force à ouvrir la bouche, le guidon lui pince la lèvre, frotte contre ses incisives. Il frissonne, le froid envahit tout son corps. Il enfonce un peu plus le canon, une nausée le secoue, de l'estomac à la gorge. Pas le moment de vomir ! Il cherche une meilleure position pour son arme, serre le canon entre ses incisives pour le bloquer. Dans cette position, il ne peut tenir l'index sur la détente. Il avance le bout du pouce sous le pontet, ça passe. Il retire son doigt, il attend.

Il aperçoit un casque à vingt ou trente mètres, en aval, entre les feuillages. Une sentinelle immobile sur une élévation, un pont, un tronc abattu ou une longue pierre. Le casque pivote lentement. L'homme regarde vers l'amont. Thomas devine son profil. Ah, si j'étais un tireur d'élite, je pourrais l'avoir ! Claudine sourit au milieu des feuilles. « Il a peut-être des enfants, n'oublie pas. – J'aurais tant aimé avoir une fille de toi, et qui te ressemble. – Tu vas t'en sortir, Thomas, après la guerre, tu épouseras une institutrice blonde qui te donnera trois enfants, deux garçons et une fille. – Non, je la veux brune comme toi. – Je ne suis pas vraiment brune, plutôt châtain foncé... »

Il distingue les uniformes grisâtres qui vont et viennent de l'autre côté du ruisseau. Il entend, vers la route, le frac-frac des branches mortes écrasées, le schlaf-schlaf des feuillages froissés, le claquement des ramilles basses qui fouettent les bottes et les uniformes. Il fait le compte des bruits, il guette avec espoir et désespoir un aboiement ou un appel de maître chien. Pas de chien... Il a une toute petite chance de rencontrer son institutrice blonde. Oui, blonde. Il ne veut pas se rappeler Claudine en la regardant, toute la vie. Et voyager aussi... il n'est jamais sorti de France, il voudrait voir le monde, l'Amérique, la Russie, l'Italie, la Chine.

Les Allemands sont nombreux, il pourrait en tuer un ou deux, mourir en héros. Le docteur Palavigne n'était peut-être que blessé, pourvu qu'ils ne l'aient pas pris vivant. Il connaît tous les maquis, tous les résistants du pays. Les bruits s'éloignent, se rapprochent. Claudine, si je m'en sors, j'accepte de t'épouser à l'église. Oh, pardon, j'oubliais, tu ne veux pas de moi !

Les soldats sont tout près, maintenant. Thomas a l'impression que leurs bottes se posent à chaque pas sur son cœur. Ils marchent dans le ruisseau. Il entend le clapotis à moins de dix pas. Ils sont juste de l'autre côté du bouquet d'aulnes. Le pistolet s'alourdit dans sa main, le bout de son pouce, posé sur le pontet, brûle et pique. La tentation lui vient d'appuyer sur la détente pour en finir avec l'angoisse. Une seconde, encore une seconde, tant qu'ils ne m'ont pas vu... Il retient si fort son souffle qu'il lui semble arrêter son sang.

Il se concentre sur le geste qu'il va accomplir : glisser le pouce sous le pontet, presser la détente. Son corps se raidit dans l'eau froide, son poignet tremble. « J'ai vingt-neuf ans, après la guerre, je voyagerai dans le monde entier... » Ne pas se laisser distraire, de peur d'être surpris.

Une patrouille traverse le ruisseau, venant de la colline. Le chef aboie un ordre. En amont, d'autres soldats fouillent encore les berges et le sous-bois. Thomas sent sa jambe droite s'engourdir, il vacille. Si tu glisses dans l'eau, tu es fichu ! Ton arme sera hors d'usage, les Boches te prendront vivant. Tire maintenant, tant que tu peux. Ils t'auront, de toute façon, dans dix secondes ou cinq minutes. Claudine, je... Il serre son poignet droit dans sa main gauche. Le pistolet cogne contre ses dents.

Il pense à l'ange gardien de son enfance. Il y croyait très fort, à l'époque de sa première communion. « Dis-moi, l'Ange, tu es toujours là ? Excuse-moi de te déranger. Je t'ai un peu laissé tomber à cause de Marx, Lénine, Staline, tous ces gens. Mais tu vois, aujourd'hui, j'aurais bien besoin d'un coup de main ! »

La Gaillardie, Saint-Pierre-de-Réverac. Neuf heures quarante.

Toc ! Toc ! On a cogné deux fois à la porte de la grange, en bas. Le comte Jean de La Borde se dresse à demi au fond du grenier où il se cache avec ses deux compagnons. Le plus jeune, Arthur, dit Mac Arthur, dort comme un enfant dans le nid de foin qu'il s'est creusé. Ses ronflements couvrent les rumeurs qui montent de la Gaillardie, la ferme des Poudens, à cent mètres de là. On frappe encore. Jean se lève d'un bond, s'approche de l'échelle. François, le plus âgé de ses hommes, est debout aussi.

– Qu'est-ce qui se passe ?

– C'est la Fernande, je suppose, ou sa fille Paulette, qui nous appelle.

La porte, taillée dans le portail à double battant où passent les charrettes, s'entrouvre doucement et une tache de soleil s'étend sur le sol de la grange, éclairant la poussière et les débris de paille.

– M'sieu, m'sieu !

C'est la petite Paulette, une gamine d'une dizaine d'années, la plus jeune fille de Fernande Poudens. Elle a appelé à mi-voix, elle referme la porte sans bruit. Jean se laisse glisser à terre, en frôlant à peine l'échelle, dans la pénombre.

– Oui, Paulette ?

– Y a les Boches à la maison, m'sieu.

– Comment ça se fait que nous n'ayons pas entendu les moteurs ?

– Ils ont laissé les camions en bas, à la route, et ils sont montés à pied, vu qu'on était dénoncés. Mon père vous fait dire de pas bouger, les Boches ont *incerclé* la propriété. Faut vous cacher dans le foin et pas sortir. Moi, j'ai fait semblant de venir ramasser des orties pour les petits dindons. J'y vais.

Jean aurait dix questions à poser. Trop tard, la petite fille est déjà partie. François s'approche de l'échelle. Jean lui fait signe de rester en haut. Le canton est cerné par les Fritz, il y a des barrages partout. Jean voulait tenter de passer quand même, en force. Ses hommes l'en ont dissuadé. Ils ont déposé les deux femmes, Mlle Desjours et Mme de Jugeville, chez l'instituteur de Saint-Pierre. Puis ils ont caché la Vivastella dans un bois et se sont réfugiés à la Gaillardie pour attendre la nuit. Jean regrette de n'avoir pas obéi à son instinct qui lui dictait de mettre le plus d'espace possible entre l'ennemi et lui. « Nous voilà piégés comme des rats ! » François serre les poings.

– Comment diable nous ont-ils trouvés, Lambert ?

Jean hausse les épaules et explique à voix basse :

– À mon avis, ils traquent les maquis, ce qui explique ce déploiement de forces. Le groupe Jeanne a quitté le secteur depuis quelques jours, mais il y a encore le lieutenant Stan et une douzaine de types dans les bois de Saint-Pierre. Les Poudens ont dû être dénoncés pour les avoir ravitaillés.

Arthur se soulève sur les coudes, un rayon de soleil tombe du toit par une tuile cassée et lui éclaire la figure. Il frotte ses paupières bouffies de sommeil.

– Qu'est-ce qu'on fait ?

Jean hésite, prête l'oreille. Les deux autres l'imitent.

– Ouais, je les entends, dit Arthur. On fout le camp ?

– Si on est pris, dit François, les Fritz vont brûler la ferme. La gosse a dit qu'on se cache et qu'on bouge pas. On attend !

– On attend, décide Jean. Sous le foin, vous deux !

Le vent s'est levé et siffle dans les branches des frênes et des ormeaux, autour de la grange. Jean tire son parabellum de sa ceinture.

– Préparez quand même les armes.

– Les armes, ricane Arthur. Une Sten et deux pistolets !

Il se pince le nez et étouffe un éternuement. Rien de mieux pour se faire pincer que d'éternuer au mauvais moment, quand les Boches visiteront la grange. Jean rampe jusqu'à une lucarne qui donne du côté de la ferme. Ils y sont, deux hommes devant le puits de la cour, une sentinelle sur le toit de la maison, l'autre à l'entrée du chai. Les Poudens, le mari, la femme et le fils aîné, qui doit avoir quinze ou seize ans, sortent de la maison, les bras levés. Jean ferme les yeux, se prend le front dans les mains. François a raison : si l'on se bat, les Poudens seront fusillés et la ferme brûlée. Si l'on se rend sans armes, ils ont une chance de s'en tirer. Mais le jeune

Arthur acceptera-t-il de jeter sa mitraillette ? Quelle idée de s'être claquemurés ici ! Et quelle malchance aussi que les Fritz aient choisi d'encercler la ferme Poudens !

Mac Arthur sort la tête de sous le foin.

– Si on avait des grenades, au moins !

– Qu'est-ce que tu ferais si tu avais des grenades ? Tu gagnerais la guerre tout seul ? Les Fritz sont trente ou quarante. Je dirai plutôt cinquante...

– On leur ferait payer notre peau le prix fort !

– Et ils brûleraient Saint-Pierre, y compris la maison d'école, où Mme de Jugeville et Mlle Desjours sont en sûreté pour le moment. Arthur, si tu voulais en découdre à tout prix, il fallait aller chez les F.T.P. !

Le jeune homme se renfonce dans son trou.

– Bon, bon, je vais prier la Sainte Vierge en attendant d'être cravaté !

– Ce n'est pas une mauvaise idée.

Peut-être la seule, songe Lambert, si on s'en sort, on pourra même aller à Lourdes pieds nus. Si on est pris... Catholique fervent, il ne se suicidera pas. Il voit une espèce d'impossibilité physique dans ce geste. A-t-il seulement le droit de fuir pour se faire mitrailler par les Boches ? La question mériterait un beau débat théologique, comme il les aimait en classe de philosophie.

Les Poudens ont disparu de sa vue. Arrêtés, emmenés, à moins qu'ils n'aient accepté de guider les Boches jusqu'au maquis.

Jean rampe sur le foin, vers une autre lucarne. Depuis celle-là, il peut apercevoir l'espace nu derrière les dépendances, la grange neuve, les étables et le séchoir à tabac. Il repère deux soldats allemands, le fusil à la bretelle, au coin du séchoir. Ne pas se fier à leur air tranquille. Un bon fantassin de la Wehrmacht est capable de dégager son arme, de viser et de tirer en deux ou trois secondes. Jean remarque aussi un mouvement derrière la haie la plus proche. Ils sont sans doute une demi-douzaine de ce côté. Il reprend sa reptation vers la lucarne du fond, qui doit donner sur les bois. La lisière de la forêt se trouve à cent cinquante mètres et l'herbe n'est pas assez haute pour dissimuler un homme, fût-il le plus rusé des Sioux.

Il se rejette en arrière, d'instinct. Patrouille allemande à quarante mètres. Cinq hommes suivent un chemin de terre qui domine le pré. Deux autres marchent dans le pré même, au bas du talus. Tous avancent courbés. Les hommes de tête tiennent leur fusil à deux mains, les autres d'une seule main. Ils vont prendre position à l'orée du bois. En face de la lucarne, au bout du pré, un second groupe avance sur une ligne perpendiculaire. Ils vont se rejoindre le long du bois. Les canons des fusils jettent de brefs éclairs sous le soleil du matin, comme si les deux patrouilles échangeaient des signaux lumineux. Mais qu'est-ce qu'ils font, bon Dieu ?

Après dix secondes d'amère méditation, Jean se rend à l'évidence. « Ils savent que nous sommes ici. Les voisins nous ont vus et dénoncés. Ou les Poudens ont avoué. Les Boches nous soupçonnent d'être nombreux et ils prennent des dispositions pour une bataille rangée. Non ! Ils se préparent à bombarder la grange avec un mortier ou un lance-flammes, et ils placent des hommes autour pour nous fusiller quand nous essaierons de sortir !

« Alors, ils ne tiennent pas spécialement à nous prendre vivants. Ça prouve qu'ils ne savent pas qui je suis... »

Jean rejoint ses compagnons en avançant sur les coudes et les genoux. La senteur capiteuse du fenil lui donne mal à la tête. Il cherche à tâtons sa gourde qu'il est sûr d'avoir posée au coin du mur, mais qui a dû glisser sous le foin. Dire la vérité aux autres ? Si Arthur savait qu'on risque d'être brûlés vifs dans la grange, il sortirait tout de suite en hurlant et en tiraillant comme un fou. Ah, la gourde, enfin. Jean boit trois ou quatre gorgées puis la lance à François.

Il peut encore sauver des vies, épargner le village. Il lui suffit d'attendre, de se taire et de prier.

Onze heures cinquante, route de Bergerac à Réverac.

Lydia fait signe au chauffeur de l'autocar. L'homme, qui a dépassé d'au moins dix ans l'âge du S.T.O., la reluque d'un œil hardi et badin.

– Vous êtes une vraie star, aujourd'hui, miss. Le lieutenant Rivière ne perd rien pour attendre !

Lydia a senti le sang lui chauffer les joues. Elle ne peut s'empêcher de rougir chaque fois qu'elle entend le nom de son mari. Elle ajuste son sac à main à son épaule, empoigne sa serviette de classe et le colis adressé à l'oflag VI A. Elle est encore mal remise du contrôle d'identité à la gare de Bergerac : les Fritz, les hommes en noir de la Milice et deux types en civil, sûrement de la Gestapo, qu'elle n'avait encore jamais vus à Bergerac... L'étau se resserre. S'ils avaient ouvert son colis ! De plus en plus de gens utilisent ce système, les Allemands le connaissent. Elle retient un rire nerveux.

Elle a entendu un milicien parler à un autre d'une opération à Réverac. À Réverac ! L'autre ne savait pas au juste, mais il pensait que les Allemands ne quitteraient pas le secteur avant ce soir.

– Le dimanche est le meilleur jour pour prendre les oiseaux au nid.

– Et la brigade nord-africaine de Villaplana est de la fête ?

– Ouais, l'ancien footballeur. C'est pas un tendre, çui-là.

– Qu'est-ce qui se passe à Réverac ?

– Ben, tu sais, les gaullistes dénoncent les Juifs et vice versa !

Salauds. Elle n'ira pas se jeter dans la gueule du loup. Elle a d'abord décidé de descendre du car à Saint-Pierre. Mais les villages autour du chef-lieu de canton sont peut-être investis par les Boches ou la bande à Villaplana. Mieux vaut sans doute profiter d'un arrêt en rase campagne, un peu avant Saint-Pierre. Le chauffeur se lève, marmonne en la frôlant :

– Saint-Quirin... L'arrêt du maquis !

Lydia sursaute. Il n'y a pas de clandestinité possible dans ce pays. « Le jour où les Allemands se mettront en chasse, ils vont nous cueillir comme des coucous dans le pré ! » Le chauffeur descend avec elle jusqu'au marchepied, lui souffle à l'oreille :

– Ils sont là, j'ai vu l'auto dans un chemin.

Qui est là ? Les maquis, pour sûr ! Elle se retourne, deux doigts sur la bouche. Il rit, esquisse un salut militaire.

– Bon voyage dans les bois, miss !

Tous les gamins de Saint-Pierre jouent au rendez-vous avec le maquis ! Lydia marche le long du bois en souriant à la nature, aux fleurs, au ciel, aux oiseaux. L'exaltation d'avoir échappé au danger lui monte à la tête comme un dernier verre de vin. Le mouchard tourne haut dans le ciel en pétaradant.

Elle marche à pas lents dans un chemin creux, entre les bois. Tiens, voilà Thomas, la casquette sur l'œil, suivant le commandant Jeanne, le calot sur l'oreille. Par quel étrange hasard ces deux-là sont-ils toujours ici ? Lydia bat des paupières. Non, les deux hommes qui viennent de surgir dans le chemin, la mitraillette pointée, ne portent ni calot ni casquette. Ils sont vêtus de noir et coiffés de bérets. Le maquis Stan a dû mettre la main sur des uniformes de miliciens. Deux autres apparaissent, habillés et armés de même. Lydia ne reconnaît pas les gars de Stan. Et si c'étaient de vrais miliciens ?

– Le noir vous va bien, dit-elle en souriant.

Les hommes l'encadrent, respectueux et sévères. Celui qui semble le chef de patrouille porte la main à son béret en un bref salut.

– Vous cherchez quelqu'un, m'dame ?

Elle a envie de les mener en bateau, ces jeunes crétins qui jouent à la guerre. Ça leur apprendra.

– Mais non, dit-elle, je ne cherche personne. J'habite ici.

Les hommes en noir se regardent, sourcils froncés.

– Ici ? Où donc ? On n'a pas vu de maison habitée aux environs.

Lydia tend le bras vers les bois, d'un geste négligent et vague.

– La maison tout en haut de la colline. Le petit château blanc, avec quatre pignons et deux balcons.

Elle toise les quatre garçons en jouissant de leur embarras. Un fluet, une grande perche et deux courtauds. Mais pas un seul qui ait de l'allure, du chic ou de la prestance. De braves bougres très ordinaires, sauf un qui a une sale gueule : le plus laid, le plus beau, le plus intéressant, le chef.

Elle lui décoche un regard complice, jette un coup d'œil à sa montre.

– Il est midi passé, messieurs, dit-elle en s'écartant. Je rentre chez moi.

Ils l'entourent, lui barrent le chemin. Le chef avance la main, la pose doucement sur son bras.

– On va vous conduire en voiture, m'dame.

– Mais pourquoi ? C'est à deux pas et je connais le chemin.

– Disons qu'on aimerait voir de près votre petit château. Et puis la région est infestée de terroristes. On est là pour ça, vous comprenez ?

Lydia éclate de rire. *Ach, Terroristen...* Elle peut tenir la dragée haute à quatre imbéciles de Miliciens.

– Je n'ai pas peur des terroristes, dit-elle. J'en garde une demi-douzaine dans la cave de mon château !

Le chef se déride un peu, un des courts sur pattes s'esclaffe bêtement, le fluet a les yeux qui lui sortent de la tête.

– Il faut pas plaisanter avec ça, madame. On rigole pas, nous.

– Ça va, de Bonnac, dit le chef. On peut comprendre une blague.

Il prend le bras de Lydia.

– Venez.

Une Peugeot 302 est garée au bord d'un pré. Le chef pousse Lydia à l'arrière. Elle se retrouve sur la banquette défoncée, serrée entre le chef et le fluet. Un des courtauds prend le volant, l'autre s'installe à côté. L'auto patine sur l'herbe mouillée, s'engage dans le chemin où s'alignent une demi-douzaine d'hommes noirs.

– Au château ! dit le chef en riant.

La Peugeot roule environ cinq cents mètres dans le chemin entre les bois et s'arrête devant une espèce de grange longue et basse, à moitié cachée sous les frênes et les ormeaux. Cinq ou six véhicules stationnent déjà dans le pré et la cour. Deux hommes en béret sautent d'un camion. Lydia aperçoit des soldats allemands, elle croit reconnaître les feldgendarmes. Un civil sort de la grange en compagnie d'un Allemand qui tient sa casquette à la main pour s'éponger le front. Le civil est coiffé d'un chapeau à bord roulé et vêtu d'un costume de marché noir. Lydia descend de l'auto, son sac d'une main, son colis de l'autre. Le chef des miliciens qui l'a amenée lui enlève le colis, le soupèse à deux mains, scrute Lydia d'un air accusateur.

– Dites-moi, il est lourd, votre paquet ?

– Je suis seulement chargée de le remettre au Secours national.

– On connaît le truc, dit le fluet. Faut l'ouvrir, c'est peut-être des armes !

Lydia les regarde avec un sourire narquois. Le chef brandit un couteau-poignard à manche de corne qui s'ouvre en claquant et s'installe sur le capot de la Peugeot pour éventrer le colis.

– Qu'est-ce que c'est que ça ?

Ils se regardent, jettent vers Lydia des coups d'œil furieux.

– Cette gonzesse se fout de nous !

– Putain ! s'exclame un des courtauds. Rien que des cailloux de rivière pliés dans du papier journal.

– Regardez les journaux de plus près. Si ça se trouve, c'est des torchons gaullistes ou communistes !

– Je vois *La Petite Gironde*...

– *Le Matin, Sept Jours, Gringoire*...

– C'est rien que des journaux français, chef !

– Regardez un peu ses papiers. On aurait dû commencer par là.

Le fluet prend le poignet de Lydia.

– Votre sac.

Lydia pousse un cri de douleur. Elle laisse tomber son sac que le jeune milicien la force à ramasser par terre en lui écrasant le pied. Le chef appelle le civil qui discute devant la porte de l'étable avec l'officier allemand.

– M'sieu Fred, v's avez une minute ? On a une drôle de paroissienne à se mettre sous la dent. Avec un drôle de colis dans ses bagages !

M. Fred écoute les explications des miliciens en dévisageant Lydia. Il sort un paquet de cigarettes anglaises, en prend une qu'il se plante au coin de la bouche. Il fait sauter son briquet en or dans sa main, claque la molette et fixe longuement la flamme.

– Quelle est le nom de cette belle paroissienne ?

Un milicien ânonne en lisant la carte d'identité de Lydia.

– Mme Rivière... Lydia.

M. Fred hoche la tête, tire une bouffée de sa cigarette.

– Un nom qui ne m'est pas inconnu. Continuez de fouiller ce mystérieux paquet de cailloux. Mme Rivière, qui est sûrement bien élevée, nous donnera toutes les explications. N'est-ce pas, *Lydia* ?

Lydia hausse les épaules. Elle répète en elle-même : espèce d'imbécile ! M. Fred sourit et découvre une incisive en or. Son briquet, deux ou trois bagues, une épingle de cravate... Son sourire s'élargit, montrant une autre couronne. Les gens de la Gestapo sont tous des amateurs d'or !

Le ciel est clair, l'air tiède, les abeilles butinent les genêts en fleur. Les myosotis pointent dans l'herbe leurs minuscules têtes bleues. Le printemps suinte par tous les pores de la nature. Le vent du sud excite l'allégresse un peu rageuse des oiseaux chanteurs.

– Suivez-moi, dit M. Fred à Lydia.

Un milicien la pousse d'un coup derrière l'épaule Elle glisse, ses souliers s'enfoncent dans la terre douce, onctueuse, couverte de traînées sableuses et... on dirait des traces de sang ! Il y en a partout. Une odeur grasse et piquante sort de la grange. Elle retient son souffle, le cœur au bord des lèvres. M. Fred se retourne en riant.

– Les paysans avaient installé un abattoir clandestin dans cette baraque qu'ils partageaient avec le maquis. Vous allez même voir un veau qui attend son tour. Mais c'est pas pour le veau que je vous amène !

Lydia se laisse conduire par M. Fred et les miliciens. Le veau, tout gris, la regarde d'un œil rond en remuant les oreilles comme des éventails. Dans l'étable, l'odeur de sang et de tripes est si forte que Lydia suffoque et recule d'un pas. M. Fred la pousse au fond de la grange sur un sol glissant. Elle trébuche de nouveau. Il la soutient d'une main.

– Je te présente un petit cachottier qui ne veut pas dire son nom. Pourtant, on le lui demande poliment depuis une heure !

Lydia recule mais bute contre M. Fred, qui se tient derrière elle et plante les doigts dans ses épaules. On ouvre une porte, la lumière du jour éclaire un homme nu, pendu par les pouces à une poutre et obligé de se tenir sur la pointe des pieds.

– Je suis sûr que tu le connais, dit M. Fred.

– Je..., je ne le connais pas, dit Lydia.

Elle a vu la chair à vif sous la peau décollée des pouces. C'est Stan. Ses cheveux poissés de sang tombent sur sa figure. Il porte des traces de coups aux pommettes, sous les yeux, à la bouche, sur tout le corps. Il a le souffle rauque, précipité. Il essaie de tourner la tête. Un coup de cravache s'abat sur ses cuisses. Un spasme soulève l'estomac de Lydia.

– Son nom, nous le connaissons par cœur, dit M. Fred. Il s'appelle Désiré Debrecht, dit Stan. Il a été pris les armes à la main. Il va nous chanter la gamme, de gré ou de force. Puisque tu ne le connais pas, tu nous aideras à lui délier la langue. Je compte sur toi pour trouver une idée... Lydia.

Lydia se détourne pour vomir. M. Fred la force à se redresser d'une main, la gifle violemment de l'autre.

– Tiens-toi bien, en attendant ton tour !

Lundi 8 mai, vingt-deux heures quinze. Réverac.

Pierre Messac, le clerc, vide son troisième petit verre de rhum et pose la plume de son stylo sur la feuille blanche, écrit la date, puis l'heure, s'arrête. Sa main tremble, la feuille glisse sous ses doigts, la plume reste suspendue. Il rigole, un hoquet lui secoue la poitrine. Pas d'en-tête. La lettre s'adresse au monde entier et elle sera brève.

Je demande pardon à ceux que j'aime, à ma pauvre mère qui s'est tant privée pour me payer les écoles, à mon patron, maître Chamarand, qui a été patient et bon avec moi, à mademoiselle Claudine, qui ne m'a jamais méprisé, à Mme Lydia Rivière si elle n'est pas morte et revient un jour à Réverac, comme je l'espère tant, à mademoiselle Annette qui, parfois, égayait de sa blondeur la sombre étude et le jardin. Je jure devant Dieu que je n'ai jamais dénoncé quelqu'un, ni par lettre, ni en paroles, mais je sais pourtant que personne ne me croira. On m'accuse de tout ce qui est arrivé, même d'avoir dénoncé aux Allemands une dame comme Mme Rivière, pour qui j'ai de l'affection et du respect. Je ne suis pas un mouchard. J'avoue que j'ai cru au maréchal quelque temps, mais je n'étais pas pour les Boches et j'aimais mon pays comme tout le monde. Maintenant, la vie n'est plus possible, quand je vois le regard de certaines personnes, j'ai honte d'exister. Je sais que je serais très puni après la Victoire, et peut-être fusillé parce que personne ne me croirait. Je préfère en finir tout de suite. S'il y a un autre monde, je m'expliquerai devant ceux qui sont morts et le bon Dieu me jugera.

Encore un mot pour mademoiselle Claudine. Vous avez eu de la chance cette fois, ç'a été un grand bonheur pour moi de voir que vous leur aviez échappé. Mais je vous supplie de partir loin de Réverac et de revenir seulement après la Victoire. Adieu. Pierrot M.

37.

Journal de Claudine. Mardi 9 mai.

Tués : Antoine Belmont, un pensionnaire des Glycines, abattu alors qu'il tentait de fuir. Paul Gervais, instituteur adjoint à l'école des garçons, il aurait succombé à une crise cardiaque pendant que le gestapiste Villaplana le frappait à coups de nerf de bœuf. Le docteur Palavigne, les maquisards Nestor et La Cafetière mitraillés devant un barrage sur la route. François et Arthur, les gardes du corps du comte de La Borde, qui ont brûlé avec la grange où ils étaient réfugiés. Six à huit maquisards du groupe Stan, tués au combat ou fusillés sur place. Marie Gontier, postière de Saint-Pierre, torturée et assassinée par la bande à Villaplana. Pierre Messac, le clerc, qui s'est pendu dans sa chambre, hier soir.

Arrêtés pour être conduits à Périgueux ou à Limoges : Marie-Thérèse de Grandval et sa bonne, Joséphine Maugeat. (Joséphine Maugeat vient d'être relâchée.) Le pharmacien Girod-Lemas. Le lieutenant Stan et deux de ses hommes. M. Leblanc, adjoint au maire de Réverac, Mme Veyres, secrétaire de mairie de Saint-Pierre-de-Réverac. Une douzaine de personnes ont été interrogées dans les mairies et plus ou moins frappées. Le père Sous-Marin est revenu très marqué (comme moi à Monlévrier, mais je ne peux m'empêcher de trouver étrange qu'on libère tout de suite un suspect qu'on a battu si fort...). Les Poudens, de la Gaillardie, Fernande, son mari et leur fils aîné, seize ans. (C'est chez eux que le comte de La

Borde et ses hommes ont été surpris.) Dans le canton, huit à dix personnes ont été également arrêtées : paysans et commerçants, accusés de ravitailler le maquis, employés de mairie soupçonnés de donner des tickets à la Résistance et d'établir de faux papiers.

Disparus : le comte Jean. On a pu identifier, dans les ruines de la vieille grange, à la Gaillardie, les corps carbonisés de ses deux compagnons. Le sien reste introuvable. Les enfants Poudens ne l'ont pas vu s'enfuir et n'ont pas vu les Allemands l'emmener. Lydia est descendue de l'autocar, à Saint-Quirin, à midi moins le quart. Un détachement de la Milice opérait dans le secteur contre le maquis Stan. On n'a pas revu la pauvre Lydia.

Rescapé, Thomas. Il s'est caché dans les bois quand l'auto où il se trouvait avec Nestor, La Cafetière et le docteur Palavigne a été mitraillée à un barrage. Une patrouille a battu le bois à quelques mètres de lui, qui était tapi dans une mare, et ne l'a pas trouvé. Il sort d'ici. Il est sûr que Robert Neuville a livré le lieutenant Benedykt et peut-être aussi les résistants de Réverac. Il me soupçonne d'être complice, mais, comme il a un gros béguin pour moi, il se tait. Je ne suis pas fière. Le commandant Jeanne et le reste de ses hommes se trouvaient heureusement hors du périmètre d'intervention des Allemands.

Dimanche matin, j'ai erré un moment autour de la ville, car je ne trouvais pas le courage d'y pénétrer. Je suis allée aux nouvelles chez les Treguennec, qui m'ont vue arriver d'un mauvais œil. Je suis repartie et j'ai recommencé à tourner en essayant de vaincre ma peur. On ne pouvait plus sortir de Réverac, mais on pouvait entrer, en montrant patte blanche aux contrôles. Les Allemands ont levé en partie leurs barrages quand les paysans venus à la première messe ont voulu rentrer chez eux.

J'ai caché mon journal dans le creux d'un saule et je me suis présentée à l'entrée de la rue Malvine. J'ai montré ma carte du Secours national à une espèce de feldgendarme qui m'a dévisagée et a souri.

Mardi dans la nuit. Une nouvelle terrible : dimanche matin,

à l'heure où les Boches étaient à Réverac, Robert Neuville est allé chez les Fongalop et il a enlevé Julia.

Mercredi soir à Monlévrier. Je suis revenue... Je suis ici chez moi. À Réverac, je n'ose plus mettre les pieds dans la rue. Antoinette et Maryse me regardent de travers. Papa va à la poste en rasant les murs. Nous n'avons presque plus de travail, les clients ont déserté l'étude. J'ai besoin d'être seule pour faire le point. J'ai recueilli une oie blessée que j'essaie de soigner. Les Allemands ont mitraillé la volaille à la Gaillardie et à la Guine-du-Bois. Mon oie a une aile cassée, avec une large plaie, elle vient sans doute de l'une ou l'autre de ces fermes. Il y a aussi un chien affamé qui erre tout autour de la maison mais n'ose pas encore s'approcher.

Le mouchard est passé plusieurs fois au-dessus de Monlévrier.

Vendredi soir. Ça y est, mon chien perdu a pris son courage à deux pattes et il est venu demander sa pitance. Je rêvais d'un chien gros, rond, bas sur pattes, puissant et débonnaire. Mon visiteur est long, efflanqué, gris sale, les poils collés par le sang derrière la tête, là où il ne peut se lécher. Il a un regard plein d'effroi, il grogne, se dresse soudain, les babines retroussées, au bord de la panique. Il a peut-être vu ses maîtres battus ou tués.

Mon oie ne va pas très bien. Malgré mes soins, ses plaies s'infectent. J'ai essayé de lui confectionner une espèce d'éclisse pour son aile qui traîne. Elle se débat, il faudrait quelqu'un pour la tenir. Elle maigrit de jour en jour, mais je n'ai pas le courage de la tuer, ni même de la charger dans la carriole pour l'emporter aux sœurs. J'ai osé un tour dans les bois. J'ai aperçu deux cochons échappés que les Boches ont dû manquer. J'ai entendu criailler des pintades et un coq chanter. Les renards sont à leur affaire !

De Londres, une curieuse nouvelle : le gouvernement polonais en exil a annulé les condamnations pour désertion prononcées en Conseil de guerre contre vingt soldats juifs qui avaient préféré servir dans l'armée anglaise !

Julia, ma Julia !

38.

Claudine a retrouvé sur un rayonnage de la petite bibliothèque un livre à la couverture jaune clair, avec un casque ailé comme emblème, paru en 1938 : Georges Duhamel, *Mémorial de la Guerre blanche.* Mme Danvers, le professeur de philo, que les Allemands ont arrêtée et déportée, en avait parlé l'an dernier en cours. Virginie, elle et deux ou trois autres filles étaient pensionnaires à la Compassion mais suivaient la classe de philo au lycée...

Elle a cherché la citation que Mme Danvers avait demandé à ses élèves de noter sur un brouillon : « L'Allemagne espère-t-elle intimider les Juifs et leur donner ce qu'on appelle une correction ? Je ne le crois pas. Pour le spectateur attentif et impartial, il semble bien que l'Allemagne ait entrepris l'abaissement et l'extermination totale de l'élément israélite... » Voilà ce qu'écrivait en 1938, déjà, l'auteur de *Civilisation.*

Claudine revoit cette petite femme très droite, au visage mince, un peu osseux, aux traits tendus, sous les bandeaux de cheveux gris, son regard brillant, ses gestes nerveux, son air à la fois inquiet et décidé. « J'ai dit : sur votre cahier de brouillon ; ça serait peut-être dangereux de garder cette citation sur votre cahier de cours. Le mieux serait de l'apprendre par cœur et de brûler la page ! » Une fille n'a pu s'empêcher de pouffer, une autre a fait le signe « dingo » en se vissant l'index sur la tempe. Mme Danvers les a fixées une seconde d'un air absent et elles ont toutes baissé la tête.

Où est Mme Danvers maintenant ?

Oncle Jean a-t-il été arrêté ou a-t-il péri dans l'incendie de la grange ? Et s'il a été arrêté, quelles sont ses chances de survivre et de revenir un jour ? Même question pour Lydia, Marie-Thérèse de Grandval, le lieutenant Stan, M. Girod-Lemas, la famille Poudens...

Claudine relit l'avertissement terrible de Georges Duhamel : « La guerre que fera l'Allemagne sera, nécessairement, une guerre d'expropriation et une guerre d'extermination. » Plus loin : « Le monde peut s'apprêter à souffrir une fois de plus toutes les douleurs de l'enfer. »

Claudine et son père, assis en face l'un de l'autre, ont repoussé en même temps leur assiette. Les assiettes se sont heurtées au milieu de la table. Ils n'ont faim ni elle ni lui. Le notaire esquisse un pauvre sourire.

– Ce qui m'a fait le plus de peine, dit-il, c'est que la famille de Pierrot ait refusé notre présence aux obsèques. D'un autre côté...

– Oui, d'un autre côté, dit Claudine, on a eu assez de morts à enterrer !

Le notaire tire son portefeuille de sa veste, en sort deux feuillets qu'il déplie et pousse devant Claudine.

– L'homme des cerises est passé hier soir.

– L'homme des cerises ?

– Achille, l'envoyé de Pagery. Je lui ai donné cent mille francs.

Claudine lit le premier reçu. « Mouvements unis de résistance, Forces françaises de l'intérieur, Dordogne sud. Reçu de maître Denis Chamarand, notaire à Réverac, la somme de cinquante-cinq mille (55 000) francs, à titre de "contribution volontaire" – remboursable par le Gouvernement de la République, après la Libération. Signé : Pagery. » Pas de grade, pas de titre ronflant. Le nom, simplement. Mais ce nom-là, dans toute la région, en impose. Claudine prend l'autre feuille.

– Lis. J'ai donné quarante-cinq mille francs au nom de ton grand-père. Après tout, c'est son argent, et il aura autant besoin que moi d'un passeport pour le paradis. Crois-tu que nous serons vraiment remboursés ?

– Je crois deux choses, dit Claudine. La signature de Pagery vaut de l'or. Mais ces bouts de papier ne nous protégeront pas si la Résistance décide de nous juger pour collaboration ou trahison.

– Collaboration, trahison... Comme tu y vas, ma petite Claudine !

Claudine se lève de table, les larmes aux yeux.

– Je parlais pour moi.

– Avec ces papiers-là, je vais dormir sur mes deux oreilles !

Il est midi et demi. Le téléphone sonne, sonne. Père et fille se regardent, soulagés et inquiets à la fois. La vie continue..., mais qu'est-ce qui arrive encore ? Ils ont presque perdu l'habitude d'entendre cette sonnerie. Depuis plusieurs jours, on dirait que la ville, le canton et tout le département ont mis le notaire et sa famille en quarantaine. Maître Chamarand, d'un signe de tête, demande à sa fille d'aller répondre.

La voix flotte dans l'appareil, lointaine, pointue, changeante, remuée par l'émotion. Claudine a peine à reconnaître Virginie.

– Clo, je ne peux pas croire à tout ça. Dis-moi que c'est un cauchemar !

Claudine se tait un instant. Elle n'est pas tout à fait sûre d'y croire elle-même. Sans son oie blessée et son chien perdu, elle douterait encore.

– On aurait dû s'y attendre, dit-elle.

– Je te demande pardon pour Julia. C'est ma faute.

– Pas plus que la mienne.

– J'étais tellement sûre que Julia serait en sécurité chez moi.

– Ni toi ni moi ne pouvions deviner que Robert Neuville irait l'enlever.

– Je ne pardonne pas à mes parents de l'avoir laissé faire.

– Julia le connaissait bien. Je pense qu'elle l'a suivi de son plein gré.

– Tu sais, il lui a débité son histoire de chevaux et de loups...

La voix de Virginie faiblit soudain et se perd dans le chuintement de la ligne. Claudine se souvient, le cœur serré.

« ... tu n'auras qu'à dire : *Les chevaux ont chassé les loups.* Je serai obligée de te suivre n'importe où. Mais attention, te trompe pas. Si tu dis que les loups ont chassé les chevaux, je pourrai pas venir ! »

– C'est une enfant, Virginie. Par certains côtés, elle n'a pas plus de six ans. Elle se croyait forcée, vraiment forcée, d'obéir à cette phrase.

– Tu penses à elle ?

– Tais-toi.

– À mon avis, ils vont la mettre dans un orphelinat, en Allemagne ou en Angleterre... c'est selon à qui il l'a livrée. Je ne crois pas qu'ils la tueront. Les Anglais, il n'y a pas de raison. Et pour les Allemands, elle est de bonne race, ça compte.

– Virginie, je t'en prie.

– Ça te fait mal, hein ? À moi aussi. En tout cas, on la reverra jamais. Moi non plus, tu ne me reverras jamais !

– Mais qu'est-ce que tu dis ?

– Tu comprends bien que je ne peux plus rester. Je suis trop en colère et j'ai trop honte. Je tire ma révérence. Je ne remettrai jamais les pieds ici !

– Et... Et le commandant ?

– Je l'ai plaqué. En fin de compte, il est trop vieux. Ça m'amusait plus. Thomas a repris sa place. Et moi, je vais peut-être me faire nonne !

– Ne dis pas de bêtises.

– Je suis très sérieuse, ma belle. Si je restais dans ce putain de maquis, avec toutes les armes qui traînent, je finirais par me tirer un pruneau dans le bocal... Pardonne-moi, la phrase est dans Balzac.

– Où es-tu ?

– Je te le dirai pas. Quelque part, en train de graisser mes bottes pour filer. Je veux pas que tu me coures après.

– Tu m'abandonnes ?

– J'ai fait assez de dégâts. Je te souhaite un petit mari dès le retour des prisonniers. Bonne chance, Clo. Je t'aime !

– Je...

Claudine garde dans la main l'appareil silencieux comme on tient un lapin mort par les oreilles, en le regardant d'un air incrédule et navré. « Cette chipie ne t'a pas permis de lui dire que tu l'aimais aussi. Elle a peut-être eu raison de couper court, encore dix secondes et ça finissait par des sanglots. Virginie, Julia, Lydia, Pierrot, oncle Jean... Tu as perdu tous ceux que tu aimais, sauf papa et Dago. Et ce pauvre Thomas, qui t'agace tant, mais qui t'offre quand même une épaule pour t'appuyer. »

Elle avale une gorgée de salive qui a le goût d'un croûton moisi. Elle se souvient des confidences de Julia, le soir du cadeau. « C'est un secret absolu. Je vais te montrer en touchant. Ton cœur bat, hein ? Ton cœur bat ! » Mon cœur battra longtemps pour toi, Julia.

Elle se retrouve devant sa machine à écrire. Chaque coup sur une touche sonne dans sa tête. Elle a le cerveau vide, comme la place du clerc. Le moindre geste lui coûte. Heureusement, il n'y a presque rien à faire. Un seul client cet après-midi, un vieux paysan qui vient changer son testament pour la sixième fois... Elle part très tôt pour Monlévrier. Elle s'attend à être attaquée sur la route, elle s'en fiche, elle le souhaiterait presque. La solitude avec les bêtes lui apporte une mystérieuse douceur. Elle panse Dago, nourrit Milou, soigne l'oie qui ne mange rien, maigrit, s'étouffe.

Elle tourne machinalement le bouton du poste. Radio-Paris ment, radio Paris est allemand ! Ce qui est presque pire, Radio-Paris chante, chante avec la voix doucereuse d'André Claveau. *Marjolaine, Marjolaine / Aujourd'hui sent son cœur / Inondé de bonheur... Marjolaine, Marjolaine / A connu le frisson / Dans les bras d'un garçon.*

Pas encore l'heure de la B.B.C. Claudine part se promener dans les bois. Il a plu, on est au milieu de mai, les girolles pourraient se trouver. Mais elle n'a aucune envie de chercher des champignons, elle a peur qu'ils ne soient tachés de sang. Elle marche au hasard. Elle se sent en accord avec la nature, devenue plus rude, sauvage, hostile. Une bande de pintades a élu domicile aux alentours de Monlévrier et salue son passage de piailleries stridentes. Claudine respire à pleins poumons. Elle ressent cette impression de bien-être précaire et irréel que l'on a quand une vieille douleur s'arrête soudain.

Elle s'attendait tellement à se trouver tôt ou tard devant un cadavre qu'elle sursaute à peine en voyant l'homme étendu dans l'herbe d'une clairière. Il est allongé sur le côté, enveloppé dans un imperméable beige taché de sang. Il a l'air grand et maigre. Un chapeau de feutre, posé sur son profil, cache les trois quarts de son visage. Les mouches en visite viennent voler sous le nez de Claudine. Une odeur fade, presque sucrée, flotte autour du corps. Elle serre les dents, recule d'un pas. On dirait presque M. Fred... Elle a envie de savoir, mais pas le courage de s'approcher et de soulever le chapeau de l'homme. Elle a peur de découvrir un visage hideux, rendu méconnaissable par la pourriture, et tout autant de reconnaître quelqu'un de proche. Elle a pensé à M. Fred, mais ça pourrait être Robert Neuville !

Elle ne lui a jamais vu cet imperméable. Le chapeau, les chaussures, elle ne sait trop. Oui, peut-être... Difficile, en tout cas, d'identifier la silhouette tassée sur le sol. Il faudrait voir les traits. Claudine avance d'un pas puis recule, la main sur la bouche. Supposons que Robert Neuville soit revenu à Monlévrier et qu'il ait été surpris alors par une patrouille du maquis. Se sachant suspect, il a tenté de fuir et s'est fait tuer... « Sois sincère, il ne l'aurait pas volé ! » Mourir de si triste façon, et sans avoir pu s'expliquer ? Ah non, pas besoin d'explication. Il a enlevé Julia, il a livré le lieutenant Benedykt. Il a commis ces horreurs. Même s'il a agi sur ordre des Anglais, il n'a pas d'excuse. Et l'opération du 7 mai, la répression dans le canton ? La Gestapo était bien renseignée, elle n'a pas perdu de temps...

Claudine s'appuie contre un arbre, le cœur chaviré, l'estomac au bord des lèvres. Tant mieux si c'est lui. Tant mieux, tant mieux ! Il a payé pour le lieutenant et pour Julia ! Elle ferme les yeux. Elle souhaite de toutes ses forces que le corps étendu à dix pas d'elle soit celui de cet homme qu'elle a désiré et serré dans ses bras. Elle suffoque de colère. De colère, oui, pas de haine. Elle devine qu'il a souffert affreusement. Elle ne pardonnera jamais, pourtant elle ne peut le haïr dans la mort.

Elle ouvre les yeux. À travers les feuillages, un jour oblique tombe sur la clairière et tire une luisance cuivrée des taches de sang séché étalées sur l'imper du cadavre. Elle s'interdit de prier. Pas pour cet homme, il ne mérite aucune prière ! Mais ses lèvres forment malgré elle les mots de son enfance. Elle sent venir les larmes, plante les ongles dans ses paumes. « Tu ne vas pas chialer pour ce salaud ! Ni gémir sur ton triste sort !

« Et tu ne vas pas rester là jusqu'à la nuit, sans bouger ni pied ni patte. Il faut aller à Saint-Pierre, téléphoner aux gendarmes. Aux gendarmes ? Ah non, va voir le maire ou n'importe qui, pour qu'on fasse enlever le cadavre discrètement ou qu'on prévienne le maquis. Si la Gestapo découvre qu'on a liquidé un de ses agents, elle se vengera sur le village. »

Fascinée par la lumière qui joue sur le corps et éclaire une main crispée, le cou, l'arrière de la tête, Claudine fait un pas en avant, puis un autre, un autre encore. Le soleil s'est posé sur une oreille, large et décollée, d'où sort une touffe de poils noirs. Ce n'est pas l'oreille de Robert Neuville, merci, mon Dieu !

Alors, elle réussit à dominer sa répulsion. Elle approche, se penche sur le corps, soulève le chapeau. Le visage est blême, osseux, intact, preuve que l'homme est mort depuis peu de temps. Les yeux fixes et éteints, enfoncés sous les arcades sourcilières fortes, le menton pointu, dévoré par une barbe de trois jours, noire et frisée, comme les cheveux... Elle n'a jamais vu cet individu. Elle repose le chapeau à sa place et s'enfuit, le cœur cognant sous ses côtes, le souffle perdu. Robert Neuville est vivant, il doit être loin du Périgord, il n'osera jamais revenir !

Elle court vers le village puis s'arrête et s'appuie à une barrière de bois. Elle est à bout de nerfs. Tant pis, le mort de la clairière attendra bien une heure de plus. Elle rentre à la maison, retrouve dans la cour Milou qui lui fait la fête. Elle lui donne une tranche de pain graissé, cherche sa réserve de sucre, en trempe un morceau dans l'eau-de-vie, le suce lentement, boit à petites gorgées l'alcool qui reste au fond du verre.

Robert Neuville est vivant.

« Bon, il te faut quand même aller au village. Même si ce n'est pas non plus M. Fred, le mort de la clairière est peut-être un espion de la Milice ou des Boches. Mieux vaudrait l'enlever avant que les gendarmes ne tombent dessus... » Elle s'allonge un moment. Quelqu'un au village saurait-il avertir Thomas ? « Mon petit Thomas, j'ai besoin de vous. Ne croyez pas que... Ne croyez rien du tout. J'ai seulement besoin de vous ! »

Elle note dans son journal, sans date :

« J'étais encore assez jeune, en 1944, pour croire que les choses arrivent peu ou prou comme on les attend, que les événements de la vie s'enchaînent en bon ordre et qu'il est possible de tirer des plans sur l'avenir, d'organiser son destin. Mais rien, des menus incidents aux grandes aventures, n'allait se passer comme je le supputais ou le prévoyais. Déboires et bonnes surprises me guettaient, un coup de théâtre ou deux se préparaient dans les coulisses... »

Et à la date du jour :

« Appel de nos cardinaux à l'épiscopat anglais et américain. Nous sommes persuadés qu'on pourrait distinguer avec plus de soin les objectifs militaires et les humbles demeures peuplées de femmes et d'enfants aux alentours.

« Le comité d'Alger prend le titre de Gouvernement provisoire de la République française.

« Le gouvernement polonais de Londres est en pourparlers avec l'U.R.S.S. Les Russes céderaient à la Pologne plusieurs grandes villes, dont Lwow et Vilno. Le gouvernement de Londres accueillerait des membres du comité de Moscou... Je voudrais tant savoir où est le lieutenant Benedykt. Pourvu qu'ils ne l'aient pas fusillé.

« Von Rundstedt est nommé commandant en chef des forces allemandes pour tout le front de l'Ouest et Rommel commandera un groupe d'armées... Si Rommel est du complot d'Ernest et de ses amis et qu'il ne bouge pas au débarquement, la guerre sera finie dans un mois ! »

Elle a averti le maire de Saint-Pierre de la présence d'un cadavre dans les bois. L'homme s'est tenu à bonne distance, l'a regardée comme une folle et à peine écoutée. Quand elle lui a parlé de Thomas, il a eu l'air de ne pas comprendre. Il ne connaît ni Thomas ni le commandant. Il ne connaît personne. « Aucun doute, ma belle, c'est toi qui es à ses yeux l'espionne de la Gestapo ! »

Elle rentre découragée. L'électricité est coupée. Le miaulement du mouchard dans le ciel lui scie les nerfs. Elle n'a pas faim, elle trempe un autre morceau de sucre dans l'eau-de-vie, le laisse fondre sur sa langue. Où est Virginie ? Où est Julia ? Où est le lieutenant Benedykt ?

Où est Robert Neuville ?

39.

Maryse arrive tout excitée, le regard brillant, deux taches roses sur les joues. Elle se tord nerveusement les mains.

– Mademoiselle Claudine, y a les cognes au jardin !

Elle ne porte plus de tablier depuis longtemps, c'est comme ça que la révolution commence. Elle se dandine sur ses hauts talons et retient un rire bête. Claudine se lève et sort. On ne se reverra peut-être jamais plus, Maryse est quand même une chic fille. Aucun doute, les gendarmes sont venus t'arrêter ! « Ça vaut mieux que la Milice, tu n'as rien à craindre d'eux, ils te laisseront prendre tes affaires et embrasser ton père ! » Elle est soulagée, presque heureuse. Si on l'arrête, ça signifie qu'elle n'est plus protégée par la Gestapo, ou peut-être qu'elle ne l'a jamais été !

– Je suis à votre disposition, messieurs.

Le chef, un homme corpulent, d'environ quarante-cinq ans, ôte son képi et le tourne dans ses mains. Voilà ce brave père de famille bien embarrassé de mettre le grappin sur la fille du notaire. Le jeune qui l'accompagne ne se prive pas de lorgner Claudine. Si celui-là était milicien, ma douce, tu aurais ta robe froissée avant ce soir !

– Mademoiselle Claudine, dit le chef, une pénible démarche nous amène.

– Bien, monsieur, dit Claudine. Pouvez-vous me donner un quart d'heure pour préparer ma valise et dire au revoir à mon père ?

– Mais..., mais...

Le chef la regarde bouche bée, le jeunot ricane. Elle se sent rougir. Quelle bêtise a-t-elle donc lâchée ? Le chef se recoiffe.

– Il me semble que vous vous méprenez. Nous sommes venus vous parler au sujet de Mme Rivière, qui est à l'hôpital de Bergerac, à ce qu'on croit. Mais il n'est pas sûr que ce soit elle, vu que cette personne-là est, comme on dit, amnésique. Certains ont cru la reconnaître sans être formels, vu que la jeune dame a subi de graves sévices. D'après nos renseignements, en dehors de Mlle Desjours, absente du canton, c'est vous qui connaissez le mieux Mme Rivière. La brigade de Bergerac nous a chargés de vous demander si vous accepteriez d'aller voir la jeune dame à l'hôpital le plus vite possible.

Il tend à Claudine une feuille de carnet.

– On a marqué le nom de la sœur à demander et celui du médecin. Est-ce que vous pouvez y aller sans tarder ?

– J'irai par le premier car, demain matin, dit Claudine.

La tête lui tourne, elle s'appuie au mur.

Dans l'autocar, elle remue des questions sans réponse. Lydia est vivante, il aurait peut-être mieux valu qu'elle soit morte après ce qu'ils lui ont sûrement fait. Mais pourquoi lui ont-ils laissé la vie sauve, sachant qu'elle risque de témoigner contre eux après la Libération ? Parce qu'elle est amnésique ou folle ? Et qui est donc le mort de la clairière ? Par qui a-t-il été tué ? Le comte Jean est-il vivant, puisqu'on n'a pas retrouvé son corps avec ceux de ses compagnons, dans les décombres de la grange brûlée ? Alors, pourquoi son arrestation n'est-elle pas signalée ? Pourquoi personne n'a-t-il vu les Allemands le prendre et l'emmener ?

Robert Neuville a livré le lieutenant Benedykt à la Gestapo dans le but de sauver sa fameuse filière, c'est presque certain. Ses chefs de Londres voulaient utiliser la filière pour introduire un agent anglais au S.D. allemand. Du moins, il l'a dit. Pourquoi a-t-il tout lâché et a-t-il disparu ? Ou il a trahi pour de bon... Quand même, ça ne lui ressemble pas. Ou bien la Gestapo a percé à jour son double jeu et a fini par l'arrêter. Pourtant, lorsqu'il a enlevé Julia, il était libre. Qui sait si l'envoyé d'oncle Edward ne va pas arriver chez toi un de ces jours ! Mon Dieu, et si c'était lui, le mort de la clairière ? Il a pu sauter en parachute et errer des jours à la recherche de Monlévrier ou de quelqu'un de la filière Neuville. Les maquis ou les miliciens l'ont surpris, il s'est enfui. Ils lui ont tiré dessus et l'ont blessé. Ça se passait dimanche. Il a survécu dans les bois plusieurs jours et il est venu mourir tout près de Monlévrier... Averti de la disparition de l'envoyé de Londres, Robert Neuville a abandonné sa filière qui n'avait plus aucune raison d'être. Triste fin !

Par un dédale de couloirs, la sœur a conduit Claudine a une petite salle mal aérée, située tout au bout d'une aile de l'hôpital. Il flotte autour des quatre ou cinq lits une odeur forte de crasse, d'urine et de désinfectant. Une vieille femme pousse de temps en temps de longs soupirs plaintifs. Une autre, plus jeune, chante sur un ton nostalgique *Giroflé, Girofla. Que tu as de belles filles / Giroflé, Girofla...* La sœur la prie de se taire un moment, d'une voix douce, à peine grondeuse. Puis elle apporte un tabouret qu'elle pose près du dernier lit, montre d'un signe la malade, s'éloigne et sort. Mais Claudine est sûre qu'elle guette derrière la porte.

Le lit du fond est celui de Lydia. Une Lydia pâlie et amaigrie, le visage marqué de taches rougeâtres et d'ecchymoses violacées, le regard fixe et voilé, mais quand même très reconnaissable.

– Lydia !

Claudine s'avance, tend la main. Lydia ne paraît pas avoir entendu son nom. Ses doigts posés sur le drap se crispent un peu. Elle lève enfin les yeux et observe Claudine, qui s'assoit.

– Mon nom est Mary, dit-elle à voix basse. Je suis anglaise, quoique née en France, vous voyez, ce qui explique que je parle sans accent. Et vous êtes celle que j'attendais, bien sûr, la secrétaire du colonel Berger, je vous ai reconnue tout de suite...

Claudine ne peut s'empêcher de répéter naïvement :

– La secrétaire du colonel...

Lydia ferme les yeux deux secondes et sourit.

– Je sais tout. Pour vous prouver que vous pouvez me faire

confiance, je vais vous dire le véritable nom de votre chef. Le colonel Berger n'est autre que le célèbre écrivain André Malraux, héros de la guerre d'Espagne, qui commande maintenant toute la Résistance du Sud-Ouest... Vous voyez que je suis bien informée !

Claudine ne peut supporter le regard fiévreux, halluciné et impérieux de Lydia. Elle baisse les yeux, essaie de détourner la conversation.

– Je vous ai apporté des gâteaux, des pâtes de fruits et un petit nécessaire de toilette...

Lydia se tait une seconde, l'air de rêver au paradis perdu.

– Oh, je ne manque de rien, vous savez. Ce sera pour mes camarades de chambre. De toute façon, je ne resterai pas longtemps dans cet hôpital. J'ai une mission à accomplir, vous vous en doutez !

La femme à la chanson se remet à fredonner tout bas : *Que tu as de belles filles / Giroflé, Girofla / Dans leurs yeux où le ciel brille / L'amour descendra / Sur la plaine on se fusille / Le soldat les viol'ra / Giroflé, Girofla...* Lydia prend enfin la main que Claudine avançait timidement sur le drap, à la rencontre de la sienne.

– Je veux vous rassurer, mademoiselle. Vous direz au colonel...

Elle respire, tourne la tête, observe ses voisines, poursuit à mi-voix :

– Vous lui direz deux choses. D'abord, la Gestapo n'a pas eu le « protocole Pickwick ». Je l'ai brûlé avant d'être prise. Vous entendez ? Brûlé. Et comme mon exemplaire était le dernier au monde, il n'en sera plus jamais question. Ensuite, Londres sait tout...

Un petit rire triste et doux s'échappe de ses lèvres blessées et meurtries.

– ... et donc n'ignore rien des faits et gestes de Robert Neuville. Vous direz au colonel que le S.O.E. et l'Intelligence Service se portent garants de cet agent, quoi qu'il ait dû faire, sur ordre. Vous entendez bien, quoi qu'il ait dû faire !

Claudine presse la main de Lydia, essaie de l'interrompre.

– Lydia...

– Mary, s'il vous plaît. Robert Neuville n'a pas trahi, mademoiselle !

Le pire est cette voix, qui ressemble à celle de Lydia et qui n'est plus tout à fait sienne. Claudine avance une main vers le front de la malade, Lydia la repousse, lui saisit le poignet d'un geste dur.

– Je n'ai pas la fièvre, mademoiselle. Je sais ce que je dis. Vous répéterez mes paroles au colonel, mot pour mot. La volonté de Londres est claire au sujet de Robert Neuville. On doit l'aider quoi qu'il arrive !

– Lydia est bien la seule à croire que Malraux est le chef de la Résistance en Dordogne, dit Thomas. La seule avec lui-même... Défendre Neuville ne manque pas de panache. Mais Filbert a donné son accord pour qu'il soit pris en chasse par tous les groupes. S'il revient ici, il n'a aucune chance de nous échapper, et je suis sûr qu'il reviendra. Il sera jugé par la Résistance, à moins qu'on ne doive l'exécuter à vue !

– Qu'est-ce qu'on lui reproche au juste ?

– C'est toi qui le demandes, Claudine ? D'abord, on a la preuve qu'il a livré le lieutenant polonais...

– Je le sais.

– Et sans doute aussi tous les résistants de Réverac.

– Ça, j'en doute. Quelles preuves avez-vous ?

– Pas de preuves, mais de solides présomptions.

– Il y a toujours eu beaucoup de gens à Réverac pour dénoncer. Treize à la douzaine !

– Le cas du lieutenant polonais suffirait pour une condamnation à mort de Robert Neuville. On sait depuis longtemps qu'il jouait double jeu.

– Comment, d'après vous, a-t-il pu en arriver là ? Je sais qu'il haïssait les Allemands. La mort de sa femme et de son fils, pendant l'exode...

– Est peut-être un conte, pour ce que nous en savons. Et puis le double jeu est un engrenage terrible. Enfin, il y a l'orgueil démesuré d'un homme qui se voulait au-dessus des règles et des lois communes. Et encore...

– N'en jetez plus, Thomas.

Elle fredonne en se lavant les mains, longtemps, longtemps, une chanson d'Édith Piaf, *Celui que j'aime a les yeux tristes.* Thomas lève la tête.

– Je crois que Virginie t'a parlé du commandant ? De notre accord ?

Claudine se raidit, secoue les mains.

– Oui, le commandant Jeanne ne sait ni lire ni écrire. Il a besoin de vous en permanence. Comment ça se fait que vous ne soyez pas avec lui ?

– Il est à Saint-Pierre, l'institutrice lui donne une leçon de lecture.

– Pourquoi pas vous ?

– Je m'en sens incapable.

– Pourquoi l'institutrice et pas l'instituteur ?

– C'est elle qui s'occupe des tout-petits !

Claudine se retourne en riant.

– Eh bien, je crois que je saurais m'en tirer, moi aussi. J'ai souvent fait lire des tout-petits. Si l'institutrice se fatigue ou si le commandant a besoin de répétitions, je veux bien tenter ma chance.

Thomas repousse la serpillière d'un coup de pied et s'avance, menaçant.

– Jamais. Jamais je ne le permettrai !

– Calmez-vous, mon petit Thomas. Je plaisantais, bien sûr. Je ne me vois pas apprendre à lire à un chef du maquis. J'aurais peur d'entendre Philippe Henriot ricaner derrière mon épaule !

– Tu es une garce, Claudine.

– Pardon, Thomas. Pourquoi êtes-vous revenus à Saint-Pierre, tous ?

– Pas tous, la moitié du groupe. Il fallait montrer aux gens que nous ne nous laissions pas intimider, que nous étions toujours là. Il y a une autre raison, que le commandant vous dira. Il va venir après sa leçon.

– Mais je pars !

– Vous allez attendre sagement. Il veut vous parler. Écoutez, le voilà !

– En moto ?

– Les Français sous-estiment la moto. Ça dépense presque rien et ça passe partout. Les Allemands savent s'en servir, eux.

– À la vôtre ! dit le commandant en levant son verre de blanc. À la santé des armes secrètes que les Boches n'auront pas !

Claudine le regarde en fronçant les sourcils.

– Quelles armes secrètes ?

– Celles que votre savant juif fabriquera pour les Anglais, pas pour les Fritz, vu qu'il est bien arrivé en Angleterre et déjà au boulot.

Claudine se sent pâlir.

– Qui vous a raconté ça ?

– Devinez. Ha, ha, pas la peine de vous fatiguer. Filbert, qu'on a vu, avec Thomas, pas plus tard qu'hier !

– Je suis heureuse d'apprendre que tout s'est bien passé pour notre ami. Je n'avais aucune nouvelle de lui. Il est vrai que je suis coupée de tout et de tout le monde. Mais Filbert aurait pu me prévenir...

– Il vous dira tout ça, m'selle Claudine, comme justement il veut vous parler. Même qu'il nous a chargés de goupiller un rendez-vous !

Claudine regarde tour à tour le commandant et Thomas.

– Un rendez-vous entre Filbert et moi ?

– Dans le mille !

– Il faudra que j'aille loin ?

– Tu connais Filbert, dit Thomas, il circule partout, sans arrêt. Il ne veut pas t'obliger à un long déplacement. On a choisi un endroit que tu connais sans doute, pas très loin de Réverac. Je te donnerai les indications au dernier moment, c'est la règle.

– Voilà, dit le commandant. Ça va ?

Claudine sent sa gorge se serrer. Elle déglutit avec effort.

– Ça va.

Un sourire retenu naît sur les lèvres de Thomas, qui regarde Claudine.

– Le réseau Neuville n'existe plus. Tu es avec nous, maintenant.

Claudine hausse les épaules.
– Très bien. Alors, commandant, dites-moi pourquoi vous êtes revenu.
– Fallait bien, pour que les gens croyent pas tout le pays aux mains des Boches, hein, pas vrai ?
– Thomas prétend qu'il y a une autre raison.
La pomme d'Adam du commandant mène un va-et-vient furieux le long de son cou.
– Euh, ouais. Thomas, t'as qu'à lui dire, tu causes mieux que moi.
Thomas baisse la tête, l'air d'un enfant prêt à avouer un grave péché.
– Nous sommes là pour prendre Neuville, Claudine. Nous pensons qu'il reviendra à Monlévrier, à cause de toi, et nous l'attendons.

Claudine a facilement repéré l'endroit, un creux touffu, sur la route de Villeréal, et une maison abandonnée au milieu : la Savonnière, nommée ainsi à cause des herbes à savon qui y abondent. Et maintenant, le jeudi 18 mai, jour de l'Ascension, au milieu de l'après-midi, elle attend Filbert, assise sur la pierre du foyer tachée de cendres mais glacée. Elle a posé à côté, sur le coin de la pierre, un coussin de carriole pour Filbert.

Un moment, elle regarde le ciel à travers les trous de la toiture, ou ce qu'il en reste. Elle a remarqué, tout au zénith, un nuage en forme de navire, qui vogue sans se défaire, majestueux et lent. Dieu, comme il est beau ! Le cœur de Claudine bat la chamade. Est-ce qu'elle partira un jour, la guerre finie, pour un pays lointain, l'Amérique, l'Australie ou l'Afrique du Sud ?

Elle se replonge vite dans son manuel de conversation anglaise. Elle en est aux proverbes, qui montrent, dans chaque langue, une façon différente de dire la même chose. *Ask no questions and you will be told no lies* — « Ne posez pas de questions, on ne vous dira pas de mensonges », qui signifie à peu près : Si on vous le demande, vous direz que vous n'en savez rien. Et celui-ci : *Don't count your chickens before they are hatched* — « Ne comptez pas vos poussins avant qu'ils soient pondus », qui correspond à notre « Ne vendez pas la peau de l'ours... ».

Dehors, un pas lourd dans la gadoue. Le bassin de la fontaine est crevé, l'eau s'écoule devant la maison où elle forme une mare boueuse... Un seul pas ? Oui, bien sûr, Filbert se déplace sans chauffeur, ni garde du corps, ni secrétaire, le plus souvent à bicyclette. C'est quand même un homme très important, l'égal de Pagery au moins... Claudine se lève. Un grand gaillard chevelu se tient en face d'elle et sourit. Elle tend une main qu'il enveloppe tout entière dans sa paume et serre doucement.

– Heureux de vous rencontrer, Claudine.

– Je vous remercie d'être venu, monsieur, dit Claudine.

Elle essaie de chasser la moue chagrine qu'elle sent sur sa bouche. Elle dispose le coussin, fait une place à Filbert sur la pierre du foyer, il noue sur son genou ses longues mains d'aristocrate.

– Je veux d'abord vous rassurer au sujet de Lydia. Nous l'avons évacuée sur un hôpital clandestin que nous avons dans un département voisin. Vous ne pouvez rien pour elle maintenant, mais plus tard elle aura grand besoin de votre aide. Enfin, elle est vivante et on la sauvera. Ils l'ont brûlée avec des cigarettes sur tout le corps. Je vous fais grâce de la suite. Le pire pour elle, ç'a été l'humiliation, et ils sont allés très loin de ce côté. Cela dit, elle a réagi par son habituel penchant au délire. Il ne faut tenir aucun compte de ce qu'elle dit, même si ça paraît quelquefois recouper la réalité.

Il laisse filer entre ses lèvres un petit rire amer.

– Le cas de Robert Neuville est bien différent, mais tout aussi désolant.

Claudine crispe ses mains nouées, ses phalanges blanchissent.

– Je me fiche de Robert Neuville.

– J'en suis heureux, mais vous avez été très proche de lui et...

– Si peu de temps !

– Certes. Mais vous avez le droit de connaître la vérité.

Claudine se lève brusquement, fait face à Filbert.

– Je suis accusée ?

Il serre le fourneau de sa pipe dans sa main gauche, esquisse un geste de la main droite.

– C'est Lambert et moi qui sommes en faute. Nous n'aurions jamais dû vous mettre en relation avec cet homme imprévisible et dangereux. Mais consolez-vous, cette affaire vous a donné l'occasion de rendre un très grand service à la Résistance. La nuit du 8 au 9 avril, vous avez transmis sans perdre une minute les documents apportés par Ernest. Je les ai eus au matin, et je me suis occupé immédiatement de les transmettre aux intéressés. Les résultats ont été probants. Cinq ou six des nôtres au moins ont pu être sauvés d'une arrestation certaine et peut-être de la mort. Cela n'exonère pas Robert Neuville d'avoir livré le lieutenant Benedykt, mais pour vous c'est un beau bilan.

Il tire une bouffée de sa pipe, fouille dans les poches de sa veste, n'en sort rien du tout, pose les mains à plat sur ses genoux.

– Robert Neuville doit être jugé pour l'affaire du lieutenant polonais, qui est avérée. On lui mettra peut-être sur le dos les arrestations et les exécutions de Réverac, dont il n'est pas directement responsable. On ne prête qu'aux riches. Mais il importe que vous soyez à l'abri du soupçon. Si vous voulez, vous dépendrez maintenant du groupe Jeanne, puisque le commandant et Thomas souhaitent que vous soyez leur agent de liaison. Je dois vous avertir, au cas où ils ne vous l'auraient pas dit, qu'ils ont l'intention de se servir de vous pour attirer Neuville et le capturer... ou l'exécuter.

– Thomas me l'a avoué.

– Vous n'êtes pas obligée de vous prêter à ce jeu. À vous de décider.

– J'ai accepté d'être l'agneau innocent pour le piège à loup. Si je suis mangée, tant pis pour moi. Je refuse seulement de bêler !

Filbert se lève, se met à marcher de long en large dans la grange.

– Je mesure votre courage, Claudine. Et je l'apprécie.

– Avez-vous des nouvelles du comte Jean ?

Filbert regarde Claudine les sourcils froncés, une main dans la poche de sa veste, l'autre pointant sa pipe comme une arme.

– Et vous ?

– Aucune, bien sûr.

– C'est un mystère total. Je crois qu'il ne faut pas garder trop d'espoir. Mieux vaut vous habituer à l'idée de sa mort.

Claudine réfléchit à l'attitude de son chef. « Il ne t'a pas questionnée une seule fois sur ta fuite miraculeuse le soir de l'arrestation du lieutenant. Pas la moindre allusion à ces événements... Il sait donc à quoi s'en tenir, mais il pense que tu es naïve et un peu tarte et que tu ne t'es aperçue de rien. Non, dans ce cas, il aurait essayé de tirer les vers du nez de la petite dinde innocente. Il sait que tu mens pour ne pas avoir l'air complice de Robert Neuville, et il te donne une chance de te racheter en servant d'appât ! »

40.

Journal de Claudine. Samedi 20 mai 1944.

Mon oie est morte, je l'ai enterrée devant la porte d'échappée, au bord de la combe. Le chien Milou a pris peur des hommes du maquis. Thomas et le commandant étaient venus plusieurs fois seuls. Hier soir, une demi-douzaine d'hommes armés les accompagnaient. Mon chien s'est enfui en hurlant de terreur. Je ne l'ai pas revu.

On a identifié le mort de la clairière : un trafiquant du marché noir, qui s'est fait prendre par les miliciens alors qu'il venait acheter de la viande à un abattoir clandestin. Deux maquisards, des hommes de Stan, ont été tués au même endroit, près de Saint-Quirin... Le pauvre type a tenté de fuir, les miliciens lui ont tiré dessus et l'ont blessé assez gravement. Il a quand même réussi à gagner les bois où il a survécu plusieurs jours avant de succomber à ses blessures.

Thomas et le commandant ont décidé d'installer à Monlévrier une sorte de téléphone de campagne qui me reliera à Saint-Pierre. Mais ce n'est pas un vrai téléphone : il ne transmet qu'une simple sonnerie déclenchée par un petit levier. Je pourrai alerter par cette sonnerie un homme du groupe, qui veillera toute la nuit dans une maison du village. Ça ne me plaît guère.

« Si tu es *menacée,* a dit Thomas tu nous sonneras. » J'ai traduit : si Robert Neuville revient... J'ai accepté, mais je pense qu'il ne reviendra pas, et cette installation donne à Thomas et à Jeanne le sentiment de me tenir au bout d'un fil. Je me demande ce qu'ils auraient fait si j'avais refusé. Ils m'auraient peut-être enfermée dans une étable à cochons pour me mater !

La VIIIe armée britannique a pris le mont Cassin.

41.

Claudine regarde les hommes dérouler leur fil de fer dans la cour. Elle va être attachée à un piquet, en attendant le loup ! Elle recule à petits pas vers le perron en résistant à l'envie de fuir à toutes jambes.

– Non, Thomas. Je ne me servirai pas de ce téléphone.

Thomas ajuste ses lunettes, tourne la tête pour regarder le ciel.

– Tu as accepté qu'on l'installe. C'est un sacré travail.

– Je ne veux plus rester ici.

– Personne ne t'a forcée à revenir.

– Et si les visiteurs sont les Allemands ?

– Tu nous appelleras.

– Je vois d'ici le résultat !

– Tu n'as pas confiance en nous ?

– J'ai vu ce qui s'est passé l'autre dimanche. Les Allemands ont perdu un homme ou deux. Et la Résistance dix ou quinze, plus les innocents !

– Il y a une autre solution, Claudine : nous nous installons à Monlévrier.

– Je vois bien que vous en mourez d'envie. Mais je sais pourquoi vous ne le faites pas. Si vous étiez ici, Robert Neuville ne viendrait pas, malgré l'appât, la petite chèvre attachée à son piquet !

– Nous te considérons comme une des nôtres, une associée à part entière.

– Mais c'est bien ce que vous avez fait de moi : un appât

ou un appeau. La blanche colombe qui appelle le pigeon sauvage !

– Arrête ces boniments. Tu vas nous aider, oui ou non ? Tu es avec nous ou contre nous ?

– Je n'aime pas être menée comme une génisse qu'on dresse.

– La génisse, maintenant. Tu serais plutôt du genre mule !

– Tu n'es pas drôle, Thomas.

– Notre téléphone ne te convient pas ? Tu ne veux pas que nous nous installions à Monlévrier ? Je te propose un moyen terme : deux hommes resteront pour te garder. Les chambres vides ne manquent pas. Ces hommes se cacheront, ils passeront par la cave pour entrer et sortir, et ils seront prêts à mettre la main sur Robert Neuville dès qu'il se montrera.

– S'il se montre !

– Toi, tu ne courras aucun risque.

– Ah bon, il y aura une belle fusillade dans la maison et je ne courrai aucun risque ?

– Il n'y aura pas de fusillade. Ils le prendront par surprise.

– En traître !

– Tu veux qu'on fasse des politesses à ce salopard, peut-être ?

– Tu es trop content de te débarrasser de lui, hein ? Jaloux, mon petit Thomas ?

– Jaloux, moi ? Jaloux de ce fumier !

Il serre les poings, frappe du pied, roule les yeux derrière ses lunettes. C'est une fin d'après-midi orageuse. La chaleur est cuisante, l'air poisseux, mais aucun éclair ne tranche encore l'horizon. Claudine sent sa robe coller à son ventre et la sueur dégouliner dans son dos. Elle s'avance vers Thomas.

– Salopard et fumier sont de trop. Retire ces mots.

Thomas se campe devant elle, bras et jambes écartés, puis lève la tête comme pour prendre le ciel à témoin de sa patience et de son impatience.

– Je ne retire rien. *Ton* Neuville est une bête malfaisante !

– Non, sûrement pas ! Sûrement pas...

Claudine suffoque, elle voudrait se jeter sur Thomas, le gifler, arracher les lunettes derrière lesquelles il cache ses yeux, déchirer son visage avec les ongles. Elle est aveuglée par la stupeur, à la fois indignée et quand même obligée de souscrire au jugement de Thomas. Robert Neuville a donné aux Boches le lieutenant Benedykt et la petite Julia. Il s'est conduit comme un animal nuisible et lâche... Non, ce n'est pas possible, ça lui ressemble si peu. Elle renonce à la lutte, court vers la maison.

Elle perd son béret, un coup de vent la décoiffe brusquement. La sueur lui coule sur les yeux, l'émotion lui brouille la vue, elle marche à tâtons jusqu'à l'évier et se trempe la figure dans l'eau froide. Sa vue s'éclaircit, elle se calme, se sent un peu plus lucide. Et glacée jusqu'aux os... Elle n'a pas vraiment reconnu, au fond d'elle-même, la trahison de Robert Neuville. Elle n'a pas fait le deuil de son admiration pour cet homme. Elle ne peut toujours pas accepter ces mots affreux : une bête malfaisante.

Elle s'assoit, les coudes sur la table, la tête dans ses mains. Elle se sent si seule. « Virginie, pourquoi m'as-tu abandonnée, quand j'avais tant besoin de toi ! » Thomas et le commandant entrent dans la pièce, elle reconnaît leur pas, leurs exclamations, mais ne lève pas les yeux. Elle se mord la lèvre, retient l'envie de leur jeter tout de suite sa rage à la figure. Thomas lui pose la main sur l'épaule.

– Claudine !

Le commandant se penche sur elle.

– Et alors, m'selle Claudine, qu'est-ce qui va pas ?

Elle les déteste tous les deux. Elle serre les dents. La furie du désespoir enfle dans son cœur, elle ne pourra la dompter longtemps. « Mon Dieu, qu'ils se taisent. Qu'ils se taisent ou je ne réponds de rien ! »

Ils tournent autour d'elle. Le commandant s'assoit.

– Je vais vous donner deux ou trois gardes du corps, qui resteront dans la maison jour et nuit.

– Non !

– Claudine, dit Thomas, sois raisonnable. Tu es d'accord avec nous sur l'essentiel. Tu sais que Robert Neuville a trahi, tu veux qu'il paie. Tu crois comme nous qu'il va revenir...

– Pourquoi voulez-vous qu'il revienne, s'il a trahi ?

– Pour toi.

Claudine écarte les mains, regarde Thomas.

– Il revient pour moi, et je dois le livrer ?

Thomas répond en scandant les mots, la bouche un peu tordue.

– Il a vendu le lieutenant polonais. Tu dois nous aider à le prendre pour qu'il soit jugé.

– Vous vous rendez compte du rôle que vous me faites jouer ?

– Et lui ne t'a pas fait jouer un plus sale rôle encore ? Si on parlait de ton évasion ? Qui crois-tu tromper, avec cette histoire ? Tais-toi. Quoi que tu dises, tu aggraveras ton cas. On te demande de te racheter en nous aidant à colleter ce salaud. C'est tout. Et c'est pour ton bien !

Le commandant pose la main sur ses cheveux. Une main large et lourde, forte et douce à la fois. Elle frémit, elle tremble, elle s'en veut du trouble qu'elle ressent au contact de cette paume qui a caressé le corps de Virginie. Elle secoue vivement la tête, se dresse en repoussant sa chaise.

– Vous, laissez-moi. Allez-vous-en. Retournez à votre alphabet !

La main de Thomas s'envole.

– Tu l'as lâché, garce !

Le commandant détourne la gifle d'un geste foudroyant. Claudine lance ses ongles vers les yeux de Thomas. Tout aussi vite, le commandant bloque son bras, l'abaisse et emprisonne ses deux poignets dans une seule main. Il serre, lui broie les os et la force à se rasseoir.

– Vous me méprisez, hein ?

Claudine halète, reprend son souffle.

– N... non, pas vous. C'est lui que je méprise !

Elle désigne d'un coup de menton Thomas, qui se tient de l'autre côté de la table, un poing sur la hanche, le regard flambant et la bouche tordue.

– Je te remercie, dit-il en détournant les yeux.

– Je n'oublierai jamais ton geste, Thomas.

– Tu veux peut-être des excuses ?

– Je n'ai pas besoin des excuses d'un pauvre type. Oui, un

pauvre type, Nestor et La Cafetière ne diraient pas le contraire s'ils étaient vivants !

Thomas pousse un cri d'animal blessé. Les mains appuyées sur le bord de la table, il se penche avec véhémence, la bouche tendue vers Claudine, en face de lui. Un tic lui fait trembler la joue. Il bafouille, écume, s'étrangle.

– Je... je... tu veux dire que... Nestor...

– Ils sont morts tous les deux. Mais toi, tu t'en es tiré, hein ?

Le commandant serre plus fort les poignets de Claudine, les ploie jusqu'à la table.

– Là, tu vas trop loin, petite.

– Je ne veux pas...

Il lui arrache une plainte, elle se débat, essaie de se lever. Il lui écrase la cuisse sous son genou.

– Qu'est-ce que tu veux pas ?

Elle croise son regard, domptée et digne.

– Je vous respecte, commandant. Je veux bien vous aider à mettre la main sur Robert Neuville, mais je ne veux pas le livrer à ce sale type !

Le commandant relâche son étreinte, elle lui échappe, fait le tour de la table, fixe Thomas. Elle s'étonne une seconde de la colère qui bout en elle et tend tout son corps. Elle est incapable de dominer son emportement. Elle passe devant Thomas et fait mine de lui cracher à la figure. La honte de son geste lui perce le cœur, elle tourne la tête juste à temps. Thomas n'est que le bouc émissaire de son désespoir. Elle s'enfuit vers l'escalier en criant sans savoir ce qu'elle crie ni pourquoi. Elle se précipite dans sa chambre. Le sang bat fort à ses tempes. Elle ouvre la fenêtre pour respirer, remplit ses poumons, pose les bras sur la barre d'appui. L'envie de sauter lui vient. Elle résiste, elle lutte.

En bas, le commandant appelle Thomas, qui ne répond pas. Le secrétaire pousse violemment la porte et entre dans la chambre, tête nue, front baissé. Il roule des épaules et son blouson déboutonné lui bat les flancs... Il ferme la porte à clé, empoche la clé, gronde :

– Tu vas me le payer, poison !

Il avance courbé, la bouche pincée. Claudine lui fait face

puis recule vers la fenêtre. Une seconde, elle souhaite mourir, mais la fureur vindicative de Thomas brise sa tension. Elle se sent prête à s'abandonner et à pleurer dans ses bras. Elle se laisse empoigner par le coude et l'épaule. Il tire exprès sur sa robe, déchire son corsage d'un geste calculé. Ce geste par lequel, à en croire les romans, les hommes veules essaient de prouver leur force. Elle se dérobe, court vers son lit, s'étend d'un coup de reins, l'épaule nue, la jupe troussée à mi-cuisses.

– Je suis prête, tu peux finir ce que tu as commencé, si tu en es capable !

Il la regarde, interdit, essuie d'un revers de main la transpiration qui perle sur son front.

– Claudine ! Vous me détestez donc tant ?

Le commandant bat la semelle dans le couloir, appelle Thomas, frappe à la chambre à côté puis, enfin, à la porte de Claudine.

– Pas de blague, hein ? Descend, Thomas, on a à causer. Subito presto !

Thomas se pique devant Claudine, allongée, immobile, comme offerte. Il secoue la tête, s'en va, les épaules basses, puis ferraille avec la serrure, sort et referme doucement la porte derrière lui.

Claudine se retourne sur le ventre, enfouit son visage dans l'oreiller et laisse couler ses larmes. « Tu as fini d'avoir tes nerfs, Claudine Chamarand ? Ce que tu viens d'insinuer sur la mort de Nestor et La Cafetière, devant le commandant est indigne de toi. C'est ignoble. Tu es tombée bien bas, ma pauvre fille. Tu es à bout de nerfs ? Ce n'est pas une excuse. Tout le monde est excédé. Ton évasion, parlons-en ! Tu n'étais pas fière de toi quand ces messieurs t'ont pour ainsi dire chassée de leur auto comme un canard qu'on rend à sa mare. Trop tard pour avouer, c'est ton père qui paierait pour tes fautes ! Tu vas aller faire des excuses à Thomas et au commandant, tout de suite. Non ? Tu n'as pas la force, pas le courage ? Pourtant, tu dois prendre une décision, et vite. Ça sera la plus grave de ta vie, mais il le faut. Je te donne cinq minutes pour trouver un moyen d'en sortir ! »

Elle a fermé les yeux. Si elle pouvait prier... « Bon, tu vas te débrouiller toute seule comme une grande fille. Et, pour commencer, regarder la vérité en face. Poser les bonnes questions et tâcher de trouver les bonnes réponses. Crois-tu que Robert Neuville ait *trahi* ? Ça ne veut rien dire, encore moins pour un homme comme lui. A-t-il livré le lieutenant Benedykt ? Oui, sans aucun doute. Pour sauver sa filière ou peut-être sa peau. A-t-il enlevé Julia ? Oui, Dieu sait pourquoi, mais il l'a fait. Tu dois savoir la vérité, les circonstances. Tu dois savoir où est Julia, même si tu n'as pas une chance sur mille de la revoir un jour. Qui peut le dire ? Lui seul. Crois-tu qu'il parlera devant les juges de la Résistance ? Non, il a trop d'orgueil. Et même s'il parlait, te mettrait-on dans la confidence ? Pas sûr. Il faut que tu le questionnes toi-même... s'il vient. Le commandant et Thomas croient dur comme fer qu'il s'est entiché de toi au point de risquer sa vie pour te revoir. Et toi, qu'est-ce que tu en penses ? C'est peut-être de la fatuité, mais tu penses qu'il viendra. Et tu sauras le faire parler ? On peut toujours essayer. Et après, tu le jetteras aux chiens ? Il faudrait que tu sois, à toi toute seule, le tribunal de la Résistance. Si tu le juges coupable, tu n'as qu'à le remettre au bras séculier. Si, par Dieu sait quel miracle, tu le trouves innocent, ou même si tu as un doute, tu le laisses ficher le camp, qu'il aille se faire pendre au diable ! Voilà. »

Elle se lève d'un bond, court à l'armoire pour se changer puis renonce. « Tu es parfaite ainsi, le corsage déchiré, le jupon chiffonné. Quasiment l'œil de Caïn dans la tombe ! » Elle descend l'escalier à tout petits pas. Elle entend chuchoter en bas. Ils sont assis à la table de la grande pièce, tous les deux, tête penchée, devant un verre de blanc. Elle entre en silence. Deux ou trois secondes se passent avant qu'ils ne la voient. Elle sourit, son cœur s'emplit d'un sentiment de force et de certitude. Elle est sûre, à présent, qu'elle sera aussi forte devant Robert Neuville. Elle s'approche de la table, ils lèvent la tête ensemble, l'air crispé, mal à l'aise. Elle leur tend la main par-dessus la table, serre la pogne du commandant puis la main un peu molle de Thomas.

– Thomas, je retire ce que j'ai dit au sujet de Nestor et La Cafetière. Si tu veux, oublions le reste.

Thomas se dresse, les mains tremblantes, les lunettes de travers.

– Oublions tout le reste. Je..., je retire bête malfaisante. C'est la guerre !

– C'est la guerre, dit Claudine. Vous me permettez de m'asseoir ?

Thomas va prendre un verre, le pose devant Claudine. Le commandant verse trois doigts de vin blanc, louche sur l'épaule nue de Claudine, reste le coude en l'air.

– Merci, ça suffit, dit Claudine. Je ne suis pas Virginie.

Elle boit une gorgée, fixe les deux hommes d'un regard froid.

– Très bien, voilà ce qu'on va faire...

Elle a failli ajouter « si vous voulez » mais ravale ces trois mots. C'est à prendre ou à laisser, en fait.

– Je ne veux pas de vos hommes dans la maison. J'accepte le téléphone et je m'en servirai si nécessaire. Je recevrai seule Robert Neuville. Vous allez me donner une arme, un revolver, et me montrer comment m'en servir. Robert Neuville ne se méfiera pas de moi, d'abord, puis il verra que je suis déterminée, prête à tirer. Je lui poserai deux questions : « Pourquoi avez-vous livré le lieutenant ? Qu'avez-vous fait de Julia ? » S'il le faut, je tirerai, je le blesserai. Il parlera. La suite dépendra de ses réponses. Je vous préviens tout de suite : s'il a remis Julia à la Gestapo, je le tuerai. Autrement, je me débrouillerai pour vous appeler. Je vous demande de bien le traiter et de l'envoyer tout de suite à Pagery. Cet accord vous convient ?

Thomas frappe du poing sur la table, secouant la bouteille et les verres.

– C'est de la folie ! Neuville ne fera qu'une bouchée de toi !

Le commandant éclate de rire en renversant la tête. Sa pomme d'Adam monte et descend à toute vitesse dans son cou maigre.

– Hé, Thomas, j'ai plutôt idée qu'elle le fera filer doux. Tu connais pas les femmes. Faut dire qu'il en pince, Neuville, alors il sera dans ses petits souliers. Je marche, mam'selle. Vous aurez votre revolver !

Thomas serre son verre si fort que ses jointures blanchissent.

– Je maintiens...

Le commandant tire sèchement sur son ceinturon.

– Tu as rien à maintenir, mon petit Thomas. J'ai dit : rien !

Thomas s'éloigne, trébuche sur le mauvais pavage, devant la porte, et jure à mi-voix.

Il reste un moment planté au milieu de la cour à guetter le mouchard allemand qui tourne dans le ciel.

42.

Hortense Chamarand débarque sans prévenir au car de midi, son sac à l'épaule et une petite valise à la main. Sa colère se voit sur ses traits, à son pas et à son silence. Elle répond d'un signe de tête au salut étonné des commerçants et des voisins. Elle entre à l'étude en tapant du talon, embrasse son mari sur le haut de la joue, avec ce seul commentaire :

– On en fait de belles, ici !

Et à Claudine, une heure plus tard :

– Peux-tu m'emmener à Saint-Pierre cet après-midi ? Le château de Pech-Marac est sur ta route. Le baron de Fontanges me ramènera.

Claudine a baissé la capote du cabriolet, elle joue avec les guides et n'ose pas questionner sa mère. Hortense s'est mise sur son trente et un pour aller voir les Fontanges. Claudine reconnaît la robe puce, à revers de satin brun foncé, qu'elle portait à la communion d'Annette en 1939. Son feutre assorti, de la même époque, lui moule la tête et découvre largement les boucles châtain clair de son indéfrisable. Elle porte sans doute, dessous, sa gaine Charmereine d'avant-guerre... Elle a changé la coiffure vaporeuse qui la faisait ressembler à Suzy Prim. Elle a le teint plus hâlé, ses traits se sont durcis. Claudine laisse Dago s'engager dans le tour de ville et raser le mur des remparts. Elle observe sa mère du coin de l'œil. La notairesse se force à sourire, mais sa voix brisée révèle soudain sa détresse.

– J'espère que le baron de Fontanges pourra m'aider. Je

ne vois plus que lui. Les portes se ferment devant moi, c'est tout juste si on ne me conseille pas de retourner d'où je viens. Ce qui s'est passé est in-com-pré-hen-sible !

Claudine sent ses mains se crisper, son estomac se nouer.

– Vous voulez dire pour oncle Jean ?

– Ma sœur a le droit de connaître le sort de son mari. J'ai l'impression que vous préférez ne rien savoir, tous. J'ai quand même appris une chose intéressante. Les maquisards ont retrouvé et enlevé la Vivastella de Jean qui était cachée dans un bois. Je vais informer M. Pagery que cette auto est à la famille de mon beau-frère, qui ne l'a pas léguée à la Résistance. Je suppose que tu ne sais rien, toi non plus ?

Claudine respire vite, le cœur battant.

– Personne n'a vu les Allemands emmener Jean. Il n'est sur aucune liste des gens arrêtés qu'on ait pu avoir. On n'a pas trouvé trace de son corps, ni dans les décombres de la grange brûlée, ni dans les bois voisins. Nulle part... D'après Thomas, le secrétaire du commandant Jeanne, la Résistance n'en sait pas plus que nous. Voilà tout ce que je peux vous dire, maman.

– Mais c'est fou !

Dago donne un coup de reins pour franchir une petite côte, s'arrête sur le plat et souffle longuement. La notairesse cache un instant son visage dans ses mains.

– Je suis obligée de rentrer à Paris sans tarder. Il est déjà très imprudent de ma part d'être ici et de poser partout des questions sur le comte Jean. Le baron de Fontanges est le seul ami des La Borde qui accepte d'enquêter, à la demande de ma sœur. Il a des relations à Vichy et à l'O.R.A., la Résistance de l'armée. Il n'y a que les militaires pour débrouiller ce mystère, à mon avis. Enfin, si tu apprends quelque chose de ton côté, tu seras gentille de l'en informer.

Claudine revoit le mort de la clairière. Elle n'a pas pensé une seconde que le corps pouvait être celui de son oncle. La silhouette et la corpulence ne correspondaient pas... Mais la vraie raison, elle s'en aperçoit tout à coup, c'est qu'elle ne peut croire à la mort du comte Jean. Il est vivant, elle en est sûre. D'où lui vient cette certitude ? Dieu sait. Jean de La

Borde vit, et Robert Neuville est pis que mort : perdu, déchu, fini, maudit.

La transmission de pensée fonctionne bien entre mère et fille, assises sur le même siège de la même charrette à cheval, et roulant les mêmes soucis dans leur tête. Hortense prend une inspiration qui se change en quinte de toux, elle suffoque un instant, noue son écharpe autour du cou.

– On m'a dit que Robert Neuville avait disparu aussi ?

– Sa disparition à lui n'a rien de mystérieux. À force de se croire plus malin que tout le monde, il s'est fait posséder par la Gestapo et il a livré aux Allemands un officier polonais, victime d'un accident d'avion. Il sait bien que personne ne lui pardonnera ça. Il a préféré s'en aller chercher fortune ailleurs !

– C'est curieux, dit Hortense d'un air rêveur.

– Pourquoi curieux ?

– Ça lui ressemble si peu.

– Parce que tu le connais assez pour en juger ?

– Je l'ai rencontré une fois, ça me suffit pour dire le genre d'homme qu'il est.

Claudine hausse les épaules. Elle n'a aucune envie de poursuivre cette conversation, mais elle ne peut résister à l'impulsion de blesser sa mère.

– Naturellement, tu ne te trompes jamais sur les hommes ?

– Pas souvent.

– Tu t'es trompée au moins une *autre* fois, il me semble. Avec le père de Maxime !

Et voilà, elle l'a lâché, elle l'avait sur le cœur depuis des années. Elle a attendu d'avoir vingt ans pour crier son ressentiment.

– Pardon, maman. Tu n'aurais pas dû me parler de Robert Neuville.

Hortense se tient très droite, les yeux fixés sur la route cent pas devant le cheval. Elle frotte le bout de ses doigts en faisant crisser la couture de ses gants.

– Sens-tu comme il est difficile pour une mère de s'accuser devant une fille prête à la juger ?

– Vous accuser ? Vous juger ? Oh non, je ne vous juge pas.

– Tu sais que j'ai revu Maxime à Paris ?

– Papa me l'a dit.

– Eh bien, je vous ai menti à tous. J'ai toujours su qu'il était à Paris, dans les affaires. J'ai inventé son engagement dans la France libre !

– Les affaires, ça veut dire le marché noir ?

– Tu ne m'aides guère, Claudine.

– Pardon.

– Il faut excuser ton frère pour ce qu'il est devenu. Il a tant souffert de sa naissance. Tout est ma faute.

– Vous étiez jeune, maman.

– J'ai connu Rémi pendant l'été 1920 : j'avais ton âge aujourd'hui.

– Plus d'un million d'hommes avaient été tués ou défigurés à la guerre...

– Tu as l'art de présenter les choses d'une façon désagréable. Oui, j'avais ton âge. J'étais amoureuse du comte Jean de La Borde, qui allait devenir mon beau-frère dix ans plus tard. Toutes les jeunes filles étaient folles de lui. À cette époque, Élisabeth n'était qu'une sale gamine de dix ans, toujours à guetter, à faire des farces. Qui aurait pu imaginer qu'il l'épouserait un jour ? Il ne songeait pas au mariage, il avait une maîtresse plus âgée, mais très belle, très riche. Ils se passionnaient tous les deux pour les automobiles et les chevaux. Elle possédait une magnifique Hispano-Suiza, lui une petite Bugatti, très rapide mais moche comme tout. On aurait dit un fourneau sur roues. Ce n'est que vers 1927 que les Bugatti, les « Royales », ont commencé à devenir très belles... Les jeunes filles rêvaient d'arracher Jean à cette liaison tapageuse. Moi, je me regardais dans mon miroir... et, de fait, dans tous les miroirs que je croisais. Il me semblait que j'avais ma chance. J'ai eu au moins cinq danses avec lui, au mariage de Rémi Parnaud et de Maryse Anglars-Nozac. Et puis sa cocotte, Marine Duval, est arrivée et il ne m'a plus regardée.

« Mes parents me cherchaient un fiancé dans les officiers vieux garçons, tant pis s'il leur manquait un bras ou une jambe. Ou alors dans les veufs pleins aux as. Comme tu dis, c'était l'après-guerre et les beaux partis étaient rares, après cette saignée. Mon père visait un commandant, quarante-cinq ans et un peu amoché. Il épluchait les annonces du *Chasseur français*. Puis il a songé à en passer une. Il m'a dit que je devais apprendre à monter à cheval, parce que les officiers cherchaient des " bonnes cavalières " ou des " cavalières accomplies ". Il m'a envoyée chez les Parnaud, qui élevaient des chevaux de course et donnaient des leçons d'équitation à Monlévrier. Eh oui, ma belle, j'ai connu Monlévrier avant toi ! La jeune femme, Maryse, devait s'occuper de moi. Au début, mon père ou le clerc – oui, c'est lui, Denis Chamarand, je ne pensais certes pas à l'épouser... – me conduisaient avec le cabriolet. Plus tard, je suis partie seule à bicyclette. Et puis Maryse Parnaud s'est trouvée enceinte, alors c'est son mari qui s'est occupé de moi.

« Il me disait, je me souviens...

Elle s'essuie les yeux avec son mouchoir et un rire silencieux anime une seconde ses traits figés.

– Il me disait... Excuse-moi si je cite tel quel... « Vous vous tenez à cheval, mademoiselle, comme une paire de tenailles sur le cul d'un chien ! »

Elle pouffe derrière son mouchoir.

– Rémi Parnaud était non seulement marié, mais *jeune marié,* ce qui le rendait irrésistible. Et il avait pour moi un attrait de plus : c'était l'ami du comte Jean, que j'espérais naïvement rendre jaloux. J'en ris maintenant, mais sur le coup j'étais très humiliée de sa réflexion. Une paire de tenailles sur... Non. Enfin, il m'a dit : « Je vais vous aider, vous y arriverez. Vous n'êtes pas plus bête qu'une autre, et même plutôt bien faite. » Il est allé jusqu'à monter en croupe, derrière moi, pour m'apprendre à me tenir !

Hortense secoue la tête.

– Oh, je vois bien ce que tu vas imaginer. N'empêche que j'ai progressé vite et que j'ai eu droit à des compliments de tout le monde. Et puis... je passe sur les détails.

– Merci, maman.

– Arrête de me chiner. J'enviais sa femme, si jolie, tellement à l'aise... et épouse d'un beau cavalier. Elle avait tout et moi rien. J'ai perdu la tête.

– Ce n'était pas très difficile de rivaliser avec une femme enceinte.

– Je t'assure que je n'y ai pas songé une seconde, ça se voyait si peu. Il me disait que j'étais jolie...

– Il disait vrai. Vous êtes une belle femme, madame Chamarand. Vous ne faites pas vos quarante-quatre ans.

– Merci quand même. Au début, je l'écoutais à peine. Et puis c'est arrivé à l'automne. J'étais tellement triste.

– Maxime est né, si mes souvenirs sont bons, en septembre 1921. Alors, votre liaison a duré au moins jusqu'en hiver.

– C'est vrai. Je me souviens d'un froid très vif. J'ai même attrapé une bronchite. Et après, après la naissance de son enfant...

– Il vous a donné sa bénédiction et envoyée sur les roses.

– Mais il aurait voulu avoir une fille. Il m'a dit : « Si tu as une fille, je divorce pour t'épouser ! »

– Pas de chance. La fille est venue beaucoup plus tard.

– Mes parents ne l'entendaient pas de cette oreille, tu imagines.

– Heureusement qu'ils avaient le clerc sous la main.

– Ne sois pas vulgaire.

Dago marche au petit trot, entre les bois. La route, creusée de nids-de-poule et balafrée de larges fentes, rongée par l'humidité qui met les pierres à nu, secoue rudement la carriole. Hortense tourne la tête de temps en temps et toise sa fille en battant des cils.

– Je suis contente que tu le prennes comme ça.

– Quand j'étais petite, Maxime se posait des questions sur son vrai père, mais je n'y comprenais rien. Quelqu'un de trop riche ou trop bien né pour épouser la fille d'un petit notaire ? Ou simplement un homme marié ? Je suis heureuse de connaître le fin mot de l'histoire.

Dago pique un semblant de galop. Un coup de vent agite les frondaisons, un frémissement vaste et doux monte de la forêt.

Le bourg de Saint-Pierre-de-Réverac a la forme d'une croix. Au bout de la rue principale, une place cernée de tilleuls tient lieu de centre-ville, avec le monument aux morts, l'église au clocher ouvert, l'école au toit rouge et la mairie replâtrée. Les femmes appellent les volailles, les enfants ramènent les troupeaux. Il règne sur ce bout du monde une paix hostile, égoïste, trompeuse. Claudine songe à la postière, tuée dans sa maison par la Gestapo huit jours plus tôt.

Les roues du cabriolet cognent à grand bruit sur les pavés de la place. Puis la carriole s'engage dans un chemin de terre humide. Hortense scrute les environs, la main en visière.

– Tout a l'air tranquille, mais j'ai un pressentiment. Tu tourneras un peu plus loin, quand je te ferai signe.

Sombre sous ses lauzes, le château se dresse au milieu d'un bosquet de cèdres et de sapins. Deux tours pointent au-dessus d'une collerette d'un vert presque noir. Claudine arrête Dago. Mère et fille s'arrachent les prunelles à force de scruter.

– Rien de suspect, dit enfin Hortense.

Après avoir fait le tour de la colline, elles rattrapent une petite route blanche qui longe les prés clos de Pech-Marac. Fourbu, Dago balance la tête à chaque pas, titube dans les ornières et se mouche bruyamment. Le cabriolet grince, le vent siffle dans les bruyères du talus et contre les fils des clôtures. On se croirait en hiver... Clo, l'hiver est dans ton cœur, voilà, et pour longtemps.

Hortense pose la main sur le bras de sa fille.

– Tu vas me laisser ici. Bonne chance.

– Mais ton pressentiment ?

– Je n'ai pas de pressentiment. Rien que l'envie de tout laisser tomber et d'aller m'enfermer n'importe où pour oublier. Tu n'as jamais éprouvé ça ?

Claudine ferme les yeux, respire une grande gorgée d'air. Au relent de sueur et d'onguent du cheval se mêlent le parfum de géranium d'Hortense et une odeur un peu acide d'herbe verte et de terre mouillée. La vie sent la vie. Il y a toujours de la vie.

– Oui, dit-elle, j'ai éprouvé ça quelquefois.

Elle fronce le nez et rit tout haut.

– Excusez-moi, maman, j'ai, moi, le pressentiment que mon oncle Jean est vivant. On a trouvé les corps de ses compagnons. S'il était mort avec eux, on aurait trouvé aussi le sien.

Les Allemands le cherchaient depuis très longtemps, et s'ils l'avaient pris, ils s'en seraient vantés. Et puis on l'aurait su d'une façon ou d'une autre. La Résistance a des informateurs chez les Boches, elle arrive toujours à savoir qui est prisonnier. En fait, tout le monde le croit mort, y compris les Allemands, et c'est ce qu'il a voulu. Je pense qu'il a réussi à s'enfuir, je ne sais pas comment, mais il est très fort. Alors, il a décidé de profiter des circonstances pour s'évanouir dans la nature. La Gestapo ne le cherchera plus et fichera la paix à sa famille !

43.

Journal de Claudine. 28 mai. Dimanche de Pentecôte.

Mon Dieu, qu'ai-je été raconter à maman ? Quelle affreuse déception si on apprend que mon oncle est mort ! Ça m'est venu tout d'un coup, pendant qu'on parlait. En fait, j'y songeais depuis des jours et des jours, la solution logique m'est apparue après de longues réflexions pas toujours conscientes. Et je crois dur comme fer que le comte Jean a disparu volontairement. Si je me trompe, ça sera affreux aussi pour moi.

Ainsi, le vieil adage « pas de nouvelles, bonnes nouvelles » n'a jamais été aussi vrai. Maman est repartie sans avoir rien trouvé. Bien sûr, le baron de Fontanges a promis de remuer ciel et terre, mais maman a été convaincue par ma théorie et je crois qu'elle n'a pas beaucoup insisté.

J'attends des nouvelles, avec espoir.

J'attends aussi la visite de Robert Neuville, la rage au cœur. Je ne sais que souhaiter. Je suis prête à le questionner sous la menace de l'arme que Thomas et le commandant m'ont donnée. Je veux la vérité, mais je me doute qu'elle sera amère. Il vaudrait peut-être mieux que je continue de l'ignorer jusqu'à la fin de mes jours.

J'en suis sûre, maintenant : Robert Neuville viendra. Et il viendra pour moi. « Il en pince », dit le commandant. « Il s'est amouraché de toi », ricane Thomas. On pourrait dire autrement : il t'aime, Claudine Chamarand.

Et ton destin sera de causer sa perte. Digne d'Emily Brontë !

44.

Claudine monte l'escalier coudes au corps, plante la clé rouillée dans le trou de la serrure. Deux tours à droite, elle pousse la porte qui s'ouvre en frottant la pierre. Elle pénètre dans le corridor, le temps est couvert, le soir tombe, on n'y voit goutte. L'ampoule est grillée, elle ne l'a pas remplacée. À quoi bon ? Elle va quitter bientôt Monlévrier pour toujours.

Le plancher gémit sous ses pas. Son sac se balance à son épaule, alourdi par le pistolet type Policeman, quatre cent cinquante grammes, que le commandant et Thomas lui ont prêté. Quoi qu'il arrive... Elle saisit à tâtons une lampe de poche posée sur une étagère et l'allume d'un coup de pouce. Elle se décoche un sourire mi-railleur, mi-complice dans la glace du couloir. « Un miracle que tu aies tenu..., combien, déjà ? Dix jours que tu as ton arme et que tu attends chaque soir Robert Neuville en répétant ton rôle. Les mains sur la tête, ne bougez pas. Ne bougez pas ! »

Elle posera d'abord une question sur Julia. S'il fait le moindre mouvement, elle tirera pour le blesser et le mettre à sa merci. Elle a hésité entre les bras et les jambes. Les jambes... La cible est plus facile, elle ne risque pas de le toucher au cœur. Elle vit la scène avec intensité. Oui, elle visera les jambes. « Touchez-le au genou, ça se répare jamais, a dit le commandant. S'il sauve sa peau, il restera boiteux toute la vie. Il l'aura pas volé ! »

Elle serre les dents en y pensant. Pour Julia, pour le lieutenant Benedykt. Au genou... Elle le déteste, et sa haine l'aide à dominer l'angoisse des soirs de veille, de nuit qui n'en finissent pas. Qu'il vienne, qu'il vienne enfin, elle n'en peut plus.

« Et s'il t'avoue qu'il a livré Julia à la Gestapo, tu oseras être son juge et son bourreau, lui tirer deux ou trois balles dans le corps, pour en finir sans même le questionner sur le lieutenant ? Est-ce tellement pis que d'infliger une mutilation affreuse ? N'est-ce pas ce que tu devrais faire, si tu l'aimes encore un peu ? Le tuer dès qu'il aura avoué ? Mais s'il n'avoue pas ? » À cette idée, elle tremble de rage. « Il parlera, il parlera ! Tu commenceras par lui tirer sur le pied, tu le hacheras menu, s'il faut, avec tes huit balles ! »

Elle étouffe, elle doit s'appuyer au mur. « Je le hais ! »

Elle a quitté Réverac au milieu de l'après-midi, elle se sentait inutile à l'étude et elle n'en pouvait plus de doute et d'angoisse. Elle a erré à travers la campagne en luttant contre la tentation de renoncer, de fuir. Elle a tenu. Elle est rentrée, enfin, après un long détour.

En pénétrant dans la grande salle, à peine éclairée par la lumière du soir qui filtre à travers les volets mi-clos, elle hume une odeur de fumée et de cendre tiède. Or elle n'allume plus le feu dans la cheminée : les soirées sont douces, elle fait une soupe et une omelette sur la cuisinière, quand elle a le courage. Le matin, elle tiédit son café national sur un réchaud à gaz.

Ah, il se passe quelque chose d'anormal. Elle pose son sac sur la table, s'approche de la cheminée. Elle tient toujours sa lampe de poche à la main, elle n'a pas allumé l'électricité dans la salle. Elle promène le rayon de sa lampe sur le foyer, sur la grande table paysanne, où elle repère des miettes et une pelure de saucisson...

Une pelure de saucisson !

Un homme est entré dans la maison, une femme aurait essuyé la table. Non, pas Virginie. Supposons qu'elle soit revenue : elle a trouvé la clé qui est toujours cachée au même endroit... Elle a bu et elle dort !

Pourquoi a-t-elle allumé le feu ? Dieu sait. Peut-être pour faire sécher ses vêtements. Oui ? Non. Claudine bondit sur son sac, ses doigts tremblent. Vite, ma belle, *il* est là ! L'odeur appartient à des vêtements d'homme, elle en est sûre. Elle serre le pistolet, elle ne sent plus sa main, son bras s'engourdit. L'émotion lui martèle le cœur. Le sang cogne dans ses veines, son souffle s'arrête. La peau de son visage colle à ses pommettes et durcit comme une vessie de porc séchée... « Secoue-toi, Clo ! » L'instant terrible est tout proche. Les explications de Thomas dansent dans sa tête. « Ce type d'arme est un pistolet à répétition, mais il fonctionne comme un revolver. Il est toujours prêt à tirer. Pour armer le percuteur et faire partir la balle, tu dois forcer sur la gâchette, l'enfoncer presque complètement. Il ne reste pas armé et le coup ne peut jamais partir tout seul. Tu as sept balles dans le chargeur et une dans la chambre, c'est un petit calibre, 6,35 mm, mais la balle peut tuer à quatre ou cinq pas. Tu ne vas pas tirer Neuville dans un pré, hein ? » Il lui a montré comment soutenir son poignet droit de la main gauche, bien que l'arme soit assez légère. « Et s'il veut se jeter sur toi, tu lui lâches deux pruneaux dans le buffet, ça l'arrêtera, crois-moi. Le tout, c'est que tu ne le manques pas, qu'il ait parlé ou non ! »

Le sac de Claudine tombe à ses pieds, elle le repousse sous la table. Elle appuie le coude sur sa hanche, reprend son souffle, marche jusqu'au bouton de la lumière, qu'elle abaisse après un instant d'hésitation. Dieu soit loué, le courant n'est pas coupé. Elle regarde autour d'elle, éblouie. Ma vieille, s'il était caché dans la pièce, il aurait eu dix fois le temps de te sauter dessus. Et s'il était reparti ? Oh non, Seigneur, pas ça ! Elle est prête, ça serait trop dur si elle devait revivre les dernières secondes et s'il fallait recommencer à attendre. « Mon Dieu, faites qu'il soit là et donnez-moi la force... »

Où est-il ? Dans son lit ? « Ce salaud dort chez toi, du sommeil du juste, avec les forfaits qu'il a commis ! » Elle se remet à trembler, elle se penche en avant pour étouffer le remue-ménage dans sa poitrine. « Tiens tes nerfs, ma douce, tu as assez de colère en stock pour défier le diable. Il te faut du courage et du sang-froid, maintenant. Tu réussiras, le commandant croit en toi... »

Elle traverse le couloir obscur. Elle a besoin de ses deux

mains pour le pistolet, pas question d'aller à la rencontre de Robert Neuville une lampe de poche au poing. Une vague clarté rayonne par la porte ouverte de la grande salle. Elle pose le pied sur la première marche, la seconde, respire fort. En avant, petit soldat !

Elle monte l'escalier comme dans un rêve. Elle serre la crosse de son arme. Au creux de sa paume, elle éprouve la meurtrissure du quadrillage d'ébonite. Elle essaie de relâcher ses muscles, en vain. « C'est tout ou rien. Ou tu serres le pistolet à te mâcher au sang ou tu le laisses choir dans l'escalier, et il rebondira avec un bruit d'enfer. »

Elle se hisse lentement. Elle se force à respirer puis à souffler. « Ma petite fille, si Robert Neuville n'est pas dans sa chambre, tu auras l'air fin. Mais tu sais qu'il y est. Tu le sens avec ton corps, avec ta peau, avec ton sang. Tu le humes au plus profond de toi. La honte de ce lien qui vous rive encore ! »

Elle atteint le palier, lutte contre un vertige. « Tu y es. Le moment que tu attendais et redoutais est là, présent. Jure que tu seras forte... Je le jure ! » Elle avance vers la droite, frôle l'interrupteur du couloir, libère sa main gauche, relève le bouton à tout hasard. Une pâle lumière jaillit des quinze bougies de l'ampoule. Maintenant, il va falloir faire vite.

Et, soudain, un bruit de pas de l'autre côté du couloir. Il est là, mais où ? « Il ne serait pas couché dans ta chambre, ce..., ce... Si. Il a osé cet affront ! Tu ne lui pardonneras pas ça. De toute façon, tu ne lui pardonnes rien, et qu'est-ce que c'est à côté de ses autres fautes ! »

Il entrouvre la porte.

« Tu es prête, Clo ? Je suis prête. »

Elle marche à sa rencontre. « Ne tremble pas, serre ton poignet, n'appuie pas trop tôt sur la gâchette. Il est là, c'est lui, Robert Neuville... » Elle a cru pour de bon ne jamais le revoir. Il est là, en corps de chemise, déboutonné jusqu'au ventre, les mains nues. Autant qu'elle puisse en juger, il a les traits tirés, le teint blême. Une barbe de plusieurs jours lui couvre le menton, le haut des joues, et change complètement son visage. Il est presque plus beau. Ce salopard !

Elle hésite deux secondes. C'est quand même lui. Il lève la main, fait un pas en avant.

– Claudine !

Elle recule, le pistolet pointé.

– Ne bougez pas.

– Claudine, c'est moi.

Il porte la main à sa figure, comme s'il pensait qu'elle ne l'avait pas reconnu à cause de la barbe.

– J'ai changé, je suis...

– Les bras en l'air s'il vous plaît ! dit-elle d'une voix ferme, mais elle ne peut s'empêcher de siffler le dernier mot.

– Baisse ton arme, c'est dangereux.

Elle recule vers l'escalier, un pas, deux pas, pour le forcer à s'éloigner de la porte restée entrouverte. Il est à cinq mètres. D'après Thomas, la balle de 6,35 n'est plus mortelle au-delà de cette distance. Tant pis, elle ne veut pas le tuer. Elle croise son regard. Sous le choc, sa peau se durcit, ses muscles se tendent. Mais une espèce de joie l'envahit. « Le plus dur est fait, tu le tiens. » Les mots s'échappent de ses lèvres alors qu'elle a envie de se taire.

– Je vois bien que c'est vous. Mettez vos mains sur la tête !

– Je suis venu te chercher !

– Avancez les mains en l'air.

– Non !

– Comme vous voudrez. Si vous faites un seul geste, je...

Il est désarmé, elle ne risque rien. Elle s'aperçoit que les jambes ne sont pas une bonne cible pour un tireur novice. Et puis l'émotion l'empêche de viser. « Il a raison, tu es dangereuse, ma fille... S'il faut, tu le tireras en plein corps, advienne que pourra ! »

Robert prend son souffle longuement, la bouche ouverte.

– Pas de bêtises, Claudine. J'ai amené Julia pour que tu la conduises en sécurité, à Paris.

– Je ne vous crois pas.

– Mais pourquoi, bon Dieu ? Julia est libre !

– Ne bougez pas. Répondez à mes questions.

Il se raidit. Il a compris qu'elle était décidée, qu'elle

n'aurait pas de pitié. Il a peur. Il lève ses mains ouvertes à hauteur de ses épaules.

– On t'a raconté que j'avais trahi ? Les apparences sont contre moi, mais j'ai fait tout ce que j'ai pu pour Julia.

– Pas de boniment. Répondez. Où est-elle ?

– Julia est chez toi !

Claudine sent les larmes lui monter aux yeux. Un petit cri lui échappe.

– Ce n'est pas vrai. Vous mentez !

– Tu parles comme une gosse.

Elle voit avec terreur le pistolet bouger dans sa main, malgré ses efforts. Il paraît actionné par une force qui lui échappe. Elle va tirer... Non, elle se domine.

– Parlez.

– Julia est à Réverac. Ton père veille sur elle ce soir, cette nuit. Il faut que tu l'emmènes dès demain, par le train, à Paris.

Claudine répète d'une voix mécanique :

– Vous mentez, je ne vous crois pas...

Elle commence pourtant à le croire. Ses mains tremblent, le pistolet oscille. Robert prend peur. Il bondit en arrière, vers la chambre ouverte.

Elle tire. Deux fois. Comme c'est facile. Elle a tiré... Sa tête bourdonne. Elle a à peine entendu les détonations. Un ressort qui claque et qui casse... Une petite fumée à l'odeur acide lui pique le nez. Robert vacille, il grogne, serre son bras droit de l'autre main. Il recule jusqu'à la chambre, se cogne à la porte et trébuche. Elle le poursuit vite, il n'a pas le temps de refermer.

Elle le rejoint. Il s'appuie au mur, devant le lit. La lumière est allumée. Il tient toujours son bras. Le sang coule. Claudine a la tête en feu.

– Je vous en supplie, qu'avez-vous fait de Julia ?

Il laisse échapper un soupir de lassitude ou peut-être de souffrance.

– Mais puisque tu ne me crois pas ? Je te dis qu'elle est chez toi. Chez toi, tu m'entends ? Je savais... Oh, il faudrait tout reprendre au début.

– Pourquoi l'avez-vous enlevée ?

– Elle était en danger. Il y avait des dénonciations, beaucoup, à Réverac et ailleurs. J'ai décidé de l'emmener chez des gens sûrs, en Auvergne. Et je devais aller à Paris...

– Voir vos amis de la Gestapo ?

– Exactement.

– Ils sont contents de vous ?

– J'aurais dû te prévenir, je n'ai pas eu le temps, les Allemands étaient partout. Après, je n'ai pas eu le courage. Et il fallait..., il fallait...

– Qu'est-ce qu'il fallait ?

Robert essaie de bouger son bras blessé et grimace. Elle s'en veut de le croire à moitié et plus encore de compatir à sa souffrance. Il essuie la sueur qui coule sur son front.

– Il y a des choses que je ne peux pas te dire aujourd'hui, Claudine.

– Je comprends. Des choses que vous ne pourrez *jamais* me dire.

– Julia était si heureuse de te revoir, nous avons parlé de toi pendant des heures. Tue-moi si tu veux, mais ne l'abandonne pas !

– Je ne vais pas vous tuer.

Elle se mord la lèvre. Jamais elle n'aurait dû dire ça, il n'aura plus peur.

– Claudine...

– Je veux bien croire que vous avez amené Julia. Mais qui me dit que ce n'est pas un piège ? Qui me dit que vos amis allemands ne m'attendent pas chez mon père ?

Le visage de Robert se crispe, de douleur ou d'exaspération.

– Si *mes amis* allemands avaient voulu t'arrêter, ils auraient pu le faire depuis longtemps, tu ne crois pas ?

– Oui, peut-être. Et le lieutenant Benedykt ?

– Le lieutenant...

– Oui, le lieutenant. Le lieutenant ! Je ne veux pas d'échappatoire. S'il vous plaît, répondez par oui ou par non. L'avez-vous livré à la Gestapo ?

Il la regarde, elle détourne les yeux, il se tait. Le silence broie le temps seconde après seconde. Une douleur aiguë pince le cœur de Claudine. Elle espérait encore au fond d'elle-même un non indigné. Le silence de Robert est un aveu, le pire aveu. « Tu le savais, ma belle, tu le savais bien, qu'il avait livré le lieutenant. Tu voulais un démenti ? Tu croyais au Père Noël ? »

Robert porte sa main valide à son visage, comme pour le masquer.

– Je ne peux pas te dire la vérité.

– La vérité, c'est que vous l'avez livré.

– Oui.

Il ploie lentement sur ses jambes, se laisse glisser à genoux. Elle veut lui crier de se relever, sa voix s'étrangle. Il est blessé, il ne tient plus debout... Et elle sait qu'elle n'aura pas le courage de tirer sur lui une autre fois.

Il lève la tête, leurs regards se croisent pour de bon. Il sourit.

– Claudine, je suis un homme ordinaire et j'ai présumé de mes forces. Je n'ai pas le droit de te dire la vérité, pourtant je n'ai pas le courage de me taire et de te perdre. Non, je sais que je t'ai déjà perdue, mais je ne veux pas que tu gardes de moi le souvenir d'un salaud. Enfin, je ne sais plus... Oui, j'ai livré le lieutenant Benedykt à la Gestapo, sur l'ordre de mes chefs. Sur l'ordre du cher oncle Edward que tu admirais tant ! Le lieutenant Benedykt n'est pas le lieutenant Benedykt. C'est un agent de l'Intelligence Service, nom de code Thadeus, le meilleur de la Pologne libre et un des meilleurs de la Military Intelligence. Les Allemands devaient le prendre ! L'accident de l'avion anglais a été mis au point par oncle Edward et son équipe. C'est Thadeus que nous attendions. Son accident..., son faux accident, son arrivée, son arrestation sont le couronnement de ma putain de carrière !

Claudine lâche avec horreur le ridicule pistolet qui a failli tuer l'homme qu'elle aime et se cache la figure dans les mains. « Pauvre idiote, est-ce que ta mère se promenait aussi au clair de lune en bouffant des pelures d'oignon sèches ? » Elle entend, à travers une musique sautillante et moqueuse, les mots qu'elle a dits elle-même à Virginie, un samedi soir au café : « Oncle Edward trouvera la solution, cet homme est un génie ! »

Il a trouvé.

Robert est étendu sur le lit, torse nu. Claudine, agenouillée à son tour devant lui, improvise un pansement à la blessure de son bras. Elle se mord les lèvres de toutes ses forces, pour avoir très mal et empêcher ses mains de trembler.

Elle a demandé à Robert de se taire, le sang coule plus fort dès qu'il se met à parler. Il secoue la tête sur l'oreiller.

– Je m'en fous. Nous n'avons pas beaucoup de temps, il faut que tu saches... Tu te souviens ? Nous nous demandions comment oncle Edward pourrait utiliser la filière pour introduire un agent chez les Boches, hein ? La solution est la plus belle qu'on puisse imaginer. Dans mes pires moments de détresse, ces derniers jours, je riais tout seul en y pensant. Superbe... Il a sacrifié un appareil, il l'a fait saboter par des spécialistes. Incidemment, il m'a sacrifié au passage : c'est le jeu. L'appareil devait être un modèle ancien pour que l'accident ne soit pas suspect. Ce n'est pas une grosse perte. Toutefois, je me demande comment il a pu convaincre les chefs de la Royal Air Force. Le fait est qu'il a réussi, sans doute avec l'aide de Churchill. Le vieux lion, ha, ha ! Pour intéresser les Allemands, Thadeus devait, tu t'en doutes, débarquer d'une façon originale et apparemment involontaire. Et il devait avoir une sacrée bonne raison d'être en colère contre les Anglais !

Claudine coupe une bande de tissu dans un drap en toile de lin.

– Je sais. Il a essayé la chanson sur moi. « Rien que dire une chose : cercueil volant bien assez bon pour aviateurs polonais. Merci, messieurs les Anglais ! »

– Oui. Et il était prêt à raconter sa vie à la Gestapo. Aristocrate polonais, anticommuniste patenté et maintenant fou de rage contre les Britanniques... Restait la dernière phase de l'opération. Il devait être livré aux Boches par un sale individu, à la traîtrise avérée. J'étais là pour ça, depuis le début, et je m'en doutais.

– Et après, une fois entre les mains des Boches ? Qu'est-ce qu'il a fait ? Il leur a offert de passer de leur côté ?

– Je ne l'ai pas suivi au quartier général du S.D. Mais ce n'était qu'un jeu d'enfant, pour ce professionnel du renseignement, de convaincre l'ennemi de son inclination à changer de camp. Nous ne saurons pas ce qu'il s'est passé avant la fin de la guerre, ou peut-être jamais. Mais il réussira... Qu'est-ce que je dis ? Je suis sûr qu'il a déjà réussi ! Que le S.D. l'a embauché comme double, qu'il est déjà de retour en Angleterre avec sa nouvelle casquette, en train d'abreuver les Allemands des fausses informations fabriquées par les Anglais ! Une flèche de plus pour les fameux *deception plans* de Churchill ! Claudine, c'est formidable. Je voudrais tant que tu partages mon admiration. Les Anglais sont très forts, Claudine, très forts !

– Mais ils t'ont sacrifié.

– Naturellement, il ne faut pas que les Boches aient le moindre soupçon du rôle que j'ai joué. Il faut que je sois l'homme à abattre pour la Résistance française et le S.O.E. !

Robert étouffe un grognement, change une grimace en sourire. Claudine suspend son geste.

– Je te fais mal ?

– Pas du tout. J'adore tes caresses... Quand même, tu ne pourrais pas me les faire plutôt dans le dos ? Au fait, tu as tiré deux balles, j'ai l'impression qu'une seule m'a touché ?

– Je suis très adroite, tu sais. Mes *deux* balles t'ont touché. Une a juste labouré la chair à l'extérieur du bras, un peu au-dessous de l'épaule. L'autre est entrée plus haut que le creux du bras, entre le biceps et je ne sais pas quoi... Je ne suis pas infirmière !

– Tu pleures, ma petite Clo ?

– Je...

Elle s'essuie les yeux et la joue avec la bande qu'elle a taillée.

– Je ne me pardonne pas d'avoir tiré. J'aurais dû pressentir... J'aurais dû savoir. Maintenant, le docteur Palavigne est mort, la Résistance veut te fusiller ! Je vais te mettre un garrot, mais ça suffit pas.

– Pas besoin de garrot, l'artère n'est pas touchée.

– Je me demande... Par moments il y a des petits jets de sang rouge, qui s'arrêtent aussitôt. Je pense que la balle est restée dans la plaie après avoir écorché l'artère. J'ai peur qu'elle la déchire en remontant. Si tu veux, je... Je ne vois qu'une solution. Je vais t'emmener à Réverac, on préviendra la police. On dira que tu as été blessé par les terroristes. Et comme ça, les Boches seront tout à fait sûrs que tu es de leur côté !

Robert respire profondément pendant que Claudine essuie la sueur sur son visage. Il ferme les yeux.

– Oui, ce serait l'idéal. Mais je ne veux pas de ça. Tu serais complice et *tes amis* du maquis te le feraient payer. Et les Boches me tiendraient, sans compter que la Résistance aurait vite fait de me retrouver pour me descendre ! Non, j'ai prévu de disparaître, comme ton oncle de La Borde. Mets-moi ce garrot !

Ils sont maintenant allongés côte à côte sur le lit de Claudine. Robert est calme, il vient d'avaler trois comprimés d'optalidon, il transpire toujours beaucoup mais il souffre moins et ne saigne presque plus. Claudine éponge de temps en temps la sueur sur son front, sur ses tempes et dans son cou.

– J'ai eu peur que les gens du maquis aient entendu les coups de revolver et qu'ils arrivent, dit-elle. Maintenant, je suis un peu rassurée, ils seraient déjà là.

Elle prend sa main gauche dans les siennes.

– Tu ne vas pas partir avec cette blessure. Tu as la fièvre et tu ne peux pas conduire. Ou alors fuyons tous les deux, puisque tu veux disparaître. Je t'aiderai, je te soignerai. Je sais un peu conduire, je prendrai le volant, à la grâce de Dieu !

– Je n'ai plus de voiture, Claudine.

– Nous en trouverons une. Nous la volerons, s'il faut !

– Et la petite Julia ?

– Nous la prendrons avec nous.

– Trop dangereux pour vous deux. Il faut que tu l'emmènes à Paris par le train. J'ai de l'argent, c'est tout ce qu'il me reste dans ma débâcle, je t'en donnerai assez. J'ai aussi une adresse sûre. Tu resteras à Paris, avec Julia, au moins jusqu'à la Libération. Je pense que tu trouveras de l'aide. Ah, tant que j'en suis à lâcher tous les secrets du S.O.E., Lambert est vivant !

– Je le savais. Enfin, je..., j'en avais la certitude dans le cœur.

– Il a réussi à s'échapper de la grange en feu et il a décidé de disparaître, lui aussi. Filbert seul est au courant. Il me l'a dit pour me prouver qu'il me gardait toute sa confiance. Non seulement Filbert ne peut pas me défendre, mais il doit m'accuser de trahison pour la réussite du plan d'oncle Edward. Il a senti ma détresse et il a accepté de me rencontrer secrètement. Quand je suis allé au rendez-vous, j'étais prêt à tout, y compris à recevoir une balle dans la tête. Mon exécution par la Résistance serait la meilleure garantie de réussite pour Thadeus Benedykt. Mais je n'ai pas trop envie de mourir... un peu parce que j'aime ma garce de vie et que j'ai toujours envie de connaître la suite. Et puis beaucoup à cause de toi... Filbert a pris un risque grave en me rencontrant, et moi je commets une faute terrible en te racontant tout maintenant. Nous sommes des Frenchies, de vils mangeurs de grenouilles !

Robert s'est assoupi un moment. Il a la respiration sifflante et le front brûlant. Le sang coule encore de sa blessure et trempe la chemise propre, un peu étroite, qu'elle a trouvée pour lui dans un tas de vêtements du Secours national oublié à la buanderie. Elle lâche doucement sa main, balance les jambes pour se lever. « Qu'est ce que tu vas faire de tout ce linge taché ? Il ne faut pas que Thomas et le commandant découvrent les traces du passage de Robert. Les draps aussi... Tu ne peux pas les brûler, tu n'auras pas le temps ni le courage de les laver. Tu ne peux pas les emporter dans les sacoches de ta bicyclette... » Robert s'éveille, la retient par le poignet.

– Reste près de moi.

Elle obéit, s'allonge sur le bord du lit. Il se met à rire.

– Le rouge et le noir. Non, le noir et le rouge : un beau titre pour notre aventure, Claudine ! Quand je venais te voir dans ton lit, les autres fois, je te laissais des taches de charbon. Tu sais, je le faisais exprès, ça m'amusait beaucoup. Cette fois, je vais te laisser des mares de sang, ça ne m'amuse pas du tout, et je ne l'ai pas fait exprès !

Il retombe dans la torpeur d'un demi-sommeil. Claudine serre les dents et plante les ongles dans sa paume pour s'empêcher de pleurer. « Tout ce que tu sais faire, c'est chialer, pauvre bécasse ! Tu as voulu te mêler des affaires des grandes personnes et tu vois le résultat ? Une catastrophe définitive. Si Julia n'avait pas tant besoin de toi, tu n'aurais qu'à te tirer une balle dans la tête ! »

Le désir d'oublier une réalité insupportable est si fort qu'elle sommeille un moment dans les bras de Robert. À demi consciente, elle se voit courir en chemise à travers un champ de choux. « Pourquoi un champ de choux ? Parce que c'est là qu'on trouve les bébés ou parce que tu as envie d'une bonne soupe ? Les deux, peut-être. Tu n'as pas dîné, ma vieille, et d'une. Les bébés, comme Julia te l'a si bien dit, on les a en dormant avec un monsieur (quand on est une dame). Si Robert n'était pas blessé et s'il se réveillait cinq minutes... » Elle s'enfuit en serrant sous sa chemise un énorme légume gelé qui lui glace le ventre. Une part d'elle-même, plus qu'à moitié éveillée, lui crie dans son sommeil : « Tu es vraiment folle, ma pauvre fille, de rêver des trucs pareils ! » Puis Robert Neuville la poursuit avec son gazogène fumant. Elle court, elle court. Le chou pommé fait une grosse bosse sous sa chemise. « Seigneur, il va croire que tu es enceinte ! » Elle se réfugie au fond de son lit, Robert est là, mais elle a réussi à se débarrasser du chou.

Robert se tourne vers elle en s'appuyant sur un coude. Il l'enveloppe de son bras valide et cherche le chou sous sa chemise. Elle se retient de pouffer. Elle a jeté le légume. Elle voudrait lui dire : « Je l'ai jeté, pas la peine de le chercher ! » Elle dort un peu trop, les mots s'éteignent sur ses lèvres. Et puis elle n'est pas en chemise, elle le regrette bien, elle a sa robe, sa combinaison dessous, pas de bas, juste une culotte. Pauvre Robert, il n'a qu'une main, il ne peut pas te déshabiller pour trouver le chou !

Elle change de rêve.

Elle peut voler, elle va voler. Elle sait qu'elle rêve, et en même temps tout est vrai. Le bonheur, c'est de savoir que le rêve est réel, qu'elle peut s'envoler quand elle veut. Elle se prépare, les bras écartés, dressée comme une danseuse qui fait les pointes. « Laisse-toi aller, tu sais bien que tu peux, c'est si facile. » Et il y a en elle un vide d'impatience, de joie, de désir. Elle se sent dériver, s'élever. Elle a découvert ce prodige à la pension, aidée par Virginie. Toujours, durant ses rêves de vol, il se passait dans son corps des choses mystérieuses, délicieuses, interdites. Elle n'a jamais très bien su quel phénomène était la cause de l'autre...

Tout à coup l'impatience devient volupté. « Tu n'es plus chez les bonnes sœurs, Clo, tu as le droit... » Elle vole. Elle plane un moment à l'aplomb d'une ville. Elle aperçoit au-dessous d'elle une sorte de palais grec avec péristyles, corniches, fronton, dominant la mer bleue. Tiens, c'est donc ça, le paradis, elle l'imaginait moins bâti... Elle se met à décrire des cercles autour de l'édifice, exquisément portée par l'air tiède. Elle se sent la reine du monde. J'y vais-t-y ? J'y vais-t-y pas ? Et puis une seconde d'inattention, elle est en bas, elle marche entre les colonnes. Elle est vêtue d'une longue tunique blanche, toute droite, qui tombe sur ses pieds nus. Un peu plus loin, un étalon noir batifole sans pudeur avec une jument châtain. « Tiens, ma bonne, en voilà deux qui sont en train de faire le poulain de la Résistance ! »

Sa mise l'inquiète, elle a l'impression d'être toute nue sous cette espèce de tunique. Les femmes grecques n'avaient pas de combinaison. Portaient-elles même une culotte ? Non, la culotte est une invention de la Renaissance, avec la boussole et le jeu de dames. Un homme vient à sa rencontre, un inconnu, au visage grec, comme le décor, et très beau... Il est vêtu d'un pagne, et ses poignets sont liés. Un esclave ! Elle se souvient, à la pension, pour dire d'un homme qu'il était nu ou presque, les filles disaient : vêtu comme un esclave grec. Il porte une chaîne avec une croix autour du cou : c'est même un esclave chrétien.

Il tend les mains à Claudine, qui tranche ses liens d'un coup de ciseaux. Mais elle le blesse gravement et le sang coule...

– Mon Dieu, que de sang !

– Il n'y a pas que le mien, dit Robert. C'est le tien, aussi. Je n'ai jamais vu...

Claudine éclate de rire.

– Tu n'as jamais vu une vierge aussi saignante ? Je sais pourquoi j'ai eu ça. Comme nous ne pouvons pas vivre ensemble, j'ai eu envie de mourir avec toi et j'ai lâché tout mon sang.

– Pas tout, heureusement.

– L'hémorragie est presque arrêtée, je crois.

– La mienne aussi.

À la lueur de la bougie qui éclaire la chambre, elle le voit debout devant le lit, *vêtu comme un esclave grec* et même un peu moins. Elle le rejoint, elle n'a pas grand-chose sur le dos non plus. Il la serre contre lui de son bras valide, il porte à ses lèvres un doigt taché de son sang à elle. Elle refait le même geste avec le sang qui suinte de son pansement. Il enfouit le visage dans ses cheveux. Elle promène la paume sur sa barbe courte et rêche.

– Je n'ai jamais été aussi heureuse et malheureuse en même temps !

– Moi, en ce moment, je suis heureux. Seulement heureux.

Ils s'enlacent, se détachent.

– Je vais nettoyer ce sang pour que les gens du maquis ne le voient pas, dit Claudine. Tu vas te reposer une heure et tu partiras... puisqu'il le faut.

Robert respire avec effort, secoue la tête.

– Non. Si je me repose une heure, je n'aurai plus la force de me lever pour partir. Et, maintenant, toutes les minutes comptent. Dans la penderie de ma chambre, au fond, il y a une valise avec des vêtements de rechange. Va la chercher s'il te plaît, et tu m'aideras à m'habiller. J'ai aussi besoin de ton arme. Ils ne m'auront pas, ni les uns ni les autres. La protection des Boches, je la refuse. Et les soupçons de la Résistance me crèvent le cœur !

Il esquisse le geste d'appuyer deux doigts sur sa tempe.

– Si je suis pris...

– Robert, je veux te retrouver après la guerre. J'ai besoin de toi.

– Non, oublie-moi. C'est un ordre, une mission. La mission Oubli… Tu seras seule pour l'accomplir, jusqu'au bout. Bonne chance, Claudine.

Il la regarde dans les yeux en silence.

– Maintenant, vite, je t'en prie.

Robert est parti. Elle compte les minutes. Dix, onze… Elle frissonne dans les vêtements glacés qu'elle a enfilés à la hâte, mais elle a les yeux secs. Elle est une femme, depuis ce soir. Une femme ne pleure pas.

Elle a jeté le paquet de linge taché dans un coin humide de la cave. Il y pourrira, personne n'ira jamais le chercher là. Robert est parti depuis un quart d'heure, le pistolet dans la poche, une musette de paysan pour bagage. Elle entend encore ses derniers mots. « Si je meurs, Filbert fera courir le bruit que j'ai été exécuté par la Résistance. Mais toi, tu sauras la vérité. Et après la guerre, longtemps après, tu pourras parler… »

Elle l'a accompagné avec une lampe à la sortie au bout de la cave. Il s'est retourné en arrivant à la porte. « Et ma dernière pensée d'espérance, un millième de seconde avant la nuit, sera pour toi ! »

Elle guette. Les hommes du commandant font une ronde de temps en temps, du moins ils le disent. Ce serait une malchance extraordinaire s'il tombait sur eux. Mais après ? Il lui faudra fuir des jours et des jours, avec une balle dans le bras, quitter le département, la région, échapper à tous ses ennemis, au monde entier.

Vingt minutes. Il est passé. Il marche au bord d'un chemin, à l'abri d'une haie, n'importe où, sous le pâle croissant de lune du premier quartier… Tiens, c'est dimanche, aujourd'hui. Dimanche 4 juin 1944. Espérons qu'ils vont débarquer bientôt.

45.

Journal de Claudine.

Paris, le 6 juin 1944.
Ils ont débarqué ce matin en Normandie.

46.

Julia de Retz, Réverac (Dordogne)
à Virginie Peasley de Fongalop, Tucson (Arizona, U.S.A.).
Le 11 juin 1951

Virginie chérie,

Tu permets que je t'appelle Virginie chérie, même si on ne s'est pas vues depuis sept ans ? Même si tu ne me pardonnes pas d'avoir suivi comme un gentil toutou Robert Neuville venu m'enlever un jour de mai 1944 ? Bon, c'est de l'Histoire, maintenant, et puis c'était notre destinée à toutes les deux, vive l'Amérique.

C'est un crève-cœur pour moi de voir que Claudine n'a jamais répondu à tes lettres, mais il faut que tu la comprennes, elle est malheureuse, elle a un peu honte de sa vie. J'avais donc décidé de t'écrire quand j'aurais seize ans, et si je n'ai pas attendu, à trois mois près, l'échéance, j'ai mes raisons. Un, je suis toujours en avance sur mon âge, et si je considère la marmaille femelle et mâle qui m'entoure, à Bergerac ou ici, j'ai déjà seize ans, j'ai dix-huit ans, j'ai peut-être cent ans ! Secundo, j'ai mis la main sur le journal de Claudine, et je viens de le lire de bout en bout. Ce n'est pas très délicat ? Oh, mais je ne suis pas du tout délicate. On l'a pas été avec moi quand j'étais gosse, j'ai pas besoin de l'être avec les gens, maintenant. D'abord, c'est pas dans ma nature, tu me connais. Je n'ai pas changé. Je vole toujours, je chaparde, je chipe, je chope, je barbote, je carotte, je chauffe, and so on. *C'est même pas que ça m'amuse vraiment, j'estime que c'est mon devoir, comme d'entretenir mon corps en bonne santé et de me garder l'esprit vif ! Donc, tes lettres, je les ai toujours lues au fur et à mesure, même la première qui est arrivée l'été 45, un peu après la victoire, j'avais pas dix ans. Tu parlais d'amour, et des charmes de ton G.I. et j'ai pas tout compris, loin de là (Claudine non plus). Pauvre Claudine, c'était pas un sujet qui l'enflammait, vu les circonstances. Bref.*

Je t'écris tant que j'ai en tête le récit de Clo, c'est plus facile. J'ai fait un petit résumé des événements de mai-juin 44, que je te joins. Autre raison de ma précipitation : le comte Jean nous a juste raconté qu'il était allé vous voir à Tucson (Arizona) au cours d'un voyage d'affaires aux U.S.A., il y a presque deux ans, ça m'a donné l'envie de te causer, à défaut de t'aller visiter... Mais c'est pas tout, mais c'est pas tout. De grands changements se préparent dans notre vie, du moins j'en ai l'intuition, et je sais pas où nous serons dans trois mois, dans six mois. Je le lâche tout de suite, au risque de casser mes effets ? Oui ? Il *est revenu,* il *est en France, et même pas loin d'ici ! Et on m'ôtera pas de l'idée qu'*il *est venu* la *chercher !*

Bon, tu veux des nouvelles de la famille ? C'est par là qu'une jeune fille sérieuse aurait dû commencer sa lettre. Moi d'abord ? Pourquoi pas moi ? Je marche sur mes seize ans, je suis en seconde à Bergerac, on peut pas dire que je sois fantastiquement en avance du côté scolaire. Que veux-tu, tout ça me barbe un peu, même le français, je lis que des « séries noires ». Si, en anglais, j'essaie d'être bonne. Comme y a plus de G.I. à alpaguer par ici, faut aller les chercher en Amérique et bien connaître la langue ! Avec ça, j'ai assez de copains et de copines pour me cacher derrière quand je veux faire un mauvais coup, mais pas d'ami de cœur, de sweet heart. *Les bourgeois me dégoûtent, je les aguiche pour leur faire les poches, c'est tout. Comme tu vois, j'ai gardé pour l'état civil mon pseudo de la Résistance, ça se fait beaucoup. Paraît que c'était le plus simple, avec les papiers que j'avais. Claudine et Thomas n'ont pas pu m'adopter, à mon avis, ils n'ont pas beaucoup insisté. Au fond Claudine n'y tenait pas : s'ils l'avaient fait, j'aurais porté le nom de Thomas, Ruffel, et cette idée l'embêtait. Le comte Jean t'a dit comment ils s'étaient mariés ? C'est d'un romanesque ! J'y reviendrai, car je soupçonne le comte Jean de t'avoir caché certains détails. Tu demandes à quoi se destine dans la vie ta petite Julia, qui sait maintenant que les enfants se font au lit (pas forcément, d'ailleurs...) mais pas en dormant ? Eh bien, justement, j'en aurai quatre et je voudrais bien qu'ils soient américains.*

Je compte sur toi pour me dire comment s'y prendre ! Au point de vue métier, c'est décidé, je serai gentlewoman *cambrioleuse, ou dans les affaires, c'est pareil, non ?*

Notre chère Clo ? Elle s'occupe de sa maman et de son précieux David qui a six ans et demi, qui est très mignon, très attachant, et même un peu plus. On l'adore tous, notre petit poulain de la Résistance. Moi, je suis folle de ce gosse, sans parler de nos histoires de pères mystères qui nous rapprochent. Claudine travaille aussi, à mi-temps, chez le notaire, maître Prat, qui a racheté la charge Grassac-Chamarand, mais s'est installé au centre de Réverac, ainsi nous avons gardé toute la maison. J'oubliais : elle continue son roman. Au rythme de quatre ou cinq pages par an, il sera peut-être fini vers l'an 2000. Ça sera Le Bal des maudits *du XXI*[e] *siècle ! Thomas est professeur de français au cours complémentaire. Avec les sous des vieux, qu'Hortense et Élisabeth se sont partagés, le flouze ne manque pas dans la famille, et puis moi, je m'en fous, j'ai mes ressources personnelles, qui sont infinies. Bon, Clo n'est pas obligée de travailler, mais si elle abandonnait son petit job elle n'existerait tout simplement plus. Je reconnais qu'elle a été une très bonne mère pour moi pendant cinq ans à peu près, tant que j'avais besoin d'elle, jusqu'à treize ou quatorze ans, mettons, et maintenant que je suis grande elle me laisse tout à fait la bride sur le cou. Ça me va. C'est une chouette petite bonne femme, à sa façon, dommage qu'elle ait pas eu de chance dans la vie. Mais, patience, la chance tourne.*

Thomas, je l'aime bien, je l'aime pas tout, je le supporte, enfin ça dépend des moments. Il s'occupe pas de mon travail scolaire, et ça c'est bien, je lui pardonne tout le reste. Il aime Claudine comme une bête, on en rigole avec les copines, on a même inventé un jeu : que ferait Thomas si Claudine le lui demandait ? Il ramasserait des betteraves avec les dents, il grimperait après un cerf-volant, il chanterait La Marseillaise *en dansant, il pomperait l'eau de l'étang, etc. Une seule règle : il faut que ça finisse par le son « an », Dieu sait pourquoi. Tu devines qu'il y a des filles pour trouver des trucs un peu plus polissons que des histoires de betteraves et de cerfs-volants, et même carrément osés. Ce qui m'amène à la grande question, qu'on se pose toutes : vu qu'ils ont pas d'enfants, à part le petit poulain et moi, qui sommes pas de Thomas, grâce à Dieu, est-ce qu'ils couchent ensemble pour de bon ? Tout le monde sait qu'ils ont des lits jumeaux, mais ça prouve rien dans un sens ni dans l'autre. Je les ai beaucoup guettés quand j'étais plus jeune, maintenant je me fous pas mal de ces bêtises. Ils couchent ensemble, et pas seulement au lit, à la bibliothèque, dans les prés, les bois, et même, une fois, dans la traction avant de Thomas. Il l'a mérité, Thomas, fallait bien un père au petit David, et comme le clerc s'était pendu ! Mais ils n'ont pas d'enfant parce qu'ils prennent des précautions. Mes camarades voudraient bien savoir quel genre de précautions, mais je garde le secret.*

Je passe en vitesse sur la santé et les mœurs des autres. Hortense a très bien pris son veuvage, on dirait qu'elle l'attendait depuis toujours. Elle est très mondaine, elle passe la moitié de son temps au château de Ferjac pour tenir compagnie à sa sœur, Élisabeth. Je ne sais pas s'il te l'a dit, le « comte Jean » est séparé de sa femme, il la voit un jour ou deux par semaine, on ne divorce pas dans la noblesse, hein ? Élisabeth se console en s'occupant des gosses et de la propriété avec l'aide d'Hortense. Elles réussissent très bien dans l'agriculture. Le comte Jean vit avec Lydia qui a divorcé, elle, de son cher prisonnier. Ils ont deux gosses – je veux dire Lydia et Jean – dont un qui serait plus ou moins de l'ex-mari, ce qui donne une vie de famille assez compliquée, à l'américaine, quoi ! Lydia ne s'est jamais remise des misères que lui ont infligées les miliciens en mai 1944. Et même, je te le confie sous le sceau du secret, ils lui ont demandé de faire des choses volontairement pour avoir la vie sauve, et elle ne se pardonne pas d'avoir marché. Une chance qu'ils aient tenu parole, ça prouve qu'ils étaient bons chrétiens.

Annette est mariée à un garagiste de Sarlat, encore un, quelle engeance ! Elle a déjà deux jolis loupiots, et dame Hortense est trois fois grand-mère, malgré les vents contraires. Maxime est toujours dans les affaires, à Paris, il regrette le temps béni du marché noir et raconte ses campagnes d'Afrique et d'Italie sans toujours se rappeler qu'il les a inventées pour les besoins de la cause. Il vient nous voir chaque fois qu'il a une nouvelle maîtresse à nous présenter. On appréciait beaucoup ses visites à l'époque des restrictions, c'est-à-dire grosso modo jusqu'en 1949, parce qu'il ne venait jamais les mains vides. Maintenant, il commence à nous bassiner. Ingratitude humaine.

Je te raconte dans le résumé ci-joint comment Robert Neuville est venu me prendre chez tes parents. Les Boches étaient à mes trousses. Ils voulaient me mettre dans un orphelinat pour les enfants de sang germanique, dont les pères s'étaient oubliés dans le lit des femmes « occupées ». Enfin, c'est ce que croit Claudine. Thomas pense qu'ils me prenaient pour une enfant juive, à cause des dénonciations : ils me voulaient pour m'emmener dans un camp de Juifs où je serais sans doute morte. Même Thomas, qui est très jaloux de Robert, reconnaît qu'il m'a sauvée en m'emmenant. Moi, je m'étais fait un tel cinéma avec la fameuse phrase, tu te souviens, Les chevaux ont chassé les loups, *que j'aurais été obligée de suivre un chien coiffé s'il me l'avait jetée en aboyant ! Robert m'a emmenée au fin fond de l'Auvergne, chez des amis paysans bien plus sauvages que les Treguennec. Le peu de jours que je suis restée dans cette ferme, ces braves gens n'ont guère eu le temps de s'apercevoir que j'étais pas une esclave noire ! Robert m'a laissée là pour aller à Paris voir ses copains de la Gestapo, puisque c'était un agent double. Lambert a dû t'expliquer tout ça en long et en large, je crois qu'il est assez pro-Robert. Claudine jure qu'il a toujours été fidèle à l'oncle Edward, aux Anglais, quoi. Y a même un type comme ça qui a été acquitté à Paris, Baudricourt ou quelque chose de ce genre, tu vois. Thomas est anti-Robert à fond, il ne croit même pas à l'oncle Edward, malgré tout ce que Pagery a raconté à Claudine quand elle est allée le voir au* Monde. *Mais n'anticipons pas. Moi, au fin fond de la Corrèze, je me faisais un sang d'encre, je me voyais déjà coincée jusqu'à vingt et un ans chez ces paysans en retard d'un siècle sur la civilisation. Enfin, Robert est revenu, il m'a embarquée dans son gazogène et ramenée en Dordogne. C'était drôlement dangereux, on a dû abandonner la camionnette en route. (Tu verras tous les détails dans le résumé.) Il m'a laissée à Réverac, chez le notaire, et il est allé rejoindre Claudine à Monlévrier.*

J'ai essayé de retrouver l'histoire de cette nuit, celle du 3 au 4 juin 1944, en lisant en cachette le journal de Claudine, en écoutant aux portes, etc., et même en posant d'innocentes questions. En gros, j'ai réussi, mais il reste des trous dans mon topo. Et je n'arrive toujours pas à comprendre comment ces deux-là, après s'être tiré dessus, puis réconciliés, ont trouvé la force, le culot de dormir ensemble pour nous faire aussi sec le petit David. Tu me diras que le poulain n'était pas prévu au programme, c'est seulement qu'ils n'ont pas pris de précaution. Faut les excuser, Robert n'avait qu'un bras valide, la chipie lui avait bousillé l'autre, et Claudine n'était pas très au fait des choses de la vie. Elle se croyait bien tranquille, vu que le sang aurait dû tout emporter, alors la surprise. Il suffit d'un coup pour voir le loup et même pour le tuer, mais nos deux lurons ont battu tous les records. Et pendant que ces hauts faits se déroulaient au manoir de Ventemont, je racontais des histoires au papa notaire pour passer le temps. Il m'écoutait bouche bée, le brave homme, j'ai jamais eu un auditeur aussi attentif, et j'ai bien regretté que des salauds le zigouillent.

Eh oui, j'en viens au crime, déguisé en exécution. Ils étaient trois, d'un maquis des environs, qui l'ont descendu dans son étude, un soir, fin juillet, juste après la Libération. C'est comme ça que Claudine a retrouvé Thomas. Il était à l'enterrement et y a eu une scène terrible qu'elle mettra sans doute dans son roman. Moi, j'y étais pas, on m'avait laissée à Paris bien au chaud, mais je l'ai entendu raconter trente-six fois, de toutes les façons. Claudine a traité Thomas d'assassin en plein cimetière, il est tombé à genoux devant la tombe ouverte, il a juré qu'il n'y était pour rien mais qu'il démasquerait les tueurs et qu'il vengerait le papa de sa chérie. Il a tenu parole, au moins en partie. C'étaient deux types du maquis Bayard, conduits par un nommé Éloi Cloud, un vieil ennemi des Chamarand. Ce type s'était distingué une fois, pendant l'hiver 1944, en tuant son cheval sous les fenêtres de la maison du notaire, et sous les yeux de Claudine. Thomas n'a jamais pu mettre la main sur les types du maquis, mais il a coincé Cloud, lui a fait signer ses aveux et lui a tranché la gorge. Oui, ma vieille, ce bon Thomas. C'était une époque très romanesque. Il a ensuite trempé la carte d'identité du zigue dans son sang et il l'a portée à Claudine, avec les aveux, fin août, à Paris. Après une telle preuve d'amour, notre Clo ne pouvait refuser sa main au preux chevalier, d'autant qu'elle était enceinte de presque trois mois et qu'il fallait trouver d'urgence un père pour le petit poulain qui arrivait au grand galop.

Voilà, ils se sont mariés et n'ont pas eu d'enfants. Peut-être que David et moi on leur suffit. Peut-être que Claudine a d'autres projets... La pauvre a eu bien du mal à vivre la période de fin 44 à début 46. Elle n'a pas notre forte nature. Moi, j'étais encore trop gamine pour l'aider. Elle pensait tout le temps à son garagiste, elle voulait savoir ce qu'il était devenu. En 1945, elle a écrit à Pagery puis elle est allée le voir à Paris. Il a pris du galon, Pagery. Prof à Bergerac avant la guerre, il est devenu rédacteur politique dans un nouveau journal, très important, Le Monde, *tu as dû en entendre parler au fond de l'Arizona. Il fait des recherches et il écrit des articles sur les secrets de la guerre, l'espionnage, les agents doubles, des choses de ce genre. Selon lui, Robert a bien obéi à ses chefs de Londres, oncle Edward et Cie, mais la vérité ne sera pas publiée avant trente ans. Ça fait long, et en attendant Robert est toujours considéré en France comme un traître. Clo a supplié Pagery de s'informer à son sujet. Il a promis et, à quelque temps de là, il l'a appelée au téléphone pour lui dire que, de source sûre, Robert était vivant et qu'il travaillait pour les services secrets israéliens.*

Claudine a été bien consolée. Un peu plus tard, vers la fin de l'année 45, je crois, elle a reçu une carte de Londres, signée « Cousin André ». Bien sûr, je l'ai lue et recopiée. « Je viens essuyer larmes jeune fille qui rit et pleure en même temps. Finalement, on a gagné le guerre sans plumes du dindon, mais pauvre, pauvre Pologne ! Bonne chance pour la vie. Cousin André. » Puis un post-scriptum : « Pardon pour d'avoir gâté anniversaire jeune fille patriote. Affaire jouée selon plan prévu, chacun son rôle. » Tu as deviné ? Le lieutenant polonais ! Sa carte, avec des phrases en code, blanchissait pour de bon Robert Neuville.

Un événement assez mystérieux se situe début 1946, mais Claudine n'en a rien dit dans sa journal. Il y a eu deux ou trois lettres qu'elle a lues et relues en cachette, des appels téléphoniques pas ordinaires, une engueulade avec le cher Thomas. Un peu plus tard, j'ai surpris une discussion qu'elle a eue avec Maxime, de passage en bonne compagnie. « Fais comme moi, vis ta vie et t'occupe pas du qu'en-dira-t-on ! » il lui disait. Elle a répondu que sa vie c'était Thomas et les enfants. Il a rigolé, ha, ha, ha, faut l'entendre rire, ce type, puis il a trouvé comme argument que David était le fils de Robert et qu'il avait droit à son vrai père. Un problème qui se pose pas pour moi ! Bref, tu connais notre Clo, loyale comme un œuf dur (les œufs coque sont toujours trop cuits ou pas assez !). Elle mourait d'envie de s'en aller filer le parfait amour avec son héros, huit jours ou toute la vie. Mais elle avait épousé juste dix-huit mois plus tôt Thomas, l'homme qui a vengé son père (elle garde toujours la carte d'identité d'Éloi Cloud tachée de sang...). Je la voyais en train de se triturer le cas de conscience jour et nuit, elle rêvait debout, maigrissait, pâlissait, elle devenait drôlement plus belle. Elle regardait le môme d'un drôle d'air, pas facile de se le mettre sous le bras pour jouer des flûtes. Et puis moi : que faire de cette gamine, Seigneur Jésus, une peste en sus ? Bref, elle est restée. Elle nous a fait du vague à l'âme pendant dix-huit mois de plus, Robert est reparti au diable avec sa chandelle en berne.

Je ne sais pas si Lambert t'a raconté comment il s'est échappé le jour des Boches ? Il en est pas très fier, vu que ses camarades y ont laissé la peau, et même qu'ils ont cramé moitié morts, moitié vifs dans la grange en feu. Il a tout avoué à Hortense des années plus tard. En essayant de trouver un coin à l'abri des flammes, il est tombé dans un vieux puits mal obturé. Il s'est dit : « Tant pis, vaut mieux être noyé que grillé ! » Il était tombé de quatre ou cinq mètres. Dans le puits, il y avait un madrier du toit qui trempait dans l'eau croupie. Il s'y est accroché. Des débris en feu lui dégringolaient de temps en temps sur la tête. Il s'enfonçait dans la flotte et buvait la tasse. Il est resté dans cette fâcheuse position environ trente-six heures. À ce moment, c'était la deuxième nuit, les ruines avaient refroidi et y avait plus personne aux alentours. Il a réussi à remonter en s'y reprenant plus de dix fois. Après, je ne sais pas comment il a fait pour trouver des vêtements secs et quitter la région sans se faire voir, il s'est débrouillé. Il est comme toi, ma Virginie, de l'espèce de ceux qui s'en sortent toujours. Et j'ajouterai que j'en suis aussi !

Voilà l'essentiel. Pour la situation en France, je vais te faire un paquet avec quelques numéros de ce journal sans photos, Le Monde, *ça t'obligera à lire des petits caractères et ça te fera le plus grand bien.*

Je m'aperçois que je t'ai guère parlé de ma famille ou de ce qu'il en reste pas. Ben, c'est point gai. Mon Chat Murr de papa est parti sur le front russe fin mai 1944. Avant, il a envoyé une carte à Claudine, mais elle est arrivée à Réverac en juin, on était à Paris, et Claudine l'a retrouvée dans des tas de papiers six mois plus tard. Il y avait un numéro de téléphone, c'était celui d'un homme d'affaires qui devait nous remettre les économies de mon père, mais ce sale type a foutu le camp avec. Y a qu'une brave concierge qui a gardé un sac de pièces d'or et les a données à Claudine, ça fera ma dot (est-ce que ce truc-là existe aussi en Amérique ?). Moi, je me fous de l'argent, je te l'ai dit, si j'en ai besoin, j'en prends où y en a ! Mais c'est pour dire comment sont les gens, en France... Je pense que les Américains sont pas aussi crapules. Mon pauvre papa a été tué en Russie à la fin de juillet 1944. En septembre, des faux maquis ont attrapé ma mère qu'ils ont accusée d'avoir été la maîtresse d'un Boche, ils l'ont gardée enfermée dans une étable je sais pas combien de jours, puis ils l'ont fait mourir. *Ouais, j'en sais pas plus, Pagery l'a raconté à Claudine, elle a pas voulu me le dire, mais elle l'a marqué dans son journal, cette idiote, et c'est comme ça que je sais tout. Et puis aussi parce que j'ai entendu un jour Thomas, qui parlait d'aller en Bretagne « faire justice ». Claudine l'a engueulé comme du poisson pourri. « Une fois, ça suffit, je voudrais pas que tu te prennes pour le comte de Monte-Cristo ! » Bref, je suis orpheline pour de bon.*

Dis donc, ça commence à être long comme lettre ! C'est ma troisième soirée que j'y passe. Faut que je finisse. J'ai donc gardé le meilleur pour la bonne bouche. Oh, j'ai un peu vendu la mèche au début, j'ai pas pu m'en empêcher. Il est revenu. Ça va faire quinze jours qu'il nous tourne autour. Moi, je l'ai vu à Bergerac, il m'a abordée quand j'attendais le car. « Tu me reconnais, Julia ? » J'ai répondu du tac au tac : « Vous avez pas mal vieilli, les cheveux blancs et tout. Vous avez plus l'air d'un cheval que d'un loup, mais enfin c'est vous ! » C'était un mensonge, un putain de mensonge ! Ce salaud n'a pas du tout changé, je l'aurais reconnu dans une rue de Paris si on s'était croisés, faut dire que j'ai une mémoire d'éléphant ! Tu croirais jamais qu'il a presque cinquante ans, il y a plein de types de cet âge à peu près qui me regardent et même qui me courent après, alors j'ai l'œil. Oui, c'est bien beau, mais ses cinquante piges ou presque, il les a quand même sur le dos et ailleurs. Et la mignonne se dit qu'il lui reste pas beaucoup de temps si elle veut cueillir avec lui les roses de la vie, parce que bientôt y aura plus de roses et même plus d'épines ! C'est pas une sinécure, je te jure, de l'entendre penser.

Après tout, elle a tiré sept ans avec Thomas, il a eu le blanc du poulet, et Robert a des droits sur l'aile et la cuisse, s' pas ? Merde, je viens de la voir y a un quart d'heure. Elle avait sa tête d'œuf dur. J'ai vraiment peur qu'elle ait pris la mauvaise décision. Ou elle reste ou elle part sans moi. Dans les deux cas, je suis condamnée à Réverac pour cinq ans de plus.

Enfin, je te tiendrai au courant. À bientôt, en France ou en Amérique. Je vous embrasse très fort, toi, ton James et vos trois mouflets.

Ta Julia qui t'aime.

47.

Claudine s'arrête au milieu du chemin et se retourne.

– C'est ici, exactement, que Marie-Thérèse de Grandval a été arrêtée.

– Ça n'aurait jamais dû arriver, dit Robert. Elle aurait dû être loin.

– Aucun n'est revenu. Aucun de ceux qui ont été arrêtés à Réverac ou dans le canton le 7 mai 1944 n'est rentré d'Allemagne... Tu veux la liste ? Outre Marie-Thérèse et sa bonne, le pharmacien Girod-Lemas, les trois Poudens, l'adjoint de l'école des garçons, le lieutenant Stan...

Robert lui prend le bras.

– Tais-toi.

Elle se dégage en douceur.

– Je ne t'accuse pas. On a trouvé les lettres de dénonciation au départ des Allemands, plus d'une quarantaine pour le canton. Le père Sous-Marin, le bistrotier, en a envoyé quatre, dont une sous son nom et les autres signées de pseudonymes transparents. Tous ceux qui ont été arrêtés y figuraient, plus quelques autres, que les Allemands ont oubliés ou n'ont pas trouvés. Nous, par exemple, les Chamarand au complet. Et ma grand-mère, oui, ma grand-mère qui ne sait pour ainsi dire pas écrire, avait envoyé à la Milice ou je ne sais où des lettres du genre : « Meussieur le Chef, y a dé golistes é dé téroristes à Réverac. Je lé conné, vené me voir, je vou diré tout ! » Mais comme ça ne marchait pas, elle a écrit une vraie lettre, avec l'aide de quelqu'un, pour nous dénoncer, mon père et moi. Sans tes amis de la Gestapo, nous aurions sans doute été arrêtés aussi. Je te dois donc la vie !

Ils marchent d'un pas contraint dans le petit chemin, derrière la pension des Glycines, devenue l'hôtel-restaurant de même nom, que tient la belle-sœur de Marie-Thérèse de Grandval. Robert relève soudain son chapeau sur son front, un geste moins ample qu'autrefois, sans passion, sans gaieté.

– David ?

– Non, ce n'est pas possible.

– Je voudrais juste le voir de loin.

– Il n'est pas ici.

– Je peux rester quelques jours.

– C'est trop dangereux pour toi.

– Je ne suis pas vraiment recherché. Je travaille pour Israël, comme tu le sais sans doute.

– Pagery me l'a dit.

– Nous nous sommes rencontrés. C'est un type bien. Je rends service aux Français, à l'occasion. J'ai des amis à Paris...

– Mais pas à Réverac.

– C'est vrai.

– Alors, il faut que tu partes.

– David est au château de Ferjac, n'est-ce pas ? Chez les La Borde ? Avec ta mère et ta tante ?

– Je ne veux pas que tu y ailles. Tu n'as pas le droit.

– Tu es sévère avec moi. Ça prouve...

– Qu'est-ce que ça prouve ?

– Que tu m'aimes encore un peu.

– Pars tout de suite.

– Tu sais que ta robe me plaît ?

Claudine voudrait s'enfuir, mais elle reste paralysée par une sensation de fièvre et de faiblesse. Robert effleure son épaule de la main. Elle gobe une grande goulée d'air, un frisson dévale dans son dos, de sa nuque à ses chevilles. Sa robe ? Ce n'est pas une robe, mais une jupe de serge grise à bon marché, avec un vieux cardigan trop bien assorti par-dessus. Elle a décousu en hâte l'ourlet de la jupe, devenue un peu courte pour la mode. Dans la demi-obscurité du crépuscule pluvieux, on peut s'y tromper. Et, pourtant, ça ne ressemble pas à Robert, cette erreur. L'émotion... ou bien il l'a fait exprès !

À ce moment, un rayon de soleil filtre sous les nuages. Il sourit.

– Pardon, ce n'est pas une robe. Tu vois comme je suis chamboulé. Mais je me fiche de tes vêtements, c'est toi que j'aime !

Il la guette avec une attention terrifiante. Elle perd son souffle, porte la main à ses cheveux, dans un geste instinctif de défense, et range sous son chapeau une boucle battue par le vent.

– Ton chapeau te donne un air sévère, dit-il.

– Je ne suis plus la petite fille que tu as connue.

– Je demande à voir. Mais je te préférais en béret.

Il ferme à demi les yeux, prononce à voix basse, sur un ton pénétré, un peu solennel :

– Tu es de ces femmes que l'on dit quelquefois *mieux que jolies,* faute de pouvoir jurer qu'elles répondent aux canons ordinaires de la beauté. Alors, si on s'éprend de leur visage, les plus belles semblent insipides à côté. Elles expriment merveilleusement la tendresse, la passion et mieux encore la haine. Leur regard vous traque, leurs traits vous hantent... Voilà pourquoi je suis revenu.

Dans le soir qui s'éclaire d'une dernière lueur, elle ne peut s'empêcher de le regarder, de biais, presque sournoisement. C'est leur premier rendez-vous depuis si longtemps. Visage carré, charpenté en force, la peau claire, les sourcils ras, les cheveux châtains, drus, avec des fils gris, la moustache plus rousse, la barbe plus blanche. Et les épaules larges, les poignets forts... Un peu d'estomac, quand même, sous son complet croisé de bon faiseur ! Elle essaie de lui donner un âge, entre quarante et cinquante. Mettons quarante-cinq. Elle se souvient qu'il est très près de cinquante ans, en réalité.

Il secoue la tête, retient un rire. Il économise plus qu'autrefois les gestes et les paroles. C'est un changement qu'elle a tout de suite remarqué en lui. Il doit être devenu un redoutable combattant de l'ombre et un homme sans pitié.

– Nous avons encore une chance, dit-il, mais c'est la dernière.

Claudine recule d'un pas, se raidit.

– Non, nous n'avons jamais eu aucune chance.

– Je me contenterais d'apercevoir David de loin, sans lui parler.

– C'est impossible, à cause de Thomas.

Elle tourne la tête. C'est elle qui se sent coupable. C'est elle qui a tenu à éloigner l'enfant pour ne pas gêner son mari. Elle se reprend.

– Thomas est un homme généreux, il comprendrait. Moi, je ne veux pas.

– Très bien. Tu ne veux pas.

– J'ai choisi ma vie.

– Tu l'as vraiment choisie ? Bon. Mais on peut revenir sur un choix. Je t'attendrai jusqu'à demain...

– Non, il vaut mieux que tu partes tout de suite, ce soir même, à cause du danger.

– Ne t'occupe pas du danger, ça me connaît. Je t'attendrai jusqu'à demain midi, à l'hôtel des Glycines.

Le crépuscule coule sur les arbres, éteint les reflets d'eau à la surface du ruisseau, cerne la lumière d'une lampe à une fenêtre lointaine. Le chant des insectes et le coassement des grenouilles s'exaspèrent à la tombée de la nuit. Claudine respire à petits coups, la bouche ouverte, la main crispée sur un bouton de son cardigan. Robert se tient face à elle, pressant, impérieux, bien campé sur ses jambes solides, les bras ballants, les poings serrés. Il la fixe dans les yeux, il n'a pas pitié de son impuissance. Il attend.

Elle se tait. Elle voudrait qu'il s'en aille, qu'il la laisse rentrer chez elle avant que Thomas et Julia aient vidé la provision d'œufs. Ils aiment tant les œufs, tous les deux, qu'ils profitent de n'importe quelle occasion pour s'en gaver. Robert ne bouge pas. Elle regarde le ciel, cherche une inspiration pour prendre congé. Elle ne trouve rien, alors elle s'enfuit.

Il la rattrape à grandes enjambées et la distance de deux pas pour lui barrer la route. Il a toujours sa démarche puissante, il écrase le gravier de tout son poids, mais souplement, sans se déhancher. Il se retourne et lui fait face.

– Claudine !

La lumière du couchant se rallume une seconde et éclaire son visage : traits tendus, sourcils froncés, lèvres serrées. Elle serre ses bras sur sa poitrine.

– Je t'en prie, laisse-moi partir.

– Jusqu'à demain midi, Claudine. N'oublie pas !

Il a crié une deuxième fois « n'oublie pas », en guise d'adieu, puis il est rentré à grands pas. Claudine marche deux minutes le long du ruisseau, ses jambes ne la portent plus. Le vent fouette les saules et couche les herbes le long du chemin. Elle trouve une pierre plate pour s'asseoir. Ses genoux tremblent. La fraîcheur du soir s'insinue sous sa peau, lui mord la chair et le ventre. Une douleur vieille comme le monde lui griffe le cœur. Les bras croisés sur la poitrine, les genoux joints, les mains aux épaules, elle noue son corps autour de son âme pour être plus forte. Mais elle se sent si faible, si fragile et si seule.

Prise au piège. « La famille te fait payer son aide en te collant les ailes, ma douce. Un jour, tu t'aperçois que tu es pieds et poings liés jusqu'à la fin de ta vie... Jeune fille, tu rêvais de prendre ta destinée à deux mains, comme une paire de guides ou le volant d'une voiture. Ce désir survit, muré dans ton âme ou dans ta tête, mais il est temps d'y renoncer. Tes deux pognes suffisent à peine pour te colleter avec le souci des jours ordinaires. Pour mener son destin tout le long du chemin, il faut plus de force, d'assurance et de grâce que tu n'en as. Il faut être Virginie, ou Lydia, ou Julia... Tu n'es que Claudine Chamarand, la fille du petit notaire qui n'a jamais eu de chance. Savoir prendre le taureau par les cornes est un don que tout le monde n'a pas.

« Tâche plutôt de pas attraper un cheval de bois par la crinière ! »

Dormir ? Dormir cette nuit, elle sait qu'elle ne pourra pas. Elle prend un livre, deux, trois, quatre. Elle n'a pas envie de lire, elle jette les livres sur le plancher. Elle se gratte. Petite fille, un rien lui chatouillait la peau. Sa mère lui disait en se moquant : « Trop gratter cuit, trop parler nuit. » Elle pouffe dans son lit, plus près des larmes que du rire. Elle se grattait moins à la pension, à cause des moqueries de Virginie, puis les démangeaisons avaient cessé pendant un an ou deux. Elles sont revenues depuis son mariage. L'été, surtout, elle se gratte au sang. Thomas le lui reproche souvent. « Si tu continues de t'abîmer la peau, je te quitte ! »

Elle somnole, mélange les songeries et les réminiscences.

Elle se revoit avec son père, sur une plage, deux ou trois ans avant la guerre. « Voyons, tu avais l'âge de Julia quand tu l'as connue, ça devait être en 1933. Tiens, l'année où Hitler a pris le pouvoir, mais tu ne connaissais pas Hitler. Plutôt 1931 ou 1932, tu n'avais pas plus de sept ans, tu étais très bébé, il est vrai que tu l'es restée bien trop longtemps... » C'était une plage des Landes, vers Mimizan, la famille Grassac avait des amis dans les environs. Maman était allée de son côté avec Maxime et Annette. Claudine avait suivi son père, comme toujours ou quasiment. Ils marchaient, presque seuls, sur une large bande de sable qui s'étendait à l'infini le long de l'océan. Soudain, un tourbillon s'est formé sur le sable, une sorte de toupie étirée, qui montait, montait. Puis des sortes de bras lui sont poussés. On aurait dit un géant qui essayait de retenir les morceaux de son corps emportés par le vent. Claudine avait déjà vu des tourbillons, mais jamais rien de pareil à cette chose presque vivante qui dansait devant ses yeux. Elle a eu peur, elle a glissé la main dans celle de son père. « Dis, papa, c'est le vent ? » Papa a serré doucement sa main. « Oui, ma chérie, c'est le vent. » Claudine a levé les yeux vers son père, qui semblait non moins fasciné qu'elle. « Qu'est-ce qui fait tourner le vent ? »

En réalité, elle voulait savoir quelle était la force mystérieuse qui faisait tourner la machine du monde. Et son père a répété, sur un ton rêveur, tendre, chaleureux : « Oui, qu'est-ce qui fait tourner le vent ? » Il a regardé vers le ciel, d'un air soucieux. Elle ne perdait pas une de ses mimiques, pas une de ses intonations. Il lui a souri. « Je ne sais pas, ma chérie, je ne sais pas ce qui fait tourner le vent. »

Il était tout près d'elle, il la comprenait, il ne voulait pas lui mentir. Elle lui a su immensément gré de ne pas se lancer dans une explication sans queue ni tête. Ou il aurait pu répondre que c'était une question de bébé. *C'était* une question de bébé, elle le savait. Mais il n'a pas dit cela.

Le tourbillon bondissait sur la plage, allait, venait, tournait, grandissait puis se tassait. Soudain, une tache blanche s'est envolée au milieu des volutes de sable. Elle a plané et piqué en vrille comme un oiseau blessé. Un avion en papier, comme ceux que les garçons plient et lancent au loin. Claudine a crié : « Je ne veux pas qu'il tombe ! » Son père lui a serré l'épaule. « Il monte, regarde, il monte. » Happé par une saute de vent, l'avion volait au-dessus de la plage, quittant le tourbillon. Puis il a disparu. « Il est tombé, papa ? » Avec son père, elle pouvait jouer à avoir encore cinq ans, et c'était merveilleux. Et il allait dire : « Oui, l'avion est tombé quelque part sur le sable. Veux-tu le chercher, Clo ? Ça sera amusant... » Oui, oui, ça serait très amusant. Or papa a dit : « Il est parti, Claudine. Il est parti pour l'Amérique, là-bas, par-dessus l'océan... » Elle a mis les mains sur ses yeux pour mieux scruter le ciel. « Pour l'Amérique, papa ? – Oui, ma chérie. Tu le vois, là-haut, très haut, très haut ? – Au plafond du ciel ? Oui, je le vois, je le vois ! » Et elle l'a vu, avec les yeux du cœur, l'avion de papier qui s'était envolé par-dessus la mer. Et elle a pensé : « Moi aussi, un jour, je partirai pour l'Amérique, dans un grand avion comme celui de Mermoz ! » Elle n'a rien dit, mais papa a deviné ses pensées et approuvé d'un signe de tête. Oui, ma chérie, tu partiras aussi, un jour... Il l'a prise dans ses bras, il l'a serrée contre lui, joue à joue, ils ont mêlé leurs larmes de bonheur. Elle n'oubliera jamais.

C'est jeudi matin, elle décide de passer au marché acheter des légumes. « Tes enfants mangent trop d'œufs, ma grande, il faut que tu leur donnes plus de légumes... » Elle est en retard, elle court sur le trottoir, elle voit son reflet glisser dans une vitrine, l'air de s'éloigner, comme s'il s'était détaché d'elle et s'en allait à jamais. Elle ralentit, tourne la tête, et son reflet l'imite avec docilité. Ce n'est qu'une image dans une glace.

Elle songe qu'elle ne s'est pas regardée – enfin pas vraiment regardée – depuis un temps fou. Elle observe avec plaisir sa silhouette mince, creusée à la taille, sous l'imperméable serré par une ceinture de cuir, sa poitrine menue, effacée par l'imper et le pull, ses cheveux bruns et flous sous son vieux béret rouge qu'elle a retrouvé par hasard. Pas si mal, pas si mal !

Elle s'arrête place des Arcades. Un petit marché sous la halle se partage entre trois étals. C'est un matin clair et doux, les éclats de voix portent loin dans l'air humide. La première vendeuse, une paysanne d'âge moyen qu'elle connaît un peu, se trompe sur son nom.

– Ah, m'ame Raffet...

– Ruffel.

Claudine a envie de rire tellement ce nom, qu'elle porte depuis plus de six ans, lui paraît soudain étranger. Elle a envie de crier à tous ces gens : « Mon nom est Chamarand, c'est celui du notaire au pied bot, du petit notaire assassiné ! » Mais elle dit gentiment à la femme :

– Vous pouvez m'appeler Claudine.

Elle lève les yeux vers l'horloge de l'église. Déjà onze heures. Elle a fini par s'endormir, à la fin de la nuit, elle s'est levée en retard, et cet après-midi elle travaille chez maître Prat... La bonne femme hoche la tête en empochant son billet de dix francs.

– Les œufs bien frais, comme les miens, y a rien de plus sain.

Claudine lâche le céleri-rave qu'elle soupesait d'un geste distrait, à l'étal voisin. De toute façon, Julia n'aime pas le céleri-rave et David est trop petit. Elle achète en hâte et presque au hasard un chou, une chicorée frisée, deux betteraves rouges et une grande poche de cerises, en guise de consolation pour le temps perdu et sa vie moulinée par la roue des jours.

En rentrant, elle va se regarder de nouveau dans la glace. Elle aime bien son nez mutin, juste assez relevé pour exprimer la câline impertinence qui est le fond de sa nature. « Tout le monde aime bien ton nez, hein, toi la première. Grâce à lui, tu es, dans tes bons moments, presque aussi plaisante à voir que Lydia quand elle ne fait pas ses mines ! »

Elle a tout à coup le pressentiment d'une catastrophe. Elle n'a pas vu Thomas depuis..., depuis combien de temps déjà ? Son cœur se met à danser dans sa poitrine. Elle cherche des yeux son flacon d'alcool de menthe. Sûrement dans sa chambre. Elle prend un morceau de sucre dans le sucrier, monte en hâte l'escalier, une main sur la poitrine.

La lettre sous la porte. Elle ne l'a pas vue ce matin..., ou bien n'y était-elle pas encore ? Elle la déchire, les doigts tremblants.

Claudine,

Sept ans bientôt... Puis-je dire sept ans de bonheur ? C'est vrai pour moi, je sais bien que ça ne l'est pas autant pour toi, mais j'ai fait de mon mieux. Julia est presque élevée et de taille à se débrouiller toute seule dans la vie. Ton petit David va retrouver son père. J'ai toujours pensé que ça arriverait un jour. C'est bien. Moi, je rêve de grands voyages, tu le sais. Je veux connaître le monde, la guerre m'en a empêché, puis les charges d'une famille que j'ai voulue mais que je n'ai jamais réussi à faire mienne.

Tu es libre. Tu trouveras ci-joint l'adresse de l'avoué de Bergerac qui s'occupera des formalités, je suppose qu'il y en a. Je pars en emportant tous les torts du monde. C'est une lourde charge.

Tu auras toujours, toujours la meilleure place dans le cœur du pauvre Thomas.

T.

Claudine relit la lettre en descendant l'escalier, manque une marche, s'assomme à moitié au coin du mur. La tête lui tourne.

Une troisième lecture aggrave encore son vertige. « Sept ans... Ton petit David va retrouver son père... Tu es libre. » Elle s'accroche à la table de la salle à manger, se laisse tomber sur une chaise. La lettre lui échappe. Elle plante ses ongles dans ses paumes pour arrêter le tremblement de ses mains. Elle dit à haute voix : « Pardon, Thomas ! » Puis, plus bas : « Robert... »

Elle lève les yeux vers la pendule comtoise qui égrène son tic-tac depuis des générations.

Midi moins quatre.

Bibliographie

Henri Amouroux : *La Vie des Français sous l'Occupation,* Éd. Fayard, 1961. *La Grande Histoire des Français sous l'Occupation,* Éd. Robert Laffont, 1976-1993.
Jacques-Augustin Bailly : *La Libération confisquée,* Éd. Albin Michel, 1993.
Roger Bellanger : *Dordogne en armes,* Éd. Fontas, 1945.
Guillain de Bénouville : *Le Sacrifice du matin,* Éd. Robert Laffont, 1945.
Bergeret : *Messages personnels,* Éd. Bière, Bordeaux, 1945.
Edmond Bergheaud : *Le Putsch manqué contre Hitler,* in *Les Grandes Énigmes de la Résistance,* Éd. Les Amis de l'histoire, 1968.
Édouard Bobrowski : *Le Livre blanc du marché noir,* in *Les Grandes Énigmes de la Résistance,* Éd. Les Amis de l'histoire, 1968.
Gérard Bouladou : *Les Maquis du Massif central méridional 1943-1944.* Thèse présentée devant l'université Paul-Valéry, Montpellier, 1974.
Jacques Bureau : *Un soldat menteur,* Éd. Robert Laffont, 1992.
E. H. Cookridge : *Missions spéciales,* Éd. Fayard, 1966.
Joseph Kessel, *L'Armée des ombres,* Éd. Plon, 1963.
Hans Hellmut Kirst : *La Révolte des soldats,* Éd. Robert Laffont, 1965.
René La Borderie : *Les orties poussent près des maisons – Une enfance sous l'Occupation,* Max Chaleil éditeur, 1992.
Jean Lartéguy et Bob Maloubier : *Triple Jeu, l'espion Déricourt,* Éd. Robert Laffont, 1992.
Pierre Limagne : *Éphémérides de quatre années tragiques, 1940-1944,* Éd. de Candide, 1987.
Albert Merglen : *Mission spéciale en France,* Éd. Arthaud, 1945.
James A. Michener : *Pologne,* Éd. du Seuil, 1984.

Le printemps viendra du ciel

Pierre Nord (col. Brouillard) : *Mes camarades sont morts,* Éd. J'ai lu, 1965.
Guy Penaud : *La Résistance en Périgord,* Éd. Pierre Fanlac, Périgueux, 1985.
Gilles Perrault : *La Longue Traque,* Éd. Jean-Claude Lattès, 1975.
Colonel Rémy : *On m'appelait Rémy,* Éd. Librairie académique Perrin, 1967. *L'Opération Jéricho,* Éd. France-Empire, 1969.
Georges Sadoul : *L'École du maquis,* Éd. France d'Abord, 1945.
Elsa Triolet : *Le premier accroc coûte deux cents francs,* Éd. Denoël, 1945.
Aimé Vielzeuf : *Demain du sang noir,* Éd. Henri Péladan (Uzès, Gard), 1970.
Colonel Frederick Winterbotham : *Ultra,* Éd. Robert Laffont, 1976.

Achevé d'imprimer en octobre 1995
sur presse CAMERON
dans les ateliers
de Bussière Camedan Imprimeries
à Saint-Amand-Montrond (Cher)
pour le compte des éditions Robert Laffont
24, avenue Marceau, 75008 Paris

N° d'édition : 36397. N° d'impression : 2221-4/657.
Dépôt légal : octobre 1995.
Imprimé en France